i grandi libri Garzanti

Ludovico Ariosto

Orlando furioso

Introduzione, note e commenti di Marcello Turchi
con un saggio di Edoardo Sanguineti

volume primo
(canti I-XXI)

Garzanti

I edizione: novembre 1974
XV edizione: ottobre 1996

ISBN 88-11-51963-2

Ludovico Ariosto   la vita

profilo storico-critico
dell'autore e dell'opera

guida bibliografica

«La macchina narrativa
dell'Ariosto»

*Ludovico Ariosto in un ritratto disegnato da Tiziano e inciso da F. Marcolini nell'edizione dell'*Orlando furioso *(Ferrara 1532).*

La vita e le opere

L'8 settembre 1474 nasceva, a Reggio Emilia, Ludovi- *La giovinezza*
co, da Nicolò, di nobile famiglia ferrarese, e da Daria
Malaguzzi Valeri, reggiana. Il padre, allora capitano della cittadella, al servizio di Ercole I d'Este, fu, a varie riprese, accusato di prepotenze e di malversazioni e soggetto a trasferimenti: nel 1481 dovette andare a Rovigo,
da dove però la guerra per il commercio del sale, tra Venezia e Ferrara (1482-84) lo indusse ad allontanarsi, cercando rifugio di nuovo a Reggio; nel 1484 poteva stabi-
lirsi ancora a Ferrara e vi occupò le cariche di Collatera-
le dei soldati, e poi di Giudice dei dodici savi.

A Ferrara, Ludovico, negli anni 1485-89, intraprendeva
gli studi di grammatica col precettore Domenico Cata-
bene di Argenta, probabilmente proseguendoli con l'u-
manista Luca Ripa; dal 1489 al 1494, se pur di malavo-
glia, si dedicava, presso lo Studio di Ferrara, all'appren-
dimento del diritto («mio padre mi cacciò con spiedi e
lancie, / non che con sproni, a volger testi e chiose, / e
me occupò cinque anni in quelle ciancie», *Sat.* VI, 157-
159); ma nel contempo si dilettava di rime goliardiche a
carattere satirico, e nel 1493, già partecipava alle rappresentazioni della Compagnia teatrale degli Estensi, com-
ponendo una perduta *Tragedia di Tisbe* in volgare. Nel
1494 il padre gli concedeva di potersi interamente volgere a quegli studi letterari cui guardava come alla luce
della sua vita, sotto la guida del frate agostiniano Gregorio di Spoleto, di cui conserverà per sempre gratissima
memoria («che ragion vuol ch'io sempre benedica», *Sat.*
VI, 168), unita al rimpianto per non aver coltivato, insieme a lui, oltre che gli studi di latino, anche quelli di greco; ma nel 1497 Isabella d'Aragona, vedova di Gian Galeazzo Sforza duca di Milano, chiamò a Milano Gregorio come precettore del figlio Francesco.

Tra il 1494 e il 1495 Ludovico comincia la sua attività *Il centro*
letteraria nella Ferrara di Ercole I, aperta alla cultura, *culturale di*
all'arte, allo splendore del vivere cortigiano e delle rela- *Ferrara*
zioni civili, anche se non mancavano ragioni di contrasti

e dissidi sociali, recita nello Studio un carme latino dedicato al duca, ed esordisce così in quella poesia latina che costituirà — secondo l'indicazione del Carducci — la prevalente forma d'espressione degli anni della giovinezza. Va ampliando intanto i suoi interessi culturali: nel 1498, quando è assunto al servizio di Ercole I, frequenta i corsi del filosofo Sebastiano dell'Aquila, e intorno a quel tempo, per probabile influenza di Pietro Bembo, legge Platone e Marsilio Ficino.

Nel 1500 gli moriva il padre, lasciando una situazione economica intricata. Su Ludovico cadeva intiera la responsabilità della famiglia; in particolare, doveva pensare al fratello Gabriele, paralitico, ed alla sistemazione delle cinque sorelle. Cominciava così la sua attività di amministratore attento ed oculato, documentata dai «conti dei contadini» e dalle «vacchette». Nel 1501 assumeva incarichi di responsabilità, divenendo capitano della rocca di Canossa, ove rimase sino al 1503. Nell'estate di quell'anno, in una villa dei cugini Malaguzzi, scriveva l'elegia *De diversis amoribus*, mentre già si avviava verso la conclusione quel decennio di esperienze poetiche latine che lo aveva educato a una «concinnità graziosa».

Al servizio del cardinale Ippolito Nell'autunno del 1503 Ludovico entrava al servizio del cardinale Ippolito d'Este, fratello del nuovo duca Alfonso, per essere adibito a incarichi amministrativi, ma anche confidenziali e privati, come la cura delle vesti o dei pranzi. Veniva in tal modo a godere di uno stipendio ed anche di certi benefici ecclesiastici. Il cardinale, pur non incolto, non si curava tanto delle qualità intellettuali dei suoi, quanto della loro totale disponibilità per le esigenze della corte: il poeta, lamentandosi poi di tale «giogo» (*Sat.* VI, 233) esprimerà tutta l'amarezza dei risentimenti repressi in quegli anni: «e di poeta cavallar mi feo» (*Sat.* VI, 238).

Tra il 1500 e il 1504 sembra collocabile un primo tentativo di poema epico in terzine, di carattere romanzesco, l'*Obizzeide*, sulle imprese di Obizzo d'Este. Nel 1503 Ludovico probabilmente accompagnò Ippolito a Roma per assistere all'incoronazione di papa Giulio II, mentre nel 1507 fu inviato dal cardinale presso la sorella Isabella Gonzaga, marchese di Mantova, per rallegrarsi della nascita del figlio Federico: poté allora raccontare alla coltissima dama la trama già ideata del *Furioso*, dandole lettura anche dei versi già composti.

Ma gli anni 1505-06 erano stati turbati gravemente dalla scoperta della congiura di don Giulio e di don Ferrante d'Este contro il duca Alfonso e il cardinale Ippolito: l'Ariosto, aderendo alla tesi ufficiale della difesa dell'ordine e del pubblico bene, aveva scritto la sua prima Ecloga, ove mostra, tra l'altro, il carattere eversore ed anarcoide della congiura: «Veduto aresti romper tregue e paci, / surger d'un fuoco un altro e di quel diece, / anzi d'ogni scintilla mille faci» (217-219); di contro, nel *Furioso* (III, 60-62; XLVI, 95), giungerà poi ad invocare clemenza per i due fratelli di Alfonso.

Ludovico poteva intanto realizzare i suoi interessi di commediografo, facendo rappresentare a Ferrara, nel marzo 1508, la *Cassaria*, nel teatro di palazzo ducale, e, nel febbraio 1509, i *Suppositi*, pure in prosa: dava così impulso alla nascita e allo sviluppo di quell'attivissimo centro teatrale. Ormai sovrastavano però tempi più inquieti per gli Estensi e, di riflesso, per il poeta, che dovette, a un certo momento, dedicarsi ad attività pratiche e anche a missioni pericolose.

Nel luglio 1509 Ludovico è inviato presso Giulio II per scagionare il cardinale e il duca, che avevano reso omaggio a Milano a Luigi XII di Francia; il 30 novembre è presente alla prima battaglia della Polesella, combattuta dal cardinale contro i veneziani; il 16 dicembre parte per Roma per chiedere aiuto a Giulio II, proprio mentre i ferraresi, nel contempo, vincevano alla Polesella. Intanto, nello stesso mese, da una relazione con Orsolina Sassomarino, gli nasceva il figlio Virginio. Nel maggio 1510 si reca a Roma per discolpare il cardinale dall'avere occupato il beneficio dell'abbazia di Nonantola, e per giustificare sia lo sfruttamento da parte degli Estensi delle saline di Comacchio, sia la continuazione della guerra contro Venezia; il 7 agosto è inviato ancora a Roma per fornire spiegazioni circa la mancata andata del cardinale e per chiedere un sicuro salvacondotto in favore di lui; il 19 agosto si presenta di nuovo ad Ostia, per gli stessi motivi, al papa, ma è minacciato di essere buttato in acqua. Sono gli episodi di un'azione continuata, mirante, come dirà nella Satira I, «a placar la grande ira di Secondo» (153); ma essa costò molti affanni, agitazioni e traversie al poeta che sentì tutta la sua vita trasformarsi: «io sprono e sferzo / mutando bestie e guide, e corro in fretta / per monti e balze, e con la morte scherzo» (112-114). A un certo momento, non gli restò che fuggire a Firenze e seguire poi il cardinale a Massa e a Parma, sede provvisoria della sua corte.

Missioni a Roma

Tra il 1511 e il 1512, tra Parma e Ferrara, l'Ariosto, pure in mezzo a tante ansie, non metteva da parte la composizione del poema, cui continuava a lavorare alacremente. Intanto il duca Alfonso era stato scomunicato dal papa per la sua politica filofrancese, culminata nell'appoggio dato a Gastone di Foix nella battaglia di Ravenna (11 aprile 1512); i mesi del settembre e dell'ottobre 1512 furono, in particolare, colmi di pericoli. Essendosi infatti,

La composizione del poema

a Roma, Alfonso rifiutato di cedere Ferrara al pontefice egli dovette fuggire travestito, inseguito dagli sgherri di Giulio II: allora il poeta si rifugiò col duca prima a Firenze, poi a Ferrara. Ma nel febbraio del 1513 moriva Giulio II ed era eletto pontefice, col nome di Leone X, il cardinale Giovanni dei Medici, che aveva guardato sempre con benevolenza all'Ariosto.

Ludovico parte per Roma nel marzo per rallegrarsi col nuovo papa e per cercare di ottenerne qualche ufficio. Ma rimase deluso nelle sue speranze, in quanto ebbe solo il beneficio della parrocchia di Sant'Agata, presso Lugo («Piegossi a me da la beata sede; / la mano e poi le gote ambe mi prese, / e il santo bacio in ambedue mi diede», *Sat.* III, 178-180): all'accoglienza ostentatamente affettuosa non corrisposero i fatti.

Ma il 24 giugno 1513 un evento diede un nuovo indirizzo alla vita del poeta: irresistibilmente preso, apriva il suo amore ad Alessandra Benucci, moglie del mercante fiorentino Tito Strozzi, familiare degli Estensi. Nel 1514 seguiva, ancora una volta, il cardinale Ippolito a Roma. Nuova situazione e inattese prospettive, quando nel 1515 lo Strozzi moriva: tuttavia Ludovico non sposava la Benucci, cui era legato da un affetto intenso — quale si riflette in alcuni versi del *Furioso* (XXIV, 66) — per evitare la perdita dei suoi benefici ecclesiastici e dei diritti di Alessandra sull'eredità del marito; celebrerà nozze segrete solo più avanti, tra il 1528 e il 1530.

Nell'ottobre 1515, intanto, il *Furioso* era compiuto, come risulta da una petizione dell'Ariosto al doge di Venezia per ottenere privilegi di stampa per il poema, scritto «per spasso et recreatione de Signori et persone de anime gentili et madone»: la prima edizione, in quaranta canti usciva nel 1516 in Ferrara, presso la tipografia di Giovanni Mazzocco di Bondeno, ed era dedicata al cardinale Ippolito.

Il distacco dal Di lì a poco doveva scoppiare la crisi dei rapporti tra Ip-
cardinale polito e il suo familiare, quando questi, nel 1517, non accettò di seguire il cardinale, nominato vescovo di Agria in Ungheria. Ippolito non stimò buone le giustificazioni, di natura economica, familiare e di salute, presentate da Ludovico («ch'io non ho piei gagliardi a sì gran salto», *Sat.* I, 234), facendolo cancellare dai suoi stipendiati. La protesta netta ed energica del poeta investiva ormai un terreno per lui scottante, ove non ammetteva compromessi: «dico che, se 'l sacro / cardinal comperato avermi stima / con li suoi doni, non mi è acerbo et acro / renderli, e tòr la libertà mia prima» (*Sat*, I 262-265). Eppure proprio per tale atteggiamento il Tasso, nel dialogo *Il Minturno*, non esiterà a qualificarlo «freddo» uomo di corte, poiché aveva osato ritirarsi «da' servigi di quel suo

magnanimo cardinale». Era questo il periodo in cui Ludovico componeva la Satira I (dedicata ad Alessandro Ariosto, il più giovane dei suoi fratelli, e a messer Ludovico da Bagno, segretario del cardinal Ippolito e compare di battesimo di suo figlio Virginio) e la Satira II (dedicata a Galasso Ariosto, suo fratello, che a Roma cercava fortuna nella carriera ecclesiastica).

Al servizio del duca Alfonso

Nell'aprile del 1518, però, in virtù dell'appoggio di Bonaventura Pistofilo, segretario del duca, Ludovico poteva entrare tra gli stipendiati di Alfonso d'Este, rimanendo nell'ambiente a lui caro («Il servigio del Duca, da ogni parte / che ci sia buona, più mi piace in questa: / che dal nido natio raro si parte», *Sat.* III, 67-69): componeva allora la Satira III, che dedicava ad Annibale Malaguzzi, cugino per parte di madre. Nel febbraio 1519 andava a Firenze per presentare gli auguri del duca Alfonso a Lorenzo dei Medici, duca di Urbino, colpito da grave malattia. Nel marzo 1519 aveva la gioia di saper rappresentati a Roma, negli appartamenti del cardinale Cybo in Vaticano, con le scenografie di Raffaello e alla presenza di Leone X, i *Suppositi*. Nel maggio dello stesso anno tornò ancora a Firenze per presentare le condoglianze del duca per la morte della moglie di Lorenzo dei Medici, ma vi giunse quando anche lo stesso Lorenzo era morto.

Nel luglio 1519 moriva Rinaldo Ariosto, cugino di Ludovico, cui i duchi contesero l'eredità della tenuta delle «Arioste», sì che egli, sempre desideroso di una condizione di indipendenza, fu costretto ad affrontare un processo che venne a disturbarlo sensibilmente mentre intendeva fare «un poco di gionta» al *Furioso*. In questo periodo componeva la Satira V, pure dedicata ad Annibale Malaguzzi. Intorno al 1519 dovrebbe essere collocata anche la composizione dei *Cinque canti*, che coi loro toni amari possono, secondo il Dionisotti, riallacciarsi alle delusioni che la vita di corte in quel tempo non risparmiava al poeta; tuttavia è da tenere presente l'altra ipotesi (del Segre) che trasferisce tale opera agli anni 1521-28, e la mette in relazione con le calamità della situazione politica italiana di quegli anni. Nel gennaio 1520 Ludovico inviava a papa Leone X il *Negromante*, cominciato già nel 1509. Nel febbraio del 1521 usciva la seconda edizione del *Furioso*, in Ferrara, presso il milanese Giovan Battista de la Pigna. Agli inizi del 1522 si delineavano però per il poeta notevoli difficoltà economiche, perché, tra l'altro, il duca Alfonso gli faceva sospendere il pagamento dello stipendio, date le spese dei preparativi per quella guerra contro Leone X che poi non fu combattuta.

Il 20 febbraio Ludovico, accettata la nomina di Commissario ducale di Garfagnana — ciò che rivela la fiducia di cui ormai godeva a corte — giungeva a Castelnuovo, ove resterà sino al giugno 1525: la situazione era ivi assai difficile, perché la regione, di nuovo tolta ai fiorentini dopo la morte di Leone x, era agitata da turbolenze di parte e dal brigantaggio; nemmeno i luoghi erano graditi al poeta: «Questa è una fossa, ove abito, profonda, / donde non muovo piè senza salire / del silvoso Apennin la fiera sponda» (*Sat.* iv, 142-144). Tuttavia l'Ariosto, nonostante le molte lamentele, seppe dare prova di energia, di capacità e di attaccamento al dovere, esprimendosi nelle lettere al duca con una concisione che rende conto in maniera essenziale della situazione, e preme, senza vane ciance, per ottenere i provvedimenti necessari. Ma talvolta si può cogliere Ludovico perplesso, come in una lettera al segretario ducale Opizo Remo del 5 ottobre 1522: «io non cesso di pensare e di fantasticare come senza spesa del S.re nostro io possi accrescere le mie forze, per fare che almeno questi ribaldi habbian paura di me». In un'altra lettera, forse del 2 maggio 1523, al duca in persona, indica come unico rimedio quello di trovare appoggio, nella lotta ai briganti, in altri briganti, ben sapendo che non si può fidare delle truppe locali; troppi erano i dubbi, infatti — che a lui si affacciavano in una scena ricca di vitalità mimetica — circa tale gente: «che montando io a cavallo per obstarli, havessi subito chi mi seguisse, ché mentre io comando li communi che mi vengan drieto, l'un guarda l'altro, e chi dice che non ha arme e chi truova altra excusa, e se pur vengano, la cosa va in lungo di modo che li banditi han tempo di far li lor disegni». Ma la cosa più grave era che egli, nel suo impegno diretto a riportare ordine in quelle terre, non si sentiva validamente appoggiato dal governo del duca, cui si rivolgeva con pressanti richieste, preso da pietà per la sorte di quei «poveri uomini» (a Nicolao Auricellario, 9 giugno 1523; agli Anziani di Lucca, 17 ottobre 1523). Chiedeva perciò una condotta più coerente e più fattiva, non esitando a dichiarare al duca: «Se V. Ex. non mi aiuta a difender l'honor de l'officio, io per me non ho forza di farlo; che se bene io condanno et minaccio quelli che mi disubbidiscano, e poi V. Ex. li absolva o determini in modo che mostri di dar più lor ragione che a me, essa viene a dar aiuto a deprimere l'autorità del magistro». D'altra parte Ferrara, dopo tali prove di intenso impegno, lo attirava ancor più come un miraggio e come un porto («a passeggiar fra il Domo / e le due statue de' Marchesi miei», *Sat.* vii, 152-153), con la pace della sua casa e con la serenità del suo lavoro di poeta. Nel 1523 componeva la Satira iv sui problemi del governo della Garfagnana, diretta a Sigismondo Malaguzzi, suo cugino; nel 1524, la Satira VII, diretta a Bonaventura Pistofilo, che aveva offerto a Ludovico la carica di ambasciatore presso Clemente VII, in quella «Roma fumosa» (*Sat.* II, 164), e la Satira VI, dedicata a Pietro Bembo, cui raccomandava il figlio Virginio, studente di legge a Padova.

Tornato a Ferrara, Ludovico riprese servizio presso la corte. Nel 1528 entrava a far parte del Maestrato dei savi; nel febbraio dello stesso anno vedeva rappresentare a Ferrara, nel teatro del palazzo ducale la *Lena* e il *Negromante*; andava nel novembre a Modena col duca per scortare l'imperatore Carlo V. Il 24 gennaio 1529 era ancora rappresentata a Ferrara la *Cassaria*, in onore di Renata di Francia, sposa di Ercole II (allo spettacolo partecipò, con canzoni e madrigali «alla pavana», anche il Ruzante), nel febbraio di nuovo la *Lena*, con qualche mutamento. Ludovico andava intanto ad abitare nella *parva domus* di contrada Mirasole, acquistata coi risparmi fatti nel periodo del Commissariato e con l'eredità paterna. Ma ormai incalzava la piena affermazione del teatro ariosteo: anche la *Cassaria* in versi veniva rappresentata nel febbraio 1531. Si aggiungevano altri riconoscimenti: nell'ottobre Ludovico fu inviato dal duca a Correggio presso Alfonso D'Avalos, marchese del Vasto, comandante dell'esercito imperiale, che gli assegnò una pensione annua di cento ducati d'oro. Nel febbraio 1532, vengono di nuovo rappresentate la *Cassaria* in versi e la *Lena*, con la sovrintendenza del poeta — regista mirabile, apprezzato anche dal Ruzante — alle recite; nel marzo dello stesso anno egli invia anche i *Suppositi* in versi al duca di Mantova.

Infine il 1° ottobre 1532, dopo una lunga revisione, l'Ariosto poteva vedere finalmente uscire l'opera della sua vita, la terza edizione del *Furioso* in quarantasei canti, presso la tipografia di Francesco Rosso da Valenza, in Ferrara. Ed essa fu accolta subito con gioia a Mantova da Isabella e da Federico Gonzaga. Nel novembre il poeta accompagnava a Mantova il duca per rendere omaggio a Carlo V; ma ormai era afflitto da diverse malattie che si andarono aggravando per sei lunghi mesi, a partire dalla notte dell'ultimo giorno di dicembre del 1532, quando bruciò, come narra Bonaventura Pistofilo nella *Vita di Alfonso I*, il teatro di corte. Si spense a Ferrara il 6 luglio 1533.

Di nuovo a Ferrara

La poesia

Negli anni in cui diveniva più aspra la crisi della libertà italiana e si combattevano quelle battaglie campali che decidevano della guerra per il dominio della penisola tra

Francia e Spagna, nasceva una poesia che giungeva ad esprimere il sentimento profondo dell'avventura, del cangiare continuo delle sorti degli uomini, del nobile raggiare delle idealità e del loro affondare nell'urto delle passioni. Il naturalismo rinascimentale trovava in essa la più alta raffigurazione, come in un'immagine simbolica dell'eterna favola umana, fermentante di slanci in ogni direzione; ma anche vi si insinuavano non labili meditazioni sul corso degli eventi storici, una vena di saggezza e di ironia, un richiamo costante, di fronte ai voli arditi dell'immaginazione, al sentimento della realtà.

Quando Carlo VIII di Francia, nel 1494, calava in Italia, Ludovico Ariosto era sui vent'anni. Per tutta la sua vita egli potrà valutare le conseguenze di quell'impresa, seguendo sia il destreggiarsi della politica ferrarese stretta tra Venezia e Roma, sia le gravi ripercussioni in Italia delle guerre tra Francia e Spagna.

Nel 1499 si attua la nuova spedizione di Luigi XII di Francia contro Ludovico il Moro; nel 1501 l'azione di francesi e spagnoli contro Napoli, cui segue le forzata rinuncia dei francesi a tale dominio; nel 1508 si stringe, per opera di Giulio II, la lega di Cambrai contro Venezia, e nel 1509 questa è travolta dai francesi ad Agnadello. Dopo la costituzione nel 1511 della Lega santa ancora per opera di Giulio II, nel 1512, a Ravenna, i francesi e il duca Alfonso I d'Este piegano le forze coalizzate, ma vedono sfumare i frutti della vittoria. Francesco I di Francia potrà tuttavia ancora cogliere nella «battaglia dei giganti», a Marignano, nel 1515, la più splendida delle sue vittorie. Di lì a pochi anni, nel 1519, l'elezione di Carlo d'Asburgo a imperatore pone le basi di una lotta di ampiezza tale che, benché l'Italia divenga teatro d'operazione, si deve riconoscere che gli stati italiani hanno perso ormai un vero peso nello sviluppo degli avvenimenti. Nel 1525, a Pavia, è vinto Francesco I; l'ultima iniziativa di Milano, di Venezia e di Clemente VII per limitare l'onnipotenza di Carlo V con la Lega di Cognac termina nel disastro del sacco di Roma (1527). Si deve sottolineare il fatto che Alfonso d'Este favorisce il passaggio dei Lanzi tedeschi diretti contro Roma, e di ciò ottiene un riconoscimento, quando, al Congresso di Bologna (1530), avrà da Carlo come feudi imperiali Modena e Reggio (già ceduti allo stato pontificio dopo la battaglia di Ravenna), mentre conserverà Ferrara come feudo papale.

Se dunque Ferrara poteva ricostituire — attraverso una politica avveduta — l'unità del proprio stato, esso gravita ormai nella zona d'influenza imperiale, rivelandosi lontani quei tempi in cui Alfonso e Ippolito d'Este avevano potuto cogliere alla Polesella (1509) un autentico successo contro i veneziani, o avevano potuto, a Ravenna, svolgere una funzione di primo piano in campo politico e militare.

Entro il tessuto del *Furioso* quelle guerre e quel mutare di schieramenti politici facevano sentire la loro presenza non solo in situazioni particolari, in cui venivano direttamente chiamati in causa o rappresentati, ma anche agivano nel senso, da una parte, del maturare dell'acquisto di una saggezza politica ed umana, dall'altra nel senso di un'adesione intima a quell'impeto cavalleresco e guerriero. In una prospettiva dinamica della storia della letteratura italiana la posizione dell'Ariosto mostra infatti una comprensione in profondità di tale intenso paesaggio storico: basti pensare a quale ampiezza di intuizioni egli manifesta nei confronti della poesia quattrocentesca di Poliziano, Pulci, Lorenzo e Boiardo, e rispetto alle innovazioni della cultura umanistica, la cui lezione ha per altro profondamente assimilato, portandola su un piano infinitamente più alto, in cui si avverte un giudizio complesso su tutto l'umano operare.

Se nella poesia quattrocentesca si poteva individuare la nettezza sensibile e finissima con cui erano sviluppati alcuni motivi, in quella ariostesca risulta caratterizzante un sentimento vitale delle relazioni che intercorrono nella complessa vita dell'uomo, nel raggiare delle illusioni come nel confronto con il concreto. A un tale sentimento dell'unità nella molteplicità si accompagnava un bisogno superiore di armonia stilistica e linguistica, che superava gli scambi tra latino e volgare e la varia vita delle parlate regionali in un tutto coerente, in un linguaggio che si ispirava insieme alla forza della tradizione letteraria e alla spinta di un'ispirazione che per sua natura mirava a fondere i particolarismi e a smussarli in una visione universale. Tali esigenze rivelavano aspetti del lavoro dell'Ariosto che procedevano di pari passo con quello condotto in quegli anni da Pietro Bembo, presente in Ferrara negli anni 1498-1499 e 1502-03 («che 'l puro e dolce idioma nostro, / levato fuor del volgar uso tetro, / quale esser dee, ci ha col suo esempio mostro», *O.f.* XLVI, 15), ma testimoniavano un atteggiamento che andava ben oltre rispetto al bisogno di instaurazione di una regola ispirata a un'armonia d'ordine letterario per attingere un'espressione coerente a una personale direzione poetica.

D'altra parte, l'atteggiamento arioseo assorbiva la tradizione petrarchistica nel vivo di un'intuizione che dal petrarchismo si rivelava lontana, anche se in grado di parlare spesso con il linguaggio del Petrarca, perché quella parola era portata in una prospettiva che ampliava e indirizzava verso orizzonti complessi, in un recipro-

Innovazione e tradizione letteraria

co rapporto di dimensioni reali e fantastiche, l'univocità assorbente dell'immagine petrarchesca.

Basti pensare anche — per renderci conto della nuova atmosfera — alla non estraneità della posizione ariostesca nei riguardi di quelle di Machiavelli e di Guicciardini: se pure essa rivela un'intensità di ricerca che supera il terreno politico, non si può discorrere di un Ariosto indifferente alle cose della politica; anzi si può osservare come le sue notazioni pungenti e la sua visione generale della storia scaturiscano da vive sorgenti sperimentali, e proprio nell'ambito degli stessi tempi tormentati: il che prova non solo un interesse attivo, ma anche un bisogno di meditazione che trova altre vie di espressione, e insieme altri mezzi di interpretazione, nella sfera di una generale valutazione in sede fantastica dell'umano.

La civiltà ferrarese Ma altre e immediate sollecitazioni di natura culturale Ludovico traeva da quella civiltà ferrarese in cui fioriva l'attività umanistico-latina iniziata dalla scuola del Guarino. Ad esempio, nella sua memoria si imprimerà come una sorta di «mito» (Marti), la figura di Gregorio di Spoleto; così, all'università, quando già aveva abbandonato gli studi di legge, ascolterà le lezioni di filosofia di Sebastiano dell'Aquila. La vita di una corte in cui fiorivano interessi letterari e cavallereschi costumi eserciterà su di lui viva influenza: la «addizione» di Ercole I aprirà il senso, nell'ambito urbanistico, di vasti spazi e di ariose architetture; architetti, come Biagio Rossetti, pittori, come Cosmè Tura, Francesco del Cossa e Dosso Dossi, svilupperanno in Ludovico il gusto figurativo; letterati, come Alberto e Lionello Pio, Celio Calcagnini, Ercole Bentivoglio, creeranno attorno a lui l'atmosfera di una multiforme tensione espressiva; poeti, come Tito Vespasiano ed Ercole Strozzi, Antonio Cammelli, il Tebaldeo, esprimeranno con modi e voci diverse una vitale partecipazione agli accadimenti della corte e della città. Sarà tuttavia soprattutto la poesia del Boiardo, che presenterà al giovine Ludovico non solo materia di stimolo fantastico, ma anche validi impulsi per attuare una ben più interna fusione della classicità e della tradizione cavalleresca. D'altra parte le biblioteche ferraresi offrivano alle letture di Ludovico una folta schiera di romanzi francesi, di cantari, di classici latini e italiani, mentre gli spettacoli di corte lo attiravano verso quel gusto del teatro, che il poeta darà testimonianza di possedere sia nelle commedie sia nella stessa attività di regista. L'epica Ferrara presentava l'immagine di una città in cui il gusto della politica, delle armi, delle lettere, trovava espressione in maniera così ricca di vitalità che portava in sé quasi il germe di un'opera che di essa, e della sua civiltà, giungesse a dare un'alta trasfigurazione poetica.

Le immagini del *Furioso* rispondevano in profondità a *La storicità del* esigenze supreme del tempo, riassumevano il senso di *poema* una meditazione e si proponevano come il succo di un'esperienza ampia e matura nei confronti di un periodo storico estremamente tormentato. La storicità del poema si manifesta negli aspetti di una partecipazione e di un distacco. Di una partecipazione, in quanto quello sfondo contemporaneo di morte e di distruzione è ben presente al poeta, come in lui palpita un consenso profondo verso le forme di civiltà che trovavano allora via di espressione nella ricerca inesausta di prospettive illuminanti. D'altra parte, si riscontra nell'Ariosto un'elaborazione personalissima dei motivi di tutta una civiltà letteraria: da essa trae evidenza la natura del suo distacco, che non si realizza in forme di olimpica serenità, ma veramente in un sollevarsi al di sopra dei sentimenti e delle immagini concrete della sua età letteraria. Se nel poema possono distinguersi aspetti che documentano la sua posizione nel tempo storico, ancora più intensa appare la sua capacità di inserirsi in esso, in virtù di esigenze supreme che animano l'interpretazione della vita e delle tensioni di tutta un'età. Esso diviene il simbolo stesso della vita rinascimentale nel suo giudizio sull'uomo, mentre d'altra parte mostra radici che si diramano in un particolare humus letterario e di corte, e allarga la sua visione su precise angolazioni storiche, su cui si riflettono gli slanci della fantasia.

Si tratta di una complessità di atteggiamenti che si illuminano a vicenda, rendendo conto del dilatarsi di una memoria fantastica tra il mondo dell'immaginazione e il mondo della realtà, tra Ferrara e la cavalleria, tra la storia del Cinquecento e la tradizione epica romanza. Alla base stava una fiducia nella poesia come forza capace di interpretare la vita stessa della civiltà, proprio perché non tendeva verso un mondo astratto e perfetto, ma si ispirava al concreto di sentimenti e di passioni. Il primo Cinquecento, nelle sue grandi speranze e nelle sue delusioni, nella sua passione storica e nelle sue convinzioni etiche, nella sua turbata visione di un mondo percorso da una violenza distruttrice, era riflesso in un'opera che assumeva come legge interiore quella della libertà, ma che vedeva tale libertà come venata nell'interno da una rete profonda di forze terrene e misteriose che animano di moti inesauribili la vita.

L'ampiezza di spazi del *Furioso* risponde all'ampiezza di *L'imitazione* una civiltà, al suo spirito creatore e al suo momento più *della natura:* intenso, quello in cui la consapevolezza di uno slancio *realtà e* fantastico in ogni direzione assumeva la consistenza di *fantasia* un'imitazione della forza imprevedibile di creazione della natura. Era una posizione nuovissima e illuminante: il paragone non era più tra l'umano e il divino come nel Medioevo, tra il significato dell'azione umana e una vita ultraterrena vista alla luce di una concezione trascendente; ora si instaurava un rapporto tra un'inesauribile energia di germinazione fantastica, che esprimeva tutte le possibili irradiazioni e diramazioni dell'umano, e la realtà della natura e della storia. Il paragone assumeva aspetti di estrema concretezza nella sua apparente labilità: fantasia e realtà si configuravano come i due poli di un processo tra cui intercorrevano infinite relazioni, che trovavano peraltro il loro centro animatore, la loro forza di generazione interna nel cuore dell'uomo, nella sostanza dei suoi sentimenti e nella natura delle sue azioni. La vita, nella varia apertura dei suoi movimenti, era trasfigurata non in un oltremondo, ma in una diversa e continuata fuga di avventure che alludevano alla varietà delle possibilità della vita umana. Tale fantasia cavalleresca, che si innestava nella tradizione estense, acquistava un valore simbolico nei confronti della realtà come l'immagine di un mondo in movimento continuo, ove solo certi momenti potevano circondarsi dell'aureola di una loro più intensa vibrazione. Il mito della cavalleria diveniva una chiave di interpretazione essenziale per intendere il significato e il valore della vita e della storia umana.

La meditazione sulle vicende contemporanee e la prospettiva esistenziale

Dall'angolazione estense l'Ariosto poté molto comprendere, in relazione al momento storico, sperimentando le conseguenze cui trascinavano certe decisioni che si legavano ad altre decisioni, lungo la via che necessariamente conduceva alla servitù italiana. Da un polo di natura meditativa e interpretativa, in virtù dell'impostazione in profondità del suo lavoro letterario, il poeta era portato ad investire del flutto della sua poesia l'altro polo della diretta considerazione ed esemplificazione della realtà politica della penisola, rifugiandosi almeno nell'esaltazione di quelle personalità che di fronte alla frana degli eventi davano prova della loro coraggiosa ed esemplare coerenza. Egli non si poneva, tuttavia, di fronte a tale realtà politica con uno scopo politico, con la volontà di risolvere i problemi o di indicare sistematicamente le cause che li avevano generati; ma si poneva dal punto di vista dell'osservatore che ricava motivazioni atte a indicare certe essenziali testimonianze vitali investite di particolare rilievo nei confronti di una situazione irta di difficoltà e quasi gravata dal peso di un destino di decadenza. Anche la politica in tal modo gettava luce sull'umanità, come la storia estense ben prova, segnando, attraverso il succedersi dei tempi, la linea di una continuità, di un'eccezionale capacità di tenere fede alle sue motivazioni originarie.

L'omogeneità della prospettiva del *Furioso* assimilava

dunque nel profondo varie componenti storiche e fantastiche, gettando le sue radici nella realtà politica contemporanea, ma ispirandosi a una concezione della poesia come interpretazione della condizione umana, secondo una visione essenzialmente rinascimentale nella sua volontà di comprensione del dinamismo vitale, considerato nelle espressioni individuali, ma anche intravisto nel suo rifrangersi nel movimento della storia. Al di là, ma estraendo i succhi che da tale visione maturavano, si configurava un'intuizione che s'irraggiava intorno all'uomo e al suo destino, in un mondo che s'intesseva anche dei sentimenti più delicati, più eroici e più nobili (ma visti ed afferrati nel flusso delle più diverse e contrastanti manifestazioni) e che nasceva da un interno bisogno di adeguarsi alla vita libera e varia della natura. Un mondo autonomo, che trovava i propri ideali e limiti in se stesso, non per disprezzo di spiegazioni ultraterrene, ma perché spinto da un'urgenza interiore di conoscenza concreta, di spiegazione dell'inestricabile sviluppo della vita.

Amore dell'Armonia? Non era essa, però, quasi la risultante, più che la spinta originaria? Non s'indirizzava questa ad afferrare le dissonanze della realtà, ad immergersi in esse, per poi, con arditi accostamenti, indicare altri spunti, altri avvii, altri movimenti? È la sete, la fantasia dell'altro, del nuovo, delle diverse intuizioni, dei diversi orizzonti, che anima il poema: è l'ebbrezza, la gioia del movimento, con al di dentro un principio di valutazione, di interna risonanza e insieme di paragone continuato. La liberazione fantastica diveniva la fonte di animazione di tale mondo e il modo supremo della conquista di esso; non si trattava tanto di unificare, quanto di saper scorgere le forze che sospingevano internamente; tra l'uno e il molteplice, prevaleva quest'ultimo, mentre restava intatta nella sua freschezza la forza che si calava nelle diverse e nuove manifestazioni dell'esistenza: era come la lievitante ebbrezza della liberazione fantastica che assorbiva e reinventava ogni forma di esistenza umana e naturale, attraverso quel favoloso cantare delle gesta di antichi cavalieri. *L'armonia dinamica e la liberazione fantastica*

Tale bisogno di scoperta della vita nella diversità dei suoi volti, e tale interna forza di paragone che la governava, costituiva la forza veramente rinascimentale del poema, quella che spingeva a cercare non più, ad esempio, come nella poesia medievale, concezioni figurali di una verità eterna espressa nelle Sacre scritture, ma a trovare nella cavalleria, nel suo sogno di bellezza e di eroismo, le «figure» di un'interpretazione generale della vita. In tale senso l'ambiente culturale ferrarese offriva alla giovinezza dell'Ariosto una motivazione di carattere im- *L'Ariosto e il Boiardo* mediato, le radici quasi della sua formazione: da una parte il raffinato culto della classicità e le esperienze di lirica latina, dall'altra quella diffusione dell'epica cavalleresca che culmina nella soluzione boiardesca, la quale abbraccia e fonde la tradizione brettone e quella carolingia in un tutto intimamente giustificato da un'aurorale freschezza di immagini. Già nella corte estense, come idoleggiata dal Boiardo, e in quell'immagine della cavalleria da lui offerta, era presente una capacità di plasmare secondo un'esigenza di contemporaneità i miti cavallereschi, che divenivano in certo modo lo specchio della sete d'immaginazioni che permeava una civiltà. Ma proprio nell'Ariosto si attuava una successiva assimilazione tra il sapore pieno della classicità di una lezione umana profonda e il vago errare della fantasia e l'acerba consapevolezza del reale. La poetica umanistica quattrocentesca e la poetica cavalleresca giungevano a un punto di ideale convergenza, a un'interpretazione in profondità dell'esistenza nei suoi aspetti ideali e reali, di fuga dal reale e di ritorno al reale: con un'interezza di prospettive, in cui dal bisogno di riversarsi nell'avventura come ricerca di un'impossibile libertà, ci si riduceva all'interiorità dei sentimenti, all'equilibrio di una contemplazione distaccata e matura.

Il mondo cavalleresco e la realtà
Il sogno di eroismo e di bellezza della cavalleria diveniva il metro per aprire una prospettiva più vera intorno a quel reale di cui nel poeta erano ben presenti le voci. E Ferrara e la sua vita e la vita stessa dell'Ariosto costituivano un punto di angolazione ideale, l'esempio quasi di una via da seguire: da quell'osservatorio ricco di eccezionale tensione egli contemplava non solo gli eventi dell'evoluzione politica italiana, ma acquistava esperienza di come si potesse, di fronte a casi di estrema importanza e gravità, conservare il senso della propria dignità e fermezza, basandosi sulla lezione del concreto. La politica ferrarese del tempo è infatti, tra contendenti di singolare peso e capacità, quella di chi con duttilità e insieme con un rigoroso senso della continuità della propria azione, sa difendere le proprie posizioni, dando prova di fedeltà ai propri ideali, alle proprie ragioni e alle proprie naturali alleanze, e insieme sa guardare con oculatezza al futuro: controllo ed elasticità, fermezza e senso della politica e della storia, coscienza dei propri mezzi e di quelli dei grandi nemici, capacità di avvertire il punto discriminante tra il relativo e l'assoluto erano i termini essenziali della lezione che l'Ariosto apprendeva durante la sua partecipazione agli eventi di quegli anni decisivi, che egli passava al fianco di Ippolito e Alfonso d'Este.
Si tratta del nascere di un sentimento del limite e della misura di cui offrivano testimonianza gli eventi stessi

della vita dello scrittore; un sentimento che si ispirava al bisogno di ritornare dalle occupazioni pratiche agli ozi non turbati della letteratura, per ascoltare le voci del «cor sereno» (*Sat.* IV, 134). Se la vocazione ariostea appare decisamente letteraria, risulta essenziale, d'altra parte, l'osservazione che tale contrapposizione tra «otia» e «negotia» acquista un significato nel senso di un equilibrio dinamico, per cui la vita sedentaria idoleggiata dal poeta si configura, nella sua realtà autentica, come un sogno più che come un'abitudine, poiché in effetti essa è alimentata (in virtù delle distrazioni di natura allotria) del sentimento di una superiore misura, di un'attiva coscienza del limite, di una ragionevolezza che ha esperimentato la realtà. Quindi la vita del poeta, come la sua poesia, riflette una convergenza di opposte tendenze. Quella volontà di distacco dal peso delle cariche, dei negozi, dei viaggi, e di rifugio nella dolce assuefazione a consuetudini conosciute ed amate, ma un accento dinamico. Non un Ariosto isolato dalla vita pratica e come astratto in un suo ideale di sedentarietà, ma un Ariosto che non vuole essere assorbito dall'azione così da eliminare in sé quell'attività contemplativa che considera come parte essenziale del proprio essere: certo, di fronte ad altre personalità letterarie che respirano della sola azione, e in essa in certa guisa riposano, la sua personalità si caratterizza per un superiore equilibrio e per una sorta di interna drammaticità, come di chi tende verso un approdo di serenità che di continuo gli sfugge e che avverte come essenziale alla propria natura.

Segno di una prevalenza degli interessi d'ordine creativo su quelli d'ordine attivo, ma anche di una loro compresenza, di una loro reciprocità funzionale, in quanto apparirebbe inconcepibile quell'impeto fantastico così aderente a un'esperienza del reale, se non fosse sostenuto e guidato da un'autentica forza di penetrazione nel concreto. Si tratta non di un rifiuto a sentire, a partecipare, ma della scelta di un modo particolare di partecipazione nettamente individuato, anche se continuamente contrastato nella sua realizzazione. Si potrebbe dire, a titolo non solo di paradosso, che il maggior cantore della vita nella totalità dei suoi aspetti avverte la presenza della conoscenza di essa nel suo animo quasi come il frutto di un'esperienza non gradita e tendenzialmente rifiutata, il che certo può apparire vero sino a un certo punto, e non solo per l'ovvia considerazione di una distinzione dei piani tra la capacità di intuizione e la capacità di azione, tra la capacità di espressione artistica e la capacità del pratico fare, ma anche, e soprattutto, per l'altra considerazione che riguarda la complessa formazione del poeta in tutta la sua maturità di sguardo umano, di ricchezza

Il sentimento della misura: esperienza vitale e attività contemplativa

sentimentale, di sostanza di saggezza, che non appare direttamente verificabile e spiegabile con la partecipazione a una tradizione di cultura, ma che si deve intendere alla luce di una personalissima elaborazione di dati vitali, su cui il poeta attua quel processo di interiore liberazione che è a lui peculiare. Liberazione del sentimento e della fantasia dal peso del reale presuppone un'intensa partecipazione ad esso, non un rifiuto, non un esilio, semmai un'accettazione contrastata e difficile, risolta però in definitiva con un atto di comprensione e di superiore illuminazione.

L'umana illusione e l'ironia
Ma in effetti la personalità ariostesca era lungi dal limitarsi a tale rapporto dinamico tra l'aspirazione alla serenità e i contrasti della vita pratica, rapporto in certa guisa risolto nella posizione del poeta di estrema apertura verso il reale e a un tempo verso il fantastico, quale era propria di una poesia che avvertiva in sé il continuo bisogno di nuovi orizzonti e di nuove situazioni. L'osservazione riguarda da una parte l'aspetto biografico — le sofferenze dell'uomo Ariosto — ma dall'altra può offrire singolari spunti di approfondimento delle relazioni che intercorrono tra l'uomo e il poeta e gettare una luce suggestiva sulla sua capacità di portare anche i disagi personali in una zona interiore tale da influenzare notevolmente le prospettive poetiche. È appunto così che lavora l'Ariosto portando nella tradizione cavalleresca ferrarese questo sentore di vita vissuta, e tra gli slanci della fantasia o tra le stesse simboliche immaginazioni del magico e del meraviglioso, gli echi e il sorriso e l'interpretazione che scaturiscono da un senso esperto della realtà, sì che tra le pieghe del meraviglioso è lecito scorgere da una parte l'affascinante cantore delle libere fantasie, ma dall'altra il poeta che giunge ad esse come per chiudere in un simbolo il sentimento del vaneggiare umano. Perché uno degli aspetti fondamentali di tale personalità poetica è appunto quello dell'individuazione fantastica dell'umana illusione («e l'invisibil fa vedere Amore», *O.f.* I, 56).

La liberazione fantastica e il «cor sereno»
La poetica ariostesca del «cor sereno» anima infatti, nella contemplazione delle imprese cavalleresche e delle azioni umane, un'attenzione disincantata e incantata insieme, la gioia della scoperta e della descrizione sin dell'inafferrabile e del meraviglioso e insieme l'ansia del dubbio, il senso del mostruoso e della violenza, e a un tempo le più ampie scorrerie per le zone del probabile, del possibile, del relativo. Le grandi illusioni del poema sono quindi misurate col metro del sorriso, dell'ironia e della saggezza, rendendo conto della complessità di un'ispirazione ambivalente che nel suo abbandono porta con sé un freno. Le illusioni dei personaggi non sono le illusioni del poeta che li ha creati, ma egli tuttavia si ine-

bria di esse, anche se variamente giunge a dimensionarle, a limitarle: si tratta evidentemente di due piani della disposizione poetica, ma ciò non toglie che entrambi esercitino una funzione essenziale, che emerge appunto nella loro convergenza; così l'Ariosto non risulta semplicemente il poeta dell'ironia, di uno scettico distacco, e nemmeno, per certi aspetti il poeta dell'Armonia cosmica e del distacco sorridente, ma il poeta dell'illusione nei suoi duplici riflessi sul piano del reale e del fantastico, dell'illusione ora accarezzata ora limitata, dell'illusione come segno ed espressione del carattere del personaggio che trova il proprio limite nelle illusioni degli altri personaggi. Illusione, saggezza, ironia erano componenti essenziali della personalità dell'Ariosto, come del suo poema, in cui possono identificarsi quali espressione di momenti convergenti nella determinazione di una situazione, sì che il loro emergere assume un significato non indifferente, introduce a una particolare vibrazione, al segno di una singolare presenza nella modulazione della voce poetica; ma è d'altra parte vero che tali richiami diversi agivano sul piano comune della liquidità di un linguaggio poetico sciolto e leggero, che penetrava entro il fantastico ed entro il reale, entro le zone del delicato e dell'eroico, del mostruoso e dell'abnorme, con la nettezza del rilievo e insieme con la fluidità di un discorso sfuggente e inafferrabilmente proteso verso nuove avventure dell'immaginazione e del sentimento. Al di là di un'armonia in movimento e in divenire, al di là dell'impeto di un sentimento del ritmo vitale, ci sembra opportuno rilevare questa trama di incanto e di sorriso, questa consapevolezza del valore della vita e insieme dei suoi limiti, questo levarsi alto sul terreno del reale senza dimenticarlo: siamo nel pieno del naturalismo rinascimentale, che si deve intendere nelle sue complesse componenti, nella luce di una scoperta in atto, di una liberazione fantastica che a un certo momento in sé risolve anche le voci della saggezza e dell'ironia, fantasticamente atteggiandole e penetrandole. Armonia appare dunque il risultato, ma la spinta determinante risulta quella che atteggiava il canto del poeta nel senso di una liberazione che era un errare della fantasia attraverso tutte le esperienze umane (la «gran selva» della vita, XXIV, 2), e insieme era un acquisto di consapevolezza, attraverso le immagini esemplari convergenti attorno alla «meravigliosa» follia di Orlando. Al di là della labilità fuggente, delle molteplici disillusioni della vita, permaneva qualcosa di vivo, di palpitante, intorno a cui un'armonia dinamica, il sentimento e la forza del ritmo vitale, la spinta di liberazione fantastica intessevano cerchi di musicale rapimento.

Appaiono dunque pertinenti i richiami della recente critica ariostea alla densità di motivi umani che corrono nel poema: «è fondamentalmente il poema della natura» (Seroni); «Quasi un atlante della natura umana, il *Furioso*; o piuttosto il culmine della scoperta dell'uomo» (Segre); «L'Ariosto non si rivolgeva alla varietà della natura per il semplice gusto istintivo del romanzesco avventuroso, ma per coglievi le leggi profonde che la regolano e la governano» (Caretti). Ma, d'altra parte, occorre mettere in luce la storia interna di tale animata sintesi poetica in cui si rivelano «il ritmo stesso e la musica dell'eterno fluire delle cose» (Sapegno). Nei personaggi, nelle immagini, nelle narrazioni del *Furioso*, vi è, sì, la disposizione che riflette e rappresenta «il senso libero, estroso, incalcolabile e inesauribile della vita», ma forse sembra eccessivo affermare che il *Furioso* ci appare «come un libro senza vera conclusione, come un libro perenne» (Caretti), perché, mentre si può riconoscere che tale è proprio l'impressione che può suscitare il poema quando riesce a destare un sentimento di continua attesa dell'imprevedibile, d'altra parte, se non guardiamo solo allo snodarsi delle avventure verso nuovi incontri e nuovi possibili slanci d'una fantasia che interpreta la realtà delle avventure umane, ma badiamo all'opera in sé conclusa, alle misure che essa esprime, alla «storia» che essa individua e racconta, allora il poema può apparire come l'espressione di un'armonia colta attraverso un equilibrio dinamico, ed insieme attraverso uno svuotarsi e un ridimensionarsi di quegli impeti fantastici nella realtà della saggezza, della conquista di una ritrovata misura umana.

L'intuizione
rinascimentale
della vita e le
relazioni
interne tra
naturale e
meraviglioso Il grande ritmo del poema lo si coglie nella relazione che intercorre tra tanti atteggiamenti: dall'irraggiarsi della fantasia al limpido posare della saggezza, alle venature di un'ironia che aiuta il rinascere del sentimento della realtà. In sostanza nella mutevole faccia del poema non è possibile scindere l'un elemento dall'altro; occorre perciò scoprirne le relazioni interne che ci rendono conto dell'essenziale intuizione rinascimentale della vita nella sua complessità. Tale mondo cavalleresco si pone perciò da una parte come un sopramondo fantastico, ma dall'altra, in quelle immagini che sembrano sfrenate, noi scopriamo proprio un'intuizione della realtà, ricca di fermenti, di intenzioni, di sogni, di evasioni, ma in definitiva ricondotta sempre a un metro di interiore validità. Naturale e meraviglioso sono gli elementi che possiamo distinguere come essenziali nell'ambito dei contenuti del poema, ma essi costituiscono in effetti i termini espressivi di una continua tensione alimentante il fluire di un ritmo vitale che dalla realtà muove verso gli sviluppi del-

la fantasia e da questa ritorna a quella, per un bisogno non solo di giustificazione interna, ma anche di spiegazione e di limitazione di quegli impeti leggeri.

Allora occorre guardare al poema nella sua trama. Delle tre linee di svolgimento che la sorreggono (la pazzia di Orlando, la guerra tra Cristiani e Mori, le nozze di Ruggiero e Bradamante) acquista un valore preminente la vicenda d'Orlando, che inoltre ha un peso risolutivo anche nei confronti della condotta della guerra. Ma è da dire che esse si propongono non come linee nette di demarcazione, ma come linee di riferimento rispetto a tutto un mondo che respira in un'atmosfera di anarchia cavalleresca. Di tale mondo, a un certo momento, la follia di Orlando diverrà l'espressione più carica di significati simbolici: essa offre dei contenuti del poema un'immagine che penetra nel profondo e che raggiunge un valore tra polemico e fantastico, per quella sua capacità di dare vita a forme iperboliche ora dolorosamente tragiche ora epicamente ridenti. Una fitta rete di avventure porta Orlando alla follia: tra di esse emergono le storie di Isabella e di Olimpia, che preludono a un sentimento di amore spontaneo e profondo, mentre l'altra storia dell'innamoramento di Angelica per Medoro presenta una concatenazione di fatti sentimentali espressi attraverso un susseguirsi di eventi avventuroso-fantastici. Da una parte la bellissima fanciulla fuggente (e il motivo della sua fuga aveva non solo aperto il *Furioso*, ma anche simboleggiato quasi il movimento più incantevole della fantasia) è travolta da una pietà, che è amore, per il giovinetto ferito; dall'altra la tenera, elegiaca storia di Cloridano e Medoro introduce al tema della pazzia di Orlando, mescolando le note di una trepidazione del sentimento e quelle di un amore che proietta e prolunga da molto tempo le sue ansie, la sua ricerca, le alternative e le antinomie di un dolorare e di un fuggire, entro la compagine del poema.

La follia di Orlando si distingue, per accenti di intensità e di totale dedizione dell'essere, dall'anarchia cavalleresca, che sembra essere la legge dominante del poema e che trova le più deliranti espressioni negli astratti furori di un Mandricardo e nel mostruoso titanismo di un Rodomonte, mentre incontra altre immagini assai aderenti, che ne materializzano quasi la labile essenza, nel castello e nel palazzo di Atlante. Se questi danno corpo, entro il rapimento delle avventure, al palpito dell'illusione che ogni cavaliere in sé coltiva, la Discordia nel campo di Agramante rappresenta l'altro aspetto del mondo umano-cavalleresco, quello di un impetuoso furoreggiare di istinti che non conoscono freno e che ineluttabilmente sono trascinati a cozzare l'un contro l'altro.

Le linee di svolgimento del poema

La follia di Orlando

Il nobile, il prode, il doloroso e gentile Orlando sarà però portato a superare nella sua follia anche tale immagine di un mondo in preda alla passione, lui che la passione ha coltivato nel chiuso dell'animo angosciato, non nelle sue manifestazioni di natura puramente istintiva e violenta. Tutto ciò che vive nell'orbita di Orlando si colora, d'altronde, di caratteri di devozione, di cortesia, di fedeltà. Da Zerbino a Brandimarte, da Isabella a Fiordiligi i riflessi di un uguale destino di amore e di generosità accompagnano i mortali affanni del paladino con un alone che conferisce alla sua stessa pazzia il sentimento di una vasta partecipazione umana e l'esempio di una gratitudine, di una lealtà, che giunge, come nel caso di Zerbino, alla testimonianza ultima di sé, sino al sacrificio della vita.

Il viaggio lunare di Astolfo Ma la pazzia di Orlando avrà anche una sua soluzione nel viaggio lunare di Astolfo, dopo essere passata tra le avventure di un epos della comicità che non conosce confini nello stravolgere gli aspetti stessi dell'umano. Il mondo della Luna con la sua adunata di simboli grotteschi è l'immagine cristallizzata dei sottili umori che penetrano tutto il *Furioso*, alludendo a una spiegazione della follia, alle sue manifestazioni e alla sua fatalità: esso rappresenta un giudizio sulla vita e sulla passione trasferito in immagini ormai fisse e stranite, chiuse entro un cerchio di illusioni ormai sgretolate nella loro essenza. Dalla vitalità umana e cavalleresca si giunge in tal modo a forme che rappresentano le ultime, esangui spoglie della vita.

Lo scontro di Lipadusa La narrazione prosegue con la storia del rinsavimento di Orlando attraverso gli strumenti di una complicata macchina provvidenziale che lo porterà a combattere la risolutiva battaglia in favore della Cristianità a Lipadusa. Qui scopriamo, secondo il Monteverdi, il grave Orlando delle canzoni di gesta. Questa di Orlando è dunque una storia simbolica, che trova conclusione in quella autentica solitudine, in cui egli, dopo la morte di Brandimarte, alzerà il suo lamento disperato: «O forte, o caro, o mio fedel compagno...».

La tracotanza di Rodomonte Anche quella di Rodomonte in Parigi è un'epica battaglia, ma condotta da una volontà sovrumana, in cui balenano, oltre che un furore di belva, immagini di sangue e di fuoco che tutto travolgono. La figura di Rodomonte lascia dietro di sé le tracce ardenti di «una fiumana rossa». Ma quello che più di lui colpisce, è la «hybris», la tracotanza del suo titanismo eversore. In un certo senso, egli, supremo assertore di un mondo ove nulla più può restare dell'immagine dell'armonia, cieco uccisore della delicata Isabella, diventerà un inconsapevole strumento dell'armonia dinamica che corre nel poema: la sua morte in duello con Ruggiero, in un estremo confronto esaltato come scotimento tellurico, acquisterà il valore di una liberazione da quanto di mostruoso atterrisce l'umana esistenza. Di tali forze oscure e torbide quanti accenni avevano svelato segrete vibrazioni del poema! Dal fascino della passione erotica, di cui palpita la turpe Alcina, alla scimmiesca Gabrina perpetuamente fuggente (l'altra fuga del poema, così diversa da quella di Angelica), inseguita dai suoi delitti, alla città disumana delle femmine omicide, alle rocche rette da leggi vergognose, alle immagini laide di Orrigille, di Lidia, di Pinabello, di Polinesso, di Odorico.

Nel suo volgere verso la conclusione il *Furioso* andrà via via spegnendo l'impeto fantastico volto in ogni direzione, che l'aveva caratterizzato per un lungo spazio narrativo e da cui aveva tratto quel suo movimento ampio e apparentemente discorde, teso verso l'immagine della vita colta nelle sue forze interne ed esterne. Ora in esso troveranno spazio eventi di natura risolutiva, come la battaglia di Lipadusa o il duello tra Rodomonte e Ruggiero, mentre lo svolgersi delle avventure si coagulerà attorno a un nucleo di preminente interesse, quello dell'amore di Bradamante e Ruggiero, con i suoi aspetti di celebrazione dinastica estense, già collegata, in vari tempi del poema, a quelle dimensioni «ferraresi» che si erano proposte come una componente particolarmente attiva. Ora, verso la chiusa, tali motivi si rassodano in un tessuto che, attorno agli amori borghesi-cavallereschi di Ruggiero e Bradamente, stringe lo svolgersi della narrazione non più secondo quelle convergenze di motivi fantastici ed umani che avevano costituito il carattere della più alta poesia del *Furioso*, ma secondo procedimenti di natura meno vitale, meno vicina a quella forza di equilibrio dinamico che reggeva il tutto, e di indole apertamente romanzesca, ora declinante verso lo studio psicologico e analitico, ora verso l'espressione oratoria del contrasto dei sentimenti, ora verso il colpo di scena avventuroso. Queste pagine rivelano la loro funzione nel poema in virtù di quell'indicazione, ormai sovrastante, di un suo raccogliersi nella luce di una celebrazione dinastica, che deve poggiare su una genuina intensità di sentimenti, e perciò non deve temere di vedere gli eroi a un certo momento provati e piegati dalla fortuna avversa. La storia di tali amori confluisce verso quel complesso di immagini, quali appunto si rivelano la battaglia di Lipadusa e la morte di Rodomonte, che tendono a porre una conclusione al poema e ai suoi motivi più intimamente vivi: Ruggiero, dopo il suo lungo noviziato amoroso e cavalleresco, è presentato come l'eroe in grado di spegnere la forza distruttrice di Rodomonte.

La conclusione del poema

Le opere che precedono, accompagnano e seguono il *Furioso*, convalidano l'asserzione critica che l'Ariosto è grande poeta di un sol libro, e che, negli altri che scrisse, in varia misura si manifestano tendenze del suo animo diversamente utili ad illustrare quell'opera che riassunse tutta la sua vita poetica e in cui in continuità riversò il senso della sua vita umana. In esse ora si possono rilevare atteggiamenti marginali e collaterali, ora le prove di un noviziato letterario (le liriche latine e volgari), ora una base di esperienza morale e vitale (le lettere), ora le espressioni di una deformazione della realtà in senso comico-avventuroso (le commedie); ora infine, nelle *Satire*, si può cogliere la giustificazione più profonda dell'angolo di visuale ariosteo, che, da un'impostazione che si adegua a una poetica del «cor sereno» e a una disposizione fondamentale di «mediocrità», muove una capacità di comprendere e giudicare la realtà secondo misure interne di radicata convinzione vitale, di saggezza sperimentata, gustosa e profonda. In tal senso le *Satire* ci offrono un vivente autoritratto morale del poeta dei suoi affetti e delle sue nostalgie («Già mi fur dolci inviti a empir le carte / li luoghi ameni di che il nostro Reggio, / il natio nido mio, n'ha la sua parte. / Il tuo Maurician sempre vagheggio / ... / Eran allora gli anni miei fra aprile / e maggio belli», *Sat.* IV, 115-131), costituendo una testimonianza essenziale per l'interpretazione del *Furioso*, persino in direzione di certa sorridente perplessità sulla natura e sui limiti delle inclinazioni umane («Ma chi fu mai sì saggio o mai sì santo / che di esser senza macchia di pazzia, / o poca o molta, dar si possa vanto?», *Sat.* II, 148-150); non solo perché in esse apertamente si pronuncia il personaggio Ariosto, ma anche perché vi si prospetta una particolare intuizione della realtà, che penetra sin entro le immagini del poema, alimentandone e sostenendone le fantasie e la loro genesi interna. La liberazione fantastica attuata dal poeta nel *Furioso* acquista in tal modo significato dal suo «iter» intellettuale e poetico, come un processo di sintesi complessa, risolta nel senso di una composizione ariosa, leggera, impetuosa e insieme misurata e sorridente. Perciò di «liberazione», più che di «libertà» fantastica, sembra doversi parlare a proposito del poema, per quel sentimento in esso sempre presente di una conquista nel suo divenire, nel suo spaziare, nel suo prendere forma e dimensioni, ma sempre accompagnato dal sentimento altrettanto vigile, se pur così «fantasticamente» atteggiato, e così ricco di umori, di una realtà che non viene abbandonata e che anzi proprio nella fantasia ritrova non solo il proprio slancio, ma anche veramente una delle forme essenziali del suo essere, la giustificazione della sua interpretazione vitale («il resto de la terra, / senza mai pagar l'oste, andrò cercando / con Ptolomeo, sia il mondo in pace o in guerra», *Sat.* III, 61-63).

Non si può dunque guardare alle opere minori, e in particolar modo alle *Satire*, con un atteggiamento di rinuncia, quasi testimonianze di un processo estraneo alla formazione dell'opera maggiore: di tale esigenza del resto si dimostra ben consapevole tutta la più sensibile critica ariostesca postcrociana, dal Binni al Caretti, al Segre. Basti inoltre pensare a quella felicità di movimenti mimetici che appare in relazione diretta con certi aspetti vitali del capolavoro: «con tutto il viso applaude / e par che voglia dir: — anch'io consento —». (*Sat.* I, 17-18).

Nelle liriche latine che risalgono in gran parte agli anni *Le liriche* giovanili (1494-1504) è da rilevare, come nota Caretti, il momento dell'apprendistato poetico, offrendo esse testimonianza non solo di una familiarità con gli autori classici, ma anche di una notevole immediatezza e ricchezza di umanità; come rileva Binni, vi si può avvertire un impeto gioioso, «una cadenza precisa, ma non secca, ricca di un'eco molle, calda, un po' come la cadenza tra rude e languida di certi dialetti padani». D'altra parte, ad esempio nell'elegia *De diversis amoribus*, già vi si affaccia anche il consenso compiaciuto per movimenti fantastici che alludono, se pure in sede psicologica, alla irrequieta mobilità della «vaga mens»: «Me mea mobilitas senio deducat inerti» (Quanto a me, la mia incostanza mi sottragga a un'inerte vecchiaia; 63). L'assiduo esercizio di stile delle liriche volgari riesce più vitale, come osserva Segre, nei «capitoli», ove il poeta può soddisfare la sua «vocazione narrativa»; ma esso, ad ogni modo, prosegue quella tradizione petrarchesca, che era assai viva a Ferrara insieme alla moda latina e alla poesia cortigiana, e che, per opera del Bembo, riprendeva l'esigenza di realizzare la dignità di una perfezione esemplare. Ricordiamo almeno l'inizio di un sonetto (XVII), in cui si può rilevare una natura libera di canto leggero e come rapito, e tuttavia vivo di una calda vibrazione: «Occhi miei belli, mentre ch'i' vi miro, / per dolcezza inefabil ch'io ne sento, / vola come falcon c'ha seco il vento, / la memoria da me d'ogni martiro...».

La composizione delle sette *Satire* occupa il periodo dal *Le «Satire»* 1517 al 1525 e riflette i tempi della piena maturità ariostesca; perciò, anche nei confronti dell'esempio della saggezza oraziana, riesce efficace l'osservazione del Binni che mette in rilievo quel carattere «più personalmente risentito» della satira ariostesca, che costituisce un aspetto della sua originalità, mentre essa non si preclude la «possibilità di una soluzione fantastica, magari fiabesca ed ironica». Altra centrale osservazione del Binni è quella che guarda all'opera nelle sue relazioni col poema: «i sentimenti tutti umani e sperimentati delle *Satire* formano la base concreta della libertà sentimentale del poema», presentandoci esse un «autoritratto non episodico» dell'autore. Esse in sostanza costituiscono quasi «sette canti di uno stesso poema umano e terreno» (Marti), in cui possiamo rilevare come motivi essenziali quelli dell'amore per la propria donna, della libertà e dei suoi limiti, della dedizione alla poesia, dell'amicizia, che ci forniscono, nei loro interni nessi, un ritratto dell'Ariosto, vivo in una società dai caratteri ben precisati; quindi, come sottolinea SEGRE, risalta la «complementarità» che in tale attività poetica assumono i termini di azione e contemplazione.

Le commedie A proposito delle cinque commedie (la *Cassaria*, i *Suppositi*, la *Lena*, il *Negromante*, gli *Studenti*), si può osservare come l'Ariosto porti entro l'azione scenica personaggi colti nella realtà quotidiana; ma è anche giusto porre in evidenza che un peso considerevole esercitano qui le trame ereditate dalla commedia latina, il gusto dello spettacolo e delle vicende avventurose di un intrico romanzesco, una tendenza verso «l'azione per l'azione» di carattere assai diverso rispetto all'imprevedibilità dell'intreccio del *Furioso* intimamente motivato da ragioni d'ordine fantastico. Per le commedie può rappresentare uno stimolante approccio il giudizio di Marti, che vede quale protagonista il gioco delle parti «di un'umanità [...] che si trastulla tracciando rette e volute di spirali e s'abbandona a una dissennata distrazione dalla realtà». Però, nel *Negromante*, possono isolarsi anche un'ardita capacità di presa sul reale e una mordente visione pessimistica della vita: «... Non guardate, Cintio, / mai di far danno altrui, se torna in utile / vostro. Siamo a una età, / che son rarissimi / che non lo faccian, pur che far lo / possano; / e più lo fan, quanto più son grandi uomini» (vv. 946 sgg.); altra volta, invece, l'astrologo è rappresentato mentre va simulando quel dominio delle arti magiche che ricorda le mirabili metamorfosi operate nel *Furioso*: «De le donne e de gli uomini / sa trasformar, sempre che vuole, in varii / animali e volatili e quadrupedi» (vv. 372 sgg.); infine, par di avvertire, negli spiccioli divertimenti intorno alle carte dei legulei, un richiamo alle vanità del vallone lunare o, con più diretti riferimenti, al ritratto della Discordia, nel XIV canto del *Furioso*: «Quanto t'hanno le carte a avere invidia, / de le quali si fan libelli, cedule, / inquisizioni, citatorie, esamine, / istrumenti, processi, e mille altre opere / de' rapaci notari, con che i poveri / licenziosamente in piazza rubano!» (vv. 776 sgg.). Nella *Lena*, poi, mentre il linguaggio tende, come annota Binni, verso un risultato di «tono medio», che si avvicina a quello delle *Satire*, se pure dotato di minore forza, l'Ariosto non trascura il carattere dei personaggi, in particolare quello della femmina di malaffare; il poeta giunge a impastare in tale figura, con originalità di accenti amarissimi, le ragioni del «calcolo» con quelle dell'«infamia» e dell'«inganno».

Nelle lettere, di contro, appare l'aspetto pratico della vita del poeta, che dimostra coerenza, fermezza, dignità. *Le lettere*
Tali caratteri vengono a sostenere, con il fondamento di una calda sostanza di vita morale, il distacco contemplativo, e conferiscono un singolare pathos a quel rapporto tra realtà e fantasia che costituisce una delle linee essenziali dell'interpretazione del poema.

I *Cinque canti*, che offrono spunti a una problematica di *I «Cinque* vitale interesse, furono esclusi dal *Furioso* e rimasero a *canti»* sé, come estranei al poema, mentre nell'edizione del 1532, in quarantasei canti, entravano quattro nuovi episodi: la rocca di Tristano; Marganorre; le avventure di Ruggiero e Leone, e, bellissima, la storia di Olimpia. I *Cinque canti* narrano della vendetta delle Fate e di Alcina, sui guerrieri di Carlo, e dell'ossessiva insistenza nell'ideare e nell'operare il male, del traditore Gano di Maganza: in essi Segre addita la presenza di un paesaggio «austeramente monocromo» e dei segni di un «pessimismo amaro», quasi «presentimenti di un gusto diverso».

Per Dionisotti, i *Cinque canti* non rivelano un «tono austero e come invernale» (Segre), ma tendono piuttosto verso un'«asprezza nervosa» e una «mordacità un poco selvatica», assumendo, nel mezzo della crisi delle *Satire*, il carattere di un esperimento fallito, da collegarsi alla rinuncia che attesta l'edizione del *Furioso* del 1521.

In sostanza tutte le opere minori rappresentano tendenze diverse dell'animo e della poetica dell'Ariosto che gettano viva luce sul poema, proprio nel senso che ci chiariscono quello che esso è e quello che non può essere, poiché molti dei motivi e delle tecniche presenti in esse trovavano nel *Furioso* una loro destinazione ad altro fine o una loro vita marginale da guardarsi e da intendersi nelle complesse relazioni che ne reggono la totalità; ma esse non sono però da trascurarsi, in quanto l'ambito limitato della loro azione illustra aspetti del processo vivente di sintesi operato dal poeta entro le componenti non solo del suo apprendistato di scrittore, ma si potrebbe dire, in quelle che sono le direzioni attive della sua ricerca continuata. *La sintesi poetica ariostea*

Nella vita letteraria e poetica dell'Ariosto vengono a confluire in tal modo molte esigenze e molti tentativi, ma è anche vero che da tale irrequietudine il poeta risaliva alla vena profonda, alla coerenza suprema di un equilibrio dinamico di motivi in cui potevano trovare rilievo in assoluto solo alcuni di essi di «meravigliosa» gentilezza, bellezza, generosità e cavalleria, anche se circonfusi da un'atmosfera ove le vibrazioni fuggenti del sogno venivano a paragone con i richiami della realtà, e persino con le occasioni appassionanti dell'ironia. Nell'ambito della propria vita letteraria, come nell'interno della vita poetica del *Furioso*, l'Ariosto sapeva ritrovare e rilevare alcuni nuclei essenziali che acquistavano il loro valore e il loro suono inobliabile entro la vita vasta, varia e ondeggiante delle sue prospettive umane, entro la ricerca di un ritmo interno che giustificasse e illuminasse il suo sentimento del ritmo vitale, entro il segno di una linea che chiudesse, dando ad esso concretezza, uno slancio aperto verso il dominio, la scoperta, la liberazione della fantasia.

La fortuna critica

Nell'ambito di una visione dinamica delle concezioni rinascimentali, la poesia dell'Ariosto rappresenta un momento di liberazione, di apertura e di sintesi suprema in direzione naturalistica, in cui si afferma una spinta fondamentale verso le infinite possibilità del reale e insieme verso la conquista di un'armonia come libera espressione degli affetti (dall'eroismo alla gentilezza al doloroso affanno), ma anche come pieno riconoscimento della capacità umana, al di fuori di ogni disposizione metafisica, di abbracciare con le forze della fantasia e dell'intelletto le forme in divenire della natura.

In relazione a tale molteplicità di correnti vitali che solcano la compagine del *Furioso*, assai diverse furono sin dall'inizio le reazioni. Il pur concretissimo Machiavelli, in una lettera del 17 settembre 1517, scriveva: «el poema è bello tutto e in di molti luoghi è mirabile»; ma già il Pigna nei *Romanzi* (1554) e il Giraldi Cintio nei *Discorsi intorno al comporre romanzi* (1554), per difendere il *Furioso* contro i precettisti aristotelici, dovevano proporne l'inserimento nel genere del poema romanzesco, mentre Orazio Toscanella, nelle *Bellezze del «Furioso»* (1574), ne affermava il significato in profondità: «è un ritratto della vita dell'uomo». Ben presto la polemica sulla *Gerusalemme liberata* investiva, di riflesso, il paragone col *Furioso*. Così Camillo Pellegrino, nel *Carrafa o dialogo dell'epica poesia* (1584), giudicava privo di unità d'azione e inteso unicamente al diletto il *Furioso*, mentre, di contro, Leonardo Salviati ne riaffermava, nello stesso anno, la corrispondenza alle regole aristoteliche, soprattutto apprezzandone la toscanità linguistica. Lo stesso Tasso, poi, nell'*Apologia in difesa della sua «Gerusalemme liberata»* (1585), accusava l'Ariosto di aver «murato su 'l vecchio», cioè sul Boiardo, mentre egli aveva preso la sua materia solamente dalla storia. Orazio Ariosto, nipote del poeta, nella sua *Difesa del «Furioso»* (1586), metteva invece in luce il carattere comune e colloquiale del linguaggio ariostesco e la sua dote particolare di far scaturire da un gran numero di azione la meraviglia.

Galileo, nelle *Considerazioni al Tasso* (che appartengono probabilmente al periodo 1589-1600), ammirava invece l'Ariosto per le grandi prospettive, gli spazi e le proporzioni che rispondevano al suo gusto rinascimentale toscano: così, di fronte alle «figure secche, crude senza tondezza e rilievo» del Tasso, egli insisteva sul colorire ad olio proprio dell'Ariosto (la cui «pittura riesce morbida, tonda, con forza e rilievo»), per caratterizzare gli aspetti, che nella sua poesia venivano a confluire, delle tonalità calde e sfumate con quelle plastiche.

Intanto il *Furioso* era tradotto, con risonanza vastissima, in tutta Europa: Edmund Spenser, nel poema in ottave (1591-96) *The Faerie Queene* («La regina delle Fate») ad esso largamente si ispirava, pur rappresentando — nei confronti dell'Ariosto — quasi un ritorno al Medioevo e all'allegoria (come ha sottolineato C.S. Lewis) e manifestando gusti e procedimenti affini, per il compiacimento verso gli emblemi, a quelli dei nostri pittori manieristi. Anche nel *Don Chisciotte* (1604) si rifletteva la luce del *Furioso*, per quell'addentrarsi tra forre e boschi che apriva orizzonti d'incanto intorno all'umile realtà quotidiana, e costituiva uno sfondo cangiante alla poesia dell'Ariosto, definito dal Cervantes (P.I., cap. VI) «il cristiano poeta», forse non solo per la narrazione delle mirabili battaglie dei Franchi contro i Mori, ma anche per lo spirito di gentilezza e per la nobiltà di sentimenti che lo animavano.

Ma il «meraviglioso» ariosteo non era certo della razza di quello gradito al barocco: Udeno Nisiely (Benedetto Fioretti), tuttavia, nei *Proginnasmi poetici* (1620-39), se biasima aspramente sconvenienze, inverosimiglianze, errori, e il «barbarizzare» linguistico dell'Ariosto, rivela in termini commossi («piango di pietà e instupidisco di maraviglia») la sua ammirazione senza limiti per la rappresentazione della follia d'Orlando e per il poeta degli affetti. Con un atteggiamento preilluministico, di contro, il Caloprese, nella *Lettura sopra la concione di Marfisa* (1690), compierà acuti sondaggi su un atteggiamento ariostesco non sempre facilmente avvertibile, quale quello della razionalità e chiarezza, che rispondono a un'interiore serietà umana. Jean de La Fontaine, nei *Contes et Nouvelles* (1665-75), ricavava intanto dalle tre novelle del *Furioso*, l'argomento dei tre racconti *Giocondo*, *La coppa magica*, *Il cagnolino*, accentuandone il gioco licenzioso, con arte consumata e con toni fini e leggeri, nonostante che Voltaire li giudicasse poi inferiori all'eleganza della descrizione ariostea.

Il Settecento si disponeva ormai ad approfondire temi congeniali, quali quelli della limpidezza intellettuale e figurativa, dell'estro, della musicalità, del sorriso che incantevolmente sa demolire i pregiudizi. Gian Vincenzo Gravina, nella *Ragion poetica* (1708), dà rilievo alla spontanea grazia del poema, ma anche al sentimento del reale ed all'analisi psicologica; Quadrio, nel trattato *Della storia e della ragione di ogni poesia* (1739-52), collega le *Satire* ariostesche a quelle di Orazio, ma chiarisce anche i loro caratteri peculiari, che nascono da «un non so che d'asprigno e rodente»; il Tiraboschi, nella *Storia della letteratura italiana*, considera sommo pregio ariostesco quello dell'aver saputo seguire la natura; l'Andres, nell'opera *Dell'origine, de' progressi e dello stato attuale d'ogni letteratura* (1782), si studia di afferrare, come il più vero «secreto» dell'Ariosto, quell'«aria confidenziale» che dà al suo stile un respiro di naturalezza. Ma soprattutto Antonio Conti, nel *Discorso sopra la poesia italiana* (1756), sviluppando una poetica classicistica, individua un carattere della poesia ariostesca che susciterà larga eco di approfondimenti negli interpreti moderni, quando osserva che essa «accoppia il verisimile col meraviglioso, in modo da tessere un incanto che non dà tempo di riflettere», oppure quando ammira quella sapienza del poeta nell'arte del «particolareggiare», che significa capacità di infondere concretezza fantastica alle situazioni. Nella «Frusta letteraria» (n. VI, 15 dicembre 1763) del Baretti acquista consistenza, di contro, alla luce di un'isolata prospettiva preromantica, una singolare valutazione dell'Ariosto, visto addirittura come «il più grande di tutti i nostri poeti», che sa raggiungere un «poetico fuoco» e un «repentino entusiasmo» nella rappresentazione della pazzia d'Orlando, sì che alla forza drammatica dei suoi sentimenti si addice l'immagine di un Nettuno adirato che agita nel profondo «l'onde e i cavalloni di poesia». Il Bettinelli, nel *Discorso sopra la poesia italiana* (1781), insiste sui temi di un'elegante semplicità, di una misura stilistica, della libertà fantastica, degli affetti dolcissimi, dello spirito e del genio naturale della conversazione, dei valori musicali e del fine gusto linguistico: le quali certamente risultavano osservazioni appropriate, ma che non si studiavano di giungere a un centro interno di motivazioni, arrestandosi sulla soglia di un'interpretazione in direzione mozartiana, limitata a un'immagine di grazia vivente.

Tale complesso articolarsi della critica italiana si rifletteva nei giudizi di quella straniera. Lessing, definendo i confini tra pittura e poesia nel *Laocoonte* (1766; XX-XXI), polemizza con l'*Aretino o Dialogo della pittura* (1557) di Ludovico Dolce, ove, a proposito del ritratto d'Alcina, si affermava che un buon poeta è ugualmente buon pittore. Voltaire, dopo essersi fermato a una presentazione dell'Ariosto incantevole e fantasioso, riconosceva, nel *Dictionnaire philosophique* (1771), che nel poeta la sublimità giunge ad esprimersi in termini di spontanea naturalezza, di cui è lontana ogni idea di sforzo. Spontaneità che, secondo il Goethe nel *Tasso* (1790), si unisce alla libertà fantastica ed alla grazia, ma secondo un criterio umano di scelta, poiché, come la natura copre di una verde veste il suo seno, l'Ariosto «ravvolge nel fiorito velo della favola le cose tutte che solo possono fare rispettabile e amabile l'uomo» (a. I, sc. 4).

Riprendendo i motivi più fertili della critica settecentesca, Foscolo li inseriva in una visione ispirata dai temi romantici della fantasia, della natura e della storia. Nella *Notizia intorno a Didimo Chierico*, paragonando la poesia ariostea alle «lunghe onde con le quali l'Oceano rompe sulla spiaggia», accoglieva un'immagine del Baretti, portandola però su un piano non di esplosivo furore, ma di cosmica, serena vitalità; nel *Saggio sui poemi narrativi e romanzeschi italiani*, precisava poi il carattere di tale poesia e delle singolari trasformazioni in essa avvertibili, dato che anche le intuizioni del meraviglioso sono presentate «come se fossero creazioni fantastiche veramente della natura»: in tal maniera i termini di «naturale» e di «meraviglioso» entravano in un mutuo rapporto dinamico, che assumeva un valore centrale rispetto ai procedimenti creativi dell'Ariosto, il quale «padroneggia» il lettore appunto in virtù di tale suo sentimento della concretezza delle intuizioni fantastiche.

Francesco Torti, nel *Prospetto del Parnaso italiano* (1806), procedeva lungo intuizioni critiche affini, se pure meno vigorose, quando affermava che l'Ariosto «guida la natura per mano» e indicava nell'intrico delle avventure la presenza di «un filo nascosto e impercettibile». Ginguené, nell'*Histoire littéraire de l'Italie* (1812), afferrava un punto importante, quello della radicale trasformazione cui la materia cavalleresca andava incontro in virtù delle doti fantastiche dell'Ariosto. Sismondi, nella *Littérature du Midi de l'Europe* (1813), dava rilievo alla libertà della fantasia, ma anche alla prevalenza dell'immaginazione sul cuore e al venir meno, in tale visione, dell'autonomia dei personaggi. La canzone leopardiana *Ad Angelo Mai* (1820) in quegli anni, intanto, cercava di tradurre l'impeto di felici illusioni che trascorreva nell'interno della poesia del «cantor vago dell'arme e degli amori»: «O torri, o celle, / o donne, o cavalieri, / o giardini, o palagi! a voi pensando, / in mille vane amenità si perde la mente mia». E persino in Russia Konstantin Batjuškov, nelle pagine su *Ariosto e Tasso* (1817), dava rilievo alla libertà di pensiero dell'Ariosto, e, soprattutto, alla ricchezza e flessibilità della sua lingua nel raffigurare la natura e nel racchiudere «tutto il visibile creato e tutte le passioni umane».

Un profondo arricchimento apportava all'interpretazione del *Furioso* l'*Estetica* di Hegel, la pratica di esaltare quando indicava, come propria dell'ambiguità dell'ironia ariostesca, il mito medievale della cavalleria, annunciando insieme la nuova coscienza rinascimentale. E un'affinità elettiva con l'Ariosto, quale fonte d'ispirazione quotidiana, avverte Stendhal, sia nella *Vie de Henri Brulard* («Simpatizzo come a dieci anni, quando leggevo l'Ariosto, con tutto quello che è racconti d'amore, di foreste — i boschi e il loro vasto silenzio — di generosità»), sia nella *Chartreuse de Parme* (1839), per la quale scelse versi della Satira IV («Già mi fur dolci inviti a empir le carte / li luoghi ameni») ed ove, tracciando il quadro delle rive del Lario, in cui ritrova la voluttà e la misura di grazia dell'Ariosto, afferma che nel poeta «tutto è nobile e tenero».

Nella critica del De Sanctis, che intorno al *Furioso* impegnò vivamente le proprie capacità di interprete, sono ripresi i risultati più alti della saggistica romantica. Ma se nel *Saggio sulla poesia cavalleresca*, frutto delle lezioni zurighesi del 1858, egli metteva in luce l'umanità degli affetti, il «cuore» dell'Ariosto, nel capitolo della *Storia della letteratura italiana*, ove pure dava grande rilievo alla storicità del poema, certamente troppo inclinava verso un'impostazione moralistica notando l'assenza di una «serietà di vita interiore». Nella formula dell'«arte per l'arte» (e nell'altra diversa, di un Ariosto più «artista» che «poeta») si deve comunque scorgere un'interpretazione non scaturente, per la sua astrattezza, dal profondo, ma nata sotto l'influsso delle teorie estetiche del *Parnasse*, quale reazione ad esse. De Sanctis sapeva illuminare, d'altronde, anche i temi dell'«ironia» e del «riso» ariostei, quali testimonianze dell'atteggiamento dello spirito moderno di fronte al costume antico; e soprattutto sviluppava quel motivo critico della «perfetta obiettività e perspicuità» del poema, che esprimeva il bilancio di una lettura affascinata e insieme turbata dalla interna armonia «in fieri» del *Furioso*.

Veniva poi l'età del metodo storico, che contribuì con infiniti studi eruditi all'illustrazione esterna dell'opera ariostea: tra essi emerge l'opera monumentale (*Le fonti dell'«Orlando Furioso»*) di Pio Rajna, infirmata dalla tesi di un Ariosto «ragionatore» inferiore al Boiardo per scarsa capacità d'invenzione, ma che portava in sé un'e-

sigenza di storicizzazione, nell'ambito del genere cavalleresco, della complessa formazione classica e romanza del
poeta, se pure non giungeva ad individuare il significato
della conquista di un'originalità fantastica. Ben altri risultati sapeva cogliere il Carducci, sia nello studio di un
ambiente come sfondo allo svilupparsi di una personalità poetica (*La gioventù di L. Ariosto e la poesia latina in
Ferrara*, 1875), sia quando, nel saggio *Su l'«Orlando Furioso»* (1881), combatteva la tesi dell'ironia alla luce di
interne motivazioni che tenevano presente l'intera capacità d'irraggiamento della fantasia: «E come si può parlare di ironia continua e finale dinanzi alla terribilità tragica di quella pazzia, in quella più che descrizione e narrazione epica?». In seguito il Cesareo (*La fantasia dell'A-
riosto*, 1900), opponendosi al Rajna e chiarendo il carattere originale della fantasia ariostesca rispetto alla mera
«invenzione» boiardesca, si spingeva addirittura, nello
studio della pazzia di Orlando, verso un tipo d'analisi
arieggiante il metodo della scienza psichiatrica. Luigi Pirandello, nell'*Umorismo* (1908), indicava l'affiorare nel-
l'Ariosto sia della «coscienza della irrealtà della sua
creazione», sia delle «ragioni del presente, trasportate e
investite in quel mondo lontano», sì che tale coscienza e
tali ragioni potevano proporsi come motivazioni interne
del nascere della sua ironia.

Il saggio del Croce (1918) si annuncia con caratteri di
estrema nettezza e organicità: alla tesi desanctisiana del-
l'«arte per l'arte», che peccava di formalismo, come allo
sterile contenutismo di molti studi contemporanei, Croce opponeva la formula dell'amore per l'armonia cosmica («cuore del cuore» del poeta), che alludeva a un'interpretazione rispondente allo spirito rinascimentale ed insieme rifletteva una tensione purificatrice dei contrasti
dell'esistenza, diretta verso l'apprensione del ritmo del-
l'universo e della vibrazione degli affetti, assorbendo in
sé i diversi temi dell'ironia e del reale. I pericoli che tale
interpretazione rivelava erano, prima di tutti, quelli di
far convergere la definizione critica verso la caratterizza-
zione dell'idea dell'arte quale era propria del grande in-
novatore dell'estetica; ma anche non sembrava trascura-
bile il rischio di dare alla contemplazione apollinea del
ritmo vitale un carattere olimpico di staticità, che veniva
a rappresentare uno spostamento di prospettiva nei confronti del ritmo interno all'aprirsi, dinamico e imprevedibile, dell'incanto luminoso delle illusioni.

Grande era il fervore degli studi che nascevano in seguito alla spinta crociana. Luigi Ambrosini (*Introduzione
all'Ariosto*, 1926) parlava di quello ariostesco, come di
«un terzo mondo», in cui dominava «un delirare poetico», e quasi di «un regno del naturale meraviglioso»

(con una formulazione che si rifaceva al Conti, al Foscolo e al Gioberti). Attilio Momigliano, nel *Saggio sull'«Orlando Furioso»* (1928), riscopriva la voce musicale degli affetti, che potevano persino toccare tragiche intensità, in seno a quel mondo labirintico di cangiante fluire, di mobilità di toni e di armonia, così che realtà e sogno giungevano a limpidamente contemperarsi, tendendo verso una condizione — sfuggente, per sua natura, a un concreto tentativo di storicizzazione — di intento, assorto silenzio e di «nobile sognare». Notazioni assai fini sulle disposizioni dell'Ariosto sapeva anche inserire nel suo *Cinquecento* (1929) Toffani, in ispecie quando mostrava, nel poeta, una certa affinità col Goethe nel «saper passare oltre il dolore», e quando, d'altra parte, individuava in lui una «insensibilità alla prosa» che, fatte le eccezioni delle *Lettere*, lo spingeva, appena nascesse, come nelle *Satire*, il compiacimento dello scrivere, verso la poesia. Erano questi anche i tempi in cui la fondamentale biografia del Catalano (1930) che concludeva un cinquantennio di ricerche erudite e filologiche, mentre Riccardo Bacchelli, nella sua congeniale indagine sulla *Congiura di don Giulio d'Este* (1931), presentava il ritratto antitradizionale di un Ariosto nutrito della pratica del giure, saturo di «machiavellesca verità effettuale», e sostenuto sia da vivi interessi culturali in ogni direzione, sia da una consumata esperienza che traluce nella sua capacità di far capire certe verità anche «senza dirle». Di contro, Antonio Baldini, nel suo *Ludovico della tranquillità* (1933), si fermava gustosamente sulle atmosfere di «affabilità straordinaria» e di «cara tenerezza» che il poeta sapeva creare.

A esigenze concretamente filosofiche veniva incontro Santorre Debenedetti con la sua edizione critica del poema (1928) e coi *Frammenti autografi dell'«Orlando Furioso»* (1937), in cui poneva in rilievo come il poeta, pur tenendo gran conto della classicità latina, di quella dei trecentisti e della nuova eleganza del Quattrocento, non rinunciasse, anche nell'ultima edizione del poema (in cui pure si presentano varianti, da foglio a foglio di stampa dei diversi esemplari) a certi accenti e voci lombarde, mentre, d'altra parte, durante il processo creativo, egli, che pure tanto apprezzava le *Prose della volgar lingua* del Bembo, non per ciò adottava, nei confronti di tale autorità, un atteggiamento di inerte acquiescenza. Gianfranco Contini invece, nell'indagine stilistica *Come lavorava l'Ariosto* (1937), aveva dato rilievo, a conferma della tesi crociana, al passaggio dalle voci «utilitarie» dell'espressione a quelle «armoniose, autosufficienti», e a quella «scommessa» impegnativa per il poeta di «mantenere la conquista lirica del Poliziano e non rinunciare al carattere narrativo»; per lui il correggere diveniva «arte del levare», mentre, d'altra parte, se si poteva dare il caso anche di qualche «innalzamento di tono», ove le esigenze dell'armonia lo richiedessero, veramente congeniale e normale si rivelava la tendenza ad un «abbassamento del tono».

Una svolta interpretativa era attuata da Walter Binni in *Metodo e poesia di L. Ariosto* (1947), che operava un ricupero del valore d'arte delle opere minori, individuando i caratteri della poetica del «cor sereno», il particolare significato di un'armonia «varia e mossa», e l'originale proposta di un equilibrio tra naturalismo e platonismo in cui si esprimeva il significato storico dell'opera ariostea. Nasceva così un'interpretazione della poesia come espressione del «ritmo vitale» nella sua varietà e nella sua «sana floridezza», operante in una superiore «unità narrativa e poetico-musicale», e tendente verso la definizione e l'acquisizione di un «aperto sopramondo rinascimentale».

Antonio Piromalli (*Motivi e forme della poesia di L. Ariosto*, 1954), guardando in direzione di un tentativo di storicismo integrale, considera il naturalismo dell'Ariosto come un «importante elemento della base conoscitiva e intellettuale del Rinascimento italiano e ferrarese» e studia il suo spirito d'osservazione e di approfondimento della realtà, il suo senso critico, i suoi rapporti con la corte e col pubblico, il valore storicizzante dell'ironia e la vasta zona delle similitudini nate dalla contemplazione dei fenomeni della natura e del paesaggio, ove sono insieme presenti un sentimento poetico e un intento conoscitivo. Caretti, in *Ariosto e Tasso* (1961), definisce la narrativa ariostea come sospinta da un'energia attiva, «avventurosa e molteplice», ricca di aperture dinamiche su spazi illimitati, mentre anche i casi drammatici e strazianti sono mantenuti nell'ordine dell'equilibrio, e la «serie infinita dei moti della vita universale» viene abbracciata dall'intelletto dello scrittore in una sorta di inesauribile durata narrativa e di intensa vita di relazioni. Altro tentativo di storicizzazione è quello compiuto da Ezio Raimondi nel saggio *Dalla natura alla regola* (in «Terzo Programma», 1961), quando discorre del «platonico» Ariosto, il quale scopre «un ritmo narrativo che è unità del molteplice entro un'ottava prodigiosamente dinamica» ed esprime la libertà di un'immaginazione che si pone in antinomia con una poetica platonica normativa «oggettivata in moduli tecnici», come sarà formulata dal Bembo.

Un'interessante direzione di ricerca muoveva intanto da una scoperta compiuta dal Garin (*Venticinque «Intercenali» inedite e sconosciute di L.B. Alberti*, in «Belfagor»,

1964): sia da M. Martelli (*Una delle «Intercenali» di L.B. Alberti fonte sconosciuta del «Furioso»*, in «Bibliofilia», 1964), sia da G. Ponte (*L.B. Alberti, umanista e prosatore*, in «Rassegna della letteratura italiana», 1964) erano poste in rilievo notevoli corrispondenze tra il *Somnium* dell'Alberti e le ottave ariostee del mondo della Luna (*O.f.*, XXXIV, 73-85), mentre Cesare Segre estendeva i raffronti ai rapporti di parentela (e di differenziazione) esistenti tra il proemio del libro VII delle *Intercenali* e l'Ariosto, Satira III, 208-231 (*Nel mondo della Luna ovvero L.B. Alberti e L. Ariosto*, in «Studi in onore di A. Schiaffini», 1965).

Le *Esperienze ariostesche* del Segre si raccolgono intorno a un'interpretazione della personalità del poeta sviluppata alla luce di un continuo ripresentarsi degli opposti richiami della fantasia e della realtà, sì che egli può dirsi viva sotto il segno del «dilemma azione-contemplazione»: in tal maniera si può avvertire anche il significato poetico di certi «richiami all'ordine», di fronte alla gioia delle «incursioni verso l'iperbole o gli abbandoni dell'immaginazione». Un'interpretazione che porta alle estreme conseguenze, in sede prevalentemente psicologica, la tesi del Caretti, è poi offerta dall'articolo di Guido Piovene *Il mondo senza confini dell'«Orlando furioso»* (1967): «Nemmeno il poema ha una vera fine. È come un mondo in continua dilatazione e non si vede un termine che lo contenga».

Di una rinnovata capacità del poema di parlare ai nostri contemporanei può essere testimonianza il *Furioso* «raccontato» da Italo Calvino (1970), che d'altra parte, nella sua narrativa (ad esempio, nel *Castello dei destini incrociati*) porta frequentemente ingredienti, fondi ed umori ariosteschi. Occorre meditare su posizioni quale quella dell'argentino Borges, che riprende nelle sue invenzioni il motivo dell'alternativa del possibile proprio dell'Ariosto, e a lui dedica liriche, ponendolo al di sopra dello stesso Cervantes. Sono anni, anche, questi, in cui il regista Luca Ronconi porta il *Furioso* in rappresentazioni di piazza, avvertendo l'esigenza di coinvolgere il pubblico nello spettacolo. È da ricordare ancora come Nino Borsellino, autore della più recente monografia ariostesca (1973), indichi una via per comprendere in maniera equilibrata la posizione storica del *Furioso»*: «Il motto di Montaigne, ‹gli altri formano l'uomo, io lo racconto›, serena presa di coscienza di una condizione antropocentrica carica di un destino per il momento imprevedibile, avrebbe già potuto essere il motto dell'Ariosto».

MARCELLO TURCHI

Guida bibliografica

EDIZIONI DEL «FURIOSO»
Di particolare importanza per la storia del testo: *Orlando furioso*, Ferrara 1516; *Orlando furioso*, ivi 1521; *Orlando furioso*, ivi 1532; *Orlando furioso* di L. Ariosto, secondo le stampe del 1516, 1521, 1532 rivedute dall'autore, riproduzione letterale a cura di F. Ermini, Roma 1909-11, 3 voll.; *Orlando furioso*, a cura di S. Debenedetti, Bari 1928, 3 voll.; *Frammenti autografi dell'«Orlando furioso»*, a cura di S. Debenedetti, Torino 1937; *Orlando furioso*, secondo l'edizione del 1532, con le varianti delle edizioni del 1516 e del 1521, a cura di S. Debenedetti e C. Segre, Bologna 1960; *Orlando furioso*, a cura di C. Segre, Milano 1964; *Orlando furioso*, a cura di G. Paparelli, ivi 1974, 2 voll.; *Orlando furioso*, a cura di C. Segre (collana «I Meridiani» dell'editore Mondadori), ivi 1976.
Fra le edizioni commentate si ricordano quelle curate da: A. Romizi, Milano 1900; P. Papini, Firenze 1903; G. Raniolo, ivi 1933; N. Zingarelli, Milano 1934; N. Sapegno, ivi 1941; W. Binni, Firenze 1942; L. Caretti, Milano 1954; A. Seroni (con una scelta di opere minori), ivi 1961; R. Ceserani, Torino 1962, 2 voll.; C. Muscetta e L. Lamberti (con *Le Satire*, i *Cinque Canti* e una scelta di opere minori), Torino 1962, 2 voll.; E. Bigi, Milano 1982, 2 voll.

EDIZIONI DELLE OPERE MINORI
L'edizione complessiva più sicura è: *Opere minori*, a cura di C. Segre, Milano 1954. Cfr. anche *Opere minori*, a cura di A. Vallone, ivi 1964.
Fra le edizioni di singole opere si ricordano:
Lirica, a cura di G. Fatini, Bari 1924; *Carmina*, a cura di E. Bolaffi, Modena 1938[2].
Commedie, a cura di M. Catalano, Bologna 1940, 2 voll.; *Commedie*, a cura di A. Casella, G. Ronchi, E. Varasi, Milano 1974.
Satire, a cura di G. Tambara, Livorno 1903; *Satire*, a cura di M. Ferrara, Firenze 1932; *Satire*, a cura di G. Fatini, ivi 1933; *Satire*, a cura di C. Segre, nel vol. III di *Tutte le opere*, Milano 1984; *Satire*, a cura di C. Segre, Torino 1987.
I Cinque Canti, a cura di L. Firpo, Torino 1964; *I Cinque Canti*, a cura di L. Caretti, Venezia 1974 (con cinque riproduzioni di acqueforti di U. Attardi); *I Cinque Canti*, a cura di L. Caretti, Torino 1977.
Le lettere, a cura di A. Cappelli, Milano 1887[3]; *Lettere*, a cura di A. Stella, nel vol. III di *Tutte le opere*, ivi 1984.

OPERE BIBLIOGRAFICHE GENERALI

N.D. Evola, *Bibliografia ariostesca (1920-1932)*, in «Leonardo», n. 5, maggio 1933; G. Agnelli e G. Ravegnani, *Gli annali delle edizioni ariostee*, Bologna 1933, 2 voll.; B. Fava e D. Prandi, *Catalogo della mostra bibliografica delle celebrazioni ariostesche in Reggio Emilia*, Reggio Emilia 1951; G. Fatini, *Bibliografia della critica ariostesca (1510-1956)*, Firenze 1958; R.J. Rodini e S. Di Maria, *Ludovico Ariosto. An Annotated Bibliography of Criticism 1956-1980*, University of Missouri Press, 1984.

OPERE BIOGRAFICHE

G. Campori, *Notizie per la vita di L. Ariosto*, Firenze 1896; E.G. Gardner, *The King of Court Poets*, London 1906; A. Scolari, *Ariosto*, Firenze 1930; M. Catalano, *Vita di L. Ariosto*, Genève 1930-31, 2 voll.; G. Fusai, *L'Ariosto poeta e commissario in Garfagnana*, Arezzo 1933; A. Pompeati, *L. Ariosto*, Milano 1933; M. Bonfantini, *Ariosto*, Lanciano 1935; G. Fusai, *L'Ariosto in Garfagnana e le sue relazioni con la repubblica di Lucca*, Lucca 1937; G. Fatini, *Ariosto*, Torino 1938; C. Dionisotti, *Chierici e laici nella letteratura italiana del primo Cinquecento* (1960), in *Geografia e storia della letteratura italiana*, ivi 1967, pp. 47 sgg.; N. Sapegno, *Ariosto L.*, in *Dizionario biografico degli italiani*, IV, Roma 1962, pp. 172 sgg.; G. Innamorati, *Ariosto*, Milano 1965.

OPERE SULL'AMBIENTE CULTURALE FERRARESE

G. Bertoni, *L'«Orlando furioso» e la Rinascenza a Ferrara*, Modena 1919; A. Piromalli, *La cultura a Ferrara al tempo dell'Ariosto*, Firenze 1953; G. Getto, *La corte estense di Ferrara come luogo d'incontro di una civiltà letteraria*, in *Letteratura e critica nel tempo*, Milano 1954; S. Pasquazi, *Rinascimento ferrarese*, Caltanissetta 1957; R. Baillet, *L'Arioste et les princes d'Este: poésie et politique*, in AA.VV., *Le pouvoir et la plume. Incitation, contrôle et repression dans l'Italie du XVIᵉ siècle*, Paris 1982; R. Bruscagli, *Stagioni della civiltà estense*, Pisa 1983.

STUDI COMPLESSIVI

F. De Sanctis, *Storia della letteratura italiana*, a cura di B. Croce, Bari 1949⁴, vol. II, p. 16 sgg.; B. Croce, *Ariosto, Shakespeare e Corneille*, ivi 1920; A. Baldini, *Ludovico della tranquillità*, Bologna 1933; W. Binni, *Metodo e poesia di L. Ariosto*, Messina 1947; M. Marti, *L. Ariosto*, in AA.VV., *Letteratura italiana. I Maggiori*, Milano 1956, 2 voll., pp. 307 sgg.; R. Bacchelli, *«La congiura di don Giulio d'Este» e altri scritti ariosteschi*, ivi 1958; L. Russo, *Ariosto minore e maggiore*, in «Belfagor», n. 6, novembre 1958, pp. 629 sgg.; L. Caretti, *L. Ariosto*, in *Il Quattro-*

cento e *l'Ariosto* della *Storia della letteratura italiana* [Garzanti], diretta da E. Cecchi e N. Sapegno, Milano 1966, pp. 785 sgg.; C. Segre, *Esperienze ariostesche*, Pisa 1966; W. Binni, *L. Ariosto*, Torino 1968; N. Borsellino, *L. Ariosto*, in *La letteratura italiana. Storia e testi* [Laterza], diretta da C. Muscetta, Bari 1973, vol. IV, pp. 179-326; E. Bigi, *Ariosto L.*, in *Dizionario critico della letteratura italiana*, Torino 1973; R. Manica, *Preliminari sull'Orlando furioso*, Roma 1983; G. Getto, *L'Orlando furioso e la poesia dello spazio*, in *Tempo e spazio nella letteratura italiana*, Firenze 1983, pp. 77-120; M. Santoro, *L'anello d'Angelica*, Napoli 1983; G. Savarese, *Il «Furioso» e la cultura del Rinascimento*, Roma 1984; G. Dalla Palmia, *Le strutture narrative dell'Orlando furioso*, Firenze 1984; A. Gareffi, *Figure dell'immaginario nell'Orlando furioso*, Roma 1984.

OPERE CRITICHE CHE TRATTANO DELL'«ORLANDO FURIOSO»

G. Baretti, *La «Frusta letteraria»*, a cura di L. Piccioni, Bari 1932, vol. I, p. 155; U. Foscolo, *Notizia su Didimo Chierico*, in *Prose varie d'arte*, vol. V dell'ed. naz. delle *Opere*, a cura di M. Fubini, Firenze 1951, p. 181; Id., *Saggio su poemi narrativi e romanzeschi*, in *Saggi di letteratura italiana*, vol. XI dell'ed. naz. delle *Opere*, a cura di C. Foligno, parte II, ivi 1958, pp. 1 sgg.; G.F. Hegel, *Estetica*, Milano 1963, p. 778; V. Gioberti, *Pensieri e giudizi sulla letteratura italiana e straniera*, a cura di F. Ugolini, Firenze 1867, pp. 304 sgg.; F. De Sanctis, *La poesia cavalleresca e scritti vari*, a cura di M. Petrini, Bari 1954, pp. 1 sgg.; P. Rajna, *Le fonti dell'«Orlando furioso»*, Firenze 1900²; G. Carducci, *Dello svolgimento della letteratura nazionale*, in *Prose*, Bologna 1926, pp. 399 sgg.; Id., *Su l'«Orlando furioso». Saggio*, in *Opere*, vol. XIV, ivi 1936, pp. 57 sgg.; G.A. Cesareo, *La fantasia dell'Ariosto*, in *Critica militante*, Messina 1907, pp. 29 sgg.; L. Ambrosini, *Teocrito, Ariosto, minori e minimi*, Milano 1926; H. Hauvette, *L'Arioste et la poésie chevaleresque à Ferrara, au début du XVIᵉ siècle*, Paris 1927; A. Momigliano, *Saggio sull'«Orlando furioso»*, Milano 1929; G. Bertoni, *Il linguaggio poetico di L. Ariosto*, in *Lingua e pensiero*, Firenze 1932, p. 121; T. Spoerri, *Renaissance und Barok bei Ariost und Tasso*, Bern 1932; AA.VV., *L'ottava d'oro*, Milano 1933; A. Zottoli, *Dal Boiardo all'Ariosto*, Lanciano 1934; E. Carrara, *I due Orlandi*, Torino 1935; G. Bertoni, *L. Ariosto*, in *Lingua e poesia*, Firenze 1937, pp. 105 sgg.; G. Contini, *Come lavorava l'Ariosto*, in *Esercizî di lettura*, Firenze 1947², pp. 309 sgg.; R. Spongano, *L'ironia nell'«Orlando furioso»*, in *La prosa di Galileo e altri scritti*, Messina 1949, pp. 48 sgg.; G. De Robertis, *Lettu-*

ra sintomatica del Primo dell'«Orlando», in «Paragone», n. 4, 1950, pp. 12 sgg.; G. De Blasi, *L'Ariosto e le passioni*, in «Giornale storico della letteratura italiana», n. 387-88, 1952, pp. 318 sgg.; n. 390, 1953, pp. 178 sgg.; R. Ramat, *L'«Orlando furioso»*, in *Per la storia dello stile rinascimentale*, Messina 1953, pp. 1 sgg.; D. Bonomo, *L'«Orlando furioso» nelle sue fonti*, Bologna 1953; A. Piromalli, *Motivi e forme della poesia di L. Ariosto*, Messina 1954; E. Bigi, *Petrarchismo ariostesco*, in *Dal Petrarca al Leopardi*, Milano 1954, pp. 47 sgg.; A. Monteverdi, *Lipadusa e Roncisvalle*, in «Lettere italiane», n. 4, 1961, pp. 401 sgg.; L. Blasucci, *Osservazioni sulla struttura metrica del «Furioso»*, in «Giornale storico della letteratura italiana», n. 426, 1962, pp. 169 sgg.; G. Piovene, *Il mondo senza confini dell'«Orlando furioso»*, in «La Stampa», 31 dicembre 1967; M. Turchi, *Immagini di una storia interna dell'«Orlando furioso»*, in «La Rassegna della letteratura italiana», n. 3, 1967, pp. 315 sgg.; G.B. Salinari, *L'Ariosto tra Machiavelli ed Erasmo*, Roma 1968; R. Bacchelli, *Nel mare dell'«Orlando furioso»*, in «L'Approdo letterario», 1968, 44, pp. 3-26; M. Turchi, *Linee di interpretazione del disegno del «Furioso»*, ivi, n. 2-3, 1968, pp. 220-253; Id., *Fantasia, mimesi e paragoni ariostei*, in «Sigma», dicembre 1968, pp. 42-67; Id., *Ariosto o della liberazione fantastica*, Ravenna 1969; E. Raimondi, *Una lettura ariostesca di R. Serra*, in AA.VV., *Critica e storia letteraria. Studi offerti a M. Fubini*, Padova 1970, vol. II, pp. 203-225; W. Moretti, *Cortesia e furore nel Rinascimento italiano*, Bologna 1970; I. Calvino, *L'«Orlando furioso» di Ludovico Ariosto*, Torino 1970; P. Barocchi, *Fortuna dell'Ariosto nella trattatistica figurativa*, in AA.VV., *Critica e storia letteraria. Studi offerti a M. Fubini*, Padova 1970, vol. I, pp. 388-405; G. Paparelli, *Il «Furioso» e la poetica del diletto*, in *Da Dante al Seicento*, Salerno 1971, pp. 141-181; R. Negri, *Interpretazione dell'«Orlando furioso»*, Milano 1971; L. Pampaloni, *Per un'analisi narrativa del «Furioso»*, in «Belfagor», 1971, 2; Id., *La guerra nel «Furioso»*, in «Belfagor», 1971, 6; D. Delcorno Branca, *L'Orlando furioso e il romanzo cavalleresco medioevale*, Firenze 1973; A. Seroni, *Temi ariosteschi in occasione di un centenario*, in «Paragone», 1974, 298; D. Quint, *The Figure of Atlante: Ariosto and Boiardo's Poem*, in «Modern Language Notes», 1979, 94, pp. 77-91; I.A. Molinaro, *Ariosto's Concept of «Virtù»*, in «Esperienze letterarie», V, 1980, pp. 3-16; P. De Sa Wiggins, *Galileo on Characterization in the Orlando furioso*, in «Italica», 57, 1980, pp. 255-267; H. Rudiger, *Eine Episode aus dem Orlando furioso: Rinaldos Rede für Ginevra und ihr moralischer Gehalt*, in «Italienische Studien», 3, 1980, pp. 35-44; D. Marsh, *Ruggiero and Leone: Revi-*

sion and Resolution in Ariosto's Orlando furioso, in «Modern Language Notes», 96, 1981, pp. 144-151; P.V. Mengaldo, Una costante eufonica nell'elaborazione dell'Orlando furioso, in «Lingua nostra», XLII, 1981, pp. 33-39; D. Javitch, The Influence of the Orlando furioso on Ovid's Metamorphoses in Italian, in «Journal of Medieval and Renaissance Studies», 1981; Id., The Imitation of Imitations in Orlando furioso, in «Renaissance Quarterly», XXXVIII, 2, 1985, pp. 215-239; M. Ciavolella, La licantropia di Orlando, in AA.VV., Il Rinascimento: aspetti e problemi, Firenze, 1982, pp. 311-324; E.A. Chesney, The Countervoyage of Rabelais and Ariosto: a comparative Reading of Two Renaissance Mock Epics, Duke U.P., 1982; S.M. Gilardino, Per una reinterpretazione dell'Olimpia ariostesca, in AA.VV., Il Rinascimento. Aspetti e problemi, cit., pp. 429-444; J.T. Chiampi, Between Voice and Writing: Ariosto's Irony according to Saint John, in «Italica», 60, 1983; E. Saccone, Prospettive dell'ultimo Ariosto, in «Moderne Language Notes», 98, 1983, pp. 55-69; W. Moretti, L'ideale ariostesco di un'Europa pacificata e unita e la sua crisi nel terzo «Furioso», in AA.VV., The Renaissance in Ferrara and its European Horizons, Cardiff-Ravenna 1984, pp. 223-244; R. Ceserani, Due modelli culturali e narrativi nell'Orlando furioso, in «Giornale storico della Letteratura italiana», CLXI, 1984, pp. 481-506; Id., L. Ariosto e la cultura figurativa del suo tempo, in Studies in the Italian Renaissance. Essays in Memory of A.B. Ferruòlo, a cura di G.P. Biasin, Napoli 1985; F. Fido, I desideri e la morte: prolessi narrative del «Furioso», ivi, pp. 135-143; E. Bonora, Paragrafi sull'«Orlando furioso», in «Giornale storico della letteratura italiana», CLXIII, 1986, pp. 200-234; S. Zatti, Il «Furioso» tra epos e romanzo, ivi, pp. 481-514.

STUDI CRITICI SULLE OPERE MINORI

Sulle liriche latine: G. Carducci, La gioventù latina di L. Ariosto e la poesia latina in Ferrara, in Opere, XIII, Bologna 1936, pp. 115 sgg.; G. Pesenti, Storia del testo dei carmi latini dell'Ariosto, in «Rendiconti dell'Istituto lombardo di scienze e lettere», serie II, vol. VII, 1924, pp. 120 sgg.; A. Gandiglio, Intorno al testo di alcuni carmi latini dell'Ariosto, in «Giornale storico della letteratura italiana», n. 261-264, 1926, pp. 194 sgg.; E. Pace, Le liriche latine dell'Ariosto, in «Giornale italiano di filologia», n. 2, maggio 1961, pp. 104 sgg.; E. Bigi, Vita e letteratura nella poesia giovanile dell'Ariosto, in «Giornale storico della letteratura italiana», n. 499, 1968, pp. 1 sgg.; A. Della Casa, Tre note ai «Carmina» dell'Ariosto, in AA.VV., Studi di letteratura italiana in onore di F. Montanari, Genova 1980, pp. 91-96.

Sulle liriche in volgare: G. Fatini, *Su la fortuna e l'autenticità delle liriche di L. Ariosto*, Torino 1924 (supplemento 22-23 al «Giornale storico della letteratura italiana»); Id., *Le rime di L. Ariosto*, ivi 1934 (supplemento 25 allo stesso «Giornale»); C. Grabher, *La poesia minore dell'Ariosto*, Roma 1947; A. Carlini, *Prospetto di edizione critica delle liriche di L. Ariosto*, in «Giornale storico della letteratura italiana», n. 409, 1958, pp. 1 sgg; E. Bigi, *Le liriche volgari dell'Ariosto*, in *Convegno internazionale Ludovico Ariosto*, Roma 1975; A. Tissoni Benvenuti, *La tradizione della terza rima e l'Ariosto*, in *Ludovico. Lingua, stile e tradizione*, Atti del Convegno, a cura di C. Segre, Milano 1976.

Sulle commedie: G. Carducci, *L'Ariosto e le sue prime commedie*, in *Opere*, XIV, Bologna 1936, pp. 1 sgg.; M. Apollonio, *Il teatro del Rinascimento*, in *Storia del teatro italiano*, vol. II, Firenze 1940, pp. 47 sgg.; C. Grabher, *Sul teatro dell'Ariosto*, Roma 1946; G. Ferroni, *Gioco, trucco, illusione. La corte nel corso del tempo*, in *Il testo e la scena. Saggi sul teatro del Cinquecento*, Roma 1980, pp. 99-162; A. De Luca, *Il teatro di L. Ariosto*, ivi 1981; R. Scrivano, *Finzioni teatrali da Ariosto a Pirandello*, Firenze 1982.

Sulle *Satire*: C. Bertani, *Sul testo e sulla cronologia delle «Satire» di L. Ariosto*, in «Giornale storico della letteratura italiana», n. 261-264, 1926, pp. 256 sgg.; n. 265-266, 1927, pp. 1 sgg; G. Fatini, *Umanità e poesia dell'Ariosto nelle «Satire»*, Firenze 1934; S. Debenedetti, *Intorno alle «Satire» di L. Ariosto*, in «Giornale storico della letteratura italiana», n. 366, 1945, pp. 109 sgg.; L. Capra, *Le «Satire» secondo il Codice ferrarese*, supplemento al «Giornale filologico ferrarese», 6 gennaio 1983; C. Segre, *Difendo l'Ariosto. Sulle correzioni autografe delle «Satire»*, in «Rivista di letteratura italiana», III, 1984, pp. 145-162.

Sui *Cinque Canti*: C. Dionisotti, *Per la data dei «Cinque Canti»*, in «Giornale storico della letteratura italiana», n. 417, 1960, pp. 1 sgg.; Id., *Appunti sui «Cinque Canti» e sugli studi ariosteschi*, in *Studi e problemi di critica testuale*, Atti del Convegno di studi di filologia italiana, Bologna 1961, pp. 369 sgg.; P. Fontana, *I «Cinque Canti» e la storia della poetica del «Furioso»*, Milano 1962; R. Cavalluzzi, *«Rotti gli incanti e disprezzata l'arte» (Ariosto, Cinque Canti) nel sistema della corte: sintomi della coscienza infelice*, in «Lavoro critico», 33, 1984, pp. 159-190.

LE LETTERATURE STRANIERE E L'ARIOSTO

F. Neri, *L'Ariosto in Francia*, in «L'Ambrosiano», 1° maggio 1928; A. Parducci, *L'«Orlando furioso» nel teatro di Lope de Vega*, in «Archivum romanicum», n. 4, 1933, pp. 565 sgg.; *Fortuna dell'«Orlando furioso» nel teatro spagnolo* (supplemento 26 del «Giornale storico della letteratura italiana»), Torino 1937; V. Lugli, *Il poeta di «Joconde»*, in *Il prodigio di La Fontaine*, Messina 1939; P.P. Trompeo, *L'ariostesco Stendhal*, in «La Ruota», III, 1940, pp. 260-270; O. Macrí, *L'Ariosto e la letteratura spagnola*, in «Letterature moderne», n. 5, 1952, pp. 515 sgg.; A. Cioranescu, *L'Ariosto en France, des origines à la fin du XVIIIe siècle*, Paris 1939; M. Praz, *Ariosto in Inghilterra*, in «L'Illustrazione italiana», 2 luglio 1933, pp. 17 sgg.; W. Wiesner, *Ariost im Lichte der deutschen Kritik*, Basel 1941; E. Bottasso, *Le commedie di L. Ariosto nel teatro francese del Cinquecento*, in «Giornale storico della letteratura italiana», CXXVIII (1951), pp. 41-80; T. Roth, *Der Einfluss von Ariost's «Orlando Furioso» auf das französische Theater*, Génève 1971; C.P. Brand, *Ludovico Ariosto, A Preface to the «Orlando furioso»*, Edimburgh, University Press, 1974; H. Rüdiger-W. Hirdt, *Studien über Petrarca, Boccaccio und Ariosto in der deutschen Literatur*, Heidelberg, Winter, 1976; A. Barlett Giamatti, *Headlong Horses, Headless Horsemen: an Essay on the Chivalrich Epics of Pulci, Boiardo, Ariosto*, in *Essay in Honor of T. Goddard*, Bergin, Yale University Press, 1976; K.W. Hempfer, *Textkonstitution und Rezeption: zum dominant komisch-paradistischen Charakter von Pulcis «Morgante», Boiardos «Orlando innamorato» und Ariosto «Orlando furioso»*, in «Romanistisches Jahrbuch», 1976; D. Quint, *Astolfo's Voyage to the Moon*, in «Yale Italian Studies», 1977, 4; F.S. Stych, *Two later Versions of the Brasilia/Isabella Theme*, in «Revue de littérature comparéee», 1977, 4; E. Chesney, *The Theme of Folly in Rabelais and Ariosto*, in «The Journal of Medieval and Renaissance Studies», 1977, 1; M. Bachtin, *La concezione rinascimentale del mondo nel poema dell'Ariosto*, Mosca 1978; R. Baehr, *Das Porträt der Alcina in Ariosto «Orlando furioso» (VII, 10-15)*, in «Italienische Studien», 1978, 1.

CONGRESSI PER IL CENTENARIO DELLA NASCITA
L'Ariosto: il suo tempo la sua terra la sua gente, Atti del Convegno di studi organizzato dalla Deputazione di Storia Patria, Reggio Emilia, 27-28 aprile 1974, in «Bollettino storico reggiano», 1974, 25-29. Si segnalano: L. Serra, *Dal Boiardo all'Ariosto. Grottesco e diroccamento: Orrilo*; E. Ragni, *L'Ariosto a cinquecento anni dalla nascita*; N. Fantuzzi Guarrasi, *La donna nella vita e nelle opere dell'Ariosto*; D. Medici, *La bibliografia della critica ariostesca dal Fatini ad oggi*; L. Rossi, *Sui «Cinque Canti» di Ludovico Ariosto*.
Convegno internazionale Ludovico Ariosto (5 settembre -

5 ottobre 1974), Accademia Nazionale dei Lincei, Roma 1975. Si segnalano: N. Sapegno, *Ariosto poeta*; F. Chiappelli, *Sul linguaggio dell'Ariosto*; E. Bigi, *Le liriche volgari dell'Ariosto*; G. Ferroni, *L'Ariosto e la concezione umanistica della follia*; G. Paparelli, *Pubblico e poesia dell'«Orlando furioso»*; W. Binni, *Le «Lettere» e le «Satire» dell'Ariosto*; B. Bilinski, *Le risonanze ariostee nella poesia romantica polacca*; Z.M. Potapova, *Ariosto e Puškin*; C. Gnudi, *Ariosto e le arti figurative;* M. de Riquer, *Ariosto y España*; W. Roszkowska, *«Orlando furioso» e il Seicento polacco*; C. Dedeyan, *La fortune de l'Ariosto en France du XIXe siècle à nos jours*; H. Ruediger, *Ariosto nel mondo di lingua tedesca*; R.M. Goròchova, *La fortuna dell'Ariosto in Russia*; A. De Luca, *I Prologhi delle Commedie ariostesche.*

Ariosto 1974 in America, Atti del Congresso ariostesco (dicembre 1974), Casa italiana della Columbia University, a cura di A. Scaglione, Ravenna, Longo, 1976. Contengono: G. Padoan, *«Orlando furioso» e la crisi del Rinascimento*; A. Barlett Giamatti, *«Sfrenatura»: Release and Restraint in «Orlando furioso»*; C. Segre, *L'elemento dialogico nelle «Satire»*; P. Wiggins, *A Defense of the «Satires»*; C.D. Klopp, *The centaur and the Magpie: Ariosto and Machiavelli's Prince*; D. Javitch, *Rescuing Ovid from the Allegorizers: the Liberation of Angelica (F. c. X.)*; R. Hanning, *Ariosto and the Visual Arts*; B. Reynolds, *Ariosto in English: Prose or verse*; J. Gibaldi, *The Fortunes of Ariosto in England and America (with Bibliography)*; E. Esposito, *Situazione editoriale delle opere ariostesche.*

L. Ariosto: lingua, stile e tradizione, Atti del Congresso organizzato dai Comuni di Reggio Emilia e Ferrara (12-16, ottobre 1974), a cura di C. Segre, Milano 1976. Contengono: G. Ghinassi, *Il volgare mantovano tra il medioevo e il rinascimento*; N. Maraschio, *Lingua, società e corte di una signoria padana tra Quattrocento e Cinquecento*; S. Isella, *Ariosto e Folengo: due operazioni convergenti*; A. Stella, *Note sull'evoluzione linguistica dell'Ariosto*; C. Ossola, *Dantismi metrici del «Furioso»*; G. Dalla Palma, *Dal secondo al terzo «Furioso»: mutamenti di struttura e moventi ideologici*; R. Bruscagli, *«Ventura» e «Inchiesta» fra Boiardo e Ariosto*; L. Blasucci, *Riprese linguistico-stilistiche del «Morgante» nel «Furioso»*; P. Orvieto, *Differenze «retoriche» fra il «Morgante» e il «Furioso». (Per un'interpretazione narratologica del «Furioso»)*; G. Almansi, *Tattica del meraviglioso ariostesco*; G. Ponte, *Un esercizio stilistico dell'Ariosto: la tempesta di mare nel c. XLI del «Furioso»*; G. Herczeg, *Stile indiretto libero nella lingua del «Furioso»*; C. Segre, *Concezione e vicende dell'opera*; Id., *Storia testuale e linguistica delle «Satire»*; C.

Grayson, *Appunti sulla lingua delle commedie in prosa e in versi.*

NUMERI SPECIALI DI RIVISTE
«Italianistica», 1974, 3. Saggi: P. Paolini, *Situazioni della critica ariostesca*; G. Paparelli, *L'Ariosto lirico e satirico*; R. Negri, *Ipotesi sull'«Orlando furioso»*; E. Marconi, *Teatralità dell'Ariosto*; L. Caretti, *Storia dei «Cinque Canti»*; P. Fontana, *Ancora sui «Cinque Canti»*; A. Piromalli, *Società ferrarese e mondo morale dal Pistoia all'Ariosto*; G. Di Pino, *Bivalenza dell'ottava ariostesca*; A. Tortoreto, *Ariosto e Tasso, confronto obbligato* — Gli scrittori e l'Ariosto: J.L. Borges, *Ariosto y los Arabes*; R. Bacchelli, *Ariosto solstiziale*; I. Calvino, *Ariosto geometrico*; C. Cordié, *L'Ariosto nella critica della Staël, del Ginguené e del Sismondi (1800-1813)*; G. Bellini, *L'Ariosto nella America ispanica.*

«La Rassegna della letteratura italiana», 1975, 1-2. Interventi di: R. Bacchelli, *Esperienza ariostesca*; I. Calvino, *Piccola antologia di ottave*; G. Dessì, *Il mio incontro con l'«Orlando furioso»*; F. Fortini, *I silenzi dell'Ariosto*; G. Petroni, *Ariosto e Tasso; V. Sereni, Un'idea per il «Furioso»* — Saggi: E. Sestan, *Gli Estensi e il loro stato al tempo dell'Ariosto*; G. Ponte, *La personalità e l'arte dell'Ariosto nei «Carmina»*; E. Bigi, *Aspetti stilistici e metrici delle «Rime» dell'Ariosto*; W. Binni, *Le «Lettere» e le «Satire» dell'Ariosto*; G. Ferroni, *Per una storia del teatro dell'Ariosto*; M. Turchi, *Sui personaggi del «Furioso»*; C.F. Goffis, *I «Cinque Canti» di un nuovo libro di M.L. Ariosto; G. Ponte, Boiardo e Ariosto*; G. Baldassarri, *La critica ariostesca dal '47 ad oggi*; G. Ferroni, *Nota sull'«Erbolato»*; A. De Luca, *La prima redazione della «Cassaria»*; R.A. Pettinelli, *Tra il Boiardo e l'Ariosto: il Cieco da Ferrara e Niccolò degli Agostini*; M. Medici, *Varianti di indicativo e di congiuntivo nelle tre redazioni dell'«Orlando furioso»*; L. Caretti, *Il generale Miollis e le feste ariostesche del 1801*; A. Quondam, *«Favola» non «romanza»: la partita di scacchi del «Furioso».*

SAGGISTICA VARIA
R. Negri, *Manzoni e Ariosto*, in *Manzoni diverso*, Milano 1976; G.P. Marchi, *Lessing critico dell'Ariosto*, in *Scritti in onore di A. Scolari*, Verona 1976; L. Caretti, *L'opera dell'Ariosto, Autoritratto ariostesco, Storia dei «Cinque Canti»*, in *Antichi e moderni*, Torino 1976; AA.VV., *Studi sull'Ariosto*, a cura di E.N. Girardi, Milano 1977 (contengono: E.N. Girardi, *Ariosto, Shakespeare, Corneille e la definizione crociana del «Furioso»*; G. Berlusconi, *L'«Orlando furioso» poema dello spazio*; G. Romagnoli

Robuschi, *Lettura del c. XXIII dell'«Orlando furioso»*;
P.L. Cerisola, *Il problema critico dei «Cinque Canti»*); W.
Moretti, *L'ultimo Ariosto*, Bologna 1977; C.P. Band,
L'entrelacement nell'«Orlando furioso», in «Giornale storico della letteratura italiana», 1977, 4; E.B. Weaver,
*Lettura dell'intreccio dell'«Orlando furioso»: il caso delle
tre pazzie d'amore*, in «Strumenti critici», 1977, 34; G.
Savarese, *Ariosto al bivio tra Marsilio Ficino e «adescatrici galliche»*, in «Annali dell'Istituto di filologia moderna
dell'Università di Roma», 1977 (ma 1978); M. Santoro,
L'Angelica del «Furioso»: fuga della storia, in «Esperienze letterarie», 3, 1978; E. Bigi, *Il Leopardi e l'Ariosto*, in
Atti del IV Convegno internazionale di studi leopardiani,
Firenze 1978; W. Binni, *Due studi critici: Ariosto e Foscolo*, Roma 1978; G. Di Pino, *Il realismo critico del De
Sanctis negli studi sull'Ariosto*, in AA.VV., *De Sanctis e il
realismo*, Napoli 1978; G. Savarese, *Il «Furioso» e le arti
visive*, in «La Rassegna della letteratura italiana», 1979,
1-3; A. Corsano, *Sulla Satira quinta dell'Ariosto*, in «Italianistica», 1980, 3; R. Bruscagli, *Stagioni della civiltà
estense*, in «Belfagor», 1980, 5; C. Cabani, *Le riprese interstrofiche nella metrica del «Furioso»*, in «Annali della
Scuola Normale Superiore di Pisa», 1981, 2.

STORIA DELLA CRITICA

G. Fatini, *Bilancio del centenario ariosteo*, in «Leonardo», n. 3, marzo 1934, pp. 102 sgg.: Id., *Ancora del bilancio del centenario ariosteo*, ivi, n. 9, settembre 1934, pp.
391 sgg.; W. Binni, *Storia della critica ariostesca*, Lucca
1951; R. Ramat, *La critica ariostesca*, Firenze 1954; T.
Ascari, *Studi ariosteschi dell'ultimo decennio (1945-1954)*,
Modena 1955; Id., *Rassegna di studi ariosteschi (1954-1960)*, ivi 1961; A. Borlenghi, *Ariosto*, Palermo 1961; G.
Petrocchi, *Riprese di giudizio sulla poesia dell'«Orlando
furioso»*, in «Cultura e scuola», n. 20, ottobre-dicembre
1966, pp. 16 sgg.; A. Piromalli, *Ariosto*, Padova 1969; G.
Ponte, *Walter Binni studioso dell'Ariosto*, in AA.VV.,
Poetica e metodo storico-critico nell'opera di Walter Binni,
Roma 1985, pp. 227-253; R. Alhaique Pettinelli, *Dal «divino» Ariosto all'«umanissimo» Ariosto*, ivi, pp. 254-272;
C. Badini, *Rassegna ariostesca (1876-1985)*, in «Lettere
italiane», gennaio-marzo 1986, pp. 104-124.

STUDI SULLA LINGUA

B. Migliorini, *Sulla lingua dell'Ariosto*, in *Saggi linguistici*, Firenze 1957, pp. 178 sgg.; E. Bigi, *Appunti sulla lingua e sulla metrica del «Furioso»*, in «Giornale storico
della letteratura italiana», n. 422, 1961, pp. 239 sgg.

La varietà d'indagini che sempre più s'infittisce intorno al *Furioso* testimonia della capacità d'attrazione, anche nel tempo presente, di tale poesia, che alla sua musicale ed ariosa leggerezza, alla sua liquidità penetrante, alla sua ridente freschezza, alle sue animate fantasie e al suo respiro di libertà sa unire una matura consapevolezza dei contrasti dell'esistenza e il sentimento della sua ambiguità e della sua irragionevolezza. Tuttavia da essa nascono anche il fascino della gentilezza eroica della bellezza e dell'avventura, e un'immagine della vita come continuo germinare e crescere, come un ampliamento infinito di orizzonti e di sentimenti.

Inoltre, se la vita è una selva e un labirinto, si può individuare in essa anche il dischiudersi di corrispondenze misteriose e meravigliose. Così tali favole limpidamente simboliche, ricche di molte dimensioni, possono accennare a ironiche allusioni, o a intense reazioni dei sentimenti, ma anche ad armoniose intuizioni in cui sembra di poter intravedere i molti volti del reale: da esso infatti si generano incanti e fantasie, e insieme inquietanti e abnormi immaginazioni. Perciò nasce all'interno della Babele immensa e incomprensibile dell'esistenza l'esigenza di un criterio di umana misura, mentre si va affermando anche l'aspirazione verso un'adeguazione alla verità esistenziale che si riflette nell'amore per la «mutazione», la quale rappresenta una ricerca di equilibrio fra realtà e fantasia tale da animare e sorreggere il tutto. In tal modo la poesia ariostesca non vuole obliare le molteplici sorgenti della vita ed eludere quel continuo ed inquieto innestarsi e palpitare di viventi relazioni in cui certamente possono maturare anche l'anima e l'eco segreta dei più profondi e raccolti sentimenti. Se giustamente quindi la critica più recente si è dedicata allo studio, in tale poesia, della lingua, dello stile e della tradizione, a certi problemi cronologici significativi, a caratteri sintomatici delle impostazioni narrative, essa si è concentrata, nelle linee saggistiche, variamente e intensamente impegnate, di Bacchelli, Binni, Bigi, Caretti, Segre, intorno a temi fondamentali che gettano riflessi all'interno di un'appassionata e penetrante partecipazione umana alla storia contemporanea. Quelle immagini e quei sentimenti smemoranti non vivono in un mondo astratto, ma incarnano valori in ogni senso universali.

M.T.

Con un paradosso, non so se elegante, ma certo capace di suggerire, a suo modo, una sua verità, si potrebbe affermare che l'«attività strutturalista», nel senso in cui, almeno, la definì Barthes nel '63, l'ha inventata Ludovico Ariosto: e leggere il *Furioso*, secondo le categorie del «découpage» e dell'«agencement», potrebbe porgere risultati non indifferenti. Quella che qui intendiamo indicare, in margine al primo grande romanzo europeo dell'età moderna, è un'idea assai modesta, tuttavia: che una simile direzione interpretativa non conduce affatto, come si potrebbe sospettare troppo facilmente, a ribadire il formalismo (ossia l'artisticità, l'armonicità) dell'opera, ma proprio all'opposto — purché la cosa sia condotta a fondo — a meglio radicarla nella sua specificità storica. È superfluo aggiungere che, di tale itinerario, in vista di una fruizione articolata dell'*Orlando*, si delinea qui l'abbozzo soltanto del tracciato. Si proceda, molto pianamente, dalla considerazione del *Furioso* come «gionta» al Boiardo. Il passaggio obbligato, al riguardo, è dato dal discacciamento di ogni sospetto di opportunismo letterario, di mera adeguazione, cortigianamente supina, a un genere, a un gusto, a un repertorio. Al che segue, non meno necessaria, una sbrigativa polarizzazione, in didattica opposizione, tra *Innamorato* e *Furioso*, che, quando anche non si organizzi come banale alternativa di valore, funge al minimo da deterrente per ogni ingenua prospettiva di continuità. E i due poemi stanno allora, in dittico, a spartirsi simbolicamente, incompatibili, due secoli, due poetiche, due mondi. Il che è perfettamente accettabile, ma non concorre propriamente a decifrare l'idea della «gionta». Singolare idea, che governa l'occasione prima di un testo proverbialmente menzionabile, sopra ogni altro, come modello di libero giuoco immaginativo, di sterminata invenzione fantastica, al prezzo di decadere, se occorre, altrettanto proverbialmente, a paradigma della corbelleria poetica.

Ma se la «gionta» fosse spiegata alla luce della categoria del «découpage», molte difficoltà si scioglierebbero. Il testo boiardesco apparirebbe allora come la massiccia riserva delle «unités de la structure», come il campo, arbitrariamente obbligato, fissato da una geniale opzione primaria, entro cui abbia ad operarsi il prelievo degli «objets», costantemente appellabili, di tratto in tratto, mediante «un acte de citation». Sarebbe lungo elencare tutti i vantaggi così derivati all'operazione ariostesca (compresi quelli, bassamente opportunistici, sopra ricordati, che qui rientrano in maniera perfettamente legittima: storicamente, l'*Innamorato* è, per il pubblico ariostesco, il testo memorabile per eccellenza, cioè esistente come memorizzato; è il repertorio allusivamente aperto, rigorosamente prefabbricato e messo in opera, un po' come il più remoto *Canzoniere* per i petrarchisti coevi all'Ariosto stesso — o per lo stesso giovane Ariosto petrarcheggiante —, e appunto disponibile a un infinito esercizio di «arte allusiva», nel senso del Pasquali, con trasposizione in parallelo dal terreno lirico a quello narrativo, e specificamente poematico; l'opportunismo è immediatamente funzionale al meccanismo dell'opera, assai prima che benefico, sociologicamente intendendo, al suo autore: non dunque un accidente esterno, ma un dato costitutivo praticamente insostituibile, interiorizzato entro l'operazione letteraria). Qui basterà sottolineare il più rilevante vantaggio — che è anche quello che oppone il procedimento dell'Ariosto al codice pragmatico del petrarchismo — che è l'apertura di uno scarto perpetuo all'interno dell'«acte de citation». Prima ancora (in senso ideale) che l'«agencement» intervenga, prima che la sintassi del racconto introduca il proprio meccanismo differenziale, il costante rinvio agisce come principio di modificazione, se non di rovesciamento. Insomma, le «unités» sono straniate e deformate, speculano sopra una memoria per definire una distanza, sono prelevate in parodia. Parodia in senso tecnico, s'intende. Perché qui non si tratta affatto di controcanto, almeno immediatamente: anzi, la «gionta» presuppone un massimo di continuità, e proprio di fedeltà, per definizione (anche se espone continuità e fedeltà a un massimo di declinazione perfidamente ironica). E qui occorre dire che non vi fu più benefico effetto storico dell'«Italia tutta a fiama e a foco», a livello letterario, di quella forzosa incompiutezza dell'*Innamorato*: se non si produceva, l'Ariosto non poteva certo inventarla (e, per divertirci un attimo con una storiografia ipotetica, noi non avremmo il *Furioso*: non questo, che è proprio quello che ci importa...). Perché l'Ariosto non poteva fabbricarsi a posteriori un'opera così aperta, nel senso più strettamente letterale del termine, per montarci la sua, altrettanto aperta sì, ma in un senso mirabilmente traslato.

Lo scarto
parodico
Naturalmente, il Boiardo sta come simbolo e documento primario: ma l'inventario del Rajna, con tutte le sue possibili integrazioni, dice che questo Turpino al quadrato era comitato, via Boiardo, se non dall'intiera biblioteca di Babele, da tutta quella Estense, al minimo, con una speculazione infinita sopra l'intiera gamma, umanistica e popolare, latina e gotica, delle «armi» e degli «amori» della tradizione in blocco. E il Boiardo era dunque il mediatore principe, dall'interno stesso del suo poema, oltre che per innumerevoli addizioni, di tutte le armoniche culturali storicamente disponibili: modesto modello di una percezione in trasparenza di archetipi autorevoli, apriva generosamente la strada a un metodo, ne offriva l'esempio, suggeriva enormi possibilità di sviluppo. E apprestare la «gionta» significava così, per un verso, rincarare le dosi in procedimenti già esplorati in abbozzo, e, per altro, correggerne la prospettiva, in un giuoco di costante perfezionamento critico. Esattamente come, tanto per riassumere il tutto nell'evidenza dei titoli stessi, l'eroe «furioso» è proprio quell'«innamorato» che già si conosceva da un pezzo, ma condotto alle sue conseguenze estreme (e molto ci sarebbe da aggiungere intorno all'Ariosto come estremizzatore del Boiardo), insieme domestico e irriconoscibile. Lo scarto è ancora parodico, e in senso tecnico: perché il contrasto non fa premio sopra la continuità, ma si sviluppa in dialettica. È in ironia.

L'ironia
Già, in ironia. La quale famosa ironia, se bene intesa, ha la sua buona radice strutturale, è evidente. Prima di essere sentimento esistenziale, è infatti sentimento formale (e si tratterà sempre di un primato ideale, non occorre dirlo): è il risultato dello straniamento ariostesco, e accompagna inevitabilmente ogni gesto di prelievo e di spostamento. È l'effetto ineliminabile del procedimento costruttivo dell'opera: che strizza perpetuamente l'occhio al suo pubblico, denunciando i materiali di cui l'edificio è composto, esibiti ad ogni istante come familiari e spaesati, con un effetto che sarebbe per noi lontani totalmente perduto, — e che per molti infatti si manifesta in modi esclusivamente psicologici, dimidiatamente deformato — se l'Ariosto non lo avesse così radicalmente incorporato nella sua costruzione: il che dimostra quanto riesca fondamentale la sua mossa, quanto costitutiva del testo. Ma si capisce che, su simile base tecnica, il poeta procede ben oltre: perché quella tecnica è un'ideologia, e ha pertanto il suo prolungamento autonomo. E tuttavia qui premeva rilevare come l'ideologia ariostesca, di cui la tanto celebrata ironia è manifestamente la chiave, si cali senza residuo nella manipolazione delle «unités». Che poi culmini in proprio, nell'«agencement», è altrettanto evidente.

Le memorabili immagini del tessitore che intene ordire «varie fila e varie tele», del suonatore «che spesso muta corda, e varia suono», e le altre analoghe metafore e comparazioni, non fanno che evidenziare, in aperta proclamazione, e con un tutto artigianale zelo, il lavoro strutturale che sostiene l'opera. La concezione vulgata di un *Orlando* perfettamente oggettivato, con un Ariosto che si pulisce le unghie nel cielo della creazione poetica, sarà utile per esorcizzare le ingenuità psicologicamente proiettive e pateticamente affettive, ma tradisce gravemente la dialettica di partecipazione e impartecipazione che governa il testo: e perde il momento della partecipazione tecnica e costruttiva, dell'intervento scoperto nell'elaborazione strutturale. Qui non si tratta dunque tanto dell'analogia tra follia amorosa dell'autore e pazzia erotica dell'eroe, né del cantuccio morale che il poeta si ritaglia e si riserva in limine ai canti: si tratta del *Furioso* come procedimento che si dichiara, della macchina costruttiva che espone le proprie articolazioni, o insomma, come oggi si direbbe volentieri, che si confessa come menzogna. Non perché voglia ridursi lucidamente, sciogliersi nel gratuito, dissolversi scetticamente in puro fiato: al contrario, perché vuole concretarsi come artificio, consolidarsi come tessitura verbale, costituirsi come opera. E il resto, tutto il resto, cresce come prolungamento. Anche la memoria puntuale della comunicazione orale, la restituzione sopra la pagina del circolo cortese del signore e degli uditori, la scansione del canto sopra una durata di voce (e la mirabile ottava è ancora da esplorarsi, nella sua mimesi del respiro, da fare invidia al povero Charles Olson) sono indotte in citazione, e sono ritrovamento e perfezionamento di una norma architettonica precostituita, tanto più efficace, come sempre, quanto più straniatamente, tecnicamente distorta, essa è impiegata. Turpino al cubo, se si vuole. E con la malizia, poiché a questo conviene poi sempre ritornare, che non si tratta già di riscrittura, ma di prolungamento: non di rifacimento, ma di continuazione e (entro certi limiti, chi pensi ai *Cinque canti*) fine.

In questa angolatura, i più persuasivi contributi critici ultimi all'intelligenza del *Furioso*, per prolungare ostinatamente il paradosso d'apertura, e senza far torto all'esegesi professionalmente istituzionalizzata, li additerei nella realizzazione teatrale di Ronconi e nel *Castello* di Calvino. Dico Ronconi, pensando appunto al montaggio e allo smontaggio dei meccanismi testuali, e alla loro ricostruzione strutturale, per una trasposizione in modello scenico, come in laboratorio (anche se il laboratorio, finalmente, era allestito in piazza). E dico Calvino, non pensando davvero alla sua esposizione antologica del

Il «Furioso» come prolungamento

Ronconi e Calvino

poema, ma, primariamente e privilegiatamente, al recupero analogico dei procedimenti narrativi, a forza di tarocchi incrociati, in catene cruciverbali di funzioni (che vi si ritrovino Orlando, Angelica, Astolfo, è accidente pieno di senso, s'intende, ma la sostanza interpretativa sta nella dinamica costruttiva, e l'allusione determinata vale piuttosto come spia, che altrimenti). E dico intanto lo stupore per il fatto che, in anni ardenti di analisi strutturale, l'Ariosto non risulti (non ancora, almeno) come il poeta privilegiato, dentro i gabinetti della critica.

Con tutto questo, qui non si pronuncia affatto un invito puro e semplice a una diagnosi strutturale dell'*Orlando*. Che poi avrebbe, per noi, — e cioè dovrebbe avere — carattere strumentale. Smontare il *Furioso*, far vedere come è fatto dentro, è operazione per noi piena di senso, al solito, se la si intende come via regia per una decifrazione ideologica. E si tratterà di ritornare ancora alla «gionta» — che è prospettiva a cui non si può rinunciare, onestamente — in quanto significa correzione e revisione dell'ideologia dell'*Innamorato*. Le «unités» che l'Ariosto vi preleva sono, come è chiaro, «objets» meramente formali, pietre di mosaico, elementi di astratta combinazione: sono «unités» significanti, sono contenuti caratterizzati. La distanza e lo straniamento decisi dall'Ariosto sono distanza e straniamento operati, come del resto è noto, di fonte a un libro in cui culminava, e non soltanto per l'ambito ferrarese, la metamorfosi cortigiana del poema cavalleresco in romanzo d'avventura. L'ironia tecnica dell'Ariosto è un'ironia che, con un solo movimento, liquida tutto il residuo cavalleresco, e instaura definitivamente l'avventura romanzesca: la verità del romanzo, infine, di contro all'illusione cavalleresca. Per dire la cosa con un'immaginetta bassa da manuale, ma piuttosto nitida, dal magma materico dell'enciclopedia boiardesca, l'Ariosto viene ad estrarre, nella forma del romanzo in ottave, il *Decameron* del sedicesimo secolo. Ed è naturale dire così, benché sia rozzamente detto, perché il solo, il supremo precedente, per un'operazione strutturalistica sopra l'arte del narrare, l'Ariosto non poteva ritrovarlo che presso il Boccaccio. Nella divergenza dei sistemi stessi, tra novelle in cornice e romanzo d'avventura in poema, chi vuole, può vedere tutta la divergenza tra lo stadio di sviluppo socio-ideologico trecentesco, e quello cinquecentesco: sarà una semplificazione un po' energica, ma è poi da questa che si riapre davvero un possibile discorso ariostesco, per noi. Guardando da un lato, poniamo, destini finiti che si significano nella loro codificata esemplarità tipica, e dall'altro lato destini che si esprimono incrociati, in un'apertura infinita, non più gerarchizzabili in concluse stazioni, ma percepibili esclusivamente nel giuoco combinatorio di innumerevoli varianti. E tuttavia, in tale giuoco, compiutamente dominabili: strutturabili, cioè razionalizzabili.

Qui, l'asse didascalico si sposta per forza. Non è sopra il *Il romanzo* solo *Innamorato*, è chiaro, sopra la sola strategia della «gionta», che l'ironia ideologica può commisurarsi: la crescita ariostesca, su movimenti iniziali così bene definiti, anzi così astutamente riduttivi, così ironicamente stretti e precisi, si verifica, nella sua dimensione non soltanto nazionale, ma europea, sopra spazi enormemente più vasti: sopra le grandi immagini di destino dell'intiero Occidente. E chi guarderà ai nuclei, come si usa negli schemi scolastici, non avrà tutti i torti, quando vedrà, adesso, che l'immensa macchina narrativa si agita intorno a una follia amorosa, mirabilmente medicata, con due promessi sposi che intanto, per le loro vie, approdano al matrimoniale lieto fine. Ma l'analisi dei modelli di racconto, degli archetipi d'intrigo che si annodano nel corpo del poema, è ancora tutta da eseguire, per quell'arco che va dalla fuga della donzella (veramente forse, ma certo incredibilmente vergine) in un'intricata foresta, fino alla vittoria del campione guerriero, epicamente obbligata come una rima, nel duello con l'eroe negativo.

Uscire storicamente dal regime comunale, significa geograficamente uscire da Firenze: non sarà allora un caso se, nella Ferrara degli Estensi, varcati certi confini, nel tempo come nello spazio, si liquida anche tutta la dialettica di Fortuna e Virtù. E la parola romanzo non è una spiritosa metafora, ma una categoria necessaria, dove si cerca la struttura dei destini umani, per la prima volta in narrato, *iuxta propria principia*.

Qui resterà ancora da accennare, con brevità conclusiva, *L'Ariosto* al problema delle varianti redazionali e delle correzioni *perno decisivo* editoriali: che per lo più sono state studiate come adeguazioni formali, insieme, a una ideale perfezione di liquidità espressiva, e a una normativa linguistica storicamente evoluta. Ma resta da esaminare, per disteso la base ideologica di quel gran lavoro. E qui, molto in fretta appunto, si indicherà che il riferimento essenziale è pur sempre, da un lato, il *Decameron*, se si bada alla necessaria reinvenzione di un linguaggio narrativo nazionale, non più su basi di egemonia comunale, ma di interregionalità, e internazionalità, dell'organizzazione degli intellettuali, e dall'altro, e sarà il paradosso davvero ultimo, il risciacquo manzoniano. La grammatica del *Furioso* è ancora da scrivere, comunque, così in senso lessicale come in senso sintattico, e dunque così in senso narrativo. Quando sarà fatta, si capirà che nel cuore della letteratura italiana — e direi nel cuore della letteratura europea — sta, come perno decisivo, l'Ariosto con il suo *Furioso*, e che la nostra letteratura vi ruota intorno per intiero, come intorno al suo sole necessario. E aggiungo allora che la *querelle* degli ariostisti e dei tassiani non fu oziosa schermaglia di pedanti, come per lo più si crede, ma, teste Galileo, il più grande dibattito ideologico della nostra storia letteraria, e in questo, come in pregnante emblema, della nostra storia culturale, in genere.

EDOARDO SANGUINETI

RIASSUNTI DEI CANTI

CANTO I

Orlando tornato con Angelica dall'oriente (la vicenda del Furioso ha inizio dal finale dell'Orlando innamorato) si è subito azzuffato con Rinaldo per amor suo. Carlo gli ha tolto Angelica e l'ha data in custodia a Namo, duca di Baviera, promettendola a chi fosse più valoroso contro i saraceni. Angelica ne approfitta per fuggire, ma nella fuga si imbatte in Rinaldo e Ferraù che la inseguono. Seguendo sentieri diversi, Ferraù incontra l'ombra di Argalia, che lo incita a prendere l'elmo di Orlando: Rinaldo invece deve mettersi a correre dietro al suo cavallo Baiardo. Angelica nel proseguire la fuga incontra il pagano Sacripante, che elegge suo difensore. Ma un misterioso cavaliere (è Bradamante) gli uccide il cavallo. Per fortuna arriva Baiardo che si avvicina ad Angelica: ella gli sale in groppa insieme a Sacripante proprio mentre sopraggiunge Rinaldo.

CANTO II

Ha luogo un duello tra Sacripante e Rinaldo. Credendo che Rinaldo abbia la meglio, Angelica fugge: incontra un eremita e gli chiede aiuto. Con un incantesimo, l'eremita spinge Rinaldo ad andare in cerca di Angelica a Parigi. Rinaldo giunge alla città mentre Carlomagno si aspetta di essere assediato dai Mori. Mandato da Carlo in Inghilterra a chieder soccorsi, Rinaldo si imbarca nonostante il mare in burrasca. Bradamante intanto ha incontrato Pinabello che le racconta di aver visto un mago rapire una donna, invano contrastato da Ruggero e Gradasso, che ora sono prigionieri del mago. Bradamante, che ama Ruggero e lo vuole soccorrere, si dirige con Pinabello alla volta del castello incantato.

Ma Pinabello, saputo per caso chi sia il guerriero sconosciuto, getta Bradamante in un precipizio: perché c'è sempre stata inimicizia tra la sua casa (Maganza) e quella di lei (Chiaramonte).

CANTO III

In fondo al precipizio, Bradamante trova la maga Melissa che la conduce al sepolcro del mago Merlino. Merlino profetizza a Bradamante la sua futura illustre discendenza. Melissa la guida poi al castello del mago mettendola in guardia contro il suo scudo incantato e invitandola, per rendere vane le arti del mago, ad uccidere un cavaliere saraceno, Brunello, che è stato inviato da Agramante a liberare Ruggero; e si impadronisca dell'anello che ha dato a Brunello il re dei Mori, perché rende invisibili proteggendo così dallo scudo magico. Giunte sulla riva del mare, si separano.

CANTO IV

Bradamante, incontrato, come le era stato predetto, Brunello, si fa guidare da lui al castello del mago, e lo lega poi a un albero dopo avergli preso l'anello. Suona poi il corno, sfidando a duello il mago, che esce dalla dimora incantata e si batte con lei. Vince Bradamante che, reso innocuo il mago, lo obbliga a distruggere i suoi incantesimi. Scompare il castello, i progionieri sono liberati. Ruggero è pieno di gioia nel rivedere l'amata. Ma il mago il cui nome è Atlante, riesce a far salire con un inganno Ruggero sull'Ippogrifo che si alza in volo portandolo via. E la ragione di questo agire di Atlante è che ha allevato Ruggero come un figlio e gli vuole evitare le disgrazie che lo minacciano tenendolo lontano dall'Europa. Intanto Rinaldo è sbarcato in Scozia dove apprende che la figlia del re, Ginevra, sarà giustiziata a causa di una calunnia se non si troverà chi la difenda. Si offre Rinaldo. Ma mentre è in cammino verso la corte, incontra una donzella assalita dai ladroni.

Fuggiti i ladroni, Dalinda (così si chiama la donzella) racconta di essere al servizio di Ginevra la quale amava Ariodante e aveva respinto per lui Polinesso. Questi con la complicità di Dalinda, travestita con gli abiti di Ginevra, aveva fatto credere ad Ariodante che l'amata gli era infedele. Ariodante si era buttato in mare e Lurcanio, suo fratello, per vendicarlo aveva accusato Ginevra. Facile è allora per Rinaldo smascherare Polinesso, prima di ucciderlo in duello. Intanto un cavaliere sconosciuto che si è appena misurato con Lurcanio si scopre il volto.

È Ariodante che, salvo, pur di difendere Ginevra si era battuto con suo fratello. Il re, commosso, gli concede subito la mano della figlia. Intanto Ruggero viene trasportato dall'Ippogrifo in un'isola bellissima, dove, nascosto in un mirto, lo spirito di un cavaliere, Astolfo, gli narra le sue sventure. Giunto all'isola era stato accolto dalla maga Alcina, che usurpava gran parte di quella terra alla sorella Logistilla. Dopo averlo amato, Alcina, stanca di lui, l'aveva mutato in mirto. Ruggero, avviatosi a piedi deve combattere con degli orribili mostri.

Ruggero, dopo aver superato la maga Erifilla armata e a cavallo di un lupo, arriva davanti alla reggia di Alcina. Conquistato dalle grazie di Alcina, dimentica gli ammonimenti di Astolfo e l'amore per Bradamante. La quale lo sta cercando dappertutto, rendendosi invisibile con l'anello. Ma la maga Melissa le svela che Ruggero è sotto l'incanto di Alcina, e si offre di andare a cercarlo assumendo le sembianze di Atlante. Giunta nell'isola Melissa rimprovera aspramente Ruggero e con la sua arte magica annulla quella di Alcina, mostrando quanto sia vecchia e brutta nella realtà. Consegna poi l'anello magico a Ruggero che, divenuto invisibile, fugge.

Ruggero, con l'aiuto dell'anello e dello scudo di Atlante, va verso la rocca di Logistilla. Intanto Melissa libera le vittime di Alcina, tra le quali è Astolfo, che salito con Melissa sull'Ippogrifo, va con lei alla rocca di Logistilla. Nel frattempo, Rinaldo ottiene aiuti per Carlomagno dal re di Scozia e dal principe ereditario di Inghilterra. Invece Angelica nella sua fuga era stata catturata dai corsari dell'isola di Ebuda e da loro offerta in pasto, legata a uno scoglio, a un mostro marino. Quasi presago del pericolo che corre Angelica, Orlando, seguito dall'amico fedelissimo Brandimarte, lascia Parigi per andare in cerca di lei. Non vedendo tornare Brandimarte, Fiordiligi che l'ama, parte per cercalo.

CANTO IX

Orlando fa vela per Ebuda, temendo che Angelica sia là; ma il vento lo spinge fino alle foci della Schelda. Ivi incontra la figlia del conte di Olanda, Olimpia. Ella gli chiede aiuto per recarsi da Cimosco re di Frisia, che lascerà libero il suo amante Bireno, a patto che Olimpia si consegni prigioniera. Nessuno ha voluto aiutarla, perché Cimosco possiede una nuova arma terribile: l'archibugio. Orlando dunque si reca a sfidare Cimosco, lo uccide, e libera Bireno. Mentre Olimpia e Bireno si sposano, Orlando, dopo aver gettato l'archibugio in mare, parte per Ebuda.

CANTO X

Bireno, innamoratosi della figlia di Cimosco, abbandona in un'isola deserta la fedele Olimpia. Ruggero aiuta intanto Logistilla a riprendersi il regno. In cambio, Logistilla gli insegna il modo di guidare l'Ippogrifo. Dopo un gran viaggio arriva all'isola di Ebuda e salva Angelica dall'orca. In groppa all'Ippogrifo Ruggero, innamoratosi di Angelica, si reca con lei in Bretagna.

Ma Angelica gli ruba l'anello e fugge. Fugge anche il capriccioso Ippogrifo. Mentre si avvia a piedi, sembra a Ruggero di veder Bradamante rapita da un gigante. Intanto Orlando, giunto a Ebuda, vi ritrova Olimpia che, catturata dai pirati, sta per esser divorata dall'orca. Orlando uccide l'orca e libera Olimpia, della quale si innamora subitamente Oberto, re d'Irlanda.

CANTO XII

Orlando in cerca di Angelica si smarrisce in un palazzo incantato, dove trova smarriti anche Gradasso, Brandimarte, Ferraù e altri ancora. Si aggiunge a loro Ruggero (il gigante era un inganno per attirarlo nel palazzo che è opera di Atlante). Giunge Angelica, che annulla in parte la magia di Atlante con l'anello magico. Inseguendola alcuni cavalieri escono dal palazzo. Angelica ruba l'elmo a Orlando ma lo posa un momento su un prato, dove lo prende Ferraù. Orlando intanto, fatta strage di due schiere saracene, trova una grotta con dentro una vecchia e una fanciulla.

CANTO XIII

Quest'ultima è la saracena Isabella, innamorata del cristiano Zerbino; mentre fuggiva di casa per raggiungerlo, è stata rapita dai ladroni. Orlando uccide i ladroni sopraggiunti e libera Isabella. Bradamante, informata da Melissa che Ruggero è nel palazzo di Atlante, parte in cerca di lui, ma cade anch'ella vittima degli incanti del mago.

CANTO XIV

Mentre il re Agramante passa in rassegna le truppe, Mandricardo parte in cerca del cavaliere misterioso (cioè Orlando) che ha sterminato le due schiere saracene. In viaggio si innamora della bella Doralice, la rapisce e la conquista. Agramante intanto pone l'assedio a Parigi. Nell'attacco alla città si distingue per imprese prodigiose il saraceno Rodomonte.

CANTO XV

Astolfo, lasciata Logistilla, è giunto in Egitto, dove si misura, vittorioso, col gigante Caligorante. Alla foce del Nilo uccide Orrilo, un mostro che continuamente rigenera le membra che gli vengono tagliate. Andato poi in Palestina con Grifone e Aquilante, figli di Oliviero, vi incontra Sansonetto. Grifone, saputo che la sua amante Orrigille l'ha lasciato per un altro, parte per cercarla.

CANTO XVI

Grifone incontra Orrigille con l'amante, ma si lascia convincere che l'uomo è il di lei fratello Martano. Intanto Rodomonte, entrato a Parigi, semina strage. Rinaldo attacca in campo aperto con gli alleati Agramante: dentro Parigi Carlomagno muove contro Rodomonte.

CANTO XVII

Rodomonte viene attaccato dai paladini e dal re Carlo, ma resiste fieramente, solo. Nuove disavventure del credulo Grifone cui Martano porta via il premio di una giostra a Damasco per poi andarsene via con Orrigille. Grifone si infuria uccidendo chi gli capita a tiro.

CANTO XVIII

Rodomonte, dopo strenua resistenza, si salva buttandosi nel fiume, mentre nella mischia si distingue intanto un altro saraceno, Dardinello. A Damasco il re Norandino, compreso che Grifone è il vero vincitore del torneo, indice per calmarlo un'altra giostra, vinta però dalla vergine Marfisa, ivi sopraggiunta con Astolfo e Sansonetto. I tre, con Aquilante e Grifone, si imbarcano per la Francia. A Parigi, Rinaldo uccide Dardinello: durante la notte due sudditi di Dardinello, Cloridano e Medoro, entrano nel campo cristiano per recuperare la salma del re.

CANTO XIX

Sorpresi dai cristiani, essi fuggono in una selva, ma, raggiunti, Medoro viene ferito e Cloridano ucciso. Angelica trova Medoro, lo cura, e si innamora di lui. Per un po' ospiti di un pastore, si mettono in viaggio per il Catai, paese natio di Angelica.

CANTO XX

Astolfo e i suoi compagni trovano nell'isola delle donne omicide Guidon Selvaggio, che parte con loro. A Marsilia Marfisa si congeda dai compagni: difende la vecchia Gabrina (quella che era nella grotta con Isabella) dagli scherni di Pinabello, ma poi si disfa della megera obbligando a proteggerla Zerbino, vinto da lei in duello.

CANTO XXI

Avventure di Zerbino e Gabrina.

CANTO XXII

Astolfo giunto in Francia viene attirato nel palazzo di Atlante, ma lo distrugge grazie alle istruzioni contenute in un libro datogli da Logistilla. Cerca poi qualcuno cui affidare il suo cavallo Rabicano perché vorrebbe fare un viaggio sull'Ippogrifo. Ruggero e Bradamante, cessato l'incanto, si riconoscono. Messisi in viaggio per la badia di Vallombrosa dove Ruggero vuol farsi battezzare, incontrano Aquilante, Grifone, Sansonetto e Guidon Selvaggio che, prigionieri di Pinabello, hanno da lui l'ordine di assalire qualunque cavaliere. Ruggero li vince con lo scudo magico di Atlante, e Bradamante uccide Pinabello. Ma si smarrisce e perde nuovamente Ruggero.

CANTO XXIII

Bradamante incontra Astolfo che gli consegna le sue armi e Rabicano, prima di partire con l'Ippogrifo, tenendo con sé solo la sua spada e il suo corno. Ella giunge poi a Montalbano, dove la trattiene suo fratello Alardo: manda l'ancella Ippalca col cavallo Frontino a cercare Ruggero a Vallombrosa. Ma Ippalca si imbatte in Rodomonte che le toglie il cavallo. Zerbino intanto ha trovato il morto Pinabello. Mentre cerca vanamente il suo assassino, Gabrina ruba un bel cinto dell'ucciso. Durante i funerali di Pinabello Gabrina accusa Zerbino, usando il cinto come prova, di avere ucciso Pinabello, sperando di avere il premio promesso a chi avesse trovato l'uccisore di Pinabello. Ma mentre Zerbino viene condotto al supplizio, arriva Orlando con Isabella e salva Zerbino che riabbraccia l'amata. Giunge però Mandricardo. Mentre si batte con Orlando, il suo cavallo imbizzarrito lo trascina via. Imbattutosi in Gabrina, toglie il morso al cavallo della vecchia per metterlo al proprio. Orlando, inseguendo Madricardo, trova i nomi di Angelica e Medoro incisi sugli alberi della selva. Il pastore gli narra l'amore tra i due: preso da cupa malinconia alla fine impazzisce.

CANTO XXIV

Orlando, in preda alla follia, ha le forze decuplicate, e compie le imprese e le distruzioni più incredibili. Nel frattempo Zerbino e Isabella incontrano Odorico il Biscaglino, prigioniero di Almonio e Corebo. Saputa le colpe di Odorico, e sopraggiunta in quel momento l'orribile Gabrina, Zerbino, d'accordo con gli altri, decide di affidarla per castigo a Odorico. Poco dopo, sul luogo della pazzia di Orlando, si ritrovano Zerbino con Isabella, Mandricardo con Doralice, e Fiordiligi sempre in cerca di Brandimarte. Zerbino si batte in duello con Mandricardo, riportando terribili ferite; e, mentre tutti si allontanano, muore tra le braccia di Isabella. Intanto Rodomonte, incontrato Mandricardo, si batte con lui per il possesso di Doralice: ma, riflettendo che Agramante ha bisogno di loro, cessano di combattere per avviarsi verso Parigi insieme.

CANTO XXV

Ruggero, dopo aver salvato Ricciardetto, fratello di Bradamante, da una spiacevole avventura, va con lui e un certo Aldigieri a liberare i fratelli di quest'ultimo, Malagigi e Viviano, prigionieri della crudele Lanfusa, madre di Ferraù.

CANTO XXVI

Incontrano un cavaliere che ha per insegna una fenice: è Marfisa. Con lei liberano Malagigi e Viviano. Tutti e sei si rimettono in cammino, quando incontrano Ippalca, che racconta la sua disavventura. Ruggero va subito in cerca di Rodomonte per recuperare il cavallo Frontino. A un certo punto si trovano tutti insieme, e ne nasce una rissa generale che viene sedata per l'intervento di Malagigi che, sapendo un po' di magia, fa fuggire il cavallo di Doralice così che Rodomonte e Mandricardo si allontanano per inseguire la donna.

CANTO XXVII

Disgraziatamente il cavallo porta Doralice vicino a Parigi, proprio dove volevano andare i suoi inseguitori. Così Agramante può per la battaglia contare sul valido aiuto di Rodomonte e Mandricardo, oltre che di Gradasso e Sacripante, appena giunti. I cristiani, privi di Rinaldo, assente, e di Orlando, sono sconfitti. Dopo la battaglia Doralice sceglie tra i suoi pretendenti Mandricardo, e Rodomonte, sdegnato, lascia il campo.

CANTO XXVIII

Davanti a una chiesa abbandonata Rodomonte incontra Isabella con un monaco, che accompagnano la salma di Zerbino. Nel sentire i propositi di Isabella di ritirarsi in convento, il saraceno ride. E poiché il monaco protesta, Rodomonte gli mette le mani addosso.

CANTO XXIX

Lanciato il monaco in mare, Rodomonte fa una rozza corte a Isabella. Ma la fanciulla approfitta di un momento in cui il saraceno è ubriaco per farsi uccidere da lui con uno stratagemma, preferendo la morte piuttosto che tradire la memoria di Zerbino. Rodomonte allora trasforma la chiesa in mausoleo per Isabella: e fa costruire un ponte sul fiume vicino, sfidando a duello chiunque voglia passarlo. Arriva il folle Orlando e si azzuffa con lui e tutti e due cascano nel fiume. Guadagnata prontamente la riva, Orlando commette altre prodigiose follie e tra l'altro a momenti ammazza Angelica.

CANTO XXX

Continua l'elenco delle follie di Orlando, che poi passa a nuoto in Africa. Intanto in una lite Ruggero ha ucciso Mandricardo, ma poiché ha riportato gravi ferite non può recarsi da Bradamante a Vallombrosa.

CANTO XXXI

Rinaldo è di ritorno, con Grifone, Aquilante, Sansonetto e altri prodi cavalieri, per aiutare re Carlo. In una nuova battaglia Agramante viene sconfitto, e si rifugia ad Arli (Arles).

CANTO XXXII

Bradamante, che si crede abbandonata da Ruggero, si dispera. Si mette in viaggio alla volta di Parigi e strada facendo viene ospitata nella rocca di Tristano.

CANTO XXXIII

Avventure meravigliose di Astolfo in giro sull'Ippogrifo: scaccia le Arpie che insozzavano la tavola del re di Etiopia.

CANTO XXXIV

Discende poi nell'Oltretomba. Dall'Inferno, dove vede punite le donne crudeli con i loro amanti, sale nel Paradiso terrestre e in un bel palazzo ingemmato trova san Giovanni evangelista. Di lì sale nella Luna: là, in una valle, vede ammassato tutto ciò che si perde sulla terra, e, racchiuso in ampolle, un liquore sottile che non è altri che il senno perduto. Trova il suo senno e anche quello di Orlando. Vede poi al lavoro le Parche e il Tempo.

CANTO XXXV

Bradamante insieme a Fiordiligi, che ha saputo che Brandimarte è in Africa prigioniero di Rodomonte, giunge ad Arli, dove è il campo di Agricane: sfida i campioni saraceni, e abbatte Serpentino, Grandonio e Ferraù.

CANTO XXXVI

Bradamante vince in duello anche Marfisa. Ritrovato tra i saraceni Ruggero, si allontana con lui in un boschetto, dove i due innamorati fanno la pace. Sopraggiunge Marfisa, che vuole prendersi la rivincita con Brandimarte. Ma da un sepolcro lì presso esce la voce di Atlante (morto di dolore visti vani i suoi tentativi di salvare Ruggero) che li ammonisce che Marfisa è sorella di Ruggero.

CANTO XXXVII

Ruggero, Bradamante e Marfisa uccidono Marganorre che per vendetta incrudeliva contro tutte le donne. Ruggero torna al campo di Agramante, le due donne a quello del re Carlo.

CANTO XXXVIII

Astolfo, sceso dalla Luna col carro di Elia risale sull'Ippogrifo e compie altre gesta prodigiose in tutta l'Africa.

CANTO XXXIX

Mentre infuria una battaglia tra Saraceni e Cristiani, Astolfo si è creato, con un nuovo portento, una flotta. Mentre attende il vento favorevole, giunge un naviglio dove sono tutti i prigionieri di Rodomonte, tra cui Brandimarte. Astolfo riesce a liberarli. Ma ecco arrivare il folle Orlando e subito dopo Fiordiligi, che finalmente si riunisce all'amato. Orlando insavisce grazie ad Astolfo, che gli fa annusare l'ampolla contenente il suo senno che ha trovato sulla Luna. Mutano le sorti della guerra: mentre Dudone guida la flotta verso la Provenza, Astolfo assedia con Orlando Biserta, capitale del regno di Agramante. Il quale viene sconfitto nel frattempo in Francia per terra e per mare.

CANTO XL

Biserta viene presa, e Agramante decide di abbandonare la lotta; ma sfida, con Gradasso e Sobrino, a tenzone Orlando, Oliviero e Brandimarte.

CANTO XLI

Nella tenzone, che ha luogo nell'isola di Lipadusa, Brandimarte viene mortalmente ferito.

CANTO XLII

Orlando vendica l'amico uccidendo Agramante e Gradasso e assiste poi Brandimarte in agonia. Rinaldo, che troppo soffre per amore di Angelica, ritrova la via delle fontane delle Ardenne, beve alla fontana dell'odio e si libera della sua passione. Informato della tenzone di Lipadusa, si dirige a quella volta.

CANTO XLIII

Si sparge la notizia della vittoria di Lipadusa, ma nessuno osa informare Fiordiligi della morte di Brandimarte. Ella però ha intuito e si dispera. Dopo che Brandimarte viene sepolto, con grandi onori, Fiordiligi fa fare una cella per sé nel sepolcro dell'amato e vi si rinchiude a passarvi il resto della sua vita. Rinaldo e Orlando conducono Oliviero, gravemente ferito a Lipadusa, presso un savio eremita affinché lo guarisca. Presso l'eremita trovano Ruggero, che, sbattuto da una tempesta sullo scoglio dove abita il sant'uomo, da lui è stato convertito e battezzato.

CANTO XLIV

Tutti tornano in Provenza, anche Astolfo che, appena arrivato, rende la libertà all'Ippogrifo. Bradamante intanto è stata promessa in sposa a Leone, figlio dell'imperatore greco. Saputo ciò Ruggero combatte insieme ai Bulgari contro i Greci.

CANTO XLV

Ruggero viene preso prigioniero, ma Leone lo prende in simpatia, e lo fa liberare. Poiché Bradamante ha ottenuto di esser data in sposa a chi la vincerà in duello, Leone prega Ruggero di combattere per lui. Per gratitudine al suo salvatore Ruggero è costretto ad accettare. Ma nel duello riescono pari. Marfisa, vedendo la disperazione dei due amanti, propone che abbia Bradamante chi vincerà Ruggero.

CANTO XLVI

Finalmente Leone apprende chi sia il suo misterioso amico e cede a Ruggero ogni diritto su Bradamante. Intanto i Bulgari proclamano Ruggero loro re. Mentre si preparano le nozze, giunge Rodomonte a sfidare Ruggero. Nel terribile scontro il gigantesco e fiero Rodomonte ha la peggio e viene ucciso.

ORLANDO FURIOSO
volume primo
(canti I-XXI)

ORLANDO FURIOSO
DI MESSER LUDOVICO ARIOSTO
ALLO ILLUSTRISSIMO E REVERENDISSIMO
CARDINALE DONNO IPPOLITO
DA ESTE SUO SIGNORE

Già nel *canto primo*, tra le immagini dominanti della « fuga », della « selva » e della « rosa », si annuncia il motivo che desterà lunghi echi all'interno del poema: « e l'invisibil fa vedere Amore » (56).

Nel canto si narra non solo della fuga di Angelica, non solo del cangiare del volto della donzella (« nei sereni occhi subito s'oscura », 79), ma anche di altre repentine e fugaci apparizioni, rievocate alla luce della tradizioni poetiche cavalleresche e di leggende e memorie di tempi più antichi che sembrano risalire a una preistoria poetica. Sono presentate in tal maniera, le figure di Rinaldo, di Ferraù, di Sacripante e di Bradamante, mentre sullo sfondo spiccano le fontane dell'amore e dell'odio che hanno originato così mirabile metamorfosi nel corso degli amori di Angelica: « e questo hanno causato due fontane » (78). Si delineano insomma, da una parte, immagini che sembrano alludere a qualcosa d'immobile per sempre, fermato quasi nel tempo e nel ricordo, e, dall'altra, immagini che alludono all'insorgere di una libertà della fantasia, in cui improvvisi palpiti interiori rispondono al meraviglioso dischiudersi dell'avventura: « fatto le avea con subite paure / trovar di qua di là strani viaggi » (33). L'idea della selva e quella della fuga s'intrecciano in profondità, e assumono non solo un valore figurativo, di diretta rappresentazione, ma anche, allusivamente, simbolico della condizione umana.

In tal senso, l'imitazione della realtà che l'Ariosto persegue si concreta attraverso continui spostamenti delle prospettive e continui passaggi dal reale al fantastico e dal fantastico al reale. Basti pensare come all'immagine di Angelica fuggente si contrapponga l'altra immagine della rosa, di derivazione catulliana (*Liber*, LXII), ma ormai divenuta tale da inserirsi in un contesto narrativo che si distende dagli spasimi ossessivi di Sacripante, dal suo estatico idoleggiamento della purezza (« La verginella è simile alla rosa », 42) alla sua metamorfosi in direzione di intenzioni arditamente voluttuose. Si può passare così da un lirismo di ispirazione freschissima, dal candore gentile e dalla fluente morbidezza (« L'aura soave e l'alba rugiadosa », 42), alla poesia che nasce dall'infinito dischiudersi delle possibilità umane : essa ora può sfiorare scetticismo ed edonismo, ora dischiude varchi sul fondo oscuro della passione, ora anche accenna al mutare fatale, allo spegnersi degli affetti, per un magico influsso, quale quello delle due fontane : « Già fu ch'esso odiò lei più che la morte; / ella amò lui : or han cangiato sorte » (77).

In tale irraggiarsi delle possibilità e in tale variare di movimenti, anche la fuga di Angelica esprime, prima, un turbamento e una trepidazione che non possono trovare limiti e pace, ma poi indugia nella distensione, e infine si risolve nella rivelazione di una bellezza trionfante; « Come di selva o fuor d'ombroso speco / Diana in scena, o Citerea si mostra » (52). L'imitazione della realtà è stata ottenuta attraverso il procedimento fantastico del cangiare delle prospettive, attraverso una dinamica interna dalla quale nasce il senso di una leggerezza sorridente : la fantasia è messa di continuo a paragone con la concretezza della vita. Si pensi poi come un atteggiamento spregiudicatamente scettico sembri a volte insinuarsi in certe osservazioni in cui affiora la ricchezza di uno spirito conversevole, mentre esse riflettono anche significati e valori fantastici, adeguandosi a un tono che si potrebbe definire « mobile », nella molteplicità delle sue allusioni e nella natura del suo linguaggio; si ricordi quel verso : « Ecco il giudicio uman come spesso erra! » (7). Esso pare un preannuncio lontano di follia e di insensatezza, quasi una lontana introduzione al « giudicio » travolto di Orlando.

Nell'Ariosto, da un fondo unitario si sviluppano modulazioni diverse, dando inizio a movimenti che allargano i precedenti, e introducono a una molteplicità di nuovi e più ampi rapporti : in tal modo si configura, quale sentimento attivamente operante, quello inteso a cogliere la vita nella sua interna armonia, che però non si propone come qualcosa

4

di prestabilito (e come l'immagine di un divino ed olimpico distacco), ma come la convergenza in fieri di esperienze diverse. Anche il paragone tolto dal mondo della natura può esprimere quindi, a volte, note aspre e accentuatamente realistiche (« Già non fero i cavalli un correr torto, / anzi cozzaro a guisa di montoni », 65), ma, d'altra parte, può riferirsi anche direttamente al mondo alto dei sogni e degli stupori ariostei (« Qual istordito e stupido aratore, / poi ch'è passato il fulmine si leva », 5). Questa poesia ha bisogno, in sostanza, non di concentrare i propri temi come quella del Petrarca, ma di scioglierli e di distenderli nella diversità di una varia partecipazione. Quando, ad esempio, ci addentriamo negli ombrosi sentieri della fuga d'Angelica e nel canto della fresca e mattutina rosa, nasce un sentimento che non è solo contemplazione di una stupenda, solitaria bellezza, ma è ricerca di tale bellezza nella sua storia caduca ed umana, dal raggiare improvviso e dal seducente illanguidire.

Nel *secondo canto*, dopo le avventure simboliche del primo, già s'annunciano storie più concrete, a cui dà l'avvio il singolare comportamento di Baiardo, il quale, non tollerando di essere cavalcato da Sacripante e volendo aiutare il suo signore Rinaldo, si produce in una singolare commedia (« giuoca di schiene e mena calci in frotta », 7). Rinaldo poi, diversamente dal modo con cui si era con lui comportato Ferraù (« Oh gran bontà de' cavallieri antiqui! », I, 22), non si degna di togliere in groppa Sacripante, benché privo di cavallo; ma egli è presto costretto da re Carlo a far vela, in cerca d'aiuti, verso l'Inghilterra : così per lui comincia una diversione essenziale rispetto all'impetuoso corso dei suoi desideri (« fu distolto / di gir cercando il bel viso sereno », 27).

Il canto gravita principalmente verso le espressioni di una poesia del movimento rappresentato con mimetica vitalità, quale si rivela nel duello di Rinaldo e di Sacripante, nel rapido viaggio di Rinaldo e nella descrizione della tempesta, ma soprattutto s'incarna nella emblematica fantasia dell'Ippogrifo (« Come falcon che per ferir discende / cala e poggia in uno atimo », 38). In corrispondenza alla presentazione di tale immagine, l'Ariosto anche giunge a una singolare dichiarazione di poetica (« Ma perché varie fila a varie tele / uopo mi son, che tutte ordire intendo », 30), di cui altrove (VIII, 29 e XIII, 80-81) offrirà diverse formulazioni: esse valgono quali consapevoli giustificazioni di personalissime aperture d'orizzonte e di interni spostamenti di prospettive, essenziali alle prese di posizione esistenziali del poeta. Ma anche nel secondo canto intervengono soste idilliche e meditative, che riguardano soprattutto la figura perplessa di Bradamante. Ella, come già Angelica quando ha ritrovato Sacripante e a lui per calcolo si è rivelata, incontra quel cavaliere tacito e soletto che poi si saprà essere il perfido Pinabello: questi tenterà di trarla a rovina con le sue male astuzie, inaugurando la galleria ariostea di personaggi intesi a sovvertire le leggi della cortesia; ma è in lui ancora una vaghezza fantasiosa, come di chi si lascia affascinare dai suoi progetti più che costruirli con la tecnica rigorosa del delitto: « E tanto gli occupò la fantasia / il nativo odio, il dubbio e la paura, / ch'inavedutamente uscì di via » (68).

Nel *canto terzo* si dispiega apertamente un'aura di prodigio e di meraviglioso intorno al sepolcro di Merlino (« Era quell'arca d'una pietra dura, / lucida e tersa, e come fiamma rossa », 14), mentre le memorie storiche estensi sono presentate come avvolte da un'atmosfera di racconti tramandati in un ambito familiare, secondo le linee di una trasmissione orale che deforma e ingrandisce le imprese inserendole nella tradizione cavalleresca. I motivi encomiastici trovano così la loro radice in motivazioni che risalgono alle voci e ai legami di un'amorosa consuetudine civile e alla dolcezza del sogno di una piccola patria: in tale senso, acquista rilievo l'immagine di una Ferrara che splende della memoria dei miti della classicità: « La bella terra che siede sul fiume, / dove chiamò con lacrimoso plettro, / Febo il figliuol » (34). Di contro, la memorabile battaglia di Ravenna assumerà atroci connotazioni da certe note realistiche che rivelano echi interni di natura popolareggiante: « Nuoteranno i destrier fino alla pancia / nel sangue uman per tutta la campagna » (55).

All'inizio del *canto quarto* viene delineata una prospettiva meditativa che mette a paragone le situazioni create dalla fantasia con la ricerca di un comportamento umano, che, non potendo ubbidire solo ai dettami dell'interiore moralità, deve adattarsi e plasmarsi a seconda della natura della persona (qui, del furfantesco Brunello) con cui si entra in rapporto : viene così offerta un'immagine della vita umana quale si può configurare dinanzi a una realistica considerazione, che si contrappone al raggiare splendido ed infinito della fantasia : « In questa assai più oscura che serena / vita mortal tutta d'invidia piena » (1). Ma proprio di fronte a tale amara consapevolezza si aprono gli orizzonti del meraviglioso coi voli dell'Ippogrifo, visti ora da un'angolazione di natura popolare (« E vede l'oste e tutta la famiglia, / e chi a finestre e chi fuor ne la via, / tener levati al ciel gli occhi e le ciglia », 4), ora in una prospettiva di paesaggi sterminati (« Calossi, e fu tra le montagne immerso », 5). Prende quindi consistenza fantastica l'Ippogrifo, quale immagine scopertamente simbolica di una fuga nella fantasia cui non manca neppure il tocco di garanzia del sorriso. D'altra parte, una figura, quella del mago Atlante, viene a qualificarsi come essenziale punto di riferimento nei riguardi dell'ideazione di situazioni caratterizzanti dello sviluppo della trama : il creatore dei castelli e dei palazzi incantati, dall'astuzia felina, si rivela amante dei bei colpi di lancia e di spada come un buon maestro di cavalleria, ma anche tormentato da una sua interiore malinconia nella consapevolezza di una vita inutilmente spesa, nella sua stanchezza di vecchio e nel suo desiderio di morte. Ruggiero, tratto dall'inganno dell'Ippogrifo nell'alto dei cieli, viene raffigurato in una situazione che riprende quella dell'antico Ganimede (« Ciò che già inteso avea di Ganimede », 47) : il che conferma, da parte dell'Ariosto, l'uso della mitologia in maniera così familiare e discorsiva che simili esempi assumono un'evidenza rappresentativa quale potrebbe essere del mondo reale, se pure con un tocco in più d'incanto e di rapimento. Con la fuga agevole, fluida e sicura dell'Ippogrifo (« e per l'aria ne va come legno unto », 50) si ritorna alla poesia del movimento e del mutamento, sì che appare naturale poi il passaggio alle altre avventure di Rinaldo nella selva Calidonia, famosa per le imprese dei cavalieri della Tavola Rotonda. Ivi il paladino, non solo indulge, in una badìa, alle gioie del cibo, ma anche pensa ad imprese tali

7

che i monaci non stimano conveniente si compiano in quei boschi ove « i fatti ancor son foschi » (56), bensì presso la Corte, ove il cavaliere potrà conseguire vera fama difendendo Ginevra accusata da Lurcanio. Così l'impresa di Rinaldo si inizia in una singolare atmosfera, ove le tradizioni del ciclo bretone vengono modificate in senso, da una parte godereccio, e, dall'altra, proteso verso i fulgori della fama e del successo. E appare anche significativo che quello stesso Rinaldo, per cui, verso la fine del poema (canti XLII-XLIII), saranno narrate le novelle della gelosia, ora si atteggi a paladino del libero amore e della parità dei sessi. Non a sottili questioni d'amore, ma a scene decisamente realistiche di liti familiari, allude, di contro, l'inizio del *canto quinto*, ove si narra della fante Dalinda, strappata da Rinaldo ai malandrini, che informerà il paladino delle trame della corte di Scozia, delle ambigue metamorfosi di Polinesso, già suo amante, e della gentile passione per Ariodante di Ginevra, che, come altre del *Furioso*, si alza da uno sfondo di avventure tragiche e dolorose: non per niente Ginevra è sorella di Zerbino, che avrà nel poema il destino di essere amato con tragica fedeltà da Issabella. Ma qui la narrazione assume un colorito apertamente romanzesco, per un'influenza diretta dei romanzi brettoni, sia nell'accenno a certi paesaggi notturni di « case rotte » (10), sia per la diffusa atmosfera di *suspense*, dovuta in particolare ai ben architettati intrighi di Polinesso che giunge a far rivestire la fante dei panni di Ginevra per ingannare Ariodante, con la scusa, presso Dalinda, di voler, mediante tale artificio, spegnere in sé il desiderio ardente dell'amore di Ginvra: « Io verrò a te con immaginazione / che quella sii, di cui tu i panni avrai » (25). Si aggiungono gli accenti di polemica antiuxoria di Lurcanio, le notizie atroci del presunto suicidio di Ariodante e i sospetti di Polinesso intorno alla fante stessa, che non voglia rivelare le « fraudi sue volpine » (73). Viene presentato insomma tutto un cangiare di punti di vista che s'intrecciano intorno a una situazione torbida sino a che Rinaldo giunge a sciogliere il nodo delle chimere, i sovrapposti giochi delle parti in contrasto e la rete degli inganni e delle passioni, con la sicurezza del suo gesto e della sua decisione.

Dopo il chiuso di tali atmosfere, ecco nel *canto sesto* spiegarsi l'incanto delle illusioni di Alcina, presso cui Ruggiero è portato dall'Ippogrifo. Il paesaggio qui risente di memorie lontane del mito classico, che affiorano con la consueta spontaneità, ma si distende poi in una visione larga, fluida, dolcissima, in cui le penetranti note idilliche celano allusioni a un'arcana serenità che è frutto di magia. Proprio in tale paesaggio è possibile l'evocazione della figura della fata, in un'atmosfera assorta e smemorante, quale è presentata dalle parole di Astolfo mutato in mirto : « e stava sola in ripa alla marina ; / e senza rete e senza amo traea / tutti li pesci al lito che volea » (35). Qui Atlante compie il tentativo più ardito per salvare Ruggiero mediante l'incontro con l'affascinante maga dal « mobil ingegno » (50), simbolo di un universale metamorfismo.

Il *canto settimo* narra degli incontri d'amore che Alcina offre a Ruggiero, ispirati da voluttuosa attesa sensuale : in essi s'insinua tuttavia anche un sentimento morboso, come di una maturità soverchia, di una mollezza (l'aggettivo « molle » torna qui ripetute volte, sì da costituire quasi una parola tematica) che prelude all'immagine del frutto ritrovato « putrido e guasto » (71) dal fanciullo. Così Ruggiero, istruito dalla maga Melissa, potrà scoprire l'orribile vecchiezza di Alcina, mentre nel canto si moltiplicano le metamorfosi, poiché a quelle di Alcina si aggiungono quelle di Melissa, sì che in esso sembra allusivamente riflettersi il complesso e misterioso procedere ed intrecciarsi dei motivi dell'esistenza.

1   Le donne, i cavallier, l'arme, gli amori,
     le cortesie, l'audaci imprese [1] io canto,
     che furo al tempo che passaro i Mori [2]
     d'Africa il mare, e in Francia nocquer tanto,
     seguendo l'ire e i giovenil furori
     d'Agramante lor re, che si diè vanto
     di vendicar la morte di Troiano [3]
     sopra re Carlo imperator romano. [4]

2   Dirò d'Orlando [5] in un medesmo tratto
     cosa non detta in prosa mai né in rima:
     che per amor venne in furore e matto,
     d'uom che sì saggio era stimato prima;
     se da colei [6] che tal quasi m'ha fatto,
     che 'l poco ingegno ad or ad or mi lima,
     me ne sarà però tanto concesso,
     che mi basti a finir quanto ho promesso.

3   Piacciavi, generosa Erculea prole, [7]

1 *imprese*: il poeta si propone di intrecciare la materia del ciclo di
re Artù con quella del ciclo carolingio.
2 *Mori*: gli Arabi, che però invasero la Francia al tempo di Carlo
Martello.
3 *Troiano*: re di Biserta e padre di Agramante; fu ucciso da
Orlando.
4 *romano*: Carlo Magno fu incoronato imperatore in Roma da papa Leone III nell'anno 800.
5 *Orlando*: figlio di Milone d'Anglante e di Berta, sorella di Carlo
Magno; protagonista della *Chanson de Roland* e dei poemi cavallereschi italiani.
6 *colei*: la donna amata dal poeta, Alessandra Benucci, vedova di
Tito Strozzi.
7 *prole*: il cardinale Ippolito d'Este, figlio di Ercole I, duca di Ferrara.

ornamento e splendor del secol nostro,
Ippolito, aggradir questo che vuole
e darvi sol può l'umil servo vostro.
Quel ch'io vi debbo, posso di parole
pagare in parte e d'opera d'inchiostro;
né che poco io vi dia da imputar sono,
che quanto io posso dar, tutto vi dono.

4   Voi sentirete fra i più degni eroi,
che nominar con laude m'apparecchio,
ricordar quel Ruggier,[8] che fu di voi
e de' vostri avi illustri il ceppo vecchio.
L'alto valore e' chiari gesti suoi
vi farò udir, se voi mi date orecchio,
e vostri alti pensier cedino un poco,
sì che tra lor miei versi abbiano loco.

5   Orlando, che gran tempo innamorato [9]
fu de la bella Angelica,[10] e per lei
in India, in Media, in Tartaria [11] lasciato
avea infiniti ed immortal trofei,
in Ponente con essa era tornato,
dove sotto i gran monti Pirenei
con la gente di Francia e de Lamagna [12]
re Carlo era attendato alla campagna,

6   per far al re Marsilio [13] e al re Agramante
battersi ancor del folle ardir la guancia,
d'aver condotto, l'un, d'Africa quante
genti erano atte a portar spada e lancia;
l'altro, d'aver spinta la Spagna inante
a destruzion del bel regno di Francia.

8 *Ruggier*: figlio di Ruggiero di Risa e di Galaciella (figlia del mu-
sulmano Agolante); è considerato il capostipite di casa d'Este.
9 *innamorato*: il poeta riassume la materia narrata dall'*Orlando
innamorato* di Matteo Maria Boiardo.
10 *Angelica*: figlia di Galafrone, re del Catai.
11 *Media...Tartaria*: Media era chiamata la regione dell'Asia a sud
del Caspio; Tartaria la regione ad ovest e a nord del Catai (Cina).
12 *Lamagna*: Germania.
13 *Marsilio*: re di Spagna, alleato di Agramante.

E così Orlando arrivò quivi a punto:
ma tosto si pentì d'esservi giunto;

7   che vi fu tolta la sua donna poi:
ecco il giudicio uman come spesso erra!
Quella che dagli esperi ai liti eoi [14]
avea difesa con sì lunga guerra,
or tolta gli è fra tanti amici suoi,
senza spada adoprar, ne la sua terra.
Il savio imperator, ch'estinguer volse
un grave incendio, fu che gli la tolse.

8   Nata pochi dì inanzi era una gara
tra il conte Orlando e il suo cugin Rinaldo, [15]
che ambi avean per la bellezza rara
d'amoroso disio l'animo caldo.
Carlo, che non avea tal lite cara,
che gli rendea l'aiuto lor men saldo,
questa donzella, che la causa n'era,
tolse, e diè in mano al duca di Bavera; [16]

9   in premio promettendola a quel d'essi
ch'in quel conflitto, in quella gran giornata,
degli infideli più copia uccidessi,
e di sua man prestassi opra più grata.
Contrari ai voti poi furo i successi; [17]
ch'in fuga andò la gente battezzata,
e con molti altri fu 'l duca prigione,
e restò abbandonato il padiglione. [18]

10   Dove, poi che rimase la donzella
ch'esser dovea del vincitor mercede,
inanzi al caso [19] era salita in sella,

14 *esperi... eoi*: dai paesi occidentali agli orientali.
15 *Rinaldo*: figlio di Amone di Chiaramonte, celebre paladino.
16 *duca di Bavera*: Namo, duca di Baviera, vecchio e saggio consigliere di Carlo.
17 *successi*: risultati.
18 *padiglione*: la tenda di Namo.
19 *caso*: la sconfitta.

e quando bisognò le spalle diede,
presaga che quel giorno esser rubella [20]
dovea Fortuna alla cristiana fede:
entrò in un bosco, e ne la stretta via
rincontrò un cavallier ch'a piè venìa.

11   Indosso la corazza, l'elmo in testa,
la spada al fianco, e in braccio avea lo scudo;
e più leggier correa per la foresta,
ch'al pallio [21] rosso il villan mezzo ignudo.
Timida pastorella mai sì presta
non volse piede inanzi a serpe crudo,
come Angelica tosto il freno torse, [22]
che del guerrier, ch'a piè venìa, s'accorse.

12   Era costui quel paladin gagliardo,
figliuol d'Amon, signor di Montalbano,
a cui pur dianzi il suo destrier Baiardo [23]
per strano caso uscito era di mano.
Come alla donna egli drizzò lo sguardo,
riconobbe, quantunque di lontano,
l'angelico sembiante e quel bel volto
ch'all'amorose reti il tenea involto.

13   La donna il palafreno a dietro volta,
e per la selva a tutta briglia il caccia;
né per la rara più che per la folta,
la più sicura e miglior via procaccia:
ma pallida, tremando, e di sé tolta,
lascia cura al destrier che la via faccia.
di sù di giù, ne l'alta selva fiera
tanto girò, che venne a una riviera.

20 *rubella*: contraria.
21 *pallio*: il drappo che veniva dato in premio ai vincitori nelle
corse a piedi.
22 *torse*: volse il cavallo.
23 *Baiardo*: il meraviglioso cavallo di Rinaldo.

14 Su la riviera Ferraù [24] trovosse
    di sudor pieno e tutto polveroso.
    Da la battaglia dianzi lo rimosse
    un gran disio di bere e di riposo;
    e poi, mal grado suo, quivi fermosse,
    perché, de l'acqua ingordo e frettoloso,
    l'elmo nel fiume si lasciò cadere,
    né l'avea potuto anco riavere.

15 Quanto potea più forte, ne veniva
    gridando la donzella ispaventata.
    A quella voce salta in su la riva
    il Saracino, e nel viso la guata;
    e la conosce subito ch'arriva,
    ben che di timor pallida e turbata,
    e sien più dì che non n'udì novella,
    che senza dubbio ell'è Angelica bella.

16 E perché era cortese, e n'avea forse
    non men dei dui cugini [25] il petto caldo,
    l'aiuto che potea tutto le porse,
    pur come avesse l'elmo, ardito e baldo:
    trasse la spada, e minacciando corse
    dove poco di lui temea Rinaldo.
    Più volte s'eran già non pur veduti,
    m'al paragon de l'arme conosciuti.

17 Cominciar quivi una crudel battaglia,
    come a piè si trovar, coi brandi ignudi:
    non che le piastre e la minuta maglia, [26]
    ma ai colpi lor non reggerian gl'incudi. [27]
    Or, mentre l'un con l'altro si travaglia,
    bisogna al palafren che 'l passo studi, [28]

---

24 *Ferraù*: cavaliere saraceno spagnolo, nipote di re Marsilio, che
aveva in combattimento ucciso Argalia, fratello di Angelica.
25 *cugini*: Orlando e Rinaldo.
26 *piastre... maglia*: le *piastre* erano le lamine d'acciaio dell'armatura, sotto la quale il cavaliere portava una *maglia* sottile di ferro.
27 *incudi*: incudini.
28 *studi*: affretti.

che quanto può menar de le calcagna,
colei lo caccia al bosco e alla campagna.

18 Poi che s'affaticar gran pezzo invano
i due guerrier per por l'un l'altro sotto,
quando [29] non meno era con l'arme in mano
questo di quel, né quel di questo dotto;
fu primiero il signor di Montalbano,
ch'al cavallier di Spagna fece motto,
sì come quel c'ha nel cor tanto fuoco,
che tutto n'arde e non ritrova loco.

19 Disse al pagan: [30] — Me sol creduto avrai,[31]
e pur avrai te meco ancora offeso:
se questo avvien perché i fulgenti rai
del nuovo sol t'abbino il petto acceso,
di farmi qui tardar che guadagno hai?
che quando ancor tu m'abbi morto o preso,
non però tua la bella donna fia,
che, mentre noi tardian, se ne va via.

20 Quanto fia meglio, amandola tu ancora,
che tu le venga a traversar la strada,
a ritenerla e farle far dimora,
prima che più lontana se ne vada!
Come l'avremo in potestate, allora
di ch'esser de' si provi con la spada:
non so altrimenti, dopo un lungo affanno,
che possa riuscirci altro che danno.—

21 Al pagan la proposta non dispiacque:
così fu differita la tenzone;
e tal tregua tra lor subito nacque,
sì l'odio e l'ira va in oblivione,[32]
che 'l pagano al partir da le fresche acque

29 *quando*: dal momento che.
30 *pagan*: nei romanzi cavallereschi era così detto chi non era cristiano.
31 *avrai*: avrai creduto offendere, danneggiare me solo.
32 *oblivione*: oblio, dimenticanza.

non lasciò a piedi il buon figliol d'Amone:
con preghi invita, ed al fin toglie in groppa,
e per l'orme d'Angelica galoppa.

22   Oh gran bontà de' cavallieri antiqui!
      Eran rivali, eran di fé diversi,
      e si sentian degli aspri colpi iniqui [33]
      per tutta la persona anco dolersi;
      e pur per selve oscure e calli obliqui [34]
      insieme van senza sospetto aversi.
      Da quattro sproni il destrier punto arriva
      ove una strada in due si dipartiva.

23   E come quei che non sapean se l'una
      o l'altra via facesse la donzella
      (però che senza differenza alcuna
      apparia in amendue l'orma novella),
      si messero ad arbitrio di fortuna,
      Rinaldo a questa, il Saracino a quella.
      Pel bosco Ferraù molto s'avvolse, [35]
      e ritrovossi al fine onde si tolse.

24   Pur [36] si ritrova ancor su la riviera,
      là dove l'elmo gli cascò ne l'onde.
      Poi che la donna ritrovar non spera,
      per aver l'elmo che 'l fiume gli asconde,
      in quella parte onde caduto gli era
      discende ne l'estreme umide sponde:
      ma quello era sì fitto ne la sabbia,
      che molto avrà da far prima che l'abbia.

25   Con un gran ramo d'albero [37] rimondo, [38]
      di ch'avea fatto una pertica lunga,

33 *iniqui*: spietati.
34 *calli obliqui*: sentieri tortuosi.
35 *s'avvolse*: si aggirò.
36 *Pur*: finalmente.
37 *albero*: pioppo bianco; per il nostro « albero » l'A. usa « arbore ».
38 *rimondo*: sfrondato.

17

tenta il fiume e ricerca sino al fondo,
né loco lascia ove non batta e punga.
Mentre con la maggior stizza del mondo
tanto l'indugio suo quivi prolunga,
vede di mezzo il fiume un cavalliero
insino al petto uscir, d'aspetto fiero.

26 Era, fuor che la testa, tutto armato,
ed avea un elmo ne la destra mano:
avea il medesimo elmo che cercato
da Ferraù fu lungamente invano.
A Ferraù parlò come adirato,
e disse: — Ah mancator di fé, marano! [39]
perché di lasciar l'elmo anche t'aggrevi,[40]
che render già gran tempo mi dovevi? [41]

27 Ricordati, pagan, quando uccidesti
d'Angelica il fratel (che son quell'io),
dietro all'altr'arme tu mi promettesti
gittar fra pochi dì l'elmo nel rio.
Or se Fortuna (quel che non volesti
far tu) pone ad effetto il voler mio,
non ti turbare; e se turbar ti déi,
turbati che di fé mancato sei.

28 Ma se desir pur hai d'un elmo fino,
trovane un altro, ed abbil con più onore;
un tal ne porta Orlando paladino,
un tal Rinaldo, e forse anco migliore:
l'un fu d'Almonte,[42] l'altro di Mambrino: [43]
acquista un di quei duo col tuo valore;

---

39 *marano*: parola spagnola che significa « porco » e si applicava
ai giudei e ai mori convertiti; qui « traditore ».
40 *t'aggrevi*: ti crucci.
41 *mi dovevi*: Ferraù aveva promesso ad Argalìa morente di gettare
entro quattro giorni nel fiume l'elmo di lui, ma non aveva mante-
nuto la promessa.
42 *Almonte*: fratello di re Troiano, ucciso da Orlando in Aspromonte.
43 *Mambrino*: Mambrino d'Ulivante, re pagano ucciso da Rinaldo.

e questo, c'hai già di lasciarmi detto,
farai bene a lasciarmi con effetto. —

29 All'apparir che fece all'improvviso
de l'acqua l'ombra, ogni pelo arricciossi,
e scolorossi al Saracino il viso;
la voce, ch'era per uscir, fermossi.
Udendo poi da l'Argalia, ch'ucciso
quivi aveva già (che l'Argalia nomossi),
la rotta fede così improverarse,[44]
di scorno e d'ira dentro e di fuor arse.

30 Né tempo avendo a pensar altra scusa,
e conoscendo ben che 'l ver gli disse,
restò senza risposta a bocca chiusa;
ma la vergogna il cor sì gli trafisse,
che giurò per la vita di Lanfusa [45]
non voler mai ch'altro elmo lo coprisse,
se non quel buono che già in Aspramonte
trasse del capo Orlando al fiero Almonte.

31 E servò meglio questo giuramento,
che non avea quell'altro fatto prima.
Quindi si parte tanto malcontento,
che molti giorni poi si rode e lima.
Sol di cercare è il paladino intento
di qua di là, dove trovarlo stima.
Altra ventura al buon Rinaldo accade,
che da costui tenea diverse strade.

32 Non molto va Rinaldo, che si vede
saltare inanzi il suo destrier feroce: [46]
— Ferma, Baiardo mio, deh, ferma il piede!
che l'esser senza te troppo mi nuoce. —
Per questo [47] il destrier sordo, a lui non riede.

44 *improverarse*: rinfacciarsi.
45 *Lanfusa*: madre di Ferraù.
46 *feroce*: ardente.
47 *Per questo*: ciononostante.

anzi più se ne va sempre veloce.
Segue Rinaldo, e d'ira si distrugge:
ma seguitiamo Angelica che fugge.

33   Fugge tra selve spaventose e scure,
      per lochi inabitati, ermi [48] e selvaggi.
      Il mover de le frondi e di verzure,
      che di cerri sentia, d'olmi e di faggi,
      fatto le avea con subite [49] paure
      trovar di qua di là strani viaggi; [50]
      ch'ad ogni ombra veduta o in monte o in valle,
      temea Rinaldo aver sempre alle spalle.

34   Qual pargoletta o damma [51] o capriuola,
      che tra le fronde del natio boschetto
      alla madre veduta abbia la gola
      stringer dal pardo,[52] o aprirle 'l fianco o 'l petto,
      di selva in selva dal crudel s'invola,
      e di paura triema e di sospetto:
      ad ogni sterpo che passando tocca,
      esser si crede all'empia fera in bocca.

35   Quel dì e la notte a mezzo l'altro giorno
      s'andò aggirando, e non sapeva dove.
      Trovossi al fine in un boschetto adorno,
      che lievemente la fresca aura muove.
      Duo chiari rivi, mormorando intorno,
      sempre l'erbe vi fan tenere e nuove;
      e rendea ad ascoltar dolce concento,[53]
      rotto tra picciol sassi, il correr lento.

36   Quivi parendo a lei d'esser sicura
      e lontana a Rinaldo mille miglia,
      da la via stanca e da l'estiva arsura,

48 *ermi*: solitari.
49 *subite*: improvvise.
50 *viaggi*: vie.
51 *damma*: daina.
52 *pardo*: ghepardo.
53 *concento*: armonia.

di riposare alquanto si consiglia:
tra' fiori smonta, e lascia alla pastura
andare il palafren senza la briglia;
e quel va errando intorno alle chiare onde,
che di fresca erba avean piene le sponde.

37   Ecco non lungi un bel cespuglio vede
di prun fioriti e di vermiglie rose,
che de le liquide [54] onde al specchio siede,
chiuso dal sol fra l'alte quercie ombrose;
così voto nel mezzo, che concede
fresca stanza fra l'ombre più nascose:
e la foglia coi rami in modo è mista,
che 'l sol non v'entra, non che minor vista. [55]

38   Dentro letto vi fan tenere erbette,
ch'invitano a posar chi s'appresenta.
La bella donna in mezzo a quel si mette,
ivi si corca ed ivi s'addormenta.
Ma non per lungo spazio così stette,
che un calpestio le par che venir senta:
cheta si leva, e appresso alla riviera
vede ch'armato un cavallier giunt'era.

39   Se gli è amico o nemico non comprende:
tema e speranza il dubbio cor le scuote;
e di quella aventura il fine attende,
né pur d'un sol sospir l'aria percuote.
Il cavalliero in riva al fiume scende
sopra l'un braccio a riposar le gote;
e in un suo gran pensier tanto penètra,
che par cangiato in insensibil pietra.

40   Pensoso più d'un'ora a capo basso
stette, Signore, [56] il cavallier dolente;
poi cominciò con suono afflitto e lasso

---

54 *liquide*: limpide.
55 *minor vista*: una forza visiva meno penetrante.
56 *Signore*: il cardinale Ippolito d'Este.

a lamentarsi sì soavemente,
ch'avrebbe di pietà spezzato un sasso,
una tigre crudel fatta clemente.
Sospirando piangea, tal ch'un ruscello
parean le guance, e 'l petto un Mongibello.[57]

41 — Pensier (dicea) che 'l cor m'aggiacci [58] ed ardi,
e causi il duol che sempre il rode e lima,
che debbo far, poi ch'io son giunto tardi,
e ch'altri a corre il frutto è andato prima?
a pena avuto io n'ho parole e sguardi,
ed altri n'ha tutta la spoglia opima.
Se non ne tocca a me frutto né fiore,
perché affliger per lei mi vuo' [59] più il core?

42 La verginella è simile alla rosa,
ch'in bel giardin su la nativa spina
mentre sola e sicura si riposa,
né gregge né pastor se le avicina;
l'aura soave e l'alba rugiadosa,
l'acqua, la terra al suo favor s'inchina:
gioveni vaghi e donne inamorate
amano averne e seni e tempie ornate.

43 Ma non sì tosto dal materno stelo
rimossa viene e dal suo ceppo verde,
che quanto avea dagli uomini e dal cielo
favor, grazia e bellezza, tutto perde.
La vergine che 'l fior, di che più zelo
che de' begli occhi e de la vita aver de',[60]
lascia altrui corre,[61] il pregio ch'avea inanti
perde nel cor di tutti gli altri amanti.

44 Sia Vile agli altri, e da quel solo amata
a cui di sé fece sì larga copia.

57 *Mongibello*: l'Etna; un vulcano.
58 *m'aggiacci*: mi agghiacci.
59 *mi vuo'*: voglio.
60 *de'*: deve.
61 *corre*: cogliere.

Ah, Fortuna crudel, Fortuna ingrata!
trionfan gli altri, e ne moro io d'inopia.[62]
Dunque esser può che non mi sia più grata?
dunque io posso lasciar mia vita propia?
Ah più tosto oggi manchino i dì miei,
ch'io viva più, s'amar non debbo lei!—

45   Se mi domanda alcun chi costui sia,
     che versa sopra il rio lacrime tante,
     io dirò ch'egli è il re di Circassia,
     quel d'amor travagliato Sacripante; [63]
     io dirò ancor, che di sua pena ria
     sia prima e sola causa essere amante,
     e pur [64] un degli amanti di costei:
     e ben riconosciuto fu da lei.

46   Appresso ove il sol cade,[65] per suo amore
     venuto era dal capo d'Oriente;
     che seppe in India con suo gran dolore,
     come ella Orlando sequitò [66] in Ponente:
     poi seppe in Francia che l'imperatore
     sequestrata l'avea da l'altra gente,
     per darla all'un de' duo che contra il Moro
     più quel giorno aiutasse i Gigli d'oro.[67]

47   Stato era in campo, e inteso avea di quella
     rotta crudel che dianzi ebbe re Carlo:
     cercò vestigio [68] d'Angelica bella,
     né potuto avea ancora ritrovarlo.
     Questa è dunque la trista e ria [69] novella
     che d'amorosa doglia fa penarlo,

62 *inopia*: privazione.
63 *Sacripante*: re di Circassia (che è regione del Caucaso); compare
già nell'*Innamorato* del Boiardo: aveva portato aiuto ad Angelica,
assediata in Albracca da Agricane, re dei Tartari.
64 *e pur*: e soprattutto.
65 *ove il sol cade*: in occidente.
66 *sequitò*: seguì.
67 *Gigli d'oro*: stemma della casa di Francia.
68 *vestigio*: traccia.
69 *ria*: rea.

affligger, lamentare e dir parole
che di pietà potrian fermare il sole.

48 Mentre costui così s'affligge e duole,
e fa degli occhi suoi tepida fonte,
e dice queste e molte altre parole,
che non mi par bisogno esser racconte; [70]
l'aventurosa sua fortuna vuole
ch'alle orecchie d'Angelica sian conte: [71]
e così quel ne viene a un'ora, a un punto,
ch'in mille anni o mai più non è raggiunto.

49 Con molta attenzion la bella donna
al pianto, alle parole, al modo attende
di colui ch'in amarla non assonna; [72]
né questo è il primo dì ch'ella l'intende:
ma dura e fredda più d'una colonna,
ad averne pietà non però scende,
come colei c'ha tutto il mondo a sdegno,
e non le par ch'alcun sia di lei degno.

50 Pur tra quei boschi il ritrovarsi sola
le fa pensar di tor [73] costui per guida;
che chi ne l'acqua sta fin alla gola
ben è ostinato se mercé non grida. [74]
Se questa occasione or se l'invola, [75]
non troverà mai più scorta sì fida;
ch'a lunga prova conosciuto inante
s'avea quel re fedel sopra ogni amante.

51 Ma non però disegna de l'affanno
che lo distrugge alleggierir chi l'ama,
e ristorar d'ogni passato danno
con quel piacer ch'ogni amator più brama:

70 *racconte*: narrate.
71 *conte*: conosciute.
72 *non assonna*: non cessa.
73 *tor*: prendere.
74 *se... non grida*: se non chiede aiuto.
75 *se l'invola*: le sfugge.

ma alcuna finzione, alcuno inganno
di tenerlo in speranza ordisce e trama;
tanto ch'a quel bisogno se ne serva,
poi torni all'uso suo [76] dura e proterva.

52   E fuor di quel cespuglio oscuro e cieco
fa di sé bella ed improvisa mostra,
come di selva o fuor d'ombroso speco
Diana in scena o Citerea [77] si mostra;
e dice all'apparir: — Pace sia teco;
teco difenda Dio la fama nostra,
e non comporti, contra ogni ragione,
ch'abbi di me sì falsa opinione. —

53   Non mai con tanto gaudio o stupor tanto
levò gli occhi al figliuolo alcuna madre,
ch'avea per morto sospirato e pianto,
poi che senza esso udì tornar le squadre; [78]
con quanto gaudio il Saracin, con quanto
stupor l'alta presenza e le leggiadre
maniere e il vero angelico sembiante,
improviso apparir si vide inante. [79]

54   Pieno di dolce e d'amoroso affetto,
alla sua donna, alla sua diva corse,
che con le braccia al collo il tenne stretto,
quel ch'al Catai non avria fatto forse.
Al patrio regno, al suo natio ricetto, [80]
seco avendo costui, l'animo torse:
subito in lei s'avviva la speranza
di tosto riveder sua ricca stanza. [81]

---

76 *all'uso suo*: alle sue abitudini.
77 *Diana... Citerea*: Diana è la dea della caccia; Citerea è Venere
così detta dall'isola di Citera, presso la quale era nata dalla schiuma del mare.
78 *squadre*: le schiere dei soldati.
79 *inante*: dinanzi.
80 *ricetto*: rifugio.
81 *stanza*: dimora.

55 Ella gli rende conto pienamente
dal giorno che mandato fu da lei
a domandar soccorso in Oriente
al re de' Sericani e Nabatei;[82]
e come Orlando la guardò sovente
da morte, da disnor,[83] da casi rei:
e che 'l fior virginal così avea salvo,
come se lo portò del materno alvo.[84]

56 Forse era ver, ma non però credibile
a chi del senso suo fosse signore;
ma parve facilmente a lui possibile,
ch'era perduto in via più grave errore.
Quel che l'uom vede, Amor gli fa invisibile,
e l'invisibil fa vedere Amore.
Questo creduto fu; che 'l miser suole
dar facile credenza a quel che vuole.

57 — Se mal si seppe il cavallier d'Anglante [85]
pigliar per sua sciocchezza il tempo buono,
il danno se ne avrà; che da qui inante
nol chiamerà Fortuna a sì gran dono
(tra sé tacito parla Sacripante):
ma io per imitarlo già non sono,
che lasci tanto ben che m'è concesso,
e ch'a doler poi m'abbia di me stesso.

58 Corrò la fresca e matutina rosa,
che, tardando, stagion [86] perder potria.
So ben ch'a donna non si può far cosa
che più soave e più piacevol sia,
ancor che se ne mostri disdegnosa,

---

82 *Sericani e Nabatei*: erano popoli dell'Oriente, che abitavano, i
primi, le regioni centrali dell'Asia, i secondi parte dell'Arabia Petrea:
di entrambi era re Gradasso.
83 *disnor*: disonore.
84 *alvo*: ventre.
85 *cavallier d'Anglante*: Orlando.
86 *stagion*: freschezza, perfezione.

e talor mesta e flebil [87] se ne stia:
non starò per repulsa o finto sdegno,
ch'io non adombri [88] e incarni il mio disegno. —

59   Così dice egli; e mentre s'apparecchia
al dolce assalto, un gran rumor che suona
dal vicin bosco gl'intruona l'orecchia,
sì che mal grado l'impresa abbandona:
e si pon l'elmo (ch'avea usanza vecchia
di portar sempre armata la persona),
viene al destriero e gli ripon la briglia,
rimonta in sella e la sua lancia piglia.

60   Ecco pel bosco un cavallier venire,
il cui sembiante è d'uom gagliardo e fiero:
candido come nieve è il suo vestire,
un bianco pennoncello ha per cimiero.
Re Sacripante, che non può patire
che quel con l'importuno suo sentiero [89]
gli abbia interrotto il gran piacer ch'avea,
con vista il guarda disdegnosa e rea.

61   Come è più presso, lo sfida a battaglia;
che crede ben fargli votar l'arcione. [90]
Quel che di lui non stimo già che vaglia
un grano meno, e ne fa paragone, [91]
l'orgogliose minacce a mezzo taglia,
sprona a un tempo, e la lancia in resta [92] pone.
Sacripante ritorna con tempesta,
e corronsi a ferir testa per testa. [93]

62   Non si vanno i leoni o i tori in salto

87 *flebil*: piangente.
88 *adombri*: ombreggi.
89 *sentiero*: passaggio.
90 *votar l'arcione*: cadere da cavallo
91 *ne fa paragone*: ne dà prova con le armi.
92 *resta*: ferro dell'armatura, contro cui si appoggiava il ferro della lancia.
93 *testa per testa*: a fronte a fronte.

a dar di petto, ad accozzar sì crudi,
sì come i duo guerrieri al fiero assalto,
che parimente si passar gli scudi.
Fe' lo scontro tremar dal basso all'alto
l'erbose valli insino ai poggi ignudi;
e ben giovò che fur buoni e perfetti
gli osberghi [94] sì, che lor salvaro i petti.

63 Già non fero i cavalli un correr torto,
anzi cozzaro a guisa di montoni:
quel del guerrier pagan morì di corto,[95]
ch'era vivendo in numero de' buoni;
quell'altro cadde ancor, ma fu risorto
tosto ch'al fianco si sentì gli sproni.
Quel del re saracin restò disteso
adosso al suo signor con tutto il peso.

64 L'incognito campion che restò ritto,
e vide l'altro col cavallo in terra,
stimando avere assai [96] di quel conflitto,
non si curò di rinovar la guerra;
ma dove per la selva è il camin dritto,
correndo a tutta briglia si disserra,[97]
e prima che di briga esca il pagano,
un miglio o poco meno è già lontano.

65 Qual istordito e stupido [98] aratore,
poi ch'è passato il fulmine, si leva
di là dove l'altissimo fragore
appresso ai morti buoi steso l'aveva;
che mira senza fronde e senza onore [99]
il pin che di lontan veder soleva:
tal si levò il pagano a piè rimaso,
Angelica presente al duro caso.

94 *osberghi*: armature del busto.
95 *di corto*: subito.
96 *avere assai*: avere ottenuto abbastanza.
97 *si disserra*: si slancia.
98 *stupido*: attonito.
99 *senza onore*: senza l'ornamento delle fronde.

66 Sospira e geme, non perché l'annoi [100]
    che piede o braccia s'abbi rotto o mosso,
    ma per vergogna sola, onde a' dì suoi
    né pria né dopo il viso ebbe sì rosso:
    e più, ch'oltre al cader, sua donna poi
    fu che gli tolse il gran peso d'adosso.
    Muto restava, mi cred'io, se quella
    non gli rendea la voce e la favella.

67 — Deh! (diss'ella) signor, non vi rincresca!
    che del cader non è la colpa vostra,
    ma del cavallo, a cui riposo ed esca [101]
    meglio si convenia che nuova giostra.
    Né perciò quel guerrier sua gloria accresca;
    che d'esser stato il perditor dimostra:
    così, per quel ch'io me ne sappia, stimo,
    quando a lasciare il campo è stato primo. —

68 Mentre costei conforta il Saracino,
    ecco col corno e con la tasca [102] al fianco,
    galoppando venir sopra un ronzino
    un messagger che parea afflitto e stanco;
    che come a Sacripante fu vicino,
    gli domandò se con un scudo bianco
    e con un bianco pennoncello in testa
    vide un guerrier passar per la foresta.

69 Rispose Sacripante: — Come vedi,
    m'ha qui abbattuto, e se ne parte or ora;
    e perch'io sappia chi m'ha messo a piedi,
    fa che per nome io lo conosca ancora.—
    Ed egli a lui: — Di quel che tu mi chiedi
    io ti satisfarò senza dimora:
    tu dei saper che ti levò di sella
    l'alto valor d'una gentil donzella.

100 *l'annoi*: gli dia affanno.
101 *esca*: cibo.
102 *tasca*: borsa.

70   Ella è gagliarda ed è più bella molto;
     né il suo famoso nome anco t'ascondo:
     fu Bradamante [103] quella che t'ha tolto
     quanto onor mai tu guadagnasti al mondo. —
     Poi ch'ebbe così detto, a freno sciolto
     il Saracin lasciò poco giocondo,
     che non sa che si dica o che si faccia,
     tutto avvampato di vergogna in faccia.

71   Poi che gran pezzo al caso intervenuto
     ebbe pensato invano, e finalmente
     si trovò da una femina abbattuto,
     che pensandovi più, più dolor sente;
     montò l'altro destrier, tacito e muto:
     e senza far parola, chetamente
     tolse Angelica in groppa, e differilla [104]
     a più lieto uso, a stanza più tranquilla.

72   Non furo iti due miglia, che sonare
     odon la selva che li cinge intorno,
     con tal rumore e strepito, che pare
     che triemi la foresta d'ogn'intorno;
     e poco dopo un gran destrier n'appare,
     d'oro guernito e riccamente adorno,
     che salta macchie e rivi, ed a fracasso
     arbori mena e ciò che vieta il passo.

73   — Se l'intricati rami e l'aer fosco
     (disse la donna) agli occhi non contende, [105]
     Baiardo è quel destrier ch'in mezzo il bosco
     con tal rumor la chiusa via si fende.
     Questo è certo Baiardo, io 'l riconosco:
     deh, come ben nostro bisogno intende!
     ch'un sol ronzin per dui saria mal atto,
     e ne viene egli a satisfarci ratto. —

103 *Bradamante*: figlia di Amone e sorella di Rinaldo; amava Ruggiero, sposando il quale doveva dar origine alla dinastia estense.
104 *differilla*: ne rimandò la conquista.
105 *non contende*: non è di ostacolo.

74 Smonta il Circasso ed al destrier s'accosta,
e si pensava dar di mano al freno.
Colle groppe il destrier gli fa risposta,
che fu presto a girar come un baleno;
ma non arriva dove i calci apposta: [106]
misero il cavallier se giungea a pieno!
che nei calci tal possa avea il cavallo,
ch'avria spezzato un monte di metallo.

75 Indi va mansueto alla donzella,
con umile sembiante e gesto umano,
come intorno al padrone il can saltella,
che sia duo giorni o tre stato lontano.
Baiardo ancora avea memoria d'ella,
ch'in Albracca il servia già di sua mano
nel tempo che da lei tanto era amato
Rinaldo, allor crudele, allor ingrato.

76 Con la sinistra man prende la briglia,
con l'altra tocca e palpa il collo e 'l petto:
quel destrier, ch'avea ingegno a maraviglia,
a lei, come un agnel, si fa suggetto.
Intanto Sacripante il tempo piglia: [107]
monta Baiardo, e l'urta [108] e lo tien stretto.
Del ronzin disgravato [109] la donzella
lascia la groppa, e si ripone in sella.

77 Poi rivolgendo a caso gli occhi, mira
venir sonando d'arme un gran pedone.
Tutta s'avvampa di dispetto e d'ira,
che conosce il figliuol del duca Amone.
Più che sua vita l'ama egli e desira;
l'odia e fugge ella più che gru falcone.
Già fu ch'esso odiò lei più che la morte;
ella amò lui: or han cangiato sorte.

---

106 *apposta*: dirige.
107 *piglia*: coglie il momento buono.
108 *l'urta*: lo spinge con gli sproni.
109 *disgravato*: liberato dal peso.

78   E questo hanno causato due fontane [110]
      che di diverso effetto hanno liquore,
      ambe in Ardenna, e non sono lontane:
      d'amoroso disio l'una empie il core;
      chi bee de l'altra, senza amor rimane,
      e volge tutto in ghiaccio il primo ardore.
      Rinaldo gustò d'una, e amor lo strugge;
      Angelica de l'altra, e l'odia e fugge.

79   Quel liquor di secreto venen misto,
      che muta in odio l'amorosa cura, [111]
      fa che la donna che Rinaldo ha visto,
      nei sereni occhi subito s'oscura;
      e con voce tremante e viso tristo
      supplica Sacripante e lo scongiura
      che quel guerrier più appresso non attenda,
      ma ch'insieme con lei la fuga prenda.

80   — Son dunque (disse il Saracino), sono
      dunque in sì poco credito con vui, [112]
      che mi stimiate inutile e non buono
      da potervi difender da costui?
      Le battaglie d'Albracca già vi sono
      di mente uscite, e la notte ch'io fui
      per la salute vostra, solo e nudo,
      contra Agricane e tutto il campo, scudo? [113] —

81   Non risponde ella, e non sa che si faccia,
      perché Rinaldo ormai l'è troppo appresso,
      che da lontano al Saracin minaccia,
      come vide il cavallo e conobbe esso,
      e riconobbe l'angelica faccia

110 *due fontane*: il Boiardo aveva cantato di due fontane, una del-
l'amore, l'altra dell'odio, che stavano nella selva d'Ardenna, tra il
Reno e la Mosa.
111 *cura*: passione.
112 *vui*: voi.
113 *scudo*: Sacripante, benché ferito, era riuscito allora a porre in
fuga re Agricane, che era penetrato nella rocca di Albracca, come
narra il Boiardo.

che l'amoroso incendio in cor gli ha messo.
Quel che seguì tra questi duo superbi
vo' che per l'altro canto si riserbi.

1   Ingiustissimo Amor, perché sì raro [1]
    corrispondenti fai nostri desiri?
    onde, perfido, avvien che t'è sì caro
    il discorde voler ch'in duo cor miri?
    Gir non mi lasci al facil guado [2] e chiaro,
    e nel più cieco e maggior fondo tiri:
    da chi disia il mio amor tu mi richiami,
    e chi m'ha in odio vuoi ch'adori ed ami.

2   Fai ch'a Rinaldo Angelica par bella,
    quando esso a lei brutto e spiacevol pare:
    quando le parea bello e l'amava ella,
    egli odiò lei quanto si può più odiare.
    Ora s'affligge indarno e si flagella; [3]
    così renduto [4] ben gli è pare a pare:
    ella l'ha in odio, e l'odio è di tal sorte,
    che più tosto che lui vorria la morte.

3   Rinaldo al Saracin con molto orgoglio
    gridò: — Scendi, ladron, del mio cavallo!
    Che mi sia tolto il mio, patir non soglio,
    ma ben fo, a chi lo vuol, caro costallo: [5]
    e levar questa donna anco ti voglio;
    che sarebbe a lasciartela gran fallo.
    Sì perfetto destrier, donna sì degna
    a un ladron non mi par che si convegna.[6] —

1 *raro*: raramente.
2 *gir... guado*: immagine che rappresenta l'amore corrisposto.
3 *si flagella*: si tormenta.
4 *renduto*: reso.
5 *costallo*: costarlo.
6 *convegna*: convenga.

4   — Tu te ne menti che ladrone io sia
       (rispose il Saracin non meno altiero):
       chi dicesse a te ladro, lo diria [7]
       (quanto io n'odo per fama) più con vero.
       La pruova or si vedrà, chi di noi sia
       più degno de la donna e del destriero;
       ben che, quanto a lei, teco io mi convegna
       che non è cosa al mondo altra sì degna. —

5   Come soglion talor duo can mordenti,
       o per invidia o per altro odio mossi,
       avicinarsi digrignando i denti,
       con occhi bieci [8] e più che bracia rossi;
       indi a' morsi venir, di rabbia ardenti,
       con aspri ringhi e ribuffati dossi: [9]
       così alle spade e dai gridi e da l'onte
       venne il Circasso e quel di Chiaramonte.[10]

6   A piedi è l'un, l'altro a cavallo: or quale
       credete ch'abbia il Saracin vantaggio?
       Né ve n'ha però alcun; che così vale
       forse ancor men ch'uno inesperto paggio;
       che 'l destrier per istinto naturale
       non volea fare al suo signore oltraggio:
       né con man né con spron potea il Circasso
       farlo a voluntà sua muover mai passo.

7   Quando crede cacciarlo, egli s'arresta;
       e se tener lo vuole, o corre o trotta:
       poi sotto il petto si caccia la testa,
       giuoca di schiene, e mena calci in frotta.
       Vedendo il Saracin ch'a domar questa
       bestia superba era mal tempo allotta,[11]
       ferma le man sul primo arcione e s'alza,
       e dal sinistro fianco in piede sbalza.

7 *diria*: direbbe.
8 *bieci*: biechi.
9 *ribuffati dossi*: con i peli irti sulla schiena.
10 *Chiaramonte*: Rinaldo, figlio di Amone di Chiaramonte.
11 *allotta*: allora.

8　Sciolto che fu il pagan col leggier salto
　　da l'ostinata furia di Baiardo,
　　si vide cominciar ben degno assalto
　　d'un par di cavallier tanto gagliardo.
　　Suona l'un brando e l'altro, or basso or alto:
　　il martel di Vulcano [12] era più tardo
　　ne la spelunca affumicata, dove
　　battea all'incude i folgori di Giove.

9　Fanno or con lunghi, ora con finti e scarsi
　　colpi veder che mastri son del giuoco:
　　or li vedi ire altieri, or rannicchiarsi,
　　ora coprirsi, ora mostrarsi un poco,
　　ora crescere [13] inanzi, ora ritrasi,
　　ribatter colpi e spesso lor dar loco, [14]
　　girarsi intorno; e donde l'uno cede,
　　l'altro aver posto immantinente il piede.

10　Ecco Rinaldo con la spada adosso
　　a Sacripante tutto s'abbandona;
　　e quel porge lo scudo, ch'era d'osso,
　　con la piastra d'acciar temprata e buona.
　　Taglial Fusberta, [15] ancor che molto grosso:
　　ne geme la foresta e ne risuona.
　　L'osso e l'acciar ne va che par di ghiaccio,
　　e lascia al Saracin stordito il braccio.

11　Quando vide la timida donzella
　　dal fiero colpo uscir tanta ruina,
　　per gran timor cangiò la faccia bella,
　　qual il reo ch'al supplicio s'avvicina;
　　né le par che vi sia da tardar, s'ella
　　non vuol di quel Rinaldo esser rapina,
　　di quel Rinaldo ch'ella tanto odiava,
　　quanto esso lei miseramente amava.

12 *Vulcano*: il dio che fabbricava, insieme ai Ciclopi, nell'Etna, le folgori di Giove.
13 *crescere*: slanciarsi.
14 *dar loco*: schivare i colpi.
15 *Fusberta*: la spada di Rinaldo.

12   Volta il cavallo, e ne la selva folta
     lo caccia per un aspro e stretto calle: [16]
     e spesso il viso smorto a dietro volta;
     che le par che Rinaldo abbia alle spalle.
     Fuggendo non avea fatto via molta,
     che scontrò un eremita in una valle,
     ch'avea lunga la barba a mezzo il petto,
     devoto e venerabile d'aspetto.

13   Dagli anni e dal digiuno attenuato,[17]
     sopra un lento asinel se ne veniva;
     e parea, più ch'alcun fosse mai stato,
     di coscienza scrupolosa e schiva.
     Come egli vide il viso delicato
     de la donzella che sopra gli arriva,
     debil quantunque e mal gagliarda fosse,
     tutta per carità se gli commosse.[18]

14   La donna al fraticel chiede la via
     che la conduca ad un porto di mare,
     perché levar di Francia si vorria [19]
     per non udir Rinaldo nominare.
     Il frate, che sapea negromanzia,
     non cessa la donzella confortare
     che presto la trarrà d'ogni periglio;
     ed ad una sua tasca diè di piglio.

15   Trassene un libro, e mostrò grande effetto;
     che legger non finì la prima faccia,
     ch'uscir fa un spirto in forma di valletto,
     e gli commanda quanto vuol ch'el faccia.
     Quel se ne va, da la scrittura astretto,[20]
     dove i dui cavallieri a faccia a faccia
     eran nel bosco, e non stavano al rezzo;[21]

16 *calle*: sentiero.
17 *attenuato*: estenuato.
18 *se gli commosse*: gli si ridestò (la coscienza, con doppio senso).
19 *vorria*: vorrebbe.
20 *astretto*: costretto dalle parole magiche.
21 *rezzo*: fresco.

fra' quali entrò con grande audacia in mezzo.

16 — Per cortesia (disse), un di voi mi mostre,
quando anco uccida l'altro, che gli vaglia: [22]
che merto [23] avrete alle fatiche vostre,
finita che tra voi sia la battaglia,
se 'l conte Orlando, senza liti o giostre,
e senza pur aver rotta una maglia,
verso Parigi mena la donzella
che v'ha condotti a questa pugna fella? [24]

17 Vicino un miglio ho ritrovato Orlando
che ne va con Angelica a Parigi,
di voi ridendo insieme, e motteggiando
che senza frutto alcun siate in litigi.
Il meglio forse vi sarebbe, or quando
non son più lungi, a seguir lor vestigi;
che s'in Parigi Orlando la può avere,
non ve la lascia mai più rivedere. —

18 Veduto avreste i cavallier turbarsi
a quel annunzio, e mesti e sbigottiti,
senza occhi e senza mente nominarsi,[25]
che gli avesse il rival così scherniti;
ma il buon Rinaldo al suo cavallo trarsi
con sospir che parean del fuoco usciti,
e giurar per isdegno e per furore,
se giungea [26] Orlando, di cavargli il core.

19 E dove aspetta il suo Baiardo, passa,
e sopra vi si lancia, e via galoppa,
né al cavallier, ch'a piè nel bosco lassa,
pur dice a Dio, non che lo 'nviti in groppa.
L'animoso cavallo urta e fracassa,

22 *vaglia*: valga.
23 *merto*: ricompensa.
24 *fella*: crudele.
25 *senza... nominarsi*: chiamarsi ciechi e stolti.
26 *giungea*: raggiungeva.

punto dal suo signor, ciò ch'egli 'ntoppa: [27]
non ponno fosse o fiumi o sassi o spine
far che dal corso il corridor decline.

20 Signor, non voglio che vi paia strano
se Rinaldo or sì tosto il destrier piglia,
che già più giorni ha seguitato invano,
né gli ha possuto [28] mai toccar la briglia.
Fece il destrier, ch'avea intelletto umano,
non per vizio [29] seguirsi tante miglia,
ma per guidar dove la donna giva,
il suo signor, da chi bramar l'udiva.[30]

21 Quando ella si sfuggì dal padiglione,[31]
la vide ed appostolla il buon destriero,
che si trovava aver voto l'arcione,
però che n'era sceso il cavalliero
per combatter di par con un barone,[32]
che men di lui non era in arme fiero;
poi ne seguitò l'orme di lontano,
bramoso porla al suo signore in mano.

22 Bramoso di ritrarlo ove fosse ella,
per la gran selva inanzi se gli messe;
né lo volea lasciar montare in sella,
perché ad altro camin non lo volgesse.
Per lui trovò Rinaldo la donzella
una e due volte, e mai non gli successe; [33]
che fu da Ferraù prima impedito,
poi dal Circasso, come avete udito.

23 Ora al demonio che mostrò a Rinaldo
de la donzella li falsi vestigi,[34]

27 *'ntoppa*: incontra.
28 *possuto*: potuto.
29 *vizio*: capriccio.
30 *da chi... l'udiva*: dal quale la udiva invocare bramosamente.
31 *padiglione*: del duca Namo.
32 *barone*: Ruggiero (come aveva narrato l'*Innamorato*).
33 *successe*: gli riuscì d'averla in suo potere.
34 *vestigi*: tracce.

credette Baiardo anco, e stette saldo
e mansueto ai soliti servigi.
Rinaldo il caccia, d'ira e d'amor caldo,
a tutta briglia, e sempre invêr Parigi;
e vola tanto col disio, che lento,
non ch'un destrier, ma gli parrebbe il vento.

24 La notte a pena di seguir rimane,[35]
    per affrontarsi col signor d'Anglante:
    tanto ha creduto alle parole vane
    del messagger del cauto negromante.
    Non cessa cavalcar sera e dimane,[36]
    che si vede apparir la terra avante,
    dove re Carlo, rotto e mal condutto,
    con le reliquie sue s'era ridutto:

25 e perché dal re d'Africa battaglia
    ed assedio s'aspetta, usa gran cura
    a raccor buona gente e vettovaglia,
    far cavamenti [37] e riparar le mura.
    Ciò ch'a difesa spera che gli vaglia,
    senza gran diferir, tutto procura:
    pensa mandare in Inghilterra, e trarne
    gente onde possa un novo campo [38] farne;

26 che vuole uscir di nuovo alla campagna,
    e ritentar la sorte de la guerra.
    Spaccia Rinaldo subito in Bretagna,
    Bretagna che fu poi detta Inghilterra.
    Ben de l'andata il paladin si lagna:
    non ch'abbia così in odio quella terra;
    ma perché Carlo il manda allora allora,[39]
    né pur lo lascia un giorno far dimora.

27 Rinaldo mai di ciò non fece meno

35 *rimane*: cessa d'inseguire.
36 *dimane*: mattina.
37 *cavamenti*: fossati.
38 *campo*: esercito.
39 *allora allora*: immediatamente.

volentier cosa; poi che fu distolto
di gir cercando il bel viso sereno
che gli avea il cor di mezzo il petto tolto:
ma, per ubidir Carlo, nondimeno
a quella via si fu subito volto,
ed a Calesse [40] in poche ore trovossi;
e giunto, il dì medesimo imbarcossi.

28 Contra la voluntà d'ogni nocchiero,
pel gran desir che di tornare avea,
entrò nel mar ch'era turbato e fiero,
e gran procella minacciar parea.
Il Vento si sdegnò, che da l'altiero
sprezzar si vide; e con tempesta rea
sollevò il mar intorno, e con tal rabbia,
che gli mandò a bagnar sino alla gabbia. [41]

29 Calano tosto i marinari accorti
le maggior vele, e pensano dar volta,
e ritornar ne li medesmi porti
donde in mal punto avean la nave sciolta.
— Non convien (dice il Vento) ch'io comporti
tanta licenza che v'avete tolta; —
e soffia e grida e naufragio minaccia,
s'altrove van, che dove egli li caccia.

30 Or a poppa, or all'orza [42] hann'il crudele,
che mai non cessa, e vien più ognor crescendo:
essi di qua di là con umil [43] vele
vansi aggirando, e l'alto mar scorrendo.
Ma perché varie fila a varie tele
uopo mi son, che tutte ordire intendo,
lascio Rinaldo e l'agitata prua,
e torno a dir di Bradamante sua.

40 *Calesse*: Calais.
41 *gabbia*: il posto di vedetta nell'albero della nave.
42 *orza*: qui, prua (veramente l'*orza* è una corda che è legata ad
uno dei capi dell'antenna, nelle navi a vela, dalla parte sinistra).
43 *umil*: minori.

31 Io parlo di quella inclita donzella,
    per cui re Sacripante in terra giacque,
    che di questo signor degna sorella,
    del duca Amone e di Beatrice nacque.
    La gran possanza e il molto ardir di quella
    non meno a Carlo e a tutta Francia piacque
    (che più d'un paragon ⁴⁴ ne vide saldo),
    che 'l lodato valor del buon Rinaldo.

32 La donna amata fu da un cavalliero
    che d'Africa passò col re Agramante,
    che partorì del seme di Ruggiero
    la disperata figlia d'Agolante: ⁴⁵
    e costei, che né d'orso né di fiero
    leone uscì, non sdegnò tal amante;
    ben che concesso, fuor che vedersi una
    volta e parlarsi, non ha lor Fortuna.

33 Quindi cercando Bradamante gìa
    l'amante suo, ch'avea nome dal padre,
    così sicura senza compagnia,
    come avesse in sua guardia mille squadre:
    e fatto ch'ebbe il re di Circassia
    battere il volto de l'antiqua madre,⁴⁶
    traversò un bosco, e dopo il bosco un monte,
    tanto che giunse ad una bella fonte.

34 La fonte discorrea per mezzo un prato,
    d'arbori antiqui e di bell'ombre adorno,
    ch'i viandanti col mormorio grato
    a ber invita e a far seco soggiorno:
    un culto ⁴⁷ monticel dal manco lato
    le difende ⁴⁸ il calor del mezzo giorno.
    Quivi, come i begli occhi prima torse,
    d'un cavallier la giovane s'accorse;

44 *paragon*: prova.
45 *figlia d'Agolante*: Galaciella.
46 *madre*: la Terra.
47 *culto*: coltivato.
48 *difende*: tiene lontano.

35   d'un cavallier, ch'all'ombra d'un boschetto,
     nel margin verde e bianco e rosso e giallo
     sedea pensoso, tacito e soletto
     sopra quel chiaro e liquido cristallo.
     Lo scudo non lontan pende e l'elmetto
     dal faggio, ove legato era il cavallo;
     ed avea gli occhi molli e 'l viso basso,
     e si mostrava addolorato e lasso.

36   Questo disir, ch'a tutti sta nel core,
     de' fatti altrui sempre cercar novella,
     fece a quel cavallier del suo dolore
     la cagion domandar da la donzella.
     Egli l'aperse e tutta mostrò fuore,
     dal cortese parlar mosso di quella,
     e dal sembiante altier, ch'al primo sguardo
     gli sembrò di guerrier molto gagliardo.

37   E cominciò: — Signor, io conducea
     pedoni e cavallieri, e venìa in campo
     là dove [49] Carlo Marsilio attendea,
     perch'al scender del monte [50] avesse inciampo;
     e una giovane bella meco avea,
     del cui fervido amor nel petto avampo:
     e ritrovai presso a Rodonna [51] armato
     un che frenava un gran destriero alato.

38   Tosto che 'l ladro, o sia mortale, o sia
     una de l'infernali anime orrende,
     vede la bella e cara donna mia;
     come falcon che per ferir discende,
     cala e poggia [52] in uno atimo, e tra via [53]
     getta le mani, e lei smarrita prende.
     Ancor non m'era accorto de l'assalto,
     che de la donna io senti' il grido in alto.

49 *là dove*: presso i Pirenei, ove Carlo attendeva l'attacco di Marsilio.
50 *monte*: Montalbano, come narra l'*Innamorato*.
51 *Rodonna*: città posta a nord di Tolosa.
52 *poggia*: s'innalza.
53 *tra via*: senza arrestarsi.

39 Così il rapace nibio furar suole
    il misero pulcin presso alla chioccia,
    che di sua inavvertenza poi si duole,
    e invan gli grida, e invan dietro gli croccia.[54]
    Io non posso seguir un uom che vole,
    chiuso tra' monti, a piè d'un'erta roccia:
    stanco ho il destrier, che muta a pena [55] i passi
    ne l'aspre vie de' faticosi sassi.

40 Ma, come quel che men curato avrei
    vedermi trar di mezzo il petto il core,
    lasciai lor via seguir quegli altri miei,[56]
    senza mia guida e senza alcun rettore:
    per li scoscesi poggi e manco rei [57]
    presi la via che mi mostrava Amore,
    e dove mi parea che quel rapace
    portassi il mio conforto e la mia pace.

41 Sei giorni me n'andai matina e sera
    per balze e per pendici orride e strane,
    dove non via, dove sentier non era,
    dove né segno di vestigie umane;
    poi giunse [58] in una valle inculta e fiera,
    di ripe [59] cinta e spaventose tane,
    che nel mezzo s'un sasso avea un castello
    forte e ben posto, a maraviglia bello.

42 Da lungi par che come fiamma lustri,[60]
    né sia di terra cotta, né di marmi.
    Come più m'avicino ai muri illustri,[61]
    l'opra più bella e più mirabil parmi.
    E seppi poi, come i demoni industri,

---

54 *croccia*: crocchia (parola onomatopeica).
55 *muta a pena*: cammina a fatica.
56 *miei*: compagni.
57 *manco rei*: meno pericolosi.
58 *giunse*: giunsi.
59 *ripe*: dirupi.
60 *lustri*: risplenda.
61 *illustri*: rilucenti.

da suffumigi tratti e sacri carmi,[62]
tutto d'acciaio avean cinto il bel loco,
temprato all'onda ed allo stigio foco.[63]

43   Di sì forbito acciar luce ogni torre,
che non vi può né ruggine né macchia.
Tutto il paese giorno e notte scorre,
e poi là dentro il rio ladron s'immacchia.[64]
Cosa non ha ripar che voglia torre:
sol dietro invan se li bestemia e gracchia.[65]
Quivi la donna, anzi il mio cor mi tiene,
che di mai ricovrar [66] lascio ogni spene.

44   Ah lasso! che poss'io più che mirare
la rocca lungi, ove il mio ben m'è chiuso?
come la volpe, che 'l figlio gridare
nel nido oda de l'aquila di giuso,
s'aggira intorno, e non sa che si fare,
poi che l'ali non ha da gir là suso.
Erto è quel sasso sì, tale è il castello,
che non vi può salir chi non è augello.

45   Mentre io tardava quivi, ecco venire
duo cavallier ch'avean per guida un nano,
che la speranza aggiunsero al desire;
ma ben fu la speranza e il desir vano.
Ambi erano guerrier di sommo ardire:
era Gradasso l'un, re sericano;
era l'altro Ruggier, giovene forte,
pregiato assai ne l'africana corte.

46   — Vengon (mi disse il nano) per far pruova
di lor virtù col sir di quel castello,
che per via strana, inusitata e nuova
cavalca armato il quadrupede augello. —

62 *suffumigi... carmi*: fumigazioni e formule magiche.
63 *onda... foco*: alle acque e al fuoco dello Stige, fiume infernale.
64 *s'immacchia*: si rintana.
65 *gracchia*: si strepita.
66 *ricovrar*: ricuperare.

— Deh, signor (dissi io lor), pietà vi muova
del duro caso mio spietato e fèllo!
Quando, come ho speranza, voi vinciate,
vi prego la mia donna mi rendiate. —

47 E come mi fu tolta lor narrai,
con lacrime affermando il dolor mio.
Quei, lor mercé, mi proferiro [67] assai,
e giù calaro il poggio alpestre e rio.
Di lontan la battaglia io riguardai,
pregando per la lor vittoria Dio.
Era sotto il castel tanto di piano,
quanto in due volte si può trar [68] con mano.

48 Poi che fur giunti a piè de l'alta rocca,
l'uno e l'altro volea combatter prima;
pur a Gradasso, o fosse sorte, tocca,
o pur che non ne fe' Ruggier più stima.[69]
Quel Serican si pone il corno a bocca:
rimbomba il sasso e la fortezza in cima.
Ecco apparire il cavalliero armato
fuor de la porta, e sul cavallo alato.

49 Cominciò a poco a poco indi a levarse,
come suol far la peregrina [70] grue,
che corre prima, e poi vediamo alzarse
alla terra vicina un braccio o due;
e quando tutte sono all'aria sparse,
velocissime mostra l'ale sue.
Sì ad alto il negromante batte l'ale,
ch'a tanta altezza a pena aquila sale.

50 Quando gli parve poi, volse il destriero,
che chiuse i vanni [71] e venne a terra a piombo,

---

67 *proferiro*: mi fecero molte promesse.
68 *trar*: lanciare un sasso.
69 *non... stima*: non desse importanza a tale precedenza.
70 *peregrina*: migratrice.
71 *vanni*: ali.

come casca dal ciel falcon maniero [72]
che levar veggia l'anitra o il colombo.
Con la lancia arrestata [73] il cavalliero
l'aria fendendo vien d'orribil rombo.
Gradasso a pena del calar s'avede,
che se lo sente addosso e che lo fiede.[74]

51 Sopra Gradasso il mago l'asta roppe;
ferì Gradasso il vento e l'aria vana:
per questo il volator non interruppe
il batter l'ale, e quindi s'allontana.
Il grave scontro fa chinar le groppe
sul verde prato alla gagliarda alfana.[75]
Gradasso avea una alfana, la più bella
e la miglior che mai portasse sella.

52 Sin alle stelle il volator trascorse;
indi girossi e tornò in fretta al basso,
e percosse Ruggier che non s'accorse,
Ruggier che tutto intento era a Gradasso.
Ruggier del grave colpo si distorse,
e 'l suo destrier più rinculò d'un passo:
e quando si voltò per lui ferire,
da sé lontano il vide al ciel salire.

53 Or su Gradasso, or su Ruggier percote
ne la fronte, nel petto e ne la schiena,
e le botte di quei lascia ognor vote,
perché è sì presto, che si vede a pena.
Girando va con spaziose rote,
e quando all'uno accenna, all'altro mena:
all'uno e all'altro sì gli occhi abbarbaglia,
che non ponno veder donde gli assaglia.

54 Fra duo guerrieri in terra ed uno in cielo
la battaglia durò sin a quella ora,

72 *maniero*: addestrato alla caccia.
73 *arrestata*: in resta.
74 *fiede*: ferisce.
75 *alfana*: forte cavalla araba.

che spiegando pel mondo oscuro velo,
tutte le belle cose discolora.[76]
Fu quel ch'io dico, e non v'aggiungo un pelo:
io 'l vidi, i' 'l so: né m'assicuro ancora
di dirlo altrui; che questa maraviglia
al falso più ch'al ver si rassimiglia.

55 D'un bel drappo di seta avea coperto
lo scudo in braccio il cavallier celeste.
Come avesse, non so, tanto sofferto
di tenerlo nascosto in quella veste;
ch'immantinente che lo mostra aperto,
forza è, ch'il mira, abbarbagliato reste,
e cada come corpo morto cade,[77]
e venga al negromante in potestade.

56 Splende lo scudo a guisa di piropo,[78]
e luce altra non è tanto lucente.
Cadere in terra allo splendor fu d'uopo
con gli occhi abbacinati, e senza mente.
Perdei da lungi anch'io li sensi, e dopo
gran spazio mi riebbi finalmente;
né più i guerrier né più vidi quel nano,
ma vòto il campo, e scuro il monte e il piano.

57 Pensai per questo che l'incantatore
avesse amendui colti a un tratto insieme,
e tolto per virtù de lo splendore
la libertade a loro, e a me la speme.
Così a quel loco, che chiudea il mio core,
dissi, partendo, le parole estreme.
Or giudicate s'altra pena ria,
che causi Amor, può pareggiar la mia. —

58 Ritornò il cavallier nel primo duolo,
fatta che n'ebbe la cagion palese.

76 *discolora*: priva di colore.
77 *come corpo... cade*: v. Dante, *Inf.*, V, 142.
78 *piropo*: carbonchio, pietra di color rosso vivo.

Questo era il conte Pinabel,[79] figliuolo
d'Anselmo d'Altaripa, maganzese;
che tra sua gente scelerata, solo
leale esser non volse né cortese,
ma ne li vizi abominandi e brutti
non pur gli altri adeguò, ma passò tutti.

59   La bella donna con diverso aspetto
       stette ascoltando il Maganzese cheta;
       che come prima di Ruggier fu detto,
       nel viso si mostrò più che mai lieta:
       ma quando sentì poi ch'era in distretto,[80]
       turbossi tutta d'amorosa pieta;
       né per una o due volte contentosse
       che ritornato a replicar le fosse.

60   E poi ch'al fin le parve esserne chiara,
       gli disse: — Cavallier, datti riposo,
       che ben può la mia giunta[81] esserti cara,
       parerti questo giorno aventuroso.
       Andiam pur tosto a quella stanza avara,
       che sì ricco tesor ci tiene ascoso;
       né spesa sarà invan questa fatica,
       se Fortuna non m'è troppo nemica. —

61   Rispose il cavallier: — Tu vòi ch'io passi
       di nuovo i monti, e mostriti la via?
       A me molto non è perdere i passi,
       perduta avendo ogni altra cosa mia;
       ma tu per balze e ruinosi sassi
       cerchi entrar in pregione; e così sia.
       Non hai di che dolerti di me, poi
       ch'io tel predico, e tu pur gir vi vòi. —

62   Così dice egli, e torna al suo destriero,
       e di quella animosa si fa guida,

79 Pinabello, nipote del traditore Gano di Maganza e nemico acerrimo dei Chiaramontesi.
80 *in distretto*: in prigione.
81 *giunta*: venuta.

che si mette a periglio per Ruggiero,
che la pigli quel mago o che la ancida.[82]
In questo, ecco alle spalle il messaggero,
ch': — Aspetta, aspetta! — a tutta voce grida,
il messagger da chi [83] il Circasso intese
che costei fu ch'all'erba lo distese.

63   A Bradamante il messagger novella
        di Mompolier e di Narbona porta,
        ch'alzato li stendardi di Castella
        avean, con tutto il lito d'Acquamorta;[84]
        e che Marsilia,[85] non v'essendo quella
        che la dovea guardar,[86] mal si conforta,
        e consiglio e soccorso le domanda
        per questo messo, e se le raccomanda.

64   Questa cittade, e intorno a molte miglia
        ciò che fra Varo e Rodano al mar siede,[87]
        avea l'imperator dato alla figlia
        del duca Amon, in ch'avea speme e fede;
        però che 'l suo valor con maraviglia
        riguardar suol, quando armeggiar la vede.
        Or, com'io dico, a domandar aiuto
        quel messo da Marsilia era venuto.

65   Tra sì e no la giovane suspesa,
        di voler ritornar dubita un poco:
        quinci l'onore e il debito le pesa,
        quindi l'incalza l'amoroso foco.
        Fermasi al fin di seguitar l'impresa,
        e trar Ruggier de l'incantato loco;
        e quando sua virtù non possa tanto,
        almen restargli prigioniera a canto.

82 *ancida*: uccida.
83 *da chi*: da cui.
84 *Mompolier... Acquamorta*: Montpellier, Narbonne e il lido di Ai-
gues-Mortes avevano alzato gli stendardi di Castiglia, cioè di re Marsilio.
85 *Marsilia*: Marsiglia.
86 *guardar*: difendere.
87 *ciò che... siede*: la Provenza.

66 E fece iscusa tal, che quel messaggio [88]
    parve contento rimanere e cheto.
    Indi girò la briglia al suo viaggio,
    con Pinabel che non ne parve lieto;
    che seppe esser costei di quel lignaggio [89]
    che tanto ha in odio in publico e in secreto:
    e già s'avisa [90] le future angosce,
    se lui per maganzese ella conosce.

67 Tra casa di Maganza e di Chiarmonte [91]
    era odio antico e inimicizia intensa;
    e più volte s'avean rotta la fronte,
    e sparso di lor sangue copia immensa:
    e però nel suo cor l'iniquo conte
    tradir l'incauta giovane si pensa;
    o, come prima commodo [92] gli accada,
    lasciarla sola, e trovar altra strada.

68 E tanto gli occupò la fantasia
    il nativo odio, il dubbio e la paura,
    ch'inavedutamente uscì di via:
    e ritrovossi in una selva oscura,
    che nel mezzo avea un monte che finia
    la nuda cima in una pietra dura;
    e la figlia del duca di Dordona [93]
    gli è sempre dietro, e mai non l'abandona.

69 Come si vide il Maganzese al bosco,
    pensò tôrsi la donna da le spalle.
    Disse: — Prima che 'l ciel torni più fosco,
    verso uno albergo è meglio farsi il calle.[94]
    Oltra quel monte, s'io lo riconosco,

88 *messaggio*: messaggero.
89 *lignaggio*: famiglia.
90 *s'avisa*: prevede.
91 *Chiarmonte*: la casata prendeva nome da Chiaramonte, discendente di Ettore.
92 *commodo*: occasione favorevole.
93 *Dordona*: castello della Guienna, di cui era signore Amone.
94 *farsi il calle*: dirigersi.

siede un ricco castel giù ne la valle.
Tu qui m'aspetta; che dal nudo scoglio [95]
certificar con gli occhi me ne voglio. —

70   Così dicendo, alla cima superna
del solitario monte il destrier caccia,
mirando pur s'alcuna via discerna,
come lei possa tor da la sua traccia.
Ecco nel sasso truova una caverna,
che si profonda più di trenta braccia.
Tagliato a picchi [96] ed a scarpelli il sasso
scende giù al dritto, ed ha una porta al basso.

71   Nel fondo avea una porta ampla e capace,
ch'in maggior stanza largo adito dava;
e fuor n'uscìa splendor, come di face
ch'ardesse in mezzo alla montana cava. [97]
Mentre quivi il fellon suspeso tace,
la donna, che da lungi il seguitava
(perché perderne l'orme si temea),
alla spelonca gli sopragiungea.

72   Poi che si vide il traditore uscire,
quel ch'avea prima disegnato, invano,
o da sé torla, o di farla morire,
nuovo argumento imaginossi e strano.
Le si fe' incontra, e su la fe' salire
là dove il monte era forato e vano; [98]
e le disse ch'avea visto nel fondo
una donzella di viso giocondo,

73   ch'a' bei sembianti ed alla ricca vesta
esser parea di non ignobil grado;
ma quanto più potea turbata e mesta,
mostrava esservi chiusa suo mal grado:
e per saper la condizion di questa,

95 *scoglio*: pietra.
96 *a picchi*: a colpi di piccone.
97 *cava*: caverna.
98 *vano*: vuoto.

ch'avea già cominciato a entrar nel guado; [99]
e che era uscito de l'intera grotta
un che dentro a furor [100] l'avea ridotta.

74 Bradamante, che come era animosa,
così mal cauta, a Pinabel diè fede;
e d'aiutar la donna, disiosa,
si pensa come por colà giù il piede.
Ecco d'un olmo alla cima frondosa
volgendo gli occhi, un lungo ramo vede;
e con la spada quel subito tronca,
e lo declina [101] giù ne la spelonca.

75 Dove è tagliato, in man lo raccomanda
a Pinabello, e poscia a quel s'apprende:
prima giù i piedi ne la tana manda,
e su le braccia tutta si suspende.
Sorride Pinabello, e le domanda
come ella salti; e le man apre e stende,
dicendole: — Qui fosser teco insieme
tutti li tuoi, ch'io ne spegnessi il seme! —

76 Non come volse Pinabello avenne
de l'innocente giovane la sorte;
perché, giù diroccando,[102] a ferir [103] venne
prima nel fondo il ramo saldo e forte.
Ben si spezzò, ma tanto la sostenne,
che 'l suo favor [104] la liberò da morte.
Giacque stordita la donzella alquanto,
come io vi seguirò [105] ne l'altro canto.

99 *a entrar nel guado*: a tentare la prova.
100 *a furor*: di forza.
101 *declina*: cala.
102 *diroccando*: precipitando da una roccia all'altra.
103 *ferir*: battere.
104 *favor*: aiuto.
105 *vi seguirò*: continuerò a raccontarvi.

1   Chi mi darà la voce e le parole
    convenienti a sì nobil suggetto?
    chi l'ale al verso presterà, che vole
    tanto ch'arrivi all'alto mio concetto? [1]
    Molto maggior di quel furor [2] che suole,
    ben or convien che mi riscaldi il petto;
    che questa parte al mio signor si debbe, [3]
    che canta gli avi onde l'origine ebbe:

2   di cui fra tutti li signori illustri,
    dal ciel sortiti [4] a governar la terra,
    non vedi, o Febo, che 'l gran mondo lustri,
    più gloriosa stirpe o in pace o in guerra;
    né che sua nobiltade abbia più lustri
    servata, e servarà (s'in me non erra
    quel profetico lume che m'ispiri)
    fin che d'intorno al polo il ciel s'aggiri.

3   E volendone a pien dicer gli onori,
    bisogna non la mia, ma quella cetra
    con che tu dopo i gigantei furori
    rendesti grazia al regnator de l'etra. [5]
    S'istrumenti avrò mai da te migliori,
    atti a sculpire in così degna pietra, [6]
    in queste belle imagini disegno
    porre ogni mia fatica, ogni mio ingegno.

1 *concetto*: proposito.
2 *furor*: estro poetico.
3 *si debbe*: è dovuta.
4 *sortiti*: assegnati dalla sorte.
5 *dopo i gigantei... etra*: dopo che da Giove, re del cielo, fu respinto l'assalto dei giganti all'Olimpo, ne cantasti la vittoria.
6 *degna pietra*: quale è la storia degli Estensi.

4   Levando intanto queste prime rudi
    scaglie n'andrò con lo scarpello inetto:
    forse ch'ancor con più solerti studi
    poi ridurrò questo lavor perfetto.
    Ma ritorniamo a quello, a cui né scudi
    potran né usberghi assicurare il petto:
    parlo di Pinabello di Maganza,
    che d'ucider la donna ebbe speranza.

5   Il traditor pensò che la donzella
    fosse ne l'alto precipizio morta;
    e con pallida faccia lasciò quella
    trista e per lui contaminata porta,
    e tornò presto a rimontare in sella:
    e come quel ch'avea l'anima torta,[7]
    per giunger colpa a colpa e fallo a fallo,
    di Bradamante ne menò il cavallo.

6   Lasciàn costui, che mentre all'altrui vita
    ordisce inganno, il suo morir procura;
    e torniamo alla donna che, tradita,
    quasi ebbe a un tempo e morte e sepoltura.
    Poi ch'ella si levò tutta stordita,
    ch'avea percosso in su la pietra dura,
    dentro la porta andò, ch'adito dava
    ne la seconda assai più larga cava.[8]

7   La stanza, quadra e spaziosa, pare
    una devota e venerabil chiesa,
    che su colonne alabastrine e rare
    con bella architettura era suspesa.
    Surgea nel mezzo un ben locato altare,
    ch'avea dinanzi una lampada accesa;
    e quella di splendente e chiaro foco
    rendea gran lume all'uno e all'altro loco.[9]

7 *torta*: malvagia.
8 *cava*: caverna.
9 *all'uno... loco*: a tutt'e due le stanze.

8   Di devota umiltà la donna tocca,
    come si vide in loco sacro e pio,
    incominciò col core e con la bocca,
    inginocchiata, a mandar prieghi a Dio.
    Un picciol uscio intanto stride e crocca,[10]
    ch'era all'incontro, onde una donna uscìo
    discinta e scalza, e sciolte avea le chiome,
    che la donzella salutò per nome.

9   E disse: — O generosa Bradamante,
    non giunta qui senza voler divino,
    di te più giorni m'ha predetto inante
    il profetico spirto di Merlino,[11]
    che visitar le sue reliquie sante
    dovevi per insolito camino:
    e qui son stata acciò ch'io ti riveli
    quel c'han di te già statuito i cieli.

10 Questa è l'antiqua e memorabil grotta
    ch'edificò Merlino, il savio mago
    che forse ricordare odi talotta,[12]
    dove ingannollo la Donna del Lago.
    Il sepolcro è qui giù, dove corrotta
    giace la carne sua; dove egli, vago
    di sodisfare a lei, che glil suase,[13]
    vivo corcossi, e morto ci rimase.

11 Col corpo morto il vivo spirto alberga,
    sin ch'oda il suon de l'angelica tromba[14]
    che dal ciel lo bandisca o che ve l'erga,[15]

---

10 *crocca*: cigola.
11 *Merlino*: mago brettone; secondo la leggenda, aveva fabbricato, per virtù d'incanto, un'arca in cui avrebbero dovuto trovare riposo senza corruzione egli stesso e la donna del Lago da lui amata; costei però che non lo corrispondeva fece in modo, con un inganno, ch'egli solo rimanesse chiuso per l'eternità nell'arca.
12 *talotta*: talvolta.
13 *glil suase*: lo convinse a fare ciò.
14 *sin ch'oda... tromba*: fino al giudizio universale.
15 *l'erga*: lo innalzi.

secondo che sarà corvo o colomba.[16]
Vive la voce; e come chiara emerga,
udir potrai da la marmorea tomba,
che le passate e le future cose
a chi gli domandò, sempre rispose.

12   Più giorni son ch'in questo cimiterio
venni di remotissimo paese,
perché circa il mio studio [17] alto misterio
mi facesse Merlin meglio palese:
e perché ebbi vederti desiderio,
poi ci son stata oltre il disegno un mese;
che Merlin, che 'l ver sempre mi predisse,
termine al venir tuo questo dì fisse. —

13   Stassi d'Amon la sbigottita figlia
tacita e fissa al ragionar di questa;
ed ha sì pieno il cor di maraviglia,
che non sa s'ella dorme o s'ella è desta:
e con rimesse [18] e vergognose ciglia
(come quella che tutta era modesta)
rispose: — Di che merito son io,
ch'antiveggian [19] profeti il venir mio? —

14   E lieta de l'insolita aventura,
dietro alla maga subito fu mossa,
che la condusse a quella sepoltura
che chiudea di Merlin l'anima e l'ossa.
Era quella arca d'una pietra dura,
lucida e tersa, e come fiamma rossa;
tal ch'alla stanza, ben che di sol priva,
dava splendore il lume che n'usciva.

15   O che natura sia d'alcuni marmi
che muovin l'ombre a guisa di facelle,[20]

16 *corvo o colomba*: dannato o beato.
17 *studio*: delle arti magiche.
18 *rimesse*: abbassate.
19 *antiveggian*: prevedano.
20 *muovin... facelle*: che rimuovano le tenebre a guisa di fiaccole.

o forza pur di suffumigi e carmi
e segni impressi all'osservate stelle [21]
(come più questo verisimil parmi),
discopria lo splendor più cose belle
e di scultura e di color, ch'intorno
il venerabil luogo aveano adorno.

16   A pena ha Bradamante da la soglia
      levato il piè ne la secreta cella,
      che 'l vivo spirto da la morta spoglia
      con chiarissima voce le favella:
      — Favorisca Fortuna ogni tua voglia,
      o casta e nobilissima donzella,
      del cui ventre uscirà il seme [22] fecondo
      che onorar deve Italia e tutto il mondo.

17   L'antiquo sangue che venne da Troia,
      per li duo miglior rivi in te commisto,[23]
      produrrà l'ornamento, il fior, la gioia
      d'ogni lignaggio ch'abbi il sol mai visto
      tra l'Indo e 'l Tago e 'l Nilo e la Danoia,[24]
      tra quanto è 'n mezzo Antartico e Calisto.[25]
      Ne la progenie tua con sommi onori
      saran marchesi, duci e imperatori.

18   I capitani e i cavallier robusti
      quindi usciran, che col ferro e col senno
      ricuperar tutti gli onor vetusti
      de l'arme invitte alla sua Italia denno.
      Quindi terran lo scettro i signor giusti,
      che, come il savio Augusto e Numa [26] fenno,

21 *segni... stelle*: figure tracciate dopo aver osservato le stelle.
22 *il seme*: gli Estensi.
23 *L'antiquo... commisto*: il sangue di Ettore e Astianatte, che scorre nelle famiglie di Chiaramonte (Bradamante) e di Mongrana (Ruggiero) sarà riunito e fuso in te, dopo le tue nozze con Ruggiero.
24 *Danoia*: Danubio.
25 *Calisto*: l'Orsa maggiore.
26 *Numa*: Numa Pompilio, secondo re di Roma.

sotto il benigno e buon governo loro
ritorneran la prima età de l'oro.

19 Acciò dunque il voler del ciel si metta
in effetto per te, che di Ruggiero
t'ha per moglier fin da principio eletta,
segue [27] animosamente il tuo sentiero;
che cosa non sarà che s'intrometta
da poterti turbar questo pensiero,
sì che non mandi al primo assalto in terra
quel rio ladron [28] ch'ogni tuo ben ti serra. —

20 Tacque Merlino avendo così detto,
ed agio all'opre de la maga diede,
ch'a Bradamante dimostrar l'aspetto
si preparava di ciascun suo erede.
Avea de spirti [29] un gran numero eletto,
non so se da l'inferno o da qual sede,
e tutti quelli in un luogo raccolti
sotto abiti diversi e vari volti.

21 Poi la donzella a sé richiama in chiesa,
là dove prima avea tirato un cerchio
che la potea capir [30] tutta distesa,
ed avea un palmo ancora di superchio.
E perché da li spirti non sia offesa,
le fa d'un gran pentacolo [31] coperchio;
e le dice che taccia e stia a mirarla:
poi scioglie il libro, e coi demoni parla.

22 Eccovi fuor de la prima spelonca,
che gente intorno al sacro cerchio ingrossa;

27 *segue*: segui.
28 *ladron*: Atlante.
29 *spirti*: la rassegna degli spiriti è ispirata a quella del sesto libro dell'Eneide.
30 *capir*: contenere.
31 *pentacolo*: strumento magico, costituito da una stella a cinque punte con segni cabalistici.

ma, come vuole entrar, la via l'è tronca,
come lo cinga intorno muro e fossa.
In quella stanza, ove la bella conca [32]
in sé chiudea del gran profeta l'ossa,
entravan l'ombre, poi ch'avean tre volte
fatto d'intorno lor debite volte. [33]

23 — Se i nomi e i gesti di ciascun vo' dirti
(dicea l'incantatrice a Bradamante),
di questi ch'or per gl'incantati spirti,
prima che nati sien, ci sono avante,
non so veder quando abbia da espedirti; [34]
che non basta una notte a cose tante:
sì ch'io te ne verrò scegliendo alcuno,
secondo il tempo, e che sarà oportuno.

24 Vedi quel primo [35] che ti rassimiglia
ne' bei sembianti e nel giocondo aspetto:
capo in Italia fia di tua famiglia,
del seme di Ruggiero in te concetto.
Veder del sangue di Pontier [36] vermiglia
per mano di costui la terra aspetto,
e vendicato il tradimento e il torto
contra quei che gli avranno il padre morto.

25 Per opra di costui sarà deserto [37]
il re de' Longobardi Desiderio:
d'Este e di Calaon per questo merto
il bel dominio avrà dal sommo Imperio. [38]
Quel che gli è dietro, è il tuo nipote Uberto, [39]
onor de l'arme e del paese esperio: [40]

32 *conca*: sarcofago.
33 *volte*: giri.
34 *espedirti*: lasciarti libera.
35 *quel primo*: Ruggierino, figlio di Ruggiero e Bradamante.
36 *Pontier*: Ponthieu, feudo di Gano di Maganza.
37 *deserto*: distrutto.
38 *d'Este... Imperio*: Carlo Magno, per premiarlo d'aver vinto Desiderio, gli darà i feudi d'Este e di Calaone nel Padovano.
39 *Uberto*: personaggio immaginario come altri tra i seguenti.
40 *paese esperio*: l'Italia.

per costui contra barbari difesa
più d'una volta fia la santa Chiesa.

26   Vedi qui Alberto, invitto capitano
ch'ornerà di trofei tanti delubri: [41]
Ugo [42] il figlio è con lui, che di Milano
farà l'acquisto, e spiegherà i colubri.[43]
Azzo [44] è quell'altro, a cui resterà in mano.
dopo il fratello, il regno degli Insubri.[45]
Ecco Albertazzo,[46] il cui savio consiglio
torrà d'Italia Beringario e il figlio;

27   e sarà degno a cui Cesare Otone
Alda,[47] sua figlia, in matrimonio aggiunga.
Vedi un altro Ugo: oh bella successione,
che dal patrio valor non si dislunga!
Costui sarà, che per giusta cagione
ai superbi Roman l'orgoglio emunga,[48]
che 'l terzo Otone [49] e il pontefice [50] tolga
de le man loro, e 'l grave assedio sciolga.

28   Vedi Folco,[51] che par ch'al suo germano,[52]
ciò che in Italia avea, tutto abbi dato,
e vada a possedere indi lontano
in mezzo agli Alamanni un gran ducato;

---

41 *delubri*: templi.
42 *Ugo*: conte di Milano nel 1021.
43 *colubri*: serpenti; veramente la biscia sarà, in seguito, stemma visconteo.
44 *Azzo*: Alberto Azzo I sembra non fosse fratello, ma figlio di Ugo.
45 *il regno degli Insubri*: il territorio milanese, un tempo dominio degli Insubri.
46 *Albertazzo*: Alberto Azzo II non diede, in effetti, nessun consiglio a Ottone I di calare in Italia per cacciarne Berengario.
47 *Alda*: Albertazzo sposò invece Cunizza di Baviera.
48 *emunga*: tolga.
49 *terzo Otone*: l'imperatore Ottone III.
50 *pontefice*: Gregorio V.
51 *Folco*: figlio di Alberto Azzo II, come Ugo e Guelfo; ma fu suo fratello Guelfo a riunire le case di Carinzia e Baviera.
52 *germano*: fratello.

e dia alla casa di Sansogna [53] mano,
che caduta sarà tutta da un lato;
e per la linea de la madre, erede,
con la progenie sua la terrà in piede.

29   Questo ch'or a nui viene è il secondo Azzo,
di cortesia più che di guerre amico,
tra dui figli, Bertoldo ed Albertazzo.
Vinto da l'un sarà il secondo Enrico,[54]
e del sangue tedesco orribil guazzo [55]
Parma vedrà per tutto il campo aprico;
de l'altro la contessa gloriosa,
saggia e casta Matilde,[56] sarà sposa.

30   Virtù il farà di tal connubio degno;
ch'a quella età non poca laude estimo
quasi di mezza Italia in dote il regno,
e la nipote aver d'Enrico primo.
Ecco di quel Bertoldo il caro pegno,[57]
Rinaldo [58] tuo, ch'avrà l'onor opimo
d'aver la Chiesa de le man riscossa
de l'empio Federico Barbarossa.

31   Ecco un altro Azzo,[59] ed è quel che Verona
avrà in poter col suo bel tenitorio; [60]
e sarà detto marchese d'Ancona
dal quarto Otone e dal secondo Onorio.
Lungo sarà s'io mostro ogni persona
del sangue tuo, ch'avrà del consistorio
il confalone,[61] e s'io narro ogni impresa
vinta da lor per la romana Chiesa.

---

53 *Sansogna*: Sassonia.
54 *il secondo Enrico*: fu Albertazzo II a vincere l'imperatore Enrico
IV (II di Franconia), presso Parma.
55 *guazzo*: palude.
56 *Matilde*: di Canossa, che però sposerà Guelfo V d'Este.
57 *il caro pegno*: il figlio.
58 *Rinaldo*: personaggio immaginario.
59 *Azzo*: il poeta unisce in una sola persona Azzo VI e Azzo VII.
60 *tenitorio*: regione.
61 *confalone*: la carica di gonfaloniere della Chiesa.

32 Obizzo vedi e Folco, altri Azzi, altri Ughi,
    ambi gli Enrichi, il figlio al padre a canto;
    duo Guelfi, di quai l'uno Umbria suggiughi,
    e vesta di Spoleti il ducal manto.
    Ecco che 'l sangue e le gran piaghe asciughi
    d'Italia afflitta, e volga in riso il pianto:
    di costui parlo (e mostrolle Azzo quinto [62])
    onde Ezellin fia rotto, preso, estinto.

33 Ezellino, immanissimo tiranno,
    che fia creduto figlio del demonio,
    farà, troncando i sudditi, tal danno,
    e distruggendo il bel paese ausonio,
    che pietosi apo lui stati saranno
    Mario, Silla, Neron, Caio [63] ed Antonio.
    E Federico imperator secondo
    fia per questo Azzo [64] rotto e messo al fondo.

34 Terrà costui con più felice scettro
    la bella terra [65] che siede sul fiume
    dove chiamò con lacrimoso plettro
    Febo il figliuol [66] ch'avea mal retto il lume,[67]
    quando fu pianto il fabuloso elettro,[68]
    e Cigno [69] si vestì di bianche piume;
    e questa di mille oblighi mercede [70]
    gli donerà l'Apostolica sede.

---

62 *Azzo quinto*: fu Azzo VII a sconfiggere il terribile Ezzelino da Romano.
63 *Caio*: Caligola.
64 *Azzo*: fu Azzo VII che collaborò alla sconfitta di Federico II presso Parma, nel 1248.
65 *terra*: Ferrara.
66 *il figliuol*: Fetonte.
67 *il lume*: il carro del Sole.
68 *il fabuloso elettro*: le Eliadi, sorelle di Fetonte, ne piansero la morte, trasformate in pioppi, stillando lagrime d'ambra.
69 *Cigno*: Cicno, amico di Fetonte, fu trasformato in cigno.
70 *mercede*: la Chiesa diede ad Azzo VII il feudo di Ferrara.

35   Dove lascio il fratel Aldrobandino?[71]
     che per dar al pontefice soccorso
     contra Oton quarto e il campo ghibellino
     che sarà presso al Campidoglio corso,
     ed avrà preso ogni luogo vicino,
     e posto agli Umbri e alli Piceni il morso;
     né potendo prestargli aiuto senza
     molto tesor, ne chiederà a Fiorenza;

36   e non avendo gioie[72] o miglior pegni,
     per sicurtà daralle il frate[73] in mano.
     Spiegherà i suoi vittoriosi segni,
     e romperà l'esercito germano;
     in seggio riporrà la Chiesa, e degni
     darà supplici ai conti di Celano;
     ed al servizio del sommo Pastore
     finirà gli anni suoi nel più bel fiore.

37   Ed Azzo, il suo fratel, lascierà erede
     del dominio d'Ancona e di Pisauro,[74]
     d'ogni città che da Troento[75] siede
     tra il mare e l'Apenin fin all'Isauro,[76]
     e di grandezza d'animo e di fede,
     e di virtù, miglior che gemme ed auro:
     che dona e tolle ogn'altro ben Fortuna;
     sol in virtù non ha possanza alcuna.

38   Vedi Rinaldo,[77] in cui non minor raggio
     splenderà di valor, pur che non[78] sia
     a tanta esaltazion del bel lignaggio
     Morte o Fortuna invidiosa e ria.

71 *Aldrobandino*: fratello di Azzo VII che condusse nel 1215 campagne di guerra contro Ottone IV e i ghibellini conti di Celano, ribelli contro il papa, in Umbria e nelle Marche.
72 *gioie*: tesori.
73 *il frate*: darà come ostaggio suo fratello Azzo VII.
74 *Pisauro*: Pesaro.
75 *da Troento*: dal fiume Tronto.
76 *Isauro*: il fiume Foglia.
77 *Rinaldo*: figlio di Azzo VII.
78 *pur che non*: a meno che non.

Udirne il duol fin qui da Napoli aggio,[79]
dove del padre allor statico [80] fia.
Or Obizzo [81] ne vien, che giovinetto
dopo l'avo sarà principe eletto.

39 Al bel dominio accrescerà costui
Reggio giocondo e Modona feroce.
Tal sarà il suo valor, che signor lui
domanderanno i populi a una voce.
Vedi Azzo sesto,[82] un de' figliuoli sui,
confalonier de la cristiana croce:
avrà il ducato d'Andria con la figlia
del secondo re Carlo di Siciglia.

40 Vedi in un bello ed amichevol groppo [83]
de li principi illustri l'eccellenza:
Obizzo, Aldrobandin, Nicolò zoppo,
Alberto,[84] d'amor pieno e di clemenza.
Io tacerò, per non tenerti troppo,
come al bel regno aggiungeran Favenza,[85]
e con maggior fermezza Adria,[86] che valse
da sé nomar l'indomite acque salse;

41 come la terra, il cui produr di rose
le diè piacevol nome in greche voci,[87]
e la città [88] ch'in mezzo alle piscose

79 *Udirne... aggio*: ho da udirne il dolore da Napoli fin qui; infatti
Rinaldo morì avvelenato.
80 *statico*: ostaggio presso l'imperatore Federico II.
81 *Obizzo*: Obizzo II, figlio di Rinaldo, conquistò Modena, pur avversa agli Estensi, nel 1288, e Reggio, nel 1289.
82 *Azzo sesto*: veramente, Azzo VIII, gonfaloniere della Chiesa, che
ebbe la contea di Andria in Puglia, come dote della moglie Beatrice, figlia di Carlo II d'Angiò.
83 *groppo*: schiera.
84 *Obizzo... Alberto*: Obizzo III e i suoi tre figli: Aldrobandino
III, Niccolò II, detto lo zoppo, e Alberto V.
85 *Favenza*: Faenza.
86 *Adria*: da cui trasse nome l'Adriatico.
87 *la terra... voci*: Rovigo (il cui nome si è voluto derivare dal
greco « *rodon* », rosa).
88 *la città*: Comacchio.

paludi, del Po teme ambe le foci,
dove abitan le genti disiose [89]
che 'l mar si turbi e sieno i venti atroci.
Taccio d'Argenta, di Lugo e di mille
altre castella e populose ville.

42   Ve' Nicolò,[90] che tenero fanciullo
il popul crea signor de la sua terra,
e di Tideo [91] fa il pensier vano e nullo,
che contra lui le civil arme afferra.
Sarà di questo il pueril trastullo
sudar nel ferro e travagliarsi in guerra;
e da lo studio del tempo primiero
il fior riuscirà d'ogni guerriero.

43   Farà de' suoi ribelli uscire a voto
ogni disegno, e lor tornare in danno;
ed ogni stratagema avrà sì noto,
che sarà duro il poter fargli inganno.
Tardi di questo s'avedrà il terzo Oto,[92]
e di Reggio e di Parma aspro tiranno,
che da costui spogliato a un tempo fia
e del dominio e de la vita ria.

44   Avrà il bel regno poi sempre augumento [93]
senza torcer mai piè dal camin dritto;
né ad alcuno farà mai nocumento,
da cui prima non sia d'ingiuria afflitto:
ed è per questo il gran Motor [94] contento
che non gli sia alcun termine [95] prescritto:

---

89 *genti disiose*: gli abitanti desiderano le tempeste, perché così i
pesci si rifugiano nelle paludi.
90 *Nicolò*: Nicolò III, successore di Alberto V.
91 *Tideo*: un usurpatore (forse un Taddeo), chiamato col nome mitico dell'alleato di Polinice contro Eteocle, re di Tebe.
92 *Oto*: Ottobono Terzi, che fu sconfitto ed ucciso nel 1409.
93 *augumento*: accrescimento.
94 *il gran Motor*: Dio.
95 *alcun termine*: di prosperità.

ma duri prosperando in meglio sempre,
fin che si volga il ciel ne le sue tempre.[96]

45   Vedi Leonello,[97] e vedi il primo duce,
fama de la sua età, l'inclito Borso,[98]
che siede in pace, e più trionfo adduce
di quanti in altrui terre abbino corso.
Chiuderà Marte ove non veggia luce,
e stringerà al Furor le mani al dorso.
Di questo signor splendido ogni intento
sarà che 'l popul suo viva contento.

46   Ercole [99] or vien, ch'al suo vicin rinfaccia,[100]
col piè mezzo arso e con quei debol passi,
come a Budrio col petto e con la faccia
il campo volto in fuga gli fermassi;
non perché in premio poi guerra gli faccia,
né, per cacciarlo, fin nel Barco passi.
Questo è il signor, di cui non so esplicarme
se fia maggior la gloria o in pace o in arme.

47   Terran Pugliesi, Calabri e Lucani
de' gesti di costui lunga memoria,
là dove avrà dal re de' Catalani [101]
di pugna singular la prima gloria;
e nome tra gl'invitti capitani
s'acquisterà con più d'una vittoria:

96 *tempre*: sfere.
97 *Leonello*: figlio naturale di Niccolò III.
98 *Borso*: altro figlio naturale di Niccolò III; fu primo duca di Ferrara.
99 *Ercole*: Ercole I, figlio legittimo di Niccolò III, succedette a Borso nel 1471.
100 *al suo vicin rinfaccia*: rinfaccia ai Veneziani la ferita (che lo ha storpiato), subita per difenderli presso Budrio, poiché essi, ingrati, hanno osato attaccarlo, giungendo sino al Barco, il parco estense presso Ferrara.
101 *re de' Catalani*: Ercole, nella sua gioventù, militò al servizio di Alfonso I, re di Napoli, Aragona e Catalogna, e si distinse in un duello con Galeazzo Pandone.

avrà per sua virtù la signoria,
più di trenta anni a lui debita [102] pria.

48   E quanto più aver obligo si possa
a principe, sua terra avrà a costui;
non perché fia de le paludi mossa [103]
tra campi fertilissimi da lui;
non perché la farà con muro e fossa
meglio capace a' cittadini sui,
e l'ornarà di templi e di palagi,
di piazze, di teatri e di mille agi;

49   non perché dagli artigli de l'audace
aligero Leon [104] terrà difesa;
non perché, quando la gallica face [105]
per tutto avrà la bella Italia accesa,
si starà sola col suo stato in pace,
e dal timore e dai tributi illesa;
non sì per questi ed altri benefici
saran sue genti ad Ercol debitrici:

50   quanto che darà lor l'inclita prole,
il giusto Alfonso e Ippolito benigno,[106]
che saran quai l'antiqua fama suole
narrar de' figli del Tindareo cigno,[107]
ch'alternamente si privan del sole
per trar l'un l'altro de l'aer maligno.
Sarà ciascuno d'essi e pronto e forte
l'altro salvar con sua perpetua morte.

---

102 *a lui debita pria*: prima di lui infatti regnarono i figli illegitti-
mi di Niccolò III, Borso e Lionello.
103 *mossa*: privata delle paludi e posta tra fertili campi.
104 *aligero Leon*: il leone alato di san Marco.
105 *gallica face*: al tempo della calata di Carlo VIII Ferrara fu
neutrale.
106 *il giusto... benigno*: Alfonso I e il cardinale Ippolito d'Este.
107 *tindareo cigno*: Castore e Polluce (figli di Leda, moglie di Tin-
daro, ma amata da Giove, trasformatosi in cigno), che ottennero da
Giove di dimorare a turno nell'Ade e nell'Olimpo, dividendo tra di
loro l'immortalità.

51 Il grande amor di questa bella coppia
    renderà il popul suo via più sicuro,
    che se, per opra di Vulcan, di doppia
    cinta di ferro avesse intorno il muro.
    Alfonso è quel che col saper accoppia
    sì la bontà, ch'al secolo futuro
    la gente crederà che sia dal cielo
    tornata Astrea [108] dove può il caldo e il gielo. [109]

52 A grande uopo gli fia l'esser prudente,
    e di valore assimigliarsi al padre;
    che si ritroverà, con poca gente,
    da un lato aver le veneziane squadre,
    colei [110] da l'altro, che più giustamente
    non so se devrà dir matrigna o madre;
    ma se per madre, a lui poco più pia,
    che Medea ai figli o Progne [111] stata sia.

53 E quante volte uscirà giorno e notte
    col suo popul fedel fuor de la terra,
    tante sconfitte e memorabil rotte
    darà a' nimici o per acqua o per terra.
    Le genti di Romagna mal condotte,
    contra i vicini [112] e lor già amici, in guerra,
    se n'avedranno, insanguinando il suolo
    che serra il Po, Santerno e Zanniolo. [113]

54 Nei medesmi confini [114] anco saprallo

---

108 *Astrea*: la Giustizia.
109 *dove può... il gielo*: sulla terra.
110 *colei*: la Chiesa; poiché il pontefice Giulio II si alleò con
Venezia contro di lui.
111 *Medea... Progne*: uccisero i propri figli.
112 *i vicini*: Ferraresi.
113 *il suolo... Zanniolo*: nel 1511, presso Bastia (fra il Po, il
Santerno e il canale Zanniolo), Alfonso sconfisse pontifici e romagnoli.
114 *confini*: nel 1511 mercenari spagnoli del Papa conquistarono il
forte di Bastia, ammazzando il capitano del Duca Vestidello Pagano,
caduto prigioniero; ma Alfonso rioccupò il forte, sterminando i nemici.

del gran Pastore il mercenario Ispano,
che gli avrà dopo con poco intervallo
la Bastìa tolta, e morto il castellano,
quando l'avrà già preso; e per tal fallo
non fia, dal minor fante al capitano,
che del racquisto e del presidio ucciso
a Roma riportar possa l'aviso.

55 Costui sarà, col senno e con la lancia,
ch'avrà l'onor, nei campi di Romagna,[115]
d'aver dato all'esercito di Francia
la gran vittoria contra Iulio e Spagna.
Nuoteranno i destrier fin alla pancia
nel sangue uman per tutta la campagna;
ch'a sepelire il popul verrà manco
tedesco, ispano, greco, italo e franco.

56 Quel ch'in pontificale abito imprime
del purpureo capel la sacra chioma,
è il liberal, magnanimo, sublime,
gran cardinal de la Chiesa di Roma
Ippolito, ch'a prose, a versi, a rime
darà materia eterna in ogni idioma;
la cui fiorita età vuol il ciel iusto
ch'abbia un Maron,[116] come un altro ebbe Augusto.

57 Adornerà la sua progenie bella,
come orna il sol la machina del mondo
molto più de la luna e d'ogni stella;
ch'ogn'altro lume a lui sempre è secondo.
Costui con pochi a piedi e meno in sella
veggio uscir mesto, e poi tornar iocondo;
che quindici galee [117] mena captive,
oltra mill'altri legni, alle sue rive.

115 *nei campi di Romagna*: la battaglia di Ravenna (1512), vinta
da Alfonso e dai Francesi.
116 *Maron*: Virgilio; ma forse si tratta di un'allusione all'improvvi-
satore Andrea Marone, che fiorì alla corte estense.
117 *quindici galee*: Ippolito vinse i Veneziani nella battaglia della
Polesella (1509).

58 Vedi poi l'uno e l'altro Sigismondo.[118]
    Vedi d'Alfonso i cinque figli cari,
    alla cui fama ostar,[119] che di sé il mondo
    non empia, i monti non potran né i mari:
    gener del re di Francia, Ercol secondo [120]
    è l'un; quest'altro (acciò tutti gl'impari)
    Ippolito è, che non con minor raggio
    che 'l zio, risplenderà nel suo lignaggio;

59 Francesco, il terzo; Alfonsi gli altri dui
    ambi son detti. Or, come io dissi prima,
    s'ho da mostrarti ogni tuo ramo, il cui
    valor la stirpe sua tanto sublima,
    bisognerà che si rischiari e abbui
    più volte prima il ciel, ch'io te li esprima:
    e sarà tempo ormai, quando ti piaccia,
    ch'io dia licenza all'ombre, e ch'io mi taccia. —

60 Così con voluntà de la donzella
    la dotta incantatrice il libro chiuse.
    Tutti gli spirti allora ne la cella
    spariro in fretta, ove eran l'ossa chiuse.
    Qui Bradamante, poi che la favella
    le fu concessa usar, la bocca schiuse,
    e domandò: — Chi son li dua [121] sì tristi,
    che tra Ippolito e Alfonso abbiamo visti?

61 Veniano sospirando, e gli occhi bassi
    parean tener d'ogni baldanza privi;
    e gir lontan da loro io vedea i passi
    dei frati sì, che ne pareano schivi. —
    Parve ch'a tal domanda si cangiassi
    la maga in viso, e fe' degli occhi rivi,
    e gridò: — Ah sfortunati, a quanta pena
    lungo istigar d'uomini rei vi mena!

118 *l'uno... Sigismondo*: l'uno fratello, l'altro figlio di Ercole I.
119 *ostar*: contrastare.
120 *Ercol secondo*: sposò Renata di Francia, figlia di re Luigi XII.
121 *li dua*: Giulio e Ferrante, fratelli di Alfonso e Ippolito, che
avevano contro di essi congiurato.

62 O bona prole, o degna d'Ercol buono,
    non vinca il lor fallir vostra bontade:
    di vostro sangue i miseri pur sono;
    qui ceda la iustizia alla pietade. —
    Indi soggiunse con più basso suono:
    — Di ciò dirti più inanzi non accade.
    Statti col dolce in bocca, e non ti doglia
    ch'amareggiare al fin non te la voglia.

63 Tosto che spunti in ciel la prima luce,
    piglierai meco la più dritta via
    ch'al lucente castel d'acciai' conduce,
    dove Ruggier vive in altrui balìa.
    Io tanto ti sarò compagna e duce,
    che tu sia fuor de l'aspra selva ria:
    t'insegnerò, poi che saren sul mare,
    sì ben la via, che non potresti errare. —

64 Quivi l'audace giovane rimase
    tutta la notte, e gran pezzo ne spese
    a parlar con Merlin, che le suase [122]
    rendersi tosto al suo Ruggier cortese.
    Lasciò di poi le sotterranee case,
    che di nuovo splendor l'aria s'accese,
    per un camin gran spazio oscuro e cieco,
    avendo la spirtal femina [123] seco.

65 E riusciro in un burrone ascoso
    tra monti inaccessibili alle genti;
    e tutto 'l dì senza pigliar riposo
    saliron balze e traversar torrenti.
    E perché men l'andar fosse noioso,
    di piacevoli e bei ragionamenti,
    di quel che fu più conferir soave,
    l'aspro camin facean parer men grave:

66 di quali era però la maggior parte,

122 *le suase*: la persuase di andare a soccorrere Ruggiero.
123 *spirtal femina*: la maga.

ch'a Bradamante vien la dotta maga
mostrando con che astuzia e con qual arte
proceder de', se di Ruggiero è vaga.
— Se tu fossi (dicea) Pallade o Marte,[124]
e conducessi gente alla tua paga
più che non ha il re Carlo e il re Agramante,
non dureresti contra il negromante;

67 che, oltre che d'acciar murata sia
la rocca inespugnabile, e tant'alta;
oltre che 'l suo destrier si faccia via
per mézzo l'aria, ove galoppa e salta;
ha lo scudo mortal, che come pria
si scopre, il suo splendor sì gli occhi assalta,
la vista tolle, e tanto occupa i sensi,
che come morto rimaner conviensi.

68 E se forse ti pensi che ti vaglia
combattendo tener serrati gli occhi,
come potrai saper ne la battaglia
quando ti schivi,[125] o l'aversario tocchi?
Ma per fuggire il lume ch'abbarbaglia,
e gli altri incanti di colui far sciocchi,
ti mostrerò un rimedio, una via presta;
né altra in tutto 'l mondo è se non questa.

69 Il re Agramante d'Africa uno annello,
che fu rubato in India a una regina,[126]
ha dato a un suo baron detto Brunello,
che poche miglia inanzi ne camina;
di tal virtù, che chi nel dito ha quello,
contra il mal degl'incanti ha medicina.
Sa de furti e d'inganni Brunel, quanto
colui, che tien Ruggier, sappia d'incanto.

70 Questo Brunel sì pratico e sì astuto,

---

124 *Pallade o Marte*: accorta come Minerva o forte come Marte.
125 *ti schivi*: ti debba difendere.
126 *regina*: Brunello nell'*Innamorato* aveva rubato l'anello ad Angelica; per questo Agramante l'aveva creato re di Tingitana.

come io ti dico, è dal suo re mandato
acciò che col suo ingegno e con l'aiuto
di questo annello, in tal cose provato,
di quella rocca dove è ritenuto,
traggia Ruggier, che così s'è vantato,
ed ha così promesso al suo signore,
a cui Ruggiero è più d'ogn'altro a core.

71 Ma perché il tuo Ruggiero a te sol abbia,
e non al re Agramante, ad obligarsi
che tratto sia de l'incantata gabbia,
t'insegnerò il remedio che de' usarsi.
Tu te n'andrai tre dì lungo la sabbia
del mar, ch'è oramai presso a dimostrarsi;
il terzo giorno in un albergo teco
arriverà costui c'ha l'annel seco.

72 La sua statura, acciò tu lo conosca,
non è sei palmi; ed ha il capo ricciuto;
le chiome ha nere, ed ha la pelle fosca;
pallido il viso, oltre il dover barbuto;
gli occhi gonfiati e guardatura losca;
schiacciato il naso, e ne le ciglia irsuto:
l'abito, acciò ch'io lo dipinga intero,
è stretto e corto, e sembra di corriero.

73 Con esso lui t'accaderà soggetto [127]
di ragionar di quelli incanti strani:
mostra d'aver, come tu avra' in effetto,
disio che 'l mago sia teco alle mani;
ma non mostrar che ti sia stato detto
di quel suo annel che fa gl'incanti vani.
Egli t'offerirà mostrar la via
fin alla rocca e farti compagnia.

74 Tu gli va dietro: e come t'avicini
a quella rocca sì ch'ella si scopra,
dàgli la morte; né pietà t'inchini

127 *t'accaderà soggetto*: ti capiterà l'occasione.

che tu non metta il mio consiglio in opra.
Né far ch'egli il pensier tuo s'indovini,
e ch'abbia tempo che l'annel lo copra;
perché ti spariria dagli occhi, tosto
ch'in bocca il sacro annel s'avesse posto. —

75 Così parlando, giunsero sul mare,
dove presso a Bordea [128] mette Garonna.
Quivi, non senza alquanto lagrimare,
si dipartì l'una da l'altra donna.
La figliuola d'Amon, che per slegare
di prigione il suo amante non assonna,
caminò tanto, che venne una sera
ad uno albergo, ove Brunel prim'era.

76 Conosce ella Brunel come lo vede,
di cui la forma avea sculpita in mente:
onde ne viene, ove ne va, gli chiede;
quel le risponde, e d'ogni cosa mente.
La donna, già prevista,[129] non gli cede
in dir menzogne, e simula ugualmente
e patria e stirpe e setta [130] e nome e sesso;
e gli volta alle man pur gli occhi spesso.

77 Gli va gli occhi alle man spesso voltando,
in dubbio sempre esser da lui rubata;
né lo lascia venir troppo accostando,
di sua condizion bene informata.
Stavano insieme in questa guisa, quando
l'orecchia da un rumor lor fu intruonata.
Poi vi dirò, Signor, che ne fu causa,
ch'avrò fatto al cantar debita pausa.

128 *Bordea*: Bordeaux, presso cui sfocia la Garonna.
129 *prevista*: prevenuta.
130 *setta*: religione.

1   Quantunque il simular sia le più volte
    ripreso, e dia di mala mente indici,[1]
    si truova pur in molte cose e molte
    aver fatti evidenti benefici,
    e danni e biasmi e morti aver già tolte;
    che non conversiam sempre con gli amici
    in questa assai più oscura che serena
    vita mortal, tutta d'invidia piena.

2   Se, dopo lunga prova, a gran fatica
    trovar si può chi ti sia amico vero,
    ed a chi senza alcun sospetto dica
    e discoperto mostri il tuo pensiero;
    che de' far di Ruggier la bella amica
    con quel Brunel non puro e non sincero,
    ma tutto simulato e tutto finto,
    come la maga le l'avea dipinto?

3   Simula anch'ella; e così far conviene
    con esso lui di finzioni padre;
    e, come io dissi, spesso ella gli tiene
    gli occhi alle man, ch'eran rapaci e ladre.
    Ecco all'orecchie un gran rumor lor viene.
    Disse la donna: — O gloriosa Madre,
    o Re del ciel, che cosa sarà questa? —
    E dove era il rumor si trovò presta.

4   E vede l'oste e tutta la famiglia,[2]
    e chi a finestre e chi fuor ne la via,

1 *indici*: segni.
2 *famiglia*: servitù.

tener levati al ciel gli occhi e le ciglia,
come l'ecclisse o la cometa sia.
Vede la donna un'alta maraviglia,
che di leggier creduta non saria:
vede passar un gran destriero alato,
che porta in aria un cavalliero armato.

5   Grandi eran l'ale e di color diverso,
e vi sedea nel mezzo un cavalliero,
di ferro armato luminoso e terso;
e vêr ponente avea dritto il sentiero.[3]
Calossi, e fu tra le montagne immerso:
e, come dicea l'oste (e dicea il vero),
quel era un negromante, e facea spesso
quel varco,[4] or più da lungi, or più da presso.

6   Volando, talor s'alza ne le stelle,
e poi quasi talor la terra rade;
e ne porta con lui tutte le belle
donne che trova per quelle contrade:
talmente che le misere donzelle
ch'abbino o aver si credano beltade
(come affatto costui tutte le invole)[5]
non escon fuor sì che le veggia il sole.

7   — Egli sul Pireneo[6] tiene un castello
(narrava l'oste) fatto per incanto,
tutto d'acciaio, e sì lucente e bello,
ch'altro al mondo non è mirabil tanto.
Già molti cavallier sono iti a quello,
e nessun del ritorno si dà vanto:
sì ch'io penso, signore, e temo forte,
o che sian presi, o sian condotti a morte. —

8   La donna il tutto ascolta, e le ne giova,[7]

3 *sentiero*: viaggio.
4 *varco*: passaggio.
5 *invole*: rapisca.
6 *Pireneo*: monti Pirenei.
7 *le ne giova*: e ne prova piacere.

credendo far, come farà per certo,
con l'annello mirabile tal prova,
che ne fia il mago e il suo castel deserto;[8]
e dice a l'oste: — Or un de' tuoi mi trova,
che più di me sia del viaggio esperto;
ch'io non posso durar, tanto ho il cor vago
di far battaglia contra a questo mago. —

9   — Non ti mancherà guida (le rispose
Brunello allora), e ne verrò teco io:
meco ho la strada in scritto,[9] ed altre cose
che ti faran piacere il venir mio. —
Volse dir de l'annel; ma non l'espose,
né chiarì più, per non pagarne il fio.
— Grato mi fia (disse ella) il venir tuo; —
volendo dir ch'indi l'annel fia suo.

10   Quel ch'era utile a dir, disse; e quel tacque,
che nuocer le potea col Saracino.
Avea l'oste un destrier ch'a costei piacque,
ch'era buon da battaglia e da camino:
comperollo, e partissi come nacque
del bel giorno seguente il matutino.
Prese la via per una stretta valle,
con Brunello ora inanzi, ora alle spalle.

11   Di monte in monte e d'uno in altro bosco
giunsero ove l'altezza di Pirene
può dimostrar, se non è l'aer fosco,
e Francia e Spagna e due diverse arene,[10]
come Apennin scopre il mar schiavo [11] e il tosco [12]
dal giogo [13] onde a Camaldoli si viene.
Quindi per aspro e faticoso calle
si discendea ne la profonda valle.

---

8 *deserto*: rovinato.
9 *in scritto*: segnata su una carta.
10 *arene*: litorali.
11 *schiavo*: l'Adriatico, che bagna la Schiavonia.
12 *tosco*: il Tirreno.
13 *giogo*: la vetta del Falterona che sovrasta l'eremo di Camaldoli.

12 Vi sorge in mezzo un sasso che la cima
    d'un bel muro d'acciar tutta si fascia;
    e quella tanto inverso il ciel sublima,[14]
    che quanto ha intorno, inferior si lascia.
    Non faccia, chi non vola, andarvi stima;
    che spesa indarno vi saria ogni ambascia.[15]
    Brunel disse: — Ecco dove prigionieri
    il mago tien le donne e i cavallieri. —

13 Da quattro canti era tagliato, e tale
    che parea dritto a fil de la sinopia.[16]
    Da nessun lato né sentier né scale
    v'eran, che di salir facesser copia:
    e ben appar che d'animal ch'abbia ale
    sia quella stanza nido e tana propia.
    Quivi la donna esser conosce l'ora
    di tor l'annello e far che Brunel mora.

14 Ma le par atto vile a insanguinarsi
    d'un uom senza arme e di sì ignobil sorte;
    che ben potrà posseditrice farsi
    del ricco annello, e lui non porre a morte.
    Brunel non avea mente a riguardarsi;
    sì ch'ella il prese, e lo legò ben forte
    ad uno abete ch'alta avea la cima:
    ma di dito l'annel gli trasse prima.

15 Né per lacrime, gemiti o lamenti
    che facesse Brunel, lo volse sciorre.
    Smontò de la montagna a passi lenti,
    tanto che fu nel pian sotto la torre.
    E perché alla battaglia s'appresenti
    il negromante, al corno suo ricorre:
    e dopo il suon, con minacciose grida
    lo chiama al campo, ed alla pugna 'l sfida.

14 *sublima*: innalza.
15 *ambascia*: fatica.
16 *a fil de la sinopia*: a perpendicolo; la sinopia era una terra rossa usata per tracciare linee.

16 Non stette molto a uscir fuor de la porta
  l'incantator, ch'udì 'l suono e la voce.
  L'alato corridor per l'aria il porta
  contra costei, che sembra uomo feroce.
  La donna da principio si conforta,
  che vede che colui poco le nuoce:
  non porta lancia né spada né mazza,
  ch'a forar l'abbia o romper la corazza.

17 Da la sinistra sol lo scudo avea,
  tutto coperto di seta vermiglia;
  ne la man destra un libro,[17] onde facea
  nascer, leggendo, l'alta maraviglia:
  che la lancia talor correr parea,
  e fatto avea a più d'un batter le ciglia;
  talor parea ferir con mazza o stocco,[18]
  e lontano era, e non avea alcun tocco.

18 Non è finto il destrier, ma naturale,
  ch'una giumenta generò d'un grifo:[19]
  simile al padre avea la piuma e l'ale,
  li piedi anteriori, il capo e il grifo;
  in tutte l'altre membra parea quale
  era la madre, e chiamasi ippogrifo;[20]
  che nei monti Rifei[21] vengon, ma rari,
  molto di là dagli aghiacciati mari.

19 Quivi per forza lo tirò d'incanto;
  e poi che l'ebbe, ad altro non attese,
  e con studio e fatica operò tanto,
  ch'a sella e briglia il cavalcò in un mese:
  così ch'in terra e in aria e in ogni canto
  lo facea volteggiar senza contese.
  Non finzion d'incanto, come il resto,
  ma vero e natural si vedea questo.

17 *un libro*: di formule magiche.
18 *stocco*: spada corta.
19 *grifo*: animale favoloso, in parte aquila, in parte leone.
20 *ippogrifo*: cioè, cavallo-grifo.
21 *Rifei*: o Iperborei, nel settentrione d'Europa.

20   Del mago ogn'altra cosa era figmento,[22]
che comparir facea pel rosso il giallo;
ma con la donna non fu di momento,[23]
che per l'annel non può vedere in fallo.
Più colpi tuttavia diserra al vento,
e quinci e quindi spinge il suo cavallo;
e si dibatte e si travaglia tutta,
come era, inanzi che venisse, istrutta.

21   E poi che esercitata si fu alquanto
sopra il destrier, smontar volse anco a piede,
per poter meglio al fin venir di quanto
la cauta maga istruzion le diede.
Il mago vien per far l'estremo incanto;
che del fatto ripar né sa né crede:
scuopre lo scudo, e certo si prosume
farla cader con l'incantato lume.

22   Potea così scoprirlo al primo tratto,
senza tenere i cavallieri a bada;
ma gli piacea veder qualche bel tratto [24]
di correr l'asta o di girar la spada:
come si vede ch'all'astuto gatto
scherzar col topo alcuna volta aggrada;
e poi che quel piacer gli viene a noia,
dargli di morso, e al fin voler che muoia.

23   Dico che 'l mago al gatto, e gli altri al topo
s'assimigliar ne le battaglie dianzi;
ma non s'assimigliar già così, dopo
che con l'annel si fe' la donna inanzi.
Attenta e fissa stava a quel ch'era uopo,
acciò che nulla seco il mago avanzi; [25]
e come vide che lo scudo aperse,
chiuse gli occhi, e lasciò quivi caderse.

22 *figmento*: finzione.
23 *momento*: utilità.
24 *tratto*: colpo.
25 *avanzi*: abbia qualche vantaggio.

24 Non che il fulgor del lucido metallo,
    come soleva agli altri, a lei nocesse;
    ma così fece acciò che dal cavallo
    contra sé il vano incantator scendesse:
    né parte andò del suo disegno in fallo;
    che tosto ch'ella il capo in terra messe,
    accelerando il volator le penne,
    con larghe ruote in terra a por si venne.

25 Lascia all'arcion lo scudo, che già posto
    avea ne la coperta, e a piè discende
    verso la donna che, come reposto [26]
    lupo alla macchia il capriolo, attende.
    Senza più indugio ella si leva tosto
    che l'ha vicino, e ben stretto lo prende.
    Avea lasciato quel misero in terra
    il libro che facea tutta la guerra:

26 e con una catena ne correa,
    che solea portar cinta a simil uso;
    perché non men legar colei credea,
    che per adietro altri legare era uso.
    La donna in terra posto già l'avea:
    se quel non si difese, io ben l'escluso;
    che troppo era la cosa differente
    tra un debol vecchio e lei tanto possente.

27 Disegnando levargli ella la testa,
    alza la man vittoriosa in fretta;
    ma poi che 'l viso mira, il colpo arresta,
    quasi sdegnando sì bassa vendetta:
    un venerabil vecchio in faccia mesta
    vede esser quel ch'ella ha giunto alla stretta,[27]
    che mostra al viso crespo e al pelo bianco,
    età di settanta anni o poco manco.

28   — Tommi la vita, giovene, per Dio, —

---

26 *reposto*: nascosto.
27 *giunto alla stretta*: ridotto alle strette.

dicea il vecchio pien d'ira e di dispetto;
ma quella a torla avea sì il cor restio,
come quel di lasciarla avria diletto.
La donna di sapere ebbe disio
chi fosse il negromante, ed a che effetto
edificasse in quel luogo selvaggio
la rocca, e faccia a tutto il mondo oltraggio.

29   — Né per maligna intenzione, ahi lasso!
(disse piangendo il vecchio incantatore)
feci la bella rocca in cima al sasso,
né per avidità son rubatore;
ma per ritrar sol dall'estremo passo
un cavallier gentil, mi mosse amore,
che, come il ciel mi mostra, in tempo breve
morir cristiano a tradimento deve.

30   Non vede il sol tra questo e il polo austrino [28]
un giovene sì bello e sì prestante:
Ruggiero ha nome, il qual da piccolino
da me nutrito fu, ch'io sono Atlante.[29]
Disio d'onore e suo fiero destino
l'han tratto in Francia dietro al re Agramante;
ed io, che l'amai sempre più che figlio,
lo cerco trar di Francia e di periglio.

31   La bella rocca solo edificai
per tenervi Ruggier sicuramente,
che preso fu da me, come sperai
che fossi oggi tu preso similmente;
e donne e cavallier, che tu vedrai,
poi ci ho ridotti, ed altra nobil gente,
acciò che quando a voglia sua [30] non esca,
avendo compagnia, men gli rincresca.

28 *austrino*: australe.
29 *Atlante*: questo mago, inventato dal Boiardo, educò Ruggiero da
piccolo in un castello incantato sul monte Carena, per tenerlo lontano dalle imprese di guerra.
30 *a voglia sua*: a suo piacimento.

32 Pur ch'uscir di là su non si domande,
d'ogn'altro gaudio lor cura mi tocca;
che quanto averne da tutte le bande
si può del mondo, è tutto in quella rocca:
suoni, canti, vestir, giuochi, vivande,
quanto può cor pensar, può chieder bocca.
Ben seminato avea, ben coglica il frutto;
ma tu sei giunto a disturbarmi il tutto.

33 Deh, se non hai del viso il cor men bello,
non impedir il mio consiglio onesto!
Piglia lo scudo (ch'io tel dono) e quello
destrier che va per l'aria così presto;
e non t'impacciar oltra nel castello,
o tranne uno o duo amici, e lascia il resto;
o tranne tutti gli altri, e più non chero,[31]
se non che tu mi lasci il mio Ruggiero.

34 E se disposto sei volermel torre,
deh, prima almen che tu 'l rimeni in Francia,
piacciati questa afflitta anima sciorre
de la sua scorza, ormai putrida e rancia![32] —
Rispose la donzella: — Lui vo' porre
in libertà: tu, se sai, gracchia[33] e ciancia;
né mi offerir di dar lo scudo in dono,
o quel destrier, che miei, non più tuoi sono:

35 né s'anco stesse a te di torre e darli,
mi parrebbe che 'l cambio convenisse.
Tu di' che Ruggier tieni per vietarli
il male influsso di sue stelle fisse.[34]
O che non puoi saperlo, o non schivarli,[35]
sappiendol, ciò che 'l ciel di lui prescrisse:
ma se 'l mal tuo, c'hai sì vicin, non vedi,
peggio l'altrui c'ha da venir prevedi.

31 *chero*: chiedo.
32 *scorza... rancia*: corpo ormai decrepito e rancido.
33 *gracchia*: strepita.
34 *stelle fisse*: destino.
35 *schivarli*: evitargli.

36　Non pregar ch'io t'uccida, ch'i tuoi preghi
　　sariano indarno; e se pur vuoi la morte,
　　ancor che tutto il mondo dar la nieghi,
　　da sé la può aver sempre animo forte.
　　Ma pria che l'alma da la carne sleghi,
　　a tutti i tuoi prigioni apri le porte. —
　　Così dice la donna, e tuttavia
　　il mago preso incontra al sasso invia.

37　Legato de la sua propria catena
　　andava Atlante, e la donzella appresso,
　　che così ancor se ne fidava a pena,
　　ben che in vista parea tutto rimesso.[36]
　　Non molti passi dietro se la mena,
　　ch'a piè del monte han ritrovato il fesso,[37]
　　e li scaglioni [38] onde si monta in giro,
　　fin ch'alla porta del castel saliro.

38　Di su la soglia Atlante un sasso tolle,
　　di caratteri e strani segni isculto.[39]
　　Sotto, vasi vi son, che chiamano olle,[40]
　　che fuman sempre, e dentro han foco occulto.
　　L'incantator le spezza; e a un tratto il colle
　　riman deserto, inospite ed inculto;
　　né muro appar né torre in alcun lato,
　　come se mai castel non vi sia stato.

39　Sbrigossi [41] della donna il mago alora,
　　come fa spesso il tordo da la ragna; [42]
　　e con lui sparve il suo castello a un'ora,
　　e lasciò in libertà quella compagna.[43]
　　Le donne e i cavallier si trovar fuora

36 *rimesso*: docile.
37 *il fesso*: l'apertura.
38 *scaglioni*: gradini.
39 *isculto*: scolpito.
40 *olle*: pentole.
41 *Sbrigossi*: si sottrasse.
42 *ragna*: rete.
43 *compagna*: compagnia.

de le superbe stanze alla campagna:
e furon di lor molte a chi ne dolse;
che tal franchezza [44] un gran piacer lor tolse.

40   Quivi è Gradasso, quivi è Sacripante,
      quivi è Prasildo, il nobil cavalliero
      che con Rinaldo venne di Levante,
      e seco Iroldo,[45] il par d'amici vero.
      Al fin trovò la bella Bradamante
      quivi il desiderato suo Ruggiero,
      che, poi che n'ebbe certa conoscenza,
      le fe' buona e gratissima accoglienza;

41   come a colei che più che gli occhi sui,
      più che 'l suo cor, più che la propria vita
      Ruggiero amò dal dì ch'essa per lui
      si trasse l'elmo, onde ne fu ferita.[46]
      Lungo sarebbe a dir come, e da cui,
      e quanto ne la selva aspra e romita
      si cercar poi la notte e il giorno chiaro;
      né, se non qui, mai più si ritrovaro.

42   Or che quivi la vede, e sa ben ch'ella
      è stata sola la sua redentrice,
      di tanto gaudio ha pieno il cor, che appella
      sé fortunato ed unico felice.
      Scesero il monte, e dismontaro in quella
      valle, ove fu la donna vincitrice,
      e dove l'ippogrifo trovaro anco,
      ch'avea lo scudo, ma coperto, al fianco.

43   La donna va per prenderlo nel freno:
      e quel l'aspetta fin che se gli accosta;
      poi spiega l'ale per l'aer sereno,

44 *franchezza*: libertà.
45 *Prasildo... Iroldo*: cavalieri dell'*Innamorato*, esempi di vera amicizia.
46 *fu ferita*: come si racconta nell'*Innamorato* (III, V, 45), togliendosi l'elmo per mostrare il suo volto a Ruggiero, Bradamante fu
ferita da Martasino.

e si ripon non lungi a mezza costa.
Ella lo segue: e quel né più né meno
si leva in aria, e non troppo si scosta;
come fa la cornacchia in secca arena,
che dietro il cane or qua or là si mena.

44   Ruggier, Gradasso, Sacripante, e tutti
quei cavallier che scesi erano insieme,
chi di sù, chi di giù, si son ridutti [47]
dove che torni il volatore han speme.
Quel, poi che gli altri invano ebbe condutti
più volte e sopra le cime supreme
e negli umidi fondi [48] tra quei sassi,
presso a Ruggiero al fin ritenne i passi.

45   E questa opera fu del vecchio Atlante,
di cui non cessa la pietosa voglia
di trar Ruggier del gran periglio instante: [49]
di ciò sol pensa e di ciò solo ha doglia.
Però [50] gli manda or l'ippogrifo avante,
perché d'Europa con questa arte il toglia.
Ruggier lo piglia, e seco pensa trarlo;
ma quel s'arretra, e non vuol seguitarlo.

46   Or di Frontin [51] quel animoso smonta
(Frontino era nomato il suo destriero),
e sopra quel che va per l'aria monta,
e con li spron gli adizza [52] il core altiero.
Quel corre alquanto, ed indi i piedi ponta,
e sale inverso il ciel, via più leggiero
che 'l girifalco, a cui lieva il capello
il mastro a tempo, e fa veder l'augello.[53]

47 *ridutti*: disposti.
48 *fondi*: valloncelli.
49 *instante*: incombente.
50 *Però*: perciò.
51 *Frontin*: Brunello aveva rubato a Sacripante tale destriero, dotato di viva intelligenza, che prima si chiamava Frontalatte.
52 *adizza*: aizza.
53 *'l girifalco... augello*: il falcone reale, a cui il falconiere toglie il cappuccio e mostra la preda.

47   La bella donna, che sì in alto vede
     e con tanto periglio il suo Ruggiero,
     resta attonita in modo, che non riede
     per lungo spazio al sentimento vero.
     Ciò che già inteso avea di Ganimede [54]
     ch'al ciel fu assunto dal paterno impero,
     dubita assai che non accada a quello,
     non men gentil di Ganimede e bello.

48   Con gli occhi fissi al ciel lo segue quanto
     basta il veder; ma poi che si dilegua
     sì, che la vista non può correr tanto,
     lascia che sempre l'animo lo segua.
     Tuttavia con sospir, gemito e pianto
     non ha, né vuol aver pace né triegua.
     Poi che Ruggier di vista se le tolse,
     al buon destrier Frontin gli occhi rivolse:

49   e si deliberò di non lasciarlo,
     che fosse in preda a chi venisse prima;
     ma di condurlo seco e di poi darlo
     al suo signor, ch'anco veder pur stima.
     Poggia [55] l'augel, né può Ruggier frenarlo:
     di sotto rimaner vede ogni cima
     ed abbassarsi in guisa, che non scorge
     dove è piano il terren né dove sorge.

50   Poi che sì ad alto vien, ch'un picciol punto
     lo può stimar chi da la terra il mira,
     prende la via verso ove cade a punto
     il sol, quando col Granchio si raggira.[56]
     e per l'aria ne va come legno unto
     a cui nel mar propizio vento spira.
     Lasciànlo andar, che farà buon camino,
     e torniamo a Rinaldo paladino.

54 *Ganimede*: giovinetto, figlio del re di Troia, rapito da Giove e
divenuto coppiere degli dei.
55 *Poggia*: sale.
56 *la via... si raggira*: quella parte ove tramonta il sole quando si
trova nella costellazione del Cancro, cioè verso l'Atlantico.

51 Rinaldo l'altro e l'altro giorno scorse,
spinto dal vento, un gran spazio di mare,
quando a ponente e quando contra l'Orse,
che notte e dì non cessa mai soffiare.
Sopra la Scozia ultimamente sorse,
dove la selva Calidonia [57] appare,
che spesso fra gli antiqui ombrosi cerri
s'ode sonar di bellicosi ferri.

52 Vanno per quella i cavallieri erranti,
incliti in arme, di tutta Bretagna,
e de' prossimi luoghi e de' distanti,
di Francia, di Norvegia e de Lamagna.
Chi non ha gran valor, non vada inanti;
che dove cerca onor, morte guadagna.
Gran cose in essa già fece Tristano,
Lancillotto, Galasso, Artù e Galvano,[58]

53 ed altri cavallieri e de la nuova
e de la vecchia Tavola [59] famosi:
restano ancor di più d'una lor pruova
li monumenti e li trofei pomposi.
L'arme Rinaldo e il suo Baiardo truova,
e tosto si fa por nei liti ombrosi,
ed al nochier comanda che si spicche
e lo vada aspettar a Beroicche.[60]

54 Senza scudiero e senza compagnia
va il cavallier per quella selva immensa,
facendo or una ed or un'altra via,

57 *selva Calidonia*: è chiamata col termine latino la selva di Dar-
nantes, ove erano state compiute grandi imprese dai cavalieri della
Tavola Rotonda.
58 *Tristano... Galvano*: personaggi dei romanzi del ciclo brettone:
Tristano amante di Isotta, moglie di re Marco; Lancillotto, amante
di Ginevra, moglie di re Artù; Galvano, consigliere di re Artù;
Galasso, figlio di Lancillotto.
59 *la nuova... vecchia Tavola*: sono quelle di re Uther Pendragon e
di suo figlio, re Artù.
60 *Beroicche*: Berwick, al confine tra Scozia e Inghilterra.

dove più aver strane aventure pensa.
Capitò il primo giorno a una badia,
che buona parte del suo aver dispensa
in onorar nel suo cenobio [61] adorno
le donne e i cavallier che vanno attorno.

55   Bella accoglienza i monachi e l'abbate
      fero a Rinaldo, il qual domandò loro
      (non prima già che con vivande grate
      avesse avuto il ventre amplo ristoro)
      come dai cavallier sien ritrovate
      spesso aventure per quel tenitoro,[62]
      dove si possa in qualche fatto eggregio
      l'uom dimostrar, se merta biasmo o pregio.

56   Risposongli ch'errando in quelli boschi,
      trovar potria strane aventure e molte:
      ma come i luoghi, i fatti ancor son foschi; [63]
      che non se n'ha notizia le più volte.
      — Cerca (diceano) andar dove conoschi
      che l'opre tue non restino sepolte,
      acciò dietro al periglio e alla fatica
      segua la fama, e il debito ne dica.

57   E se del tuo valor cerchi far prova,
      t'è preparata la più degna impresa
      che ne l'antiqua etade o ne la nova
      giamai da cavallier sia stata presa.
      La figlia del re nostro or se ritrova
      bisognosa d'aiuto e di difesa
      contra un baron che Lurcanio si chiama,
      che tor le cerca e la vita e la fama.

58   Questo Lurcanio al padre l'ha accusata
      (forse per odio più che per ragione)
      averla a mezza notte ritrovata

61 *cenobio*: monastero.
62 *tenitoro*: regione.
63 *i fatti... foschi*: le imprese rimangono oscure.

trarr'un suo amante a sé sopra un verrone.[64]
Per le leggi del regno condannata
al fuoco fia, se non truova campione
che fra un mese, oggimai presso a finire,
l'iniquo accusator faccia mentire.[65]

59 L'aspra legge di Scozia, empia e severa,
vuol ch'ogni donna, e di ciascuna sorte,[66]
ch'ad uom si giunga,[67] e non gli sia mogliera,
s'accusata ne viene, abbia la morte.
Né riparar [68] si può ch'ella non pera,
quando per lei non venga un guerrier forte
che tolga la difesa, e che sostegna
che sia innocente e di morire indegna.

60 Il re, dolente per Ginevra bella
(che così nominata è la sua figlia),
ha publicato per città e castella,
che s'alcun la difesa di lei piglia,
e che l'estingua la calunnia fella
(pur che sia nato di nobil famiglia),
l'avrà per moglie, ed uno stato, quale
fia convenevol dote a donna tale.

61 Ma se fra un mese alcun per lei non viene,
o venendo non vince, sarà uccisa.
Simile impresa meglio ti conviene,
ch'andar pei boschi errando a questa guisa:
oltre ch'onor e fama te n'aviene
ch'in eterno da te non fia divisa,
guadagni il fior di quante belle donne
da l'Indo sono all'Atlantee colonne; [69]

64 *verrone*: verone.
65 *faccia mentire*: dimostri che è mentitore l'accusatore.
66 *di ciascuna sorte*: di tutte le condizioni sociali.
67 *si giunga*: si unisca a un uomo.
68 *riparar*: impedire.
69 *da l'Indo... colonne*: dall'Oriente alle colonne d'Ercole, allo stret-to di Gibilterra.

62   e una ricchezza appresso, ed uno stato
     che sempre far ti può viver contento;
     e la grazia del re, se suscitato [70]
     per te gli fia il suo onor, che è quasi spento.
     Poi per cavalleria tu se' ubligato
     a vendicar di tanto tradimento
     costei, che per commune opinione,
     di vera pudicizia è un paragone. —

63   Pensò Rinaldo alquanto, e poi rispose:
     — Una donzella dunque de' morire
     perché lasciò sfogar ne l'amorose
     sue braccia al suo amator tanto desire?
     Sia maladetto chi tal legge pose,
     e maladetto chi la può patire!
     Debitamente muore una crudele,
     non chi dà vita al suo amator fedele.

64   Sia vero o falso che Ginevra tolto
     s'abbia il suo amante, io non riguardo a questo:
     d'averlo fatto la loderei molto,
     quando non fosse stato manifesto.
     Ho in sua difesa ogni pensier rivolto:
     datemi pur un chi mi guidi presto,
     e dove sia l'accusator mi mene;
     ch'io spero in Dio Ginevra trar di pene.

65   Non vo' già dir ch'ella non l'abbia fatto;
     che nol sappiendo, il falso dir potrei:
     dirò ben che non de' per simil atto
     punizion cadere alcuna in lei;
     e dirò che fu ingiusto o che fu matto
     chi fece prima li statuti rei; [71]
     e come iniqui rivocar si denno,
     e nuova legge far con miglior senno.

66   S'un medesimo ardor, s'un disir pare

70 *suscitato*: risuscitato, restituito.
71 *statuti rei*: leggi malvagie.

inchina e sforza l'uno e l'altro sesso
a quel suave fin d'amor, che pare
all'ignorante vulgo un grave eccesso;
perché si de' punir donna o biasmare,
che con uno o più d'uno abbia commesso
quel che l'uom fa con quante n'ha appetito,
e lodato ne va, non che impunito?

67 Son fatti in questa legge disuguale
veramente alle donne espressi torti;
e spero in Dio mostrar che gli è gran male
che tanto lungamente si comporti.[72] —
Rinaldo ebbe il consenso universale,
che fur gli antiqui ingiusti e mali accorti,
che consentiro a così iniqua legge,
e mal fa il re, che può, né la corregge.

68 Poi che la luce candida e vermiglia
de l'altro giorno aperse l'emispero,[73]
Rinaldo l'arme e il suo Baiardo piglia,
e di quella badia tolle un scudiero,
che con lui viene a molte leghe e miglia,
sempre nel bosco orribilmente fiero,
verso la terra ove la lite nuova
de la donzella de' venir in pruova.[74]

69 Avean, cercando abbreviar camino,
lasciato pel sentier la maggior via;
quando un gran pianto udir sonar vicino,
che la foresta d'ogn'intorno empìa.
Baiardo spinse l'un, l'altro il ronzino
verso una valle onde quel grido uscìa:
e fra dui mascalzoni una donzella
vider, che di lontan parea assai bella;

70 ma lacrimosa e addolorata quanto

72 *comporti*: sopporti.
73 *aperse l'emispero*: mostrò, illuminandola, la volta del cielo.
74 *venir in pruova*: esser risolta con la prova delle armi.

donna o donzella o mai persona fosse.
Le sono dui col ferro nudo a canto,
per farle far l'erbe di sangue rosse.
Ella con preghi differendo alquanto
giva [75] il morir, sin che pietà si mosse.
Venne Rinaldo; e come se n'accorse,
con alti gridi e gran minacce accorse.

71   Voltaro i malandrin tosto le spalle,
che 'l soccorso lontan vider venire,
e se appiattar ne la profonda valle.
Il paladin non li curò seguire:
venne a la donna, e qual gran colpa dàlle
tanta punizion, cerca d'udire;
e per tempo avanzar,[76] fa allo scudiero
levarla in groppa, e torna al suo sentiero.

72   E cavalcando poi meglio la guata [77]
molto esser bella e di maniere accorte,
ancor che fosse tutta spaventata
per la paura ch'ebbe de la morte.
Poi ch'ella fu di nuovo domandata
chi l'avea tratta a sì infelice sorte,
incominciò con umil voce a dire
quel ch'io vo' all'altro canto differire.

---

75 *differendo...giva*: andava differendo.
76 *avanzar*: guadagnare.
77 *la guata*: la guarda e osserva che.

1   Tutti gli altri animai che sono in terra,
    o che vivon quieti e stanno in pace,
    o se vengono a rissa e si fan guerra,
    alla femina il maschio non la face:
    l'orsa con l'orso al bosco sicura erra,
    la leonessa appresso il leon giace;
    col lupo vive la lupa sicura,
    né la iuvenca ha del torel paura.

2   Ch'abominevol peste, che Megera [1]
    è venuta a turbar gli umani petti?
    che si sente il marito e la mogliera
    sempre garrir [2] d'ingiuriosi detti,
    stracciar [3] la faccia e far livida e nera,
    bagnar di pianto i geniali [4] letti;
    e non di pianto sol, ma alcuna volta
    di sangue gli ha bagnati l'ira stolta.

3   Parmi non sol gran mal, ma che l'uom faccia
    contra natura e sia di Dio ribello,
    che s'induce a percuotere la faccia
    di bella donna, o romperle un capello:
    ma chi le dà veneno, o chi le caccia
    l'alma del corpo con laccio o coltello,
    ch'uomo sia quel non crederò in eterno,
    ma in vista umana un spirto de l'inferno.

4   Cotali esser doveano i duo ladroni

1 *Megera*: una delle tre Furie infernali.
2 *garrir*: contendere vociando.
3 *stracciar*: lacerare.
4 *geniali*: nuziali.

che Rinaldo cacciò da la donzella,
da lor condotta in quei scuri valloni
perché non se n'udisse più novella.
Io lasciai ch'ella render le cagioni
s'apparechiava di sua sorte fella
al paladin, che le fu buono amico:
or, seguendo l'istoria, così dico.

5   La donna[5] incominciò: — Tu intenderai
    la maggior crudeltade e la più espressa,
    ch'in Tebe o in Argo o ch'in Micene[6] mai,
    o in loco più crudel fosse commessa.
    E se rotando il sole i chiari rai,
    qui men ch'all'altre region s'appressa,
    credo ch'a noi malvolentieri arrivi,
    perché veder sì crudel gente schivi.

6   Ch'agli nemici gli uomini sien crudi,
    in ogni età se n'è veduto esempio;
    ma dar la morte a chi procuri e studi
    il tuo ben sempre, è troppo ingiusto ed empio.
    E acciò che meglio il vero io ti denudi,
    perché costor volessero far scempio
    degli anni verdi miei contra ragione,
    ti dirò da principio ogni cagione.

7   Voglio che sappi, signor mio, ch'essendo
    tenera ancor, alli servigi venni
    de la figlia del re, con cui crescendo,
    buon luogo in corte ed onorato tenni.
    Crudele Amore, al mio stato invidendo,
    fe' che seguace, ahi lassa! gli divenni:
    fe' d'ogni cavallier, d'ogni donzello[7]

5 *La donna*: la figura di Dalinda ricorda quella di Brangania, che
Isotta tentò di far uccidere, perché a conoscenza di un compromet-
tente segreto.
6 *Tebe... Micene*: di Tebe, si ricordino i delitti della famiglia di
Laio; di Argo, le scelleratezze delle Danaidi, che uccisero i mariti;
di Micene, le uccisioni di Agamennone e Clitemnestra.
7 *donzello*: giovanetto.

96

parermi il duca d'Albania [8] più bello.

8 Perché egli mostrò amarmi più che molto,
   io ad amar lui con tutto il cor mi mossi.
   Ben s'ode il ragionar, si vede il volto,
   ma dentro il petto mal giudicar possi. [9]
   Credendo, amando, non cessai che tolto
   l'ebbi nel letto, e non guardai ch'io fossi
   di tutte le real camere in quella
   che più secreta avea Ginevra bella;

9 dove tenea le sue cose più care,
   e dove le più volte ella dormia.
   Si può di quella in s'un verrone entrare,
   che fuor del muro al discoperto uscìa.
   Io facea il mio amator quivi montare;
   e la scala di corde onde salia,
   io stessa dal verron giù gli mandai
   qual volta meco aver lo desiai:

10 che tante volte ve lo fei venire,
   quanto Ginevra me ne diede l'agio,
   che solea mutar letto, or per fuggire
   il tempo ardente, or il brumal [10] malvagio.
   Non fu veduto d'alcun mai salire;
   però che quella parte del palagio
   risponde verso alcune case rotte,
   dove nessun mai passa o giorno o notte.

11 Continuò per molti giorni e mesi
   tra noi secreto l'amoroso gioco:
   sempre crebbe l'amore; e sì m'accesi,
   che tutta dentro io mi sentia di foco:
   e cieca ne fui sì, ch'io non compresi
   ch'egli fingeva molto, e amava poco;
   ancor che li suo' inganni discoperti
   esser doveanmi a mille segni certi.

8 *Albania*: Albany, in Scozia.
9 *possi*: si può.
10 *brumal*: freddo invernale.

12 Dopo alcun dì si mostrò nuovo amante
de la bella Ginevra. Io non so appunto
s'allora cominciasse, o pur inante
de l'amor mio, n'avesse il cor già punto.
Vedi s'in me venuto era arrogante,[11]
s'imperio nel mio cor s'aveva assunto;
che mi scoperse, e non ebbe rossore
chiedermi aiuto in questo nuovo amore.

13 Ben mi dicea ch'uguale al mio non era,
né vero amor quel ch'egli avea a costei;
ma simulando esserne acceso, spera
celebrarne i legitimi imenei.
Dal re ottenerla fia cosa leggiera,
qualor vi sia la volontà di lei;
che di sangue e di stato in tutto il regno
non era, dopo il re, di lu' il più degno.

14 Mi persuade, se per opra mia
potesse al suo signor genero farsi
(che veder posso che se n'alzeria
a quanto presso al re possa uomo alzarsi),
che me n'avria bon merto, e non saria
mai tanto beneficio per scordarsi;
e ch'alla moglie e ch'ad ogn'altro inante
mi porrebbe egli in sempre essermi amante.

15 Io, ch'era tutta a satisfargli intenta,
né seppi o volsi contradirgli mai,
e sol quei giorni io mi vidi contenta,
ch'averlo compiaciuto mi trovai;
piglio l'occasion che s'appresenta
di parlar d'esso e di lodarlo assai;
ed ogni industria adopro, ogni fatica
per far del mio amator Ginevra amica.

16 Feci col core e con l'effetto tutto
quel che far si poteva, e sallo Idio;
né con Ginevra mai potei far frutto,

11 *in me... arrogante*: era divenuto arrogante verso di me.

98

ch'io le ponessi in grazia il duca mio:
e questo, che ad amar ella avea indutto
tutto il pensiero e tutto il suo disio
un gentil cavallier, bello e cortese,
venuto in Scozia di lontan paese;

17 che con un suo fratel ben giovinetto
venne d'Italia a stare in questa corte;
si fe' ne l'arme poi tanto perfetto,
che la Bretagna non avea il più forte.
Il re l'amava, e ne mostrò l'effetto;
che gli donò di non picciola sorte [12]
castella e ville e iuridizioni, [13]
e lo fe' grande al par dei gran baroni.

18 Grato era al re, più grato era alla figlia
quel cavallier chiamato Ariodante,
per esser valoroso a maraviglia;
ma più, ch'ella sapea che l'era amante.
Né Vesuvio, né il monte di Siciglia, [14]
né Troia avampò mai di fiamme tante,
quante ella conoscea che per suo amore
Ariodante ardean per tutto il core.

19 L'amar che dunque ella facea colui
con cor sincero e con perfetta fede,
fe' che pel duca male udita fui;
né mai risposta da sperar mi diede:
anzi quanto io pregava più per lui
e gli studiava d'impetrar mercede,
ella, biasmandol sempre e dispregiando,
se gli venìa più sempre inimicando.

20 Io confortai l'amator mio sovente,
che volesse lasciar la vana impresa;
né si sperasse mai volger la mente
di costei, troppo ad altro amore intesa:

12 *sorte*: valore.
13 *iuridizioni*: diritti feudali.
14 *il monte di Siciglia*: l'Etna.

99

e gli feci conoscer chiaramente,
come era sì d'Ariodante accesa,
che quanta acqua è nel mar, piccola dramma [15]
non spegneria de la sua immensa fiamma.

21   Questo da me più volte Polinesso
     (che così nome ha il duca) avendo udito,
     e ben compreso e visto per se stesso
     che molto male era il suo amor gradito;
     non pur di tanto amor si fu rimesso,
     ma di vedersi un altro preferito,
     come superbo, così mal sofferse,
     che tutto in ira e in odio si converse.

22   E tra Ginevra e l'amator suo pensa
     tanta discordia e tanta lite porre,
     e farvi inimicizia così intensa.
     che mai più non si possino comporre;
     e por Ginevra in ignominia immensa
     donde non s'abbia o viva o morta a torre:
     né de l'iniquo suo disegno meco
     volse o con altri ragionar, che seco.

23   Fatto il pensier: — Dalinda mia, — mi dice
     (che così son nomata) — saper dei,
     che come suol tornar [16] da la radice
     arbor che tronchi e quattro volte e sei;
     così la pertinacia mia infelice,
     ben che sia tronca dai successi rei, [17]
     di germogliar non resta; che venire
     pur vorria a fin di questo suo desire.

24   E non lo bramo tanto per diletto,
     quanto perché vorrei vincer la pruova;
     e non possendo farlo con effetto, [18]
     s'io lo fo imaginando, anco mi giuova.

15 *piccola dramma*: piccola parte.
16 *tornar*: ricrescere.
17 *successi rei*: insuccessi.
18 *con effetto*: in realtà.

Voglio, qual volta [19] tu mi dài ricetto,
quando allora Ginevra si ritruova
nuda nel letto, che pigli ogni vesta
ch'ella posta abbia, e tutta te ne vesta.

25 Come ella s'orna e come il crin dispone
studia imitarla, e cerca il più che sai
di parer dessa, e poi sopra il verrone
a mandar giù la scala ne verrai.
Io verrò a te con imaginazione
che quella sii, di cui tu i panni avrai:
e così spero, me stesso ingannando,
venir in breve il mio desir sciemando. —

26 Così disse egli. Io che divisa e sevra [20]
e lungi era da me, non posi mente
che questo in che pregando egli persevra,
era una fraude pur troppo evidente;
e dal verron, coi panni di Ginevra,
mandai la scala onde salì sovente;
e non m'accorsi prima de l'inganno,
che n'era già tutto accaduto il danno.

27 Fatto in quel tempo con Ariodante
il duca avea queste parole o tali
(che grandi amici erano stati inante
che per Ginevra si fesson rivali):
— Mi maraviglio (incominciò il mio amante)
ch'avendoti io fra tutti li mie' uguali
sempre avuto in rispetto e sempre amato,
ch'io sia da te sì mal rimunerato.

28 Io son ben certo che comprendi e sai
di Ginevra e di me l'antiquo amore;
e per sposa legitima oggimai
per impetrarla son dal mio signore.
Perché mi turbi tu? perché pur vai
senza frutto in costei ponendo il core?

19 *qual volta*: ogni volta che.
20 *sevra*: scevra, separata.

Io ben a te rispetto avrei, per Dio,
s'io nel tuo grado fossi, e tu nel mio. —

29 — Ed io (rispose Ariodante a lui)
di te mi maraviglio maggiormente;
che di lei prima inamorato fui,
che tu l'avessi vista solamente:
e so che sai quanto è l'amor tra nui,
ch'esser non può, di quel che sia, più ardente;
e sol d'essermi moglie intende e brama:
e so che certo sai ch'ella non t'ama.

30 Perché non hai tu dunque a me il rispetto
per l'amicizia nostra, che domande
ch'a te aver debba, e ch'io t'avre' in effetto,
se tu fossi con lei di me più grande? [21]
Né men di te per moglie averla aspetto,
se ben tu sei più ricco in queste bande: [22]
io non son meno al re, che tu sia, grato,
ma più di te da la sua figlia amato.—

31 — Oh (disse il duca a lui), grande è cotesto
errore a che t'ha il folle amor condutto!
Tu credi esser più amato; io credo questo
medesmo: ma si può veder al frutto.
Tu fammi ciò c'hai seco, manifesto,
ed io il secreto mio t'aprirò tutto;
e quel di noi che manco aver si veggia, [23]
ceda a chi vince, e d'altro si proveggia. [24]

32 E sarò pronto, se tu vuoi ch'io giuri
di non dir cosa mai che mi riveli;
così voglio ch'ancor tu m'assicuri
che quel ch'io ti dirò, sempre mi celi. —
Venner dunque d'accordo alli scongiuri, [25]

21 *più grande*: più fortunato.
22 *bande*: luoghi.
23 *veggia*: veda.
24 *si proveggia*: provveda a sé, si cerchi un'altra amante.
25 *scongiuri*: giuramenti.

e posero le man sugli Evangeli:
e poi che di tacer fede si diero,
Ariodante incominciò primiero.

33 E disse per lo giusto e per lo dritto [26]
come tra sé e Ginevra era la cosa;
ch'ella gli avea giurato e a bocca e in scritto,
che mai non saria ad altri, ch'a lui, sposa;
e se dal re le venìa contraditto,
gli promettea di sempre esser ritrosa
da tutti gli altri maritaggi poi,
e viver sola in tutti i giorni suoi:

34 e ch'esso era in speranza, pel valore
ch'avea mostrato in arme a più d'un segno,
ed era per mostrare a laude, a onore,
a beneficio del re e del suo regno,
di crescer tanto in grazia al suo signore,
che sarebbe da lui stimato degno
che la figliuola sua per moglie avesse,
poi che piacer a lei così intendesse.

35 Poi disse: — A questo termine son io,
né credo già ch'alcun mi venga appresso:
né cerco più di questo, né desio
de l'amor d'essa aver segno più espresso;
né più vorrei, se non quanto da Dio
per connubio legitimo è concesso:
e saria invano il domandar più inanzi;
che di bontà so come ogn'altra avanzi. —

36 Poi ch'ebbe il vero Ariodante esposto
de la mercé ch'aspetta a sua fatica,
Polinesso, che già s'avea proposto
di far Ginevra al suo amator nemica,
cominciò: — Sei da me molto discosto,
e vo' che di tua bocca anco tu 'l dica;
e del mio ben veduta la radice,
che confessi me solo esser felice.

26 *per lo giusto... dritto:* attenendosi al vero.

37   Finge ella teco, né t'ama né prezza; [27]
    che ti pasce di speme e di parole:
    oltra questo, il tuo amor sempre a sciochezza,
    quando meco ragiona, imputar suole.
    Io ben d'esserle caro altra certezza [28]
    veduta n'ho, che di promesse e fole;
    e tel dirò sotto la fé in secreto,
    ben che farei più il debito a star cheto.

38   Non passa mese, che tre, quattro e sei
    e talor diece notti, io non mi truovi
    nudo abbracciato in quel piacer con lei,
    ch'all'amoroso ardor par che sì giovi:
    sì che tu puoi veder s'a' piacer miei
    son d'aguagliar [29] le ciance che tu pruovi.
    Cedimi dunque e d'altro ti provedi,
    poi che sì inferior di me ti vedi. —

39   — Non ti vo' creder questo (gli rispose
    Ariodante), e certo so che menti;
    e composto fra te t'hai queste cose
    acciò che da l'impresa io mi spaventi:
    ma perché a lei son troppo ingiuriose,
    questo c'hai detto sostener convienti;
    che non bugiardo sol, ma voglio ancora
    che tu sei traditor mostrarti or ora. —

40   Suggiunse il duca: — Non sarebbe onesto
    che noi volessen [30] la battaglia torre
    di quel che t'offerisco manifesto,
    quando ti piaccia, inanzi agli occhi porre. —
    Resta smarrito Ariodante a questo,
    e per l'ossa un tremor freddo gli scorre;
    e se creduto ben gli avesse a pieno,
    venìa sua vita allora allora meno.

27 *prezza*: apprezza.
28 *certezza*: prova.
29 *aguagliar*: paragonare.
30 *volessen*: volessimo.

41 Con cor trafitto e con pallida faccia,
e con voce tremante e bocca amara
rispose: — Quando sia che tu mi faccia
veder questa aventura tua sì rara,
prometto di costei lasciar la traccia,[31]
a te sì liberale, a me sì avara:
ma ch'io tel voglia creder, non far stima,
s'io non lo veggio con questi occhi prima. —

42 — Quando ne sarà il tempo, avisarotti, —
suggiunse Polinesso, e dipartisse.
Non credo che passar più di due notti,
ch'ordine fu[32] che 'l duca a me venisse.
Per scoccar dunque i lacci[33] che condotti
avea sì cheti, andò al rivale, e disse
che s'ascondesse la notte seguente
tra quelle case ove non sta mai gente:

43 e dimostrogli un luogo a dirimpetto
di quel verrone ove solea salire.
Ariodante avea preso sospetto
che lo cercasse far quivi venire,
come in un luogo dove avesse eletto
di por gli aguati, e farvelo morire,
sotto questa finzion, che vuol mostrargli
quel di Ginevra, ch'impossibil pargli.

44 Di volervi venir prese partito,
ma in guisa che di lui non sia men forte;
perché accadendo che fosse assalito,
si truovi sì, che non tema di morte.
Un suo fratello avea saggio ed ardito,
il più famoso in arme de la corte,
detto Lucarnio; e avea più cor con esso,
che se dieci altri avesse avuto appresso.

45 Seco chiamollo, e volse che prendesse

31 *lasciar la traccia*: cessare di mostrarle amore.
32 *ch'ordine fu*: che fu stabilito tra me e il duca.
33 *Per scoccar... i lacci*: per far scattare la trappola.

l'arme; e la notte lo menò con lui:
non che 'l secreto suo già gli dicesse;
né l'avria detto ad esso né ad altrui.
Da sé lontano un trar di pietra il messe:
— Se mi senti chiamar, vien (disse) a nui;
ma se non senti, prima ch'io ti chiami,
non ti partir di qui, frate, se m'ami. —

46 — Va pur, non dubitar, — disse il fratello:
e così venne Ariodante cheto,
e si celò nel solitario ostello
ch'era d'incontro al mio verron secreto.
Vien d'altra parte il fraudolente e fello,
che d'infamar Ginevra era sì lieto;
e fa il segno, tra noi solito inante,
a me che de l'inganno era ignorante.

47 Ed io con veste candida, e fregiata
per mezzo a liste d'oro e d'ogn'intorno,
e con rete pur d'or, tutta adombrata
di bei fiocchi vermigli al capo intorno
(foggia che sol fu da Ginevra usata,
non d'alcun'altra), udito il segno, torno
sopra il verron, ch'in modo era locato,
che mi scopria dinanzi e d'ogni lato.

48 Lurcanio in questo mezzo dubitando
che 'l fratello a pericolo non vada,
o come è pur commun disio, cercando
di spiar sempre ciò che ad altri accada;
l'era pian pian venuto seguitando,
tenendo l'ombre e la più oscura strada:
e a men di dieci passi a lui discosto,
nel medesimo ostel s'era riposto,

49 Non sappiendo io di questo cosa alcuna,
venni al verron ne l'abito c'ho detto,
sì come già venuta era più d'una
e più di due fiate a buono effetto.
Le veste si vedean chiare alla luna;

né dissimile essendo anch'io d'aspetto
né di persona da Ginevra molto,
fece parere un per un altro il volto:

50 e tanto più, ch'era gran spazio in mezzo
fra dove io venni e quelle inculte case
ai due fratelli, che stavano al rezzo,[34]
il duca agevolmente persuase
quel ch'era falso. Or pensa in che ribrezzo [35]
Ariodante, in che dolor rimase.
Vien Polinesso, e alla scala s'appoggia
che giù manda'gli, e monta in su la loggia.

51 A prima giunta io gli getto le braccia
al collo, ch'io non penso esser veduta;
lo bacio in bocca e per tutta la faccia,
come far soglio ad ogni sua venuta.
Egli più de l'usato si procaccia
d'accarezzarmi, e la sua fraude aiuta.
Quell'altro al rio spettacolo condutto,
misero sta lontano, e vede il tutto.

52 Cade in tanto dolor, che si dispone
allora allora di voler morire:
e il pome de la spada in terra pone,
che su la punta si volea ferire.
Lurcanio che con grande ammirazione [36]
avea veduto il duca a me salire,
ma non già conosciuto chi si fosse,
scorgendo l'atto del fratel, si mosse;

53 e gli vietò che con la propria mano
non si passasse in quel furore il petto.
S'era più tardo o poco più lontano,
non giugnea a tempo, e non faceva effetto.
— Ah misero fratel, fratello insano
(gridò), perc'hai perduto l'intelletto,

34 *rezzo*: ombra.
35 *ribrezzo*: stupito orrore.
36 *ammirazione*: meraviglia.

ch'una femina a morte trar ti debbia?
ch'ir possan tutte come al vento nebbia!

54   Cerca far morir lei, che morir merta,
e serva a più tuo onor tu la tua morte.
Fu d'amar lei, quando non t'era aperta
la fraude sua: or è da odiar ben forte,
poi che con gli occhi tuoi tu vedi certa,
quanto sia meretrice, e di che sorte.
Serba quest'arme che volti in te stesso,
a far dinanzi al re tal fallo espresso.[37] —

55   Quando si vede Ariodante giunto
sopra il fratel, la dura impresa lascia;
ma la sua intenzion da quel ch'assunto
avea già di morir, poco s'accascia.[38]
Quindi si leva, e porta non che punto,
ma trapassato il cor d'estrema ambascia;
pur finge col fratel, che quel furore
non abbia più, che dianzi avea nel core.

56   Il seguente matin, senza far motto
al suo fratello o ad altri, in via si messe
da la mortal disperazion condotto;
né di lui per più dì fu chi sapesse.
Fuor che 'l duca e il fratello, ogn'altro indotto [39]
era chi mosso al dipartir l'avesse.
Ne la casa del re di lui diversi
ragionamenti e in tutta Scozia fersi.[40]

57   In capo d'otto o di più giorni in corte
venne inanzi a Ginevra un viandante,
e novelle arrecò di mala sorte:
che s'era in mar summerso Ariodante
di volontaria sua libera morte,

37 *espresso*: manifesto.
38 *poco s'accascia*: non si allontana.
39 *indotto*: ignaro.
40 *fersi*: si fecero.

non per colpa di borea o di levante.[41]
D'un sasso che sul mar sporgea molt'alto
avea col capo in giù preso un gran salto.

58 Colui dicea: — Pria che venisse a questo,
a me che a caso riscontrò per via,
disse: — Vien meco, acciò che manifesto
per te a Ginevra il mio successo [42] sia;
e dille poi, che la cagion del resto
che tu vedrai di me, ch'or ora fia,
è stato sol perc'ho troppo veduto:
felice, se senza occhi io fossi suto! [43] —

59 Eramo [44] a caso sopra Capobasso,[45]
che verso Irlanda alquanto sporge in mare.
Così dicendo, di cima d'un sasso
lo vidi a capo in giù sott'acqua andare.
Io lo lasciai nel mare, ed a gran passo
ti son venuto la nuova a portare. —
Ginevra, sbigottita e in viso smorta,
rimase a quello annunzio mezza morta.

60 Oh Dio, che disse e fece, poi che sola
si·ritrovò nel suo fidato letto!
percosse il seno, e si stracciò la stola,[46]
e fece all'aureo crin danno e dispetto;
ripetendo sovente la parola
ch'Ariodante avea in estremo detto:
che la cagion del suo caso empio e tristo
tutta venìa per aver troppo visto.

61 Il rumor scorse [47] di costui per tutto,
che per dolor s'avea dato la morte.
Di questo il re non tenne il viso asciutto,

41 *borea... levante*: venti.
42 *successo*: caso.
43 *suto*: stato.
44 *Eramo*: eravamo.
45 *Capobasso*: un promontorio della Scozia.
46 *stola*: veste.
47 *Il rumor scorse*: la fama si diffuse.

né cavallier né donna de la corte.
Di tutti il suo fratel mòstrò più lutto;
e si sommerse nel dolor sì forte,
ch'ad esempio di lui, contra se stesso
voltò quasi la man per irgli appresso.

62 E molte volte ripetendo seco,
che fu Ginevra che 'l fratel gli estinse,
e che non fu se non quell'atto bieco [48]
che di lei vide, ch'a morir lo spinse;
di voler vendicarsene sì cieco
venne, e sì l'ira e sì il dolor lo vinse,
che di perder la grazia vilipese, [49]
ed aver l'odio del re e del paese.

63 E inanzi al re, quando era più di gente
la sala piena, se ne venne, e disse:
— Sappi, signor, che di levar la mente
al mio fratel, sì ch'a morir ne gisse,
stata è la figlia tua sola nocente; [50]
ch'a lui tanto dolor l'alma trafisse
d'aver veduta lei poco pudica,
che più che vita ebbe la morte amica.

64 Erane amante, e perché le sue voglie
disoneste non fur, nol vo' coprire:
per virtù meritarla aver per moglie
da te sperava e per fedel servire;
ma mentre il lasso [51] ad odorar le foglie
stava lontano, altrui vide salire,
salir su l'arbor riserbato, e tutto
essergli tolto il disiato frutto. —

65 E seguitò, come egli avea veduto
venir Ginevra sul verrone, e come
mandò la scala, onde era a lei venuto

48 *bieco*: perfido.
49 *vilipese*: non si curò.
50 *nocente*: colpevole.
51 *lasso*: infelice.

un drudo [52] suo, di chi egli non sa il nome,
che s'avea, per non esser conosciuto,
cambiati i panni e nascose le chiome.
Suggiunse che con l'arme egli volea
provar tutto esser ver ciò che dicea.

66   Tu puoi pensar se 'l padre addolorato
riman, quando accusar sente la figlia;
sì perché ode di lei quel che pensato
mai non avrebbe, e n'ha gran maraviglia;
sì perché sa che fia necessitato [53]
(se la difesa alcun guerrier non piglia,
il qual Lurcanio possa far mentire)
di condannarla e di farla morire.

67   Io non credo, signor, che ti sia nuova
la legge nostra che condanna a morte
ogni donna e donzella, che si pruova
di sé far copia [54] altrui ch'al suo consorte.
Morta ne vien, s'in un mese non truova
in sua difesa un cavallier sì forte,
che contra il falso accusator sostegna
che sia innocente e di morire indegna.

68   Ha fatto il re bandir, per liberarla
(che pur gli par ch'a torto sia accusata),
che vuol per moglie e con gran dote darla
a chi torrà l'infamia che l'è data.
Chi per lei comparisca non si parla
guerriero ancora,[55] anzi l'un l'altro guata;
che quel Lurcanio in arme è così fiero,
che par che di lui tema ogni guerriero.

69   Atteso ha l'empia sorte, che Zerbino,[56]

52 *drudo*: amante.
53 *necessitato*: costretto.
54 *di sé far copia*: di concedersi.
55 *Chi... ancora*: non si sente ancora discorrere di chi si presenti
come suo campione.
56 *Zerbino*: figlio del re di Scozia, e amante di Isabella, che poi
darà la sua vita per essere fedele ad Orlando.

fratel di lei, nel regno non si truove;
che va già molti mesi peregrino,
mostrando di sé in arme inclite pruove:
che quando si trovasse più vicino
quel cavallier gagliardo, o in luogo dove
potesse avere a tempo la novella,
non mancheria d'aiuto alla sorella.

70 Il re, ch'intanto cerca di sapere
per altra pruova, che per arme, ancora,
se sono queste accuse o false o vere,
se dritto o torto è che sua figlia mora;
ha fatto prender certe cameriere
che lo dovrian saper, se vero fôra:
ond'io previdi, che se presa era io,
troppo periglio era del duca e mio.

71 E la notte medesima mi trassi
fuor de la corte, e al duca mi condussi;
e gli feci veder quanto importassi
al capo d'amendua,[57] se presa io fussi.
Lodommi, e disse ch'io non dubitassi:
a' suoi conforti [58] poi venir m'indussi
ad una sua fortezza ch'è qui presso,
in compagnia di dui che mi diede esso.

72 Hai sentito, signor, con quanti effetti
de l'amor mio fei Polinesso certo;
e s'era debitor per tai rispetti
d'avermi cara o no, tu 'l vedi aperto.
Or senti il guidardon che io ricevetti,
vedi la gran mercé del mio gran merto;
vedi se deve, per amare assai,
donna sperar d'essere amata mai:

73 che questo ingrato, perfido e crudele,
de la mia fede ha preso dubbio al fine:
venuto è in sospizion ch'io non rivele

57 *amendua*: entrambi.
58 *conforti*: consigli.

al lungo andar le fraudi sue volpine.
Ha finto, acciò che m'allontane e cele
fin che l'ira e il furor del re decline,
voler mandarmi ad un suo luogo forte;
e mi volea mandar dritto alla morte:

74 che di secreto ha commesso [59] alla guida,
che come m'abbia in queste selve tratta,
per degno premio di mia fé m'uccida.
Così l'intenzion gli venìa fatta,
se tu non eri appresso alle mie grida.
Ve' come Amor ben chi lui segue, tratta! —
Così narrò Dalinda al paladino
seguendo tuttavolta [60] il lor camino.

75 A cui fu sopra ogn'aventura, grata
questa, d'aver trovata la donzella,
che gli avea tutta l'istoria narrata
de l'innocenza di Ginevra bella.
E se sperato avea, quando accusata
ancor fosse a ragion, d'aiutar quella,
via con maggior baldanza or viene in prova,
poi che evidente la calunnia truova.

76 E verso la città di Santo Andrea,[61]
dove era il re con tutta la famiglia,
e la battaglia singular dovea
esser de la querela [62] de la figlia,
andò Rinaldo quanto andar potea,
fin che vicino giunse a poche miglia;
alla città vicino giunse, dove
trovò un scudier ch'avea più fresche nuove:

77 ch'un cavallier istrano [63] era venuto,

59 *commesso*: affidato.
60 *seguendo tuttavolta*: continuando.
61 *Santo Andrea*: Saint Andrews, antica capitale della Scozia.
62 *querela*: questione.
63 *istrano*: straniero.

ch'a difender Ginevra s'avea tolto,[64]
con non usate insegne, e sconosciuto,
però che sempre ascoso andava molto;
e che dopo che v'era, ancor veduto
non gli avea alcuno al discoperto il volto;
e che 'l proprio scudier che gli servia
dicea giurando: — Io non so dir chi sia. —

78   Non cavalcaro molto, ch'alle mura
      si trovar de la terra e in su la porta.
      Dalinda andar più inanzi avea paura;
      pur va, poi che Rinaldo la conforta.
      La porta è chiusa, ed a chi n'avea cura
      Rinaldo domandò: — Questo ch'importa?[65]
      E fugli detto: perché 'l popul tutto
      a veder la battaglia era ridutto,

79   che tra Lurcanio e un cavallier istrano
      si fa ne l'altro capo[66] de la terra,
      ove era un prato spazioso e piano;
      e che già cominciata hanno la guerra.
      Aperto fu al signor di Montealbano,
      e tosto il portinar dietro gli serra.
      Per la vota città Rinaldo passa;
      ma la donzella al primo albergo lassa:

80   e dice che sicura ivi si stia
      fin che ritorni a lei, che sarà tosto;
      e verso il campo poi ratto s'invia,
      dove li dui guerrier dato e risposto[67]
      molto s'aveano e davan tuttavia.
      Stava Lurcanio di mal cor disposto
      contra Ginevra; e l'altro in sua difesa
      ben sostenea la favorita impresa.

81   Sei cavallier con lor ne lo steccato

64 *s'avea tolto*: s'era assunto.
65 *ch'importa*: che significa.
66 *capo*: parte.
67 *dato e risposto*: si erano scambiati colpi.

erano a piedi, armati di corazza,
col duca d'Albania, ch'era montato
s'un possente corsier di buona razza.
Come a gran contestabile,[68] a lui dato
la guardia fu del campo e de la piazza:
e di veder Ginevra in gran periglio
avea il cor lieto, ed orgoglioso il ciglio.

82 Rinaldo se ne va tra gente e gente;
fassi far largo il buon destrier Baiardo:
chi la tempesta del suo venir sente,
a dargli via non par zoppo né tardo.
Rinaldo vi compar sopra eminente,
e ben rassembra il fior d'ogni gagliardo;
poi si ferma all'incontro ove il re siede:
ognun s'accosta per udir che chiede.

83 Rinaldo disse al re: — Magno signore,
non lasciar la battaglia più seguire;
perché di questi dua qualunche [69] more,
sappi ch'a torto tu 'l lasci morire.
L'un crede aver ragione, ed è in errore,
e dice il falso, e non sa di mentire;
ma quel medesmo error che 'l suo germano
a morir trasse, a lui pon l'arme in mano.

84 L'altro non sa se s'abbia dritto o torto;
ma sol per gentilezza e per bontade
in pericol si è posto d'esser morto,
per non lasciar morir tanta beltade.
Io la salute all'innocenza porto;
porto il contrario a chi usa falsitade.
Ma, per Dio, questa pugna prima parti,[70]
poi mi dà audienza a quel ch'io vo' narrarti. —

85 Fu da l'autorità d'un uom sì degno,

68 *contestabile*: suprema autorità militare.
69 *qualunche*: chiunque.
70 *parti*: dividi.

come Rinaldo gli parea al sembiante,
sì mosso il re, che disse e fece segno
che non andasse più la pugna inante;
al quale insieme ed ai baron del regno
e ai cavallieri e all'altre turbe tante
Rinaldo fe' l'inganno tutto espresso,
ch'avea ordito a Ginevra Polinesso.

86 Indi s'offerse di voler provare
coll'arme, ch'era ver quel ch'avea detto.
Chiamasi Polinesso; ed ei compare,
ma tutto conturbato ne l'aspetto:
pur con audacia cominciò a negare.
Disse Rinaldo: — Or noi vedrem l'effetto.[71] —
L'uno e l'altro era armato, il campo fatto,
sì che senza indugiar vengono al fatto.

87 Oh quanto ha il re, quanto ha il suo popul caro
che Ginevra aprovar s'abbi [72] innocente!
tutti han speranza che Dio mostri chiaro
ch'impudica era detta ingiustamente.
Crudel superbo e riputato avaro
fu Polinesso, iniquo e fraudolente;
sì che ad alcun miracolo non fia,
che l'inganno da lui tramato sia.

88 Sta Polinesso con la faccia mesta,
col cor tremante e con pallida guancia;
e al terzo suon mette la lancia in resta.
Così Rinaldo inverso lui si lancia,
che disioso di finir la festa,[73]
mira a passargli il petto con la lancia:
né discorde al disir seguì l'effetto;
che mezza l'asta gli cacciò nel petto.

89 Fisso nel tronco [74] lo trasporta in terra,

71 *l'effetto*: la prova.
72 *aprovar s'abbi*: si debba dimostrare.
73 *la festa*: la giostra.
74 *Fisso nel tronco*: tenendolo confitto nel tronco della lancia.

lontan dal suo destrier più di sei braccia.
Rinaldo smonta subito, e gli afferra
l'elmo, pria che si levi, e gli lo slaccia:
ma quel, che non può far più troppa guerra,
gli domanda mercé con umil faccia,
e gli confessa, udendo il re e la corte,
la fraude sua che l'ha condutto a morte.

90 Non finì il tutto, e in mezzo la parola
e la voce e la vita l'abandona.
Il re, che liberata la figliuola
vede da morte e da fama non buona,
più s'allegra, gioisce e raconsola,
che, s'avendo perduta la corona,
ripor se la vedesse allora allora;
sì che Rinaldo unicamente onora.

91 E poi ch'al trar de l'elmo conosciuto
l'ebbe, perch'altre volte l'avea visto,
levò le mani a Dio, che d'un aiuto
come era quel, gli avea sì ben provisto.[75]
Quell'altro cavallier che, sconosciuto,
soccorso avea Ginevra al caso tristo,
ed armato per lei s'era condutto,
stato da parte era a vedere il tutto.

92 Dal re pregato fu di dire il nome,
o di lasciarsi almen veder scoperto,
acciò da lui fosse premiato, come
di sua buona intenzion chiedeva il merto.
Quel, dopo lunghi preghi, da le chiome
si levò l'elmo, e fe' palese e certo
quel che ne l'altro canto ho da seguire,
se grata vi sarà l'istoria udire.

75 *provisto*: provveduto.

1 Miser chi mal oprando si confida
   ch'ognor star debbia il maleficio occulto;
   che quando ogn'altro taccia, intorno grida
   l'aria e la terra istessa in ch'è sepulto:
   e Dio fa spesso che 'l peccato guida
   il peccator, poi ch'alcun dì gli ha indulto,[1]
   che sé medesmo, senza altrui richiesta,
   innavedutamente manifesta.

2 Avea creduto il miser Polinesso
   totalmente il delitto suo coprire,
   Dalinda consapevole d'appresso
   levandosi, che sola il potea dire:
   e aggiungendo il secondo al primo eccesso,[2]
   affrettò il mal che potea differire,
   e potea differire e schivar forse;
   ma se stesso spronando, a morir corse:

3 e perdé amici a un tempo e vita e stato,
   e onor, che fu molto più grave danno.
   Dissi di sopra, che fu assai pregato
   il cavallier, ch'ancor chi sia non sanno.
   Al fin si trasse l'elmo, e 'l viso amato
   scoperse, che più volte veduto hanno:
   e dimostrò come era Ariodante,
   per tutta Scozia lacrimato inante;

4 Ariodante, che Ginevra pianto
   avea per morto, e 'l fratel pianto avea,

1 *indulto*: perdonato.
2 *eccesso*: misfatto.

il re, la corte, il popul tutto quanto:
di tal bontà, di tal valor splendea.
Adunque il peregrin mentir di quanto
dianzi di lui narrò, quivi apparea;
e fu pur ver che dal sasso marino
gittarsi in mar lo vide a capo chino.

5   Ma (come aviene a un disperato spesso,
che da lontan brama e disia la morte,
e l'odia poi che se la vede appresso,
tanto gli pare il passo acerbo e forte)
Ariodante, poi ch'in mar fu messo,
si pentì di morire: e come forte
e come destro e più d'ogn'altro ardito,
si messe a nuoto e ritornossi al lito;

6   e dispregiando e nominando folle
il desir ch'ebbe di lasciar la vita,
si messe a caminar bagnato e molle,
e capitò all'ostel d'un eremita.
Quivi secretamente indugiar volle
tanto, che la novella [3] avesse udita,
se del caso Ginevra s'allegrasse,
o pur mesta e pietosa ne restasse.

7   Intese prima, che per gran dolore
ella era stata a rischio di morire
(la fama andò di questo in modo fuore,
che ne fu in tutta l'isola che dire [4]):
contrario effetto a quel che per errore
credea aver visto con suo gran martire.[5]
Intese poi, come Lurcanio avea
fatta Ginevra appresso il padre rea.

8   Contra il fratel d'ira minor non arse,

3 *novella*: notizia.
4 *ne fu... che dire*: se ne fece un gran parlare.
5 *contrario effetto... martire*: tale dolore di Ginevra era in contrasto con quanto Ariodante con sua disperazione aveva creduto vedere.

che per Ginevra già d'amore ardesse;
che troppo empio e crudele atto gli parse,[6]
ancora che per lui fatto l'avesse.
Sentendo poi, che per lei non comparse
cavallier che difender la volesse
(che Lurcanio sì forte era e gagliardo,
ch'ognun d'andargli contra avea riguardo;

9   e chi n'avea notizia, il riputava
tanto discreto,[7] e sì saggio ed accorto,
che se non fosse ver quel che narrava,
non si porrebbe a rischio d'esser morto;
per questo la più parte dubitava
di non pigliar questa difesa a torto);
Ariodante, dopo gran discorsi,
pensò all'accusa del fratello opporsi.

10   — Ah lasso! io non potrei (seco dicea)
sentir per mia cagion perir costei:
troppo mia morte fôra [8] acerba e rea,
se inanzi a me morir vedessi lei.
Ella è pur la mia donna e la mia dea,
questa è la luce pur degli occhi miei:
convien ch'a dritto e a torto, per suo scampo
pigli l'impresa, e resti morto in campo.

11   So ch'io m'appiglio al torto; e al torto sia:
e ne morrò; né questo mi sconforta,
se non ch'io so che per la morte mia
sì bella donna ha da restar poi morta.
Un sol conforto nel morir mi fia,
che, se 'l suo Polinesso amor le porta,
chiaramente veder avrà potuto,
che non s'è mosso ancor per darle aiuto;

12   e me, che tanto espressamente [9] ha offeso,

6 *parse*: parve.
7 *discreto*: assennato.
8 *fôra*: sarebbe.
9 *espressamente*: manifestamente.

vedrà, per lei salvare, a morir giunto.
Di mio fratello insieme, il quale acceso
tanto fuoco ha, vendicherommi a un punto;
ch'io lo farò doler, poi che compreso
il fine avrà del suo crudele assunto: [10]
creduto vendicar avrà il germano,
e gli avrà dato morte di sua mano. —

13 Concluso ch'ebbe questo nel pensiero,
    nuove arme ritrovò, nuovo cavallo;
    e sopraveste [11] nere, e scudo nero
    portò, fregiato a color verdegiallo.[12]
    Per aventura si trovò un scudiero
    ignoto in quel paese, e menato hallo;
    e sconosciuto (come ho già narrato)
    s'appresentò contra il fratello armato.

14 Narrato v'ho come il fatto successe,
    come fu conosciuto Ariodante.
    Non minor gaudio n'ebbe il re, ch'avesse
    de la figliuola liberata inante.
    Seco pensò che mai non si potesse
    trovar un più fedele e vero amante;
    che dopo tanta ingiuria, la difesa
    di lei, contra il fratel proprio, avea presa.

15 E per sua inclinazion (ch'assai l'amava)
    e per li preghi di tutta la corte,
    e di Rinaldo, che più d'altri instava,
    de la bella figliuola il fa consorte.
    La duchea [13] d'Albania ch'al re tornava [14]
    dopo che Polinesso ebbe la morte,

---

10 *assunto*: impresa.
11 *sopraveste*: una tunica da indossare sulla corazza.
12 *verdegiallo*: simbolo di dolore o, secondo altri, di una tenue
speranza.
13 *duchea*: ducato.
14 *tornava*: perché erano venuti meno i rapporti di vassallaggio.

in miglior tempo discader [15] non puote,
poi che la dona alla sua figlia in dote.

16 Rinaldo per Dalinda impetrò grazia,
che se n'andò di tanto errore esente;
la qual per voto, e perché molto sazia
era del mondo, a Dio volse la mente:
monaca s'andò a render fin in Dazia, [16]
e si levò di Scozia immantinente.
Ma tempo è ormai di ritrovar Ruggiero,
che scorre il ciel su l'animal leggiero.

17 Ben che Ruggier sia d'animo costante,
né cangiato abbia il solito colore,
io non gli voglio creder che tremante
non abbia dentro più che foglia il core.
Lasciato avea di gran spazio distante
tutta l'Europa, ed era uscito fuore
per molto spazio il segno [17] che prescritto
avea già a' naviganti Ercole invitto.

18 Quello ippogrifo, grande e strano augello,
lo porta via con tal prestezza d'ale,
che lascieria di lungo tratto quello
celer ministro [18] del fulmineo strale.
Non va per l'aria altro animal sì snello,
che di velocità gli fosse uguale:
credo ch'a pena il tuono e la saetta
venga in terra dal ciel con maggior fretta.

19 Poi che l'augel trascorso ebbe gran spazio
per linea dritta e senza mai piegarsi,
con larghe ruote, omai de l'aria sazio,
cominciò sopra una isola a calarsi;
pari a quella ove, dopo lungo strazio
far del suo amante e lungo a lui celarsi,

15 *discader*: scadere.
16 *Dazia*: qui, Dania o Danimarca.
17 *il segno*: le colonne d'Ercole.
18 *ministro*: l'aquila, che recava i fulmini di Giove negli artigli.

la vergine Aretusa [19] passò invano
di sotto il mar per camin cieco e strano.

20   Non vide né 'l più bel né 'l più giocondo
     da tutta l'aria ove le penne stese;
     né se tutto cercato avesse il mondo,
     vedria di questo il più gentil paese,
     ove, dopo un girarsi di gran tondo,[20]
     con Ruggier seco il grande augel discese:
     culte pianure e delicati colli,
     chiare acque, ombrose ripe e prati molli.

21   Vaghi boschetti di soavi allori,
     di palme e d'amenissime mortelle,[21]
     cedri ed aranci ch'avean frutti e fiori
     contesti in varie forme e tutte belle,
     facean riparo ai fervidi calori
     de' giorni estivi con lor spesse ombrelle; [22]
     e tra quei rami con sicuri voli
     cantando se ne gìano [23] i rosignuoli.

22   Tra le purpuree rose e i bianchi gigli,
     che tiepida aura freschi ognora serba,
     sicuri si vedean lepri e conigli,
     e cervi con la fronte alta e superba,
     senza temer ch'alcun gli uccida o pigli,
     pascano o stiansi rominando l'erba;
     saltano i daini e i capri isnelli e destri,
     che sono in copia in quei luoghi campestri.

23   Come sì presso è l'ippogrifo a terra,
     ch'esser ne può men periglioso il salto,

19 *Aretusa*: la ninfa Aretusa, volendo sottrarsi all'amore del fiume
Alfeo, passò il mare per vie sotterranee dalla Grecia alla Sicilia, e
precisamente all'isoletta di Ortigia, presso Siracusa; quivi giunta,
Diana la trasformò in fonte, ma Alfeo la raggiunse, mescolando le
proprie acque a quelle di lei.
20 *di gran tondo*: a larghi giri.
21 *mortelle*: mirti.
22 *ombrelle*: rami frondosi e folti.
23 *se ne gìano*: se ne andavano.

Ruggier con fretta de l'arcion si sferra,
e si ritruova in su l'erboso smalto; [24]
tuttavia [25] in man le redine si serra,
che non vuol che 'l destrier più vada in alto:
poi lo lega nel margine marino
a un verde mirto in mezzo un lauro e un pino.

24   E quivi appresso ove surgea una fonte
cinta di cedri e di feconde palme,
pose lo scudo, e l'elmo da la fronte
si trasse, e disarmossi ambe le palme;
ed ora alla marina ed ora al monte
volgea la faccia all'aure fresche ed alme, [26]
che l'alte cime con mormorii lieti
fan tremolar dei faggi e degli abeti.

25   Bagna talor ne la chiara onda e fresca
l'asciutte labra, e con le man diguazza,
acciò che de le vene il calore esca
che gli ha acceso il portar de la corazza.
Né maraviglia è già ch'ella gl'incresca; [27]
che non è stato un far vedersi in piazza:
ma senza mai posar, d'arme guernito,
tremila miglia ognor correndo era ito.

26   Quivi stando, il destrier ch'avea lasciato
tra le più dense frasche alla fresca ombra,
per fuggir si rivolta, spaventato
di non so che, che dentro al bosco adombra: [28]
e fa crollar [29] sì il mirto ove è legato,
che de le frondi intorno il piè gli ingombra:
crollar fa il mirto e fa cader la foglia;
né succede però che se ne scioglia.

24 *erboso smalto*: prato erboso.
25 *tuttavia*: sempre.
26 *alme*: ristoratrici.
27 *gl'incresca*: gli pesi.
28 *adombra*: lo fa adombrare.
29 *crollar*: scrollare.

27   Come ceppo [30] talor, che le medolle
      rare e vote abbia, e posto al fuoco sia,
      poi che per gran calor quell'aria molle [31]
      resta consunta [32] ch'in mezzo l'empìa,
      dentro risuona e con strepito bolle
      tanto che quel furor [33] truovi la via;
      così murmura e stride e si coruccia
      quel mirto offeso, e al fine apre la buccia

28   Onde con mesta e flebil voce uscìo
      espedita e chiarissima favella,
      e disse: — Se tu sei cortese e pio,
      come dimostri alla presenza bella,
      lieva questo animal da l'arbor mio:
      basti che 'l mio mal proprio mi flagella,
      senza altra pena, senza altro dolore
      ch'a tormentarmi ancor venga di fuore. —

29   Al primo suon di quella voce torse
      Ruggiero il viso, e subito levosse;
      e poi ch'uscir da l'arbore s'accorse,
      stupefatto restò più che mai fosse.
      A levarne il destrier subito corse;
      e con le guance di vergogna rosse:
      — Qual che tu sii, perdonami (dicea),
      o spirto umano, o boschereccia dea.

30   Il non aver saputo che s'asconda
      sotto ruvida scorza umano spirto,
      m'ha lasciato turbar la bella fronda
      e far ingiuria al tuo vivace [34] mirto:
      ma non restar però, che non risponda
      chi tu ti sia, ch'in corpo orrido ed irto,

30 *ceppo*: v. l'episodio virgiliano di Polidoro (*Aen.*, III, 22 sgg.) e
quello dantesco di Pier delle Vigne (*Inf.*, XIII, 40 sgg.).
31 *molle*: umida.
32 *consunta*: prosciugata.
33 *furor*: vapore bollente.
34 *vivace*: vivente.

con voce e razionale anima vivi;
se da grandine il ciel sempre ti schivi.

31 E s'ora o mai potrò questo dispetto
con alcun beneficio compensarte,
per quella bella donna [35] ti prometto,
quella che di me tien la miglior parte,
ch'io farò con parole e con effetto,
ch'avrai giusta cagion di me lodarte. —
Come Ruggiero al suo parlar fin diede,
tremò quel mirto da la cima al piede.

32 Poi si vide sudar su per la scorza,
come legno dal bosco allora tratto,
che del fuoco venir sente la forza,
poscia ch'invano ogni riparar gli ha fatto;
e cominciò: — Tua cortesia mi sforza
a discoprirti in un medesmo tratto
ch'io fossi prima, e chi converso [36] m'aggia
in questo mirto in su l'amena spiaggia.

33 Il nome mio fu Astolfo: [37] e paladino
era di Francia, assai temuto in guerra:
d'Orlando e di Rinaldo era cugino,
la cui fama alcun termine non serra;
e si spettava a me tutto il domìno,
dopo il mio padre Oton, de l'Inghilterra.
Leggiadro e bel fui sì, che di me accesi
più d'una donna: e al fin me solo offesi.

34 Ritornando io [38] da quelle isole estreme
che da Levante il mar Indico lava,

35 *bella donna*: Bradamante.
36 *converso*: trasformato.
37 *Astolfo*: personaggio dei poemi cavallereschi, considerato figlio di
Ottone, re d'Inghilterra, e cugino di Orlando e Rinaldo.
38 *Ritornando io*: come narra l'*Innamorato*, Orlando liberò Ziliante,
figlio di Monodante, re delle Isole Lontane, dalla prigionia della
fata Morgana, e insieme a lui tutti i cavalieri che Monodante teneva a sua volta come prigionieri.

dove Rinaldo ed alcun'altri insieme
meco fur chiusi in parte oscura e cava,
ed onde liberate le supreme
forze n'avean del cavallier di Brava; [39]
vêr ponente io venìa lungo la sabbia [40]
che del settentrion sente la rabbia. [41]

35 E come la via nostra e il duro e fello
distin [42] ci trasse, uscimmo una matina
sopra la bella spiaggia, ove un castello
siede sul mar, de la possente Alcina.
Trovammo lei ch'uscita era di quello,
e stava sola in ripa alla marina;
e senza rete e senza amo traea
tutti li pesci al lito, che volea.

36 Veloci vi correvano i delfini,
vi venìa a bocca aperta il grosso tonno;
i capidogli [43] coi vécchi marini [44]
vengon turbati dal loro pigro sonno;
muli, [45] salpe, [46] salmoni e coracini [47]
nuotano a schiere in più fretta che ponno;
pistrici, [48] fisiteri, [49] orche [50] e balene
escon del mar con mostruose schiene.

37 Veggiamo una balena, la maggiore
che mai per tutto il mar veduta fosse:
undeci passi e più dimostra fuore
de l'onde salse le spallacce grosse.

39 *Brava*: Blaye-sur-Gironde, feudo di Orlando.
40 *sabbia*: forse il deserto cinese.
41 *settentrion... la rabbia*: su cui infuria il vento del nord.
42 *distin*: destino.
43 *capidogli*: grossi cetacei, dal cui corpo si ricava olio.
44 *vécchi marini*: vitelli marini.
45 *muli*: triglie.
46 *salpe*: sarpe.
47 *coracini*: corvoli.
48 *pistrici*: pesci sega.
49 *fisiteri*: capidogli.
50 *orche*: delfini.

Caschiamo tutti insieme in uno errore,
perch'era ferma e che mai non si scosse:
ch'ella sia una isoletta ci credemo,
così distante ha l'un da l'altro estremo.

38 Alcina i pesci uscir facea de l'acque
con semplici parole e puri incanti.
Con la fata Morgana Alcina nacque,
io non so dir s'a un parto o dopo o inanti.
Guardommi Alcina; e subito le piacque
l'aspetto mio, come mostrò ai sembianti:
e pensò con astuzia e con ingegno
tormi ai compagni; e riuscì il disegno.

39 Ci venne incontra con allegra faccia
con modi graziosi e riverenti,
e disse: — Cavallier, quando vi piaccia
far oggi meco i vostri alloggiamenti,
io vi farò veder, ne la mia caccia,
di tutti i pesci sorti differenti:
chi scaglioso, chi molle e chi col pelo;
e saran più che non ha stelle il cielo.

40 E volendo vedere una sirena
che col suo dolce canto acheta il mare,
passian di qui fin su quell'altra arena,
dove a quest'ora suol sempre tornare. —
E ci mostrò quella maggior balena,
che, come io dissi, una isoletta pare.
Io che sempre fui troppo (e me n'incresce)
volonteroso, andai sopra quel pesce.

41 Rinaldo m'accennava, e similmente
Dudon, ch'io non v'andassi: e poco valse.
La fata Alcina con faccia ridente,
lasciando gli altri dua, dietro mi salse.
La balena, all'ufficio diligente,
nuotando se n'andò per l'onde salse.[51]

51 *salse*: salate.

Di mia sciochezza tosto fui pentito;
ma troppo mi trovai lungi dal lito.

42 Rinaldo si cacciò ne l'acqua a nuoto
per aiutarmi, e quasi si sommerse,
perché levossi un furioso Noto [52]
che d'ombra il cielo e 'l pelago coperse.
Quel che di lui seguì poi, non m'è noto.
Alcina a confortarmi si converse;
e quel dì tutto e la notte che venne,
sopra quel mostro in mezzo il mar mi tenne.

43 Fin che venimmo a questa isola bella,
di cui gran parte Alcina ne possiede,
e l'ha usurpata ad una sua sorella
che 'l padre già lasciò del tutto erede,
perché sola legitima avea quella;
e (come alcun notizia me ne diede,
che pienamente istrutto era di questo)
sono quest'altre due nate d'incesto.

44 E come sono inique e scelerate
e piene d'ogni vizio infame e brutto,
così quella, vivendo in castitate,
posto ha ne le virtuti il suo cor tutto.
Contra lei queste due son congiurate;
e già più d'uno esercito hanno istrutto [53]
per cacciarla de l'isola, e in più volte
più di cento castella l'hanno tolte:

45 né ci terrebbe ormai spanna di terra
colei, che Logistilla [54] è nominata,
se non che quinci un golfo il passo serra,
e quindi [55] una montagna inabitata,
sì come tien la Scozia e l'Inghilterra

---

52 *Noto*: vento tempestoso che soffia da Mezzogiorno.
53 *istrutto*: addestrato.
54 *Logistilla*: simbolo della ragione e della virtù.
55 *quinci... quindi*: da una parte... dall'altra.

il monte e la riviera,[56] separata;
né però Alcina né Morgana resta
che non le voglia tor ciò che le resta.

46 Perché di vizi è questa coppia rea,
odia colei, perché è pudica e santa.
Ma, per tornare a quel ch'io ti dicea,
e seguir poi com'io divenni pianta,
Alcina in gran delizie mi tenea,
e del mio amore ardeva tutta quanta;
né minor fiamma nel mio core accese
il veder lei sì bella e sì cortese.

47 Io mi godea le delicate membra;
pareami aver qui tutto il ben raccolto
che fra i mortali in più parti si smembra,[57]
a chi più ed a chi meno e a nessun molto;
né di Francia né d'altro mi rimembra:
stavomi sempre a contemplar quel volto:
ogni pensiero, ogni mio bel disegno
in lei finia, né passava oltre il segno.[58]

48 Io da lei altretanto era o più amato:
Alcina più non si curava d'altri;
ella ogn'altro suo amante avea lasciato,
ch'inanzi a me ben ce ne fur degli altri.
Me consiglier, me avea dì e notte a lato,
e me fe' quel che commandava agli altri: [59]
a me credeva, a me si riportava;[60]
né notte o dì con altri mai parlava.

49 Deh! perché vo le mie piaghe toccando,
senza speranza poi di medicina?
perché l'avuto ben vo rimembrando,

56 *il monte e la riviera*: i monti Cheviot e il fiume Tweed.
57 *si smembra*: si divide.
58 *né passava... segno*: né andava oltre il limite da lei segnato.
59 *me fe'... altri*: fece di me quello che commandava sugli altri.
60 *si riportava*: si rivolgeva per consiglio.

quando io patisco estrema disciplina? [61]
Quando credea d'esser felice, e quando
credea ch'amar più mi dovesse Alcina,
il cor che m'avea dato si ritolse,
e ad altro nuovo amor tutta si volse.

50 Conobbi tardi il suo mobil ingegno,
usato amare e disamare a un punto.
Non era stato oltre a duo mesi in regno,
ch'un novo amante al loco mio fu assunto.
Da sé cacciommi la fata con sdegno,
e da la grazia sua m'ebbe disgiunto:
e seppi poi, che tratti a simil porto
avea mill'altri amanti, e tutti a torto.

51 E perché essi non vadano pel mondo
di lei narrando la vita lasciva,
chi qua chi là, per lo terren fecondo
li muta, altri in abete, altri in oliva,
altri in palma, altri in cedro, altri secondo
che vedi me su questa verde riva;
altri in liquido fonte, alcuni in fiera,
come più agrada a quella fata altiera.

52 Or tu che sei per non usata via,
signor, venuto all'isola fatale,
acciò ch'alcuno amante per te sia
converso in pietra o in onda, o fatto tale;
avrai d'Alcina scettro e signoria,
e sarai lieto sopra ogni mortale:
ma certo sii di giunger tosto al passo
d'entrar o in fiera o in fonte o in legno o in sasso.

53 Io te n'ho dato volentieri aviso;
non ch'io mi creda che debbia giovarte:
pur meglio fia che non vadi improviso, [62]
e de' costumi suoi tu sappia parte;

---

61 *disciplina*: punizione.
62 *improviso*: impreparato.

che forse, come è differente il viso,
è differente ancor l'ingegno e l'arte.
Tu saprai forse riparare al danno,
quel che saputo mill'altri non hanno. —

54 Ruggier, che conosciuto avea per fama
ch'Astolfo alla sua donna cugin era,
si dolse assai che in steril pianta e grama
mutato avesse la sembianza vera;
e per amor di quella che tanto ama
(pur che saputo avesse in che maniera)
gli avria fatto servizio: ma aiutarlo
in altro non potea, ch'in confortarlo.

55 Lo fe' al meglio che seppe; e domandolli
poi se via c'era, ch'al regno guidassi
di Logistilla, o per piano o per colli,
sì che per quel d'Alcina non andassi.
Che ben ve n'era un'altra,[63] ritornolli
l'arbore a dir, ma piena d'aspri sassi,
s'andando un poco inanzi alla man destra,
salisse il poggio invêr la cima alpestra.

56 Ma che non pensi già che seguir possa
il suo camin per quella strada troppo:
incontro avrà di gente ardita, grossa
e fiera compagnia, con duro intoppo.
Alcina ve li tien per muro e fossa
a chi volesse uscir fuor del suo groppo.
Ruggier quel mirto ringraziò del tutto,
poi da lui si partì dotto ed istrutto.

57 Venne al cavallo, e lo disciolse e prese
per le redine, e dietro se lo trasse;
né, come fece prima, più l'ascese,
perché mal grado suo non lo portasse.
Seco pensava come nel paese
di Logistilla a salvamento andasse.

63 *un'altra*: difficile è la via che conduce alla ragione e alla virtù.

Era disposto e fermo usar ogni opra,
che non gli avesse imperio Alcina sopra.

58 Pensò di rimontar sul suo cavallo,
e per l'aria spronarlo a nuovo corso:
ma dubitò di far poi maggior fallo;
che troppo mal quel gli ubidiva al morso.
— Io passerò per forza, s'io non fallo, —
dicea tra sé, ma vano era il discorso.
Non fu duo miglia lungi alla marina,
che la bella città vide d'Alcina.

59 Lontan si vide una muraglia lunga
che gira intorno, e gran paese serra;
e par che la sua altezza al ciel s'aggiunga,[64]
e d'oro sia da l'alta cima a terra.
Alcun dal mio parer qui si dilunga,[65]
e dice ch'ell'è alchìmia:[66] e forse ch'erra;
ed anco forse meglio di me intende:
a me par oro, poi che sì risplende.

60 Come fu presso alle sì ricche mura,
che 'l mondo altre non ha de la lor sorte,[67]
lasciò la strada che per la pianura
ampla e diritta andava alle gran porte;
ed a man destra, a quella più sicura,
ch'al monte gìa, piegossi il guerrier forte:
ma tosto ritrovò l'iniqua frotta,
dal cui furor gli fu turbata e rotta.

61 Non fu veduta mai più strana torma,
più mostruosi volti e peggio fatti:
alcun' dal collo in giù d'uomini han forma,
col viso altri di simie,[68] altri di gatti;
stampano alcun con piè caprigni l'orma;

64 *s'aggiunga*: giunga.
65 *si dilunga*: s'allontana.
66 *alchìmia*: l'arte di mutare i metalli.
67 *sorte*: qualità.
68 *simie*: scimmie.

alcuni son centauri agili ed atti;
son giovani impudenti e vecchi stolti,
chi nudi e chi di strane pelli involti.

62 Chi senza freno in s'un destrier galoppa,
chi lento va con l'asino o col bue,
altri salisce ad un centauro in groppa,
struzzoli [69] molti han sotto, aquile e grue;
ponsi altri a bocca il corno, altri la coppa; [70]
chi femina è, chi maschio, e chi amendue;
chi porta uncino e chi scala di corda,
chi pal di ferro e chi una lima sorda.

63 Di questi il capitano [71] si vedea
aver gonfiato il ventre, e 'l viso grasso;
il qual su una testuggine sedea,
che con gran tardità mutava il passo.
Avea di qua e di là chi lo reggea,
perché egli era ebro, e tenea il ciglio basso;
altri la fronte gli asciugava e il mento,
altri i panni scuotea per fargli vento.

64 Un ch'avea [72] umana forma i piedi e 'l ventre,
e collo avea di cane, orecchie e testa,
contra Ruggiero abaia, acciò ch'egli entre
ne la bella città ch'a dietro resta.
Rispose il cavallier: — Nol farò, mentre
avrà forza la man di regger questa! —
e gli mostra la spada, di cui volta
avea l'aguzza punta alla sua volta.

65 Quel mostro lui ferir vuol d'una lancia,
ma Ruggier presto se gli aventa addosso:
una stoccata gli trasse alla pancia,
e la fe' un palmo riuscir pel dosso.
Lo scudo imbraccia, e qua e là si lancia,

69 *struzzoli*: struzzi.
70 *coppa*: simbolo della crapula.
71 *il capitano*: l'Ozio.
72 *Un ch'avea*: il cinocefalo può rappresentare la maldicenza.

ma l'inimico stuolo è troppo grosso:
l'un quinci il punge, e l'altro quindi afferra:
egli s'arrosta,[73] e fa lor aspra guerra.

66 L'un sin a' denti, e l'altro sin al petto
partendo va di quella iniqua razza;
ch'alla sua spada non s'oppone elmetto,
né scudo, né panziera,[74] né corazza:
ma da tutte le parti è così astretto,
che bisogno saria, per trovar piazza [75]
e tener da sé largo il popul reo,
d'aver più braccia e man che Briareo.[76]

67 Se di scoprire avesse avuto aviso
lo scudo che già fu del negromante
(io dico quel ch'abbarbagliava il viso,
quel ch'all'arcione avea lasciato Atlante),
subito avria quel brutto stuol conquiso
e fattosel cader cieco davante;
e forse ben,[77] che disprezzò quel modo,
perché virtude usar volse, e non frodo.

68 Sia quel che può, più tosto vuol morire,
che rendersi prigione a sì vil gente.
Eccoti intanto da la porta uscire
del muro, ch'io dicea d'oro lucente,
due giovani ch'ai gesti ed al vestire
non eran da stimar nate umilmente,
né da pastor nutrite con disagi,
ma fra delizie di real palagi.

69 L'una e l'altra sedea s'un liocorno,[78]
candido più che candido armelino; [79]
l'una e l'altra era bella, e di sì adorno

73 *s'arrosta*: si schermisce.
74 *panziera*: quella parte dell'armatura che protegge la pancia.
75 *trovar piazza*: farsi largo.
76 *Briareo*: gigante dalle cento braccia.
77 *e forse ben*: e forse anche.
78 *liocorno*: simbolo di purezza.
79 *armelino*: ermellino.

abito, e modo tanto pellegrino,[80]
che a l'uom, guardando e contemplando intorno,
bisognerebbe aver occhio divino
per far di lor giudizio: e tal saria
Beltà, s'avesse corpo, e Leggiadria.

70   L'una e l'altra n'andò dove nel prato
      Ruggiero è oppresso da lo stuol villano.
      Tutta la turba si levò da lato;
      e quelle al cavallier porser la mano,
      che tinto in viso di color rosato,
      le donne ringraziò de l'atto umano:
      e fu contento, compiacendo loro,
      di ritornarsi a quella porta d'oro.

71   L'adornamento [81] che s'aggira sopra
      la bella porta e sporge un poco avante,
      parte non ha che tutta non si cuopra
      de le più rare gemme di Levante.
      Da quattro parti si riposa sopra
      grosse colonne d'integro diamante.
      O vero o falso ch'all'occhio risponda,
      non è cosa più bella o più gioconda.

72   Su per la soglia e fuor per le colonne
      corron scherzando lascive donzelle,
      che, se i rispetti debiti [82] alle donne
      servasser più, sarian forse più belle.
      Tutte vestite eran di verdi gonne,
      e coronate di frondi novelle.
      Queste, con molte offerte e con buon viso,
      Ruggier fecero entrar nel paradiso:

73   che si può ben così nomar quel loco,
      ove mi credo che nascesse Amore.
      Non vi si sta se non in danza e in giuoco,
      e tutte in festa vi si spendon l'ore:

80 *pellegrino*: raffinato.
81 *adornamento*: fregio.
82 *i rispetti debiti*: il dovere di ritegno.

pensier canuto [83] né molto né poco
si può quivi albergare in alcun core:
non entra quivi disagio né inopia,
ma vi sta ognor col corno pien la Copia.[84]

74   Qui, dove con serena e lieta fronte
par ch'ognor rida il grazioso aprile,
gioveni e donne son: qual presso a fonte
canta con dolce e dilettoso stile;
qual d'un arbore all'ombra e qual d'un monte
o giuoca o danza o fa cosa non vile;
e qual, lungi dagli altri, a un suo fedele
discuopre l'amorose sue querele.

75   Per le cime dei pini e degli allori,
degli alti faggi e degl'irsuti abeti,
volan scherzando i pargoletti Amori:
di lor vittorie altri godendo lieti,
altri pigliando, a saettare i cori,
la mira quindi, altri tendendo reti;
chi tempra dardi ad un ruscel più basso,
e chi gli aguzza ad un volubil sasso.[85]

76   Quivi a Ruggier un gran corsier fu dato,
forte, gagliardo, e tutto di pel sauro,[86]
ch'avea il bel guernimento ricamato
di preziose gemme e di fin auro;
e fu lasciato in guardia quello alato,
quel che solea ubidire al vecchio Mauro,[87]
a un giovene che dietro lo menassi
al buon Ruggier, con men frettosi passi.

77   Quelle due belle giovani amorose
ch'avean Ruggier da l'empio stuol difeso,

83 *canuto*: serio.
84 *la Copia*: l'Abbondanza col corno pieno.
85 *volubil sasso*: una mola.
86 *sauro*: bruno chiaro.
87 *Mauro*: Atlante, che abitava sul monte di Carena, in Mauritania.

da l'empio stuol che dianzi se gli oppose
su quel camin ch'avea a man destra preso,
gli dissero: — Signor, le virtuose
opere vostre che già abbiamo inteso,
ne fan sì ardite, che l'aiuto vostro
vi chiederemo a beneficio nostro.

78 Noi troveren tra via tosto una lama,[88]
che fa due parti di questa pianura.
Una crudel, che Erifilla [89] si chiama,
difende il ponte, e sforza [90] e inganna e fura [91]
chiunque andar ne l'altra ripa brama;
ed ella è gigantessa di statura,
li denti ha lunghi e velenoso il morso,
acute l'ugne, e graffia come un orso.

79 Oltre che sempre ci turbi il camino,
che libero saria se non fosse ella,
spesso, correndo per tutto il giardino,
va disturbando or questa cosa or quella.
Sappiate che del populo assassino
che vi assalì fuor de la porta bella,
molti suoi figli son, tutti seguaci,
empi, come ella, inospiti e rapaci. —

80 Ruggier rispose: — Non ch'una battaglia,
ma per voi sarò pronto a farne cento:
di mia persona, in tutto quel che vaglia,
fatene voi secondo il vostro intento;
che la cagion ch'io vesto piastra e maglia,
non è per guadagnar terre né argento,
ma sol per farne beneficio altrui,
tanto più a belle donne come vui. —

88 *lama*: palude.
89 *Erifilla*: simbolo dell'avarizia (da Erifile, moglie di Anfiarao, che tradì il marito per un monile).
90 *sforza*: respinge con la forza.
91 *fura*: deruba.

81   Le donne molte grazie riferiro [92]
degne d'un cavallier, come quell'era:
e così ragionando ne veniro
dove videro il ponte e la riviera;
e di smeraldo ornata e di zafiro
su l'arme d'or, vider la donna altiera.
Ma dir ne l'altro canto differisco,
come Ruggier con lei si pose a risco.

[92] *riferiro*: resero.

1   Chi va lontan da la sua patria, vede
    cose, da quel che già credea, lontane;
    che narrandole poi, non se gli crede,
    e stimato bugiardo ne rimane:
    che 'l sciocco vulgo non gli vuol dar fede,
    se non le vede e tocca chiare e piane.
    Per questo io so che l'inesperienza
    farà al mio canto dar poca credenza.

2   Poca o molta ch'io ci abbia,[1] non bisogna
    ch'io ponga mente al vulgo sciocco e ignaro.
    A voi so ben che non parrà menzogna,
    che 'l lume del discorso avete chiaro;
    ed a voi soli ogni mio intento agogna
    che 'l frutto sia di mie fatiche caro.
    Io vi lasciai che 'l ponte e la riviera
    vider, che'n guardia avea Erifilla altiera.

3   Quell'era armata del più fin metallo,
    ch'avean di più color gemme distinto:[2]
    rubin vermiglio, crisolito[3] giallo,
    verde smeraldo, con flavo iacinto.[4]
    Era montata, ma non a cavallo;
    invece avea di quello un lupo spinto:
    spinto avea un lupo ove si passa il fiume,
    con ricca sella fuor d'ogni costume.

4   Non credo ch'un sì grande Apulia n'abbia:

1 *ci abbia*: ne abbia (di credito).
2 *distinto*: fregiato.
3 *crisolito*: il topazio orientale.
4 *flavo iacinto*: giacinto biondo giallo.

egli era grosso ed alto più d'un bue.
Con fren spumar non gli facea le labbia,
né so come lo regga a voglie sue.
La sopravesta di color di sabbia
su l'arme avea la maledetta lue:[5]
era, fuor che 'l color, di quella sorte
ch'i vescovi e i prelati usano in corte.

5   Ed avea ne lo scudo e sul cimiero
una gonfiata e velenosa botta.[6]
Le donne la mostraro al cavalliero,
di qua dal ponte per giostrar ridotta,[7]
e fargli scorno e rompergli il sentiero,[8]
come ad alcuni usata era talotta.[9]
Ella a Ruggier, che torni a dietro, grida:
quel piglia un'asta, e la minaccia e sfida.

6   Non men la gigantessa ardita e presta
sprona il gran lupo e ne l'arcion si serra,
e pon la lancia a mezzo il corso in resta,
e fa tremar nel suo venir la terra.
Ma pur sul prato al fiero incontro resta;
che sotto l'elmo il buon Ruggier l'afferra,
e de l'arcion con tal furor la caccia,
che la riporta indietro oltra sei braccia.

7   E già, tratta la spada ch'avea cinta,
venìa a levarne[10] la testa superba:
e ben lo potea far, che come estinta
Erifilla giacea tra' fiori e l'erba.
Ma le donne gridar: — Basti sia vinta,
senza pigliarne altra vendetta acerba.
Ripon, cortese cavallier, la spada;
passiamo il ponte e seguitian la strada. —

5 *lue*: peste.
6 *botta*: rospo.
7 *ridotta*: venuta.
8 *rompergli il sentiero*: tagliargli la strada.
9 *talotta*: talvolta.
10 *venìa a levarne*: si preparava a tagliarle.

8   Alquanto malagevole ed aspretta
     per mezzo un bosco presero la via,
     che oltra che sassosa fosse e stretta,
     quasi su dritta alla collina gìa
     Ma poi che furo ascesi in su la vetta,
     usciro in spaziosa prateria,
     dove il più bel palazzo e 'l più giocondo
     vider, che mai fosse veduto al mondo.

9   La bella Alcina venne un pezzo inante,
     verso Ruggier fuor de le prime porte,
     e lo raccolse in signoril sembiante,
     in mezzo bella ed onorata corte.
     Da tutti gli altri tanto onore e tante
     riverenze fur fatte al guerrier forte,
     che non ne potrian far più, se tra loro
     fosse Dio sceso dal superno coro.

10   Non tanto il bel palazzo era eccellente
     perché vincesse ogn'altro di ricchezza,
     quanto ch'avea la più piacevol gente
     che fosse al mondo e di più gentilezza.
     Poco era l'un da l'altro differente
     e di fiorita etade e di bellezza:
     sola di tutti Alcina era più bella,
     sì come è bello il sol più d'ogni stella.

11   Di persona era tanto ben formata,
     quanto me' finger san pittori industri;
     con bionda chioma lunga ed annodata:
     oro non è che più risplenda e lustri.
     Spargeasi per la guancia delicata
     misto color di rose e di ligustri; [11]
     di terso avorio era la fronte lieta,
     che lo spazio finia con giusta meta. [12]

12   Sotto duo negri e sottilissimi archi

11 *ligustri*: gigli.
12 *meta*: limite.

son duo negri occhi, anzi duo chiari soli,
pietosi a riguardare, a mover parchi;
intorno cui par ch'Amor scherzi e voli,
e ch'indi tutta la faretra scarchi
e che visibilmente i cori involi: [13]
quindi il naso per mezzo il viso scende,
che non truova l'Invidia ove l'emende.[14]

13 Sotto quel sta, quasi fra due vallette,
la bocca sparsa di natio cinabro;
quivi due filze son di perle elette,
che chiude ed apre un bello e dolce labro:
quindi escon le cortesi parolette
da render molle ogni cor rozzo e scabro;
quivi si forma quel suave riso,
ch'apre a sua posta in terra il paradiso.

14 Bianca nieve è il bel collo, e 'l petto latte;
il collo è tondo, il petto colmo e largo:
due pome acerbe, e pur d'avorio fatte,
vengono e van come onda al primo margo,
quando piacevole aura il mar combatte.
Non potria l'altre parti veder Argo:
ben si può giudicar che corrisponde
a quel ch'appar di fuor quel che s'asconde.

15 Mostran le braccia sua misura giusta;
e la candida man spesso si vede
lunghetta alquanto e di larghezza angusta,[15]
dove né nodo appar, né vena escede.[16]
Si vede al fin de la persona augusta
il breve, asciutto e ritondetto piede.
Gli angelici sembianti nati in cielo
non si ponno celar sotto alcun velo.

16 Avea in ogni sua parte un laccio teso,

13 *involi*: rubi.
14 *ove l'emende*: nulla per cui possa criticarla.
15 *angusta*: stretta.
16 *escede*: eccede.

o parli o rida o canti o passo muova:
né maraviglia è se Ruggier n'è preso,
poi che tanto benigna se la truova.
Quel che di lei già avea dal mirto inteso,
com'è perfida e ria, poco gli giova;
ch'inganno o tradimento non gli è aviso
che possa star con sì soave riso.

17   Anzi pur creder vuol che da costei
fosse converso Astolfo in su l'arena
per li suoi portamenti ingrati e rei,
e sia degno di questa e di più pena:
e tutto quel ch'udito avea di lei,
stima esser falso; e che vendetta mena,
e mena astio ed invidia quel dolente
a lei biasmare, e che del tutto mente.

18   La bella donna [17] che cotanto amava,
novellamente [18] gli è dal cor partita;
che per incanto Alcina gli lo lava
d'ogni antica amorosa sua ferita;
e di sé sola e del suo amor lo grava,
e in quello essa riman sola sculpita:
sì che scusar il buon Ruggier si deve,
se si mostrò quivi incostante e lieve.

19   A quella mensa citare, arpe e lire,
e diversi altri dilettevol suoni
faceano intorno l'aria tintinire
d'armonia dolce e di concenti buoni.
Non vi mancava chie, cantando, dire
d'amor sapesse gaudi e passioni,
o con invenzioni e poesie
rappresentasse grate fantasie.

20   Qual mensa trionfante e suntuosa
di qualsivoglia successor di Nino, [19]

17 *La bella donna*: Bradamante.
18 *novellamente*: d'improvviso.
19 *Nino*: primo re degli Assiri.

o qual mai tanto celebre e famosa
di Cleopatra al vincitor latino,[20]
potria a questa esser par, che l'amorosa
fata avea posta inanzi al paladino?
Tal non cred'io che s'apparecchi dove
ministra Ganimede [21] al sommo Giove.

21 Tolte che fur le mense e le vivande,
facean, sedendo in cerchio, un giuoco lieto:
che ne l'orecchio l'un l'altro domande,
come più piace lor, qualche secreto;
il che agli amanti fu commodo grande
di scoprir l'amor lor senza divieto:
e furon lor conclusioni estreme
di ritrovarsi quella notte insieme.

22 Finir quel giuoco tosto, e molto inanzi [22]
che non solea là dentro esser costume:
con torchi allora i paggi entrati inanzi,
le tenebre cacciar con molto lume.
Tra bella compagnia dietro e dinanzi
andò Ruggiero a ritrovar le piume
in una adorna e fresca cameretta,
per la miglior di tutte l'altre eletta.

23 E poi che di confetti e di buon vini
di nuovo fatti fur debiti inviti,
e partir gli altri riverenti e chini,
ed alle stanze lor tutti sono iti;
Ruggiero entrò ne' profumati lini
che pareano di man d'Aracne [23] usciti,
tenendo tuttavia l'orecchie attente,
s'ancor venir la bella donna sente.

24 Ad ogni piccol moto ch'egli udiva,

20 *vincitor latino*: in un primo tempo Cesare, poi Marco Antonio.
21 *Ganimede*: coppiere di Giove in Olimpo.
22 *inanzi*: prima.
23 *Aracne*: mitica tessitrice della Lidia, che fu trasformata in ragno da Minerva.

sperando che fosse ella, il capo alzava:
sentir credeasi, e spesso non sentiva;
poi del suo errore accorto sospirava.
Talvolta uscìa del letto e l'uscio apriva,
guatava fuori, e nulla vi trovava:
e maledì ben mille volte l'ora
che facea al trapassar tanta dimora.

25   Tra sé dicea sovente: — Or si parte ella; —
e cominciava a noverare i passi
ch'esser potean da la sua stanza a quella
donde aspettando sta che Alcina passi;
e questi ed altri, prima che la bella
donna vi sia, vani disegni fassi.
Teme di qualche impedimento spesso,
che tra il frutto e la man non gli sia messo.

26   Alcina, — poi ch'a' preziosi odori
dopo gran spazio pose alcuna meta,[24]
venuto il tempo che più non dimori,
ormai ch'in casa era ogni cosa cheta,
de la camera sua sola uscì fuori;
e tacita n'andò per via secreta
dove a Ruggiero avean timore e speme
gran pezzo intorno al cor pugnato insieme.

27   Come si vide il successor d'Astolfo
sopra apparir quelle ridenti stelle,
come abbia ne le vene acceso zolfo,
non par che capir[25] possa ne la pelle.
Or sino agli occhi ben nuota nel golfo
de le delizie e de le cose belle:
salta del letto, e in braccio la raccoglie,
né può tanto aspettar ch'ella si spoglie;

28   ben che né gonna né faldiglia[26] avesse;

24 *alcuna meta*: fine.
25 *capir*: stare.
26 *faldiglia*: guardinfante.

che venne avolta in un leggier zendado [27]
che sopra una camicia ella si messe,
bianca e suttil nel più eccellente grado.
Come Ruggiero abbracciò lei, gli cesse
il manto: e restò il vel suttile e rado,
che non copria dinanzi né di dietro,
più che le rose o i gigli un chiaro vetro.

29 Non così strettamente edera preme
pianta ove intorno abbarbicata s'abbia,
come si stringon li dui amanti insieme,
cogliendo de lo spirto in su le labbia
suave fior, qual non produce seme
indo o sabeo [28] ne l'odorata sabbia.
Del gran piacer ch'avean, lor dicer tocca;
che spesso avean più d'una lingua in bocca.

30 Queste cose là dentro eran secrete,
o se pur non secrete, almen taciute;
che raro fu tener le labra chete
biasmo ad alcun, ma ben spesso virtute.
Tutte proferte ed accoglienze liete
fanno a Ruggier quelle persone astute:
ognun lo reverisce e se gli inchina;
che così vuol l'innamorata Alcina.

31 Non è diletto alcun che di fuor reste;
che tutti son ne l'amorosa stanza.
E due e tre volte il dì mutano veste,
fatte or ad una ora ad un'altra usanza.
Spesso in conviti, e sempre stanno in feste,
in giostre, in lotte, in scene, in bagno, in danza.
Or presso ai fonti, all'ombra de' poggetti,
leggon d'antiqui gli amorosi detti;

32 or per l'ombrose valli e lieti colli
vanno cacciando le paurose lepri;

27 *zendado*: drappo di seta.
28 *sabeo*: dell'Arabia Felice.

or con sagaci [20] cani i fagian folli [30]
con strepito uscir fan di stoppie e vepri; [31]
or a' tordi lacciuoli, or veschi [32] molli
tendon tra gli odoriferi ginepri;
or con ami inescati ed or con reti
turbano a' pesci i grati lor secreti. [33]

33   Stava Ruggiero in tanta gioia e festa,
      mentre Carlo in travaglio ed Agramante,
      di cui l'istoria io non vorrei per questa
      porre in oblio, né lasciar Bradamante,
      che con travaglio e con pena molesta
      pianse più giorni il disiato amante,
      ch'avea per strade disusate e nuove
      veduto portar via, né sapea dove.

34   Di costei prima che degli altri dico,
      che molti giorni andò cercando invano
      pei boschi ombrosi e per lo campo aprico, [34]
      per ville, per città, per monte e piano;
      né mai poté saper del caro amico,
      che di tanto intervallo era lontano.
      Ne l'oste [35] saracin spesso venìa,
      né mai del suo Ruggier ritrovò spia.

35   Ogni dì ne domanda a più di cento,
      né alcun le ne sa mai render ragioni.
      D'alloggiamento va in alloggiamento,
      cercandone e trabacche [36] e padiglioni:
      e lo può far; che senza impedimento
      passa tra cavallieri e tra pedoni,
      mercé all'annel che fuor d'ogni uman uso
      la fa sparir quando l'è in bocca chiuso.

29 *sagaci*: dall'odorato fino.
30 *folli*: spaventati.
31 *vepri*: pruni.
32 *veschi*: vischi.
33 *secreti*: recessi.
34 *aprico*: soleggiato.
35 *oste*: campo dell'esercito.
36 *trabacche*: tende.

36 Né può né creder vuol che morto sia;
perché di sì grande uom l'alta ruina
da l'onde idaspe [37] udita si saria
fin dove il sole a riposar declina.
Non sa né dir né imaginar che via
far possa o in cielo o in terra; e pur meschina
lo va cercando, e per compagni mena
sospiri e pianti ed ogni acerba pena.

37 Pensò al fin di tornare alla spelonca
dove eran l'ossa di Merlin profeta,
e gridar tanto intorno a quella conca,
che 'l freddo marmo si movesse a pieta;
che se vivea Ruggiero, o gli avea tronca
l'alta necessità [38] la vita lieta,
si sapria quindi: e poi s'appiglierebbe
a quel miglior consiglio che n'avrebbe.

38 Con questa intenzion prese il camino
verso le selve prossime a Pontiero,[39]
dove la vocal [40] tomba di Merlino
era nascosa in loco alpestro e fiero.
Ma quella maga che sempre vicino
tenuto a Bradamante avea il pensiero,
quella, dico io, che nella bella grotta
l'avea de la sua stirpe istrutta e dotta;

39 quella benigna e saggia incantatrice,
la quale ha sempre cura di costei,
sappiendo ch'esser de' progenitrice
d'uomini invitti, anzi di semidei;
ciascun dì vuol saper che fa, che dice,
e getta ciascun dì sorte [41] per lei.
Di Ruggier liberato e poi perduto,
e dove in India andò, tutto ha saputo.

37 *idaspe*: del fiume Idaspe, in India.
38 *necessità*: la morte.
39 *Pontiero*: Pontieri (Ponthieu), castello di Gano di **Maganza**.
40 *vocal*: parlante.
41 *getta... sorte*: interroga il destino.

40 Ben veduto l'avea su quel cavallo
che regger non potea, ch'era sfrenato,
scostarsi di lunghissimo intervallo
per sentier periglioso e non usato;
e ben sapea che stava in giuoco e in ballo
e in cibo e in ozio molle e delicato,
né più memoria avea del suo signore,
né de la donna sua, né del suo onore.

41 E così il fior de li begli anni suoi
in lunga inerzia aver potria consunto
sì gentil cavallier, per dover poi
perdere il corpo e l'anima in un punto;
e quel odor,[42] che sol riman di noi
poscia che 'l resto fragile è defunto,
che tra' l'uom del sepulcro e in vita il serba,
gli saria stato o tronco o svelto in erba.

42 Ma quella gentil maga, che più cura
n'avea ch'egli medesmo di se stesso,
pensò di trarlo per via alpestre e dura
alla vera virtù, mal grado d'esso:
come eccellente medico, che cura
con ferro e fuoco e con veneno spesso,
che se ben molto da principio offende,
poi giova al fine, e grazia se gli rende.

43 Ella non gli era facile,[43] e talmente
fattane cieca di superchio amore,
che, come facea Atlante, solamente
a darli vita avesse posto il core.
Quel più tosto volea che lungamente
vivesse e senza fama e senza onore,
che, con tutta la laude che sia al mondo,
mancasse un anno al suo viver giocondo.

44 L'avea mandato all'isola d'Alcina,

42 *odor*: la fama.
43 *facile*: indulgente.

perché obliasse l'arme in quella corte;
e come mago di somma dottrina,
ch'usar sapea gl'incanti d'ogni sorte,
avea il cor stretto di quella regina
ne l'amor d'esso d'un laccio sì forte,
che non se ne era mai per poter sciorre,
s'invechiasse Ruggier più di Nestorre.[44]

45 Or tornando a colei, ch'era presaga
di quanto de' avvenir, dico che tenne
la dritta via dove l'errante e vaga
figlia d'Amon seco a incontrar si venne.
Bradamante vedendo la sua maga,
muta la pena che prima sostenne,
tutta in speranza; e quella l'apre il vero:
ch'ad Alcina è condotto il suo Ruggiero.

46 La giovane riman presso che morta,
quando ode che 'l suo amante è così lunge;
e più, che nel suo amor periglio porta,
se gran rimedio e subito non giunge:
ma la benigna maga la conforta,
e presta pon l'impiastro ove il duol punge;
e le promette e giura, in pochi giorni
far che Ruggiero a riveder lei torni.

47 — Da che, donna (dicea), l'annello hai teco,
che val contra ogni magica fattura,
io non ho dubbio alcun, che s'io l'arreco
là dove Alcina ogni tuo ben ti fura,[45]
ch'io non le rompa il suo disegno, e meco
non ti rimeni la tua dolce cura.
Me n'andrò questa sera alla prim'ora,
e sarò in India al nascer de l'aurora. —

48 E seguitando, del modo narrolle
che disegnato avea d'adoperarlo,

44 *Nestorre*: Nestore, re di Pilo, visse, secondo Omero, per tre gene-
razioni.
45 *fura*: rapisce.

per trar del regno effeminato e molle
il caro amante, e in Francia rimenarlo.
Bradamante l'annel del dito tolle;
né solamente avria voluto darlo,
ma dato il core e dato avria la vita,
pur che n'avesse il suo Ruggiero aita.

49 Le dà l'annello e se le raccomanda;
e più le raccomanda il suo Ruggiero,
a cui per lei mille saluti manda:
poi prese vêr Provenza altro sentiero.
Andò l'incantatrice a un'altra banda;
e per porre in effetto il suo pensiero,
un palafren fece apparir la sera,
ch'avea un piè rosso, e ogn'altra parte nera.

50 Credo fusse un Alchino o un Farfarello,[46]
che da l'inferno in quella forma trasse;
e scinta e scalza montò sopra a quello,
a chiome sciolte e orribilmente passe: [47]
ma ben di dito si levò l'annello,
perché gl'incanti suoi non le vietasse.
Poi con tal fretta andò, che la matina
si ritrovò ne l'isola d'Alcina.

51 Quivi mirabilmente transmutosse:
s'accrebbe più d'un palmo di statura,
e fe' le membra a proporzion più grosse;
e restò a punto di quella misura
che si pensò che 'l negromante fosse,
quel che nutrì Ruggier con sì gran cura.
Vestì di lunga barba le mascelle,
e fe' crespa la fronte e l'altra pelle.

52 Di faccia, di parole e di sembiante
sì lo seppe imitar, che totalmente
potea parer l'incantatore Atlante.

46 *Alchino... Farfarello*: nomi di diavoli danteschi (*Inf.*, XXI,
118,123).
47 *passe*: sparse.

Poi si nascose, e tanto pose mente,
che da Ruggiero allontanar l'amante
Alcina vide un giorno finalmente:
e fu gran sorte; che di stare o d'ire
senza esso un'ora potea mal patire.

53   Soletto lo trovò, come lo volle,
che si godea il matin fresco e sereno
lungo un bel rio che discorrea [48] d'un colle
verso un laghetto limpido ed ameno.
Il suo vestir delizioso e molle
tutto era d'ozio e di lascivia pieno,
che de sua man gli avea di seta e d'oro
tessuto Alcina con sottil lavoro.

54   Di ricche gemme un splendido monile
gli discendea dal collo in mezzo il petto;
e ne l'uno e ne l'altro già virile
braccio girava un lucido cerchietto.
Gli avea forato un fil d'oro sottile
ambe l'orecchie, in forma d'annelletto;
e due gran perle pendevano quindi,
qua' mai non ebbon gli Arabi né gl'Indi.

55   Umide avea l'innanellate chiome
de' più suavi odor che sieno in prezzo: [49]
tutto ne' gesti era amoroso, come
fosse in Valenza [50] a servir donne avezzo:
non era in lui di sano altro che 'l nome;
corrotto tutto il resto, e più che mézzo.[51]
Così Ruggier fu ritrovato, tanto
da l'esser suo mutato per incanto.

56   Ne la forma d'Atlante se gli affaccia
colei, che la sembianza ne tenea,

48 *discorrea*: scorreva giù, scendendo.
49 *in prezzo*: in pregio.
50 *Valenza*: città spagnola, che nel Cinquecento, godeva fama di
corruzione.
51 *mézzo*: guasto.

con quella grave e venerabil faccia
che Ruggier sempre riverir solea,
con quello occhio pien d'ira e di minaccia,
che sì temuto già fanciullo avea;
dicendo: — È questo dunque il frutto ch'io
lungamente atteso ho del sudor mio?

57　Di medolle già d'orsi e di leoni
ti porsi io dunque li primi alimenti;
t'ho per caverne ed orridi burroni
fanciullo avezzo a strangolar serpenti,
pantere e tigri disarmar d'ungioni
ed a vivi cingial trar spesso i denti,
acciò che, dopo tanta disciplina,
tu sii l'Adone [52] o l'Atide [53] d'Alcina?

58　È questo, quel che l'osservate stelle,
le sacre fibre e gli accoppiati punti,
responsi, auguri, sogni e tutte quelle
sorti,[54] ove ho troppo i miei studi consunti,
di te promesso sin da le mammelle [55]
m'avean, come quest'anni fusser giunti:
ch'in arme l'opre tue così preclare
esser dovean, che sarian senza pare?

59　Questo è ben veramente alto principio
onde si può sperar che tu sia presto
a farti un Alessandro, un Iulio, un Scipio!
Chi potea, ohimè! di te mai creder questo,
che ti facessi d'Alcina mancipio? [56]
E perché ognun lo veggia manifesto,
al collo ed alle braccia hai la catena
con che ella a voglia sua preso ti mena.

---

52 *Adone*: giovane amato da Venere.
53 *Atide*: Attis, amato da Cibele.
54 *osservate... sorti*: l'astrologia, l'esame dei visceri degli animali,
la geomanzia (l'osservazione di figure geometriche ottenute riunendo
punti segnati sul terreno), il chieder responsi, lo studio del volo
degli uccelli, l'interpretazione dei sogni, il trarre sortilegi.
55 *da le mammelle*: dall'infanzia.
56 *mancipio*: schiavo.

60 Se non ti muovon le tue proprie laudi,
    e l'opre e scelse a chi t'ha il cielo eletto,
    la tua succession perché defraudi
    del ben che mille volte io t'ho predetto?
    deh, perché il ventre eternamente claudi,[57]
    dove il ciel vuol che sia per te concetto
    la gloriosa e soprumana prole
    ch'esser de' al mondo più chiara che 'l sole?

61 Deh non vietar che le più nobil alme,
    che sian formate ne l'eterne idee,[58]
    di tempo in tempo abbian corporee salme [59]
    dal ceppo che radice in te aver dee!
    deh non vietar mille trionfi e palme,
    con che, dopo aspri danni e piaghe ree,
    tuoi figli, tuoi nipoti e successori
    Italia torneran nei primi onori!

62 Non ch'a piegarti a questo tante e tante
    anime belle aver dovesson pondo,[60]
    che chiare, illustri, inclite, invitte e sante
    son per fiorir da l'arbor tuo fecondo;
    ma ti dovria una coppia esser bastante:
    Ippolito e il fratel; che pochi il mondo
    ha tali avuti ancor fin al dì d'oggi,
    per tutti i gradi onde a virtù si poggi.[61]

63 Io solea più di questi dui narrarti,
    ch'io non facea di tutti gli altri insieme;
    sì perché essi terran le maggior parti,
    che gli altri tuoi, ne le virtù supreme;
    sì perché al dir di lor mi vedea darti
    più attenzion, che d'altri del tuo seme:
    vedea goderti che sì chiari eroi
    esser dovessen dei nipoti tuoi.

57 *claudi*: chiudi.
58 *eterne idee*: secondo la dottrina di Platone, le anime, che s'incarnano poi nei corpi, vivono come essenze immutabili ed eterne.
59 *corporee salme*: corpi.
60 *pondo*: peso, influenza.
61 *si poggi*: si salga.

64   Che ha costei che t'hai fatto regina,
      che non abbian mill'altre meretrici?
      costei che di tant'altri è concubina,
      ch'al fin sai ben s'ella suol far felici.
      Ma perché tu conosca chi sia Alcina,
      levatone le fraudi e gli artifici,
      tien questo annello in dito, e torna ad ella,
      ch'aveder ti potrai come sia bella. —

65   Ruggier si stava vergognoso e muto
      mirando in terra, e mal sapea che dire;
      a cui la maga nel dito minuto
      pose l'annello, e lo fe' risentire.[62]
      Come Ruggiero in sé fu rivenuto,
      di tanto scorno si vide assalire,
      ch'esser vorria sotterra mille braccia,
      ch'alcun veder non lo potesse in faccia.

66   Ne la sua prima forma in uno istante,
      così parlando, la maga rivenne;
      né bisognava più quella d'Atlante,
      seguitone l'effetto per che venne.
      Per dirvi quel ch'io non vi dissi inante,
      costei Melissa [63] nominata venne,
      ch'or diè a Ruggier di sé notizia vera,
      e dissegli a che effetto venuta era;

67   mandata da colei, che d'amor piena
      sempre il disia, né più può starne senza,
      per liberarlo da quella catena
      di che lo cinse magica violenza:
      e preso avea d'Atlante di Carena
      la forma, per trovar meglio credenza.
      Ma poi ch'a sanità l'ha omai ridutto,
      gli vuole aprire e far che veggia il tutto.

68   — Quella donna gentil che t'ama tanto,

62 *risentire*: tornare in sé.
63 *Melissa*: per la prima volta l'A. qui chiama per nome la maga.

quella che del tuo amor degna sarebbe,
a cui, se non ti scorda, tu sai quanto
tua libertà, da lei servata,[64] debbe;
questo annel che ripara ad ogni incanto
ti manda: e così il cor mandato avrebbe,
s'avesse avuto il cor così virtute,
come l'annello, atta alla tua salute. —

69 E seguitò narrandogli l'amore
che Bradamante gli ha portato e porta;
di quella insieme comendò il valore,
in quanto il vero e l'affezion comporta;
ed usò modo e termine migliore
che si convenga a messaggera accorta:
ed in quel odio Alcina a Ruggier pose,
in che soglionsi aver l'orribil cose.

70 In odio gli la pose, ancor che tanto
l'amasse dianzi: e non vi paia strano,
quando il suo amor per forza era d'incanto,
ch'essendovi l'annel, rimase vano.
Fece l'annel palese ancor, che quanto
di beltà Alcina avea, tutto era estrano:[65]
estrano avea, e non suo, dal piè alla treccia;
il bel ne sparve, e le restò la feccia.

71 Come fanciullo che maturo frutto
ripone, e poi si scorda ove è riposto,
e dopo molti giorni è ricondutto
là dove truova a caso il suo deposto,
si maraviglia di vederlo tutto
putrido e guasto, e non come fu posto;
e dove amarlo e caro aver solia,
l'odia, sprezza, n'ha schivo, e getta via:

72 così Ruggier, poi che Melissa fece
ch'a riveder se ne tornò la fata
con quell'annello inanzi a cui non lece,

64 *servata*: salvata.
65 *estrano*: finto.

quando s'ha in dito, usare opra incantata,
ritruova, contra ogni sua stima, invece
de la bella, che dianzi avea lasciata,
donna sì laida, che la terra tutta
né la più vecchia avea né la più brutta.

73 Pallido, crespo e macilente avea
Alcina il viso, il crin raro e canuto,
sua statura a sei palmi non giungea:
ogni dente di bocca era caduto;
che più d'Ecuba [66] e più de la Cumea, [67]
ed avea più d'ogn'altra mai vivuto.
Ma sì l'arti usa al nostro tempo ignote,
che bella e giovanetta parer puote.

74 Giovane e bella ella si fa con arte,
sì che molti ingannò come Ruggiero;
ma l'annel venne a interpretar le carte, [68]
che già molti anni avean celato il vero.
Miracol non è dunque, se si parte
de l'animo a Ruggiero ogni pensiero
ch'avea d'amare Alcina, or che la truova
in guisa, che sua fraude non le giova.

75 Ma come l'avisò Melissa, stette
senza mutare il solito sembiante,
fin che l'arme sue, più dì neglette,
si fu vestito dal capo alle piante;
e per non farle ad Alcina suspette,
finse provar s'in esse era aiutante, [69]
finse provar se gli era fatto grosso,
dopo alcun dì che non l'ha avute indosso.

76 E Balisarda [70] poi si messe al fianco

66 *Ecuba*: moglie di Priamo, re di Troia.
67 *Cumea*: si dice che la Sibilla Cumana vivesse mille anni.
68 *interpretar le carte*: scoprire il segreto.
69 *aiutante*: aitante.
70 *Balisarda*: era stata la spada di Orlando, cui poi l'aveva sottratta Brunello.

(che così nome la sua spada avea);
e lo scudo mirabile tolse anco,
che non pur gli occhi abbarbagliar solea,
ma l'anima facea sì venir manco,
che dal corpo esalata esser parea.
Lo tolse, e col zendado in che trovollo,
che tutto lo copria, sel messe al collo.

77 Venne alla stalla, e fece briglia e sella
porre a un destrier più che la pece nero:
così Melissa l'avea istrutto; ch'ella
sapea quanto nel corso era leggiero.
Chi lo conosce, Rabican [71] l'appella;
ed è quel proprio che col cavalliero
del quale i venti or presso al mar fan gioco,
portò già la balena in questo loco.

78 Potea aver l'ippogrifo similmente,
che presso a Rabicano era legato;
ma gli avea detto la maga: — Abbi mente,
ch'egli è (come tu sai) troppo sfrenato. —
E gli diede intenzion che 'l dì seguente
gli lo trarrebbe fuor di quello stato,
là dove ad agio poi sarebbe istrutto
come frenarlo e farlo gir per tutto.

79 Né sospetto darà, se non lo tolle,
de la tacita fuga ch'apparecchia.
Fece Ruggier come Melissa volle,
ch'invisibile ognor gli era all'orecchia.
Così fingendo, del lascivo e molle
palazzo uscì de la puttana vecchia;
e si venne accostando ad una porta,
donde è la via ch'a Logistilla il porta.

80 Assaltò li guardiani all'improviso,
e si cacciò tra lor col ferro in mano,

71 *Rabican*: era stato il cavallo dell'Argalia, poi di Rinaldo, e infine di Astolfo.

e qual lasciò ferito, e quale ucciso;
e corse fuor del ponte a mano a mano: [72]
e prima che n'avesse Alcina aviso,
di molto spazio fu Ruggier lontano.
Dirò ne l'altro canto che via tenne;
poi come a Logistilla se ne venne.

[72] *a mano a mano*: subito.

All'inizio del *canto ottavo* il poeta illumina il rapporto
simbolico che lega i casi occorsi nell'isola di Alcina e il
comportamento umano di fronte a quei motivi della sedu-
zione e del fascino che magicamente attraggono le menti in-
clini all'illusione; ma ben presto, dopo le avventure simboliche, romanzesche e magiche, intervengono le avventure
dolorose. All'ottava 29 si trova, inoltre, quella dichiarazione
di poetica, che, riallacciandosi alla precedente di II, 30, tra
le avventure di Ruggiero, di Rinaldo, di Angelica e di Orlando (in Francia, nell'Oceano, in Scozia e in Oriente),
inserisce una scoperta intenzione di adeguarsi alla rapinosa
varietà degli eventi terreni (« Signor, far mi conviene come
fa il buono / sonator sopra il suo instrumento arguto / che
spesso muta corda e varia suono, / ricercando ora il grave,
ora l'acuto »; ma è presente altresì un'idea di musica, di
armonia, che sale da quel mutamento (il *Furioso*, così preso
dalle onde incalzanti di un ritmo narrativo, è percorso al-
l'interno da una suprema esigenza di canto). Del resto, al-
l'ottava 33, per rendere evidenti gli artifici infernali dell'eremita che insidia Angelica, il poeta si serve di un'immagine
presa dal mondo della natura che conferisce caratteri concreti e sensibili alle sue prospettive narrative che rispecchia-
no correnti vitali : « E qual sagace can, nel mondo usato /
a volpi o lepri dar spesso la caccia, / che se la fera andar
vede da un lato, / ne va da un altro, e par sprezzi la traccia. »

Si pensi anche alla varietà delle figurazioni : Angelica è
colta mentre è tratta dal destriero entro il mare, e gli orizzonti marini fanno da sfondo a un'immagine di lei tra realistica e voluttuosa, animata da una calda intimità (« Ella
tenea la vesta in su raccolta / per non bagnarla, e traea i
piedi in alto. / Per le spalle la chioma iva disciolta, / e

l'aura le facea lascivo assalto », 36); ma, appena portata sugli scogli deserti, da un'immagine così mossa ed accarezzata, ella si trasforma e converte quasi in un'immagine di statua, fermata in un gesto dalla disperazione che la raggela. Si inizia così il secondo tempo del tema di Angelica: siamo ora nell'atmosfera della legge che impera nell'isola di Ebuda, quasi un mito pauroso. Di fronte agli incanti dell'isola di Alcina, l'isola del pianto esprime simbolicamente il pericolo orrendo di una morte senza pietà che sovrasta alla fragilità indifesa della donna bella. In relazione alla sventura di Angelica, si narra, di contro, dei tormenti, dei presentimenti, delle ossessioni di Orlando, quasi a testimoniare di una sua inquieta partecipazione al destino della donna. Una tenerezza struggente penetra nella parola carezzevole dell'eroe (« Come, poi che la luce è dipartita, / riman tra' boschi la smarrita agnella », 76), mentre nel paesaggio notturno (« Già in ogni parte gli animanti lassi / davan riposo ai travagliati spirti », 79), in cui tornano motivi virgiliani (*Aen.*, VIII, 26-27), si affaccia a lui in sogno l'immagine della donzella perduta e implorante. Così Orlando è tratto ad allontanarsi da Parigi, mentre dietro di lui vanno prima Brandimarte, poi Fiordiligi, sì che ormai un vento di dispersione sparge eroi ed eroine verso ignote direzioni.

Col *canto nono* s'inizia l'*amorosa inchiesta* di Orlando, che durerà per tutto l'inverno e la primavera. Seguono gli incontri di Orlando con la donzella che lo invita a partecipare all'impresa contro Ebuda, e con l'altra donzella che vuol indurlo a soccorrere Olimpia. La disperazione, la solitudine e la tragica vendetta di Olimpia introducono a un'atmosfera luttuosa e patetica ben più intensa di quella dell'avventura di Ginevra, cui aveva portato soccorso Rinaldo: entrambe le vicende rivelano un fondo di umanità inquieta ed affannata che presenta una linea di svolgimento assai diversa da quella indicata dalla trama che lega insieme Ruggiero, Bradamante, Atlante, Melissa, Alcina.

Ma l'imprecazione di Orlando, che ha tratto vendetta dell'inumana crudeltà di Cimosco, contro la sua arma da fuoco (« O maledetto, o abominoso ordigno », 91) non risale solo a note dell'animo più profondo del paladino, esprime anche una reazione del poeta stesso, sia per la consapevolezza del tramonto della civiltà degli ideali cavallereschi, sia per la sua amara esperienza di quanto quelle armi significarono per l'affermazione degli eserciti delle monarchie nazionali straniere trascorrenti per la penisola.

Il *canto decimo* porta mutamenti radicali nella cupa, nordica storia di Olimpia, introducendo gli amorosi strazi di lei, abbandonata come Arianna in Ovidio (*Ars amatoria,* I, 527 e sgg.). Il tradimento di Bireno si consuma in una delle tante isole fantastiche del *Furioso*, che, come le selve, costituiscono i luoghi ideali ove le avventure trovano sfondi figurativi tra i più rispondenti. La figura di Olimpia, invece, tra ricordi mitologici ovidiani (« e s'udìr le alcione alla marina / de l'antico infortunio lamentarse », 20), tra accenni realistici immersi in una atmosfera onirica e le note di un sentimento che prolunga e distende i suoi lamenti in un paesaggio di desolazione lirica e musicale, quasi talvolta allude a un presentimento della musica tassiana, ma poi si comprende che tali note s'inseriscono in una situazione narrativa dall'ampio e diverso rilievo, come una, non come la sola, delle componenti liriche. Si ricollega, infatti, ad esempio, alla storia di Angelica l'immagine ossessiva del « sasso » (34), quello su cui Olimpia si protende verso il mare, e quello, metaforico, in cui ella par trasformata: Ebuda è davvero l'isola che impietra. Appare inoltre significativo poeticamente il fatto che Orlando, il quale appunto salverà Olimpia, troverà nella storia di lei un'anticipazione in atto di quel tradimento crudele che porterà lui stesso a pazzia.

Il poeta passa a narrare delle avventure di Ruggiero che entra nel regno di Logistilla, sorella di Alcina, ma simbolo della ragione e della virtù (in una dinamica intuizione rinascimentale del rivelarsi delle forze che presiedono alla vita), mentre Alcina, abbandonata e vinta, è spinta a desiderare quella morte che, come fata, non può ottenere. Tra il paesaggio dell'isola di Alcina e quello dell'isola di Ebuda, assumono caratteri di incorrotta e duratura freschezza le immagini dei giardini di Logistilla, ricchi di memorie classiche (anche di Lucrezio, *De rerum natura*, III, 18-22), ma ispirati soprattutto a un bisogno di limpida serenità (« era perpetua la verdura, / perpetua la beltà de' fiori eterni », 63). Alla fine del canto il poeta narra della liberazione di Angelica da

Ebuda per opera di Ruggiero volante sull'Ippogrifo: ivi la bellezza ignuda di Angelica si propone nella sua raggiante perfezione come l'immagine stessa della bellezza della Natura, cui s'aggiungono i fremiti gentili della « lacrima » e dell'« aura » (96).

All'inizio del *canto undicesimo* svaniscono tali intensi rapimenti fantastici per opera dei tentativi amorosi di Ruggiero nei confronti della bella salvata, anche se essi vengono delusi e risolti in direzione comico-realistica per le virtù magiche dell'anello fatato. Orlando intanto affronta anch'egli l'Orca, in un combattimento titanico, senza l'ausilio di scudi incantati come Ruggiero; ed il suo destino, ancora una volta, appare fatalmente congiunto a quello di Olimpia tradita (anche se egli quasi ignorerà quella tragica, voluttuosa bellezza), ma egli rivelerà nel suo battagliare un tale impeto d'azione da suscitare l'idea di una lotta contro la Natura stessa nelle sue forme più terribili e gigantesche. Si ricordi, in particolare, quell'apertura, grave per toni carichi di orrore, che annuncia l'apparizione della fiera smisurata: « Come d'oscura valle umida ascende / nube di pioggia e di tempeste pregna » (35).

Nel *canto dodicesimo* continua l'amorosa inchiesta d'Orlando, paragonata a quella condotta da Cerere per ritrovare la figlia, e il paladino sembra anche finalmente incontrare Angelica; ma si tratta solo di un fantasma creato da Atlante, per attirare lui dentro la « gabbia » del palazzo incantato, ove le illusioni si moltiplicano all'interno e all'esterno, si spengono e rinascono in un fluttuare continuo. Proprio nel palazzo tuttavia Orlando è raggiunto dalla vera Angelica, già invisibile per l'anello, che si rivela a lui, sfatando l'incanto, per poi di nuovo sparire: « l'annel che le schivò più d'un disagio/ tra le rosate labra si chiudea » (34). Si produce prima quasi un vortice di illusioni (« di su, di giù, dentro e di fuor cercando », 29), con tutti i cavalieri che verso di lei accorrono, e quindi un movimento di dispersione, in cui realtà ed illusione tra loro si confondono, offrendo l'immagine di una mimesi del movimento e del mutamento che risponde intimamente al motivo e alla natura di Angelica fuggente. Orlando, invece, nella sua inchiesta, presenta costantemente la testimonianza di un pensiero cui egli resta fedele attraverso il variare del tempo (« né notte, o giorno, o pioggia, o sol l'arresta », 67) e durante le sue imprese, compiute in solitudine ed appena illuminate dalla immagine della fanciulla di cui va sognando trepidamente come di una « paurosa lepre » (87).

Ma, nel *canto tredicesimo*, un altro incontro di Orlando (dopo quello con Olimpia) assumerà grande valore allusivo, quello con Issabella, divisa dall'amante suo, Zerbino, e prigioniera dei ladroni, in aggiunta poi perseguitata da un traditore, Odorico il Biscaglino, della razza di Pinabello, Polinesso e Bireno. È il momento, anche, in cui l'immensa superiorità morale di Orlando risplende dinanzi alla turpe figura del ladrone (« Sorrise amaramente in piè salito », 35). Comincia inoltre, in seguito a queste avventure, una nuova grottesca fuga, quella della vecchia Gabrina amica dei malandrini, perpetuamente inseguita dalle proprie colpe e dalle vendette delle persone tradite ed offese. Infine Bradamante, che, istruita dalla maga Melissa, dovrebbe essere in grado di distruggere il palazzo d'Atlante, rimane invischiata negli inganni del mago che assume le sembianze dell'amato Ruggiero: « fu sommersa nel comune errore » (79). Può ritornare quindi (da II, 30) il motivo conduttore dell'intreccio delle « fila » e del mutare, che è forma essenziale della intuizione del poema: « Di molte fila esser bisogno parme / a condur la gran tela in ch'io lavoro » (81).

1   Oh quante sono incantatrici, oh quanti
     incantator tra noi, che non si sanno!
     che con lor arti uomini e donne amanti
     di sé, cangiando i visi lor, fatto hanno.
     Non con spirti costretti[1] tali incanti,
     né con osservazion di stelle fanno;
     ma con simulazion, menzogne e frodi
     legano i cor d'indissolubil nodi.

2   Chi l'annello d'Angelica, o più tosto
     chi avesse quel de la ragion, potria
     veder a tutti il viso, che nascosto
     da finzione e d'arte non saria.
     Tal ci par bello e buono, che, deposto
     il liscio,[2] brutto e rio forse parria.
     Fu gran ventura quella di Ruggiero,
     ch'ebbe l'annel che gli scoperse il vero.

3   Ruggier (come io dicea) dissimulando,
     su Rabican venne alla porta armato:
     trovò le guardie sprovedute, e quando
     giunse tra lor, non tenne il brando a lato.
     Chi morto e chi a mal termine lasciando,
     esce del ponte, e il rastrello[3] ha spezzato:
     prende al bosco la via; ma poco corre,
     ch'ad un de' servi de la fata occorre.[4]

---

1 *costretti*: evocati per opera di magìa.
2 *liscio*: belletto.
3 *rastrello*: stecconata.
4 *occorre*: s'incontra con.

4   Il servo in pugno avea un augel grifagno [5]
      che volar con piacer facea ogni giorno,
      ora a campagna, ora a un vicino stagno,
      dove era sempre da far preda intorno:
      avea da lato il can fido compagno:
      cavalcava un ronzin non troppo adorno.
      Ben pensò che Ruggier dovea fuggire,
      quando lo vide in tal fretta venire.

5   Se gli fe' incontra, e con sembiante altiero
      gli domandò perché in tal fretta gisse.
      Risponder non gli volse il buon Ruggiero:
      perciò colui, più certo che fuggisse,
      di volerlo arrestar fece pensiero;
      e distendendo il braccio manco, disse:
      — Che dirai tu, se subito ti fermo?
      se contra questo augel non avrai schermo? [6] —

6   Spinge l'augello: e quel batte sì l'ale,
      che non l'avanza Rabican di corso.
      Del palafreno il cacciator giù sale, [7]
      e tutto a un tempo gli ha levato il morso.
      Quel par da l'arco uno aventato strale,
      di calci formidabile e di morso;
      e 'l servo dietro sì veloce viene,
      che par ch'il vento, anzi che il fuoco il mene.

7   Non vuol parere il can d'esser più tardo,
      ma segue Rabican con quella fretta
      con che le lepri suol seguire il pardo. [8]
      Vergogna a Ruggier par, se non aspetta.
      Voltasi a quel che vien sì a piè gagliardo;
      né gli vede arme, fuor ch'una bacchetta,
      quella con che ubidire al cane insegna:
      Ruggier di trar la spada si disdegna.

5 *grifagno*: rapace.
6 *schermo*: difesa.
7 *sale*: salta.
8 *pardo*: ghepardo.

8   Quel se gli appressa, e forte lo percuote;
     lo morde a un tempo il can nel piede manco.
     Lo sfrenato destrier la groppa scuote
     tre volte e più, né falla il destro fianco.
     Gira l'augello e gli fa mille ruote,
     e con l'ugna sovente il ferisce anco:
     sì il destrier collo strido impaurisce,
     ch'alla mano e allo spron poco ubidisce.

9   Ruggiero, al fin costretto, il ferro caccia; [9]
     e perché tal molestia se ne vada,
     or gli animali, or quel villan minaccia
     col taglio e con la punta de la spada.
     Quella importuna turba più l'impaccia:
     presa ha chi qua chi là tutta la strada.
     Vede Ruggiero il disonore e il danno
     che gli averrà, se più tardar lo fanno.

10   Sa ch'ogni poco più ch'ivi rimane,
     Alcina avrà col populo alle spalle:
     di trombe, di tamburi e di campane
     già s'ode alto rumore in ogni valle.
     Contra un servo senza arme e contra un cane
     gli par ch'a usar la spada troppo falle: [10]
     meglio e più breve è dunque che gli scopra
     lo scudo che d'Atlante era stato opra.

11   Levò il drappo vermiglio in che coperto
     già molti giorni lo scudo si tenne.
     Fece l'effetto mille volte esperto
     il lume, ove a ferir negli occhi venne:
     resta dai sensi il cacciator deserto,
     cade il cane e il ronzin, cadon le penne,
     ch'in aria sostener l'augel non ponno.
     Lieto Ruggier li lascia in preda al sonno.

12   Alcina, ch'avea intanto avuto aviso

9 *caccia*: sfodera.
10 *falle*: sbagli.

di Ruggier, che sforzato avea la porta,
e de la guardia buon numero ucciso,
fu, vinta dal dolor, per restar morta.
Squarciossi i panni e si percosse il viso,
e sciocca nominossi e malaccorta;
e fece dar all'arme immantinente,
e intorno a sé raccor tutta sua gente.

13   E poi ne fa due parti, e manda l'una
per quella strada ove Ruggier camina;
al porto l'altra subito raguna,
imbarca, ed uscir fa ne la marina:
sotto le vele aperte il mar s'imbruna.[11]
Con questi va la disperata Alcina,
che 'l desiderio di Ruggier sì rode,
che lascia sua città senza custode.

14   Non lascia alcuno a guardia del palagio:
il che a Melissa che stava alla posta
per liberar di quel regno malvagio
la gente ch'in miseria v'era posta,
diede commodità, diede grande agio
di gir cercando ogni cosa a sua posta,
imagini abbruciar, suggelli torre,
e nodi e rombi e turbini [12] disciorre.

15   Indi pei campi accelerando i passi,
gli antiqui amanti ch'erano in gran torma
conversi in fonti, in fere, in legni, in sassi,
fe' ritornar ne la lor prima forma.
E quei, poi ch'allargati furo i passi,[13]
tutti del buon Ruggier seguiron l'orma:
a Logistilla si salvaro; ed indi
tornaro a Sciti, a Persi, a Greci, ad Indi.

11 *s'imbruna*: tante e così grandi sono le vele, che gettano ombra sul mare.
12 *imagini... turbini*: figure di cera, sigilli per imprimere segni magici, viluppi in forma di nodo, di rombo o di spirale.
13 *allargati... passi*: fu resa libera la strada.

16   Li rimandò Melissa in lor paesi,
       con obligo di mai non esser sciolto.[14]
       Fu inanzi agli altri il duca degl'Inglesi
       ad esser ritornato in uman volto;
       che 'l parentado in questo e li cortesi
       prieghi del buon Ruggier gli giovar molto:
       oltre i prieghi, Ruggier le diè l'annello,
       acciò meglio potesse aiutar quello.

17   A' prieghi dunque di Ruggier, rifatto
       fu 'l paladin ne la sua prima faccia.
       Nulla pare a Melissa d'aver fatto,
       quando ricovrar [15] l'arme non gli faccia,
       e quella lancia d'or, ch'al primo tratto
       quanti ne tocca de la sella caccia:
       de l'Argalia, poi fu d'Astolfo lancia,
       e molto onor fe' a l'uno e a l'altro in Francia.

18   Trovò Melissa questa lancia d'oro,
       ch'Alcina avea reposta nel palagio,
       e tutte l'arme che del duca foro,
       e gli fur tolte ne l'ostel [16] malvagio.
       Montò il destrier del negromante moro,
       e fe' montar Astolfo in groppa ad agio;
       e quindi a Logistilla si condusse
       d'un'ora prima che Ruggier vi fusse.

19   Tra duri sassi e folte spine già
       Ruggiero intanto invèr la fata saggia,
       di balzo in balzo, e d'una in altra via
       aspra, solinga, inospita e selvaggia;
       tanto ch'a gran fatica riuscia
       su la fervida nona [17] in una spiaggia
       tra 'l mare e 'l monte, al mezzodì scoperta,
       arsiccia, nuda, sterile e deserta.

14 *obligo... sciolto*: indissolubile.
15 *ricovrar*: ricuperare.
16 *ostel*: palazzo d'Alcina.
17 *fervida nona*: in antico l'ora nona corrispondeva alle tre pomeri-
diane, cominciando il computo a partire dalle sei antimeridiane;
dopo il Mille la nona corrispondeva al mezzogiorno.

20   Percuote il sole ardente il vicin colle;
      e del calor che si riflette a dietro,
      in modo l'aria e l'arena ne bolle,
      che saria troppo a far liquido il vetro.
      Stassi cheto ogni augello all'ombra molle:
      sol la cicala col noioso metro [18]
      fra i densi rami del fronzuto stelo [19]
      le valli e i monti assorda, e il mare e il cielo.

21   Quivi il caldo, la sete, e la fatica
      ch'era di gir per quella via arenosa,
      facean, lungo la spiaggia erma ed aprica,
      a Ruggier compagnia grave e noiosa.
      Ma perché non convien che sempre io dica,
      né ch'io vi occupi sempre in una cosa,
      io lascerò Ruggiero in questo caldo,
      e girò in Scozia a ritrovar Rinaldo.

22   Era Rinaldo molto ben veduto
      dal re, da la figliola e dal paese.
      Poi la cagion che quivi era venuto,
      più ad agio il paladin fece palese:
      ch'in nome del suo re chiedeva aiuto
      e dal regno di Scozia e da l'inglese;
      ed ai preghi suggiunse anco di Carlo,
      giustissime cagion di dover farlo:

23   Dal re, senza indugiar, gli fu risposto,
      che di quanto sua forza s'estendea,
      per utile ed onor sempre disposto
      di Carlo e de l'Imperio esser volea;
      e che fra pochi dì gli avrebbe posto
      più cavallieri in punto che potea;
      e se non ch'esso era oggimai pur vecchio,
      capitano verria del suo apparecchio. [20]

18 *metro*: canto.
19 *stelo*: albero.
20 *apparecchio*: esercito.

24 Né tal rispetto [21] ancor gli parria degno
di farlo rimaner, se non avesse
il figlio,[22] che di forza, e più d'ingegno,
dignissimo era a chi'l governo desse,
ben che non si trovasse allor nel regno;
ma che sperava che venir dovesse
mentre ch'insieme aduneria lo stuolo;
e ch'adunato il troveria il figliuolo.

25 Così mandò per tutta la sua terra
suoi tesorieri a far cavalli e gente;
navi apparecchia e munizion da guerra,
vettovaglia e danar maturamente.[23]
Venne intanto Rinaldo in Inghilterra,
e 'l re nel suo partir cortesemente
insino a Beroicche [24] accompagnollo;
e visto pianger fu quando lasciollo.

26 Spirando il vento prospero alla poppa,
monta Rinaldo, ed a Dio dice a tutti:
la fune indi al viaggio il nocchier sgroppa; [25]
tanto che giunge ove nei salsi flutti
il bel Tamigi amareggiando intoppa.[26]
Col gran flusso [27] del mar quindi condutti
i naviganti per camin sicuro
a vela e remi insino a Londra furo.

27 Rinaldo avea da Carlo e dal re Otone,
che con Carlo in Parigi era assediato,
al principe di Vallia [28] commissione
per contrasegni e lettere portato,
che ciò che potea far la regione
di fanti e di cavalli in ogni lato,

---

21 *rispetto*: motivo.
22 *il figlio*: Zerbino.
23 *maturamente*: in fretta.
24 *Beroicche*: Berwick.
25 *sgroppa*: scioglie.
26 *intoppa*: entra.
27 *gran flusso*: alta marea.
28 *Vallia*: Wales, Galles.

tutto debba a Calesio [29] traghittarlo,
sì che aiutar si possa Francia e Carlo.

28 Il principe ch'io dico, ch'era, in vece
    d'Oton, rimaso nel seggio reale,
    a Rinaldo d'Amon tanto onor fece,
    che non l'avrebbe al suo re fatto uguale:
    indi alle sue domande satisfece;
    perché a tutta la gente marziale [30]
    e di Bretagna e de l'isole intorno
    di ritrovarsi al mar prefisse il giorno.

29 Signor, far mi convien come fa il buono
    sonator [31] sopra il suo istrumento arguto, [32]
    che spesso muta corda, e varia suono,
    ricercando ora il grave, ora l'acuto.
    Mentre a dir di Rinaldo attento sono,
    d'Angelica gentil m'è sovenuto,
    di che lasciai ch'era da lui fuggita,
    e ch'avea riscontrato uno eremita.

30 Alquanto la sua istoria io vo' seguire.
    Dissi che domandava con gran cura,
    come potesse alla marina gire;
    che di Rinaldo avea tanta paura,
    che, non passando il mar, credea morire,
    né in tutta Europa si tenea sicura:
    ma l'eremita a bada la tenea,
    perché di star con lei piacere avea.

31 Quella rara bellezza il cor gli accese,
    e gli scaldò le frigide medolle:
    ma poi che vide che poco gli attese,
    e ch'oltra soggiornar seco non volle,

29 *Calesio*: Calais.
30 *gente marziale*: gente d'arme.
31 *buono sonator*: immagine viva dell'armonioso fantasticare a-
riosteo.
32 *arguto*: risonante e armonioso.

di cento punte l'asinello offese; [33]
né di sua tardità però lo tolle:
e poco va di passo e men di trotto,
né stender gli si vuol la bestia sotto.

32 E perché molto dilungata s'era,
e poco più, n'avria perduta l'orma,
ricorse il frate alla spelonca nera,[34]
e di demoni uscir fece una torma:
e ne sceglie uno di tutta la schiera,
e del bisogno suo prima l'informa;
poi lo fa entrare adosso al corridore,
che via gli porta con la donna il core.

33 E qual sagace can, nel monte usato
a volpi o lepri dar spesso la caccia,
che se la fera andar vede da un lato,
ne va da un altro, e par sprezzi la traccia;
al varco poi lo senteno arrivato,
che l'ha già in bocca, e l'apre il fianco e straccia:
tal l'eremita per diversa strada
aggiugnerà la donna ovunque vada.

34 Che sia il disegno suo, ben io comprendo:
e dirollo anco a voi, ma in altro loco.
Angelica di ciò nulla temendo,
cavalcava a giornate, or molto or poco.
Nel cavallo il demon si già coprendo,[35]
come si cuopre alcuna volta il fuoco,
che con sì grave incendio poscia avampa,
che non si estingue, e a pena se ne scampa.

35 Poi che la donna preso ebbe il sentiero
dietro il gran mar [36] che li Guasconi lava,
tenendo appresso all'onde il suo destriero,

33 *offese*: spronò.
34 *spelonca nera*: l'inferno.
35 *si già coprendo*: si nascondeva.
36 *il gran mar*: l'Atlantico.

dove l'umor la via più ferma dava;[37]
quel le fu tratto dal demonio fiero
ne l'acqua sì, che dentro vi nuotava.
Non sa che far la timida donzella,
se non tenersi ferma in su la sella.

36 Per tirar briglia, non gli può dar volta:
più e più sempre quel si caccia in alto.[38]
Ella tenea la vesta in su raccolta
per non bagnarla, e traea i piedi in alto.
Per le spalle la chioma iva disciolta,
e l'aura le facea lascivo [39] assalto.
Stavano cheti tutti i maggior venti,
forse a tanta beltà, col mare, attenti.

37   Ella volgea i begli occhi a terra invano,
che bagnavan di pianto il viso e 'l seno,
e vedea il lito andar sempre lontano
e decrescer più sempre e venir meno.
Il destrier, che nuotava a destra mano,
dopo un gran giro la portò al terreno
tra scuri sassi e spaventose grotte,
già cominciando ad oscurar la notte.

38 Quando si vide sola in quel deserto,
che a riguardarlo sol, mettea paura,
ne l'ora che nel mar Febo coperto
l'aria e la terra avea lasciata oscura,
fermossi in atto ch'avria fatto incerto
chiunque avesse vista sua figura,
s'ella era donna sensitiva e vera,
o sasso colorito in tal maniera.

39 Stupida e fissa nella incerta sabbia,
coi capelli disciolti e rabuffati,
con le man giunte e con l'immote labbia,
i languidi occhi al ciel tenea levati,

37 *dove... dava*: dove l'acqua rassodava la sabbia.
38 *in alto*: mare.
39 *lascivo*: scherzoso.

come accusando il gran Motor che l'abbia
tutti inclinati [40] nel suo danno i fati.
Immota e come attonita stè alquanto;
poi sciolse al duol la lingua, e gli occhi al pianto.

40   Dicea: — Fortuna, che più a far ti resta
acciò di me ti sazi e ti disfami? [41]
che dar ti posso omai più, se non questa
misera vita? ma tu non la brami;
ch'ora a trarla del mar sei stata presta,
quando potea finir suoi giorni grami:
perché ti parve di voler più ancora
vedermi tormentar prima ch'io muora.

41   Ma che mi possi nuocere non veggio,
più di quel che sin qui nociuto m'hai.
Per te cacciata son del real seggio,
dove più ritornar non spero mai:
ho perduto l'onor, ch'è stato peggio;
che, se ben con effetto io non peccai,
io do però materia ch'ognun dica,
ch'essendo vagabonda, io sia impudica.

42   Ch'aver può donna al mondo più di buono,
a cui la castità levata sia?
Mi nuoce, ahimè! ch'io son giovane, e sono
tenuta bella, o sia vero o bugia.
Già non ringrazio il ciel di questo dono;
che di qui nasce ogni ruina mia:
morto per questo fu Argalia mio frate,
che poco gli giovar l'arme incantate:

43   per questo il re di Tartaria Agricane
disfece il genitor mio Galafrone, [42]
ch'in India, del Cataio era gran Cane;

---

40 *l'abbia... inclinati*: le abbia rivolto contro.
41 *ti disfami*: possa placare la tua fame.
42 *Galafrone*: l'Innamorato racconta che Agricane, re di Tartaria, attaccò e sconfisse Galafrone, padre di Angelica e Gran Can del Cataio, in India, cioè in Asia.

onde io son giunta a tal condizione,
che muto albergo da sera a dimane.
Se l'aver, se l'onor, se le persone
m'hai tolto, e fatto il mal che far mi puoi,
a che più doglia anco serbar mi vuoi?

44 Se l'affogarmi in mar morte non era
a tuo senno crudel, pur ch'io ti sazi,
non recuso che mandi alcuna fera
che mi divori, e non mi tenga in strazi.
D'ogni martir che sia, pur ch'io ne pera,
esser non può ch'assai non ti ringrazi. —
Così dicea la donna con gran pianto,
quando le apparve l'eremita accanto.

45 Avea mirato da l'estrema cima
d'un rilevato sasso l'eremita
Angelica, che giunta alla parte ima
è de lo scoglio, afflitta e sbigottita.
Era sei giorni egli venuto prima;
ch'un demonio il portò per via non trita: [43]
e venne a lei fingendo divozione
quanta avesse mai Paulo o Ilarione.[44]

46 Come la donna il cominciò a vedere,
prese, non conoscendolo, conforto;
e cessò a poco a poco il suo temere,
ben che ella avesse ancora il viso smorto.
Come fu presso, disse: — Miserere,
padre, di me, ch'i' son giunta a mal porto. —
E con voce interrotta dal singulto
gli disse quel ch'a lui non era occulto.

47 Comincia l'eremita a confortarla
con alquante ragion belle e divote;
e pon l'audaci man, mentre che parla,

---

43 *trita*: frequentata.
44 *Paulo o Ilarione*: Paolo di Tebe, anacoreta d'Egitto; Ilarione, anacoreta della Palestina.

or per lo seno, or per l'umide gote:
poi più sicuro va per abbracciarla;
ed ella sdegnosetta lo percuote
con una man nel petto, e lo rispinge,
e d'onesto rossor tutta si tinge.

48 Egli, ch'allato avea una tasca,[45] aprilla,
e trassene una ampolla di liquore;
e negli occhi possenti, onde sfavilla
la più cocente face ch'abbia Amore,
spruzzò di quel leggiermente una stilla,
che di farla dormire ebbe valore.
Già resupina ne l'arena giace
a tutte voglie del vecchio rapace.

49 Egli l'abbraccia ed a piacer la tocca
ed ella dorme e non può fare ischermo.
Or le bacia il bel petto, ora la bocca;
non è chi 'l veggia in quel loco aspro ed ermo.
Ma ne l'incontro il suo destrier [46] trabocca;
ch'al disio non risponde il corpo infermo:
era mal atto, perché avea troppi anni;
e potrà peggio, quanto più l'affanni.

50 Tutte le vie, tutti li modi tenta,
ma quel pigro rozzon [47] non però salta.
Indarno il fren gli scuote, e lo tormenta;
e non può far che tenga la testa alta.
Al fin presso alla donna s'addormenta;
e nuova altra sciagura anco l'assalta:
non comincia Fortuna mai per poco,
quando un mortal si piglia a scherno e a gioco.

51 Bisogna, prima ch'io vi narri il caso,
ch'un poco dal sentier dritto mi torca.
Nel mar di tramontana invêr l'occaso,
oltre l'Irlanda una isola si corca,

45 *tasca*: borsa.
46 *il suo destrier*: tutto il brano gioca sul doppio senso.
47 *rozzon*: cavallo vecchio e di cattiva razza.

179

Ebuda [48] nominata; ove è rimaso
il popul raro, poi che la brutta orca [49]
e l'altro marin gregge la distrusse,
ch'in sua vendetta Proteo [50] vi condusse.

52 Narran l'antique istorie, o vere o false,
    che tenne già quel luogo un re possente,
    ch'ebbe una figlia, in cui bellezza valse
    e grazia sì, che poté facilmente,
    poi che mostrossi in su l'arene salse,
    Proteo lasciare in mezzo l'acque ardente; [51]
    e quello, un dì che sola ritrovolla,
    compresse, [52] e di sé gravida lasciolla.

53 La cosa fu gravissima e molesta
    al padre, più d'ogn'altro empio e severo:
    né per iscusa o per pietà, la testa
    le perdonò: sì può lo sdegno fiero.
    Né per vederla gravida, si resta
    di subito esequire il crudo impero:
    e 'l nipotin che non avea peccato,
    prima fece morir che fosse nato.

54 Proteo marin, che pasce il fiero armento
    di Nettunno che l'onda tutta regge,
    sente de la sua donna aspro tormento,
    e per grand'ira, rompe ordine e legge;
    sì che a mandare in terra non è lento
    l'orche e le foche, e tutto il marin gregge,
    che distruggon non sol pecore e buoi,
    ma ville e borghi e li cultori suoi:

55 e spesso vanno alle città murate,
    e d'ogn'intorno lor mettono assedio.
    Notte e dì stanno le persone armate,

---

48 *Ebuda*: complesso di isole ad occidente della Scozia.
49 *orca*: mostro marino.
50 *Proteo*: dio marino, che sapeva assumere le forme più diverse.
51 *ardente*: per amore.
52 *compresse*: la violentò.

con gran timore e dispiacevol tedio:
tutte hanno le campagne abbandonate;
e per trovarvi al fin qualche rimedio,
andarsi a consigliar di queste cose
all'oracol, che lor così rispose:

56   che trovar bisognava una donzella
che fosse all'altra di bellezza pare,
ed a Proteo sdegnato offerir quella,
in cambio de la morta, in lito al mare.
S'a sua satisfazion gli parrà bella,
se la terrà, né li verrà a sturbare:
se per questo non sta,[53] se gli appresenti [54]
una ed un'altra, fin che si contenti.

57   E così cominciò la dura sorte
tra quelle che più grate eran di faccia,
ch'a Proteo ciascun giorno una si porte,
fin che trovino donna che gli piaccia.
La prima e tutte l'altre ebbero morte;
che tutte giù pel ventre se le caccia
un'orca, che restò presso alla foce,
poi che 'l resto partì del gregge atroce.

58   O vera o falsa che fosse la cosa
di Proteo (ch'io non so che me ne dica),
servosse in quella terra, con tal chiosa,[55]
contra le donne un'empia lege antica:
che di lor carne l'orca mostruosa
che viene ogni dì al lito, si notrica.
Ben ch'esser donna sia in tutte le bande
danno e sciagura, quivi era pur grande.

59   Oh misere donzelle che trasporte
fortuna ingiuriosa al lito infausto!
dove le genti stan sul mare accorte
per far de le straniere empio olocausto;

---

53 *sta*: desiste.
54 *se gli appresenti*: gli si offra.
55 *chiosa*: interpretazione.

che, come più di fuor [56] ne sono morte,
il numer de le loro è meno esausto:
ma perché il vento ognor preda non mena,
ricercando ne van per ogni arena.

60   Van discorrendo tutta la marina
con fuste e grippi [57] ed altri legni loro,
e da lontana parte e da vicina
portan sollevamento al lor martoro.
Molte donne han per forza e per rapina,
alcune per lusinghe, altre per oro;
e sempre da diverse regioni
n'hanno piene le torri e le prigioni.

61   Passando una lor fusta a terra a terra
inanzi a quella solitaria riva
dove fra sterpi in su l'erbosa terra
la sfortunata Angelica dormiva,
smontaro alquanti galeotti [58] in terra
per riportarne e legna ed acqua viva;
e di quante mai fur belle e leggiadre
trovaro il fiore in braccio al santo padre.

62   Oh troppo cara, oh troppo eccelsa preda
per sì barbare genti e sì villane!
O Fortuna crudel, chi fia ch'il creda,
che tanta forza hai ne le cose umane,
che per cibo d'un mostro tu conceda
la gran beltà, ch'in India il re Agricane
fece venir da le caucasee porte [59]
con mezza Scizia [60] a guadagnar la morte?

63   La gran beltà, che fu da Sacripante
posta inanzi al suo onore e al suo bel regno;
la gran beltà, ch'al gran signor d'Anglante [61]

---

56 *di fuor*: di straniere.
57 *fuste e grippi*: imbarcazioni leggere, adatte alla guerra di corsa.
58 *galeotti*: marinai.
59 *caucasee porte*: tra i monti del Caucaso e il mar Caspio.
60 *Scizia*: la Tartaria.
61 *signor d'Anglante*: Orlando.

macchiò la chiara fama e l'alto ingegno;
la gran beltà che fe' tutto Levante
sottosopra voltarsi e stare al segno,[62]
ora non ha (così è rimasa sola)
chi le dia aiuto pur d'una parola.

64   La bella donna, di gran sonno oppressa,
incatenata fu prima che desta.
Portaro il frate incantator con essa
nel legno pien di turba afflitta e mesta.
La vela, in cima all'arbore rimessa,
rendé la nave all'isola funesta,
dove chiuser la donna in rocca forte,
fin a quel dì ch'a lei toccò la sorte.

65   Ma poté sì, per esser tanto bella,
la fiera gente muovere a pietade,
che molti dì le differiron quella
morte, e serbarla a gran necessitade;
e fin ch'ebber di fuore altra donzella,
perdonaro all'angelica beltade.
Al mostro fu condotta finalmente,
piangendo dietro a lei tutta la gente.

66   Chi narrerà l'angosce, i pianti, i gridi,
l'alta querela che nel ciel penetra?
maraviglia ho che non s'apriro i lidi,
quando fu posta in su la fredda pietra,
dove in catena, priva di sussidi,
morte aspettava abominosa e tetra.
Io nol dirò; che sì il dolor mi muove,
che mi sforza voltar le rime altrove,

67   e trovar versi non tanto lugubri,
fin che 'l mio spirto stanco si riabbia;
che non potrian li squalidi colubri,[63]
né l'orba tigre accesa in maggior rabbia,
né ciò che da l'Atlante ai liti rubri

62 *sottosopra... segno*: agitarsi e ubbidire.
63 *colubri*: serpenti.

venenoso erra per la calda sabbia,[64]
né veder né pensar senza cordoglio,
Angelica legata al nudo scoglio.

68 Oh se l'avesse il suo Orlando saputo,
ch'era per ritrovarla ito a Parigi;
o li dui [65] ch'ingannò quel vecchio astuto
col messo che venìa dai luoghi stigi!
fra mille morti, per donarle aiuto,
cercato avrian gli angelici vestigi:
ma che fariano, avendone anco spia,[66]
poi che distanti son di tanta via?

69 Parigi intanto avea l'assedio intorno
dal famoso figliuol [67] del re Troiano;
e venne a tanta estremitade [68] un giorno,
che n'andò quasi al suo nimico in mano:
e se non che li voti il ciel placorno,
che dilagò di pioggia oscura il piano,
cadea quel dì per l'africana lancia
il santo Impero e 'l gran nome di Francia.

70 Il sommo Creator gli occhi rivolse
al giusto lamentar del vecchio Carlo;
e con subita pioggia il fuoco tolse:
né forse uman saper potea smorzarlo.
Savio chiunque a Dio sempre si volse;
ch'altri non poté mai meglio aiutarlo.
Ben dal devoto re fu conosciuto,
che si salvò per lo divino aiuto.

71 La notte Orlando alle noiose piume

64 *ciò che... sabbia*: i serpenti velenosi che strisciano nel deserto,
dalla catena dell'Atlante al Mar Rosso.
65 *li dui*: Rinaldo e Sacripante.
66 *che fariano... spia*: che cosa potrebbero fare, anche se ne avessero
notizia.
67 *figliuol*: Agramante.
68 *estremitade*: estremo periodo.

del veloce pensier fa parte [69] assai.
Or quinci or quindi il volta,[70] or lo rassume
tutto in un loco, e non l'afferma [71] mai:
qual d'acqua chiara [72] il tremolante lume,
dal sol percossa o da' notturni rai,
per gli ampli tetti va con lungo salto
a destra ed a sinistra, e basso ed alto.

72 La donna sua, che gli ritorna a mente,
anzi che mai non era indi partita,
gli raccende nel core e fa più ardente
la fiamma che nel dì parea sopita.
Costei venuta seco era in Ponente
fin dal Cataio; e qui l'avea smarrita,
né ritrovato poi vestigio d'ella
che Carlo rotto fu presso a Bordella.[73]

73 Di questo Orlando avea gran doglia, e seco
indarno a sua sciochezza ripensava.
— Cor mio (dicea), come vilmente teco
mi son portato! ohimè, quanto mi grava
che potendoti aver notte e dì meco,
quando la tua bontà non mel negava,
t'abbia lasciato in man di Namo porre,
per non sapermi a tanta ingiuria opporre!

74 Non aveva ragione io di scusarme?
e Carlo non m'avria forse disdetto: [74]
se pur disdetto, e chi potea sforzarme?
chi ti mi volea torre al mio dispetto?
non poteva io venir più tosto all'arme?
lasciar più tosto trarmi il cor del petto?
Ma né Carlo né tutta la sua gente
di tormiti per forza era possente.

---

69 *fa parte*: rende partecipe dell'agitazione dei suoi pensieri il letto
travagliato.
70 *il volta*: volge il pensiero.
71 *non l'afferma*: non lo ferma.
72 *qual d'acqua chiara*: v. Virgilio, *Aen.*, VIII, 22 sgg.
73 *Bordella*: Bordeaux.
74 *disdetto*: contraddetto.

75 Almen l'avesse posta in guardia buona
dentro a Parigi o in qualche rocca forte.
Che l'abbia data a Namo mi consona,[75]
sol perché a perder l'abbia a questa sorte.[76]
Chi la dovea guardar meglio persona
di me? ch'io dovea farlo fino a morte;
guardarla più che 'l cor, che gli occhi miei:
e dovea e potea farlo, e pur nol fei.

76 Deh, dove senza me, dolce mia vita,
rimasa sei sì giovane e sì bella?
come, poi che la luce è dipartita,
riman tra' boschi la smarrita agnella,
che dal pastor sperando essere udita,
si va lagnando in questa parte e in quella;
tanto che 'l lupo l'ode da lontano,
e 'l misero pastor ne piagne invano.

77 Dove, speranza mia, dove ora sei?
vai tu soletta forse ancor errando?
o pur t'hanno trovata i lupi rei
senza la guardia del tuo fido Orlando?
e il fior ch'in ciel potea pormi fra i dei,
il fior ch'intatto io mi venìa serbando
per non turbarti, ohimè! l'animo casto,
ohimè! per forza avranno colto e guasto.

78 Oh infelice! oh misero! che voglio
se non morir, se 'l mio bel fior colto hanno?
O sommo Dio, fammi sentir cordoglio
prima d'ogn'altro, che di questo danno.
Se questo è ver, con le mie man mi toglio
la vita, e l'alma disperata danno. —
Così, piangendo forte e sospirando,
seco dicea l'addolorato Orlando.

79 Già in ogni parte gli animanti lassi [77]

75 *mi consona*: mi sembra probabile.
76 *a questa sorte*: in questo modo.
77 *animanti lassi*: gli esseri viventi stanchi.

davan riposo ai travagliati spirti,
chi su le piume, e chi sui duri sassi,
e chi su l'erbe, e chi su faggi o mirti:
tu le palpebre, Orlando, a pena abbassi,
punto da' tuoi pensieri acuti ed irti;
né quel sì breve e fuggitivo sonno
godere in pace anco lasciar ti ponno.

80 Parea ad Orlando, s'una verde riva
d'odoriferi fior tutta dipinta,
mirare il bello avorio, e la nativa
purpura ch'avea Amor di sua man tinta,
e le due chiare stelle onde nutriva
ne le reti d'Amor l'anima avinta:
io parlo de' begli occhi e del bel volto,
che gli hanno il cor di mezzo il petto tolto.

81 Sentia il maggior piacer, la maggior festa
che sentir possa alcun felice amante;
ma ecco intanto uscire una tempesta
che struggea i fiori, ed abbattea le piante:
non se ne suol veder simile a questa,
quando giostra aquilone, austro e levante.[78]
Parea che per trovar qualche coperto,[79]
andasse errando invan per un deserto.

82 Intanto l'infelice (e non sa come)
perde la donna sua per l'aer fosco;
onde di qua e di là del suo bel nome
fa risonare ogni campagna e bosco.
E mentre dice indarno: — Misero me!
chi ha cangiata mia dolcezza in tosco?[80] —
ode la donna sua che gli domanda,
piangendo, aiuto, e se gli raccomanda.

83 Onde par ch'esca il grido, va veloce,

78 *aquilone, austro e levante*: il vento del nord, quello del sud e
quello dell'est, in lotta tra di loro.
79 *coperto*: riparo.
80 *tosco*: veleno.

e quinci e quindi s'affatica assai.
Oh quanto è il suo dolore aspro ed atroce,
che non può rivedere i dolci rai!
Ecco ch'altronde ode da un'altra voce:
— Non sperar più gioirne in terra mai. —
A questo orribil grido risvegliossi,
e tutto pien di lacrime trovossi.

84   Senza pensar che sian l'imagin false
quando per tema o per disio si sogna,
de la donzella per modo gli calse,[81]
che stimò giunta a danno od a vergogna,
che fulminando fuor del letto salse.[82]
Di piastra e maglia, quanto gli bisogna,
tutto guarnissi, e Brigliadoro[83] tolse;
né di scudiero alcun servigio volse.

85   E per potere entrare ogni sentiero,
che la sua dignità macchia non pigli,
non l'onorata insegna del quartiero,[84]
distinta di color bianchi e vermigli,
ma portar volse un ornamento nero;
e forse acciò ch'al suo dolor simigli:
e quello avea già tolto a uno amostante,[85]
ch'uccise di sua man pochi anni inante.

86   Da mezza notte tacito si parte,
e non saluta e non fa motto al zio;
né al fido suo compagno Brandimarte,[86]
che tanto amar solea, pur dice a Dio.
Ma poi che 'l Sol con l'auree chiome sparte

81 *gli calse*: ebbe affannoso pensiero.
82 *salse*: saltò.
83 *Brigliadoro*: il cavallo d'Orlando, che egli aveva tolto ad Almonte, come la spada Durindana.
84 *quartiero*: l'insegna, a quartieri bianchi e rossi, che era stata
di Almonte.
85 *amostante*: capo saraceno.
86 *Brandimarte*: figlio di Monodante, convertito da Orlando al cri-
stianesimo e amato dalla gentile Fiordiligi.

del ricco albergo di Titone [87] uscìo
e fe' l'ombra fugire umida e nera,
s'avide il re che 'l paladin non v'era.

87   Con suo gran dispiacer s'avede Carlo
      che partito la notte è 'l suo nipote,
      quando esser dovea seco e più aiutarlo;
      e ritener la colera non puote,
      ch'a lamentarsi d'esso, ed a gravarlo
      non incominci di biasmevol note:
      e minacciar, se non ritorna, e dire
      che lo faria di tanto error pentire.

88   Brandimarte, ch'Orlando amava a pare
      di se medesmo, non fece soggiorno; [88]
      o che sperasse farlo ritornare,
      o sdegno avesse udirne biasmo e scorno;
      e volse a pena tanto dimorare,
      ch'uscisse fuor ne l'oscurar del giorno.
      A Fiordiligi sua nulla ne disse,
      perché 'l disegno suo non gl'impedisse.

89   Era questa una donna che fu molto
      da lui diletta, e ne fu raro senza;
      di costumi, di grazia e di bel volto
      dotata e d'accortezza e di prudenza:
      e se licenza or non n'aveva tolto,
      fu che sperò tornarle alla presenza
      il dì medesmo; ma gli accade poi,
      che lo [89] tardò più dei disegni suoi.

90   E poi ch'ella aspettato quasi un mese
      indarno l'ebbe, e che tornar nol vide,
      di desiderio sì di lui s'accese,
      che si partì senza compagni o guide;
      e cercandone andò molto paese,

87 *Titone*: lo sposo dell'Aurora.
88 *non fece soggiorno*: non indugiò.
89 *che lo*: cosa che lo.

come l'istoria al luogo suo dicide.[90]
Di questi dua non vi dico or più inante;
che più m'importa il cavallier d'Anglante.

91 Il qual, poi che mutato ebbe d'Almonte
le gloriose insegne, andò alla porta,
e disse ne l'orecchio: — Io sono il conte —
a un capitan che vi facea la scorta;
e fattosi abassar subito il ponte,
per quella strada che più breve porta
agl'inimici, se n'andò diritto.
Quel che seguì, ne l'altro canto è scritto.

90 *dicide*: dichiara.

1   Che non può far d'un cor ch'abbia suggetto
    questo crudele e traditore Amore,
    poi ch'ad Orlando può levar del petto
    la tanta fe' che debbe al suo signore?
    Già savio e pieno fu d'ogni rispetto,
    e de la santa Chiesa difensore;
    or per un vano amor, poco del zio,
    e di sé poco, e men cura di Dio.

2   Ma l'escuso io pur troppo, e mi rallegro
    nel mio difetto aver compagno tale;
    ch'anch'io sono al mio ben languido ed egro,
    sano e gagliardo a seguitare il male.
    Quel se ne va tutto vestito a negro,
    né tanti amici abandonar gli cale;
    e passa dove d'Africa e di Spagna
    la gente era attendata alla campagna:

3   anzi non attendata, perché sotto
    alberi e tetti l'ha sparsa la pioggia
    a dieci, a venti, a quattro, a sette, ad otto;
    chi più distante e chi più presso alloggia.
    Ognuno dorme travagliato e rotto:
    chi steso a terra, e chi alla man s'appoggia.
    Dormono; e il conte uccider ne può assai:
    né però stringe Durindana mai.

4   Di tanto core è il generoso Orlando,
    che non degna ferir gente che dorma.
    Or questo, e quando quel luogo cercando
    va, per trovar de la sua donna l'orma.

Se truova alcun che veggi,[1] sospirando
gli ne dipinge l'abito e la forma;
e poi lo priega che per cortesia
gl'insegni andar in parte ove ella sia.

5 E poi che venne il dì chiaro e lucente,
tutto cercò l'esercito moresco:
e ben lo potea far sicuramente,
avendo indosso l'abito arabesco;
ed aiutollo in questo parimente,
che sapeva altro idioma che francesco,
e l'africano tanto avea espedito,
che parea nato a Tripoli e nutrito.

6 Quivi il tutto cercò, dove dimora
fece tre giorni, e non per altro effetto;[2]
poi dentro alle cittadi e a' borghi fuora
non spiò sol per Francia[3] e suo distretto,
ma per Uvernia[4] e per Guascogna ancora
rivide sin all'ultimo borghetto:
e cercò da Provenza alla Bretagna,[5]
e dai Picardi ai termini di Spagna.[6]

7 Tra il fin d'ottobre e il capo di novembre,
ne la stagion che la frondosa vesta
vede levarsi e discoprir le membre
trepida pianta, fin che nuda resta,
e van gli augelli a strette schiere insembre,[7]
Orlando entrò ne l'amorosa inchiesta;
né tutto il verno appresso lasciò quella,
né la lasciò ne la stagion novella.

8 Passando un giorno, come avea costume,

---

1 *veggi*: vegli.
2 *effetto*: fine.
3 *Francia*: l'Ile-de-France.
4 *Uvernia*: Alvernia.
5 *da Provenza alla Bretagna*: da Est a Ovest.
6 *dai Picardi... Spagna*: da Nord a Sud.
7 *insembre*: insieme.

d'un paese in un altro, arrivò dove
parte i Normandi dai Bretoni un fiume,[8]
e verso il vicin mar cheto si muove;
ch'allora gonfio e bianco già di spume
per nieve sciolta e per montane piove:
e l'impeto de l'acqua avea disciolto
e tratto seco il ponte, e il passo tolto.

9   Con gli occhi cerca or questo lato or quello,
       lungo le ripe il paladin, se vede
       (quando né pesce egli non è, né augello)
       come abbia a por ne l'altra ripa il piede:
       ed ecco a sé venir vede un battello,
       ne la cui poppe una donzella siede,
       che di volere a lui venir fa segno;
       né lascia poi ch'arrivi in terra il legno.

10   Prora in terra non pon; che d'esser carca
       contra sua volontà forse sospetta.
       Orlando priega lei che ne la barca
       seco lo tolga, ed oltre il fiume il metta.
       Ed ella lui: — Qui cavallier non varca,
       il qual su la sua fé non mi prometta
       di fare una battaglia a mia richiesta,
       la più giusta del mondo e la più onesta.

11   Sì che s'avete, cavallier, desire
       di por per me ne l'altra ripa i passi,
       promettetemi, prima che finire
       quest'altro mese prossimo si lassi,
       ch'al re d'Ibernia [9] v'anderete a unire,
       appresso al qual la bella armata fassi
       per distrugger quell'isola d'Ebuda,
       che, di quante il mar cinge, è la più cruda.

12   Voi dovere saper ch'oltre l'Irlanda,
       fra molte che vi son, l'isola giace

8 un fiume: il Couesnon.
9 Ibernia: Irlanda.

nomata Ebuda, che per legge manda
rubando intorno il suo popul rapace;
e quante donne può pigliar, vivanda
tutte destina a un animal vorace
che viene ogni dì al lito, e sempre nuova
donna o donzella, onde si pasca, truova;

13   che mercanti e corsar che vanno attorno,
ve ne fan copia, e più delle più belle.
Ben potete contare, una per giorno,
quante morte vi sian donne e donzelle.
Ma se pietade in voi truova soggiorno,
se non sete d'Amor tutto ribelle,
siate contento esser tra questi eletto
che van per far sì fruttuoso effetto. —

14   Orlando volse a pena udire il tutto,
che giurò d'esser primo a quella impresa,
come quel ch'alcun atto iniquo e brutto
non può sentire, e d'ascoltar gli pesa:
e fu a pensare, indi a temere indutto,
che quella gente Angelica abbia presa;
poi che cercata l'ha per tanta via,
né potutone ancor ritrovar spia.

15   Questa imaginazion sì gli confuse
e sì gli tolse ogni primier disegno,
che, quanto in fretta più potea, conchiuse
di navigare a quello iniquo regno.
Né prima l'altro sol nel mar si chiuse,
che presso a San Malò [10] ritrovò un legno,
nel qual si pose; e fatto alzar le vele,
passò la notte il monte San Michele.[11]

16   Breaco [12] e Landriglier [13] lascia a man manca,
e va radendo il gran lito britone;

10 *San Malò*: in Bretagna.
11 *San Michele*: isola presso il golfo di Saint-Malo.
12 *Breaco*: Saint-Brieuc.
13 *Landriglier*: Treguier.

e poi si drizza invêr l'arena bianca,
onde Inghilterra si nomò Albione; [14]
ma il vento, ch'era da meriggie, manca,
e soffia tra il ponente e l'aquilone [15]
con tanta forza, che fa al basso porre
tutte le vele, e sé per poppa torre. [16]

17 Quanto il navilio inanzi era venuto
in quattro giorni, in un ritornò indietro,
ne l'alto mar dal buon nochier tenuto,
che non dia in terra e sembri un fragil vetro.
Il vento, poi che furioso suto [17]
fu quattro giorni, il quinto cangiò metro:
lasciò senza contrasto il legno entrare
dove il fiume [18] d'Anversa ha foce in mare.

18 Tosto che ne la foce entrò lo stanco
nochier col legno afflitto, e il lito prese,
fuor d'una terra [19] che sul destro fianco
di quel fiume sedeva, un vecchio scese,
di molta età, per quanto il crine bianco
ne dava indicio; il qual tutto cortese,
dopo i saluti, al conte rivoltosse,
che capo giudicò che di lor fosse.

19 E da parte il pregò d'una donzella,
ch'a lei venir non gli paresse grave,
la qual ritroverebbe, oltre che bella,
più ch'altra al mondo affabile e soave;
over fosse contento aspettar, ch'ella
verrebbe a trovar lui fin alla nave:
né più restio volesse esser di quanti
quivi eran giunti cavallieri erranti;

14 *Albione*: veramente i Romani credevano che il nome celtico Albione derivasse dalle bianche scogliere di Dover.
15 *aquilone*: Nord.
16 *e sé... torre*: i naviganti assecondano la direzione del vento, volgendo verso di esso la poppa.
17 *suto*: stato.
18 *il fiume*: Schelda.
19 *terra*: città.

20 che nessun altro cavallier, ch'arriva
    o per terra o per mare a questa foce,
    di ragionar con la donzella schiva,[20]
    per consigliarla in un suo caso atroce.
    Udito questo, Orlando in su la riva
    senza punto indugiarsi uscì veloce;
    e come umano e pien di cortesia,
    dove il vecchio il menò, prese la via.

21 Fu ne la terra il paladin condutto
    dentro un palazzo, ove al salir le scale,
    una donna trovò piena di lutto,
    per quanto il viso ne facea segnale,
    e i negri panni che coprian per tutto
    e le logge e le camere e le sale;
    la qual, dopo accoglienza grata e onesta
    fattol seder, gli disse in voce mesta:

22 — Io voglio che sappiate che figliuola
    fui del conte d'Olanda, a lui sì grata
    (quantunque prole io non gli fossi sola,
    ch'era da dui fratelli accompagnata),
    ch'a quanto io gli chiedea, da lui parola
    contraria non mi fu mai replicata.
    Standomi lieta in questo stato, avenne
    che ne la nostra terra un duca venne.

23 Duca era di Selandia,[21] e se ne giva
    verso Biscaglia [22] a guerreggiar coi Mori.
    La bellezza e l'età ch'in lui fioriva,
    e li non più [23] da me sentiti amori
    con poca guerra me gli fer captiva; [24]
    tanto più che, per quel ch'apparea fuori,
    io credea e credo, e creder credo il vero,
    ch'amassi ed ami me con cor sincero.

20 *schiva*: evita.
21 *Selandia*: Sjelland, isola della Danimarca.
22 *Biscaglia*: regione del nord della Spagna.
23 *non più*: non mai.
24 *captiva*: prigioniera.

24   Quei giorni che con noi contrario vento,
       contrario agli altri, a me propizio, il tenne
       (ch'agli altri fur quaranta, a me un momento:
       così al fuggire ebbon veloci penne),
       fummo più volte insieme a parlamento,[25]
       dove, che 'l matrimonio con solenne
       rito al ritorno suo saria tra nui,
       mi promise egli, ed io 'l promisi a lui.

25   Bireno a pena era da noi partito
       (che così ha nome il mio fedele amante),
       che 'l re di Frisa [26] (la qual, quanto il lito
       del mar divide il fiume, è a noi distante),
       disegnando il figliuol farmi marito,
       ch'unico al mondo avea, nomato Arbante,
       per li più degni del suo stato manda
       a domandarmi al mio padre in Olanda.

26   Io ch'all'amante mio di quella fede
       mancar non posso, che gli aveva data,
       e ancor ch'io possa. Amor non mi conciede
       che poter voglia, e ch'io sia tanto ingrata;
       per ruinar la pratica ch'in piede
       era gagliarda, e presso al fin guidata,
       dico a mio padre, che prima ch'in Frisa
       mi dia marito, io voglio essere uccisa.

27   Il mio buon padre, al qual sol piacea quanto
       a me piacea, né mai turbar mi volse,
       per consolarmi e far cessare il pianto
       ch'io ne facea, la pratica disciolse:
       di che il superbo re di Frisa tanto
       isdegno prese e a tanto odio si volse,
       ch'entrò in Olanda, e cominciò la guerra
       che tutto il sangue mio cacciò sotterra.

28   Oltre che sia robusto, e sì possente,

25 *parlamento*: colloquio.
26 *Frisa*: la Frisia, regione dell'Olanda settentrionale.

che pochi pari a nostra età ritruova,
e sì astuto in mal far, ch'altrui niente
la possanza, l'ardir, l'ingegno giova;
porta alcun'arme che l'antica gente
non vide mai, né fuor ch'a lui, la nuova:
un ferro bugio,[27] lungo da dua braccia,
déntro a cui polve ed una palla caccia.

29 Col fuoco[28] dietro ove la canna è chiusa,
tocca un spiraglio che si vede a pena;
a guisa che toccare[29] il medico usa
dove è bisogno d'allacciar la vena:
onde vien con tal suon la palla esclusa,[30]
che si può dir che tuona e che balena;
né men che soglia il fulmine ove passa,
ciò che tocca, arde, abatte, apre e fracassa.

30 Pose due volte il nostro campo in rotta
con questo inganno, e i miei fratelli uccise:
nel primo assalto il primo; che la botta,[31]
rotto l'usbergo, in mezzo il cor gli mise;
ne l'altra zuffa a l'altro, il quale in frotta[32]
fuggìa, dal corpo l'anima divise;
e lo ferì lontan dietro la spalla,
e fuor del petto uscir fece la palla.

31 Difendendosi poi mio padre un giorno
dentro un castel che sol gli era rimaso,
che tutto il resto avea perduto intorno,
lo fe' con simil colpo ire all'occaso;[33]
che mentre andava e che facea ritorno,
provedendo or a questo or a quel caso,
dal traditor fu in mezzo gli occhi colto,
che l'avea di lontan di mira tolto.

27 *un ferro bugio*: un ferro bucato, l'archibugio.
28 *fuoco*: miccia.
29 *toccare*: comprimere la ferita.
30 *esclusa*: cacciata fuori.
31 *la botta*: la palla.
32 *in frotta*: insieme con altri.
33 *ire all'occaso*: morire.

32 Morto i fratelli e il padre, e rimasa io
de l'isola d'Olanda unica erede,
il re di Frisa, perché avea disio
di ben fermare in quello stato il piede,
mi fa sapere, e così al popul mio,
che pace e che riposo mi conciede,
quando io vogli or, quel che non volsi inante,
tor per marito il suo figliuolo Arbante.

33 Io per l'odio non sì, che grave porto
a lui e a tutta la sua iniqua schiatta,
il qual m'ha dui fratelli e 'l padre morto,
saccheggiata la patria, arsa e disfatta;
come perché a colui non vo' far torto,
a cui già la promessa aveva fatta,
ch'altr'uomo non saria che mi sposasse,
fin che di Spagna a me non ritornasse:

34 — Per un mal ch'io patisco, ne vo' cento
patir (rispondo), e far di tutto il resto; ³⁴
esser morta, arsa viva, e che sia al vento
la cener sparsa, inanzi che far questo. —
Studia la gente mia di questo intento
tormi: chi priega, e chi mi fa protesto ³⁵
di dargli in mano me e la terra, prima
che la mia ostinazion tutti ci opprima.

35 Così, poi che i protesti e i prieghi invano
vider gittarsi, e che pur stava dura,
presero accordo col Frisone, e in mano,
come avean detto, gli dier me e le mura.
Quel, senza farmi alcun atto villano,
de la vita e del regno m'assicura,
pur ch'io indolcisca l'indurate voglie,
e che d'Arbante suo mi faccia moglie.

36 Io che sforzar così mi veggio, voglio,
per uscirgli di man, perder la vita;

³⁴ e far di tutto il resto: tentare l'ultima prova.
³⁵ mi fa protesto: mi dichiara apertamente.

ma se pria non mi vendico, mi doglio
più che di quanta ingiuria abbia patita.[36]
Fo pensier molti; e veggio al mio cordoglio
che solo il simular può dare aita:
fingo ch'io brami, non che non mi piaccia,
che mi perdoni e sua nuora mi faccia.

37   Fra molti ch'al servizio erano stati
      già di mio padre, io scelgo dui fratelli,
      di grande ingegno e di gran cor dotati,
      ma più di vera fede, come quelli
      che cresciutici in corte ed allevati
      si son con noi da teneri citelli; [37]
      e tanto miei, che poco lor parria
      la vita por per la salute mia.

38   Communico con loro il mio disegno:
      essi promotton d'essermi in aiuto.
      L'un viene in Fiandra, e v'apparecchia un legno;
      l'altro meco in Olanda ho ritenuto.
      Or mentre i forestieri e quei del regno
      s'invitano alle nozze, fu saputo
      che Bireno in Biscaglia avea una armata,
      per venire in Olanda, apparecchiata.

39   Però che, fatta la prima battaglia
      dove fu rotto un mio fratello e ucciso,
      spacciar [38] tosto un corrier feci in Biscaglia,
      che portassi a Bireno il tristo aviso;
      il qual mentre che s'arma e si travaglia,
      dal re di Frisa il resto fu conquiso.
      Bireno, che di ciò nulla sapea,
      per darci aiuto i legni sciolti avea.

40   Di questo avuto aviso il re frisone,
      de le nozze al figliuol la cura lassa;

36 *ma se pria... patita*: mi dolgo di non vendicarmi più che di tutte
le ingiurie patite.
37 *citelli*: bimbetti.
38 *spacciar*: mandare in fretta.

e con l'armata sua nel mar si pone:
truova il duca, lo rompe, arde e fracassa,
e, come vuol Fortuna, il fa prigione;
ma di ciò ancor la nuova a noi non passa.
Mi sposa intanto il giovene, e si vuole
meco corcar come si corchi il sole.

41   Io dietro alle cortine avea nascoso
quel mio fedele; il qual nulla si mosse
prima che a me venir vide lo sposo;
e non l'attese che corcato fosse,
ch'alzò un'accetta, e con sì valoroso
braccio dietro nel capo lo percosse,
che gli levò la vita e la parola:
io saltai presta, e gli segai la gola.

42   Come cadere il bue suole al macello,
cade il malnato [39] giovene, in dispetto
del re Cimosco, il più d'ogn'altro fello; [40]
che l'empio re di Frisa è così detto,
che morto l'uno e l'altro mio fratello
m'avea col padre, e per meglio suggetto
farsi il mio stato, mi volea per nuora;
e forse un giorno uccisa avria me ancora.

43   Prima ch'altro disturbo vi si metta,
tolto quel che più vale [41] e meno pesa,
il mio compagno al mar mi cala in fretta
da la finestra a un canape sospesa,
là dove attento il suo fratello aspetta
sopra la barca ch'avea in Fiandra presa.
Demmo le vele ai venti e i remi all'acque,
e tutti ci salvian, come a Dio piacque.

44   Non so se 'l re di Frisa più dolente
del figliol morto, o se più d'ira acceso
fosse contra di me, che 'l dì seguente

39 *malnato*: sciagurato.
40 *fello*: traditore.
41 *quel che più vale*: le gioie.

giunse là dove si trovò sì offeso.
Superbo ritornava egli e sua gente
de la vittoria e di Bireno preso;
e credendo venire a nozze e a festa,
ogni cosa trovò scura e funesta.

45   La pietà del figliuol, l'odio ch'aveva
a me, né dì né notte il lascia mai.
Ma perché il pianger morti non rileva,
e la vendetta sfoga l'odio assai,
la parte del pensier,[42] ch'esser doveva
de la pietade in sospirare e in guai,
vuol che con l'odio a investigar s'unisca,
come egli m'abbia in mano e mi punisca.

46   Quei tutti che sapeva e gli era detto
che mi fossino amici, o di quei miei
che m'aveano aiutata a far l'effetto,
uccise, o lor beni arse, o li fe' rei.
Volse uccider Bireno in mio dispetto;
che d'altro sì doler non mi potrei:
gli parve poi, se vivo lo tenesse,
che, per pigliarmi, in man la rete avesse.

47   Ma gli propone una crudele e dura
condizion: gli fa termine un anno,
al fin del qual gli darà morte oscura,
se prima egli per forza o per inganno,
con amici e parenti non procura,
con tutto ciò che ponno e ciò che sanno,
di darmigli in prigion: sì che la via
di lui salvare è sol la morte mia.

48   Ciò che si possa far per sua salute,
fuor che perder me stessa, il tutto ho fatto.
Sei castella ebbi in Fiandra, e l'ho vendute:
e 'l poco e 'l molto prezzo ch'io n'ho tratto,
parte, tentando per persone astute

42 *la parte del pensier*: quella parte dell'animo.

i guardiani corrumpere, ho distratto; [43]
e parte, per far muovere alli danni
di quell'empio or gl'Inglesi, or gli Alamanni.

49   I mezzi,[44] o che non abbiano potuto,
o che non abbian fatto il dover loro,
m'hanno dato parole e non aiuto;
e sprezzano or che n'han cavato l'oro:
e presso al fine il termine è venuto,
dopo il qual né la forza né 'l tesoro
potrà giunger più a tempo, sì che morte
e strazio schivi al mio caro consorte.

50   Mio padre e' miei fratelli mi son stati
morti per lui; per lui toltomi il regno;
per lui quei pochi beni che restati
m'eran, del viver mio soli sostegno,
per trarlo di prigione ho disipati:
né mi resta ora in che più far disegno,
se non d'andarmi io stessa in mano a porre
di sì crudel nimico, e lui disciorre.

51   Se dunque da far altro non mi resta,
né si truova al suo scampo altro riparo
che per lui por questa mia vita, questa
mia vita per lui por mi sarà caro.
Ma sola una paura mi molesta,
che non saprò far patto così chiaro,
che m'assicuri che non sia il tiranno,
poi ch'avuta m'avrà, per fare inganno.

52   Io dubito che poi che m'avrà in gabbia
e fatto avrà di me tutti li strazi,
né Bireno per questo a lasciare abbia,
sì ch'esser per me sciolto mi ringrazi;
come periuro,[45] e pien di tanta rabbia,

43 *distratto*: speso.
44 *i mezzi*: i mediatori.
45 *periuro*: spergiuro.

che di me sola uccider non si sazi:
e quel ch'avrà di me, né più né meno
faccia di poi del misero Bireno.

53 Or la cagion che conferir con voi
mi fa i miei casi, e ch'io li dico a quanti
signori e cavallier vengono a noi,
è solo acciò, parlandone con tanti,
m'insegni alcun d'assicurar che, poi
ch'a quel crudel mi sia condotta avanti,
non abbia a ritener Bireno ancora,
né voglia, morta me, ch'esso poi mora.

54 Pregato ho alcun guerrier, che meco sia
quando io mi darò in mano al re di Frisa;
ma mi prometta e la sua fe' mi dia,
che questo cambio sarà fatto in guisa,
ch'a un tempo io data, e liberato fia
Bireno: sì che quando io sarò uccisa,
morrò contenta, poi che la mia morte
avrà dato la vita al mio consorte.

55 Né fino a questo dì truovo chi toglia
sopra la fede sua d'assicurarmi,
che quando io sia condotta, e che mi voglia
aver quel re, senza Bireno darmi,
egli non lascierà contra mia voglia
che presa io sia: sì teme ognun quell'armi;
teme quell'armi, a cui par che non possa
star piastra incontra, e sia quanto vuol grossa.

56 Or, s'in voi la virtù non è diforme
dal fier sembiante e da l'erculeo aspetto,
e credete poter darmegli, e torme
anco da lui, quando non vada retto;[46]
siate contento d'esser meco a porme

---

[46] *credete... retto*: stimate di poter consegnarmi a lui, e anche di poter togliermi a lui, se non mantiene i patti.

ne le man sue: ch'io non avrò sospetto,[47]
quando voi siate meco, se ben io
poi ne morrò, che muora il signor mio. —

57   Qui la donzella il suo parlar conchiuse,
     che con pianto e sospir spesso interroppe.
     Orlando, poi ch'ella la bocca chiuse,
     le cui voglie al ben far mai non fur zoppe,[48]
     in parole con lei non si diffuse;
     che di natura non usava troppe:
     ma le promise, e la sua fé le diede,
     che faria più di quel ch'ella gli chiede.

58   Non è sua intenzion ch'ella in man vada
     del suo nimico per salvar Bireno:
     ben salverà amendui, se la sua spada
     e l'usato valor non gli vien meno.
     Il medesimo dì piglian la strada,
     poi c'hanno il vento prospero e sereno.
     Il paladin s'affretta; che di gire
     all'isola del mostro avea desire.

59   Or volta all'una, or volta all'altra banda
     per gli alti stagni [49] il buon nochier la vela:
     scuopre un'isola e un'altra di Zilanda; [50]
     scuopre una inanzi, e un'altra a dietro cela.
     Orlando smonta il terzo dì in Olanda;
     ma non smonta colei che si querela
     del re di Frisa: Orlando vuol che intenda
     la morte di quel rio, prima che scenda.

60   Nel lito armato il paladino varca [51]
     sopra un corsier di pel tra bigio e nero,
     nutrito in Fiandra e nato in Danismarca,
     grande e possente assai più che leggiero;

47 *sospetto*: timore.
48 *zoppe*: lente.
49 *alti stagni*: profonde distese d'acqua.
50 *Zilanda*: Zelanda, regione della Fiandra olandese.
51 *varca*: passa.

però ch'avea, quando si messe in barca,
in Bretagna lasciato il suo destriero,
quel Brigliador sì bello e sì gagliardo,
che non ha paragon, fuor che Baiardo.

61 Giunge Orlando a Dordreche,[52] e quivi truova
di molta gente armata in su la porta;
sì perché sempre, ma più quando è nuova,
seco ogni signoria sospetto porta;
sì perché dianzi giunta era una nuova,
che di Selandia con armata scorta
di navili e di gente un cugin viene
di quel signor che qui prigion si tiene.

62 Orlando prega uno di lor, che vada
e dica al re, ch'un cavalliero errante
d'isia con lui provarsi a lancia e a spada;
ma che vuol che tra lor sia patto inante:
che se 'l re fa che, chi lo sfida, cada,
la donna abbia d'aver, ch'uccise Arbante,
che 'l cavallier l'ha in loco non lontano
da poter sempremai[53] darglila in mano;

63 ed all'incontro vuol che 'l re prometta,
ch'ove egli vinto ne la pugna sia,
Bireno in libertà subito metta,
e che lo lasci andare alla sua via.
Il fante al re fa l'ambasciata in fretta:
ma quel, che né virtù né cortesia
conobbe mai, drizzò tutto il suo intento
alla fraude, all'inganno, al tradimento.

64 Gli par ch'avendo in mano il cavalliero,
avrà la donna ancor, che sì l'ha offeso,
s'in possanza di lui la donna è vero
che si ritruovi, e il fante ha ben inteso.
Trenta uomini pigliar fece sentiero

52 *Dordreche*: Dordrecht, città dell'Olanda meridionale.
53 *sempremai*: in ogni momento.

diverso da la porta ov'era atteso,
che dopo occulto ed assai lungo giro,
dietro alle spalle al paladino usciro.

65   Il traditore intanto dar parole
fatto gli avea, sin che i cavalli e i fanti
vede esser giunti al loco ove gli vuole;
da la porta esce poi con altretanti.
Come le fere e il bosco cinger suole
perito cacciator da tutti i canti;
come appresso a Volana [54] i pesci e l'onda
con lunga rete il pescator circonda:

66   così per ogni via dal re di Frisa,
che quel guerrier non fugga, si provede.
Vivo lo vuole, e non in altra guisa:
e questo far sì facilmente crede,
che 'l fulmine terrestre, con che uccisa
ha tanta e tanta gente, ora non chiede;
che quivi non gli par che si convegna,
dove pigliar, non far morir, disegna.

67   Qual cauto ucellator che serba vivi,
intento a maggior preda, i primi augelli,
acciò in più quantitade altri captivi
faccia col giuoco e col zimbel [55] di quelli:
tal esser volse il re Cimosco quivi:
ma già non volse Orlando esser di quelli
che si lascin pigliare al primo tratto;
e tosto roppe il cerchio ch'avean fatto.

68   Il cavallier d'Anglante, ove più spesse
vide le genti e l'arme, abbassò l'asta;
ed uno in quella e poscia un altro messe,
e un altro e un altro, che sembrar di pasta;
e fin a sei ve n'infilzò, e li resse
tutti una lancia: e perch'ella non basta

---

54 *Volana*: Volano, uno dei rami del Po, assai pescoso.
55 *zimbel*: richiamo.

a più capir, lasciò il settimo fuore
ferito sì, che di quel colpo muore.

69 Non altrimente ne l'estrema arena
veggiàn le rane de canali e fosse
dal cauto arcier nei fianchi e ne la schiena,
l'una vicina all'altra, esser percosse;
né da la freccia, fin che tutta piena
non sia da un capo all'altro, esser rimosse.
La grave lancia Orlando da sé scaglia,
e con la spada entrò ne la battaglia.

70 Rotta la lancia, quella spada strinse,
quella che mai non fu menata in fallo;
e ad ogni colpo, o taglio o punta, estinse
quando uomo a piedi, e quando uomo a cavallo:
dove toccò, sempre in vermiglio tinse
l'azzurro, il verde, il bianco, il nero, il giallo.
Duolsi Cimosco che la canna e il fuoco
seco or non ha, quando v'avrian più loco.[56]

71 E con gran voce e con minacce chiede
che portati gli sian, ma poco è udito;
che chi ha ritratto a salvamento il piede
ne la città, non è d'uscir più ardito.
Il re frison, che fuggir gli altri vede,
d'esser salvo egli ancor piglia partito:[57]
corre alla porta, e vuole alzare il ponte,
ma troppo è presto ad arrivare il conte.

72 Il re volta le spalle, e signor lassa
del ponte Orlando e d'amendue le porte;
e fugge, e inanzi a tutti gli altri passa,
mercé che 'l suo destrier corre più forte.
Non mira Orlando a quella plebe bassa:
vuole il fellon,[58] non gli altri, porre a morte;

56 *v'avrian più loco*: sarebbero stati più necessari.
57 *piglia partito*: pensa.
58 *fellon*: traditore.

ma il suo destrier sì al corso poco vale,
che restio sembra, e chi fugge, abbia l'ale.

73 D'una in un'altra via si leva ratto
di vista al paladin; ma indugia poco,
che torna con nuove armi; che s'ha fatto
portare intanto il cavo ferro e il fuoco:
e dietro un canto postosi di piatto,[59]
l'attende, come il cacciatore al loco,[60]
coi cani armati[61] e con lo spiedo, attende
il fier cingial[62] che ruinoso scende;

74 che spezza i rami e fa cadere i sassi,
e ovunque drizzi l'orgogliosa fronte,
sembra a tanto rumor che si fracassi
la selva intorno, e che si svella il monte.
Sta Cimosco alla posta, acciò non passi
senza pagargli il fio l'audace conte:
tosto ch'appare, allo spiraglio tocca
col fuoco il ferro, e quel subito scocca.

75 Dietro lampeggia a guisa di baleno,
dinanzi scoppia, e manda in aria il tuono.
Trieman le mura, e sotto i piè il terreno;
il ciel ribomba al paventoso suono.
L'ardente stral, che spezza e venir meno
fa ciò ch'incontra, e dà a nessun perdono,
sibila e stride; ma, come è il desire
di quel brutto assassin, non va a ferire.

76 O sia la fretta, o sia la troppa voglia
d'uccider quel baron, ch'errar lo faccia;
o sia che il cor, tremando come foglia,
faccia insieme tremare e mani e braccia;
o la bontà divina che non voglia
che 'l suo fedel campion sì tosto giaccia:

59 *di piatto*: di nascosto.
60 *al loco*: alla posta.
61 *armati*: con collari irti di punte di ferro.
62 *cingial*: cinghiale.

quel colpo al ventre del destrier si torse;
lo cacciò in terra, onde mai più non sorse.

77 Cade a terra il cavallo e il cavalliero:
la preme l'un, la tocca l'altro a pena;
che si leva sì destro e sì leggiero,
come cresciuto gli sia possa e lena.
Quale il libico Anteo [63] sempre più fiero
surger solea da la percossa arena,
tal surger parve, e che la forza, quando
toccò il terren, si radoppiasse a Orlando.

78 Chi vide mai dal ciel cadere il foco [64]
che con sì orrendo suon Giove disserra,
e penetrare ove un richiuso loco
carbon con zolfo e con salnitro [65] serra;
ch'a pena arriva, a pena tocca un poco,
che par ch'avampi il ciel, non che la terra;
spezza le mura, e i gravi marmi svelle,
e fa i sassi volar sin alle stelle;

79 s'imagini che tal, poi che cadendo
toccò la terra, il paladino fosse:
con sì fiero sembiante aspro ed orrendo,
da far tremar nel ciel Marte, si mosse.
Di che smarrito il re frison, torcendo
la briglia indietro, per fuggir voltosse;
ma gli fu dietro Orlando con più fretta
che non esce da l'arco una saetta:

80 e quel che non avea potuto prima
fare a cavallo, or farà essendo a piede.
Lo seguita sì ratto, ch'ogni stima
di chi nol vide, ogni credenza eccede.[66]

---

63 *Anteo*: il mitico gigante, figlio della Terra, che ricuperava le
sue forze a contatto di essa, così che Ercole, per vincerlo, dovette
sollevarlo e soffocarlo.
64 *il foco*: il fulmine.
65 *carbon... salnitro*: polvere pirica.
66 *eccede*: supera.

Lo giunse in poca strada; ed alla cima
de l'elmo alza la spada, e sì lo fiede,[67]
che gli parte la testa fin al collo,
e in terra il manda a dar l'ultimo crollo.

81 Ecco levar ne la città si sente
nuovo rumor, nuovo menar di spade;
che 'l cugin di Bireno con la gente
ch'avea condutta da le sue contrade,
poi che la porta ritrovò patente,[68]
era venuto dentro alla cittade,
dal paladino in tal timor ridutta,
che senza intoppo la può scorrer tutta.

82 Fugge il populo in rotta, che non scorge
chi questa gente sia, né che domandi;
ma poi ch'uno ed un altro pur s'accorge
all'abito e al parlar, che son Selandi,
chiede lor pace, e il foglio bianco [69] porge;
e dice al capitan che gli comandi,
e dar gli vuol contra i Frisoni aiuto,
che 'l suo duca in prigion gli ha ritenuto.

83 Quel popul sempre stato era nimico
del re di Frisa e d'ogni suo seguace,
perché morto gli avea il signore antico,
ma più perch'era ingiusto, empio e rapace.
Orlando s'interpose come amico
d'ambe le parti, e fece loro far pace;
le quali unite, non lasciar Frisone
che non morisse o non fosse prigione.

84 Le porte de le carcere gittate
a terra sono, e non si cerca chiave.
Bireno al conte con parole grate
mostra conoscer l'obligo che gli have.

67 *fiede*: ferisce.
68 *patente*: aperta.
69 *foglio bianco*: carta bianca (per le condizioni di resa).

Indi insieme e con molte altre brigate
se ne vanno ove attende Olimpia in nave:
così la donna, a cui di ragion spetta
il dominio de l'isola, era detta;

85   quella che quivi Orlando avea condutto
non con pensier che far dovesse tanto;
che le parea bastar, che posta in lutto [70]
sol lei, lo sposo avesse a trar di pianto.
Lei riverisce e onora il popul tutto.
Lungo sarebbe a ricontarvi quanto
lei Bireno accarezzi, ed ella lui;
quai grazie al conte rendano ambidui.

86   Il popul la donzella nel paterno
seggio rimette, e fedeltà le giura.
Ella a Bireno, a cui con nodo eterno
la legò Amor d'una catena dura,
de lo stato e di sé dona il governo.
Ed egli, tratto poi da un'altra cura,
de le fortezze e di tutto il domìno
de l'isola guardian lascia il cugino;

87   che tornare in Selandia avea disegno,
e menar seco la fedel consorte:
e dicea voler fare indi nel regno
di Frisa esperienza di sua sorte; [71]
perché di ciò l'assicurava un pegno
ch'egli aveva in mano, e lo stimava forte:
la figliuola del re, che fra i captivi,
che vi fur molti, avea trovata quivi.

88   E dice ch'egli vuol ch'un suo germano,
ch'era minor d'età, l'abbia per moglie.
Quindi si parte il senator romano [72]
il dì medesmo che Bireno scioglie.

70 *posta in lutto*: uccisa.
71 *fare... sorte*: tentare la sorte (volendo occupare il regno di Frisa).
72 *senator romano*: Orlando.

Non volse porre ad altra cosa mano,
fra tante e tante guadagnate spoglie,
se non a quel tormento ch'abbiàn detto
ch'al fulmine assimiglia in ogni effetto.

89   L'intenzion non già, perché lo tolle,
fu per voglia d'usarlo in sua difesa;
che sempre atto stimò d'animo molle
gir con vantaggio in qualsivoglia impresa:
ma per gittarlo in parte, onde non volle
che mai potesse ad uom più fare offesa:
e la polve e le palle e tutto il resto
seco portò, ch'apparteneva a questo.

90   E così, poi che fuor de la marea [73]
nel più profondo mar si vide uscito,
sì che segno lontan non si vedea
del destro più né del sinistro lito;
lo tolse, e disse: — Acciò più non istea [74]
mai cavallier per te d'essere ardito,
né quanto il buono val, mai più si vanti
il rio per te valer, qui giù rimanti.

91   O maladetto, o abominoso ordigno,
che fabricato nel tartareo fondo
fosti per man di Belzebù maligno
che ruinar per te disegnò il mondo,
all'inferno, onde uscisti, ti rasigno. [75] —
Così dicendo, lo gittò in profondo.
Il vento intanto le gonfiate vele
spinge alla via de l'isola crudele.

92   Tanto desire il paladino preme
di saper se la donna ivi si truova,
ch'ama assai più che tutto il mondo insieme,
né un'ora senza lei viver gli giova;

---

73 *marea*: qui, il mare prossimo alla spiaggia.
74 *non istea*: non cessi.
75 *rasigno*: restituisco.

che s'in Ibernia mette il piede, teme
di non dar tempo a qualche cosa nuova,[76]
sì ch'abbia poi da dir invano: — Ahi lasso!
ch'al venir mio non affrettai più il passo. —

93   Né scala [77] in Inghelterra né in Irlanda
mai lasciò far, né sul contrario lito.
Ma lasciamolo andar dove lo manda
il nudo arcier [78] che l'ha nel cor ferito.
Prima che più io ne parli, io vo' in Olanda
tornare, e voi meco a tornarvi invito;
che, come a me, so spiacerebbe a voi,
che quelle nozze fosson senza noi.

94   Le nozze belle e sontuose fanno;
ma non sì sontuose né sì belle,
come in Selandia dicon che faranno.
Pur non disegno che vegnate a quelle;
perché nuovi accidenti a nascere hanno
per disturbarle, de' quai le novelle
all'altro canto vi farò sentire,
s'all'altro canto mi verrete a udire.

76 *cosa nuova*: nuovo caso.
77 *scala*: scalo.
78 *arcier*: Amore.

1   Fra quanti amor, fra quante fede al mondo
     mai si trovar, fra quanti cor constanti,
     fra quante, o per dolente o per iocondo
     stato, fer prove mai famosi amanti;
     più tosto il primo loco ch'il secondo
     darò ad Olimpia: e se pur non va inanti,
     ben voglio dir che fra gli antiqui e nuovi
     maggior de l'amor suo non si ritruovi;

2   e che con tante e con sì chiare note
     di questo ha fatto il suo Bireno certo,
     che donna più far certo uomo non puote,
     quando anco il petto e 'l cor mostrasse aperto.
     E s'anime sì fide e sì devote
     d'un reciproco amor denno aver merto,
     dico ch'Olimpia è degna che non meno,
     anzi più che sé ancor, l'ami Bireno:

3   e che non pur l'abandoni mai
     per altra donna, se ben fosse quella [1]
     ch'Europa ed Asia messe in tanti guai,
     o s'altra ha maggior titolo di bella;
     ma più tosto che lei, lasci coi rai
     del sol l'udita [2] e il gusto e la favella
     e la vita e la fama, e s'altra cosa
     dire o pensar si può più preciosa.

4   Se Bireno amò lei come ella amato
     Bireno avea, se fu sì a lei fedele

1 *quella*: Elena di Troia.
2 *l'udita*: l'udito.

come ella a lui, se mai non ha voltato
ad altra via, che a seguir lei, le vele; [3]
o pur s'a tanta servitù fu ingrato,
a tanta fede e a tanto amor crudele,
io vi vo' dire, e far di maraviglia
stringer le labra ed inarcar le ciglia.

5 E poi che nota l'impietà vi fia,
che di tanta bontà fu a lei mercede,
donne, alcuna di voi mai più non sia,
ch'a parole d'amante abbia a dar fede.
L'amante, per aver quel che desia,
senza guardar che Dio tutto ode e vede,
aviluppa promesse e giuramenti,
che tutti spargon poi per l'aria i venti.

6 I giuramenti e le promesse vanno
dai venti in aria disipate e sparse,
tosto che tratta questi amanti s'hanno
l'avida sete che gli accese ed arse.
Siate a' prieghi ed a' pianti che vi fanno,
per questo esempio, a credere più scarse.
Bene è felice quel, donne mie care,
ch'essere accorto all'altrui spese impare.

7 Guardatevi da questi che sul fiore
de' lor begli anni il viso han sì polito;
che presto nasce in loro e presto muore,
quasi un foco di paglia, ogni appetito.
Come segue la lepre il cacciatore
al freddo, al caldo, alla montagna, al lito,
né più l'estima poi che presa vede;
e sol dietro a chi fugge affretta il piede:

8 così fan questi giovani, che tanto
che vi mostrate lor dure e proterve,
v'amano e riveriscono con quanto

---

3 *voltato... le vele*: se non ha mai rivolto il proprio affetto in direzione di altra donna.

studio de' far chi fedelmente serve;
ma non sì tosto si potran dar vanto
de la vittoria, che, di donne, serve
vi dorrete esser fatte; e da voi tolto
vedrete il falso amore, e altrove volto.

9   Non vi vieto per questo (ch'avrei torto)
che vi lasciate amar; che senza amante
sareste come inculta vite in orto,
che non ha palo ove s'appoggi o piante.
Sol la prima lanugine [4] vi esorto
tutta a fuggir, volubile e incostante,
e corre i frutti non acerbi e duri,
ma che non sien però troppo maturi.

10   Di sopra io vi dicea ch'una figliuola
del re di Frisa quivi hanno trovata,
che fia, per quanto n'han mosso parola,
da Bireno al fratel per moglie data.
Ma, a dire il vero, esso v'avea la gola;
che vivanda era troppo delicata:
e riputato avria cortesia sciocca,
per darla altrui, levarsela di bocca.

11   La damigella non passava ancora
quattordici anni, ed era bella e fresca,
come rosa che spunti alora alora
fuor de la buccia e col sol nuovo cresca.
Non pur di lei Bireno s'inamora,
ma fuoco mai così non accese esca,
né se lo pongan [5] l'invide e nimiche
mani talor ne le mature spiche;

12   come egli se n'accese immantinente,
come egli n'arse fin ne le medolle,
che sopra il padre morto lei dolente
vide di pianto il bel viso far molle.

4 *la prima lanugine*: i giovinetti.
5 *né se lo pongan*: neppure se lo appicchino.

E come suol, se l'acqua fredda sente,
quella restar [6] che prima al fuoco bolle;
così l'ardor ch'accese Olimpia, vinto
dal nuovo successore,[7] in lui fu estinto.

13   Non pur sazio di lei, ma fastidito
n'è già così, che può vederla a pena;
e sì de l'altra acceso ha l'appetito,
che ne morrà, se troppo in lungo il mena:
pur fin che giunga il dì c'ha statuito
a dar fine al disio, tanto l'affrena,
che par ch'adori Olimpia, non che l'ami,
e quel che piace a lei, sol voglia e brami.

14   E se accarezza l'altra (che non puote
far che non l'accarezzi più del dritto),[8]
non è chi questo in mala parte note;
anzi a pietade, anzi a bontà gli è ascritto:
che rilevare [9] un che Fortuna ruote [10]
talora al fondo, e consolar l'afflitto,
mai non fu biasmo, ma gloria sovente;
tanto più una fanciulla, una innocente.

15   Oh sommo Dio, come i giudìci umani
spesso offuscati son da un nembo oscuro!
i modi di Bireno empi e profani,
pietosi e santi riputati furo.
I marinari, già messo le mani
ai remi, e sciolti dal lito sicuro,
portavan lieti pei salati stagni [11]
verso Selandia il duca e i suoi compagni.

16   Già dietro rimasi erano e perduti
tutti di vista i termini d'Olanda

---

6 *restar*: cessar di bollire.
7 *dal nuovo successore*: dal nuovo amore.
8 *del dritto*: di quanto conviene.
9 *rilevare*: sollevare.
10 *ruote*: faccia scendere in basso, girando la sua ruota.
11 *salati stagni*: canali d'acqua marina tra le isole.

(che per non toccar Frisa, più tenuti
s'eran vêr Scozia alla sinistra banda),
quando da un vento fur sopravenuti,
ch'errando in alto mar tre dì li manda.
Sursero il terzo, già presso alla sera,
dove inculta e deserta un'isola era.

17 Tratti che si fur dentro un picciol seno,
    Olimpia venne in terra; e con diletto
    in compagnia de l'infedel Bireno
    cenò contenta e fuor d'ogni sospetto:
    indi con lui, là dove in loco ameno
    teso era un padiglione, entrò nel letto.
    Tutti gli altri compagni ritornaro,
    e sopra i legni lor si riposaro.

18 Il travaglio del mare e la paura
    che tenuta alcun dì l'aveano desta,
    il ritrovarsi al lito ora sicura,
    lontana da rumor ne la foresta,
    e che nessun pensier, nessuna cura,
    poi che 'l suo amante ha seco, la molesta;
    fur cagion ch'ebbe Olimpia sì gran sonno,
    che gli orsi e i ghiri aver maggior nol ponno.

19 Il falso amante che i pensati inganni
    veggiar facean, come dormir lei sente,
    pian piano esce del letto, e de' suoi panni
    fatto un fastel, non si veste altrimente;
    e lascia il padiglione; e come i vanni [12]
    nati gli sian, rivola alla sua gente,
    e li risveglia; e senza udirsi un grido,
    fa entrar ne l'alto e abandonare il lido.

20 Rimase a dietro il lido e la meschina
    Olimpia, che dormì senza destarse,
    fin che l'Aurora la gelata brina
    da le dorate ruote in terra sparse,

12 *vanni*: ali.

e s'udir le Alcione [13] alla marina
de l'antico infortunio lamentarse.
Né desta né dormendo, ella la mano
per Bireno abbracciar stese, ma invano.

21 Nessuno truova: a sé la man ritira:
di nuovo tenta, e pur nessuno truova.
Di qua l'un braccio, e di là l'altro gira,
or l'una or l'altra gamba; e nulla giova.
Caccia il sonno il timor: gli occhi apre, e mira:
non vede alcuno. Or già non scalda e cova
più le vedove piume, ma si getta
del letto e fuor del padiglione in fretta:

22 e corre al mar, graffiandosi le gote,
presaga e certa ormai di sua fortuna.
Si straccia i crini, e il petto si percuote,
e va guardando (che splendea la luna)
se veder cosa, fuor che 'l lito, puote;
né, fuor che 'l lito, vede cosa alcuna.
Bireno chiama: e al nome di Bireno
rispondean gli Antri che pietà n'avieno. [14]

23 Quivi surgea nel lito estremo un sasso,
ch'aveano l'onde, col picchiar frequente,
cavo e ridutto a guisa d'arco al basso;
e stava sopra il mar curvo e pendente.
Olimpia in cima vi salì a gran passo
(così la facea l'animo possente),
e di lontano le gonfiate vele
vide fuggir del suo signor crudele:

24 vide lontano, o le parve vedere;
che l'aria chiara ancor non era molto.
Tutta tremante si lasciò cadere,

---

13 *Alcione*: il mito narra che Alcione, moglie di Ceice, re di Troia,
si gettò in mare, disperata per la morte in naufragio del marito:
entrambi furono mutati in uccelli marini.
14 *n'avieno*: ne avevano.

più bianca e più che nieve fredda in volto;
ma poi che di levarsi ebbe potere,
al camin [15] de le navi il grido volto,
chiamò, quanto potea chiamar più forte,
più volte il nome del crudel consorte:

25 e dove non potea la debil voce,
supliva il pianto e 'l batter palma a palma.
— Dove fuggi, crudel, così veloce?
Non ha il tuo legno la debita salma.[16]
Fa che lievi [17] me ancor: poco gli nuoce
che porti il corpo, poi che porta l'alma. —
E con le braccia e con le vesti segno
fa tuttavia, perché ritorni il legno.

26 Ma i venti che portavano le vele
per l'alto mar di quel giovene infido,
portavano anco i prieghi e le querele
de l'infelice Olimpia, e 'l pianto e 'l grido;
la qual tre volte, a se stessa crudele,
per affogarsi si spiccò dal lido:
pur al fin si levò da mirar l'acque,
e ritornò dove la notte giacque.

27 E con la faccia in giù stesa sul letto,
bagnandolo di pianto, dicea lui: [18]
— Iersera desti insieme a dui ricetto;
perché insieme al levar non siamo dui?
O perfido Bireno, o maladetto
giorno ch'al mondo generata fui!
Che debbo far? che poss'io far qui sola?
chi mi dà aiuto? ohimè, chi mi consola?

28 Uomo non veggio qui, non ci veggio opra
donde io possa stimar ch'uomo qui sia;

15 *camin*: direzione.
16 *la debita salma*: il carico dovuto: la persona della moglie.
17 *lievi*: porti via.
18 *dicea lui*: diceva ad esso.

nave non veggio, a cui salendo sopra,
speri allo scampo mio ritrovar via.
Di disagio morrò; né che mi cuopra
gli occhi sarà, né chi sepolcro dia,
se forse in ventre lor non me lo dànno
i lupi, ohimè, ch'in queste selve stanno.

29   Io sto in sospetto, e già di veder parmi
di questi boschi orsi o leoni uscire,
o tigri o fiere tal, che natura armi
d'aguzzi denti e d'ugne da ferire.
Ma quai fere crudel potriano farmi,
fera crudel, peggio di te morire?
darmi una morte, so, lor parrà assai;
e tu di mille, ohimè, morir mi fai.

30   Ma presupongo [19] ancor ch'or ora arrivi
nochier che per pietà di qui mi porti;
e così lupi, orsi, leoni schivi,[20]
strazi, disagi ed altre orribil morti:
mi porterà forse in Olanda, s'ivi
per te [21] si guardan le fortezze e i porti?
mi porterà alla terra ove son nata,
se tu con fraude già me l'hai levata?

31   Tu m'hai lo stato mio, sotto pretesto
di parentado e d'amicizia, tolto.
Ben fosti a porvi le tue genti presto,
per aver il dominio a te rivolto.
Tornerò in Fiandra? ove ho venduto il resto
di che io vivea, ben che non fossi molto,
per sovenirti e di prigione trarte.
Mischina! dove andrò? non so in qual parte.

32   Debbo forse ire in Frisa, ove io potei,
e per te non vi volsi esser regina?

19 *presupongo*: supponiamo.
20 *schivi*: io possa evitare.
21 *per te*: in nome tuo.

il che del padre e dei fratelli miei
e d'ogn'altro mio ben fu la ruina.
Quel c'ho fatto per te, non ti vorrei,
ingrato, improverar,[22] né disciplina [23]
dartene; che non men di me lo sai:
or ecco il guiderdon [24] che me ne dai.

33 Deh, pur che da color che vanno in corso [25]
    io non sia presa, e poi venduta schiava!
    prima che questo, il lupo, il leon, l'orso
    venga, e la tigre e ogn'altra fera brava,[26]
    di cui l'ugna mi stracci, e franga il morso;
    e morta mi strascini alla sua cava.[27] —
    Così dicendo, le mani si caccia
    ne' capei d'oro, e a chiocca [28] a chiocca straccia.

34 Corre di nuovo in su l'estrema sabbia,
    e ruota il capo e sparge all'aria il crine;
    e sembra forsennata, e ch'adosso abbia
    non un demonio sol, ma le decine;
    o, qual Ecuba,[29] sia conversa in rabbia,
    vistosi morto Polidoro al fine.
    Or si ferma s'un sasso, e guarda il mare;
    né men d'un vero sasso, un sasso pare.

35 Ma lasciànla doler fin ch'io ritorno,
    per voler di Ruggier dirvi pur anco,
    che nel più intenso ardor del mezzo giorno
    cavalca il lito, affaticato e stanco.
    Percuote il sol nel colle e fa ritorno:
    di sotto bolle il sabbion trito e bianco.

22 *improverar*: rinfacciare.
23 *disciplina*: penitenza.
24 *guiderdon*: ricompensa.
25 *color... corso*: corsari.
26 *brava*: selvaggia.
27 *cava*: tana.
28 *chiocca*: ciocca.
29 *Ecuba*: moglie di Priamo, che impazzì quando le fu ucciso l'ultimo figlio Polidoro.

Mancava all'arme ch'avea indosso, poco
ad esser, come già, tutte di fuoco.

36 Mentre la sete, e de l'andar fatica
per l'alta sabbia e la solinga via
gli facean, lungo quella spiaggia aprica,[30]
noiosa e dispiacevol compagnia;
trovò ch'all'ombra d'una torre antica
che fuor de l'onde appresso il lito uscia,
de la corte d'Alcina eran tre donne,
che le conobbe ai gesti ed alle gonne.

37 Corcate su tapeti allessandrini
godeansi il fresco rezzo in gran diletto,
fra molti vasi di diversi vini
e d'ogni buona sorte di confetto.[31]
Presso alla spiaggia, coi flutti marini
scherzando, le aspettava un lor legnetto
fin che la vela empiesse agevol òra;[32]
ch'un fiato pur non ne spirava allora.

38 Queste, ch'andar per la non ferma sabbia
vider Ruggiero al suo viaggio dritto,
che sculta avea la sete in su le labbia,
tutto pien di sudore il viso afflitto,
gli cominciaro a dir che sì non abbia
il cor voluntaroso al camin fitto,[33]
ch'alla fresca e dolce ombra non si pieghi,
e ristorar lo stanco corpo nieghi.

39 E di lor una s'accostò al cavallo
per la staffa tener, che ne scendesse;
l'altra con una coppa di cristallo
di vin spumante, più sete gli messe:
ma Ruggiero a quel suon non entrò in ballo;[34]

30 *aprica*: soleggiata.
31 *confetto*: confettura.
32 *òra*: aura.
33 *fitto*: intento.
34 *non entrò in ballo*: non dette loro retta.

perché d'ogni tardar che fatto avesse,
tempo di giunger dato avria ad Alcina,
che venìa dietro ed era omai vicina.

40 Non così fin salnitro e zolfo [35] puro,
    tocco dal fuoco, subito s'avampa;
    né così freme il mar quando l'oscuro
    turbo [36] discende e in mezzo se gli accampa:
    come, vedendo che Ruggier sicuro
    al suo dritto camin l'arena stampa,
    e che le sprezza (e pur si tenean belle),
    d'ira arse e di furor la terza d'elle.

41 — Tu non sei né gentil né cavalliero
    (dice gridando quanto può più forte),
    ed hai rubate l'arme; e quel destriero
    non saria tuo per veruna altra sorte:
    e così, come ben m'appongo al vero,
    ti vedessi punir di degna morte;
    che fossi fatto in quarti, arso o impiccato,
    brutto ladron, villan, superbo, ingrato. —

42 Oltr'a queste e molt'altre ingiuriose
    parole che gli usò la donna altiera,
    ancor che mai Ruggier non le rispose,
    che de sì vil tenzon poco onor spera;
    con le sorelle tosto ella si pose
    sul legno in mar, che al lor servigio v'era:
    ed affrettando i remi, lo seguiva,
    vedendol tuttavia dietro alla riva.[37]

43 Minaccia sempre, maledice e incarca; [38]
    che l'onte sa trovar per ogni punto.
    Intanto a quello stretto, onde si varca
    alla fata più bella,[39] è Ruggier giunto;

35 *salnitro e zolfo*: polvere pirica.
36 *turbo*: turbine.
37 *dietro alla riva*: lungo la riva.
38 *incarca*: carica di vituperi.
39 *fata più bella*: Logistilla.

dove un vecchio nochiero una sua barca
scioglier da l'altra ripa vede, a punto
come, avisato e già provisto,[40] quivi
si stia aspettando che Ruggiero arrivi.

44 Scioglie il nochier, come venir lo vede,
di trasportarlo a miglior ripa lieto;
che, se la faccia può del cor dar fede,
tutto benigno e tutto era discreto.
Pose Ruggier sopra il navilio il piede,
Dio ringraziando; e per lo mar quieto
ragionando venìa col galeotto,[41]
saggio e di lunga esperienza dotto.

45 Quel lodava Ruggier, che sì se avesse
saputo a tempo tor da Alcina, e inanti
che 'l calice incantato ella gli desse,
ch'avea al fin dato a tutti gli altri amanti;
e poi, che a Logistilla si traesse,
dove veder potria costumi santi,
bellezza eterna ed infinita grazia
che 'l cor notrisce e pasce, e mai non sazia.

46 — Costei (dicea) stupore e riverenza
induce all'alma, ove si scuopre prima.[42]
Contempla meglio poi l'alta presenza:
ogn'altro ben ti par di poca stima.
Il suo amore ha dagli altri differenza:
speme o timor negli altri il cor ti lima;
in questo il desiderio più non chiede,
e contento riman come la vede.

47 Ella t'insegnerà studi più grati,
che suoni, danze, odori, bagni e cibi;
ma come i pensier tuoi meglio formati

40 *provisto*: preparato.
41 *galeotto*: nocchiero.
42 *ove... prima*: appena.

poggin [43] più ad alto che per l'aria i nibi,[44]
e come de la gloria de' beati
nel mortal corpo parte si delibi.[45] —
Così parlando il marinar veniva,
lontano ancora alla sicura riva;

48   quando vide scoprire alla marina
      molti navili, e tutti alla sua volta.
      Con quei ne vien l'ingiuriata Alcina;
      e molta di sua gente have raccolta
      per por lo stato e se stessa in ruina,
      o racquistar la cara cosa tolta.
      E bene è amor di ciò cagion non lieve,
      ma l'ingiuria non men che ne riceve.

49   Ella non ebbe sdegno, da che nacque,
      di questo il maggior mai, ch'ora la rode;
      onde fa i remi sì affrettar per l'acque,
      che la spuma ne sparge ambe le prode.[46]
      Al gran rumor né mar né ripa tacque,
      ed Ecco [47] risonar per tutto s'ode.
      — Scuopre, Ruggier, lo scudo, che bisogna;
      se non, sei morto, o preso con vergogna. —

50   Così disse il nocchier di Logistilla;
      ed oltre il detto, egli medesmo prese
      la tasca [48] e da lo scudo dipartilla,
      e fe' il lume di quel chiaro e palese.
      L'incantato splendor che ne sfavilla,
      gli occhi degli aversari così offese,
      che li fe' restar ciechi allora allora,
      e cader chi da poppa e chi da prora.

43 *poggin*: s'innalzino.
44 *nibi*: nibbi.
45 *si delibi*: si assaggi.
46 *prode*: rive; altri interpreta « i fianchi » della nave.
47 *Ecco*: la ninfa Eco, innamorata di Narciso, ma da lui trascurata.
48 *la tasca*: la custodia.

51   Un ch'era alla veletta [49] in su la rocca,
        de l'armata d'Alcina si fu accorto;
        e la campana martellando tocca,
        onde il soccorso vien subito al porto.
        L'artegliaria,[50] come tempesta, fiocca
        contra chi vuole al buon Ruggier far torto:
        sì che gli venne d'ogni parte aita,
        tal che salvò la libertà e la vita.

52   Giunte son quattro donne [51] in su la spiaggia,
        che subito ha mandàte Logistilla:
        la valorosa Andronica e la saggia
        Fronesia e l'onestissima Dicilla
        e Sofrosina casta, che, come aggia [52]
        quivi a far più che l'altre, arde e sfavilla.
        L'esercito ch'al mondo è senza pare,
        del castello esce, e si distende al mare.

53   Sotto il castel ne la tranquilla foce
        di molti e grossi legni era una armata,
        ad un botto di squilla, ad una voce
        giorno e notte a battaglia apparecchiata.
        E così fu la pugna aspra ed atroce,
        e per acqua e per terra, incominciata;
        per cui fu il regno sottosopra volto,
        ch'avea già Alcina alla sorella tolto.

54   Oh di quante battaglie il fin successe
        diverso a quel che si credette inante!
        Non sol ch'Alcina alor non riavesse,
        come stimossi, il fugitivo amante;
        ma de le navi che pur dianzi spesse
        fur sì, ch'a pena il mar ne capia tante,
        fuor de la fiamma che tutt'altre avampa,
        con un legnetto sol misera scampa.

49 *veletta*: vedetta.
50 *artegliaria*: le macchine da lancio.
51 *quattro donne*: le quattro virtù cardinali: **Fortezza, Prudenza,
Giustizia, Temperanza.**
52 *aggia*: abbia.

55 Fuggesi Alcina, e sua misera gente
   arsa e presa riman, rotta e sommersa.
   D'aver Ruggier perduto ella si sente
   via più doler che d'altra cosa aversa:
   notte e dì per lui geme amaramente,
   e lacrime per lui dagli occhi versa;
   e per dar fine a tanto aspro martire,
   spesso si duol di non poter morire.

56 Morir non puote alcuna fata mai,
   fin che 'l sol gira, o il ciel non muta stilo.[53]
   Se ciò non fosse, era il dolore assai
   per muover Cloto[54] ad inasparle[55] il filo;
   o, qual Didon,[56] finia col ferro i guai;
   o la regina splendida del Nilo[57]
   avria imitata con mortifer sonno:
   ma le fate morir sempre non ponno.

57 Torniamo a quel di eterna gloria degno
   Ruggiero; e Alcina stia ne la sua pena.
   Dico di lui, che poi che fuor del legno
   si fu condutto in più sicura arena,
   Dio ringraziando che tutto il disegno
   gli era successo, al mar voltò la schena;
   ed affrettando per l'asciutto il piede,
   alla rocca ne va che quivi siede.

58 Né la più forte ancor né la più bella
   mai vide occhio mortal prima né dopo.
   Son di più prezzo le mura di quella,
   che se diamante fossino o piropo.[58]
   Di tai gemme qua giù non si favella:
   ed a chi vuol notizia averne, è d'uopo

53 *stilo*: stile, costume.
54 *Cloto*: una delle Parche.
55 *inasparle*: trarre velocemente all'aspo le fila della sua vita.
56 *Didon*: la regina cartaginese, che si uccise, perché amante abbandonata di Enea.
57 *la regina... del Nilo*: Cleopatra, che si fece mordere da un aspide.
58 *piropo*: carbonchio.

che vada quivi; che non credo altrove,
se non forse su in ciel, se ne ritruove.

59 Quel che più fa che lor si inchina e cede
ogn'altra gemma, è che, mirando in esse,
l'uom sin in mezzo all'anima si vede;
vede suoi vizi e sue virtudi espresse,[59]
sì che a lusinghe poi di sé non crede,
né a chi dar biasmo a torto gli volesse:
fassi, mirando allo specchio lucente
se stesso, conoscendosi, prudente.

60 Il chiaro lume lor, ch'imita il sole,
manda splendore in tanta copia intorno,
che chi l'ha, ovunque sia, sempre che [60] vuole,
Febo, mal grado tuo, si può far giorno.
Né mirabil vi son le pietre sole;
ma la materia e l'artificio [61] adorno
contendon [62] sì, che mal giudicar puossi
qual de le due eccellenze maggior fossi.

61 Sopra gli altissimi archi, che puntelli
parean che del ciel fossino a vederli,
eran giardin [63] sì spaziosi e belli,
che saria al piano anco fatica averli.
Verdeggiar gli odoriferi arbuscelli
si puon veder fra i luminosi merli,
ch'adorni son l'estate e il verno tutti
di vaghi fiori e di maturi frutti.

62 Di così nobili arbori non suole
prodursi fuor di questi bei giardini,
né di tai rose o di simil viole,
di gigli, di amaranti o di gesmini.[64]

---

59 *espresse*: dichiarate.
60 *sempre che*: ogni volta che.
61 *l'artificio*: l'architettura.
62 *contendon*: gareggiano.
63 *giardin*: giardini pensili.
64 *gesmini*: gelsomini.

Altrove appar come a un medesmo sole [65]
e nasca, e viva, e morto il capo inchini,
e come lasci vedovo il suo stelo
il fior suggetto al variar del cielo:

63 ma quivi era perpetua la verdura,
perpetua la beltà de' fiori eterni:
non che benignità de la Natura
sì temperatamente li governi;
ma Logistilla con suo studio e cura,
senza bisogno de' moti superni
(quel che agli altri impossibile parea),
sua primavera ognor ferma tenea.

64 Logistilla mostrò molto aver grato
ch'a lei venisse un sì gentil signore;
e comandò che fosse accarezzato,
e che studiasse ognun di fargli onore.
Gran pezzo inanzi Astolfo era arrivato,
che visto da Ruggier fu di buon core.
Fra pochi giorni venner gli altri tutti,
ch'a l'esser lor Melissa avea ridutti.

65 Poi che si fur posati un giorno e dui,
venne Ruggiero alla fata prudente
col duca Astolfo, che non men di lui
avea desir di riveder Ponente.
Melissa le parlò per amendui;
e supplica la fata umilemente,
che li consigli, favorisca e aiuti,
sì che ritornin donde eran venuti.

66 Disse la fata: — Io ci porrò il pensiero,
e fra dui dì te li darò espediti. —
Discorre poi tra sé, come Ruggiero,
e dopo lui, come quel duca aiti:
conchiude infin che 'l volator destriero

65 *sole*: giorno.

ritorni il primo agli aquitani [66] liti;
ma prima vuol che se gli faccia un morso,[67]
con che lo volga, e gli raffreni il corso.

67 Gli mostra come egli abbia a far, se vuole
che poggi in alto, e come a far che cali;
e come, se vorrà che in giro vole,
o vada ratto, o che si stia su l'ali:
e quali effetti il cavallier far suole
di buon destriero in piana terra, tali
facea Ruggier che mastro ne divenne,
per l'aria, del destrier ch'avea le penne.

68 Poi che Ruggier fu d'ogni cosa in punto,
da la fata gentil comiato prese,
alla qual restò poi sempre congiunto
di grande amore; e uscì di quel paese.
Prima di lui che se n'andò in buon punto,
e poi dirò come il guerriero inglese
tornasse con più tempo e più fatica
al magno Carlo ed alla corte amica.

69 Quindi partì Ruggier, ma non rivenne
per quella via che fe' già suo mal grado,
allor che sempre l'ippogrifo il tenne
sopra il mare, e terren vide di rado:
ma potendogli or far batter le penne
di qua di là, dove più gli era a grado,
volse al ritorno far nuovo sentiero,
come, schivando Erode, i Magi [68] fero.

70 Al venir quivi, era, lasciando Spagna,
venuto India a trovar per dritta riga,
là dove il mare oriental la bagna;
dove una fata avea con l'altra briga.

66 *aquitani*: dell'antica Aquitania, corrispondente al territorio della
Guienna e della Guascogna, ove era il castello di Bradamante.
67 *morso*: freno.
68 *i Magi*: essi, ritornando in patria, cercarono di evitare Erode,
che voleva conoscere ove fosse nato il re dei Giudei.

Or veder si dispose altra campagna,
che quella dove i venti Eolo [69] istiga,
e finir tutto il cominciato tondo,
per aver, come il sol, girato il mondo.

71 Quinci il Cataio, e quindi Mangiana [70]
sopra il gran Quinsaì [71] vide passando:
volò sopra l'Imavo, [72] e Sericana [73]
lasciò a man destra; e sempre declinando
da l'iperborei Sciti [74] a l'onda ircana, [75]
giunse alle parti di Sarmazia: [76] e quando
fu dove Asia da Europa si divide,
Russi e Pruteni [77] e la Pomeria [78] vide.

72 Ben che di Ruggier fosse ogni desire
di ritornar a Bradamante presto;
pur, gustato il piacer ch'avea di gire
cercando il mondo, non restò per questo,
ch'alli Pollacchi, agli Ungari venire
non volesse anco, alli Germani, e al resto
di quella boreale orrida terra:
e venne al fin ne l'ultima [79] Inghilterra.

73 Non crediate, Signor, che però stia
per sì lungo camin sempre su l'ale:
ogni sera all'albergo se ne gìa,
schivando a suo poter d'alloggiar male.
E spese giorni e mesi in questa via,
sì di veder la terra e il mar gli cale. [80]

---

69 *Eolo*: il re dei venti, che infuriano sul mare.
70 *Mangiana*: parte meridionale della Cina.
71 *Quinsaì*: parte centro-orientale della Cina.
72 *Imavo*: catena montagnosa che va dall'Imalaia all'Altai.
73 *Sericana*: regione centrale dell'Asia, regno di Gradasso.
74 *iperborei Sciti*: i Siberiani.
75 *ircana*: del mar Caspio.
76 *Sarmazia*: regione ad Est del mar Caspio.
77 *Pruteni*: Prussiani.
78 *Pomeria*: Pomerania.
79 *ultima*: perché posta all'estremità d'Europa.
80 *gli cale*: gli piace.

Or presso a Londra giunto una matina,
sopra Tamigi il volator declina.

74 Dove ne' prati alla città vicini
vide adunati uomini d'arme e fanti,
ch'a suon di trombe e a suon di tamburini
venian, partiti a belle schiere, avanti
il buon Rinaldo, onor de' paladini;
del qual, se vi ricorda, io dissi inanti,
che mandato da Carlo, era venuto
in queste parti a ricercare aiuto.

75 Giunse a punto Ruggier, che si facea
la bella mostra fuor di quella terra;
e per sapere il tutto, ne chiedea
un cavallier, ma scese prima in terra:
e quel, ch'affabil era, gli dicea
che di Scozia e d'Irlanda e d'Inghilterra
e de l'isole intorno eran le schiere
che quivi alzate avean tante bandiere:

76 e finita la mostra che faceano,
alla marina se distenderanno,[81]
dove aspettati per solcar l'Oceano
son dai navili che nel porto stanno.
I Franceschi assediati si ricreano,[82]
sperando in questi che a salvar li vanno.
— Ma acciò tu te n'informi pienamente,
io ti distinguerò tutta la gente.

77 Tu vedi ben quella bandiera grande,
ch'insieme pon la fiordaligi e i pardi:[83]
quella il gran capitano all'aria spande,
e quella han da seguir gli altri stendardi.
Il suo nome, famoso in queste bande,

---

81 *se distenderanno*: si schiereranno.
82 *I Franceschi... si ricreano*: i Francesi si confortano.
83 *fiordaligi e i pardi*: il giglio dello stemma francese e il leopardo di quello inglese.

è Leonetto, il fior de li gagliardi,
di consiglio e d'ardire in guerra mastro,
del re nipote, e duca di Lincastro.[84]

78 La prima, appresso il gonfalon reale,
che 'l vento tremolar fa verso il monte,
e tien nel campo verde tre bianche ale,
porta Ricardo, di Varvecia[85] conte.
Del duca di Glocestra[86] è quel segnale,
c'ha duo corna di cervio e mezza fronte.
Del duca di Chiarenza[87] è quella face;
quel arbore è del duca d'Eborace,[88]

79 Vedi in tre pezzi una spezzata lancia:
gli è 'l gonfalon del duca di Nortfozia.[89]
La fulgure è del buon conte di Cancia;[90]
il grifone è del conte di Pembrozia.[91]
Il duca di Sufolcia[92] ha la bilancia.
Vedi quel giogo che due serpi assozia:
è del conte d'Esenia,[93] e la ghirlanda
in campo azzurro ha quel di Norbelanda.[94]

80 Il conte d'Arindelia[95] è quel c'ha messo
in mar quella barchetta che s'affonda.
Vedi il marchese di Barclei;[96] e appresso
di Marchia[97] il conte e il conte di Ritmonda:[98]
il primo porta in bianco un monte fesso,

84 *Lincastro*: Lancaster.
85 *Varvecia*: Warwick.
86 *Glocestra*: Gloucester.
87 *Chiarenza*: Clarence.
88 *Eborace*: York.
89 *Nortfozia*: Norfolk.
90 *Cancia*: Kent.
91 *Pembrozia*: Pembroke.
92 *Sufolcia*: Suffolk.
93 *Esenia*: Essex.
94 *Norbelanda*: Northumberland.
95 *Arindelia*: Arundel.
96 *Barclei*: Berkeley.
97 *Marchia*: March.
98 *Ritmonda*: Richmond.

l'altro la palma, il terzo un pin ne l'onda.
Quel di Dorsezia [99] è conte, e quel d'Antona,[100]
che l'uno ha il carro, e l'altro la corona.

81   Il falcon che sul nido i vanni inchina,
      porta Raimondo, il conte di Devonia.[101]
      Il giallo e negro ha quel di Vigorina; [102]
      il can quel d'Erbia [103] un orso quel d'Osonia.[104]
      La croce che là vedi cristallina,
      è del ricco prelato di Battonia.[105]
      Vedi nel bigio una spezzata sedia:
      è del duca Ariman di Sormosedia.[106]

82   Gli uomini d'arme e gli arcieri a cavallo
      di quarantaduomila numer fanno.
      Sono duo tanti, o di cento non fallo,
      quelli ch'a piè ne la battaglia vanno.
      Mira quei segni, un bigio, un verde, un giallo,
      e di nero e d'azzur listato un panno:
      Gofredo, Enrigo, Ermante ed Odoardo
      guidan pedoni, ognun col suo stendardo.

83   Duca di Bocchingamia [107] è quel dinante;
      Enrigo ha la contea di Sarisberia; [108]
      signoreggia Burgenia [109] il vecchio Ermante;
      quello Odoardo è conte di Croisberia.[110]
      Questi alloggiati più verso levante
      sono gl'Inglesi. Or volgeti all'Esperia,[111]

99 *Dorsezia*: Dorsetshire.
100 *Antona*: Hampton.
101 *Devonia*: Devon.
102 *Vigorina*: Winchester.
103 *Erbia*: Derby.
104 *Osonia*: Oxford.
105 *Battonia*: Bath.
106 *Sormosedia*: Somerset.
107 *Bocchingamia*: Buckingham.
108 *Sarisberia*: Salisbury.
109 *Burgenia*: Abergavenny.
110 *Croisberia*: Shrewsbury.
111 *Esperia*: occidente.

dove si veggion trentamila Scotti,
da Zerbin, figlio del lor re, condotti.

84   Vedi tra duo unicorni il gran leone,
che la spada d'argento ha ne la zampa:
quell'è del re di Scozia il gonfalone;
il suo figliol Zerbino ivi s'accampa.
Non è un sì bello in tante altre persone:
Natura il fece, e poi roppe la stampa.
Non è in cui tal virtù, tal grazia luca,
o tal possanza: ed è di Roscia [112] duca.

85   Porta in azzurro una dorata sbarra
il conte d'Ottonlei [113] ne lo stendardo.
L'altra bandiera è del duca di Marra, [114]
che nel travaglio [115] porta il leopardo.
Di più colori e di più augei bizzarra
mira l'insegna d'Alcabrun gagliardo,
che non è duca, conte, né marchese,
ma primo nel salvatico paese.

86   Del duca di Trasfordia [116] è quella insegna,
dove è l'augel ch'al sol tien gli occhi franchi.
Lurcanio conte, ch'in Angoscia [117] regna,
porta quel tauro, c'ha duo veltri ai fianchi.
Vedi là il duca d'Albania, [118] che segna
il campo di colori azzurri e bianchi.
Quel avoltor, ch'un drago verde lania,
è l'insegna del conte di Boccania. [119]

87   Signoreggia Forbesse [120] il forte Armano,

---

112 *Roscia*: Ross.
113 *Ottonlei*: Athol.
114 *Marra*: Marr.
115 *travaglio*: strumento con cui sono tenuti fermi i cavalli mentre si ferrano o si medicano.
116 *Trasfordia*: Strafford.
117 *Angoscia*: Angus.
118 *Albania*: Albany.
119 *Buccania*: Buchan.
120 *Forbesse*: Forbes.

che di bianco e di nero ha la bandiera;
ed ha il conte d'Erelia [121] a destra mano,
che porta in campo verde una lumiera.
Or guarda gl'Ibernesi appresso il piano:
sono duo squadre; e il conte di Childera [122]
mena la prima, e il conte di Desmonda [123]
da fieri monti ha tratta la seconda.

88   Ne lo stendardo il primo ha un pino ardente;
l'altro nel bianco una vermiglia banda.
Non dà soccorso a Carlo solamente
la terra inglese e la Scozia e l'Irlanda;
ma vien di Svezia e di Norvegia gente,
da Tile,[124] e fin da la remota Islanda:
da ogni terra, insomma, che là giace,
nimica naturalmente di pace.

89   Sedicimila sono, o poco manco,
de le spelonche usciti e de le selve;
hanno piloso il viso, il petto, il fianco,
e dossi e braccia e gambe, come belve.
Intorno allo stendardo tutto bianco [125]
par che quel pian di lor lance s'inselve: [126]
così Moratto il porta, il capo loro,
per dipingerlo poi di sangue Moro. —

90   Mentre Ruggier di quella gente bella,
che per soccorrer Francia si prepara,
mira le varie insegne e ne favella,
e dei signor britanni i nomi impara;
uno ed un altro a lui, per mirar quella
bestia sopra cui siede, unica o rara,
maraviglioso corre e stupefatto;
e tosto il cerchio intorno gli fu fatto.

121 *Erelia*: Errol.
122 *Childera*: Kildare.
123 *Desmonda*: Desmond.
124 *Tile*: isola a nord dell'Inghilterra.
125 *bianco*: senza insegna.
126 *s'inselve*: diventi una selva.

91 Sì che per dare ancor più maraviglia,
e per pigliarne il buon Ruggier più gioco,
al volante corsier scuote la briglia,
e con gli sproni ai fianchi il tocca un poco:
quel verso il ciel per l'aria il camin piglia,
e lascia ognuno attonito in quel loco.
Quindi Ruggier, poi che di banda in banda
vide gl'Inglesi, andò verso l'Irlanda.

92 E vide Ibernia fabulosa,[127] dove
il santo vecchiarel fece la cava,[128]
in che tanta mercé par che si truove,
che l'uom vi purga ogni sua colpa prava.
Quindi poi sopra il mare il destrier muove
là dove la minor Bretagna [129] lava:
e nel passar vide, mirando a basso,
Angelica legata al nudo sasso.

93 Al nudo sasso, all'Isola del pianto; [130]
che l'Isola del pianto era nomata
quella che da crudele e fiera tanto
ed inumana gente era abitata,
che (come io vi dicea sopra nel canto)
per vari liti sparsa iva in armata [131]
tutte le belle donne depredando,
per farne a un mostro poi cibo nefando.

94 Vi fu legata pur quella matina,
dove venìa per trangugiarla viva
quel smisurato mostro, orca marina,
che di aborrevole [132] esca si nutriva.
Dissi di sopra, come fu rapina
di quei che la trovaro in su la riva

127 *fabulosa*: perché terra di leggende.
128 *santo... cava*: il pozzo di san Patrizio, dalle acque miracolose.
129 *minor Bretagna*: quella francese.
130 *Isola del pianto*: Ebuda.
131 *in armata*: con una flotta.
132 *aborrevole*: abominevole.

dormire al vecchio incantatore a canto,
ch'ivi l'avea tirata per incanto.

95   La fiera gente inospitale e cruda
      alla bestia crudel nel lito espose
      la bellissima donna, così ignuda
      come Natura prima la compose.
      Un velo non ha pure, in che richiuda
      i bianchi gigli e le vermiglie rose,
      da non cader per luglio o per dicembre,
      di che son sparse le polite membre.

96   Creduto avria che fosse statua finta
      o d'alabastro o d'altri marmi illustri
      Ruggiero, e su lo scoglio così avinta
      per artificio di scultori industri;
      se non vedea la lacrima distinta
      tra fresche rose e candidi ligustri
      far rugiadose le crudette pome,
      e l'aura sventolar l'aurate chiome.

97   E come ne' begli occhi gli occhi affisse,
      de la sua Bradamante gli sovenne.
      Pietade e amore a un tempo lo traffisse,
      e di piangere a pena si ritenne;
      e dolcemente alla donzella disse,
      poi che del suo destrier frenò le penne:
      -- O donna, degna sol de la catena
      con chi [133] i suoi servi Amor legati mena,

98   e ben di questo e d'ogni male indegna,
      chi è quel crudel che con voler perverso
      d'importuno livor stringendo segna
      di queste belle man l'avorio terso? --
      Forza è ch'a quel parlare ella divegna
      quale è di grana [134] un bianco avorio asperso,

133 con chi: con la quale.
134 grana: rosso vivo.

di sé vedendo quelle parte ignude,
ch'ancor che belle sian, vergogna chiude.

99 E coperto con man s'avrebbe il volto,
se non eran legate al duro sasso;
ma del pianto, ch'almen non l'era tolto,
lo sparse, e si sforzò di tener basso.
E dopo alcun' signozzi [135] il parlar sciolto,
incominciò con fioco suono e lasso:
ma non seguì; che dentro il fe' restare
il gran rumor che si sentì nel mare.

100 Ecco apparir lo smisurato mostro
mezzo ascoso ne l'onda e mezzo sorto.
Come sospinto suol da borea o d'ostro [136]
venir lungo navilio a pigliar porto,
così ne viene al cibo che l'è mostro
la bestia orrenda; e l'intervallo è corto.
La donna è mezza morta di paura;
né per conforto altrui si rassicura.

101 Tenea Ruggier la lancia non in resta,
ma sopra mano, [137] e percoteva l'orca.
Altro non so che s'assimigli a questa,
ch'una gran massa che s'aggiri e torca;
né forma ha d'animal, se non la testa,
c'ha gli occhi e i denti fuor, come di porca. [138]
Ruggier in fronte la ferìa tra gli occhi;
ma par che un ferro o un duro sasso tocchi.

102 Poi che la prima botta poco vale,
ritorna per far meglio la seconda.
L'orca, che vede sotto le grandi ale
l'ombra di qua e di là correr su l'onda,

135 *signozzi*: singhiozzi.
136 *ostro*: austro, vento del Sud.
137 *sopra mano*: alta sopra la spalla.
138 *porca*: la femmina del cinghiale.

lascia la preda certa litorale,[139]
e quella vana segue furibonda:
dietro quella si volve e si raggira.
Ruggier giù cala, e spessi colpi tira.

103   Come d'alto venendo aquila suole,
ch'errar fra l'erbe visto abbia la biscia,
o che stia sopra un nudo sasso al sole,
dove le spoglie d'oro [140] abbella e liscia;
non assalir da quel lato la vuole
onde la velenosa e soffia e striscia,
ma da tergo la adugna, e batte i vanni,
acciò non se le volga e non la azzanni:

104   così Ruggier con l'asta e con la spada,
non dove era de' denti armato il muso,
ma vuol che 'l colpo tra l'orecchie cada,
ed a tempo giù cala, e poggia in suso:
or su le schene, or ne la coda giuso.
Se la fera si volta, ei muta strada,
ma come sempre giunga in un diaspro,[141]
non può tagliar lo scoglio [142] duro ed aspro.

105   Simil battaglia fa la mosca audace
contra il mastin nel polveroso agosto,
o nel mese dinanzi o nel seguace,
l'uno di spiche e l'altro pien di mosto:
negli occhi il punge e nel grifo mordace,
volagli intorno e gli sta sempre accosto;
e quel suonar fa spesso il dente asciutto:
ma un tratto che gli arrivi, appaga il tutto.

106   Sì forte ella nel mar batte la coda,
che fa vicino al ciel l'acqua inalzare;
tal che non sa se l'ale in aria snoda,
o pur se 'l suo destrier nuota nel mare.

139 *litorale*: che sta sul lido.
140 *le spoglie d'oro*: le squame che splendono al sole.
141 *diaspro*: pietra dura.
142 *scoglio*: pelle scagliosa.

Gli è spesso che disia trovarsi a proda;
che se lo sprazzo in tal modo ha a durare,
teme sì l'ale inaffi all'ippogrifo,
che brami invano avere o zucca o schifo.[143]

107 Prese nuovo consiglio, e fu il migliore,
di vincer con altre arme il mostro crudo:
abbarbagliar lo vuol con lo splendore
ch'era incantato nel coperto scudo.
Vola nel lito; e per non fare errore,
alla donna legata al sasso nudo
lascia nel minor dito de la mano
l'annel, che potea far l'incanto vano:

108 dico l'annel che Bradamante avea,
per liberar Ruggier, tolto a Brunello,
poi per trarlo di man d'Alcina rea,
mandato in India per Melissa a quello.
Melissa (come dianzi io vi dicea)
in ben di molti adoperò l'annello;
indi l'avea a Ruggier restituito,
dal qual poi sempre fu portato in dito.

109 Lo dà ad Angelica ora, perché teme
che del suo scudo il fulgurar non viete,
e perché a lei ne sien difesi insieme
gli occhi che già l'avean preso alla rete.
Or viene al lito e sotto il ventre preme
ben mezzo il mar la smisurata cete.[144]
Sta Ruggiero alla posta, e lieva il velo;
e par ch'aggiunga un altro sole al cielo.

110 Ferì negli occhi l'incantato lume
di quella fera, e fece al modo usato.
Quale o trota o scaglion [145] va giù pel fiume

143 *zucca o schifo*: una zucca, come galleggiante, o un battello di
salvataggio.
144 *cete*: cetaceo.
145 *scaglion*: pesce d'acqua dolce.

c'ha con calcina [146] il montanar turbato,
tal si vedea ne le marine schiume
il mostro orribilmente riversciato.[147]
Di qua di là Ruggier percuote assai,
ma di ferirlo via non truova mai.

111 La bella donna tuttavolta priega
ch'invan la dura squama oltre non pesti.
— Torna, per Dio, signor: prima mi slega
(dicea piangendo), che l'orca si desti:
portami teco e in mezzo il mar mi anniega:
non far ch'in ventre al brutto pesce io resti. —
Ruggier, commosso dunque al giusto grido,
slegò la donna, e la levò dal lido.

112 Il destrier punto, ponta i piè all'arena
e sbalza in aria e per lo ciel galoppa;
e porta il cavalliero in su la schena,
e la donzella dietro in su la groppa.
Così privò la fera de la cena
per lei soave e delicata troppa.
Ruggier si va volgendo, e mille baci
figge nel petto e negli occhi vivaci.

113 Non più tenne la via, come propose
prima, di circundar tutta la Spagna;
ma nel propinquo lito il destrier pose,
dove entra in mar più la minor Bretagna.
Sul lito un bosco era di querce ombrose,
dove ognor par che Filomena [148] piagna;
ch'in mezzo avea un pratel con una fonte,
e quinci e quindi un solitario monte.

114 Quivi il bramoso cavallier ritenne
l'audace corso, e nel pratel discese;

---

146 *calcina*: gettata nei torrenti per far venire a galla i pesci.
147 *riversciato*: riverso.
148 *Filomena*: sorella di Progne, che fu, secondo la mitologia, mutata
dagli dei in usignolo.

e fe' raccorre al suo destrier le penne,
ma non a tal che più le avea distese.
Del destrier sceso, a pena si ritenne
di salir altri; ma tennel [149] l'arnese:
l'arnese il tenne, che bisognò trarre,
e contra il suo disir messe le sbarre.

115   Frettoloso, or da questo or da quel canto
       confusamente l'arme si levava.
       Non gli parve altra volta mai star tanto;
       che s'un laccio sciogliea, dui n'annodava.
       Ma troppo è lungo ormai, Signor, il canto,
       e forse ch'anco l'ascoltar vi grava:
       sì ch'io differirò l'istoria mia
       in altro tempo che più grata sia.

149 *tennel*: lo trattenne.

1   Quantunque debil freno a mezzo il corso
    animoso destrier spesso raccolga,
    raro è però che di ragione il morso
    libidinosa furia a dietro volga,
    quando il piacere ha in pronto; a guisa d'orso
    che dal mel non sì tosto si distolga,
    poi che gli n'è venuto odore al naso,
    o qualche stilla ne gustò sul vaso.

2   Qual raggion fia che 'l buon Ruggier raffrene,
    sì che non voglia or pigliar diletto
    d'Angelica gentil che nuda tiene
    nel solitario e commodo boschetto?
    Di Bradamante più non gli soviene,
    che tanto aver solea fissa nel petto:
    e se gli ne sovien pur come prima,
    pazzo è se questa ancor non prezza e stima;

3   con la qual non saria stato quel crudo
    Zenocrate [1] di lui più continente.
    Gittato avea Ruggier l'asta e lo scudo,
    e si traea l'altre arme impaziente;
    quando abbassando pel bel corpo ignudo
    la donna gli occhi vergognosamente,
    si vide in dito il prezioso annello
    che già le tolse al Albracca Brunello.

4   Questo è l'annel ch'ella portò già in Francia
    la prima volta che fe' quel camino
    col fratel suo, che v'arrecò la lancia,

[1] *Zenocrate*: discepolo di Platone, che resistette alle seduzioni di Frine.

la qual fu poi d'Astolfo paladino.
Con questo fe' gl'incanti uscire in ciancia [2]
di Malagigi [3] al petron di Merlino;
con questo Orlando ed altri una matina
tolse di servitù di Dragontina; [4]

5 con questo uscì invisibil de la torre
dove l'avea richiusa un vecchio rio.[5]
A che voglio io tutte sue prove accorre,[6]
se le sapete voi così come io?
Brunel sin nel giron [7] lel [8] venne a torre;
ch'Agramante d'averlo ebbe disio.
Da indi in qua sempre Fortuna a sdegno
ebbe costei, fin che le tolse il regno.

6 Or che sel vede, come ho detto, in mano,
sì di stupore e d'allegrezza è piena,
che quasi dubbia di sognarsi invano,
agli occhi, alla man sua dà fede a pena.
Del dito se lo leva, e a mano a mano [9]
sel chiude in bocca: e in men che non balena,
così dagli occhi di Ruggier si cela,
come fa il sol quando la nube il vela.

7 Ruggier pur d'ogn'intorno riguardava,
e s'aggirava a cerco come un matto;
ma poi che de l'annel si ricordava,
scornato vi rimase e stupefatto:
e la sua inavvertenza bestemiava,.
e la donna accusava di quello atto

---

2 *uscire in ciancia*: rese vani.
3 *Malagigi*: come narra l'*Innamorato*, Malagigi, figlio di Buovo, tentò invano con incantesimi di far morire Angelica presso la grotta di Merlino.
4 *Dragontina*: maga dell'*Innamorato*.
5 *vecchio rio*: che, nell'*Innamorato*, faceva prigioniere donzelle per mandarle al re d'Orgagna.
6 *accorre*: raccogliere.
7 *giron*: la cerchia delle mura di Albracca.
8 *lel*: glielo.
9 *a mano a mano*: subito.

ingrato e discortese, che renduto
in ricompensa gli era del suo aiuto.

8   — Ingrata damigella, è questo quello
guiderdone (dicea), che tu mi rendi?
che più tosto involar vogli l'annello,
ch'averlo in don. Perché da me nol prendi?
Non pur quel, ma lo scudo e il destrier snello
e me ti dono, e come vuoi mi spendi;
sol che 'l bel viso tuo non mi nascondi.
Io so, crudel, che m'odi, e non rispondi. —

9   Così dicendo, intorno alla fontana
brancolando n'andava come cieco.
Oh quante volte abbracciò l'aria vana,
sperando la donzella abbracciar seco!
Quella, che s'era già fatta lontana,
mai non cessò d'andar, che giunse a un speco
che sotto un monte era capace e grande,
dove al bisogno suo trovò vivande.

10   Quivi un vecchio pastor, che di cavalle
un grande armento avea, facea soggiorno.
Le iumente pascean giù per la valle
le tenere erbe ai freschi rivi intorno.
Di qua di là da l'antro erano stalle,
dove fuggìano il sol del mezzo giorno.
Angelica quel dì lunga dimora
là dentro fece, e non fu vista ancora.[10]

11   E circa il vespro, poi che rifrescossi,
e le fu aviso esser posata assai,
in certi drappi rozzi avilupossi,
dissimil troppo ai portamenti gai,
che verdi, gialli, persi, azzurri e rossi
ebbe, e di quante fogge furon mai.
Non le può tor però tanto umil gonna,
che bella non rassembri e nobil donna.

10 *ancora*: ciononostante.

12   Taccia chi loda Fillide, o Neera,
     o Amarilli, o Galatea [11] fugace;
     che d'esse alcuna sì bella non era,
     Titiro e Melibeo, con vostra pace.
     La bella donna tra' fuor de la schiera
     de le iumente una che più le piace.
     Allora allora se le fece inante
     un pensier di tornarsene in Levante.

13   Ruggiero intanto, poi ch'ebbe gran pezzo
     indarno atteso s'ella si scopriva,
     e che s'avide del suo error da sezzo, [12]
     che non era vicina e non l'udiva;
     dove lasciato avea il cavallo, avezzo
     in cielo e in terra, a rimontar veniva:
     e ritrovò che s'avea tratto il morso,
     e salia in aria a più libero corso.

14   Fu grave e mala aggiunta all'altro danno
     vedersi anco restar senza l'augello.
     Questo, non men che 'l feminile inganno,
     gli preme al cor; ma più che questo e quello,
     gli preme e fa sentir noioso affanno
     l'aver perduto il prezioso annello;
     per le virtù non tanto ch'in lui sono,
     quanto che fu de la sua donna dono.

15   Oltremodo dolente si ripose
     indosso l'arme, e lo scudo alle spalle;
     dal mar slungossi, e per le piaggie erbose
     prese il camin verso una larga valle,
     dove per mezzo all'alte selve ombrose
     vide il più largo e 'l più segnato calle.
     Non molto va, ch'a destra, ove più folta
     è quella selva, un gran strepito ascolta.

16   Strepito ascolta e spaventevol suono

11 *Fillide... Galatea*: pastorelle lodate nelle *Bucoliche* virgiliane per
bocca di Titiro e Melibeo.
12 *da sezzo*: da ultimo.

d'arme percosse insieme; onde s'affretta
tra pianta e pianta: e truova dui, che sono
a gran battaglia in poca piazza e stretta.
Non s'hanno alcun riguardo né perdono,
per far, non so di che, dura vendetta.
L'uno è gigante, alla sembianza fiero;
ardito l'altro e franco cavalliero.

17 E questo con lo scudo e con la spada,
di qua di là saltando, si difende,
perché la mazza sopra non gli cada,
con che il gigante a due man sempre offende.
Giace morto il cavallo in su la strada.
Ruggier si ferma, e alla battaglia attende;
e tosto inchina l'animo, e disia
che vincitore il cavallier ne sia.

18 Non che per questo gli dia alcun aiuto;
ma si tira da parte, e sta a vedere.
Ecco col baston grave il più membruto
sopra l'elmo a due man del minor fere.
De la percossa è il cavallier caduto:
l'altro, che 'l vide attonito giacere,
per dargli morte l'elmo gli dislaccia;
e fa sì che Ruggier lo vede in faccia.

19 Vede Ruggier de la sua dolce e bella
e carissima donna Bradamante
scoperto il viso; e lei vede esser quella
a cui dar morte vuol l'empio gigante:
sì che a battaglia subito l'appella,
e con la spada nuda si fa inante:
ma quel, che nuova pugna non attende,
la donna tramortita in braccio prende;

20 e se l'arreca in spalla, e via la porta,
come lupo talor piccolo agnello,
o l'aquila portar ne l'ugna torta
suole o colombo o simile altro augello.
Vede Ruggier quanto il suo aiuto importa,

e vien correndo a più poter; ma quello
con tanta fretta i lunghi passi mena,
che con gli occhi Ruggier lo segue a pena.

21 Così correndo l'uno, e seguitando
l'altro, per un sentiero ombroso e fosco,
che sempre si venìa più dilatando,
in un gran prato uscir fuor di quel bosco.
Non più di questo; ch'io ritorno a Orlando,
che 'l fulgur che portò già il re Cimosco,
avea gittato in mar nel maggior fondo,
acciò mai più non si trovasse al mondo.

22 Ma poco ci giovò: che 'l nimico empio
de l'umana natura, il qual del telo [13]
fu l'inventor, ch'ebbe da quel [14] l'esempio,
ch'apre le nubi e in terra vien dal cielo;
con quasi non minor di quello scempio
che ci diè quando Eva ingannò col melo,
lo fece ritrovar da un negromante, [15]
al tempo de' nostri avi, o poco inante.

23 La machina infernal, di più di cento
passi d'acqua ove stè ascosa molt'anni,
al sommo tratta per incantamento,
prima portata fu tra gli Alamanni;
li quali uno ed un altro esperimento
facendone, e il demonio a' nostri danni
assuttigliando [16] lor via più la mente,
ne ritrovaro l'uso finalmente.

24 Italia e Francia e tutte l'altre bande
del mondo han poi la crudele arte appresa.
Alcuno il bronzo in cave forme spande,

13 *del telo*: dell'archibugio.
14 *da quel*: dal fulmine.
15 *negromante*: forse l'Ariosto vuole alludere al frate alchimista
tedesco Bertoldo Schwarz, cui fu attribuita (sembra non a ragione)
l'invenzione della polvere da sparo.
16 *assuttigliando*: aguzzando.

che liquefatto ha la fornace accesa;
bùgia [17] altri il ferro; e chi picciol, chi grande
il vaso [18] forma, che più e meno pesa:
e qual bombarda e qual nomina scoppio, [19]
qual semplice cannon, qual cannon doppio;

25   qual sagra, qual falcon, qual colubrina [20]
sento nomar, come al suo autor più agrada;
che 'l ferro spezza, e i marmi apre e ruina,
e ovunque passa si fa dar la strada.
Rendi, miser soldato, alla fucina
pur tutte l'arme c'hai, fin alla spada;
e in spalla un scoppio o un arcobugio prendi;
che senza, io so, non toccherai stipendi.

26   Come trovasti, o scelerata e brutta
invenzion, mai loco in uman core?
Per te la militar gloria è distrutta,
per te il mestier de l'arme è senza onore;
per te è il valore e la virtù ridutta,
che spesso par del buono il rio migliore:
non più la gagliardia, non più l'ardire
per te può in campo al paragon venire.

27   Per te son giti ed anderan sotterra
tanti signori e cavallieri tanti,
prima che sia finita questa guerra, [21]
che 'l mondo, ma più Italia ha messo in pianti;
che s'io v'ho detto, il detto mio non erra,
che ben fu il più crudele e il più di quanti
mai furo al mondo ingegni empi e maligni,
ch'imaginò sì abominosi ordigni.

28   E crederò che Dio, perché vendetta
ne sia in eterno, nel profondo chiuda

17 *bùgia*: fora.
18 *il vaso*: la canna.
19 *scoppio*: schioppo.
20 *sagra... colubrina*: diversi generi di artiglierie.
21 *questa guerra*: la guerra tra Carlo Quinto e Francesco I.

del cieco abisso quella maladetta
anima, appresso al maladetto Giuda.
Ma seguitiamo il cavallier ch'in fretta
brama trovarsi all'isola d'Ebuda,
dove le belle donne e delicate
son per vivanda a un marin mostro date.

29   Ma quanto avea più fretta il paladino,
     tanto parea che men l'avesse il vento.
     Spiri o dal lato destro o dal mancino,
     o ne le poppe, sempre è così lento,
     che si può far con lui poco camino;
     e rimanea talvolta in tutto spento:
     soffia talor sì averso, che gli è forza
     o di tornare, o d'ir girando all'orza.[22]

30   Fu volontà di Dio che non venisse
     prima che 'l re d'Ibernia in quella parte,
     acciò con più facilità seguisse
     quel ch'udir vi farò fra poche carte.
     Sopra l'isola sorti,[23] Orlando disse
     al suo nochiero: — Or qui potrai fermarte,
     e 'l battel darmi; che portar mi voglio
     senz'altra compagnia sopra lo scoglio.

31   E voglio la maggior gomona[24] meco,
     e l'ancora maggior ch'abbi sul legno:
     io ti farò veder perché l'arreco,
     se con quel mostro ad affrontar mi vegno. —
     Gittar fe' in mare il palischermo[25] seco,
     con tutto quel ch'era atto al suo disegno.
     Tutte l'arme lasciò, fuor che la spada;
     e vêr lo scoglio, sol, prese la strada.

32   Si tira i remi al petto, e tien le spalle
     volte alla parte ove discender vuole;

22 *ir... all'orza*: avanzare ponendo la prua contro il vento.
23 *sorti*: approdati.
24 *gomona*: gòmena.
25 *palischermo*: barchetta a remi.

a guisa che del mare o de la valle [26]
uscendo al lito, il salso granchio suole.
Era ne l'ora che le chiome gialle
la bella Aurora avea spiegate al Sole,
mezzo scoperto ancora e mezzo ascoso,
non senza sdegno di Titon [27] geloso.

33   Fattosi appresso al nudo scoglio, quanto
      potria gagliarda man gittare un sasso,
      gli pare udire e non udire un pianto;
      sì all'orecchie gli vien debole e lasso.
      Tutto si volta sul sinistro canto;
      e posto gli occhi appresso all'onde al basso,
      vede una donna, nuda come nacque,
      legata a un tronco; e i piè le bagnan l'acque.

34   Perché gli è ancor lontana, e perché china
      la faccia tien, non ben chi sia discerne.
      Tira in fretta ambi i remi, e s'avicina
      con gran disio di più notizia averne.
      Ma muggiar [28] sente in questo la marina,
      e rimbombar le selve e le caverne:
      gonfiansi l'onde; ed ecco il mostro appare,
      che sotto il petto ha quasi ascoso il mare.

35   Come d'oscura valle umida ascende
      nube di pioggia e di tempesta pregna,
      che più che cieca notte si distende
      per tutto 'l mondo, e par che 'l giorno spegna;
      così nuota la fera, e del mar prende
      tanto, che si può dir che tutto il tegna:
      fremono l'onde. Orlando in sé raccolto,
      la mira altier, né cangia cor né volto.

36   E come quel ch'avea il pensier ben fermo

26 *valle*: palude.
27 *Titon*: il vecchio marito dell'Aurora, che aveva ottenuto per lui
dagli dei l'immortalità, ma non l'eterna giovinezza.
28 *muggiar*: mugghiare.

di quanto volea far, si mosse ratto;
e perché alla donzella essere schermo,[29]
e la fera assalir potesse a un tratto,
entrò fra l'orca e lei col palischermo,
nel fodero lasciando il brando piatto: [30]
l'ancora con la gomona in man prese;
poi con gran cor l'orribil mostro attese.

37   Tosto che l'orca s'accostò, e scoperse
nel schifo [31] Orlando con poco intervallo,
per ingiottirlo [32] tanta bocca aperse,
ch'entrato un uomo vi saria a cavallo.
Si spinse Orlando inanzi, e se gl'immerse
con quella ancora in gola, e s'io non fallo,
col battello anco; e l'ancora attaccolle
e nel palato e ne la lingua molle:

38   sì che né più si puon calar di sopra,
né alzar di sotto le mascelle orrende.
Così chi ne le mine [33] il ferro adopra,
la terra, ovunque si fa via, suspende,[34]
che subita ruina non lo cuopra,
mentre malcauto al suo lavoro intende.
Da un amo all'altro l'ancora è tanto alta,
che non v'arriva Orlando, se non salta.

39   Messo il puntello, e fattosi sicuro
che 'l mostro più serrar non può la bocca,
stringe la spada, e per quel antro oscuro
di qua e di là con tagli e punte tocca.
Come si può, poi che son dentro al muro
giunti i nimici, ben difender rocca;
così difender l'orca si potea
dal paladin che ne la gola avea.

---

29 *schermo*: difesa.
30 *piatto*: nascosto.
31 *schifo*: battello.
32 *ingiottirlo*: inghiottirlo.
33 *mine*: miniere.
34 *suspende*: puntella.

40 Dal dolor vinta, or sopra il mar si lancia,
    e mostra i fianchi e le scagliose schene;
    or dentro vi s'attuffa, e con la pancia
    muove dal fondo e fa salir l'arene.
    Sentendo l'acqua il cavallier di Francia,
    che troppo abonda, a nuoto fuor ne viene:
    lascia l'ancora fitta, e in mano prende
    la fune che da l'ancora depende.

41 E con quella ne vien nuotando in fretta
    verso lo scoglio; ove fermato il piede,
    tira l'ancora a sé, ch'in bocca stretta
    con le due punte il brutto mostro fiede.[35]
    L'orca a seguire il canape è costretta
    da quella forza ch'ogni forza eccede,
    da quella forza che più in una scossa
    tira, ch'in dieci un argano far possa.

42 Come toro selvatico ch'al corno
    gittar si senta un improviso laccio,
    salta di qua di là, s'aggira intorno,
    si colca e lieva, e non può uscir d'impaccio;
    così fuor del suo antico almo [36] soggiorno
    l'orca tratta per forza di quel braccio,
    con mille guizzi e mille strane ruote
    segue la fune, e scior non se ne puote.

43 Di bocca il sangue in tanta copia fonde,
    che questo oggi il mar Rosso si può dire,
    dove in tal guisa ella percuote l'onde,
    ch'insino al fondo le vedreste aprire;
    ed or ne bagna il cielo, e il lume asconde
    del chiaro sol: tanto le fa salire.
    Rimbombano al rumor ch'intorno s'ode,
    le selve, i monti e le lontane prode.

44 Fuor de la grotta il vecchio Proteo, quando

35 *fiede*: ferisce.
36 *almo*: che le dà vita.

ode tanto rumor, sopra il mare esce;
e visto entrare e uscir de l'orca Orlando,
e al lito trar sì smisurato pesce,
fugge per l'alto occeano, obliando
lo sparso gregge: e sì il tumulto cresce,
che fatto al carro i suoi delfini porre,
quel dì Nettunno in Etiopia [37] corre.

45   Con Melicerta in collo Ino [38] piangendo,
e le Nereide coi capelli sparsi,
Glauci e Tritoni [39] e gli altri, non sappiendo
dove, chi qua chi là van per salvarsi.
Orlando al lito trasse il pesce orrendo,
col qual non bisognò più affaticarsi;
che pel travaglio e per l'avuta pena,
prima morì, che fosse in su l'arena.

46   De l'isola non pochi erano corsi
a riguardar quella battaglia strana;
i quai da vana religion [40] rimorsi,
così sant'opra riputar profana:
e dicean che sarebbe un nuovo torsi
Proteo nimico, e attizzar l'ira insana,
da farli porre il marin gregge in terra,
e tutta rinovar l'antica guerra;

47   e che meglio sarà di chieder pace
prima all'offeso dio, che peggio accada;
e questo si farà, quando l'audace
gittato in mare a placar Proteo vada.
Come dà fuoco l'una a l'altra face,
e tosto alluma [41] tutta una contrada,

37 *Etiopia*: paese caro a Nettuno, secondo Omero.
38 *Melicerta... Ino*: Ino si gettò in mare col figlio Melicerta per
sfuggire alle furie del marito Atamante: furono entrambi mutati in
divinità marine.
39 *Nereide... Tritoni*: dei marini.
40 *religion*: superstizione.
41 *alluma*: illumina.

così d'un cor ne l'altro si difonde
l'ira ch'Orlando vuol gittar ne l'onde.

48 Chi d'una fromba [42] e chi d'un arco armato,
    chi d'asta, chi di spada, al lito scende;
    e dinanzi e di dietro e d'ogni lato,
    lontano e appresso, a più poter l'offende.
    Di sì bestiale insulto e troppo ingrato
    gran meraviglia il paladin si prende:
    pel mostro ucciso ingiuria far si vede,
    dove aver ne sperò gloria e mercede.

49 Ma come l'orso suol, che per le fiere
    menato sia da Rusci [43] o da Lituani,
    passando per la via, poco temere
    l'importuno abbaiar di picciol cani,
    che pur non se li degna di vedere;
    così poco temea di quei villani
    il paladin, che con un soffio solo
    ne potrà fracassar tutto lo stuolo.

50 E ben si fece far subito piazza
    che lor si volse, e Durindana prese.
    S'avea creduto quella gente pazza
    che le dovesse far poché contese,
    quando né indosso gli vedea corazza,
    né scudo in braccio, né alcun altro arnese;
    ma non sapea che dal capo alle piante
    dura la pelle avea più che diamante.

51 Quel che d'Orlando agli altri far non lece,
    di far degli altri a lui già non è tolto.
    Trenta n'uccise, e furo in tutto diece
    botte, o se più, non le passò di molto.
    Tosto intorno sgombrar l'arena fece;
    e per slegar la donna era già volto,

42 *fromba*: fionda.
43 *Rusci*: Russi.

quando nuovo tumulto e nuovo grido
fe' risuonar da un'altra parte il lido.

52 Mentre avea il paladin da questa banda
    così tenuto i barbari impediti,
    eran senza contrasto quei d'Irlanda
    da più parte ne l'isola saliti;
    e spenta ogni pietà, strage nefanda
    di quel popul facean per tutti i liti:
    fosse iustizia, o fosse crudeltade,
    né sesso riguardavano né etade.

53 Nessun ripar [44] fan gl'isolani, o poco;
    parte, ch'accolti [45] son troppo improviso,
    parte, che poca gente ha il picciol loco,
    e quella poca è di nessuno aviso.[46]
    L'aver fu messo a sacco; messo fuoco
    fu ne le case: il populo fu ucciso:
    le mura fur tutte adeguate al suolo:
    non fu lasciato vivo un capo solo.

54 Orlando, come gli appertenga nulla
    l'alto rumor, le stride e la ruina,
    viene a colei che su la pietra brulla
    avea da divorar l'orca marina.
    Guarda, e gli par conoscer la fanciulla;
    e più gli pare, e più che s'avicina:
    gli pare Olimpia: ed era Olimpia certo,
    che di sua fede ebbe sì iniquo merto.

55 Misera Olimpia! a cui dopo lo scorno
    che gli fe' Amore, anco Fortuna cruda
    mandò i corsari (e fu il medesmo giorno),
    che la portaro all'isola d'Ebuda.
    Riconosce ella Orlando nel ritorno
    che fa allo scoglio: ma perch'ella è nuda,

---

44 *ripar*: difesa.
45 *accolti*: colti.
46 *aviso*: senno.

tien basso il capo; e non che non gli parli,
ma gli occhi non ardisce al viso alzarli.

56 Orlando domandò ch'iniqua sorte
l'avesse fatta all'isola venire
di là dove lasciata col consorte
lieta l'avea quanto si può più dire.
— Non so (disse ella) s'io v'ho, che la morte
voi mi schivaste, grazie a riferire,
o da dolermi che per voi non sia
oggi finita la miseria mia.

57 Io v'ho da ringraziar ch'una maniera
di morir mi schivaste troppo enorme;
che troppo saria enorme, se la fera
nel brutto ventre avesse avuto a porme.
Ma già non vi ringrazio ch'io non pera;
che morte sol può di miseria torme:
ben vi ringrazierò, se da voi darmi
quella vedrò, che d'ogni duol può trarmi. —

58 Poi con gran pianto seguitò, dicendo
come lo sposo suo l'avea tradita;
che la lasciò su l'isola dormendo,
donde ella poi fu dai corsar rapita.
E mentre ella parlava, rivolgendo
s'andava in quella guisa che scolpita
o dipinta è Diana ne la fonte,
che getta l'acqua ad Ateone [47] in fronte;

59 che, quanto può, nasconde il petto e 'l ventre,
più liberal dei fianchi e de le rene.
Brama Orlando ch'in porto il suo legno entre;
che lei, che sciolta avea da le catene,
vorria coprir d'alcuna veste. Or mentre
ch'a questo è intento, Oberto sopraviene,

---

47 *Ateone*: come narra Ovidio nelle *Metamorfosi*, Atteone fu mutato da Diana in cervo, perché l'aveva osservata ignuda nel bagno.

Oberto il re d'Ibernia, ch'avea inteso
che 'l marin mostro era sul lito steso;

60   e che nuotando un cavallier era ito
a porgli in gola un'ancora assai grave;
e che l'avea così tirato al lito,
come si suol tirar contr'acqua nave.
Oberto, per veder se riferito
colui da chi l'ha inteso, il vero gli have,
se ne vien quivi; e la sua gente intanto
arde e distrugge Ebuda in ogni canto.

61   Il re d'Ibernia, ancor che fosse Orlando,
di sangue tinto, e d'acqua molle e brutto,
brutto del sangue che si trasse quando
uscì de l'orca in ch'era entrato tutto,
pel conte l'andò pur raffigurando;
tanto più che ne l'animo avea indutto,[48]
tosto che del valor sentì la nuova,
ch'altri ch'Orlando non faria tal pruova.

62   Lo conoscea, perch'era stato infante
d'onore [49] in Francia, e se n'era partito
per pigliar la corona, l'anno inante,
del padre suo ch'era di vita uscito.
Tante volte veduto, e tante e tante
gli avea parlato, ch'era in infinito.
Lo corse ad abbracciare e a fargli festa,
trattasi la celata [50] ch'avea in testa.

63   Non meno Orlando di veder contento
si mostrò il re, che 'l re di veder lui.
Poi che furo a iterar l'abbracciamento
una o due volte tornati amendui,
narrò ad Oberto Orlando il tradimento
che fu fatto alla giovane, e da cui

48 *avea indutto*: s'era convinto.
49 *infante d'onore*: paggio.
50 *celata*: elmo.

fatto le fu; dal perfido Bireno,
che via d'ogn'altro lo dovea far meno.

64   Le pruove gli narrò, che tante volte
      ella d'amarlo dimostrato avea:
      come i parenti e le sustanze tolte
      le furo, e al fin per lui morir volea;
      e ch'esso testimonio era di molte,
      e renderne buon conto ne potea.
      Mentre parlava, i begli occhi sereni
      de la donna di lagrime eran pieni.

65   Era il bel viso suo, quale esser suole
      da primavera alcuna volta il cielo,
      quando la pioggia cade, e a un tempo il sole
      si sgombra intorno il nubiloso velo.
      E come il rosignuol dolci carole [51]
      mena nei rami alor del verde stelo,
      così alle belle lagrime le piume [52]
      si bagna Amore, e gode al chiaro lume.

66   E ne la face de' begli occhi accende
      l'aurato strale, e nel ruscello amorza, [53]
      che tra vermigli e bianchi fiori scende:
      e temprato che l'ha, tira di forza
      contra il garzon, che né scudo difende
      né maglia doppia né ferigna scorza;
      che mentre sta a mirar gli occhi e le chiome,
      si sente il cor ferito, e non sa come.

67   Le bellezze d'Olimpia eran di quelle
      che son più rare: e non la fronte sola,
      gli occhi e le guance e le chiome avea belle,
      la bocca, il naso, gli omeri e la gola;
      ma discendendo giù da le mammelle,
      le parti che solea coprir la stola,

51 *carole*: danze.
52 *piume*: ali.
53 *amorza*: raffredda.

fur di tanta eccellenza, ch'anteporse
a quante n'avea il mondo potean forse.

68 Vinceano di candor le nievi intatte,
    ed eran più ch'avorio a toccar molli:
    le poppe ritondette parean latte
    che fuor dei giunchi allora allora tolli.
    Spazio fra lor tal discendea, qual fatte
    esser veggiàn fra picciolini colli
    l'ombrose valli, in sua stagione amene,
    che 'l verno abbia di nieve allora piene.

69 I rilevati fianchi e le belle anche,
    e netto più che specchio il ventre piano,
    pareano fatti, e quelle coscie bianche,
    da Fidia a torno,[54] o da più dotta mano.
    Di quelle parti debbovi dir anche,
    che pur celare ella bramava invano?
    Dirò insomma ch'in lei dal capo al piede,
    quant'esser può beltà, tutta si vede.

70 Se fosse stata ne le valli Idee [55]
    vista dal pastor frigio,[56] io non so quanto
    Vener, se ben vincea quell'altre dee,[57]
    portato avesse [58] di bellezza il vanto:
    né forse ito saria ne le Amiclee [59]
    contrade esso a violar l'ospizio santo; [60]
    ma detto avria: — Con Menelao ti resta,
    Elena pur; ch'altra io non vo' che questa. —

71 E se fosse costei stata a Crotone,[61]

54 *fatti... a torno*: fatti col tornio dal grande scultore greco Fidia.
55 *valli Idee*: le valli del monte Ida, presso Troia.
56 *pastor frigio*: Paride.
57 *dee*: Giunone e Minerva.
58 *avesse*: avrebbe.
59 *Amiclee*: di Amicle, città della Laconia, ove appunto Paride andò a rapire Elena.
60 *l'ospizio santo*: le sante leggi dell'ospitalità.
61 *Crotone*: ove il celebre pittore greco Zeusi dipinse la figura di Elena, traendo particolari da cinque fanciulle che fungevano da modelle.

quando Zeusi l'imagine far volse,
che por dovea nel tempio di Iunone,
e tante belle nude insieme accolse;
e che, per una farne in perfezione,
da chi una parte e da chi un'altra tolse:
non avea da torre altra che costei;
che tutte le bellezze erano in lei.

72 Io non credo che mai Bireno, nudo
vedesse quel bel corpo; ch'io son certo
che stato non saria mai così crudo,
che l'avesse lasciata in quel deserto.
Ch'Oberto se n'accende, io vi concludo,
tanto che 'l fuoco non può star coperto.
Si studia consolarla, e darle speme
ch'uscirà in bene il mal ch'ora la preme:

73 e le promette andar seco in Olanda;
né fin che ne lo stato la rimetta,
e ch'abbia fatto iusta e memoranda
di quel periuro e traditor vendetta,
non cessarà con ciò che possa Irlanda,
e lo farà quanto potrà più in fretta.
Cercare intanto in quelle case e in queste
facea di gonne e di feminee veste.

74 Bisogno non sarà, per trovar gonne,
ch'a cercar fuor de l'isola si mande;
ch'ogni dì se n'avea da quelle donne
che de l'avido mostro eran vivande.
Non fe' molto cercar, che ritrovonne
di varie fogge Oberto copia grande;
e fe' vestir Olimpia, e ben gl'increbbe
non la poter vestir come vorrebbe.

75 Ma né sì bella seta o sì fin'oro
mai Fiorentini industri tesser fenno;
né chi ricama fece mai lavoro,
postovi tempo, diligenza e senno,

che potesse a costui parer decoro,[62]
se lo fèsse Minerva o il dio di Lenno,[63]
e degno di coprir sì belle membre,
che forza è ad or ad or [64] se ne rimembre.

76   Per più rispetti il paladino molto
si dimostrò di questo amor contento:
ch'oltre che 'l re non lasciarebbe asciolto [65]
Bireno andar di tanto tradimento,
sarebbe anch'esso per tal mezzo tolto
di grave e di noioso impedimento,
quivi non per Olimpia, ma venuto
per dar, se v'era, alla sua donna aiuto.

77   Ch'ella non v'era si chiarì di corto,
ma già non si chiarì se v'era stata;
perché ogn'uomo ne l'isola era morto,
né un sol rimaso di sì gran brigata.
Il dì seguente si partìr del porto,
e tutti insieme andaro in una armata.[66]
Con loro andò in Irlanda il paladino;
che fu per gire in Francia il suo camino.

78   A pena un giorno si fermò in Irlanda;
non valser preghi a far che più vi stesse:
Amor, che dietro alla sua donna il manda,
di fermarvisi più non gli concesse.
Quindi si parte; e prima raccomanda
Olimpia al re, che servi le promesse:
ben che non bisognassi; che gli attenne [67]
molto più, che di far non si convenne.

79   Così fra pochi dì gente raccolse;

62 *decoro*: bello.
63 *dio di Lenno*: secondo la leggenda, Vulcano aveva l'officina nell'isola di Lemno.
64 *ad or ad or*: di continuo.
65 *asciolto*: assolto.
66 *in una armata*: costituendo una sola flotta.
67 *attenne*: mantenne.

e fatto lega col re d'Inghilterra
e con l'altro di Scozia, gli ritolse
Olanda, e in Frisa non gli lasciò terra;
ed a ribellione anco gli volse
la sua Selandia: e non finì la guerra,
che gli diè morte; né però fu tale
la pena, ch'al delitto andasse eguale.

80 Olimpia Oberto si pigliò per moglie,
e di contessa la fe' gran regina.
Ma ritorniamo al paladin che scioglie
nel mar le vele, e notte e dì camina;
poi nel medesmo porto le raccoglie,
donde pria le spiegò ne la marina:
e sul suo Brigliadoro armato salse,
e lasciò dietro i venti e l'onde salse.

81 Credo che 'l resto di quel verno cose
facesse degne di tenerne conto;
ma fur sin a quel tempo [68] sì nascose,
che non è colpa mia s'or non le conto;
perché Orlando a far l'opre virtuose,
più che a narrarle poi, sempre era pronto:
né mai fu alcun de li suoi fatti espresso,[69]
se non quando ebbe i testimoni appresso.

82 Passò il resto del verno così cheto,
che di lui non si seppe cosa vera:
ma poi che 'l sol ne l'animal discreto
che portò Friso,[70] illuminò la sfera,
e Zefiro [71] tornò soave e lieto
a rimenar la dolce primavera;
d'Orlando usciron le mirabil pruove
coi vaghi fiori e con l'erbette nuove.

68 *sin a quel tempo*: perfino allora.
69 *espresso*: manifesto.
70 *l'animal... Friso*: secondo il mito, l'Ariete portò Frisso in Colchide; poi fu mutato in costellazione. Il sole entra nel marzo in Ariete, *animal discreto*, perché porta la bella stagione.
71 *Zefiro*: vento di primavera.

83 Di piano in monte, e di campagna in lido,
pien di travaglio e di dolor ne gìa;
quando all'entrar d'un bosco, un lungo grido,
un alto duol l'orecchie gli ferìa.
Spinge il cavallo, e piglia il brando fido,
e donde viene il suon, ratto s'invia:
ma diferisco un'altra volta a dire
quel che seguì, se mi vorrete udire.

1   Cerere, poi che da la madre Idea [1]
     tornando in fretta alla solinga valle,
     là dove calca la montagna Etnea [2]
     al fulminato Encelado le spalle,
     la figlia [3] non trovò dove l'avea
     lasciata fuor d'ogni segnato calle; [4]
     fatto ch'ebbe alle guance, al petto, ai crini
     e agli occhi danno, al fin svelse duo pini;

2   e nel fuoco gli accese di Vulcano,
     e dié lor non potere esser mai spenti:
     e portandosi questi uno per mano
     sul carro che tiravan dui serpenti,
     cercò le selve, i campi, il monte, il piano,
     le valli, i fiumi, li stagni, i torrenti,
     la terra e 'l mare; e poi che tutto il mondo
     cercò di sopra, andò al tartareo fondo. [5]

3   S'in poter fosse stato Orlando pare
     all'Eleusina dea, [6] come in disio,
     non avria, per Angelica cercare,
     lasciato o selva o campo o stagno o rio
     o valle o monte o piano o terra o mare,
     il cielo, e 'l fondo de l'eterno oblio;

1 *madre Idea*: Cibele, venerata sul monte Ida, in Troade.
2 *calca... Etnea*: il monte Etna grava sulle spalle del gigante Encelado, fulminato da Giove.
3 *la figlia*: Proserpina, rapita da Plutone.
4 *fuor... calle*: solitario.
5 *al tartareo fondo*: nel profondo dell'inferno.
6 *Eleusina dea*: Cerere, così detta dai misteri di Eleusi, nell'Attica, a lei sacri.

ma poi che 'l carro e i draghi non avea,
la gìa cercando al meglio che potea.

4   L'ha cercata per Francia: or s'apparecchia
per Italia cercarla e per Lamagna,
per la nuova Castiglia e per la vecchia,
e poi passare in Libia il mar di Spagna.
Mentre pensa così, sente all'orecchia
una voce venir, che par che piagna:
si spinge inanzi; e sopra un gran destriero
trottar si vede inanzi un cavalliero,

5   che porta in braccio e su l'arcion davante
per forza una mestissima donzella.
Piange ella, e si dibatte, e fa sembiante
di gran dolore; ed in soccorso appella
il valoroso principe d'Anglante;
che come mira alla giovane bella,
gli par colei, per cui la notte e il giorno
cercato Francia avea dentro e d'intorno.

6   Non dico ch'ella fosse, ma parea
Angelica gentil ch'egli tant'ama.
Egli, che la sua donna e la sua dea
vede portar sì addolorata e grama,[7]
spinto da l'ira e da la furia rea,
con voce orrenda il cavallier richiama;
richiama il cavalliero e gli minaccia,
e Brigliadoro a tutta briglia caccia.

7   Non resta quel fellon, né gli risponde,
all'alta preda, al gran guadagno intento,
e sì ratto ne va per quelle fronde,
che saria tardo a seguitarlo il vento.
L'un fugge, e l'altro caccia;[8] e le profonde
selve s'odon sonar d'alto lamento.

7 *grama*: mesta.
8 *caccia*: insegue.

Correndo usciro in un gran prato; e quello
avea nel mezzo un grande e ricco ostello.[9]

8 Di vari marmi con suttil lavoro
edificato era il palazzo altiero.
Corse dentro alla porta messa d'oro [10]
con la donzella in braccio il cavalliero.
Dopo non molto giunse Brigliadoro,
che porta Orlando disdegnoso e fiero.
Orlando, come è dentro, gli occhi gira;
né più il guerrier, né la donzella mira.

9 Subito smonta, e fulminando passa
dove più dentro il bel tetto s'alloggia: [11]
corre di qua, corre di là, né lassa
che non vegga ogni camera, ogni loggia.
Poi che i segreti d'ogni stanza bassa
ha cerco invan, su per le scale poggia;
e non men perde anco a cercar di sopra,
che perdessi di sotto, il tempo e l'opra.

10 D'oro e di seta i letti ornati vede:
nulla de muri appar né de pareti;
che quelle, e il suolo ove si mette il piede,
son da cortine ascose e da tapeti.
Di su di giù va il conte Orlando e riede;
né per questo può far gli occhi mai lieti
che riveggiano Angelica, o quel ladro
che n'ha portato il bel viso leggiadro.

11 E mentre or quinci or quindi invano il passo
movea, pien di travaglio e di pensieri,
Ferraù, Brandimarte e il re Gradasso,
re Sacripante ed altri cavallieri
vi ritrovò, ch'andavano alto e basso,
né men facean di lui vani sentieri;

9 *ostello*: palazzo.
10 *messa d'oro*: ornata d'oro.
11 *dove... s'alloggia*: nell'interno dell'abitazione.

e si ramaricavan del malvagio
invisibil signor di quel palagio.

12 Tutti cercando il van,[12] tutti gli dànno
colpa di furto alcun che lor fatt'abbia:
del destrier che gli ha tolto, altri è in affanno;
ch'abbia perduta altri la donna, arrabbia;
altri d'altro l'accusa: e così stanno,
che non si san partir di quella gabbia;
e vi son molti, a questo inganno presi,
stati le settimane intiere e i mesi.

13 Orlando, poi che quattro volte e sei
tutto cercato ebbe il palazzo strano,[13]
disse fra sé: — Qui dimorar potrei,
gittare il tempo e la fatica invano:
e potria il ladro aver tratta costei
da un'altra uscita, e molto esser lontano. —
Con tal pensiero uscì nel verde prato,
dal qual tutto il palazzo era aggirato.

14 Mentre circonda la casa silvestra,[14]
tenendo pur a terra il viso chino,
per veder s'orma appare, o da man destra
o da sinistra, di nuovo camino;[15]
si sente richiamar da una finestra:
e leva gli occhi; e quel parlar divino
gli pare udire, e par che miri il viso,
che l'ha da quel che fu, tanto diviso.

15 Pargli Angelica udir, che supplicando
e piangendo gli dica: — Aita, aita!
la mia virginità ti raccomando
più che l'anima mia, più che la vita.
Dunque in presenza del mio caro Orlando

12 *cercando il van*: vanno cercando il padrone del palazzo.
13 *strano*: misterioso.
14 *silvestra*: posta nella selva.
15 *nuovo camino*: recente passaggio.

da questo ladro mi sarà rapita?
più tosto di tua man dammi la morte,
che venir lasci a sì infelice sorte. —

16 Queste parole una ed un'altra volta
fanno Orlando tornar per ogni stanza,
con passione e con fatica molta,
ma temperata pur d'alta speranza.
Talor si ferma, ed una voce ascolta,
che di quella d'Angelica ha sembianza
(e s'egli è da una parte, suona altronde),
che chieggia aiuto; e non sa trovar donde.

17 Ma tornando a Ruggier, ch'io lasciai quando
dissi che per sentiero ombroso e fosco
il gigante e la donna seguitando,
in un gran prato uscito era del bosco;
io dico ch'arrivò qui dove Orlando
dianzi arrivò, se 'l loco riconosco.
Dentro la porta il gran gigante passa:
Ruggier gli è appresso, e di seguir non lassa.

18 Tosto che pon dentro alla soglia il piede,
per la gran corte e per le logge mira;
né più il gigante né la donna vede,
e gli occhi indarno or quinci or quindi aggira.
Di su di giù va molte volte e riede;
né gli succede mai quel che desira:
né si sa imaginar dove sì tosto
con la donna il fellon si sia nascosto.

19 Poi che revisto ha quattro volte e cinque
di su di giù camere e logge e sale,
pur di nuovo ritorna, e non relinque [16]
che non ne cerchi fin sotto le scale.
Con speme al fin che sian ne le propinque
selve, si parte: ma una voce, quale

16 *non relinque*: non lascia, non cessa.

richiamò Orlando, lui chiamò non manco;
e nel palazzo il fe' ritornar anco.

20 Una voce medesma, una persona
    che paruta era Angelica ad Orlando,
    parve a Ruggier la donna di Dordona,[17]
    che lo tenea di sé medesmo in bando.[18]
    Se con Gradasso o con alcun ragiona
    di quei ch'andavan nel palazzo errando,
    a tutti par che quella cosa sia,
    che più ciascun per sé brama e desia.

21 Questo era un nuovo e disusato incanto
    ch'avea composto Atlante di Carena,
    perché Ruggier fosse occupato tanto
    in quel travaglio, in quella dolce pena,
    che 'l mal'influsso n'andasse da canto,[19]
    l'influsso ch'a morir giovene il mena.
    Dopo il castel d'acciar, che nulla giova,
    e dopo Alcina, Atlante ancor fa pruova.

22 Non pur costui, ma tutti gli altri ancora,
    che di valore in Francia han maggior fama,
    acciò che di lor man Ruggier non mora,
    condurre Atlante in questo incanto trama.
    E mentre fa lor far quivi dimora,
    perché di cibo non patischin [20] brama,
    sì ben fornito avea tutto il palagio,
    che donne e cavallier vi stanno ad agio.

23 Ma torniamo ad Angelica, che seco
    avendo quell'annel mirabil tanto,
    ch'in bocca a veder lei fa l'occhio cieco,[21]
    nel dito, l'assicura da l'incanto;

17 *la donna di Dordona*: Bradamante.
18 *in bando*: fuori di sé.
19 *mal'influsso... da canto*: il cattivo influsso degli astri fosse reso vano.
20 *patischin*: soffrano.
21 *ch'in bocca... cieco*: che rende invisibile lei, che lo tiene in bocca.

e ritrovato nel montano speco
cibo avendo e cavalla e veste e quanto
le fu bisogno, avea fatto il disegno
di ritornare in India al suo bel regno.

24 Orlando volentieri o Sacripante
voluto avrebbe in compagnia: non ch'ella
più caro avesse l'un che l'altro amante;
anzi di par fu a' lor disii ribella:
ma dovendo, per girsene in Levante,
passar tante città, tante castella,
di compagnia bisogno avea e di guida,
né potea aver con altri la più fida.

25 Or l'uno or l'altro andò molto cercando,
prima ch'indizio ne trovasse o spia,
quando in cittade, e quando in ville, e quando
in alti boschi, e quando in altra via.
Fortuna al fin là dove il conte Orlando,
Ferraù e Sacripante era, la invia,
con Ruggier, con Gradasso ed altri molti
che v'avea Atlante in strano intrico avolti.

26 Quivi entra, che veder non la può il mago,
e cerca il tutto, ascosa dal suo annello;
e truova Orlando e Sacripante vago
di lei cercare invan per quello ostello.
Vede come, fingendo la sua imago,
Atlante usa gran fraude a questo e a quello.
Chi tor debba di lor, molto rivolve
nel suo pensier, né ben se ne risolve.

27 Non sa stimar chi sia per lei migliore,
il conte Orlando o il re dei fier Circassi.
Orlando la potrà con più valore
meglio salvar nei perigliosi passi:
ma se sua guida il fa, sel fa signore;
ch'ella non vede come poi l'abbassi,[22]

22 *l'abbassi*: ne possa diminuire il potere.

qualunque volta, di lui sazia, farlo
voglia minore, o in Francia rimandarlo.

28 Ma il Circasso depor, quando le piaccia,
potrà, se ben l'avesse posto in cielo.
Questa sola cagion vuol ch'ella il faccia
sua scorta, e mostri avergli fede e zelo.
L'annel trasse di bocca, e di sua faccia
levò dagli occhi a Sacripante il velo.[23]
Credette a lui sol dimostrarsi, e avenne
ch'Orlando e Ferraù le sopravenne.

29 Le sopravenne Ferraù ed Orlando;
che l'uno e l'altro parimente giva
di su di giù, dentro e di fuor cercando
del gran palazzo lei, ch'era lor diva.
Corser di par tutti alla donna, quando
nessuno incantamento gli impediva:
perché l'annel ch'ella si pone in mano,
fece d'Atlante ogni disegno vano.

30 L'usbergo indosso aveano e l'elmo in testa
dui di questi guerrier, dei quali io canto;
né notte o dì, dopo ch'entraro in questa
stanza, l'aveano mai messo da canto;
che facile a portar, come la vesta,
era lor, perché in uso l'avean tanto.
Ferraù il terzo era anco armato, eccetto
che non avea, né volea avere elmetto,

31 fin che quel non avea, che 'l paladino
tolse Orlando al fratel [24] del re Troiano;
ch'allora lo giurò, che l'elmo fino
cercò de l'Argalia nel fiume invano:
e se ben quivi Orlando ebbe vicino,
né però Ferraù pose in lui mano;
avenne, che conoscersi tra loro

23 *il velo*: dell'incantesimo.
24 *fratel*: Almonte.

non si poter, mentre là dentro foro.

32 Era così incantato quello albergo,
    ch'insieme riconoscer non poteansi.
    Né notte mai né dì, spada né usbergo
    né scudo pur dal braccio rimoveansi.
    I lor cavalli con la sella al tergo,
    pendendo i morsi da l'arcion, pasceansi
    in una stanza, che presso all'uscita,
    d'orzo e di paglia sempre era fornita.

33 Atlante riparar [25] non sa né puote,
    ch'in sella non rimontino i guerrieri
    per correr dietro alle vermiglie gote,
    all'auree chiome ed a' begli occhi neri
    de la donzella, ch'in fuga percuote
    la sua iumenta, perché volentieri
    non vede li tre amanti in compagnia,
    che forse tolti un dopo l'altro avria.

34 E poi che dilungati dal palagio
    gli ebbe sì, che temer più non dovea
    che contra lor l'incantator malvagio
    potesse oprar la sua fallacia rea;
    l'annel, che le schivò più d'un disagio,
    tra le rosate labra si chiudea:
    donde lor sparve subito dagli occhi,
    e gli lasciò come insensati e sciocchi.

35 Come che fosse il suo primier disegno
    di voler seco Orlando o Sacripante,
    ch'a ritornar l'avessero nel regno
    di Galafron ne l'ultimo Levante;
    le vennero amendua subito a sdegno,
    e si mutò di voglia in uno istante:
    e senza più obligarsi o a questo o a quello,
    pensò bastar per amendua il suo annello.

25 *riparar*: impedire.

36 Volgon pel bosco or quinci or quindi in fretta
quelli scherniti la stupida²⁶ faccia;
come il cane talor, se gli è intercetta²⁷
o lepre o volpe a cui dava la caccia,
che d'improviso in qualche tana stretta
o in folta macchia o in un fosso si caccia.
Di lor si ride Angelica proterva,
che non è vista, e i lor progressi²⁸ osserva.

37 Per mezzo il bosco appar sol una strada:
credono i cavallier che la donzella
inanzi a lor per quella se ne vada;
che non se ne può andar, se non per quella.
Orlando corre, e Ferraù non bada,²⁹
né Sacripante men sprona e puntella.³⁰
Angelica la briglia più ritiene,
e dietro lor con minor fretta viene.

38 Giunti che fur, correndo, ove i sentieri
a perder si venian ne la foresta,
e cominciar per l'erba i cavallieri
a riguardar se vi trovavan pesta;
Ferraù, che potea fra quanti altieri
mai fosser, gir con la corona in testa,
si volse con mal viso agli altri dui,
e gridò lor: — Dove venite vui?

39 Tornate a dietro, o pigliate altra via,
se non volete rimaner qui morti:
né in amar né in seguir la donna mia
si creda alcun, che compagnia comporti.³¹ —
Disse Orlando al Circasso: — Che potria
più dir costui, s'ambi ci avesse scorti
per le più vili e timide puttane

---

26 *stupida*: stupita.
27 *intercetta*: tolta.
28 *progressi*: movimenti.
29 *non bada*: non sta in ozio.
30 *puntella*: stimola il cavallo.
31 *comporti*: sopporti.

che da conocchie mai traesser lane?

40 Poi volto a Ferraù, disse: — Uom bestiale,
s'io non guardassi che senza elmo sei,
di quel c'hai detto, s'hai ben detto o male,
senz'altra indugia accorger ti farei. —
Disse il Spagnuol: — Di quel ch'a me non cale,
perché pigliarne tu cura ti déi?
Io sol contra ambidui per far son buono
quel che detto ho, senza elmo come sono. —

41 — Deh (disse Orlando al re di Circassia),
in mio servigio a costui l'elmo presta,
tanto ch'io gli abbia tratta la pazzia;
ch'altra non vidi mai simile a questa. —
Rispose il re: — Chi più pazzo saria? [32]
Ma se ti par pur la domanda onesta,
prestagli il tuo; ch'io non sarò men atto,
che tu sia forse, a castigare un matto. —

42 Suggiunse Ferraù: — Sciocchi voi, quasi
che, se mi fosse il portar elmo a grado,
voi senza non ne fosse già rimasi;
che tolti i vostri avrei, vostro mal grado.
Ma per narrarvi in parte li miei casi,
per voto [33] così senza me ne vado,
ed anderò, fin ch'io non ho quel fino
che porta in capo Orlando paladino. —

43 — Dunque (rispose sorridendo il conte)
ti pensi a capo nudo esser bastante
far ad Orlando quel che in Aspramonte
egli già fece al figlio d'Agolante? [34]
Anzi credo io, se tel vedessi a fronte,
ne tremeresti dal capo alle piante;
non che volessi l'elmo, ma daresti

32 *più pazzo saria*: chi sarebbe più pazzo, lui arrogante, o io, se gli prestassi l'elmo?
33 *voto*: giuramento.
34 *figlio d'Agolante*: Almonte.

l'altre arme a lui di patto,[35] che tu vesti. —

44 Il vantator Spagnuol disse: — Già molte
fïate e molte ho così Orlando astretto,
che facilmente l'arme gli avrei tolte,
quante indosso n'avea, non che l'elmetto;
e s'io nol feci, occorrono alle volte
pensier che prima non s'aveano in petto:
non n'ebbi, già fu, voglia; or l'aggio, e spero
che mi potrà succeder di leggiero. —

45 Non poté aver più pazïenza Orlando
e gridò: — Mentitor, brutto marrano,[36]
in che paese ti trovasti, e quando,
a poter più di me con l'arme in mano?
Quel paladin, di che ti vai vantando,
son io, che ti pensavi esser lontano.
Or vedi se tu puoi l'elmo levarme,
o s'io son buon per torre a te l'altre arme.

46 Né da te voglio un minimo vantaggio. —
Così dicendo, l'elmo si disciolse,
e lo suspese a un ramuscel di faggio;
e quasi a un tempo Durindana tolse.
Ferraù non perdé di ciò[37] il coraggio:
trasse la spada, e in atto si raccolse,
onde con essa e col levato scudo
potesse ricoprirsi il capo nudo.

47 Così li duo guerrieri incominciaro,
lor cavalli aggirando, a volteggiarsi;
e dove l'arme si giungeano, e raro
era più il ferro, col ferro a tentarsi.
Non era in tutto 'l mondo un altro paro
che più di questo avessi ad accoppiarsi:[38]
pari eran di vigor, pari d'ardire;

35 *di patto*: di buon accordo.
36 *marrano*: traditore.
37 *di ciò*: perciò.
38 *accoppiarsi*: stare a fronte a fronte.

né l'un né l'altro si potea ferire.

48 Ch'abbiate, Signor mio, già inteso estimo,
che Ferraù per tutto era fatato,
fuor che là dove l'alimento primo [39]
piglia il bambin nel ventre ancor serrato:
e fin che del sepolcro il tetro limo [40]
la faccia gli coperse, il luogo armato
usò portar, dove era il dubbio, sempre
di sette piastre fatte a buone tempre.

49 Era ugualmente il principe d'Anglante
tutto fatato, fuor che in una parte:
ferito esser potea sotto le piante;
ma le guardò con ogni studio ed arte.
Duro era il resto lor più che diamante
(se la fama dal ver non si diparte);
e l'uno e l'altro andò, più per ornato
che per bisogno, alle sue imprese armato.

50 S'incrudelisce e inaspra la battaglia,
d'orrore in vista e di spavento piena.
Ferraù, quando punge e quando taglia,
né mena botta che non vada piena:
ogni colpo d'Orlando o piastra o maglia
e schioda e rompe ed apre e a straccio mena.[41]
Angelica invisibile lor pon mente,
sola a tanto spettacolo presente.

51 Intanto il re di Circassia, stimando
che poco inanzi Angelica corresse,
poi ch'attaccati Ferraù ed Orlando
vide restar, per quella via si messe,
che si credea che la donzella, quando
da lor disparve, seguitata avesse:
sì che a quella battaglia la figliuola
di Galafron fu testimonia sola.

39 *là dove... primo*: l'ombelico.
40 *limo*: terra.
41 *a straccio mena*: fa a pezzi.

52   Poi che, orribil come era e spaventosa,
      l'ebbe da parte ella mirata alquanto,
      e che le parve assai pericolosa
      così da l'un come da l'altro canto;
      di veder novità voluntarosa,
      disegnò l'elmo tor, per mirar quanto
      fariano i duo guerrier, vistosel tolto;
      ben con pensier di non tenerlo molto.

53   Ha ben di darlo al conte intenzione;
      ma se ne vuole in prima pigliar gioco.
      L'elmo dispicca, e in grembio se lo pone,
      e sta a mirare i cavallieri un poco.
      Di poi si parte, e non fa lor sermone;
      e lontana era un pezzo da quel loco,
      prima ch'alcun di lor v'avesse mente:
      sì l'uno e l'altro era ne l'ira ardente.

54   Ma Ferraù, che prima v'ebbe gli occhi,
      si dispiccò da Orlando, e disse a lui:
      — Deh come n'ha da male accorti e sciocchi
      trattati il cavallier ch'era con nui!
      Che premio fia ch'al vincitor più tocchi,
      se 'l bel elmo involato n'ha costui? —
      Ritrassi Orlando, e gli occhi al ramo gira:
      non vede l'elmo, e tutto avampa d'ira.

55   E nel parer di Ferraù concorse,
      che 'l cavallier che dianzi era con loro
      se lo portasse; onde la briglia torse,
      e fe' sentir gli sproni a Brigliadoro.
      Ferraù che del campo il vide torse,
      gli venne dietro; e poi che giunti foro
      dove ne l'erba appar l'orma novella
      ch'avea fatto il Circasso e la donzella,

56   prese la strada alla sinistra il conte
      verso una valle, ove il Circasso era ito:
      si tenne Ferraù più presso al monte,

dove il sentiero Angelica avea trito.[42]
Angelica in quel mezzo ad una fonte
giunta era, ombrosa e di giocondo sito,[43]
ch'ognun che passa, alle fresche ombre invita,
né, senza ber, mai lascia far partita.

57   Angelica si ferma alle chiare onde,
     non pensando ch'alcun le sopravegna;
     e per lo sacro annel che la nasconde,
     non può temer che caso rio le avegna.
     A prima giunta in su l'erbose sponde
     del rivo l'elmo a un ramuscel consegna; [44]
     poi cerca, ove nel bosco è miglior frasca,
     la iumenta legar, perché si pasca.

58   Il cavallier di Spagna, che venuto
     era per l'orme, alla fontana giunge.
     Non l'ha sì tosto Angelica veduto,
     che gli dispare, e la cavalla punge.
     L'elmo, che sopra l'erba era caduto,
     ritor non può, che troppo resta lunge.
     Come il pagan d'Angelica s'accorse,
     tosto vêr lei pien di letizia corse.

59   Gli sparve, come io dico, ella davante,
     come fantasma al dipartir del sonno.
     Cercando egli la va per quelle piante,
     né i miseri occhi più veder la ponno.
     Bestemiando Macone [45] e Trivigante,[46]
     e di sua legge ogni maestro e donno,[47]
     ritornò Ferraù verso la fonte,
     u' ne l'erba giacea l'elmo del conte.

---

42 *trito*: battuto.
43 *giocondo sito*: amena posizione.
44 *consegna*: affida, appende.
45 *Macone*: Maometto.
46 *Trivigante*: divinità che gli antichi romanzieri dicevano venerata dai Saraceni.
47 *donno*: signore.

60 Lo riconobbe, tosto che mirollo,
    per lettere ch'avea scritte ne l'orlo;
    che dicean dove Orlando guadagnollo,
    e come e quando, ed a chi fe' deporlo.
    Armossene il pagano il capo e il collo,
    che non lasciò, pel duol ch'avea, di torlo;
    pel duol ch'avea di quella che gli sparve,
    come sparir soglion notturne larve.

61 Poi ch'allacciato s'ha il buon elmo in testa,
    aviso gli è, che a contentarsi a pieno,
    sol ritrovare Angelica gli resta,
    che gli appar e dispar come baleno.
    Per lei tutta cercò l'alta foresta:
    e poi ch'ogni speranza venne meno
    di più poterne ritrovar vestigi,
    tornò al campo spagnuol verso Parigi;

62 temperando il dolor che gli ardea il petto,
    di non aver sì gran disir sfogato,
    col refrigerio di portar l'elmetto
    che fu d'Orlando, come avea giurato.
    Dal conte, poi che 'l certo gli fu detto,
    fu lungamente Ferraù cercato;
    né fin quel dì dal capo gli lo sciolse,
    che fra duo ponti [48] la vita gli tolse.

63 Angelica invisibile e soletta
    via se ne va, ma con turbata fronte;
    che de l'elmo le duol, che troppa fretta
    le avea fatto lasciar presso alla fonte.
    — Per voler far quel ch'a me far non spetta
    (tra sé dicea), levato ho l'elmo al conte:
    questo, per primo merito,[49] è assai buono
    di quanto a lui pur ubligata sono.

---

48 *fra duo ponti*: come narrano la *Spagna*, e il *Morgante* del
Pulci.
49 *merito*: ricompensa.

64 Con buona intenzione (e sallo Idio),
    ben che diverso e tristo effetto segua,
    io levai l'elmo: e solo il pensier mio
    fu di ridur quella battaglia a triegua;
    e non che per mio mezzo il suo disio
    questo brutto Spagnuol oggi consegua. —
    Così di sé s'andava lamentando
    d'aver de l'elmo suo privato Orlando.

65 Sdegnata e malcontenta la via prese,
    che le parea miglior, verso Oriente.
    Più volte ascosa andò, talor palese,
    secondo era oportuno, infra la gente.
    Dopo molto veder molto paese,
    giunse in un bosco, dove iniquamente [50]
    fra duo compagni morti un giovinetto
    trovò, ch'era ferito in mezzo il petto.

66 Ma non dirò d'Angelica or più inante;
    che molte cose ho da narrarvi prima:
    né sono a Ferraù né a Sacripante,
    sin a gran pezzo per donar più rima.
    Da lor mi leva il principe d'Anglante,
    che di sé vuol che inanzi agli altri esprima
    le fatiche e gli affanni che sostenne
    nel gran disio, di che a fin mai non venne.

67 Alla prima città ch'egli ritruova
    (perché d'andare occulto avea gran cura)
    si pone in capo una barbuta [51] nuova,
    senza mirar s'ha debil tempra o dura:
    sia qual si vuol, poco gli nuoce o giova;
    sì ne la fatagion si rassicura.
    Così coperto, seguita l'inchiesta;
    né notte, o giorno, o pioggia, o sol l'arresta.

68 Era ne l'ora, che trae i cavalli

50 *iniquamente*: da riferirsi a *ferito*.
51 *barbuta*: elmo senza fregi, ma con una criniera.

Febo del mar con rugiadoso pelo,[52]
e l'Aurora di fior vermigli e gialli
venìa spargendo d'ogn'intorno il cielo;
e lasciato le stelle aveano i balli,
e per partirsi postosi già il velo: [53]
quando appresso a Parigi un dì passando,
mostrò di sua virtù gran segno Orlando.

69   In dua squadre incontrossi: e Manilardo
ne reggea l'una, il Saracin canuto,
re di Norizia,[54] già fiero e gagliardo,
or miglior di consiglio che d'aiuto;
guidava l'altra sotto il suo stendardo
il re di Tremisen,[55] ch'era tenuto
tra gli Africani cavallier perfetto:
Alzirdo fu, da chi 'l conobbe, detto.

70   Questi con l'altro esercito pagano
quella invernata avean fatto soggiorno,
chi presso alla città, chi più lontano,
tutti alle ville o alle castella intorno:
ch'avendo speso il re Agramante invano,
per espugnar Parigi, più d'un giorno,
volse tentar l'assedio finalmente,
poi che pigliar non lo potea altrimente.

71   E per far questo avea gente infinita;
che oltre a quella che con lui giunt'era,
e quella che di Spagna avea seguita
del re Marsilio la real bandiera
molta di Francia n'avea al soldo unita; [56]
che da Parigi insino alla riviera

52 *rugiadoso pelo*: i cavalli del Sole hanno il dorso coperto di rugiada.
53 *le stelle... il velo*: le stelle sono raffigurate come fanciulle, che, al termine del ballo, si coprono di un velo.
54 *Norizia*: Nigrizia, regione dell'Africa centrale.
55 *Tremisen*: Tremisenne, città dell'Algeria.
56 *al soldo unita*: assoldata.

d'Arli,[57] con parte di Guascogna (eccetto
alcune rocche) avea tutto suggetto.

72 Or cominciando i trepidi ruscelli
a sciorre il freddo giaccio in tiepide onde,
e i prati di nuove erbe, e gli arbuscelli
a rivestirsi di tenera fronde;
ragunò il re Agramante tutti quelli
che seguian le fortune sue seconde,[58]
per farsi rassegnar [59] l'armata torma;
indi alle cose sue dar miglior forma.

73 A questo effetto il re di Tremisenne
con quel de la Norizia ne venìa,
per là giungere a tempo, ove si tenne
poi conto d'ogni squadra o buona o ria.
Orlando a caso ad incontrar si venne
(come io v'ho detto) in questa compagnia,
cercando pur colei, come egli era uso,
che nel carcer d'Amor lo tenea chiuso.

74 Come Alzirdo appressar vide quel conte
che di valor non avea pari al mondo,
in tal sembiante, in sì superba fronte,
che 'l dio de l'arme a lui parea secondo;
restò stupito alle fattezze conte,[60]
al fiero sguardo, al viso furibondo:
e lo stimò guerrier d'alta prodezza;
ma ebbe del provar troppa vaghezza.

75 Era giovane Alzirdo, ed arrogante
per molta forza, e per gran cor pregiato.
Per giostrar spinse il suo cavallo inante:
meglio per lui, se fosse in schiera stato;
che ne lo scontro il principe d'Anglante

57 *riviera d'Arli*: il Rodano, fiume che bagna Arles.
58 *seconde*: fortunate.
59 *rassegnar*: passare in rassegna.
60 *conte*: nobili.

lo fe' cader per mezzo il cor passato.
Giva in fuga il destrier di timor pieno,
che su non v'era chi reggesse il freno.

76 Levasi un grido subito ed orrendo,
che d'ogn'intorno n'ha l'aria ripiena,
come si vede il giovene, cadendo,
spicciar il sangue di sì larga vena.
La turba verso il conte vien fremendo
disordinata, e tagli e punte mena;
ma quella è più, che con pennuti dardi [61]
tempesta il fior dei cavallier gagliardi.

77 Con qual rumor la setolosa frotta [62]
correr da monti suole o da campagne,
se 'l lupo uscito di nascosa grotta,
o l'orso sceso alle minor montagne,
un tener porco preso abbia talotta,
che con grugnito e gran stridor si lagne;
con tal lo stuol barbarico era mosso
verso il conte, gridando: — Adosso, adosso! —

78 Lance, saette e spade ebbe l'usbergo
a un tempo mille, e lo scudo altretante:
chi gli percuote con la mazza il tergo,
chi minaccia da lato, e chi davante.
Ma quel, ch'al timor mai non diede albergo,
estima la vil turba e l'arme tante,
quel che dentro alla mandra, all'aer cupo,
il numer de l'agnelle estimi il lupo.

79 Nuda avea in man quella fulminea spada
che posti ha tanti Saracini a morte:
dunque chi vuol di quanta turba cada
tenere il conto, ha impresa dura e forte.
Rossa di sangue già correa la strada,

61 *pennuti dardi*: dardi forniti delle *penne*, a forma allargata, che
servono ad equilibrarli.
62 *la setolosa frotta*: branco di porci selvatici.

capace a pena a tante genti morte;
perché né targa né capel [63] difende [64]
la fatal Durindana, ove discende,

80   né vesta piena di cotone, o tele
che circondino il capo in mille vòlti.[65]
Non pur per l'aria gemiti e querele,
ma volan braccia e spalle e capi sciolti.
Pel campo errando va Morte crudele
in molti, vari, e tutti orribil volti;
e tra sé dice: — In man d'Orlando valci [66]
Durindana per cento de mie falci. —

81   Una percossa a pena l'altra aspetta.
Ben tosto cominciar tutti a fuggire;
e quando prima ne veniano in fretta
(perch'era sol, credeanselo inghiottire),
non è chi per levarsi de la stretta
l'amico aspetti, e cerchi insieme gire:
chi fugge a piedi in qua, chi colà sprona;
nessun domanda se la strada è buona.

82   Virtude andava intorno con lo speglio [67]
che fa veder ne l'anima ogni ruga:
nessun vi si mirò, se non un veglio
a cui il sangue l'età, non l'ardir, sciuga.[68]
Vide costui quanto il morir sia meglio,
che con suo disonor mettersi in fuga:
dico il re di Norizia; onde la lancia
arrestò contra il paladin di Francia.

83   E la roppe alla penna [69] de lo scudo
del fiero conte, che nulla si mosse.

63 *targa né capel*: scudo e copricapo di ferro.
64 *difende*: ripara da.
65 *tele... vòlti*: avvolgimenti di turbanti.
66 *valci*: vale.
67 *speglio*: specchio.
68 *il sangue... sciuga*: gli anni scemano le forze, ma non l'ardire.
69 *penna*: bordo superiore.

Egli ch'avea alla posta [70] il brando nudo,
re Manilardo al trapassar percosse.
Fortuna l'aiutò, che 'l ferro crudo
in man d'Orlando al venir giù voltosse:
tirare i colpi a filo [71] ognor non lece;
ma pur di sella stramazzar lo fece.

84 Stordito de l'arcion quel re stramazza:
non si rivolge Orlando a rivederlo;
che gli altri taglia, tronca, fende, amazza;
a tutti pare in su le spalle averlo.
Come per l'aria, ove han sì larga piazza,
fuggon li storni da l'audace smerlo,[72]
così di quella squadra ormai disfatta
altri cade, altri fugge, altri s'appiatta.

85 Non cessò pria la sanguinosa spada,
che fu di viva gente il campo voto.
Orlando è in dubbio a ripigliar la strada,
ben che gli sia tutto il paese noto.
O da man destra o da sinistra vada,
il pensier da l'andar sempre è remoto:
d'Angelica cercar, fuor ch'ove sia,
teme, e di far sempre contraria via.

86 Il suo camin (di lei chiedendo spesso)
or per li campi or per le selve tenne:
e sì come era uscito di se stesso,
uscì di strada; e a piè d'un monte venne,
dove la notte fuor d'un sasso fesso
lontan vide un splendor batter le penne.[73]
Orlando al sasso per veder s'accosta,
se quivi fosse Angelica reposta.

87 Come nel bosco de l'umil [74] ginepre,

70 *alla posta*: pronto.
71 *a filo*: di taglio.
72 *smerlo*: piccolo e ardito falcone.
73 *batter le penne*: tremolare.
74 *umil*: basso.

o ne la stoppia alla campagna aperta,
quando si cerca la paurosa lepre
per traversati solchi e per via incerta,
si va ad ogni cespuglio, ad ogni vepre,[75]
se per ventura vi fosse coperta;
così cercava Orlando con gran pena
la donna sua, dove speranza il mena.

88 Verso quel raggio andando in fretta il conte,
giunse ove ne la selva si diffonde
da l'angusto spiraglio di quel monte,
ch'una capace grotta in sé nasconde;
e truova inanzi ne la prima fronte
spine e virgulti, come mura e sponde,
per celar quei che ne la grotta stanno,
da chi far lor cercasse oltraggio e danno.

89 Di giorno ritrovata non sarebbe,
ma la facea di notte il lume aperta.
Orlando pensa ben quel ch'esser debbe;
pur vuol saper la cosa anco più certa.
Poi che legato fuor Brigliadoro ebbe,
tacito viene alla grotta coperta:
e fra li spessi rami ne la buca
entra, senza chiamar chi l'introduca.

90 Scende la tomba [76] molti gradi al basso,
dove la viva gente sta sepolta.
Era non poco spazioso il sasso
tagliato a punte di scarpelli in volta;
né di luce diurna in tutto casso,[77]
ben che l'entrata non ne dava molta;
ma ve ne venìa assai da una finestra
che sporgea in un pertugio [78] da man destra.

---

75 *vepre*: pruno.
76 *tomba*: caverna.
77 *casso*: privo.
78 *sporgea in un pertugio*: dalla parte esterna formava appena un pertugio.

91 In mezzo la spelonca, appresso a un fuoco,
    era una donna di giocondo viso;
    quindici anni passar dovea di poco,
    quanto fu al conte, al primo sguardo, aviso:
    ed era bella sì, che facea il loco
    salvatico parere un paradiso;
    ben ch'avea gli occhi di lacrime pregni,
    del cor dolente manifesti segni.

92 V'era una vecchia; e facean gran contese
    (come uso feminil spesso esser suole),
    ma come il conte ne la grotta scese,
    finiron le dispùte e le parole.
    Orlando a salutarle fu cortese
    (come con donne sempre esser si vuole),
    ed elle si levaro immantinente,
    e lui risalutar benignamente.

93 Gli è ver che si smarriro in faccia alquanto,
    come improviso udiron quella voce,
    e insieme entrare armato tutto quanto
    vider là dentro un uom tanto feroce.[79]
    Orlando domandò qual fosse tanto
    scortese, ingiusto, barbaro ed atroce,
    che ne la grotta tenesse sepolto
    un sì gentile ed amoroso volto.

94 La vergine a fatica gli rispose,
    interrotta da fervidi signiozzi,[80]
    che dai coralli e da le preziose
    perle uscir fanno i dolci accenti mozzi.
    Le lacrime scendean tra gigli e rose,
    là dove avien ch'alcuna se n'inghiozzi.[81]
    Piacciavi udir ne l'altro canto il resto,
    Signor, che tempo è ormai di finir questo.

79 *feroce*: fiero.
80 *signiozzi*: singhiozzi.
81 *se n'inghiozzi*: se ne inghiottisca.

1 Ben furo aventurosi i cavallieri
   ch'erano a quella età, che nei valloni,
   ne le scure spelonche e boschi fieri,
   tane di serpi, d'orsi e di leoni,
   trovavan quel che nei palazzi altieri
   a pena or trovar puon giudici buoni:
   donne, che ne la lor più fresca etade
   sien degne d'aver titol di beltade.

2 Di sopra vi narrai che ne la grotta
   avea trovato Orlando una donzella,
   e che le dimandò ch'ivi condotta
   l'avesse: or seguitando, dico ch'ella,
   poi che più d'un signiozzo l'ha interrotta,
   con dolce e suavissima favella
   al conte fa le sue sciagure note,
   con quella brevità che meglio puote.

3 — Ben che io sia certa (dice), o cavalliero,
   ch'io porterò del mio parlar supplizio,
   perché a colui che qui m'ha chiusa, spero
   che costei ne darà subito indizio; [1]
   pur son disposta non celarti il vero,
   e vada la mia vita in precipizio.
   E ch'aspettar poss'io da lui più gioia,
   che 'l si disponga un dì voler ch'io muoia?

4 Isabella sono io, che figlia fui
   del re mal fortunato di Gallizia. [2]

1 *indizio*: notizia.
2 *re... Gallizia*: come è detto nell'*Innamorato*, Maricoldo, ucciso da
Orlando.

Ben dissi fui; ch'or non son più di lui,
ma di dolor, d'affanno e di mestizia.
Colpa d'Amor; ch'io non saprei di cui
dolermi più che de la sua nequizia,
che dolcemente nei principi applaude,
e tesse di nascosto inganno e fraude.

5   Già mi vivea di mia sorte felice,
gentil, giovane, ricca, onesta e bella:
vile e povera or sono, or infelice;
e s'altra è peggior sorte, io sono in quella.
Ma voglio sappi la prima radice
che produsse quel mal che mi flagella;
e ben ch'aiuto poi da te non esca,
poco non mi parrà, che te n'incresca.[3]

6   Mio patre fe' in Baiona [4] alcune giostre,
esser denno oggimai dodici mesi.
Trasse la fama ne le terre nostre
cavallieri a giostrar di più paesi.
Fra gli altri (o sia ch'Amor così mi mostre,
o che virtù pur se stessa palesi)
mi parve da lodar Zerbino [5] solo,
che del gran re di Scozia era figliuolo.

7   Il qual poi che far pruove in campo vidi
miracolose di cavalleria,
fui presa del suo amore; e non m'avidi,
ch'io mi conobbi più non esser mia.
E pur, ben che 'l suo amor così mi guidi,
mi giova sempre avere in fantasia [6]
ch'io non misi il mio core in luogo immondo,
ma nel più degno e bel ch'oggi sia al mondo.

8   Zerbino di bellezza e di valore

3 *che te n'incresca*: se tu avrai pietà di me.
4 *Baiona*: città in Galizia, sull'Atlantico.
5 *Zerbino*: qualche particolare della figura è tolto dal personaggio
di Gerbino del Boccaccio (*Decam.*, IV, 4).
6 *avere in fantasia*: avere presente nell'animo.

sopra tutti i signori era eminente.
Mostrammi, e credo mi portasse amore,
e che di me non fosse meno ardente.
Non ci mancò chi del commune ardore
interprete fra noi fosse sovente,
poi che di vista ancor fummo disgiunti;
che gli animi restar sempre congiunti.

9   Però che dato fine alla gran festa,
il mio Zerbino in Scozia fe' ritorno.
Se sai che cosa è amor, ben sai che mesta
restai, di lui pensando notte e giorno;
ed era certa che non men molesta
fiamma intorno al suo cor facea soggiorno.
Egli non fece al suo disio più schermi,[7]
se non che cercò via di seco avermi.

10   E perché vieta la diversa fede
(essendo egli cristiano, io saracina)
ch'al mio padre per moglie non mi chiede,
per furto indi levarmi si destina.
Fuor de la ricca mia patria, che siede
tra verdi campi allato alla marina,
aveva un bel giardin sopra una riva,
che colli intorno e tutto il mar scopriva.

11   Gli parve il luogo a fornir ciò disposto,
che la diversa religion ci vieta;
e mi fa saper l'ordine che posto
avea di far la nostra vita lieta.
Appresso a Santa Marta[8] avea nascosto
con gente armata una galea secreta,
in guardia d'Odorico di Biscaglia,
in mare e in terra mastro di battaglia.

12   Né potendo in persona far l'effetto
perch'egli allora era dal padre antico

---

7 *schermi*: resistenze.
8 *Santa Marta*: borgo della Galizia.

a dar soccorso al re di Francia astretto,
manderia in vece sua questo Odorico,
che fra tutti i fedeli amici eletto
s'avea pel più fedele e pel più amico:
e bene esser dovea, se i benefici
sempre hanno forza d'acquistar gli amici.

13 Verria costui sopra un navilio armato,
    al terminato [9] tempo indi a levarmi.
    E così venne il giorno disiato,
    che dentro il mio giardin lasciai trovarmi.
    Odorico la notte, accompagnato
    di gente valorosa all'acqua e all'armi,
    smontò ad un fiume alla città vicino,
    e venne chetamente al mio giardino.

14 Quindi fui tratta alla galea spalmata, [10]
    prima che la città n'avesse avisi.
    De la famiglia [11] ignuda e disarmata
    altri fuggiro, altri restaro uccisi,
    parte captiva [12] meco fu menata.
    Così da la mia terra io mi divisi,
    con quanto gaudio non ti potrei dire,
    sperando in breve il mio Zerbin fruire.

15 Voltati sopra Mongia [13] eramo a pena,
    quando ci assalse alla sinistra sponda
    un vento che turbò l'aria serena,
    e turbò il mare, e al ciel gli levò l'onda.
    Salta [14] un maestro [15] ch'a traverso mena,
    e cresce ad ora ad ora, e soprabonda;
    e cresce e soprabonda con tal forza,

9 *terminato*: stabilito.
10 *spalmata*: di pece.
11 *famiglia*: servitù.
12 *captiva*: prigioniera.
13 *Mongia*: Mugia, in Galizia.
14 *salta*: si leva improvvisamente.
15 *maestro*: maestrale.

che val poco alternar poggia con orza.[16]

16   Non giova calar vele, e l'arbor sopra
corsia legar,[17] né ruinar castella; [18]
che ci veggian mal grado portar sopra
acuti scogli, appresso alla Rocella.[19]
Se non ci aiuta quel che sta di sopra,[20]
ci spinge in terra la crudel procella.
Il vento rio ne caccia in maggior fretta,
che d'arco mai non si aventò saetta.

17   Vide il periglio il Biscaglino, e a quello
usò un rimedio che fallir suol spesso:
ebbe ricorso subito al battello;
calossi, e me calar fece con esso.
Sceser dui altri, e ne scendea un drapello,
se i primi scesi l'avesser concesso;
ma con le spade li tenner discosto,
tagliar la fune, e ci allargammo[21] tosto.

18   Fummo gittati a salvamento al lito
noi che nel palischeremo eramo scesi;
periron gli altri col legno sdrucito;
in preda al mare andar tutti gli arnesi.
All'eterna Bontade, all'infinito
Amor, rendendo grazie, le man stesi,
che non m'avessi dal furor marino
lasciato tor di riveder Zerbino.

19   Come ch'io avessi sopra il legno e vesti
lasciato e gioie e l'altre cose care,
pur che la speme di Zerbin mi resti,

16 *alternar... orza*: cercare di prendere il vento ora dal lato destro, ora dal sinistro.
17 *arbor... legar*: legare l'albero alle tavole della corsia, affinché il vento non lo spezzi.
18 *ruinar castella*: abbattere impalcature.
19 *Rocella*: La Rochelle, porto della costa occidentale della Francia.
20 *quel che sta di sopra*: Dio.
21 *ci allargammo*: prendemmo il largo.

contenta son che s'abbi il resto il mare.
Non sono, ove scendemo, i liti pesti
d'alcun sentier, né intorno albergo appare;
ma solo il monte, al qual mai sempre fiede
l'ombroso capo ²² il vento, e 'l mare il piede.

20 Quivi il crudo tiranno Amor, che sempre
d'ogni promessa sua fu disleale,
e sempre guarda come involva e stempre ²³
ogni nostro disegno razionale,
mutò con triste e disoneste tempre ²⁴
mio conforto in dolor, mio bene in male;
che quell'amico, in chi ²⁵ Zerbin si crede,
di desire arse, ed agghiacciò di fede.

21 O che m'avesse in mar bramata ancora,
né fosse stato a dimostrarlo ardito,
o cominciassi il desiderio allora
che l'agio v'ebbe dal solingo lito;
disegnò quivi senza più dimora
condurre a fin l'ingordo suo appetito;
ma prima da sé torre un de li dui
che nel battel campati eran con nui.

22 Quell'era omo di Scozia, Almonio detto,
che mostrava a Zerbin portar gran fede;
e commendato per guerrier perfetto
da lui fu, quando ad Odorico il diede.
Disse a costui che biasmo era e difetto,
se mi traeano alla Rocella a piede;
e lo pregò ch'inanti volesse ire
a farmi incontra alcun ronzin venire.

23 Almonio, che di ciò nulla temea,
immantinente inanzi il camin piglia

22 *mai sempre... capo*: sempre batte la vetta selvosa.
23 *involva e stempre*: confonda e indebolisca.
24 *tempre*: modi.
25 *in chi*: in cui.

alla città che 'l bosco ci ascondea,
e non era lontana oltra sei miglia.
Odorico scoprir sua voglia rea
all'altro finalmente si consiglia;
sì perché tor non se lo sa d'appresso,
sì perché avea gran confidenza in esso.

24 Era Corebo di Bilbao nomato
quel di ch'io parlo, che con noi rimase;
che da fanciullo picciolo allevato
s'era con lui ne le medesme case.
Poter con lui communicar l'ingrato
pensiero il traditor si persuase,
sperando ch'ad amar saria più presto
il piacer de l'amico, che l'onesto.

25 Corebo, che gentile era e cortese,
non lo poté ascoltar senza gran sdegno:
lo chiamò traditore, e gli contese
con parole e con fatti il rio disegno.
Grande ira all'uno e all'altro il core accese,
e con le spade nude ne fer segno.
Al trar de' ferri, io fui da la paura
volta a fuggir per l'alta selva oscura.

26 Odorico, che maestro era di guerra,
in pochi colpi a tal vantaggio venne,
che per morto lasciò Corebo in terra,
e per le mie vestigie il camin tenne.
Prestògli Amor (se 'l mio creder non erra),
acciò potesse giungermi, le penne;
e gl'insegnò molte lusinghe e prieghi,
con che ad amarlo e compiacer mi pieghi.

27 Ma tutto è indarno; che fermata e certa
più tosto era a morir, ch'a satisfarli.
Poi ch'ogni priego, ogni lusinga esperta
ebbe e minacce, e non potean giovarli,
si ridusse alla forza a faccia aperta.
Nulla mi val che supplicando parli

de la fé ch'avea in lui Zerbino avuta,
e ch'io ne le sue man m'era creduta.[26]

28 Poi che gittar mi vidi i prieghi invano,
    né mi sperare altronde altro soccorso,
    e che più sempre cupido e villano
    a me venìa, come famelico orso;
    io mi difesi con piedi e con mano,
    ed adopra'vi sin a l'ugne e il morso:
    pela'gli il mento, e gli graffiai la pelle,
    con stridi che n'andavano alle stelle.

29 Non so se fosse caso, o li miei gridi
    che si doveano udir lungi una lega,
    o pur ch'usati sian correre ai lidi
    quando navilio alcun si rompe o anniega;
    sopra il monte una turba apparir vidi,
    e questa al mare e verso noi si piega.
    Come la vede il Biscaglin venire,
    lascia l'impresa, e voltasi a fuggire.

30 Contra quel disleal mi fu adiutrice
    questa turba, signor; ma a quella image[27]
    che sovente in proverbio il vulgo dice:
    cader de la padella ne le brage.
    Gli è ver ch'io non son stata sì infelice,
    né le lor menti ancor tanto malvage,
    ch'abbino violata mia persona:
    non che sia in lor virtù, né cosa buona,

31 ma perché se mi serban, come io sono,
    vergine, speran vendermi più molto.
    Finito è il mese ottavo e viene il nono,
    che fu il mio vivo corpo qui sepolto.
    Del mio Zerbino ogni speme abbandono;
    che già, per quanto ho da lor detti accolto,

26 *creduta*: affidata.
27 *a quella image*: secondo quell'immagine.

m'han promessa e venduta a un mercadante,
che portare al soldan mi de' in Levante.—

32   Così parlava la gentil donzella;
      e spesso con signiozzi e con sospiri
      interrompea l'angelica favella,
      da muovere a pietade aspidi e tiri.[28]
      Mentre sua doglia così rinovella,
      o forse disacerba i suoi martiri,
      da venti uomini entrar ne la spelonca,
      armati chi di spiedo e chi di ronca.

33   Il primo d'essi, uom di spietato viso,
      ha solo un occhio, e sguardo scuro e bieco;
      l'altro, d'un colpo che gli avea reciso
      il naso e la mascella, è fatto cieco.
      Costui vedendo il cavalliero assiso
      con la vergine bella entro allo speco,
      volto a' compagni, disse: — Ecco augel nuovo,
      a cui non tesi, e ne la rete il truovo. —

34   Poi disse al conte:—Uomo non vidi mai
      più commodo di te, né più opportuno.
      Non so se ti se' apposto,[29] o se lo sai
      perché te l'abbia forse detto alcuno,
      che sì bell'arme io desiava assai,
      e questo tuo leggiadro abito bruno.
      Venuto a tempo veramente sei,
      per riparare agli bisogni miei. —

35   Sorrise amaramente, in piè salito,[30]
      Orlando, e fe' risposta al mascalzone:
      — Io ti venderò l'arme ad un partito
      che non ha mercadante in sua ragione. —
      Del fuoco, ch'avea appresso, indi rapito
      pien di fuoco e di fumo uno stizzone,
      trasse, e percosse il malandrino a caso,

28 *tiri*: serpenti velenosi.
29 *ti se' apposto*: hai indovinato.
30 *salito*: levato.

dove confina con le ciglia il naso.

36 Lo stizzone ambe le palpebre colse,
    ma maggior danno fe' ne la sinistra;
    che quella parte misera gli tolse,
    che de la luce, sola, era ministra.
    Né d'acciecarlo contentar si volse
    il colpo fier, s'ancor non lo registra
    tra quelli spirti che con suoi compagni
    fa star Chiron [31] dentro ai bollenti stagni.

37 Ne la spelonca una gran mensa siede
    grossa duo palmi, e spaziosa in quadro,
    che sopra un mal pulito [32] e grosso piede,
    cape [33] con tutta la famiglia il ladro.
    Con quell'agevolezza che si vede
    gittar la canna lo Spagnuol leggiadro, [34]
    Orlando il grave desco da sé scaglia
    dove ristretta insieme è la canaglia.

38 A chi'l petto, a chi'l ventre, a chi la testa,
    a chi rompe le gambe, a chi le braccia;
    di ch'altri muore, altri storpiato resta:
    chi meno è offeso, di fuggir procaccia.
    Così talvolta un grave sasso pesta
    e fianchi e lombi, e spezza capi e schiaccia,
    gittato sopra un gran drapel di biscie,
    che dopo il verno al sol si goda e liscie.

39 Nascono casi, e non saprei dir quanti:
    una muore, una parte senza coda,
    un'altra non si può muover davanti,
    e 'l deretano [35] indarno aggira e snoda;

31 *Chiron*: nell'*Inferno* dantesco Chirone e i centauri vigilano sui
violenti contro il prossimo, immersi nel sangue.
32 *mal pulito*: rozzo.
33 *cape*: accoglie.
34 *Con... leggiadro*: gli Spagnuoli erano esperti in un tipo di giostra a cavallo in cui scagliavano lance sottili e forate.
35 *deretano*: parte posteriore.

un'altra, ch'ebbe più propizi i santi,
striscia fra l'erbe, e va serpendo a proda. [36]
Il colpo orribil fu, ma non mirando,
poi che lo fece il valoroso Orlando.

40   Quei che la mensa o nulla o poco offese
      (e Turpin [37] scrive a punto che fur sette),
      ai piedi raccomandan sue difese:
      ma ne l'uscita il paladin si mette;
      e poi che presi gli ha senza contese,
      le man lor lega con la fune istrette,
      con una fune al suo bisogno destra, [38]
      che ritrovò ne la casa silvestra.

41   Poi li trascina fuor de la spelonca,
      dove facea grande ombra un vecchio sorbo.
      Orlando con la spada i rami tronca,
      e quelli attacca per vivanda al corbo.
      Non bisognò catena in capo adonca; [39]
      che per purgare il mondo di quel morbo,
      l'arbor medesmo gli uncini prestolli,
      con che pel mento Orlando ivi attacolli.

42   La donna vecchia, amica a' malandrini,
      poi che restar tutti li vide estinti,
      fuggì piangendo e con le mani ai crini,
      per selve e boscherecci labirinti.
      Dopo aspri e malagevoli camini,
      a gravi passi e dal timor sospinti,
      in ripa un fiume in un guerrier scontrosse;
      ma diferisco a ricontar chi fosse:

43   e torno all'altra, che si raccomanda
      al paladin che non la lasci sola;

---

36 *a proda*: verso il bordo del campo.
37 *Turpin*: Turpino, vescovo di Reims, presunto autore di una cro-
naca delle gesta di Carlo Magno.
38 *destra*: adatta.
39 *in capo adonca*: con un uncino all'estremità.

e dice di seguirlo in ogni banda.
Cortesemente Orlando la consola;
e quindi, poi ch'uscì con la ghirlanda
di rose adorna e di purpurea stola [40]
la bianca Aurora al solito camino,
partì con Isabella il paladino.

44   Senza trovar cosa che degna sia
d'istoria, molti giorni insieme andaro;
e finalmente un cavallier per via,
che prigione era tratto, riscontraro.
Chi fosse, dirò poi; ch'or me ne svia
tal, di chi udir non vi sarà men caro:
la figliuola d'Amon, la qual lasciai
languida dianzi in amorosi guai.

45   La bella donna, disiando invano
ch'a lei facesse il suo Ruggier ritorno,
stava a Marsilia, ove allo stuol pagano
dava da travagliar quasi ogni giorno;
il qual scorrea, rubando in monte e in piano,
per Linguadoca e per Provenza [41] intorno:
ed ella ben facea l'ufficio vero
di savio duca e d'ottimo guerriero.

46   Standosi quivi, e di gran spazio essendo
passato il tempo che tornare a lei
il suo Ruggier dovea, né lo vedendo,
vivea in timor di mille casi rei.
Un dì fra gli altri, che di ciò piangendo
stava solinga, le arrivò colei
che portò ne l'annel la medicina
che sanò il cor ch'avea ferito Alcina.

47   Come a sé ritornar senza il suo amante,
dopo sì lungo termine, la vede,

40 *stola*: veste.
41 *Linguadoca... Provenza*: la prima è regione tra il Rodano e i
Pirenei, la seconda, regione tra il Rodano e le Alpi.

resta pallida e smorta, e sì tremante,
che non ha forza di tenersi in piede:
ma la maga gentil le va davante
ridendo, poi che del timor s'avede;
e con viso giocondo la conforta,
qual aver suol chi buone nuove apporta.

48   — Non temer (disse) di Ruggier, donzella,
ch'è vivo e sano, e come suol, t'adora;
ma non |è già in sua libertà, che quella
pur gli ha levata il tuo nemico ancora:
ed è bisogno che tu monti in sella,
se brami averlo, e che mi segui or ora;
che se mi segui, io t'aprirò la via
donde per te Ruggier libero fia. —

49   E seguitò, narrandole di quello
magico error che gli avea ordito Atlante:
che simulando d'essa il viso bello,
che captiva parea del rio gigante,
tratto l'avea ne l'incantato ostello,
dove sparito poi gli era davante;
e come tarda [42] con simile inganno
le donne e i cavallier che di là vanno.

50   A tutti par, l'incantator mirando,
mirar quel che per sé brama ciascuno,
donna, scudier, compagno, amico; quando [43]
il desiderio uman non è tutto uno.
Quindi il palagio van tutti cercando
con lungo affanno, e senza frutto alcuno;
e tanta è la speranza e il gran disire
del ritrovar, che non ne san partire.

51   — Come tu giungi (disse) in quella parte
che giace presso all'incantata stanza,
verrà l'incantatore a ritrovarte,

42 *tarda*: trattiene.
43 *quando*: poiché.

che terrà di Ruggiero ogni sembianza;
e ti farà parer con sua mal'arte,
ch'ivi lo vinca alcun di più possanza,
acciò che tu per aiutarlo vada
dove con gli altri poi ti tenga a bada.

52 Acciò l'inganni, in che son tanti e tanti
caduti, non ti colgan, sie avertita,
che se ben di Ruggier viso e sembianti
ti parrà di veder, che chieggia aita,
non gli dar fede tu; ma, come avanti
ti vien, fagli lasciar l'indegna vita:
né dubitar perciò che Ruggier muoia,
ma ben colui che ti dà tanta noia.

53 Ti parrà duro assai, ben lo conosco,
uccidere un che sembri il tuo Ruggiero:
pur non dar fede all'occhio tuo, che losco
farà l'incanto,[44] e celeragli il vero.
Fermati,[45] pria ch'io ti conduca al bosco,
sì che poi non si cangi il tuo pensiero;
che sempre di Ruggier rimarrai priva,
se lasci per viltà che 'l mago viva.—

54 La valorosa giovane, con questa
intenzion che 'l fraudolente uccida,
a pigliar l'arme, ed a seguire è presta
Melissa; che sa ben quanto l'è fida.
Quella, or per terren culto, or per foresta,
a gran giornate e in gran fretta la guida,
cercando alleviarle tuttavia
con parlar grato la noiosa via.

55 E più di tutti i bei ragionamenti,
spesso le repetea ch'uscir di lei
e di Ruggier doveano gli eccellenti
principi e gloriosi semidei.

44 losco... l'incanto: che l'incanto farà travedere.
45 Fermati: prendi una ferma decisione.

Come a Melissa fossino presenti
tutti i secreti degli eterni dei,
tutte le cose ella sapea predire,
ch'avean per molti seculi a venire.

56   — Deh, come, o prudentissima mia scorta
        (dicea alla maga l'inclita donzella),
        molti anni prima tu m'hai fatto accorta
        di tanta mia viril progenie bella;
        così d'alcuna donna mi conforta,
        che di mia stirpe sia, s'alcuna in quella
        metter si può tra belle e virtuose. —
        E la cortese maga le rispose:

57   — Da te uscir veggio le pudiche donne,
        madri d'imperatori e di gran regi,
        reparatrici e solide colonne
        di case illustri e di domìni egregi;
        che men degne non son ne lor gonne,
        ch'in arme i cavallier, di sommi pregi,
        di pietà, di gran cor, di gran prudenza,
        di somma e incomparabil continenza.

58   E s'io avrò da narrarti di ciascuna
        che ne la stirpe tua sia d'onor degna,
        troppo sarà; ch'io non ne veggio alcuna
        che passar con silenzio mi convegna.
        Ma ti farò, tra mille, scelta d'una
        o di due coppie, acciò ch'a fin ne vegna.
        Ne la spelonca perché nol dicesti?
        che l'imagini ancor vedute avresti.

59   De la tua chiara stirpe uscirà quella
        d'opere illustri e di bei studi amica,
        ch'io non so ben se più leggiadra e bella
        mi debba dire, o più saggia e pudica,
        liberale e magnanima Isabella,[46]

46 *Isabella*: la coltissima figlia (1474-1539) di Ercole I d'Este, sposa
del marchese di Mantova, Francesco II Gonzaga.

che del bel lume suo dì e notte aprica
farà la terra che sul Menzo [47] siede,
a cui la madre d'Ocno [48] il nome diede:

60   dove onorato e splendido certame [49]
avrà col suo dignissimo consorte,
chi di lor più le virtù prezzi ed ame,
e chi meglio apra a cortesia le porte.
S'un narrerà ch'al Taro e nel Reame [50]
fu a liberar da' Galli Italia forte;
l'altra dirà: — Sol perché casta visse
Penelope, non fu minor d'Ulisse. —

61   Gran cose e molte in brevi detti accolgo
di questa donna e più dietro ne lasso,
che in quelli dì ch'io mi levai dal volgo,
mi fe' chiare Merlin dal cavo sasso.
E s'in questo gran mar la vela sciolgo,
di lunga Tifi [51] in navigar trapasso.
Conchiudo in somma ch'ella avrà, per dono
de la virtù e del ciel, ciò ch'è di buono.

62   Seco avrà la sorella Beatrice,[52]
a cui si converrà tal nome a punto:
ch'essa non sol del ben che qua giù lice,
per quel che viverà, toccherà il punto;
ma avrà forza di far seco felice,
fra tutti i ricchi duci, il suo congiunto,
il qual, come ella poi lascierà il mondo,
così de l'infelici andrà nel fondo.

63   E Moro e Sforza e Viscontei colubri,[53]

47 *Menzo*: Mincio.
48 *la madre d'Ocno*: la profetessa Manto, che generò dal Tevere il
fiume Ocno.
49 *certame*: gara.
50 *Taro... Reame*: la partecipazione alle battaglie di Fornovo e di
Atella contro Carlo VIII.
51 *Tifi*: il nocchiero degli Argónauti.
52 *Beatrice*: Beatrice d'Este, sposa di Ludovico il Moro.
53 *colubri*: il biscione visconteo.

lei viva, formidabili saranno
da l'iperboree nievi ai lidi rubri,[54]
da l'Indo ai monti ch'al tuo mar via danno: [55]
lei morta, andran col regno degl'Insubri,[56]
e con grave di tutta Italia danno,
in servitute; e fia stimata, senza
costei, ventura [57] la somma prudenza.

64   Vi saranno altre ancor, ch'avranno il nome
medesmo, e nasceran molt'anni prima:
di ch'una s'ornerà le sacre chiome
de la corona di Pannonia [58] opima;
un'altra, poi che le terrene some
lasciate avrà, fia ne l'ausonio clima
collocata nel numer de le dive,[59]
ed avrà incensi e imagini votive.

65   De l'altre tacerò; che, come ho detto,
lungo sarebbe a ragionar di tante;
ben che per sé ciascuna abbia suggetto
degno, ch'eroica e chiara tuba cante.
Le Bianche, le Lucrezie io terrò in petto,
e le Costanze [60] e l'altre, che di quante
splendide case Italia reggeranno,
reparatrici e madri ad esser hanno.

66   Più ch'altre fosser mai, le tue famiglie
saran ne le lor donne aventurose; [61]
non dico in quella più de le lor figlie,
che ne l'alta onestà de le lor spose.

54 *da l'iperboree... rubri*: dalle nevi boreali al mar Rosso.
55 *ai monti... danno*: ai monti di Calpe e d'Abila dello stretto di
Gibilterra, che apre quel Mediterraneo, che bagna la terra di Bradamante, la Provenza.
56 *Insubri*: Lombardi.
57 *ventura*: frutto di fortuna.
58 *una... Pannonia*: Beatrice, figlia di Aldobrandino III, sposò nel
1234 Andrea II, re d'Ungheria.
59 *un'altra... dive*: la beata Beatrice, morta nel 1262, venerata nel
monastero ferrarese di S. Antonio.
60 *Bianche... Costanze*: nomi di molte donne di casa d'Este.
61 *aventurose*: fortunate.

E acciò da te notizia anco si piglie
di questa parte che Merlin mi espose,
forse perch'io 'l dovessi a te ridire,
ho di parlarne non poco desire.

67 E dirò prima di Ricciarda,[62] degno
esempio di fortezza e d'onestade:
vedova rimarrà, giovane, a sdegno
di Fortuna; il che spesso ai buoni accade.
I figli,[63] privi del paterno regno,
esuli andar vedrà in strane contrade,
fanciulli in man degli aversari loro;
ma infine avrà il suo male amplo ristoro.

68 De l'alta stirpe d'Aragone antica
non tacerò la splendida regina,[64]
di cui né saggia sì, né sì pudica
veggio istoria lodar greca o latina,
né a cui Fortuna più si mostri amica:
poi che sarà da la Bontà divina
elletta madre a parturir la bella
progenie, Alfonso, Ippolito e Isabella.

69 Costei sarà la saggia Leonora,
che nel tuo felice arbore s'inesta.
Che ti dirò de la seconda nuora,
succeditrice prossima di questa?
Lucrezia Borgia,[65] di cui d'ora in ora
la beltà, la virtù, la fama onesta
e la fortuna crescerà, non meno
che giovin pianta in morbido terreno.

70 Qual lo stagno all'argento, il rame all'oro,

62 *Ricciarda*: di Saluzzo, sposa di Niccolò III d'Este.
63 *I figli*: Ercole e Sigismondo furono privati della signoria da Leonello e Borso, e dovettero andare esuli presso Alfonso d'Aragona, poco a loro favorevole.
64 *regina*: Eleonora, moglie di Ercole I d'Este.
65 *Lucrezia Borgia*: moglie di Alfonso I, che la sposò in seconde nozze.

il campestre papavere alla rosa,
pallido salce al sempre verde alloro,
dipinto vetro a gemma preziosa;
tal a costei, ch'ancor non nata onoro,
sarà ciascuna insino a qui famosa
di singular beltà, di gran prudenza,
e d'ogni altra lodevole eccellenza.

71 E sopra tutti gli altri incliti pregi
che le saranno e a viva e a morta dati,
si loderà che di costumi regi
Ercole e gli altri figli avrà dotati,
e dato gran principio ai ricchi fregi
di che poi s'orneranno in toga e armati;
perché l'odor non se ne va sì in fretta,
ch'in nuovo vaso, o buono o rio, si metta.

72 Non voglio ch'in silenzio anco Renata
di Francia,[66] nuora di costei, rimagna,
di Luigi il duodecimo re nata,
e de l'eterna gloria di Bretagna.
Ogni virtù ch'in donna mai sia stata,
di poi che 'l fuoco scalda e l'acqua bagna,
e gira intorno il cielo, insieme tutta
per Renata adornar veggio ridutta.

73 Lungo sarà che d'Alda di Sansogna [67]
narri, o de la contessa di Celano,[68]
o di Bianca Maria [69] di Catalogna,
o de la figlia del re sicigliano,[70]
o de la bella Lippa [71] da Bologna,

66 *Renata di Francia*: figlia di Luigi XII di Francia, sposò Ercole
II d'Este, figlio di Alfonso.
67 *Alda di Sansogna*: figlia di Ottone III di Sassonia, che avrebbe
sposato, secondo l'Ariosto, Alberto Azzo II d'Este.
68 *contessa di Celano*: personaggio leggendario.
69 *Bianca Maria*: figlia di Alfonso d'Aragona e sposa di Lionello
d'Este.
70 *figlia... sicigliano*: Beatrice, figlia di Carlo II d'Angiò, sposa di
Azzo VIII.
71 *Lippa*: Filippa Ariosti, moglie di Obizzo III.

e d'altre; che s'io vo' di mano in mano
venirtene dicendo le gran lode,
entro in un alto mar che non ha prode. —

74 Poi che le raccontò la maggior parte
de la futura stirpe a suo grand'agio,
più volte e più le replicò de l'arte
ch'avea tratto Ruggier dentro al palagio.
Melissa si fermò, poi che fu in parte
vicina al luogo del vecchio malvagio;
e non le parve di venir più inante,
acciò veduta non fosse da Atlante.

75 E la donzella di nuovo consiglia
di quel che mille volte ormai l'ha detto.
La lascia sola; e quella oltre a dua miglia
non cavalcò per un sentiero istretto,
che vide quel ch'al suo Ruggier simiglia;
e dui giganti di crudele aspetto
intorno avea, che lo stringean sì forte,
ch'era vicino esser condotto a morte.

76 Come la donna in tal periglio vede
colui che di Ruggiero ha tutti i segni,
subito cangia in sospizion la fede,
subito oblia tutti i suoi bei disegni.
Che sia in odio a Melissa Ruggier crede,
per nuova ingiuria e non intesi sdegni,
e cerchi far con disusata trama
che sia morto da lei che così l'ama.

77 Seco dicea: — Non è Ruggier costui,
che col cor sempre, ed or con gli occhi veggio?
e s'or non veggio e non conosco lui,
che mai veder o mai conoscer deggio?
perché voglio io de la credenza altrui
che la veduta mia giudichi peggio?
che senza gli occhi ancor, sol per se stesso
può il cor sentir se gli è lontano o appresso. —

78 Mentre che così pensa, ode la voce
che le par di Ruggier, chieder soccorso;
e vede quello a un tempo, che veloce
sprona il cavallo e gli ralenta il morso,
e l'un nemico e l'altro suo feroce,
che lo segue e lo caccia [72] a tutto corso.
Di lor seguir la donna non rimase,
che si condusse all'incantate case.

79 De le quai non più tosto entrò le porte,
che fu sommersa nel commune errore.
Lo cercò tutto per vie dritte e torte
invan di su e di giù, dentro e di fuore;
né cessa notte o dì, tanto era forte
l'incanto: e fatto avea l'incantatore,
che Ruggier vede sempre, e gli favella,
né Ruggier lei, né lui riconosce ella.

80 Ma lasciàn Bradamante, e non v'incresca
udir che così resti in quello incanto;
che quando sarà il tempo ch'ella n'esca,
la farò uscire, e Ruggiero altretanto.
Come raccende il gusto il mutar esca,[73]
così mi par che la mia istoria, quanto
or qua or là più variata sia,
meno a chi l'udirà noiosa fia.

81 Di molte fila esser bisogno parme
a condur la gran tela ch'io lavoro.
E però non vi spiaccia d'ascoltarme,
come fuor de le stanze [74] il popul Moro
davanti al re Agramante ha preso l'arme,
che, molto minacciando ai Gigli d'oro,[75]
lo fa assembrare ad una mostra [76] nuova,
per saper quanta gente si ritruova.

72 *caccia*: insegue.
73 *esca*: cibo.
74 *stanze*: alloggiamenti.
75 *Gigli d'oro*: stemma di Francia.
76 *assembrare... mostra*: adunare per una rassegna.

82   Perch'oltre i cavallieri, oltre i pedoni
ch'al numero sottratti erano in copia,
mancavan capitani, e pur de' buoni,
e di Spagna e di Libia e d'Etiopia,
e le diverse squadre e le nazioni
givano errando senza guida propia;
per dare e capo ed ordine a ciascuna.
tutto il campo alla mostra si raguna.

83   In supplimento de le turbe uccise
ne le battaglie e ne' fieri conflitti,
l'un signore in Ispagna, e l'altro mise
in Africa, ove molti n'eran scritti; [77]
e tutti alli lor ordini divise,
e sotto i duci lor gli ebbe diritti.[78]
Differirò, Signor, con grazia vostra,
ne l'altro canto l'ordine e la mostra.

77 *scritti*: arruolati.
78 *diritti*: indirizzati.

Il *canto quattordicesimo* annuncia nuovi temi e concentra
una rinnovata attenzione, da una parte, sulla guerra intorno
a Parigi e, dall'altra, sulle imprese di Mandricardo e di Rodomonte. Di Mandricardo è memorabile la strage che compie della scorta di Doralice (« Correno a morte quei miseri
a gara », 46): in tale descrizione, infatti, il tema della fatalità della morte è tradotto in termini non solo sorridenti
(« come biscie o rane »), ma anche allusivi a un automatismo
animalesco, come se quei cavalieri fossero attirati dai colpi
micidiali dell'eroe. La scena poi si anima dei toni di una
singolare commedia quando Mandricardo licenzia autorevol-
mente gli accompagnatori, sostenendo di bastare lui come
sola scorta di Doralice; ormai è in atto la trasformazione
del Tartaro da guerriero sempre un po' ciarlatanesco in se-
duttore consumato, che ricorre a una mimica e a un'oratoria
ove si alternano i toni della smargiassata a quelli della lusinga e dell'adulazione verso la vanità femminile: essi non tar-
dano a manifestare i loro effetti sulla volubilissima Doralice,
mentre la narrazione sembra adottare gli accenti della commedia, così congeniali a un amore, in sostanza, un po' da
strada; e tuttavia, alla fine, gli amanti si ritrovano in un
luogo d'incanto e di silenzio, presso un fiume dalle quete
acque: « Indi d'uno in un altro luogo errando / si ritruo-
varo alfin sopra un bel fiume / che con silenzio al mar va
declinando » (64).
Si accenna a ben altra atmosfera regnante in Parigi, quando il poeta narra delle invocazioni di Carlo Magno, che
sono intese ad ottenere la protezione divina, non ispirandosi
certo a un sentimento di autentica religiosità, ma rivolgen-
dosi al Dio degli eserciti impegnato a sostenere i suoi « par-
tigiani » (70). Nasce in tal modo la favola singolare dell'Ar-
cangelo Michele e della richiesta d'aiuti alla Discordia e al

Silenzio, mirabile nella levità delle sfumature ironiche; per ampie e luminose aperture fantastiche si caratterizza l'ottava 78, che descrive il calare in terra dell'angelo (« Dovunque drizza Michel angel l'ale / fuggon le nubi, e torna il ciel sereno »), mentre punte mordenti si notano nella raffigurazione di quei conventi che non ospitano il Silenzio, ma la Discordia e la Frode. L'immagine di quest'ultima non certo riesce una finzione allegorica, ma rivela una compenetrazione così assoluta tra significato e realizzazione fantastica da costituire quasi un paradigma della mimesi ariostea, della sua capacità di rendere concreto l'astratto : « Avea piacevol viso, abito onesto, / un umil volger d'occhi, un andar grave / un parlar sì benigno e sì modesto / che parea Gabriel che dicesse : Ave » (87).

La descrizione della Casa del Sonno, ove sta il Silenzio, è pure esempio di una coerente e integrale visione, ove il paesaggio e i personaggi appaiono intimamente fusi; le figure si presentano infatti quali sottili sfumature e accentuazioni di quell'unico motivo che si dirama in ogni parte dell'insieme, e che sembra alludere, di contro all'irrompere delle gesta guerriere, a una riposante isola di oblio : « Giace in Arabia una valletta amena, / lontana da cittadi e da villaggi » (92). In sostanza, però, in questi episodi, il divino si caratterizza come una presenza che risolve in maniera affettuosamente paternalistica i gravi problemi di Carlo e della Cristianità nei confronti della Paganìa, anticipando, in certo senso, gli interventi miracolosi che porranno fine al problema capitale della pazzia d'Orlando. Inoltre l'azione di Michele vale a dare evidenza a tutto un nucleo d'imprese che si svolgono sotto la sua guida e si caratterizzano come un sicuro snodarsi di un piano ben regolato, condotto a vantaggio della Cristianità, al di là dei personali estri e capricci dei cavalieri.

Si inizia intanto la battaglia di Parigi, che ha come solitario protagonista Ròdomonte, il quale ora prende atteggiamenti degni di Caronte, ora di Nembrot, fa strage dei suoi stessi soldati, bestemmia orribilmente Dio ed incarna un impeto irresistibile di guerra : « Passa la fossa, anzi la corre e vola » (119). È la Paganìa col suo tracotante campione che si leva contro Dio, proprio quando l'intervento divino in favore dei Cristiani sembra offrire garanzia di una nuova sicurezza e potenza. Le gesta di Rodomonte sono segnate da orribili tracce sanguigne (« e ne la fossa / cade da' muri una fiumana rossa », 121); egli ha insieme una forza sterminata e un'agilità scattante, rappresentando quasi un'espressione primitiva e selvaggia della Natura. In tale epicità va assumendo caratteri particolarmente concreti la poesia del movimento, diventando immagine di un infernale dinamismo che scavalca ogni barriera posta alla capacità fisica degli uomini: è appunto per tali aspetti demoniaci che esso si distingue nettamente dall'impeto eroico di Orlando, ad esempio, nella sua lotta con l'Orca, che sembra il prodotto di una Natura appena uscita dal Caos. Perciò è significativo che l'Ariosto abbia immaginato Rodomonte quasi come un baleno tra le fiamme di un paesaggio infuocato, ove si consumano i Saracini che l'hanno seguito e ove risuonano accenti che ricordano l'*Inferno* dantesco: « Aspro concento, orribile armonia / d'alte querele, d'ululi e di strida » (134).

In tutt'altra atmosfera siamo portati nel *canto quindicesimo* con le mirabili avventure in Oriente di Astolfo, armato del libro e del corno avuti in dono da Logistilla: esse si svolgono in un ambiente esotico e magico: « Lungo il fiume Traiano egli cavalca / su quel destrier ch'al mondo è senza pare » (40). Ogni ostacolo egli travolge in virtù di poteri sovrannaturali e con metodi che attingono ora il comico ed ora il grottesco: così Caligorante, reso folle dal suono del corno, cade nella sua stessa rete, che scatta con puntualità inesorabile; così Orrilo (di lui e del suo crine fatale si discorre nel libro) si accorgerà a un certo momento, che tutta la sua macchina magica giunge a scaricarsi. A tali avventure orientali sotto il segno dell'irreale s'intrecciano i casi di Grifone, Aquilante ed Orrigille per quel gusto dell'inganno e del tradimento, dello scambio di persona e della metamorfosi che sembrano ricondurci in un'atmosfera di commedia rinascimentale.

Il *canto sedicesimo* ci riporta invece alle stragi che Rodomonte va conducendo in Parigi. Sembra che il poeta, quasi a dare la sensazione di una « simultaneità » che abbracci la vita nelle sue varie forme, intenzionalmente inserisca le imprese dell'eroe della tracotanza, da una parte, entro l'intervento dell'angelo Michele, che guida gli Inglesi e Rinaldo, e, dall'altra, entro le avventure cavalleresche e amorose di Astolfo, Grifone ed Aquilante, proprio per misurare poeticamente la grandezza di quell'impresa solitaria che si caratterizza come una forza ctonia, di erompente e dilaniante violenza. Le fiamme sono uno sfondo che insegue di continuo il guerriero, dando alla sua figura attributi diabolici, ma il poeta sa aggiungere alla situazione anche notazioni vivamente realistiche, che convalidano, dal punto di vista storico, le sue immaginazioni : « Le case eran, per quel che se n'intende, / quasi tutte di legno in quelli tempi : / e ben creder si può; ch'in Parigi ora / de' le diece le sei son così ancora » (26).

Fuori di Parigi, invece, dove Rinaldo conduce la battaglia contro i Mori, lo scontro si suddivide in tante scene e in tanti quadri, ove spesso s'inseriscono venature comiche e realistiche, umoristiche e figurative, di fronte alle quali il poeta, giocando sui vari punti di visuale, assume una posizione assai diversa da quelli atteggiamenti epici e tragici, che, se pur barbaramente, animano la rappresentazione delle gesta di Rodomonte.

Il *canto diciassettesimo* si apre, tra paesaggi di guerra che percuotono l'animo di grave stupore, con un giudizio ispirato a una sorta di relativismo storico, che attribuisce moralisticamente l'amarissima crisi della libertà italiana a colpe ed errori, e prevede che tale sarà la punizione che nel futuro verrà a colpire anche gli stranieri, se essi pure colpevoli (« Tempo verrà ch'a depredar lor liti / andremo noi, se mai saren migliori », 5) : certo che, in tal modo, il poeta, accennando a una sua elementare visione dei cicli storici, stranamente promette ai buoni il destino stesso di quelli che egli giudica, in sostanza, dei predatori, e che duramente chiama « lupi arrabbiati » (3). Si moltiplicano intanto, per esprimere la potente vitalità della furia di Rodomonte in Parigi, le immagini tolte al mondo animalesco (« Come uscito di tenebre serpente », 11), mentre la sua figura s'inquadra per un attimo, come un orribile presenza di morte, entro una « finestra » (12) che ha aperto nella porta della gran reggia.

Si ritorna quindi alle avventure orientali, con un passaggio-scatto che denuncia apertamente la tendenza del poeta a mutare argomento, una volta giunto al culmine di una tensione. E certo il paesaggio di Damasco presenta aspetti ben diversi da quelli della Parigi arsa da Rodomonte, anzi si caratterizza per una dolcezza idillica che aduna molti echi esotici nelle linee aggraziate di una miniatura : « Per la città duo fiumi cristallini / vanno inaffiando per diversi rivi / un numero infinito di giardini » (19). La bella favola di Norandino e Lucina riprende elementi della storia di Ulisse e di Polifemo, inserendo in essa il motivo dell'amore gentile e ardente dei due sposi, e acconsentendo a toni ora umoristici ed ora favolosi nei confronti dell'Orco. Mentre Norandino può essere trascinato a scatti di interna disperazione, la figura di Lucina spira anche un segreto sentore di voluttà (« o ch'avesse l'andar più lento e molle », 56), ma tutta la vaghezza inusitata dell'episodio deriva da quella metamorfosi (unica tra le tante del *Furioso*) che consiste nel ridursi, per amore, a una vita « in mandra » (59), che consuma nell'inesorabile procedere dei giorni, i due sposi divisi.

Ma ancora, nel canto, ritornano i riferimenti contemporanei, come alle ottave 73-80, ove il poeta, prendendo lo spunto da un'esortazione alle genti d'Europa affinché liberino il Santo Sepolcro, con voce di dolorosa persuasione (« Non hai tu, Spagna, l'Africa vicina / che t'ha più di quest'Italia offesa? », 76), mostra sia la vanità del loro guerreggiare in Italia, sia le colpe di questa che egli non esista, con amara tensione, a chiamare « Italia imbriaca » (76), proiettando entro il ritmo di una poesia dell'universale cangiamento, le note di un sentimento generoso e di una convinzione profonda.

Il canto si arricchisce inoltre del motivo poetico degli inganni intessuti da Martano e da Orrigille, i quali non rappresentano un gratuito gusto del male come Gabrina, ma una furfantesca inclinazione verso il tradimento, verso la viltà, verso gli imbrogli « perfetti » e verso le singolarissime beffe, che certo si contrappone nettamente, quasi per un gusto dichiarato del « contrario », a quei sentimenti di cortesia e di gentilezza che palpitano nel cuore di Norandino e di Lucina; e gli intrighi di Martano risaltano certamente ancor più sugli sfondi di una Paganìa singolarmente

« cortese », dagli splendidi castelli, dalle logge amene, dal paesaggio incantevole. L'onore di cavaliere di Grifone è qui messo alla prova attraverso esperienze veramente dure, poiché l'impudente Martano osa persino, rivestitosi delle armi di lui, con una sfrontata metamorfosi morale, condannare aspramente quella viltà di cui è supremo campione: egli esercita così, in un ambito se pure limitato, una funzione di antagonista e di stimolo, poiché rappresenta uno sguardo gettato su certi aspetti della vita abbietti, sordidi e laidi.

1   Nei molti assalti e nei crudel conflitti,
ch'avuti avea con Francia, Africa e Spagna,
morti erano infiniti, e derelitti
al lupo, al corvo, all'aquila griffagna; [1]
e ben che i Franchi fossero più afflitti,
che tutta avean perduta la campagna,
più si doleano i Saracin, per molti
principi e gran baron ch'eran lor tolti.

2   Ebbon vittorie così sanguinose,
che lor poco avanzò di che allegrarsi.
E se alle antique le moderne cose,
invitto Alfonso, denno assimigliarsi;
la gran vittoria,[2] onde alle virtuose
opere vostre può la gloria darsi,
di ch'aver sempre lacrimose ciglia
Ravenna debbe, a queste s'assimiglia:

3   quando cedendo Morini [3] e Picardi,
l'esercito normando e l'aquitano,[4]
voi nel mezzo assaliste li stendardi
del quasi vincitor nimico ispano,
seguendo voi quei giovani gagliardi,
che meritar con valorosa mano
quel dì da voi, per onorati doni.
l'else indorate e gl'indorati sproni.[5]

1 *griffagna*: rapace.
2 *la gran vittoria*: ottenuta a Ravenna nel 1512 dai Francesi e dagli Estensi contro gli Spagnoli e i Pontifici.
3 *Morini*: abitanti dell'antica Gallia Belgica.
4 *aquitano*: i guasconi.
5 *l'else... sproni*: le insegne di cavalieri.

4 Con sì animosi petti che vi foro
   vicini o poco lungi al gran periglio,
   crollaste sì le ricche Giande d'oro,[6]
   sì rompeste il baston giallo e vermiglio,[7]
   ch'a voi si deve il trionfale alloro,
   che non fu guasto né sfiorato il Giglio.[8]
   D'un'altra fronde v'orna anco la chioma
   l'aver servato il suo Fabrizio[9] a Roma.

5 La gran Colonna del nome romano,
   che voi prendeste, e che servaste intera,
   vi dà più onor che se di vostra mano
   fosse caduta la milizia fiera,
   quanta n'ingrassa il campo ravegnano,
   e quanta se n'andò senza bandiera
   d'Aragon, di Castiglia e di Navarra,
   veduto non giovar spiedi né carra.[10]

6 Quella vittoria fu più di conforto
   che d'allegrezza; perché troppo pesa
   contra la gioia nostra il veder morto
   il capitan di Francia[11] e de l'impresa;
   e seco avere una procella absorto[12]
   tanti principi illustri, ch'a difesa
   dei regni lor, dei lor confederati,
   di qua da le fredd'Alpi eran passati.

7 Nostra salute, nostra vita in questa
   vittoria suscitata[13] si conosce,
   che difende[14] che 'l verno e la tempesta

6 *Giande d'oro*: insegna di papa Giulio II Della Rovere.
7 *il baston... vermiglio*: nello stemma di Ferdinando il Cattolico, re di Spagna, vi era un palo giallo e rosso.
8 *il Giglio*: dei re di Francia.
9 *Fabrizio*: Fabrizio Colonna, comandante delle truppe papali, cadde prigioniero di Alfonso, che lo rimise in libertà.
10 *spiedi né carra*: i carri falcati, di cui narra il Guicciardini.
11 *il capitan di Francia*: Gastone di Foix, ucciso nella battaglia.
12 *absorto*: assorbito, travolto.
13 *suscitata*: risuscitata.
14 *difende*: impedisce.

di Giove [15] irato sopra noi non crosce:
ma né goder potiam, né farne festa,
sentendo i gran ramarichi e l'angosce,
ch'in veste bruna e lacrimosa guancia
le vedovelle fan per tutta Francia.

8   Bisogna che proveggia [16] il re Luigi [17]
di nuovi capitani alle sue squadre,
che per onor de l'aurea Fiordaligi [18]
castighino le man rapaci e ladre,[19]
che suore, e frati e bianchi e neri e bigi [20]
violato hanno, e sposa e figlia e madre;
gittato in terra Cristo in sacramento,
per torgli un tabernaculo d'argento.

9   O misera Ravenna, t'era meglio
ch'al vincitor non fêssi resistenza;
far ch'a te fosse inanzi Brescia speglio,
che tu lo fossi a Arimino e a Faenza.[21]
Manda, Luigi, il buon Traulcio [22] veglio,
ch'insegni a questi tuoi più continenza,
e conti lor quanti per simil torti
stati ne sian per tutta Italia morti.

10   Come di capitani bisogna ora
che 'l re di Francia al campo suo proveggia,
così Marsilio ed Agramante allora,
per dar buon reggimento alla sua greggia,
dai lochi dove il verno fe' dimora
vuol ch'in campagna all'ordine si veggia;

15 *Giove*: papa Giulio II.
16 *proveggia*: provveda.
17 *re Luigi*: Luigi XII, di Francia.
18 *Fiordaligi*: il giglio d'oro di Francia.
19 *le man... ladre*: dei soldati francesi.
20 *neri e bigi*: di ogni ordine.
21 *Brescia... Faenza*: Brescia fu saccheggiata dai Francesi, mentre Rimini e Faenza si arresero senza danno.
22 *Traulcio*: il valente Giangiacomo Trivulzio, governatore francese di Milano.

perché vedendo ove bisogno sia,
guida e governo ad ogni schiera dia.

11 Marsilio prima, e poi fece Agramante
passar la gente sua schiera per schiera.
I Catalani a tutti gli altri inante
di Dorifebo [23] van con la bandiera.
Dopo vien, senza il suo re Folvirante,
che per man di Rinaldo già morto era,
la gente di Navarra; e lo re ispano
halle dato Isolier per capitano.

12 Balugante del popul di Leone, [24]
Grandonio cura degli Algarbi [25] piglia;
il fratel di Marsilio, Falsirone,
ha seco armata la minor Castiglia. [26]
Seguon di Madarasso il gonfalone
quei che lasciato han Malaga e Siviglia,
dal mar di Gade [27] a Cordova feconda
le verdi ripe ovunque il Beti [28] inonda.

13 Stordilano e Tesira e Baricondo,
l'un dopo l'altro, mostra la sua gente:
Granata al primo, Ulisbona [29] al secondo,
e Maiorica [30] al terzo è ubidiente.
Fu d'Ulisbona re (tolto dal mondo
Larbin) Tesira, di Larbin parente.
Poi vien Gallizia, che sua guida, in vece
di Maricoldo, Serpentino fece.

14 Quei di Tolledo e quei di Calatrava, [31]

23 *Dorifebo*: questo nome di guerriero, come altri seguenti, deriva
dall'*Innamorato*.
24 *Leone*: regno della Spagna settentrionale.
25 *Algarbi*: dell'Algarve, ora provincia del Portogallo.
26 *minor Castiglia*: la Vecchia Castiglia.
27 *Gade*: Cadice.
28 *Beti*: Guadalquivir.
29 *Ulisbona*: Lisbona.
30 *Maiorica*: Maiorca, nelle Baleari.
31 *Calatrava*: nella Nuova Castiglia.

di ch'ebbe Sinagon già la bandiera,
con tutta quella gente che si lava
in Guadiana e bee della riviera,[32]
l'audace Matalista governava;
Bianzardin quei d'Asturga [33] in una schiera
con quei di Salamanca e di Piagenza,
d'Avila, di Zamora e di Palenza.[34]

15 Di quei di Saragosa [35] e de la corte
del re Marsilio ha Ferraù il governo:
tutta la gente è ben armata e forte.
In questi è Malgarino, Balinverno,
Malzarise e Morgante, ch'una sorte
avea fatto abitar paese esterno; [36]
che, poi che i regni lor lor furon tolti,
gli avea Marsilio in corte sua raccolti.

16 In questa è di Marsilio il gran bastardo,
Follicon d'Almeria,[37] con Doriconte,
Bavarte e Largalifa ed Analardo,
ed Archidante il sagontino [38] conte,
e Lamirante e Langhiran gagliardo,
e Malagur ch'avea l'astuzie pronte,
ed altri ed altri, di quai penso, dove
tempo sarà, di far veder le pruove.

17 Poi che passò l'esercito di Spagna
con bella mostra inanzi al re Agramante,
con la sua squadra apparve alla campagna
il re d'Oran,[39] che quasi era gigante.
L'altra che vien, per Martasin si lagna,

32 *in Guadiana... riviera*: nel fiume Guadiana.
33 *Asturga*: Astorga, nelle Asturie.
34 *Salamanca...Palenza*: città del León, dell'Estremadura e della
Vecchia Castiglia.
35 *Saragosa*: Saragozza, città capitale di Marsilio.
36 *esterno*: straniero.
37 *Almeria*: nella Spagna meridionale.
38 *sagontino*: di Sagunto.
39 *re d'Oran*: Marbalusto.

il qual morto le fu da Bradamante;
e si duol ch'una femina si vanti
d'aver ucciso il re de' Garamanti.[40]

18   Segue la terza schiera di Marmonda,[41]
ch'Argosto morto abbandonò in Guascogna:
a questa un capo, come alla seconda
e come anco alla quarta, dar bisogna.
Quantunque il re Agramante non abonda
di capitani, pur ne finge e sogna:
dunque Buraldo, Ormida, Arganio elesse,
e dove uopo ne fu, guida li messe.

19   Diede ad Arganio quei di Libicana,[42]
che piangean morto il negro Dudrinasso.
Guida Brunello i suoi di Tingitana, [43]
con viso nubiloso e ciglio basso;
che, poi che ne la selva non lontana
dal castel ch'ebbe Atlante in cima al sasso,
gli fu tolto l'annel da Bradamante,
caduto era in disgrazia al re Agramante:

20   e se 'l fratel di Ferraù, Isoliero,
ch'a l'arbore legato ritrovollo,
non facea fede inanzi al re del vero,
avrebbe dato in su le forche un crollo.
Mutò, a' prieghi di molti, il re pensiero,
già avendo fatto porgli il laccio al collo:
gli lo fece levar, ma riserbarlo
pel primo error; che poi giurò impiccarlo:

21   sì ch'avea causa di venir Brunello
col viso mesto e con la testa china.
Seguia poi Farurante, e dietro a quello
eran cavalli e fanti di Maurina.[44]

---

40 *Garamanti*: popolo che abitava all'incirca nell'odierno **Fezzan**.
41 *Marmonda*: regione dell'Africa settentrionale.
42 *Libicana*: regione della Libia.
43 *Tingitana*: regione della Mauritania.
44 *Maurina*: altra regione della Mauritania.

Venìa Libanio appresso, il re novello:
la gente era con lui di Costantina; [45]
però che la corona e il baston d'oro
gli ha dato il re, che fu di Pinadoro.

22   Con la gente d'Esperia [46] Soridano,
e Dorilon ne vien con quei di Setta; [47]
ne vien coi Nasamoni [48] Puliano.
Quelli d'Amonia [49] il re Agricalte affretta;
Malabuferso quelli di Fizano. [50]
Da Finadurro è l'altra squadra retta,
che di Canaria [51] viene e di Marocco;
Balastro ha quei che fur del re Tardocco. [52]

23   Due squadre, una di Mulga, [53] una d'Arzilla, [54]
seguono: e questa ha 'l suo signore antico;
quella n'è priva; e però il re sortilla,
e diella a Corineo suo fido amico.
E così de la gente d'Almansilla, [55]
ch'ebbe Tanfirion, fe' re Caico;
diè quella di Getulia [56] a Rimedonte.
Poi vien con quei di Cosca [57] Balinfronte.

24   Quell'altra schiera è la gente di Bolga: [58]
suo re è Clarindo, e già fu Mirabaldo.
Vien Baliverzo, il qual vuò che tu tolga
di tutto il gregge pel maggior ribaldo.

45 *Costantina*: in Algeria.
46 *Esperia*: forse le isole del Capo Verde.
47 *Setta*: Ceuta, di fronte a Gibilterra.
48 *Nasamoni*: abitanti della Cirenaica.
49 *Amonia*: altra regione della Cirenaica.
50 *Fizano*: Fezzan.
51 *Canaria*: le isole Canarie.
52 *Tardocco*: re dell'isola di Gerbi.
53 *Mulga*: in Algeria.
54 *Arzilla*: in Marocco.
55 *Almansilla*: paese dei Massili, ossia dei Numidi.
56 *Getulia*: parte della Libia.
57 *Cosca*: forse una parte della Numidia.
58 *Bolga*: paese di malsicura identificazione.

Non credo in tutto il campo si disciolga
bandiera ch'abbia esercito più saldo
de l'altra, con che segue il re Sobrino,
né più di lui prudente Saracino.

25   Quei di Bellamarina,[59] che Gualciotto
solea guidare, or guida il re d'Algieri
Rodomonte,[60] e di Sarza,[61] che condotto
di nuovo avea pedoni e cavallieri;
che mentre il sol fu nubiloso sotto
il gran centauro e i corni [62] orridi e fieri,
fu in Africa mandato da Agramante,
onde venuto era tre giorni inante.

26   Non avea il campo d'Africa più forte,
né Saracin più audace di costui:
e più temean le parigine porte,
ed avean più cagion di temer lui,
che Marsilio, Agramante, e la gran corte
ch'avea seguito in Francia questi dui:
e più d'ogni altro che facesse mostra,[63]
era nimico de la fede nostra.

27   Vien Prusione, il re de l'Alvaracchie; [64]
poi quel de la Zumara,[65] Dardinello.
Non so s'abbiano o nottole [66] o cornacchie,
o altro manco ed importuno [67] augello,
il qual dai tetti e da le fronde gracchie
futuro mal, predetto a questo e a quello,
che fissa in ciel nel dì seguente è l'ora
che l'uno e l'altro in quella pugna muora.

59 *Bellamarina*: la costa dell'Algeria.
60 *Rodomonte*: discendente di Nembrod.
61 *Sarza*: Sargel, in Algeria.
62 *centauro e i corni*: d'inverno, quando il sole era nelle costellazioni del Sagittario e del Capricorno.
63 *facesse mostra*: sfilasse in rassegna.
64 *Alvaracchie*: le isole Fortunate.
65 *Zumara*: Azemmour, in Marocco.
66 *nottole*: civette.
67 *manco ed importuno*: sinistro e di malaugurio.

28　In campo non aveano altri a venire,
　　che quei di Tremisenne e di Norizia; [68]
　　né si vedea alla mostra comparire
　　il segno lor, né dar di sé notizia.
　　Non sapendo Agramante che si dire,
　　né che pensar di questa lor pigrizia,
　　uno scudiero al fin gli fu condutto
　　del re di Tremisen, che narrò il tutto.

29　E gli narrò ch'Alzirdo e Manilardo
　　con molti altri de' suoi giaceano al campo.
　　— Signor (diss'egli), il cavallier gagliardo
　　ch'ucciso ha i nostri, ucciso avria il tuo campo,
　　se fosse stato a torsi via più tardo
　　di me, ch'a pena ancor così ne scampo.
　　Fa quel de' cavallieri e de' pedoni,
　　che 'l lupo fa di capre e di montoni.—

30　Era venuto pochi giorni avante
　　nel campo del re d'Africa un signore;
　　né in Ponente era, né in tutto Levante,
　　di più forza di lui, né di più core.
　　Gli facea grande onore il re Agramante,
　　per esser costui figlio e successore
　　in Tartaria del re Agrican gagliardo:
　　suo nome era il feroce Mandricardo. [69]

31　Per molti chiari gesti era famoso,
　　e di sua fama tutto il mondo empìa;
　　ma lo facea più d'altro glorioso,
　　ch'al castel de la fata di Soria [70]
　　l'usbergo avea acquistato luminoso
　　ch'Ettor troian portò mille anni pria,
　　per strana e formidabile aventura,
　　che 'l ragionarne pur mette paura.

68 *Tremisenne... Norizia*: le schiere di Alzirdo e Manilardo.
69 *Mandricardo*: era venuto in Francia per vendicare il padre Agricane, ucciso da Orlando.
70 *Soria*: Siria. L'avventura è narrata nell'*Innamorato*.

32   Trovandosi costui dunque presente
      a quel parlar, alzò l'ardita faccia;
      e si dispose andare immantinente,
      per trovar quel guerrier, dietro alla traccia.
      Ritenne occulto il suo pensiero in mente,
      o sia perché d'alcun stima non faccia,
      o perché tema, se 'l pensier palesa,
      ch'un altro inanzi a lui pigli l'impresa.

33   Allo scudier fe' dimandar come era
      la sopravesta di quel cavalliero.
      Colui rispose: — Quella è tutta nera,
      lo scudo nero, e non ha alcun cimiero. —
      E fu, Signor, la sua risposta vera,
      perché lasciato Orlando avea il quartiero; [71]
      che come dentro l'animo era in doglia,
      così imbrunir di fuor volse la spoglia. [72]

34   Marsilio a Mandricardo avea donato
      un destrier baio a scorza di [73] castagna,
      con gambe e chiome nere; ed era nato
      di frisa [74] madre e d'un villan [75] di Spagna.
      Sopra vi salta Mandricardo armato,
      e galoppando va per la campagna;
      e giura non tornar a quelle schiere
      se non truova il campion da l'arme nere.

35   Molta incontrò de la paurosa gente
      che da le man d'Orlando era fuggita,
      chi del figliuol, chi del fratel dolente,
      ch'inanzi agli occhi suoi perdé la vita.
      Ancora la codarda e trista mente
      ne la pallida faccia era sculpita;
      ancor, per la paura che avuta hanno,
      pallidi, muti ed insensati vanno.

71 *quartiero*: v. *O. F*, VIII, 85.
72 *spoglia*: sopravveste.
73 *a scorza di*: del colore della.
74 *frisa*: frisona.
75 *villan*: razza di cavalli spagnoli.

36　　Non fe' lungo camin, che venne dove
　　　crudel spettaculo ebbe ed inumano,
　　　ma testimonio alle mirabil pruove
　　　che fur raconte inanzi al re africano.
　　　Or mira questi, or quelli morti, e muove,
　　　e vuol le piaghe misurar con mano,
　　　mosso da strana invidia ch'egli porta
　　　al cavallier ch'avea la gente morta.

37　　Come lupo o mastin ch'ultimo giugne
　　　al bue lasciato morto da' villani,
　　　che truova sol le corna, l'ossa e l'ugne,
　　　del resto son sfamati augelli e cani;
　　　riguarda invano il teschio che non ugne: [76]
　　　così fa il crudel barbaro in que' piani.
　　　Per duol bestemmia, e mostra invidia immensa,
　　　che venne tardi a così ricca mensa.

38　　Quel giorno e mezzo l'altro segue incerto
　　　il cavallier dal negro, e ne domanda.
　　　Ecco vede un pratel d'ombre coperto,
　　　che sì d'un alto fiume si ghirlanda,
　　　che lascia a pena un breve spazio aperto,
　　　dove l'acqua si torce ad altra banda.
　　　Un simil luogo con girevol onda
　　　sotto Ocricoli [77] il Tevere circonda.

39　　Dove entrar si potea, con l'arme indosso
　　　stavano molti cavallieri armati.
　　　Chiede il pagan, chi gli avea in stuol sì grosso,
　　　ed a che effetto insieme ivi adunati.
　　　Gli fe' risposta il capitano, mosso
　　　dal signoril sembiante e da' fregiati
　　　d'oro e di gemme arnesi di gran pregio,
　　　che lo mostravan cavalliero egregio.

40　　— Dal nostro re [78] siàn (disse) di Granata

76 *non ugne*: non unge più; è spolpato.
77 *Ocricoli*: Otricoli, presso Terni.
78 *nostro re*: Stordilano.

chiamati in compagnia de la figliuola,
la quale al re di Sarza ha maritata,
ben che di ciò la fama ancor non vola.
Come appresso la sera racchetata
la cicaletta sia, ch'or s'ode sola,
avanti al padre fra l'ispane torme
la condurremo: intanto ella si dorme. —

41 Colui, che tutto il mondo vilipende,
disegna di veder tosto la pruova,
se quella gente o bene o mal difende
la donna, alla cui guardia si ritruova.
Disse: — Costei, per quanto se n'intende,
è bella; e di saperlo ora mi giova.
A lei mi mena, o falla qui venire;
ch'altrove mi convien subito gire. —

42 — Esser per certo dei pazzo solenne, —
rispose il Granatin, né più gli disse.
Ma il Tartaro a ferir tosto lo venne
con l'asta bassa, e il petto gli trafisse;
che la corazza il colpo non sostenne,
e forza fu che morto in terra gisse.
L'asta ricovra [79] il figlio d'Agricane,
perché altro da ferir non gli rimane.

43 Non porta spada né baston; che quando
l'arme acquistò, che fur d'Ettor troiano,
perché trovò che lor mancava il brando,
gli convenne giurar (né giurò invano)
che fin che non togliea quella d'Orlando,
mai non porrebbe ad altra spada mano:
Durindana ch'Almonte ebbe in gran stima,
E Orlando or porta, Ettor portava prima.

44 Grande è l'ardir del Tartaro, che vada
con disvantaggio tal contra coloro,
gridando: — Chi mi vuol vietar la strada? —

79 *ricovra*: ricupera.

E con la lancia si cacciò tra loro.
Chi l'asta abbassa, e chi tra' fuor la spada;
e d'ogn'intorno subito gli foro.
Egli ne fece morire una frotta,
prima che quella lancia fosse rotta.

45 Rotta che se la vede, il gran troncone
che resta intero, ad ambe mani afferra;
e fa morir con quel tante persone,
che non fu vista mai più crudel guerra.
Come tra' Filistei l'ebreo Sansone
con la mascella [80] che levò di terra,
scudi spezza, elmi schiaccia, e un colpo spesso
spenge i cavalli ai cavallieri appresso.

46 Correno a morte que' miseri a gara,
né perché cada l'un, l'altro andar cessa;
che la maniera del morire, amara
lor par più assai che non è morte istessa.
Patir non ponno che la vita cara
tolta lor sia da un pezzo d'asta fessa,
e sieno sotto alle picchiate strane
a morir giunti, come biscie o rane.

47 Ma poi ch'a spese lor si furo accorti
che male in ogni guisa era morire,
sendo già presso alli duo terzi morti,
tutto l'avanzo cominciò a fuggire.
Come del proprio aver via se gli porti,
il Saracin crudel non può patire
ch'alcun di quella turba sbigottita
da lui partir si debba con la vita.

48 Come in palude asciutta dura poco
stridula [81] canna, o in campo àrrida [82] stoppia

80 *mascella*: come narra la *Bibbia*, Sansone, mentre era condotto a
morte dai Filistei, impugnò una mascella d'asino e uccise mille
nemici.
81 *stridula*: al vento.
82 *àrrida*: arida.

contra il soffio di borea e contra il fuoco
che 'l cauto agricultore insieme accoppia,
quando la vaga fiamma occupa il loco,
e scorre per li solchi, e stride e scoppia;
così costor contra la furia accesa
di Mandricardo fan poca difesa.

49 Poscia ch'egli restar vede l'entrata,
che mal guardata fu, senza custode;
per la via che di nuovo era segnata
ne l'erba, e al suono dei ramarchi [83] ch'ode,
viene a veder la donna di Granata,
se di bellezze è pari alle sue lode:
passa tra i corpi de la gente morta,
dove gli dà, torcendo, il fiume porta. [84]

50 E Doralice in mezzo il prato vede
(che così nome la donzella avea),
la qual, suffolta [85] da l'antico piede
d'un frassino silvestre, si dolea.
Il pianto, come un rivo che succede [86]
di viva vena, nel bel sen cadea;
e nel bel viso si vedea che insieme
de l'altrui mal si duole, e del suo teme.

51 Crebbe il timor, come venir lo vide
di sangue brutto e con faccia empia e oscura,
e'l grido sin al ciel l'aria divide,
di sé e de la sua gente per paura;
che, oltre i cavallier, v'erano guide,
che de la bella infante aveano cura,
maturi vecchi, e assai donne e donzelle
del regno di Granata, e le più belle.

52 Come il Tartaro vede quel bel viso
che non ha paragone in tutta Spagna,

83 *ramarchi*: lamenti.
84 *porta*: accesso.
85 *suffolta*: sorretta.
86 *succede*: sgorga.

e c'ha nel pianto (or ch'esser de' nel riso?)
tesa d'Amor l'inestricabil ragna;
non sa se vive o in terra o in paradiso:
né de la sua vittoria altro guadagna,
se non che in man de la sua prigioniera
si dà prigione, e non sa in qual maniera.

53   A lei però non si concede tanto,
che del travaglio suo le doni il frutto; [87]
ben che piangendo ella dimostri, quanto
possa donna mostrar, dolore e lutto.
Egli, sperando volgerle quel pianto
in sommo gaudio, era disposto al tutto
menarla seco; e sopra un bianco ubino [88]
montar la fece, e tornò al suo camino.

54   Donne e donzelle e vecchi ed altra gente,
ch'eran con lei venuti di Granata,
tutti licenziò benignamente,
dicendo: —Assai da me fia accompagnata;
io mastro, io balia, io le sarò sergente
in tutti i suoi bisogni: a Dio, brigata.—
Così, non gli possendo far riparo,
piangendo e sospirando se n'andaro;

55   tra lor dicendo: — Quanto doloroso
ne sarà il padre, come il caso intenda!
quanta ira, quanto duol ne avrà il suo sposo!
oh come ne farà vendetta orrenda!
Deh, perché a tempo tanto bisognoso
non è qui presso a far che costui renda
il sangue illustre del re Stordilano,
prima che se lo porti più lontano? —

56   De la gran preda il Tartaro contento,
che fortuna e valor gli ha posta inanzi,
di trovar quel dal negro vestimento

37 *il frutto*: donandole la libertà.
88 *ubino*: piccolo cavallo veloce di origine scozzese.

non par ch'abbia la fretta ch'avea dianzi.
Correva dianzi: or viene adagio e lento;
e pensa tuttavia dove si stanzi,
dove ritruovi alcun commodo loco,
per esalar tanto amoroso foco.

57 Tuttavolta conforta Doralice,
ch'avea di pianto e gli occhi e 'l viso molle:
compone e finge molte cose, e dice
che per fama gran tempo ben le volle;
e che la patria, e il suo regno felice
che 'l nome di grandezza agli altri tolle,
lasciò, non per vedere o Spagna o Francia,
ma sol per contemplar sua bella guancia.

58 — Se per amar, l'uom debbe essere amato,
merito il vostro amor; che v'ho amat'io:
se per stirpe, di me chi è meglio nato?
che'l possente Agrican fu il padre mio:
se per richezza, chi ha di me più stato?
che di dominio io cedo solo a Dio:
se per valor, credo oggi aver esperto
ch'essere amato per valore io merto. —

59 Queste parole ed altre assai, ch'Amore
a Mandricardo di sua bocca ditta,
van dolcemente a consolar il core
de la donzella di paura afflitta.
Il timor cessa, e poi cessa il dolore
che le avea quasi l'anima trafitta.
Ella comincia con più pazienza
a dar più grata al nuovo amante udienza;

60 poi con risposte più benigne molto
a mostrarsegli affabile e cortese,
e non negargli di fermar nel volto
talor le luci di pietade accese:
onde il pagan, che da lo stral fu colto
altre volte d'Amor, certezza prese,

non che speranza, che la donna bella
non saria a' suo' desir sempre ribella.

61   Con questa compagnia lieto e gioioso,
      che sì gli satisfà, sì gli diletta,
      essendo presso all'ora ch'a riposo
      la fredda notte ogni animale alletta,
      vedendo il sol già basso e mezzo ascoso,
      comminciò a cavalcar con maggior fretta;
      tanto ch'udì sonar zuffoli e canne,
      e vide poi fumar ville e capanne.

62   Erano pastorali alloggiamenti,
      miglior stanza e più commoda, che bella.
      Quivi il guardian cortese degli armenti
      onorò il cavalliero e la donzella,
      tanto che si chiamar da lui contenti;
      che non pur per cittadi e per castella,
      ma per tuguri ancora e per fenili
      spesso si trovan gli uomini gentili.

63   Quel che fosse dipoi fatto all'oscuro
      tra Doralice e il figlio d'Agricane,
      a punto racontar non m'assicuro;
      sì ch'al giudicio di ciascun rimane.
      Creder si può che ben d'accordo furo;
      che si levar più allegri la dimane,
      e Doralice ringraziò il pastore,
      che nel suo albergo l'avea fatto onore.

64   Indi d'uno in un altro luogo errando,
      si ritrovaro al fin sopra un bel fiume
      che con silenzio al mar va declinando,
      e se vada o se stia, mal si prosume; [89]
      limpido e chiaro sì, ch'in lui mirando,
      senza contesa al fondo porta il lume.
      In ripa a quello, a una fresca ombra e bella,
      trovar dui cavallieri e una donzella.

89 *si prosume*: si può giudicare.

65   Or l'alta fantasia, ch'un sentier solo
       non vuol ch'i'segua ognor, quindi mi guida,
       e mi ritorna ove il moresco stuolo
       assorda di rumor Francia e di grida,
       d'intorno il padiglione ove il figliuolo
       del re Troiano il santo Impero sfida,
       e Rodomonte audace se gli vanta
       arder Parigi e spianar Roma santa.

66   Venuto ad Agramante era all'orecchio,
       che già l'Inglesi avean passato il mare:
       però Marsilio e il re del Garbo [90] vecchio
       e gli altri capitan fece chiamare.
       Consiglian tutti a far grande apparecchio,
       sì che Parigi possino espugnare.
       Ponno esser certi che più non s'espugna,
       se nol fan prima che l'aiuto giugna.

67   Già scale innumerabili per questo
       da' luoghi intorno avea fatto raccorre,
       ed asse e travi, e vimine contesto,
       che lo poteano a diversi usi porre;
       e navi e ponti: e più facea che 'l resto,
       il primo e il secondo ordine disporre
       a dar l'assalto; ed egli vuol venire
       tra quei che la città denno assalire.

68   L'imperatore il dì che 'l dì precesse [91]
       de la battaglia, fe' dentro a Parigi
       per tutto celebrare uffici e messe
       a preti, a frati bianchi, neri e bigi;
       e le gente che dianzi eran confesse,
       e di man tolte agl'inimici stigi, [92]
       tutti communicar, non altramente
       ch'avessino a morire il dì seguente.

---

90 il re del Garbo: il vecchio Sobrino, re d'Algarve, in Africa
settentrionale.
91 il dì... precesse: il giorno precedente.
92 stigi: dell'inferno.

338

69   Ed egli tra baroni e paladini,
      principi ed oratori, al maggior tempio
      con molta religione a quei divini
      atti intervenne, e ne diè agli altri esempio.
      Con le man giunte e gli occhi al ciel supini,[93]
      disse:— Signor, ben ch'io sia iniquo ed empio,
      non voglia tua bontà, pel mio fallire,
      che 'l tuo popul fedele abbia a patire.

70   E se gli è tuo voler ch'egli patisca,
      e ch'abbia il nostro error degni supplici,
      almeno la punizion si differisca
      sì, che per man non sia de' tuoi nemici;
      che quando lor d'uccider noi sortisca,
      che nome avemo pur d'esser tuo' amici,
      i pagani diran che nulla puoi,
      che perir lasci i partigiani tuoi.

71   E per un che ti sia fatto ribelle,
      cento ti si faran per tutto il mondo;
      tal che la legge falsa di Babelle [94].
      caccerà la tua fede e porrà al fondo.
      Difendi queste genti, che son quelle
      che 'l tuo sepulcro hanno purgato e mondo
      da' brutti cani, e la tua santa Chiesa
      con li vicari suoi spesso difesa.

72   So che i meriti nostri atti non sono
      a satisfare al debito d'un'oncia; [95]
      né devemo sperar da te perdono,
      se riguardiamo a nostra vita sconcia:
      ma se vi aggiugni di tua grazia il dono,
      nostra ragion fia ragguagliata e concia; [96]
      né del tuo aiuto disperar possiamo,
      qualor di tua pietà ci ricordiamo. —

---

93 *supini*: levati in alto.
94 *Babelle*: Babilonia; qui, l'Oriente mussulmano.
95 *un'oncia*: minimamente.
96 *ragguagliata e concia*: il nostro conto sarà pareggiato e saldato.

73   Così dicea l'imperator devoto,
con umiltade e contrizion di core.
Giunse altri prieghi e convenevol voto
al gran bisogno e all'alto suo splendore.
Non fu il caldo pregar d'effetto voto;
però che 'l genio suo, l'angel migliore,
i prieghi tolse e spiegò al ciel le penne,
ed a narrare al Salvator li venne.

74   E furo altri infiniti in quello instante
da tali messagger portati a Dio;
che come gli ascoltar l'anime sante,
dipinte di pietade il viso pio,
tutte miraro il sempiterno Amante,
e gli mostraro il commun lor disio,
che la giusta orazion fosse esaudita
del populo cristian che chiedea aita.

75   E la Bontà ineffabile, ch'invano
non fu pregata mai da cor fedele,
leva gli occhi pietosi, e fa con mano
cenno che venga a sé l'angel Michele.
— Va (gli disse) all'esercito cristiano
che dianzi in Picardia calò le vele,
e al muro di Parigi l'appresenta [97]
sì, che 'l campo nimico non lo senta.

76   Truova prima il Silenzio, e da mia parte
gli di' che teco a questa impresa venga;
ch'egli ben proveder con ottima arte
saprà di quanto proveder convenga.
Fornito questo, subito va in parte
dove il suo seggio la Discordia tenga:
dille che l'esca e il fucil [98] seco prenda,
e nel campo de' Mori il fuoco accenda;

77   e tra quei che vi son detti più forti

97 *l'appresenta*: accompagnalo.
98 *fucil*: acciarino.

340

sparga tante zizzanie e tante liti,
che combattano insieme; ed altri morti,
altri ne sieno presi, altri feriti,
e fuor del campo altri lo sdegno porti
sì che il lor re poco di lor s'aiti.—
Non replica a tal detto altra parola
il benedetto augel, ma dal ciel vola.

78 Dovunque drizza Michel angel l'ale,
fuggon le nubi, e torna il ciel sereno.
Gli gira intorno un aureo cerchio, quale
veggiàn di notte lampeggiar baleno.
Seco pensa tra via, dove si cale
il celeste corrier per fallir meno
a trovar quel nimico di parole,
a cui la prima commission far vuole.

79 Vien scorrendo [99] ov'egli abiti, ov'egli usi;
e se accordaro [100] infin tutti i pensieri,
che de frati e de monachi rinchiusi
lo può trovare in chiese e in monasteri,
dove sono i parlari in modo esclusi,
che 'l Silenzio, ove cantano i salteri, [101]
ove dormeno, ove hanno la piatanza, [102]
e finalmente è scritto in ogni stanza.

80 Credendo quivi ritrovarlo, mosse
con maggior fretta le dorate penne;
e di veder ch'ancor Pace vi fosse,
Quiete e Carità, sicuro tenne.
Ma da la opinion sua ritrovosse
tosto ingannato, che nel chiostro venne:
non è Silenzio quivi; e gli fu ditto
che non v'abita più, fuor che in iscritto.

99 *scorrendo*: col pensiero.
100 *se accordaro*: convennero.
101 *salteri*: salmi.
102 *piatanza*: refezione.

81   Né Pietà, né Quiete, né Umiltade,
      né quivi Amor, né quivi Pace mira.
      Ben vi fur già, ma ne l'antiqua etade;
      che le cacciar Gola, Avarizia ed Ira,
      Superbia, Invidia, Inerzia e Crudeltade.
      Di tanta novità l'angel si ammira: [103]
      andò guardando quella brutta schiera,
      e vide ch'anco la Discordia v'era.

82   Quella che gli avea detto il Padre eterno,
      dopo il Silenzio, che trovar dovesse.
      Pensato avea di far la via d'Averno,
      che si credea che tra' dannati stesse;
      e ritrovolla in questo nuovo inferno
      (ch'il crederia?) tra santi uffici e messe.
      Par di strano a Michel ch'ella vi sia,
      che per trovar credea di far gran via.

83   La conobbe al vestir di color cento,
      fatto a liste inequali ed infinite,
      ch'or la cuoprono or no; che i passi e 'l vento
      le giano aprendo, ch'erano sdrucite.
      I crini avea qual d'oro e qual d'argento,
      e neri e bigi, e aver pareano lite;
      altri in treccia, altri in nastro eran raccolti,
      molti alle spalle, alcuni al petto sciolti.

84   Di citatorie piene e di libelli,
      d'esamine [104] e di carte di procure
      avea le mani e il seno, e gran fastelli
      di chiose,[105] di consigli e di letture;
      per cui le facultà de' poverelli
      non sono mai ne le città sicure.
      Avea dietro e dinanzi e d'ambi i lati,
      notai, procuratori ed avocati.

103 *si ammira*: si meraviglia.
104 *esamine*: verbali.
105 *chiose*: commenti.

85 La chiama a sé Michele, e le commanda
che tra i più forti Saracini scenda,
e cagion truovi, che con memoranda
ruina insieme a guerreggiar gli accenda.
Poi del Silenzio nuova le domanda:
facilmente esser può ch'essa n'intenda,
sì come quella ch'accendendo fochi
di qua e di là, va per diversi lochi.

86 Rispose la Discordia: — Io non ho a mente
in alcun loco averlo mai veduto:
udito l'ho ben nominar sovente,
e molto commendarlo per astuto.
Ma la Fraude, una qui di nostra gente,
che compagnia talvolta gli ha tenuto,
penso che dir te ne saprà novella;—
e verso una alzò il dito, e disse:— È quella.—

87 Avea piacevol viso, abito onesto,
un umil volger d'occhi, un andar grave,
un parlar sì benigno e sì modesto,
che parea Gabriel che dicesse: Ave.
Era brutta e deforme in tutto il resto:
ma nascondea queste fattezze prave
con lungo abito e largo; e sotto quello,
attosicato avea sempre il coltello.

88 Domanda a costei l'angelo, che via
debba tener, sì che 'l Silenzio truove.
Disse la Fraude: Già costui solia
fra virtudi abitare, e non altrove,
con Benedetto e con quelli d'Elia [106]
ne le badie, quando erano ancor nuove:
fe' ne le scuole assai de la sua vita
al tempo di Pitagora e d'Archita.[107]

106 *Benedetto... Elia*: San Benedetto da Norcia, fondatore dell'Ordine dei Benedettini, e il profeta biblico Elia, leggendario fondatore dei Carmelitani.
107 *Pitagora e d'Archita*: Pitagora, grande matematico e filosofo greco; Archita di Taranto, suo discepolo.

89   Mancati quei filosofi e quei santi
        che lo solean tener pel camin ritto,
        dagli onesti costumi ch'avea inanti,
        fece alle sceleraggini tragitto.
        Comminciò andar la notte con gli amanti,
        indi coi ladri, e fare ogni delitto.
        Molto col Tradimento egli dimora:
        veduto l'ho con l'Omicidio ancora.

90   Con quei che falsan le monete ha usanza
        di ripararsi in qualche buca scura.
        Così spesso compagni muta e stanza,
        che 'l ritrovarlo ti saria ventura; [108]
        ma pur ho d'insegnartelo speranza:
        se d'arrivare a mezza notte hai cura
        alla casa del Sonno, senza fallo
        potrai (che quivi dorme) ritrovallo. —

91   Ben che soglia la Fraude esser bugiarda,
        pur è tanto il suo dir simile al vero,
        che l'angelo le crede; indi non tarda
        a volarsene fuor del monastero.
        Tempra [109] il batter de l'ale, e studia e guarda
        giungere in tempo al fin del suo sentiero,
        ch'alla casa del Sonno, che ben dove
        era sapea, questo Silenzio truove.

92   Giace in Arabia una valletta amena,
        lontana da cittadi e da villaggi,
        ch'all'ombra di duo monti è tutta piena
        d'antiqui abeti e di robusti faggi.
        Il sole indarno il chiaro dì vi mena;
        che non vi può mai penetrar coi raggi,
        sì gli è la via da folti rami tronca:
        e quivi entra sotterra una spelonca.

93   Sotto la negra selva una capace

108 *ventura*: caso fortunato.
109 *Tempra*: regola.

e spaziosa grotta entra nel sasso,
di cui la fronte l'edera seguace
tutta aggirando va con storto passo.
In questo albergo il grave Sonno giace;
l'Ozio da un canto corpulento e grasso,
da l'altro la Pigrizia in terra siede,
che non può andare, e mal reggersi in piede.

94   Lo smemorato Oblio sta su la porta:
      non lascia entrar, né riconosce alcuno;
      non ascolta imbasciata, né riporta;
      e parimente tien cacciato ognuno.
      Il Silenzio va intorno, e fa la scorta: [110]
      ha le scarpe di feltro, e 'l mantel bruno;
      ed a quanti n'incontra, di lontano,
      che non debban venir, cenna con mano.

95   Se gli accosta all'orecchio e pianamente
      l'angel gli dice: —Dio vuol che tu guidi
      a Parigi Rinaldo con la gente
      che per dar, mena, al suo signor sussidi:
      ma che lo facci tanto chetamente,
      ch'alcun de' Saracin non oda i gridi;
      sì che più tosto che ritruovi il calle [111]
      la Fama d'avisar, gli abbia alle spalle. —

96   Altrimente il Silenzio non rispose,
      che col capo accennando che faria;
      e dietro ubidiente se gli pose;
      e furo al primo volo in Picardia.
      Michel mosse le squadre coraggiose,
      e fe' lor breve un gran tratto di via;
      sì che in un dì a Parigi le condusse,
      né alcun s'avide che miracol fusse.

97   Discorreva [112] il Silenzio, e tuttavolta,

110 *scorta*: guardia.
111 *calle*: via.
112 *Discorreva*: correva qua e là.

345

e dinanzi alle squadre e d'ogn'intorno
facea girare un'alta nebbia in volta,[113]
ed avea chiaro ogn'altra parte il giorno;
e non lasciava questa nebbia folta,
che s'udisse di fuor tromba né corno:
poi n'andò tra' pagani, e menò seco
un non so che, ch'ognun fe' sordo e cieco.

98 Mentre Rinaldo in tal fretta venìa,
che ben parea da l'angelo condotto,
e con silenzio tal, che non s'udia
nel campo saracin farsene motto;
il re Agramante avea la fanteria
messo ne' borghi di Parigi, e sotto
le minacciate mura in su la fossa,
per far quel dì l'estremo di sua possa.

99 Chi può contar l'esercito che mosso
questo dì contro Carlo ha 'l re Agramante,
conterà ancora in su l'ombroso dosso
del silvoso Apennin tutte le piante;
dirà quante onde, quando è il mar più grosso,
bagnano i piedi al mauritano Atlante; [114]
e per quanti occhi [115] il ciel le furtive opre
degli amatori a mezza notte scuopre.

100 Le campane si sentono a martello
di spessi colpi e spaventosi tocche;
si vede molto, in questo tempio e in quello,
alzar di mano e dimenar di bocche.
Se 'l tesoro paresse a Dio sì bello,
come alle nostre openioni sciocche,
questo era il dì che 'l santo consistoro [116]
fatto avria in terra ogni sua statua d'oro.

---

113 *in volta*: in giro.
114 *Atlante*: il monte Atlante, in Marocco.
115 *occhi*: stelle.
116 *santo consistoro*: consesso dei santi.

101 S'odon ramaricare i vecchi giusti,
     che s'erano serbati in quelli affanni,
     e nominar felici i sacri busti [117]
     composti in terra già molti e molt'anni.
     Ma gli animosi gioveni robusti
     che miran poco i lor propinqui danni,
     sprezzando le ragion de' più maturi,
     di qua di là vanno correndo a' muri.

102 Quivi erano baroni e paladini,
     re, duci, cavallier, marchesi e conti,
     soldati forestieri e cittadini,
     per Cristo e pel suo onore a morir pronti;
     che per uscire adosso ai Saracini,
     pregan l'imperator ch'abbassi i ponti.
     Gode egli di veder l'animo audace,
     ma di lasciarli uscir non li compiace.

103 E li dispone in oportuni lochi,
     per impedire ai barbari la via:
     là si contenta che ne vadan pochi,
     qua non basta una grossa compagnia;
     alcuni han cura maneggiare i fuochi,
     le machine altri, ove bisogno sia.
     Carlo di qua di là non sta mai fermo:
     va soccorrendo, e fa per tutto schermo.

104 Siede Parigi in una gran pianura,
     ne l'ombilico [118] a Francia, anzi nel core;
     gli passa la riviera [119] entro le mura,
     e corre, ed esce in altra parte fuore.
     Ma fa un'isola prima, e v'assicura
     de la città una parte, e la migliore;
     l'altre due (ch'in tre parti è la gran terra) [120]
     di fuor la fossa, e dentro il fiume serra.

117 *busti*: defunti.
118 *ombilico*: centro.
119 *la riviera*: la Senna.
120 *terra*: città.

105 Alla città, che molte miglia gira,
     da molte parti si può dar battaglia:
     ma perché sol da un canto assalir mira,
     né volentier l'esercito sbarraglia, [121]
     oltre il fiume Agramante si ritira
     verso ponente, acciò che quindi assaglia;
     però che né cittade né campagna
     ha dietro, se non sua, fin alla Spagna.

106 Dovunque intorno il gran muro circonda,
     gran munizioni avea già Carlo fatte,
     fortificando d'argine ogni sponda
     con scannafossi dentro e case matte; [122]
     onde entra ne la terra, onde esce l'onda,
     grossissime catene aveva tratte;
     ma fece, più ch'altrove, provedere
     là dove avea più causa di temere.

107 Con occhi d'Argo [123] il figlio di Pipino
     previde ove assalir dovea Agramante;
     e non fece disegno il Saracino,
     a cui non fosse riparato inante.
     Con Ferraù, Isoliero, Serpentino,
     Grandonio, Falsirone e Balugante,
     e con ciò che di Spagna avea menato,
     restò Marsilio alla campagna armato.

108 Sobrin gli era a man manca in ripa a Senna,
     con Pulian, con Dardinel d'Almonte,
     col re d'Oran, ch'esser gigante accenna,
     lungo sei braccia dai piedi alla fronte.
     Deh perché a muover men son io la penna,
     che quelle genti a muover l'arme pronte?
     che 'l re di Sarza, pien d'ira e di sdegno,
     grida e bestemmia e non può star più a segno.

121 *sbarraglia*: sparpaglia.
122 *scannafossi... case matte*: condotti murati che portavano fuori delle mura e fortificazioni coperte.
123 *Argo*: pastore dai cento occhi.

109   Come assalire o vasi pastorali,
     o le dolci reliquie de' convivi
     soglion con rauco suon di stridule ali
     le impronte [124] mosche a' caldi giorni estivi;
     come li storni a rosseggianti pali
     vanno de mature uve: così quivi,
     empiendo il ciel di grida e di rumori,
     veniano a dare il fiero assalto i Mori.

110   L'esercito cristian sopra le mura
     con lance, spade e scure e pietre e fuoco
     difende la città senza paura,
     e il barbarico orgoglio estima poco;
     e dove Morte uno ed un altro fura, [125]
     non è chi per viltà ricusi il loco.
     Tornano i Saracin giù ne le fosse
     a furia di ferite e di percosse.

111   Non ferro solamente vi s'adopra,
     ma grossi massi, e merli integri e saldi,
     e muri dispiccati con molt'opra,
     tetti di torri, e gran pezzi di spaldi.
     L'acque bollenti che vengon di sopra,
     portano a' Mori insupportabil caldi;
     e male a questa pioggia si resiste,
     ch'entra per gli elmi, e fa acciecar le viste.

112   E questa più nocea che 'l ferro quasi:
     or che de' far la nebbia di calcine? [126]
     or che doveano far li ardenti vasi
     con olio e zolfo e peci e trementine?
     I cerchi [127] in munizion [128] non son rimasi,
     che d'ogn'intorno hanno di fiamma il crine:
     questi, scagliati per diverse bande,
     mettono a' Saracini aspre ghirlande.

124 *impronte*: fastidiose.
125 *fura*: rapisce.
126 *calcine*: calce viva.
127 *cerchi*: girandole accese.
128 *munizion*: magazzino.

113   Intanto il re di Sarza avea cacciato
       sotto le mura la schiera seconda,
       da Buraldo, da Ormida accompagnato,
       quel Garamante, e questo di Marmonda.
       Clarindo e Soridan gli sono allato,
       né par che 'l re di Setta si nasconda;
       segue il re di Marocco e quel di Cosca,
       ciascun perché il valor suo si conosca.

114   Ne la bandiera, ch'è tutta vermiglia,
       Rodomonte di Sarza il leon spiega,
       che la feroce bocca ad una briglia
       che gli pon la sua donna, aprir non niega.
       Al leon sé medesimo assimiglia;
       e per la donna che lo frena e lega,
       la bella Doralice ha figurata,
       figlia di Stordilan re di Granata:

115   quella che tolto avea, come io narrava,
       re Mandricardo, e dissi dove e a cui.
       Era costei che Rodomonte amava
       più che'l suo regno e più che gli occhi sui;
       e cortesia e valor per lei mostrava,
       non già sapendo ch'era in forza altrui:
       se saputo l'avesse, allora allora
       fatto avria quel che fe' quel giorno ancora. [129]

116   Sono appoggiate a un tempo mille scale,
       che non han men di dua per ogni grado.
       Spinge il secondo quel ch'inanzi sale;
       che 'l terzo lui montar fa suo mal grado,
       Chi per virtù, chi per paura vale:
       convien ch'ognun per forza entri nel guado; [130]
       che qualunche s'adagia, il re d'Algiere,
       Rodomonte crudele, uccide o fere.

129 *allora... ancora*: cioè, sarebbe partito immediatamente alla ricerca di Doralice.
130 *guado*: la fossa che cinge le mura; oppure, in senso figurato, la mischia.

117   Ognun dunque si sforza di salire
      tra il fuoco e le ruine in su le mura.
      Ma tutti gli altri guardano, se aprire
      veggiano passo ove sia poca cura:
      sol Rodomonte sprezza di venire,
      se non dove la via meno è sicura.
      Dove nel caso disperato e rio
      gli altri fan voti, egli bestemmia Dio.

118   Armato era d'un forte e duro usbergo,
      che fu di drago una scagliosa pelle.
      Di questo già si cinse il petto e 'l tergo
      quello avol suo [131] ch'edificò Babelle,
      e si pensò cacciar de l'aureo albergo,
      e torre a Dio il governo de le stelle:
      l'elmo e lo scudo fece far perfetto,
      e il brando insieme; e solo a questo effetto.

119   Rodomonte non già men di Nembrotte
      indomito, superbo e furibondo,
      che d'ire al ciel non tarderebbe a notte,
      quando la strada si trovasse al mondo,
      quivi non sta a mirar s'intere o rotte
      sieno le mura, o s'abbia l'acqua fondo:
      passa la fossa, anzi la corre e vola,
      ne l'acqua e nel pantan fin alla gola.

120   Di fango brutto, e molle d'acqua vanne
      tra il foco e i sassi e gli archi e le balestre,
      come andar suol tra le palustri canne
      de la nostra Mallea [132] porco silvestre,
      che col petto, col grifo e con le zanne
      fa, dovunque si volge, ample finestre.
      Con lo scudo alto il Saracin sicuro
      ne vien sprezzando il ciel, non che quel muro.

121   Non sì tosto all'asciutto è Rodomonte,

131 *avol suo*: Nembroth.
132 *Mallea*: luogo del Ferrarese ricco di paludi e di cinghiali.

che giunto si sentì su le bertresche [133]
che dentro alla muraglia facean ponte
capace e largo alle squadre francesche.
Or si vede spezzar più d'una fronte,
far chieriche maggior de le fratesche,
braccia e capi volare; e ne la fossa
cader da' muri una fiumana rossa.

122   Getta il pagan lo scudo, e a duo man prende
la crudel spada, e giunge il duca Arnolfo.
Costui venìa di là dove discende
l'acqua del Reno nel salato golfo. [134]
Quel miser contra lui non si difende
meglio che faccia contra il fuoco il zolfo;
e cade in terra, e dà l'ultimo crollo,
dal capo fesso un palmo sotto il collo.

123   Uccise di rovescio in una volta
Anselmo, Oldrado, Spineloccio e Prando:
il luogo stretto e la gran turba folta
fece girar sì pienamente il brando.
Fu la prima metade a Fiandra tolta,
l'altra scemata al populo normando.
Divise appresso da la fronte al petto,
ed indi al ventre, il maganzese Orghetto.

124   Getta da' merli Andropono e Moschino [135]
giù ne la fossa: il primo è sacerdote;
non adora il secondo altro che 'l vino,
e le bigonce a un sorso n'ha già vuote.
Come veneno e sangue viperino
l'acque fuggia quanto fuggir si puote:
or quivi muore; e quel che più l'annoia,
è 'l sentir che ne l'acqua se ne muoia.

125   Tagliò in due parti il provenzal Luigi,

133 *bertresche*: impalcature lignee nelle mura.
134 *di là... golfo*: dall'Olanda, dove il Reno si getta nello Zui-
dersee.
135 *Moschino*: è il soprannome di un celebre beone di corte estense.

e passò il petto al tolosano Arnaldo.
Di Torse [136] Oberto, Claudio, Ugo e Dionigi
mandar lo spirto fuor col sangue caldo;
e presso a questi, quattro da Parigi,
Gualtiero, Satallone, Odo ed Ambaldo,
ed altri molti: ed io non saprei come
di tutti nominar la patria e il nome.

126 La turba dietro a Rodomonte presta
le scale appoggia, e monta in più d'un loco.
Quivi non fanno i Parigin più testa;
che la prima difesa lor val poco.
San ben ch'agli nemici assai più resta
dentro da fare, e non l'avran da gioco;
perché tra il muro e l'argine secondo
discende il fosso orribile e profondo.

127 Oltra che i nostri facciano difesa
dal basso all'alto, e mostrino valore;
nuova gente succede alla contesa
sopra l'erta pendice interiore,
che fa con lance e con saette offesa
alla gran moltitudine di fuore,
che credo ben, che saria stata meno,
se non v'era il figliuol del re Ulieno.[137]

128 Egli questi conforta, e quei riprende,
e lor mal grado inanzi se gli caccia:
ad altri il petto, ad altri il capo fende,
che per fuggir veggia voltar la faccia,
Molti ne spinge ed urta; alcuni prende
pei capelli, pel collo e per le braccia:
e sozzopra là giù tanti ne getta,
che quella fossa a capir tutti è stretta.

129 Mentre lo stuol de' barbari si cala,
anzi trabocca al periglioso fondo,

136 *Torse*: Tours.
137 *figliuol... Ulieno*: Rodomonte.

ed indi cerca per diversa scala
di salir sopra l'argine secondo;
il re di Sarza (come avesse un'ala
per ciascun de' suoi membri) levò il pondo
di sì gran corpo e con tant'arme indosso,
e netto si lanciò di là dal fosso.

130   Poco era men di trenta piedi, o tanto,
        ed egli il passò destro come un veltro,
        e fece nel cader strepito, quanto
        avesse avuto sotto i piedi il feltro:
        ed a questo ed a quello affrappa [138] il manto,
        come sien l'arme di tenero peltro,[139]
        e non di ferro, anzi pur sien di scorza:
        tal la sua spada, e tanta è la sua forza!

131   In questo tempo i nostri, da chi tese
        l'insidie son ne la cava profonda,
        che v'han scope a fascine in copia stese,
        intorno a quai di molta pece abonda
        (né però alcuna si vede palese,
        ben che n'è piena l'una e l'altra sponda
        dal fondo cupo insino all'orlo quasi),
        e senza fin v'hanno appiattati vasi,

132   qual con salnitro, qual con oglio, quale
        con zolfo, qual con altra simil esca;
        i nostri in questo tempo, perché male
        ai Saracini il folle ardir riesca,
        ch'eran nel fosso, e per diverse scale
        credean montar su l'ultima bertresca;
        udito il segno da oportuni lochi,
        di qua e di là fenno avampare i fochi.

133   Tornò la fiamma sparsa tutta in una,
        che tra una ripa e l'altra ha 'l tutto pieno;
        e tanto ascende in alto, ch'alla luna

138 *affrappa*: straccia.
139 *peltro*: lega di stagno e mercurio.

354

può d'appresso asciugar l'umido seno.
Sopra si volve oscura nebbia e bruna,
che 'l sole adombra, e spegne ogni sereno.
Sentesi un scoppio in un perpetuo suono,
simile a un grande e spaventoso tuono.

134   Aspro concento, orribile armonia
d'alte querele, d'ululi e di strida
de la misera gente che peria
nel fondo per cagion de la sua guida,
istranamente concordar s'udia
col fiero suon de la fiamma omicida.
Non più, Signor, non più di questo canto;
ch'io son già rauco, e vo' posarmi alquanto.

1   Fu il vincer sempremai laudabil cosa,
vincasi o per fortuna o per ingegno:
gli è ver che la vittoria sanguinosa
spesso far suole il capitan men degno;
e quella eternamente è gloriosa,
e dei divini onori arriva al segno,
quando servando i suoi senza alcun danno,
si fa che gl'inimici in rotta vanno.

2   La vostra, Signor mio, fu degna loda,
quando al Leone,[1] in mar tanto feroce,
ch'avea occupata l'una e l'altra proda
del Po, da Francolin[2] sin alla foce,
faceste sì, ch'ancor che ruggir l'oda,
s'io vedrò voi, non tremerò alla voce.
Come vincer si de', ne dimostraste;
ch'uccideste i nemici, e noi salvaste.

3   Questo il pagan, troppo in suo danno audace,
non seppe far; che i suoi nel fosso spinse,
dove la fiamma subita e vorace
non perdonò ad alcun, ma tutti estinse.
A tanti non saria stato capace
tutto il gran fosso, ma il fuoco restrinse,
restrinse i corpi e in polve li ridusse,
acciò ch'abile a tutti il luogo fusse.

4   Undicimila ed otto sopra venti

---

1 *Leone*: Venezia. Si allude alla battaglia della Polesella vinta da
Ippolito d'Este.
2 *Francolin*: borgo in riva al Po, presso Ferrara.

si ritrovar ne l'affocata buca,
che v'erano discesi malcontenti;
ma così volle il poco saggio duca.
Quivi fra tanto lume or sono spenti,
e la vorace fiamma li manuca: [3]
e Rodomonte, causa del mal loro,
se ne va esente da tanto martoro;

5   che tra' nemici alla ripa più interna
era passato d'un mirabil salto.
Se con gli altri scendea ne la caverna,
questo era ben il fin d'ogni suo assalto.
Rivolge gli occhi a quella valle inferna;
e quando vede il fuoco andar tant'alto,
e di sua gente il pianto ode e lo strido,
bestemmia il ciel con spaventoso grido.

6   Intanto il re Agramante mosso avea
impetuoso assalto ad una porta;
che, mentre la crudel battaglia ardea
quivi ove è tanta gente afflitta e morta,
quella sprovista forse esser credea
di guardia, che bastasse alla sua scorta.
Seco era il re d'Arzilla Bambirago,
e Baliverzo, d'ogni vizio vago;

7   e Corineo di Mulga, e Prusïone,
il ricco re de l'Isole beate;
Malabuferso che la regïone
tien di Fizan, sotto continua estate;
altri signori, ed altre assai persone
esperte ne la guerra e bene armate;
e molti ancor senza valore e nudi,
che 'l cor non s'armerian con mille scudi.

8   Trovò tutto il contrario al suo pensiero
in questa parte il re de' Saracini:
perché in persona il capo de l'Impero

3 *manuca*: divora.

v'era, re Carlo, e de' suoi paladini,
re Salamone [4] ed il danese Ugiero,[5]
ed ambo i Guidi [6] ed ambo gli Angelini,[7]
e 'l duca di Bavera [8] e Ganelone,[9]
e Berlengier e Avolio e Avino e Otone; [10]

9   gente infinita poi di minor conto,
de' Franchi, de' Tedeschi e de' Lombardi,
presente il suo signor, ciascuno pronto
a farsi riputar fra i più gagliardi.
Di questo altrove io vo' rendervi conto;
ch'ad un gran duca [11] è forza ch'io riguardi,
il qual mi grida, e di lontano accenna,
e priega ch'io nol lasci ne la penna.

10   Gli è tempo ch'io ritorni ove lasciai
l'aventuroso Astolfo d'Inghilterra,
che 'l lungo esilio avendo in odio ormai,
di desiderio ardea de la sua terra;
come gli n'avea data pur assai
speme colei ch'Alcina vinse in guerra.
Ella di rimandarvilo avea cura
per la via più espedita e più sicura.

11   E così una galea fu apparechiata,
di che miglior mai non solcò marina;
e perché ha dubbio pur tutta fiata,
che non gli turbi il suo viaggio Alcina,
vuol Logistilla che con forte armata
Andronica ne vada e Sofrosina,
tanto che nel mar d'Arabi, o nel golfo
de' Persi, giunga a salvamento Astolfo.

4 *Salamone*: di Bretagna.
5 *Ugiero*: padre di Dudone.
6 *Guidi*: Guido di Borgogna e Guido di Monforte.
7 *Angelini*: Angelino di Bordeaux e Angelino di Bellanda.
8 *duca di Bavera*: Namo.
9 *Ganelone*: il traditore Gano di Maganza.
10 *Berlengier... Otone*: i quattro figli di Namo.
11 *gran duca*: Astolfo.

12 Più tosto vuol che volteggiando rada
    gli Sciti e gl'Indi e i regni nabatei,[12]
    e torni poi per così lunga strada
    a ritrovare i Persi e gli Eritrei;
    che per quel boreal pelago vada,
    che turban sempre iniqui venti e rei,
    e sì, qualche stagion, pover di sole,
    che starne senza alcuni mesi suole.

13 La fata, poi che vide acconcio il tutto,
    diede licenza al duca di partire,
    avendol prima ammaestrato e istrutto
    di cose assai, che fôra lungo a dire;
    e per schivar che non sia più ridutto
    per arte maga, onde non possa uscire,
    un bello ed util libro gli avea dato,
    che per suo amore avesse ognora allato.

14 Come l'uom riparar debba agl'incanti
    mostra il libretto che costei gli diede:
    dove ne tratta o più dietro o più inanti,
    per rubrica [13] e per indice si vede.
    Un altro don gli fece ancor, che quanti
    doni fur mai, di gran vantaggio eccede:
    e questo fu d'orribil suono un corno,
    che fa fugire ognun che l'ode intorno.

15 Dico che 'l corno è di sì orribil suono,
    ch'ovunque s'oda, fa fuggir la gente:
    non può trovarsi al mondo un cor sì buono,[14]
    che possa non fuggir come lo sente:
    rumor di vento e di termuoto, e 'l tuono,
    a par del suon di questo, era niente.
    Con molto riferir di grazie, prese
    da la fata licenza il buono Inglese.

---

12 *regni nabatei*: l'Arabia Petrea.
13 *rubrica*: sommario.
14 *buono*: valoroso.

16 Lasciando il porto e l'onde più tranquille,
    con felice aura ch'alla poppa spira,
    sopra le ricche e populose ville
    de l'odorifera India il duca gira,
    scoprendo a destra ed a sinistra mille
    isole sparse; e tanto va, che mira
    la terra di Tomaso, [15] onde il nocchiero
    più a tramontana poi volge il sentiero.

17 Quasi radendo l'aurea Chersonesso,[16]
    la bella armata il gran pelago frange:
    e costeggiando i ricchi liti, spesso [17]
    vede come nel mar biancheggi il Gange;
    e Traprobane [18] vede e Cori [19] appresso;
    e vede il mar che fra i duo liti s'ange.[20]
    Dopo gran via furo a Cochino,[21] e quindi
    usciro fuor dei termini degl'Indi.

18 Scorrendo il duca il mar con sì fedele
    e sì sicura scorta, intender vuole,
    e ne domanda Andronica, se de le
    parti c'han nome dal cader del sole,
    mai legno alcun che vada a remi e a vele,
    nel mare orientale apparir suole;
    e s'andar può senza toccar mai terra,
    chi d'India sciolga, in Francia o in Inghilterra.

19 — Tu déi sapere (Andronica risponde)
    che d'ogn'intorno il mar la terra abbraccia;
    e van l'una ne l'altra tutte l'onde,
    sia dove bolle o dove il mar s'aggiaccia; [22]
    ma perché qui davante si difonde,

15 *la terra di Tomaso*: San Tommaso apostolo fu martirizzato a
Maliapur, nel Maabar.
16 *aurea Chersonesso*: la penisola di Malacca, ricca d'oro.
17 *spesso*: per le molte foci del Gange.
18 *Traprobane*: Ceylon.
19 *Cori*: capo con cui termina la penisola del Dekhan.
20 *mar... s'ange*: il mare che si stringe nello stretto di Palk.
21 *Cochino*: Cochin nel Dekhan.
22 *s'aggiaccia*: si agghiaccia.

e sotto il mezzodì molto si caccia
la terra d'Etiopia,[23] alcuno ha detto
ch'a Nettunno [24] ir più inanzi ivi è interdetto.

20   Per questo dal nostro indico levante
nave non è che per Europa scioglia;
né si muove d'Europa navigante
ch'in queste nostre parti arrivar voglia.
Il ritrovarsi questa terra avante,
e questi e quelli al ritornare invoglia;
che credeno, veggendola sì lunga,
che con l'altro emisperio si congiunga.

21   Ma volgendosi gli anni, io veggio uscire
da l'estreme contrade di ponente
nuovi Argonauti e nuovi Tifi,[25] e aprire
la strada ignota infin al dì presente:
altri [26] volteggiar l'Africa, e seguire
tanto la costa de la negra gente,
che passino quel segno [27] onde ritorno
fa il sole a noi, lasciando il Capricorno;

22   e ritrovar del lungo tratto il fine,
che questo fa parer dui mar [28] diversi;
e scorrer tutti i liti e le vicine
isole d'Indi, d'Arabi e di Persi:
altri [29] lasciar le destre e le mancine
rive che due per opra Erculea [30] fersi;
e del sole imitando il camin tondo,
ritrovar nuove terre e nuovo mondo.

23   Veggio la santa croce, e veggio i segni

23 *la terra d'Etiopia*: l'Africa.
24 *a Nettunno*: al mare.
25 *Argonauti... Tifi*: Tifi fu il pilota della mitica navigazione degli
Argonauti verso la Colchide.
26 *altri*: i portoghesi di Vasco de Gama.
27 *quel segno*: il Tropico del Capricorno.
28 *dui mar*: l'Oceano Atlantico e l'Oceano Indiano.
29 *altri*: gli Spagnoli con Cristoforo Colombo.
30 *due... Erculea*: le colonne d'Ercole.

imperial nel verde lito eretti:
veggio altri a guardia dei battuti [31] legni,
altri all'acquisto del paese eletti:
veggio da dieci cacciar mille, e i regni
di là da l'India ad Aragon [32] suggetti;
e veggio i capitan di Carlo quinto,
dovunque vanno, aver per tutto vinto.

24   Dio vuol ch'ascosa antiquamente questa
      strada sia stata, e ancor gran tempo stia;
      né che prima si sappia, che la sesta
      e la settima età [33] passata sia:
      e serba a farla al tempo manifesta,
      che vorrà porre il mondo a monarchia,
      sotto il più saggio imperatore e giusto,
      che sia stato o sarà mai dopo Augusto.

25   Del sangue d'Austria e d'Aragon io veggio
      nascer sul Reno alla sinistra riva
      un principe, al valor del qual pareggio
      nessun valor, di cui si parli o scriva.
      Astrea [34] veggio per lui riposta in seggio,
      anzi di morta ritornata viva;
      e le virtù che cacciò il mondo, quando
      lei cacciò ancora, uscir per lui di bando.

26   Per questi merti la Bontà suprema
      non solamente di quel grande impero
      ha disegnato ch'abbia diadema
      ch'ebbe Augusto, Traian, Marco e Severo; [35]
      ma d'ogni terra e quinci e quindi estrema,
      che mai né al sol né all'anno apre il sentiero: [36]

---

31 *battuti*: dalle onde.
32 *Aragon*: la Spagna.
33 *sesta... settima età*: da Carlo Magno a Carlo Quinto passano sette secoli.
34 *Astrea*: la Giustizia.
35 *Marco e Severo*: gli imperatori Marco Aurelio e Settimio Severo.
36 *al sol... sentiero*: che non conosce né il sole, né le stagioni.

e vuol che sotto a questo imperatore
solo un ovile sia, solo un pastore.

27 E perch'abbian più facile successo
gli ordini in cielo eternamente scritti,
gli pon la somma Providenza appresso
in mare e in terra capitani invitti.
Veggio Hernando Cortese,[37] il quale ha messo
nuove città sotto i cesarei editti,
e regni in Oriente sì remoti,
ch'a noi, che siamo in India, non son noti.

28 Veggio Prosper Colonna,[38] e di Pescara
veggio un marchese,[39] e veggio dopo loro
un giovene [40] del Vasto, che fan cara
parer la bella Italia ai Gigli d'oro:
veggio ch'entrare inanzi si prepara
quel terzo agli altri a guadagnar l'alloro;
come buon corridor ch'ultimo lassa
le mosse, e giunge, e inanzi a tutti passa.

29 Veggio tanto il valor, veggio la fede
tanta d'Alfonso (che 'l suo nome è questo),
ch'in così acerba età, che non eccede
dopo il vigesimo anno ancora il sesto,
l'imperator l'esercito gli crede,[41]
il qual salvando,[42] salvar non che 'l resto,
ma farsi tutto il mondo ubidiente
con questo capitan sarà possente.

30 Come con questi, ovunque andar per terra
si possa, accrescerà l'imperio antico;

37 *Cortese*: Il Cortez, conquistatore del Messico.
38 *Colonna*: capitano di Carlo Quinto.
39 *marchese*: Francesco d'Avalos, capitano degli Spagnoli e sposo della poetessa Vittoria Colonna.
40 *un giovene*: Alfonso, marchese del Vasto e di Pescara, governatore di Milano.
41 *gli crede*: gli affida.
42 *il qual salvando*: salvando il quale capitano.

così per tutto il mar, ch'in mezzo serra
di là l'Europa, e di qua l'Afro aprico,
sarà vittorioso in ogni guerra,
poi ch'Andrea Doria [43] s'avrà fatto amico.
Questo è quel Doria che fa dai pirati
sicuro il vostro mar per tutti i lati.

31 Non fu Pompeio [44] a par di costui degno,
se ben vinse e cacciò tutti i corsari;
però che quelli al più possente regno
che fosse mai, non poteano esser pari:
ma questo Doria, sol col proprio ingegno
e proprie forze purgherà quei mari;
sì che da Calpe [45] al Nilo, ovunque s'oda
il nome suo, tremar veggio ogni proda.

32 Sotto la fede entrar, sotto la scorta
di questo capitan di ch'io ti parlo,
veggio in Italia, ove da lui la porta
gli sarà aperta, alla corona Carlo. [46]
Veggio che 'l premio che di ciò riporta,
non tien per sé, ma fa alla patria darlo:
con prieghi ottien ch'in libertà la metta,
dove altri a sé l'avria forse suggetta. [47]

33 Questa pietà ch'egli alla patria mostra,
è degna di più onor d'ogni battaglia
ch'in Francia o in Spagna o ne la terra vostra
vincesse Iulio, [48] o in Africa o in Tessaglia.
Né il grande Ottavio, né chi seco giostra

---

43 *Andrea Doria*: ammiraglio genovese, prima al servizio dei Francesi, poi di Carlo Quinto.
44 *Pompeio*: Pompeo Magno.
45 *Calpe*: Gibilterra.
46 *Sotto la fede... Carlo*: Carlo Quinto, protetto dal Doria, sbarcò nel 1529 a Genova, donde si recò a Bologna per essere incoronato da Clemente VII.
47 *in libertà... suggetta*: Andrea Doria fece sì che a Genova risorgesse la repubblica, rifiutando di divenirne principe.
48 *Iulio*: Giulio Cesare.

di par, Antonio, [49] in più onoranza saglia
pei gesti suoi; ch'ogni lor laude amorza
l'avere usato alla lor patria forza.

34   Questi ed ogn'altro che la patria tenta
di libera far serva, si arrosisca;
né dove il nome d'Andrea Doria senta,
di levar gli occhi in viso d'uomo ardisca.
Veggio Carlo che 'l premio gli augumenta; [50]
ch'oltre quel ch'in commun vuol che fruisca,
gli dà la ricca terra ch'ai Normandi
sarà principio a farli in Puglia grandi.[51]

35   A questo capitan non pur cortese
il magnanimo Carlo ha da mostrarsi,
ma a quanti avrà ne le cesaree imprese
del sangue lor non ritrovati scarsi.
D'aver città, d'aver tutto un paese
donato a un suo fedel, più ralegrarsi
lo veggio, e a tutti quei che ne son degni,
che d'acquistar nuov'altri imperi e regni. —

36   Così de le vittorie le qual, poi
ch'un gran numero d'anni sarà corso,
daranno a Carlo i capitani suoi,
facea col duca Andronica discorso:
e la compagna intanto ai venti eoi [52]
viene allentando e raccogliendo il morso;
e fa ch'or questo or quel propizio l'esce,
e come vuol li minuisce e cresce.

37   Veduto aveano intanto il mar de' Persi
come in sì largo spazio si dilaghi;
onde vicini in pochi giorni fersi

---

49 *Ottavio... Antonio*: Ottaviano Augusto e il suo rivale Marco Antonio.
50 *augumenta*: accresce.
51 *la ricca terra... grandi*: Melfi, città da cui prese inizio l'espansione della potenza normanna in Puglia e Sicilia.
52 *eoi*: orientali.

al golfo che nomar gli antiqui Maghi. [53]
Quivi pigliaro il porto, e fur conversi
con la poppa alla ripa i legni vaghi;
quindi, sicur d'Alcina e di sua guerra,
Astolfo il suo camin prese per terra.

38 Passò per più d'un campo e più d'un bosco,
per più d'un monte e per più d'una valle;
ove ebbe spesso, all'aer chiaro e al fosco,
i ladroni or inanzi or alle spalle.
Vide leoni, e draghi pien di tosco, [54]
ed altre fere attraversarsi [55] il calle;
ma non sì tosto avea la bocca al corno,
che spaventati gli fuggian d'intorno.

39 Vien per l'Arabia ch'è detta Felice, [56]
ricca di mirra e d'odorato incenso,
che per suo albergo l'unica fenice [57]
eletto s'ha di tutto il mondo immenso;
fin che l'onda [58] trovò vendicatrice
già d'Israel, che per divin consenso
Faraone sommerse e tutti i suoi:
e poi venne alla terra degli Eroi. [59]

40 Lungo il fiume Traiano [60] egli cavalca
su quel destrier [61] ch'al mondo è senza pare,
che tanto leggiermente e corre e valca, [62]
che ne l'arena l'orma non n'appare:
l'erba non pur, non pur la nieve calca;

53 *golfo... Maghi: Magorum Sinus*, la baia dell'isola di Bahrein.
54 *tosco*: veleno.
55 *attraversarsi*: attraversare a sé.
56 *Arabia... Felice*: attuale Yemen.
57 *l'unica Fenice*: il mitico uccello che risorgeva dalle proprie
ceneri.
58 *l'onda*: il mar Rosso.
59 *terra degli Eroi*: la città egiziana di Heroopolis.
60 *il fiume Traiano*: canale antichissimo, restaurato da Traiano,
che congiungeva il Nilo al mar Rosso.
61 *quel destrier*: Rabicano.
62 *valca*: valica.

coi piedi asciutti andar potria sul mare;
e sì si stende al corso, e sì s'affretta,
che passa e vento e folgore e saetta.

41 Questo è il destrier che fu de l'Argalia,
che di fiamma e di vento era concetto;
e senza fieno e biada, si nutria
de l'aria pura, e Rabican fu detto.
Venne, seguendo il duca la sua via,
dove dà il Nilo a quel fiume ricetto;
e prima che giugnesse in su la foce,
vide un legno venire a sé veloce.

42 Naviga in su la poppa uno eremita
con bianca barba, a mezzo il petto lunga,
che sopra il legno il paladino invita,
e: — Figliuol mio (gli grida da la lunga),
se non t'è in odio la tua propria vita,
se non brami che morte oggi ti giunga,
venir ti piaccia su quest'altra arena;
ch'a morir quella via dritto ti mena.

43 Tu non andrai più che sei miglia inante,
che troverai la sanguinosa stanza
dove s'alberga un orribil gigante
che d'otto piedi ogni statura avanza.
Non abbia cavallier né viandante
di partirsi da lui, vivo, speranza:
ch'altri il crudel ne scanna, altri ne scuoia,
molti ne squarta, e vivo alcun ne 'ngoia.

44 Piacer, fra tanta crudeltà, si prende
d'una rete ch'egli ha, molto ben fatta:
poco lontana al tetto suo la tende,
e ne la trita polve in modo appiatta,
che chi prima nol sa, non la comprende,
tanto è sottil, tanto egli ben l'adatta:
e con tai gridi i peregrin minaccia,
che spaventati dentro ve li caccia.

45 E con gran risa, aviluppati in quella
    se li strascina sotto il suo coperto;
    né cavallier riguarda né donzella,
    o sia di grande o sia di picciol merto:
    e mangiata la carne, e la cervella
    succhiate e 'l sangue, dà l'ossa al deserto;
    e de l'umane pelli intorno intorno
    fa il suo palazzo orribilmente adorno.

46 Prendi quest'altra via, prendila, figlio,
    che fin al mar ti fia tutta sicura. —
    — Io ti ringrazio, padre, del consiglio
    (rispose il cavallier senza paura),
    ma non istimo per l'onor periglio,
    di ch'assai più che de la vita ho cura.
    Per far ch'io passi, invan tu parli meco;
    anzi vo al dritto a ritrovar lo speco.

47 Fuggendo, posso con disnor salvarmi;
    ma tal salute ho più che morte a schivo.
    S'io vi vo, al peggio che potrà incontrarmi,
    fra molti resterò di vita privo;
    ma quando Dio così mi drizzi l'armi,
    che colui morto, ed io rimanga vivo,
    sicura a mille renderò la via:
    sì che l'util maggior che 'l danno fia.

48 Metto all'incontro la morte d'un solo
    alla salute di gente infinita. —
    — Vattene in pace (rispose), figliuolo;
    Dio mandi in difension de la tua vita
    l'arcangelo Michel dal sommo polo: [63] —
    e benedillo il semplice eremita.
    Astolfo lungo il Nil tenne la strada,
    sperando più nel suon che ne la spada.

49 Giace tra l'alto fiume e la palude
    picciol sentier ne l'arenosa riva:

63 *polo*: cielo.

la solitaria casa lo richiude,
d'umanitade e di commercio priva.
Son fisse intorno teste e membra nude
de l'infelice gente che v'arriva.
Non v'è finestra, non v'è merlo alcuno,
onde penderne almen non si veggia uno.

50 Qual ne le alpine ville o ne' castelli
suol cacciator che gran perigli ha scorsi,
su le porte attaccar l'irsute pelli,
l'orride zampe e i grossi capi d'orsi;
tal dimostrava il fier gigante quelli
che di maggior virtù gli erano occorsi.[64]
D'altri infiniti sparse appaion l'ossa;
ed è di sangue uman piena ogni fossa.

51 Stassi Caligorante in su la porta;
che così ha nome il dispietato mostro
ch'orna la sua magion di gente morta,
come alcun suol de panni d'oro o d'ostro.[65]
Costui per gaudio a pena si comporta,
come il duca lontan se gli è dimostro;
ch'eran duo mesi, e il terzo ne venìa,
che non fu cavallier per quella via.

52 Vêr la palude, ch'era scura e folta
di verdi canne, in gran fretta ne viene;
che disegnato avea correre in volta,[66]
e uscire al paladin dietro alle schene;
che ne la rete, che tenea sepolta
sotto la polve, di cacciarlo ha spene,
come avea fatto gli altri peregrini
che quivi tratto avean lor rei destini.

53 Come venire il paladin lo vede,

64 *gli erano occorsi*: aveva incontrati.
65 *ostro*: porpora.
66 *in volta*: facendo un giro.

ferma il destrier, non senza gran sospetto
che vada in quelli lacci a dar del piede,
di che il buon vecchiarel gli avea predetto.
Quivi il soccorso del suo corno chiede,
e quel sonando fa l'usato effetto:
nel cor fere il gigante che l'ascolta,
di tal timor, ch'a dietro i passi volta.

54   Astolfo suona, e tuttavolta bada;
      che gli par sempre che la rete scocchi.
      Fugge il fellon, né vede ove si vada;
      che, come il core, avea perduti gli occhi.
      Tanta è la tema, che non sa far strada,
      che ne li propri aguati non trabocchi:
      va ne la rete; e quella si disserra,[67]
      tutto l'annoda, e lo distende in terra.

55   Astolfo, ch'andar giù vede il gran peso,
      già sicuro per sé, v'accorre in fretta;
      e con la spada in man, d'arcion disceso,
      va per far di mill'anime vendetta.
      Poi gli par che s'uccide un che sia preso,
      viltà, più che virtù, ne sarà detta;
      che legate le braccia, i piedi e il collo
      gli vede sì, che non può dare un crollo.

56   Avea la rete già fatta Vulcano [68]
      di sottil fil d'acciar, ma con tal arte,
      che saria stata ogni fatica invano
      per ismagliarne la più debol parte;
      ed era quella che già piedi e mano
      avea legate a Venere ed a Marte.
      La fe' il geloso, e non ad altro effetto,
      che per pigliarli insieme ambi nel letto.

57   Mercurio al fabbro poi la rete invola;

67 *si disserra*: scatta.
68 *Vulcano*: l'aveva costruita per prendere prigionieri, secondo la
mitologia, Venere e Marte amanti.

che Cloride [69] pigliar con essa vuole,
Cloride bella che per l'aria vola
dietro all'Aurora, all'apparir del sole,
e dal raccolto lembo de la stola
gigli spargendo va, rose e viole.
Mercurio tanto questa ninfa attese,
che con la rete in aria un dì la prese.

58 Dove entra in mare il gran fiume etiopo,[70]
par che la dea presa volando fosse.
Poi nel tempio d'Anubide a Canopo [71]
la rete molti seculi serbosse.
Caligorante tremila anni dopo,
di là, dove era sacra, la rimosse:
se ne portò la rete il ladrone empio,
ed arse la cittade, e rubò il tempio.

59 Quivi adattolla in modo in su l'arena,
che tutti quei ch'avean da lui la caccia
vi davan dentro; ed era tocca a pena,
che lor legava e collo e piedi e braccia.
Di questa levò Astolfo una catena,
e le man dietro a quel fellon n'allaccia;
le braccia e 'l petto in guisa gli ne fascia,
che non può sciorsi: indi levar lo lascia,

60 dagli altri nodi avendol sciolto prima,
ch'era tornato uman più che donzella.
Di trarlo seco e di mostrarlo stima
per ville, per cittadi e per castella.
Vuol la rete anco aver, di che né lima
né martel fece mai cosa più bella:
ne fa somier [72] colui ch'alla catena
con pompa trionfal dietro si mena.

69 *Cloride*: corrisponde alla latina Flora.
70 *fiume etiopo*: il Nilo.
71 *nel tempio... Canopo*: a Canopo, nel delta del Nilo, vi era un
tempio del dio egiziano Anubi, che corrispondeva a Mercurio.
72 *ne fa somier*: lo fa portare da.

61 L'elmo e lo scudo anche a portar gli diede,
   come a valletto, e seguitò il camino,
   di gaudio empiendo, ovunque metta il piede,
   ch'ir possa ormai sicuro il peregrino.
   Astolfo se ne va tanto, che vede
   ch'ai sepolcri di Memfi[73] è già vicino,
   Memfi per le piramidi famoso:
   vede all'incontro[74] il Cairo populoso.

62 Tutto il popul correndo si traea
   per vedere il gigante smisurato.
   — Come è possibil (l'un l'altro dicea)
   che quel piccolo il grande abbia legato? —
   Astolfo a pena inanzi andar potea,
   tanto la calca il preme da ogni lato;
   e come cavallier d'alto valore
   ognun l'ammira, e gli fa grande onore.

63 Non era grande il Cairo così allora,
   come se ne ragiona a nostra etade:
   che 'l populo capir,[75] che vi dimora,
   non puon diciottomila gran contrade;
   e che le case hanno tre palchi,[76] e ancora
   ne dormono infiniti in su le strade;
   e che 'l soldano v'abita un castello
   mirabil di grandezza, e ricco e bello;

64 e che quindicimila suoi vasalli,[77]
   che son cristiani rinegati tutti,
   con mogli, con famiglie e con cavalli
   ha sotto un tetto sol quivi ridutti.
   Astolfo veder vuole ove s'avalli,[78]
   e quanto[79] il Nilo entri nei salsi flutti

---

73 *Memfi*: sulla riva del Nilo, non lontano dalle Piramidi.
74 *all'incontro*: dall'altra parte del Nilo.
75 *capir*: contenere.
76 *palchi*: piani.
77 *vasalli*: i Mammalucchi, guardia del sultano d'Egitto.
78 *s'avalli*: scenda nel piano paludoso, ove si forma il lago Mareotide.
79 *quanto*: quanto grande.

a Damiata; [80] ch'avea quivi inteso,
qualunque passa restar morto o preso.

65 Però ch'in ripa al Nilo in su la foce
si ripara un ladron dentro una torre,
ch'a paesani e a peregrini nuoce,
e fin al Cairo, ognun rubando scorre.
Non gli può alcun resistere; ed ha voce
che l'uom gli cerca invan la vita torre:
centomila ferite egli ha già avuto,
né ucciderlo però mai s'è potuto.

66 Per veder se può far rompere il filo
alla Parca di lui, [81] sì che non viva,
Astolfo viene a ritrovare Orrilo
(così avea nome), e a Damiata arriva;
ed indi passa ove entra in mare il Nilo,
e vede la gran torre in su la riva,
dove s'alberga l'anima incantata
che d'un folletto nacque e d'una fata.

67 Quivi ritruova che crudel battaglia
era tra Orrilo e dui guerrieri accesa.
Orrilo è solo; e sì que' dui travaglia,
ch'a gran fatica gli puon far difesa:
e quanto in arme l'uno e l'altro vaglia,
a tutto il mondo la fama palesa.
Questi erano i dui figli d'Oliviero,
Grifone il bianco ed Aquilante [82] il nero.

68 Gli è ver che 'l negromante venuto era
alla battaglia con vantaggio grande;
che seco tratto in campo avea una fera, [83]
la qual si truova solo in quelle bande:

80 *Damiata*: Damietta.
81 *Per veder... di lui*: per vedere se può far sì che la Parca spezzi
il filo di lui.
82 *Grifone... Aquilante*: figli del paladino Oliviero, protetti da due
fate.
83 *una fera*: un coccodrillo.

vive sul lito e dentro alla rivera;
e i corpi umani son le sue vivande,
de le persone misere ed incaute
de viandanti e d'infelici naute.[84]

69 La bestia ne l'arena appresso al porto
per man dei duo fratei morta giacea;
e per questo ad Orril non si fa torto,
s'a un tempo l'uno e l'altro gli nocea.
Più volte l'han smembrato e non mai morto,
né, per smembrarlo, uccider si potea;
che se tagliato o mano o gamba gli era,
la rapiccava, che parea di cera.

70 Or fin a' denti il capo gli divide
Grifone, or Aquilante fin al petto.
Egli dei colpi lor sempre si ride:
s'adiran essi, che non hanno effetto.
Chi mai d'alto cader l'argento vide,
che gli alchimisti hanno mercurio detto,
e spargere e raccor tutti i suo' membri,
sentendo di costui, se ne rimembri.

71 Se gli spiccano il capo, Orrilo scende,
né cessa brancolar fin che lo truovi;
ed or pel crine ed or pel naso il prende,
lo salda al collo, e non so con che chiovi.[85]
Piglial talor Grifone, e 'l braccio stende,
nel fiume il getta, e non par ch'anco giovi;
che nuota Orrilo al fondo come un pesce,
e col suo capo salvo alla ripa esce.

72 Due belle donne onestamente ornate,
l'una vestita a bianco e l'altra a nero,
che de la pugna causa erano state,
stavano a riguardar l'assalto fiero.
Queste eran quelle due benigne fate

84 *naute*: marinai.
85 *chiovi*: chiodi.

ch'avean notriti i figli d'Oliviero,
poi che li trasson teneri citelli [86]
dai curvi artigli di duo grandi augelli,

73 che rapiti gli avevano a Gismonda,[87]
e portati lontan dal suo paese.
Ma non bisogna in ciò ch'io mi diffonda,
ch'a tutto il mondo è l'istoria [88] palese;
ben che l'autor nel padre si confonda,
ch'un per un altro (io non so come) prese.
Or la battaglia i duo giovani fanno,
che le due donne ambi pregati n'hanno.

74 Era in quel clima [89] già sparito il giorno,
all'isole ancor alto di Fortuna; [90]
l'ombre avean tolto ogni vedere a torno
sotto l'incerta e mal compresa [91] luna;
quando alla rocca Orril fece ritorno,
poi ch'alla bianca e alla sorella bruna
piacque di differir l'aspra battaglia
fin che 'l sol nuovo all'orizzonte saglia.

75 Astolfo, che Grifone ed Aquilante,
ed all'insegne e più al ferir gagliardo,
riconosciuto avea gran pezzo inante,
lor non fu altiero a salutar né tardo.
Essi vedendo che quel che 'l gigante
traea legato, era il baron dal pardo [92]
(che così in corte era quel duca detto),
raccolser lui con non minore affetto.

76 Le donne a riposare i cavallieri

86 *citelli*: fanciulli.
87 *Gismonda*: madre dei fanciulli.
88 *l'istoria*: l'Ariosto allude al poema quattrocentesco *Uggieri il Danese*, in cui per altro Ricciardetto è indicato come padre di Aquilante e Grifone, mentre nell'*Innamorato* è Oliviero.
89 *clima*: paese.
90 *isole... di Fortuna*: le Canarie.
91 *mal compresa*: ancora poco chiara.
92 *baron dal pardo*: l'insegna di Astolfo inglese.

menaro a un lor palagio indi vicino.
Donzelle incontra vennero e scudieri
con torchi accesi, a mezzo del camino.
Diero a chi n'ebbe cura, i lor destrieri,
trassonsi l'arme; e dentro un bel giardino
trovar ch'apparechiata era la cena
ad una fonte limpida ed amena.

77 Fan legare il gigante alla verdura
con un'altra catena molto grossa
ad una quercia di molt'anni dura,
che non si romperà per una scossa;
e da dieci sergenti [93] averne cura,
che la notte discior non se ne possa,
ed assalirli, e forse far lor danno,
mentre sicuri e senza guardia stanno.

78 All'abondante e sontuosa mensa,
dove il manco [94] piacer fur le vivande,
del ragionar gran parte si dispensa [95]
sopra d'Orrilo e del miracol grande,
che quasi par un sogno a chi vi pensa,
ch'or capo or braccio a terra se gli mande,
ed egli lo raccolga e lo raggiugna,
e più feroce ognor torni alla pugna.

79 Astolfo nel suo libro avea già letto
(quel ch'agl'incanti riparare insegna)
ch'ad Orril non trarrà l'alma del petto
fin ch'un crine fatal nel capo tegna;
ma, se lo svelle o tronca, fia costretto
che suo mal grado fuor l'alma ne vegna.
Questo ne dice il libro; ma non come
conosca il crine in così folte chiome.

80 Non men de la vittoria si godea,

---

93 *sergenti*: serventi.
94 *manco*: minore.
95 *si dispensa*: si dedica a.

che se n'avesse Astolfo già la palma;
come chi speme in pochi colpi avea
svellere il crine al negromante e l'alma.
Però di quella impresa promettea
tor sugli omeri suoi tutta la salma: [96]
Orril farà morir, quando non spiaccia
ai duo fratei, ch'egli la pugna faccia.

81 Ma quei gli danno volentier l'impresa,
certi che debbia affaticarsi invano.
Era già l'altra aurora in cielo ascesa,
quando calò dai muri Orrilo al piano.
Tra il duca e lui fu la battaglia accesa:
la mazza l'un, l'altro ha la spada in mano.
Di mille attende Astolfo un colpo trarne,
che lo spirto gli sciolga da la carne.

82 Or cader gli fa il pugno con la mazza,
or l'uno or l'altro braccio con la mano;
quando taglia a traverso la corazza,
e quando il va troncando a brano a brano:
ma ricogliendo sempre de la piazza
va le sue membra Orrilo, e si fa sano.
S'in cento pezzi ben l'avesse fatto,
redintegrarsi [97] il vedea Astolfo a un tratto.

83 Al fin di mille colpi un gli ne colse
sopra le spalle ai termini del mento:
la testa e l'elmo dal capo gli tolse,
né fu d'Orrilo a dismontar più lento.
La sanguinosa chioma in man s'avolse,
e risalse a cavallo in un momento;
e la portò correndo incontra 'l Nilo,
che riaver non la potesse Orrilo.

84 Quel sciocco, che del fatto non s'accorse,
per la polve cercando iva la testa:

96 *la salma*: il peso.
97 *redintegrarsi*: tornare integro.

ma come intese il corridor via torse,
portare il capo suo per la foresta;
immantinente al suo destrier ricorse,
sopra vi sale, e di seguir non resta.
Volea gridare: — Aspetta, volta, volta! —
ma gli avea il duca già la bocca tolta.

85 Pur, che non gli ha tolto anco le calcagna
si riconforta, e segue a tutta briglia.
Dietro il lascia gran spazio di campagna
quel Rabican che corre a maraviglia.
Astolfo intanto per la cuticagna [98]
va da la nuca fin sopra le ciglia
cercando in fretta, se 'l crine fatale
conoscer può, ch'Orril tiene immortale.

86 Fra tanti e innumerabili capelli,
un più de l'altro non si stende o torce:
qual dunque Astolfo sceglierà di quelli,
che per dar morte al rio ladron raccorce?
— Meglio è (disse) che tutti io tagli o svelli: —
né si trovando aver rasoi né force, [99]
ricorse immantinente alla sua spada,
che taglia sì, che si può dir che rada.

87 E tenendo quel capo per lo naso,
dietro e dinanzi lo dischioma tutto.
Trovò fra gli altri quel fatale a caso:
si fece il viso allor pallido e brutto,
travolse gli occhi, e dimostrò all'occaso,
per manifesti segni, esser condutto;
e 'l busto che seguia troncato al collo,
di sella cadde, e diè l'ultimo crollo.

88 Astolfo, ove le donne e i cavallieri
lasciato avea, tornò col capo in mano,
che tutti avea di morte i segni veri,

98 *cuticagna*: la pelle del capo.
99 *force*: forbici.

e mostrò il tronco ove giacea lontano.
Non so ben se lo vider volentieri,
ancor che gli mostrasser viso umano; [100]
che la intercetta lor vittoria forse
d'invidia ai duo germani il petto morse.

89 Né che tal fin quella battaglia avesse,
credo più fosse alle due donne grato.
Queste, perché più in lungo si traesse
de' duo fratelli il doloroso fato
ch'in Francia par ch'in breve esser dovesse,
con loro Orrilo avean quivi azzuffato,
con speme di tenerli tanto a bada,
che la trista influenza se ne vada.

90 Tosto che 'l castellan di Damiata
certificossi ch'era morto Orrilo,
la columba lasciò, ch'avea legata
sotto l'ala la lettera col filo.
Quella andò al Cairo; ed indi fu lasciata
un'altra altrove, come quivi è stilo: [101]
sì che in pochissime ore andò l'aviso
per tutto Egitto, ch'era Orrilo ucciso.

91 Il duca, come al fin trasse l'impresa,
confortò molto i nobili garzoni,
ben che da sé v'avean la voglia intesa,
né bisognavan stimuli né sproni,
che per difender de la santa Chiesa
e del romano Imperio le ragioni,
lasciasser le battaglie d'Oriente,
e cercassino onor ne la lor gente.

92 Così Grifone ed Aquilante tolse
ciascuno da la sua donna licenza;
le quali, ancor che lor ne 'ncrebbe e dolse,
non vi seppon però far resistenza.

100 *umano*: cortese.
101 *stilo*: costume.

Con essi Astolfo a man destra si volse;
che si deliberar far riverenza
ai santi luoghi ove Dio in carne visse,
prima che verso Francia si venisse.

93   Potuto avrian pigliar la via mancina,
ch'era più dilettevole e più piana,
e mai non si scostar da la marina;
ma per la destra andaro orrida e strana,
perché l'alta città di Palestina
per questa sei giornate è men lontana.
Acqua si truova ed erba in questa via:
di tutti gli altri ben v'è carestia.

94   Sì che prima ch'entrassero in viaggio,
ciò che lor bisognò, fecion raccorre,
e carcar sul gigante il carriaggio,
ch'avria portato in collo anco una torre.
Al finir del camino aspro e selvaggio,
da l'alto monte alla lor vista occorre
la santa terra, ove il superno Amore
lavò col proprio sangue il nostro errore.

95   Trovano in su l'entrar de la cittade
un giovene gentil, lor conoscente,
Sansonetto [102] da Meca, oltre l'etade,
ch'era nel primo fior, molto prudente;
d'alta cavalleria, d'alta bontade
famoso, e riverito fra la gente.
Orlando lo converse a nostra fede,
e di sua man battesmo anco gli diede.

96   Quivi lo trovan che disegna a fronte
del calife [103] d'Egitto una fortezza;
e circondar vuole il Calvario monte
di muro di duo miglia di lunghezza.
Da lui raccolti fur con quella fronte

102 *Sansonetto*: figlio del sultano della Mecca.
103 *calife*: califfo.

che può d'interno amor dar più chiarezza,
e dentro accompagnati, e con grande agio
fatti alloggiar nel suo real palagio.

97 Avea in governo egli la terra, e in vece
di Carlo vi reggea l'imperio giusto.
Il duca Astolfo a costui dono fece
di quel sì grande e smisurato busto,[104]
ch'a portar pesi gli varrà per diece
bestie da soma, tanto era robusto.
Diegli Astolfo il gigante, e diegli appresso
la rete ch'in sua forza l'avea messo.

98 Sansonetto all'incontro al duca diede
per la spada una cinta ricca e bella;
e diede spron per l'uno e l'altro piede,
che d'oro avean la fibbia e la girella;[105]
ch'esser del cavallier[106] stati si crede,
che liberò dal drago la donzella:
al Zaffo[107] avuti con molt'altro arnese
Sansonetto gli avea, quando lo prese.

99 Purgati de lor colpe a un monasterio
che dava di sé odor di buoni esempi,
de la passion di Cristo ogni misterio
contemplando n'andar per tutti i tempi
ch'or con eterno obbrobrio e vituperio
agli cristiani usurpano i Mori empi.
L'Europa è in arme, e di far guerra agogna
in ogni parte, fuor ch'ove bisogna.

100 Mentre avean quivi l'animo divoto,
a perdonanze e a cerimonie intenti,
un peregrin di Grecia, a Grifon noto,
novelle gli arrecò gravi e pungenti,
dal suo primo disegno e lungo voto

104 *busto*: corpo di Caligorante.
105 *girella*: rotella.
106 *cavallier*: san Giorgio.
107 *Zaffo*: Jaffa.

troppo diverse e troppo differenti;
e quelle il petto gl'infiammaron tanto,
che gli scacciar l'orazion da canto.

101 Amava il cavallier, per sua sciagura,
una donna ch'avea nome Orrigille: [108]
di più bel volto e di miglior statura
non se ne sceglierebbe una fra mille;
ma disleale e di sì rea natura,
che potresti cercar cittadi e ville,
la terra ferma e l'isole del mare,
né credo ch'una le trovassi pare.

102 Ne la città di Costantin [109] lasciata
grave l'avea di febbre acuta e fiera.
Or quando riverderla alla tornata
più che mai bella, e di goderla spera,
ode il meschin, ch'in Antiochia andata
dietro un suo nuovo amante ella se n'era,
non le parendo ormai di più patire
ch'abbia in sì fresca età sola a dormire.

103 Da indi in qua ch'ebbe la trista nuova,
sospirava Grifon notte e dì sempre.
Ogni piacer ch'agli altri aggrada e giova,
par ch'a costui più l'animo distempre: [110]
pensilo ognun, ne li cui danni pruova
Amor, se li suoi strali han buone tempre.
Ed era grave sopra ogni martire,
che 'l mal ch'avea si vergognava a dire.

104 Questo, perché mille fiate inante
già ripreso l'avea di quello amore,
di lui più saggio, il fratello Aquilante,
e cercato colei trargli del core,
colei ch'al suo giudicio era di quante

108 *Orrigille*: personaggio dell'*Innamorato*.
109 *Ne la città di Costantin*: Costantinopoli.
110 *distempre*: strugga.

femine rie si trovin la peggiore.
Grifon l'escusa, se 'l fratel la danna;
e le più volte il parer proprio inganna.

105   Però fece pensier, senza parlarne
con Aquilante, girsene soletto
sin dentro d'Antiochia, e quindi trarne
colei che tratto il cor gli avea del petto;
trovar colui che gli l'ha tolta, e farne
vendetta tal, che ne sia sempre detto.
Dirò, come ad effetto il pensier messe,
nell'altro canto, e ciò che ne successe.

1   Gravi pene in amor si provan molte,
    di che patito io n'ho la maggior parte,
    e quelle in danno mio sì ben raccolte,
    ch'io ne posso parlar come per arte.[1]
    Però s'io dico e s'ho detto altre volte,
    e quando in voce e quando in vive carte,
    ch'un mal sia lieve, un altro acerbo e fiero,
    date credenza al mio giudicio vero.

2   Io dico e dissi, e dirò fin ch'io viva,
    che chi si truova in degno laccio preso,
    se ben di sé vede sua donna schiva,
    se in tutto aversa al suo desire acceso;
    se bene Amor d'ogni mercede il priva,
    poscia che 'l tempo e la fatica ha speso;
    pur ch'altamente abbia locato il core,
    pianger non de', se ben languisce e muore.

3   Pianger de' quel che già sia fatto servo
    di duo vaghi occhi e d'una bella treccia,
    sotto cui si nasconda un cor protervo,
    che poco puro abbia con molta feccia.
    Vorria il miser fuggire; e come cervo
    ferito, ovunque va, porta la freccia:
    ha di se stesso e del suo amor vergogna,
    né l'osa dire, e invan sanarsi agogna.

4   In questo caso è il giovene Grifone,
    che non si può emendare, e il suo error vede,
    vede quanto vilmente il suo cor pone

1 *per arte*: con arte che nasce dall'esperienza.

in Orrigille iniqua e senza fede;
pur dal mal uso è vinta la ragione,
e pur l'arbitrio all'appetito cede:
perfida sia quantunque, ingrata e ria,
sforzato è di cercar dove ella sia.

5 Dico, la bella istoria ripigliando,
ch'uscì de la città secretamente,
né parlarne s'ardì col fratel, quando
ripreso invan da lui ne fu sovente.
Verso Rama,[2] a sinistra declinando,
prese la via più piana e più corrente.
Fu in sei giorni a Damasco[3] di Soria;
indi verso Antiochia se ne gìa.

6 Scontrò presso a Damasco il cavalliero
a cui donato aveva Orrigille il core:
e convenian di rei costumi in vero,
come ben si convien l'erba col fiore;
che l'uno e l'altro era di cor leggiero,
perfido l'uno e l'altro e traditore;
e copria l'uno e l'altro il suo difetto,
con danno altrui, sotto cortese aspetto.

7 Come io vi dico, il cavallier venìa
s'un gran destrier con molta pompa armato:
la perfida Orrigille in compagnia,
in un vestire azzur d'oro fregiato,
e duo valletti, donde si servìa
a portar elmo e scudo, aveva allato;
come quel che volea con bella mostra
comparire in Damasco ad una giostra.

8 Una splendida festa che bandire
fece il re di Damasco in quelli giorni,
era cagion di far quivi venire
i cavallier quanto potean più adorni.

2 *Rama*: cittadina della Siria.
3 *Damasco*: capitale della Siria.

Tosto che la puttana comparire
vede Grifon, ne teme oltraggi e scorni:
sa che l'amante suo non è sì forte,
che contra lui l'abbia a campar da morte.

9   Ma sì come audacissima e scaltrita,
ancor che tutta di paura trema,
s'acconcia il viso, e sì la voce aita,
che non appar in lei segno di tema.
Col drulo[4] avendo già l'astuzia ordita,
corre, e fingendo una letizia estrema,
verso Grifon l'aperte braccia tende,
lo stringe al collo, e gran pezzo ne pende.

10   Dopo, accordando affettuosi gesti
alla suavità de le parole,
dicea piangendo: — Signor mio, son questi
debiti premi a chi t'adora e cole?[5]
che sola senza te già un anno resti,
e va per l'altro, e ancor non te ne duole?
E s'io stava aspettare il suo ritorno,
non so se mai veduto avrei quel giorno!

11   Quando aspettava che di Nicosia,[6]
dove tu te n'andasti alla gran corte,
tornassi a me che con la febbre ria
lasciata avevi in dubbio de la morte,
intesi che passato eri in Soria:
il che a patir mi fu sì duro e forte,
che non sapendo come io ti seguissi,
quasi il cor di man propria mi traffissi.

12   Ma Fortuna di me con doppio dono
mostra d'aver, quel che non hai tu, cura:
mandommi il fratel mio, col quale io sono
sin qui venuta del mio onor sicura;

4 *drudo*: amante.
5 *cole*: onora.
6 *Nicosia*: città dell'isola di Cipro, ove Grifone era andato per una
giostra.

ed or mi manda questo incontro buono
di te, ch'io stimo sopra ogni aventura:
e bene a tempo il fa; che più tardando,
morta sarei, te, signor mio, bramando. —

13 E seguitò la donna fraudolente,
di cui l'opere fur più che di volpe,
la sua querela così astutamente,
che riversò in Grifon tutte le colpe.
Gli fa stimar colui, non che parente,
ma che d'un padre seco abbia ossa e polpe:
e con tal modo sa tesser gl'inganni,
che men verace par Luca e Giovanni.

14 Non pur di sua perfidia non riprende
Grifon la donna iniqua più che bella;
non pur vendetta di colui non prende,
che fatto s'era adultero di quella:
ma gli par far assai, se si difende
che tutto il biasmo in lui non riversi ella;
e come fosse suo cognato vero,
d'accarezzar non cessa il cavalliero.

15 E con lui se ne vien verso le porte
di Damasco, e da lui sente tra via,
che là dentro dovea splendida corte[8]
tenere il ricco re de la Soria;
e ch'ognun quivi, di qualunque sorte,
o sia cristiano, o d'altra legge sia,
dentro e di fuori ha la città sicura
per tutto il tempo che la festa dura.

16 Non però son di seguitar sì intento
l'istoria de la perfida Orrigille,
ch'a' giorni suoi non pur un tradimento
fatto agli amanti avea, ma mille e mille;
ch'io non ritorni a riveder dugento

---

7 *Luca e Giovanni*: evangelisti.
8 *splendida corte*: corte bandita.

mila persone, o più [9] de le scintille
del fuoco stuzzicato, ove alle mura
di Parigi facean danno e paura.

17   Io vi lasciai, come assaltato avea
Agramante una porta de la terra,
che trovar senza guardia si credea:
né più riparo altrove il passo serra;
perché in persona Carlo la tenea,
ed avea seco i mastri de la guerra,
duo Guidi, duo Angelini; uno Angeliero, [10]
Avino, Avolio, Otone e Berlingiero.

18   Inanzi a Carlo, inanzi al re Agramante
l'un stuolo e l'altro si vuol far vedere,
ove gran loda, ove mercé abondante
si può acquistar, facendo il suo dovere.
I Mori non però fer pruove tante,
che par ristoro [11] al danno abbiano avere;
perché ve ne restar morti parecchi,
ch'agli altri fur di folle audacia specchi.

19   Grandine sembran le spesse saette
dal muro sopra gli nimici sparte. [12]
Il grido insin al ciel paura mette,
che fa la nostra e la contraria parte.
Ma Carlo un poco ed Agramante aspette;
ch'io vo' cantar de l'africano Marte,
Rodomonte terribile ed orrendo,
che va per mezzo la città correndo.

20   Non so, Signor, se più vi ricordiate,
di questo Saracin tanto sicuro,
che morte le sue genti avea lasciate
tra il secondo riparo e 'l primo muro,

9 *più*: più numerose.
10 *Angeliero*: un paladino.
11 *par ristoro*: un compenso uguale.
12 *sparte*: gettate.

da la rapace fiamma devorate,
che non fu mai spettacolo più oscuro.
Dissi ch'entrò d'un salto ne la terra
sopra la fossa che la cinge e serra.

21   Quando fu noto il Saracino atroce
all'arme istrane, alla scagliosa pelle,
là dove i vecchi e 'l popul men feroce
tendean l'orecchie a tutte le novelle,
levossi un pianto, un grido, un'alta voce,
con un batter di man ch'andò alle stelle;
e chi poté fuggir non vi rimase,
per serrarsi ne' templi e ne le case.

22   Ma questo a pochi il brando rio conciede,
ch'intorno ruota il Saracin robusto.
Qui fa restar con mezza gamba un piede,
là fa un capo sbalzar lungi dal busto;
l'un tagliare a traverso se gli vede,
dal capo all'anche un altro fender giusto:
e di tanti ch'uccide, fere e caccia,
non se gli vede alcun segnare in faccia.[13]

23   Quel che la tigre de l'armento imbelle
ne' campi ircani[14] o là vicino al Gange,
o 'l lupo de le capre e de l'agnelle
nel monte che Tifeo sotto si frange;[15]
quivi il crudel pagan facea di quelle
non dirò squadre, non dirò falange,
ma vulgo e populazzo voglio dire,
degno, prima che nasca, di morire.

24   Non ne trova un che veder possa in fronte,
fra tanti che ne taglia, fora e svena.
Per quella strada che vien dritto al ponte
di san Michel, sì popolata e piena,

13 *in faccia*: di fronte.
14 *ircani*: persiani.
15 *Tifeo... si frange*: sotto il monte Epomeo, nell'isola d'Ischia, giace il gigante Tifeo, fulminato da Giove.

corre il fiero e terribil Rodomonte,
e la sanguigna spada a cerco [16] mena:
non riguarda né al servo né al signore,
né al giusto ha più pietà ch'al peccatore.

25   Religion non giova al sacerdote,
     né la innocenza al pargoletto giova:
     per sereni occhi o per vermiglie gote
     mercé né donna né donzella truova:
     la vecchiezza si caccia e si percuote;
     né quivi il Saracin fa maggior pruova
     di gran valor, che di gran crudeltade;
     che non discerne sesso, ordine, etade.

26   Non pur nel sangue uman l'ira si stende
     de l'empio re, capo e signor degli empi,
     ma contra i tetti ancor, sì che n'incende
     le belle case e i profanati tempi.
     Le case eran, per quel che se n'intende,
     quasi tutte di legno in quelli tempi:
     e ben creder si può; ch'in Parigi ora
     de le diece le sei son così ancora.

27   Non par, quantunque il fuoco ogni cosa arda,
     che sì grande odio ancor saziar si possa.
     Dove s'aggrappi con le mani, guarda,
     sì che ruini un tetto ad ogni scossa.
     Signor, avete a creder che bombarda
     mai non vedeste a Padova [17] sì grossa,
     che tanto muro possa far cadere,
     quanto fa in una scossa il re d'Algiere.

28   Mentre quivi col ferro il maledetto
     e con le fiamme facea tanta guerra,
     se di fuor Agramante avesse astretto,
     perduta era quel dì tutta la terra:

16 *a cerco*: a cerchio.
17 *Padova*: cui mise l'assedio nel 1509, durante la guerra della lega
di Cambrai, l'imperatore Massimiliano, usando grosse bombarde.

ma non v'ebbe agio; che gli fu interdetto
dal paladin che venìa d'Inghilterra
col populo alle spalle inglese e scotto,
dal Silenzio e da l'angelo condotto.

29   Dio volse che all'entrar che Rodomonte
fe' ne la terra, e tanto fuoco accese,
che presso ai muri il fior di Chiaramonte,[18]
Rinaldo, giunse, e seco il campo inglese.
Tre leghe sopra avea gittato il ponte,
e torte vie da man sinistra prese;
che disegnando i barbari assalire,
il fiume non l'avesse ad impedire.

30   Mandato avea seimila fanti arcieri
sotto l'altiera insegna d'Odoardo,[19]
e duomila cavalli, e più, leggieri
dietro alla guida d'Ariman[20] gagliardo;
e mandati gli avea per li sentieri
che vanno e vengon dritto al mar picardo,
ch'a porta San Martino e San Dionigi[21]
entrassero a soccorso di Parigi.

31   I cariaggi e gli altri impedimenti
con lor fece drizzar per questa strada.
Egli con tutto il resto de le genti
più sopra andò girando la contrada.
Seco avean navi e ponti ed argumenti[22]
da passar Senna che non ben si guada.
Passato ognuno, e dietro i ponti rotti,
ne le lor schiere ordinò Inglesi e Scotti.

32   Ma prima quei baroni e capitani
Rinaldo intorno avendosi ridutti,
sopra la riva ch'alta era dai piani

18 *il fior di Chiaramonte*: Rinaldo.
19 *Odoardo*: di Croisberia.
20 *Ariman*: di Sormosedia.
21 *San Martino e San Dionigi*: porte orientali di Parigi.
22 *argumenti*: congegni.

sì, che poteano udirlo e veder tutti,
disse: — Signor, ben a levar le mani [23]
avete a Dio, che qui v'abbia condutti,
acciò, dopo un brevissimo sudore,
sopra ogni nazion vi doni onore.

33   Per voi saran dui principi salvati,
se levate l'assedio a quelle porte:
il vostro re,[24] che voi sete ubligati
da servitù difendere e da morte;
ed uno imperator de' più lodati
che mai tenuto al mondo abbiano corte;
e con loro altri re, duci e marchesi,
signori e cavallier di più paesi.

34   Sì che, salvando una città, non soli
Parigini ubligati vi saranno,
che molto più che per li propri duoli,
timidi, afflitti e sbigottiti stanno
per le lor mogli e per li lor figliuoli
ch'a un medesmo pericolo seco hanno,
e per le sante vergini richiuse,
ch'oggi non sien dei voti lor deluse:

35   dico, salvando voi questa cittade,
v'ubligate non solo i Parigini,
ma d'ogn'intorno tutte le contrade.
Non parlo sol dei populi vicini;
ma non è terra per Cristianitade,
che non abbia qua dentro cittadini:
sì che, vincendo, avete da tenere
che più che Francia v'abbia obligo avere.

36   Se donavan gli antiqui una corona [25]
a chi salvasse a un cittadin la vita,
or che degna mercede a voi si dona,

23 *levar le mani*: per rendere grazie.
24 *il vostro re*: Ottone d'Inghilterra.
25 *una corona*: la corona civica.

salvando multitudine infinita?
Ma se da invidia o da viltà sì buona
e sì santa opra rimarrà impedita,
credetemi che prese quelle mura,
né Italia né Lamagna [26] anco è sicura;

37 né qualunque altra parte ove s'adori
quel che volse per noi pender sul legno.
Né voi crediate aver lontani i Mori,
né che pel mar sia forte il vostro regno:
che s'altre volte quelli, uscendo fuori
di Zibeltaro e de l'Erculeo segno,[27]
riportar prede da l'isole vostre,
che faranno or, s'avran le terre nostre?

38 Ma quando ancor nessuno onor, nessuno
util v'inanimasse a questa impresa,
commun debito è ben soccorrer l'uno
l'altro, che militiàn sotto una Chiesa.
Ch'io non vi dia rotti i nemici, alcuno
non sia chi tema, e con poca contesa;
che gente male esperta tutta parmi,
senza possanza, senza cor, senz'armi. —

39 Poté con queste e con miglior ragioni,
con parlare espedito e chiara voce
eccitar quei magnanimi baroni
Rinaldo, e quello esercito feroce:
e fu, com'è in proverbio, aggiunger sproni
al buon corsier che già ne va veloce.
Finito il ragionar, fece le schiere
muover pian pian sotto le lor bandiere.

40 Senza strepito alcun, senza rumore
fa il tripartito esercito venire:
lungo il fiume a Zerbin dona l'onore
di dover prima i barbari assalire;

26 *Lamagna*: Germania.
27 *Zibeltaro... segno*: da Gibilterra e dalle colonne d'Ercole.

e fa quelli d'Irlanda con maggiore
volger di via più tra campagna gire;
e i cavallieri e i fanti d'Inghilterra
col duca di Lincastro [28] in mezzo serra.

41 Drizzati che gli ha tutti al lor camino,
cavalca il paladin lungo la riva,
e passa inanzi al buon duca Zerbino
e a tutto il campo che con lui veniva;
tanto ch'al re d'Orano e al re Sobrino
e agli altri lor compagni soprarriva,
che mezzo miglio appresso a quei di Spagna
guardavan da quel canto la campagna.

42 L'esercito cristian che con sì fida
e sì sicura scorta era venuto,
ch'ebbe il Silenzio e l'angelo per guida,
non poté ormai patir più di star muto.
Sentiti gli nimici, alzò le grida,
e de le trombe udir fe' il suono arguto: [29]
e con l'alto rumor ch'arrivò al cielo,
mandò ne l'ossa a' Saracini il gelo.

43 Rinaldo inanzi agli altri il destrier punge;
e con la lancia per cacciarla [30] in resta
lascia gli Scotti un tratto d'arco lunge,
ch'ogni indugio a ferir sì lo molesta.
Come groppo di vento talor giunge,
che si tra' dietro un'orrida tempesta,
tal fuor di squadra il cavallier gagliardo
venìa spronando il corridor Baiardo.

44 Al comparir del paladin di Francia,
dan segno i Mori alle future angosce:
tremare a tutti in man vedi la lancia,
i piedi in staffa, e ne l'arcion le cosce.

28 *duca di Lincastro*: Leonetto, duca di Lancaster.
29 *arguto*: squillante.
30 *per cacciarla*: per spingerla contro i nemici.

Re Puliano [31] sol non muta guancia,
che questo esser Rinaldo non conosce;
né pensando trovar sì duro intoppo,
gli muove il destrier contra di galoppo:

45 e su la lancia nel partir si stringe,
e tutta in sé raccoglie la persona;
poi con ambo gli sproni il destrier spinge,
e le redine inanzi gli abandona.
Da l'altra parte il suo valor non finge,
e mostra in fatti quel ch'in nome suona,
quanto abbia nel giostrare e grazia ed arte,
il figliuolo d'Amone, anzi di Marte.

46 Furo al segnar degli aspri colpi, pari,
che si posero i ferri ambi alla testa:
ma furo in arme ed in virtù dispari,
ch'e l'un via passa, e l'altro morto resta.
Bisognan di valor segni più chiari,
che por con leggiadria la lancia in resta:
ma fortuna anco più bisogna assai;
che senza, val virtù raro o non mai.

47 La buona lancia il paladin racquista,
e verso il re d'Oran [32] ratto si spicca,
che la persona avea povera e trista
di cor, ma d'ossa e di gran polpe ricca.
Questo por tra bei colpi si può in lista,
ben ch'in fondo allo scudo gli l'appicca:
e chi non vuol lodarlo, abbialo escuso,
perché non si potea giunger più in suso.

48 Non lo ritien lo scudo, che non entre,
ben che fuor sia d'acciar, dentro di palma;[33]
e che da quel gran corpo uscir pel ventre
non faccia l'inequale e piccola alma.

---

31 *Re Puliano*: re dei Nasamoni.
32 *re d'Oran*: Marbalusto.
33 *palma*: legno assai duro.

Il destrier che portar si credea, mentre
durasse il lungo dì, sì grave salma,[34]
riferì in mente sua grazie a Rinaldo,
ch'a quello incontro [35] gli schivò un gran caldo.

49   Rotta l'asta, Rinaldo il destrier volta
tanto legger, che fa sembrar ch'abbia ale;
e dove la più stretta e maggior folta
stiparsi vede, impetuoso assale.
Mena Fusberta [36] sanguinosa in volta
che fa l'arme parer di vetro frale: [37]
tempra di ferro il suo tagliar non schiva,
che non vada a trovar la carne viva.

50   Ritrovar poche tempre e pochi ferri
può la tagliente spada, ove s'incappi,[38]
ma targhe, altre di cuoio, altre di cerri,[39]
giupe trapunte [40] e attorcigliati drappi.[41]
Giusto è ben dunque che Rinaldo atterri
qualunque assale, e fori e squarci e affrappi;[42]
che non più si difende da sua spada,
ch'erba da falce, o da tempesta biada.

51   La prima schiera era già messa in rotta,
quando Zerbin con l'antiguardia arriva.
Il cavallier inanzi alla gran frotta
con la lancia arrestata ne veniva.
La gente sotto il suo pennon condotta,
con non minor fierezza lo seguiva:
tanti lupi parean, tanti leoni
ch'andassero assalir capre o montoni.

---

34 *salma*: peso.
35 *incontro*: occasione.
36 *Fusberta*: la spada di Rinaldo.
37 *frale*: fragile.
38 *s'incappi*: trovi ostacolo.
39 *di cerri*: di legno di cerro.
40 *giupe trapunte*: giubbe imbottite.
41 *attorcigliati drappi*: turbanti.
42 *affrappi*: tagli.

52 Spinse a un tempo ciascuno il suo cavallo,
poi che fur presso; e sparì immantinente
quel breve spazio, quel poco intervallo
che si vedea fra l'una e l'altra gente.
Non fu sentito mai più strano ballo;
che ferian gli Scozzesi solamente:
solamente i pagani eran distrutti,
come sol per morir fosser condutti.

53 Parve più freddo ogni pagan che ghiaccio;
parve ogni Scotto più che fiamma caldo.
I Mori si credean ch'avere il braccio
dovesse ogni cristian, ch'ebbe Rinaldo.
Mosse Sobrino i suoi schierati avaccio,[43]
senza aspettar che lo 'nvitasse araldo:
de l'altra squadra questa era migliore
di capitano, d'arme e di valore.

54 D'Africa v'era la men trista gente;
ben che né questa ancor gran prezzo vaglia.
Dardinel la sua mosse incontinente,
e male armata, e peggio usa in battaglia;
ben ch'egli in capo avea l'elmo lucente,
e tutto era coperto a piastra e a maglia.
Io credo che la quarta miglior sia,
con la qual Isolier dietro venìa.

55 Trasone intanto, il buon duca di Marra,[44]
che ritrovarsi all'alta impresa gode,
ai cavallieri suoi leva la sbarra,[45]
e seco invita alle famose lode,
poi ch'Isolier con quelli di Navarra
entrar ne la battaglia vede ed ode.
Poi mosse Ariodante la sua schiera,
che nuovo duca d'Albania fatt'era.

43 *avaccio*: presto.
44 *Marra*: in Scozia.
45 *leva la sbarra*: dà la mossa.

56   L'alto rumor de le sonore trombe,
        de' timpani e de' barbari stromenti,
        giunti al continuo suon d'archi, di frombe,
        di machine, di ruote e di tormenti; [46]
        e quel di che più par che 'l ciel ribombe,
        gridi, tumulti, gemiti e lamenti;
        rendeno un alto suon ch'a quel s'accorda,
        con che i vicin, cadendo, il Nilo [47] assorda.

57   Grande ombra d'ogn'intorno il cielo involve,
        nata dal saettar de li duo campi;
        l'alito, il fumo del sudor, la polve
        par che ne l'aria oscura nebbia stampi.
        Or qua l'un campo, or l'altro là si volve:
        vedresti or come un segua, or come scampi;
        ed ivi alcuno, o non troppo diviso,
        rimaner morto ove ha il nimico ucciso.

58   Dove una squadra per stanchezza è mossa,
        un'altra si fa tosto andare inanti.
        Di qua di là la gente d'arme ingrossa:
        là cavallieri, e qua si metton fanti.
        La terra che sostien l'assalto, è rossa:
        mutato ha il verde ne' sanguigni manti;
        e dov'erano i fiori azzurri e gialli,
        giaceno uccisi or gli uomini e i cavalli.

59   Zerbin facea le più mirabil pruove
        che mai facesse di sua età garzone:
        l'esercito pagan che 'ntorno piove,
        taglia ed uccide e mena a destruzione.
        Ariodante alle sue genti nuove
        mostra di sua virtù gran paragone;
        e dà di sé timore e meraviglia
        a quelli di Navarra e di Castiglia.

60   Chelindo e Mosco, i duo figli bastardi

---

46 *tormenti*: macchine per lanciare palle.
47 *il Nilo*: precipitando dalle cateratte.

del morto Calabrun re d'Aragona,
ed un che reputato fra' gagliardi
era, Calamidor da Barcelona,
s'avean lasciato a dietro gli stendardi;
e credendo acquistar gloria e corona
per uccider Zerbin, gli furo adosso;
e ne' fianchi il destrier gli hanno percosso.

61 Passato da tre lance il destrier morto
cade; ma il buon Zerbin subito è in piede;
ch'a quei ch'al suo cavallo han fatto torto,
per vendicarlo va dove gli vede:
e prima a Mosco, al giovene inaccorto,
che gli sta sopra, e di pigliar sel crede,
mena di punta, e lo passa nel fianco,
e fuor di sella il caccia freddo e bianco.

62 Poi che si vide tor, come di furto,
Chelindo il fratel suo, di furor pieno
venne a Zerbino, e pensò dargli d'urto;
ma gli prese egli il corridor pel freno:
trasselo in terra, onde non è mai surto,
e non mangiò mai più biada né fieno;
che Zerbin sì gran forza a un colpo mise,
che lui col suo signor d'un taglio uccise.

63 Come Calamidor quel colpo mira,
volta la briglia per levarsi in fretta;
ma Zerbin dietro un gran fendente tira,
dicendo: — Traditore, aspetta, aspetta! —
Non va la botta ove n'andò la mira,
non che però lontana vi si metta;
lui non poté arrivar, ma il destrier prese
sopra la groppa, e in terra lo distese.

64 Colui lascia il cavallo, e via carpone
va per campar, ma poco gli successe;
che venne caso che 'l duca Trasone
gli passò sopra, e col peso l'oppresse.
Arìodante e Lurcanio si pone

dove Zerbino è fra le genti spesse;
e seco hanno altri e cavallieri e conti,
che fanno ogn'opra che Zerbin rimonti.

65   Menava Ariodante il brando in giro,
e ben lo seppe Artalico e Margano;
ma molto più Etearco e Casimiro
la possanza sentir di quella mano:
i primi duo feriti se ne giro,
rimaser gli altri duo morti sul piano.
Lurcanio fa veder quanto sia forte;
che fere, urta, riversa e mette a morte.

66   Non crediate, Signor, che fra campagna
pugna minor che presso al fiume sia,
né ch'a dietro l'esercito rimagna,
che di Lincastro il buon duca seguia.
Le bandiere assalì questo di Spagna,
e molto ben di par la cosa gìa;
che fanti, cavallieri e capitani
di qua e di là sapean menar le mani.

67   Dinanzi vien Oldrado e Fieramonte,
un duca di Glocestra, un d'Eborace;
con lor Ricardo, di Varvecia conte,
e di Chiarenza il duca, Enrigo audace.
Han Matalista e Follicone a fronte,
e Baricondo ed ogni lor seguace.
Tiene il primo Almeria, tiene il secondo
Granata, tien Maiorca Baricondo.

68   La fiera pugna un pezzo andò di pare,
che vi si discernea poco vantaggio.
Vedeasi or l'uno or l'altro ire e tornare,
come le biade al ventolin di maggio,
o come sopra 'l lito un mobil mare
or viene or va, né mai tiene un viaggio.
Poi che Fortuna ebbe scherzato un pezzo,
dannosa ai Mori ritornò da sezzo.[48]

48 *da sezzo*: da ultimo.

69 Tutto in un tempo il duca di Glocestra
    a Matalista fa votar l'arcione;
    ferito a un tempo ne la spalla destra
    Fieramonte riversa Follicone:
    e l'un pagano e l'altro si sequestra,[49]
    e tra gl'Inglesi se ne va prigione.
    E Baricondo a un tempo riman senza
    vita per man del duca di Chiarenza.

70 Indi i pagani tanto a spaventarsi,
    indi i fedeli a pigliar tanto ardire,
    che quei non facean altro che ritrarsi
    e partirsi da l'ordine e fuggire,
    e questi andar inanzi ed avanzarsi
    sempre terreno, e spingere e seguire:
    e se non vi giungea chi lor diè aiuto,
    il campo da quel lato era perduto.

71 Ma Ferraù, che sin qui mai non s'era
    dal re Marsilio suo troppo disgiunto,
    quando vide fuggir quella bandiera,[50]
    e l'esercito suo mezzo consunto,
    spronò il cavallo, e dove ardea più fiera
    la battaglia, lo spinse; e arrivò a punto
    che vide dal destrier cadere in terra
    col capo fesso Olimpio da la Serra;

72 un giovinetto che col dolce canto,
    concorde al suon de la cornuta [51] cetra,
    d'intenerire un cor si dava vanto,
    ancor che fosse più duro che pietra.
    Felice lui, se contentar di tanto
    onor sapeasi, e scudo, arco e faretra
    aver in odio, e scimitarra e lancia,
    che lo fecer morir giovine in Francia!

49 *si sequestra*: è preso.
50 *bandiera*: schiera.
51 *cornuta*: dalle estremità ricurve.

73 Quando lo vide Ferraù cadere,
che solea amarlo e avere in molta estima,
si sente di lui sol via più dolere,
che di mill'altri che periron prima:
e sopra chi l'uccise in modo fere,
che gli divide l'elmo da la cima
per la fronte, per gli occhi e per la faccia,
per mezzo il petto, e morto a terra il caccia.

74 Né qui s'indugia; e il brando intorno ruota,
ch'ogni elmo rompe, ogni lorica [52] smaglia;
a chi segna la fronte, a chi la gota,
ad altri il capo, ad altri il braccio taglia;
or questo or quel di sangue e d'alma vota:
e ferma da quel canto la battaglia,
onde la spaventata ignobil frotta
senza ordine fuggia spezzata e rotta.

75 Entrò ne la battaglia il re Agramante,
d'uccider gente e di far pruove vago;
e seco ha Baliverzo, Farurante,
Prusion, Soridano e Bambirago.
Poi son le genti senza nome tante,
che del lor sangue oggi faranno un lago,
che meglio conterei ciascuna foglia,
quando l'autunno gli arbori ne spoglia.

76 Agramante dal muro una gran banda
di fanti avendo e di cavalli tolta,
col re di Feza [53] subito li manda,
che dietro ai padiglion piglin la volta,
e vadano ad opporsi a quei d'Irlanda,
le cui squadre vedea con fretta molta,
dopo gran giri e larghi avolgimenti,
venir per occupar gli alloggiamenti.

---

52 *lorica*: maglia di ferro.
53 *re di Feza*: Malabuferso.

77   Fu 'l re di Feza ad esequir ben presto;
      ch'ogni tardar troppo nociuto avria.
      Raguna intanto il re Agramante il resto;
      parte le squadre, e alla battaglia invia.
      Egli va al fiume; che gli par ch'in questo
      luogo del suo venir bisogno sia:
      e da quel canto un messo era venuto
      del re Sobrino a domandare aiuto.

78   Menava in una squadra più di mezzo
      il campo dietro; e sol del gran rumore
      tremar gli Scotti, e tanto fu il ribrezzo,
      ch'abbandonavan l'ordine e l'onore.
      Zerbin, Lurcanio e Ariodante in mezzo
      vi restar soli incontra a quel furore;
      e Zerbin, ch'era a pié, vi peria forse,
      ma 'l buon Rinaldo a tempo se n'accorse.

79   Altrove intanto il paladin s'avea
      fatto inanzi fuggir cento bandiere.
      Or che l'orecchie la novella rea
      del gran periglio di Zerbin gli fere,
      ch'a piedi fra la gente cirenea [54]
      lasciato solo aveano le sue schiere,
      volta il cavallo, e dove il campo scotto
      vede fuggir, prende la via di botto.

80   Dove gli Scotti ritornar fuggendo
      vede, s'appara, [55] e grida: — Or dove andate?
      perché tanta viltade in voi comprendo, [56]
      che a sì vil gente il campo abbandonate?
      Ecco le spoglie, de le quali intendo
      ch'esser dovean le vostre chiese ornate.
      Oh che laude, oh che gloria, che 'l figliuolo
      del vostro re si lasci a piedi e solo! —

54 *cirenea*: di Cirene; africana.
55 *s'appara*: si para dinanzi.
56 *comprendo*: vedo.

81   D'un suo scudier una grossa asta afferra,
       e vede Prusion poco lontano,
       re d'Alvaracchie, e adosso se gli serra,
       e de l'arcion lo porta morto al piano.
       Morto Agricalte e Bambirago atterra:
       dopo fere aspramante Soridano;
       e come gli altri l'avria messo a morte,
       se nel ferir la lancia era più forte.

82   Stringe Fusberta, poi che l'asta è rotta,
       e tocca Serpentin, quel da la Stella.[57]
       Fatate l'arme avea, ma quella botta
       pur tramortito il manda fuor di sella.
       E così al duca de la gente scotta
       fa piazza intorno spaziosa e bella;
       sì che senza contesa un destrier puote
       salir di quei che vanno a selle vote.

83   E ben si ritrovò salito a tempo,
       che forse nol facea, se più tardava;
       perché Agramante e Dardinello a un tempo,
       Sobrin col re Balastro v'arrivava.
       Ma egli, che montato era per tempo,
       di qua e di là col brando s'aggirava,
       mandando or questo or quel giù ne l'inferno
       a dar notizia del viver moderno.

84   Il buon Rinaldo, il quale a porre in terra
       i più dannosi avea sempre riguardo,
       la spada contra il re Agramante afferra,
       che troppo gli parea fiero e gagliardo
       (facea egli sol più che mille altri guerra);
       e se gli spinse adosso con Baiardo:
       lo fere a un tempo ed urta di traverso,
       sì che lui col destrier manda riverso.

85   Mentre di fuor con sì crudel battaglia,
       odio, rabbia, furor l'un l'altro offende,

57 *Stella*: Estella, in Navarra.

Rodomonte in Parigi il popul taglia,
le belle case e i sacri templi accende.
Carlo, ch'in altra parte si travaglia,
questo non vede, e nulla ancor ne 'ntende:
Odoardo raccoglie ed Arimanno
ne la città, col lor popul britanno.

86 A lui venne un scudier pallido in volto,
che potea a pena trar del petto il fiato.
— Ahimè! signor, ahimè — replica molto,[58]
prima ch'abbia a dir altro incominciato:
— Oggi il romano Imperio, oggi è sepolto;
oggi ha il suo popul Cristo abandonato:
il demonio dal cielo è piovuto oggi,
perché in questa città più non s'alloggi.

87 Satanasso (perch'altri esser non puote)
strugge e ruina la città infelice.
Volgiti e mira le fumose ruote
de la rovente fiamma predatrice;
ascolta il pianto che nel ciel percuote;
e faccian fede a quel che 'l servo dice.
Un solo è quel ch'a ferro e a fuoco strugge
la bella terra, e inanzi ognun gli fugge. —

88 Quale è colui che prima oda il tumulto,
e de le sacre squille il batter spesso,
che vegga il fuoco a nessun altro occulto,
ch'a sé, che più gli tocca, e gli è più presso;
tal è il re Carlo, udendo il nuovo insulto,[59]
e conoscendol poi con l'occhio istesso:
onde lo sforzo di sua miglior gente
al grido drizza e al gran rumor che sente.

89 Dei paladini e dei guerrier più degni
Carlo si chiama dietro una gran parte,
e vêr la piazza fa drizzare i segni;

58 *replica molto*: ripete varie volte.
59 *insulto*: assalto repentino.

che 'l pagan s'era tratto in quella parte.
Ode il rumor, vede gli orribil segni
di crudeltà, l'umane membra sparte.
Ora non più: ritorni un'altra volta
chi voluntier la bella istoria ascolta.

1   Il giusto Dio, quando i peccati nostri
    hanno di remission passato il segno,
    acciò che la giustizia sua dimostri
    uguale alla pietà, spesso dà regno
    a tiranni atrocissimi ed a mostri,
    e dà lor forza e di mal fare ingegno.
    Per questo Mario e Silla pose al mondo,
    e duo Neroni e Caio [1] furibondo,

2   Domiziano e l'ultimo Antonino; [2]
    e tolse da la immonda e bassa plebe,
    ed esaltò all'imperio Massimino; [3]
    e nascer prima fe' Creonte [4] a Tebe;
    e dié Mezenzio [5] al populo Agilino,
    che fe' di sangue uman grasse le glebe;
    e dié Mezenzio [5] al populo Agilino,
    in preda agli Unni, ai Longobardi, ai Goti.

3   Che d'Atila dirò? che de l'iniquo
    Ezzellin [6] da Roman? che d'altri cento?
    che dopo un lungo andar sempre in obliquo,
    ne manda Dio per pena e per tormento.
    Di questo abbiàn non pur al tempo antiquo,
    ma ancora al nostro, chiaro esperimento,

1 *duo Neroni e Caio*: Tiberio, Nerone e Caligola.
2 *l'ultimo Antonino*: l'imperatore Eliogabalo.
3 *Massimino*: figlio di un pastore tracio.
4 *Creonte*: tiranno di Tebe.
5 *Mezenzio*: nell'*Eneide*, tiranno di Cere (in greco « Agylla »).
6 *Ezzellin*: terribile signore di Verona (1194-1249).

quando a noi, greggi inutili e malnati,
ha dato per guardian lupi arrabbiati: [7]

4   a cui non par ch'abbi a bastar lor fame,
ch'abbi il lor ventre a capir [8] tanta carne;
e chiaman lupi di più ingorde brame
da boschi oltramontani a divorarne.
Di Trasimeno l'insepulto ossame
e di Canne e di Trebia [9] poco parne
verso quel che le ripe e i campi ingrassa,
dov'Ada e Mella e Ronco e Tarro [10] passa.

5   Or Dio consente che noi siàn puniti
da populi di noi forse peggiori,
per li multiplicati ed infiniti
nostri nefandi, obbrobriosi errori.
Tempo verrà ch'a depredar lor liti
andremo noi, se mai saren migliori,
e che i peccati lor giungano al segno,
che l'eterna Bontà muovano a sdegno.

6   Doveano allora aver gli eccessi loro
di Dio turbata la serena fronte,
che scórse ogni lor luogo il Turco e 'l Moro
con stupri, uccision, rapine ed onte:
ma più di tutti gli altri danni, foro
gravati dal furor di Rodomonte.
Dissi ch'ebbe di lui la nuova Carlo,
e che 'n piazza venia per ritrovarlo.

7   Vede tra via la gente sua troncata,
arsi i palazzi, e ruinati i templi,
gran parte de la terra desolata;
mai non si vider sì crudeli esempli.

7 *lupi arrabbiati*: i signori italiani.
8 *capir*: contenere.
9 *Trasimeno... Trebia*: grandi vittorie di Annibale sui Romani.
10 *Ada... Tarro*: accenna alle battaglie recenti di Agnadello, sull'Adda (1509), di Brescia, sul Mella (1512), di Ravenna, sul Ronco (1512), di Fornovo, sul Taro (1495).

— Dove fuggite, turba spaventata?
Non è tra voi chi 'l danno suo contempli?
Che città, che refugio più vi resta,
quando si perda sì vilmente questa?

8 Dunque un uom solo in vostra terra preso,
cinto di mura onde non può fuggire,
si partirà che non l'avrete offeso,
quando tutti v'avrà fatto morire? —
Così Carlo dicea, che d'ira acceso
tanta vergogna non potea patire.
E giunse dove inanti alla gran corte
vide il pagan por la sua gente a morte.

9 Quivi gran parte era del populazzo,
sperandovi trovare aiuto, ascesa;
perché forte di mura era il palazzo,
con munizion da far lunga difesa.
Rodomonte, d'orgoglio e d'ira pazzo,
solo s'avea tutta la piazza presa:
e l'una man, che prezza il mondo poco,
ruota la spada, e l'altra getta il fuoco.

10 E de la regal casa, alta e sublime,
percuote e risuonar fa le gran porte.
Gettan le turbe da le eccelse cime
e merli e torri, e si metton per morte.[11]
Guastare i tetti non è alcun che stime;
e legne e pietre vanno ad una sorte,
lastre e colonne, e le dorate travi
che furo in prezzo agli lor padri e agli avi.

11 Sta su la porta il re d'Algier, lucente
di chiaro acciar che 'l capo gli arma e 'l busto,
come uscito di tenebre serpente,
poi c'ha lasciato ogni squalor vetusto,
del nuovo scoglio [12] altiero, e che si sente

11 *si metton per morte*: si considerano già morte.
12 *scoglio*: pelle.

ringiovenito e più che mai robusto:
tre lingue vibra, ed ha negli occhi foco;
dovunque passa, ogn'animal dà loco.

12 Non sasso, merlo, trave, arco o balestra,
né ciò che sopra il Saracin percuote,
ponno allentar la sanguinosa destra
che la gran porta taglia, spezza e scuote:
e dentro fatto v'ha tanta finestra,
che ben vedere e veduto esser puote
dai visi impressi di color di morte,
che tutta piena quivi hanno la corte.

13 Suonar per gli alti e spaziosi tetti
s'odono gridi e feminil lamenti:
l'afflitte donne, percotendo i petti,
corron per casa pallide e dolenti;
e abbraccian gli usci e i geniali [13] letti
che tosto hanno a lasciare a strane [14] genti.
Tratta la cosa era in periglio tanto,
quando 'l re giunse, e suoi baroni accanto.

14 Carlo si volse a quelle man robuste
ch'ebbe altre volte a gran bisogni pronte.
— Non sète quelli voi, che meco fuste
contra Agolante [15] (disse) in Aspramonte?
Sono le forze vostre ora sì fruste,
che, s'uccideste lui, Troiano e Almonte
con centomila, or ne temete un solo
pur di quel sangue e pur di quello stuolo?

15 Perché debbo vedere in voi fortezza
ora minor ch'io la vedessi allora?
Mostrate a questo can vostra prodezza,
a questo can che gli uomini devora.

---

13 *geniali*: nuziali.
14 *strane*: straniere.
15 *Agolante... Aspramonte*: secondo l'Aspromonte di Andrea da Barberino, Carlo vinse Agolante, re di Biserta, sbarcato in Calabria coi suoi figli Almonte e Troiano.

Un magnanimo cor morte non prezza,
presta o tarda che sia, pur che ben muora.
Ma dubitar non posso ove voi sète,
che fatto sempre vincitor m'avete. —

16   Al fin de le parole urta il destriero,
con l'asta bassa, al Saracino adosso.
Mossesi a un tratto il paladino Ugiero,
a un tempo Namo ed Ulivier si è mosso,
Avino, Avolio, Otone e Berlingiero,
ch'un senza l'altro mai veder non posso:
e ferir tutti sopra a Rodomonte
e nel petto e nei fianchi e ne la fronte.

17   Ma lasciamo, per Dio, Signore, ormai
di parlar d'ira e di cantar di morte;
e sia per questa volta detto assai
del Saracin non men crudel che forte:
che tempo è ritornar dov'io lasciai
Grifon, giunto a Damasco in su le porte
con Orrigille perfida, e con quello
ch'adulter era, e non di lei fratello.

18   De le più ricche terre di Levante,
de le più populose e meglio ornate
si dice esser Damasco, che distante
siede a Ierusalem sette giornate,[16]
in un piano fruttifero e abondante,
non men giocondo il verno, che l'estate.
A questa terra il primo raggio tolle
de la nascente aurora un vicin colle.

19   Per la città duo fiumi [17] cristallini
vanno inaffiando per diversi rivi
un numero infinito di giardini,
non mai di fior, non mai di fronde privi.
Dicesi ancor, che macinar molini

16 *giornate*: di cammino.
17 *duo fiumi*: il Baradà e l'Avai.

potrian far l'acque lanfe [18] che son quivi;
e chi va per le vie vi sente, fuore
di tutte quelle case, uscire odore.

20 Tutta coperta è la strada maestra
di panni di diversi color lieti;
e d'odorifera erba, e di silvestra
fronda la terra e tutte le pareti.
Adorna era ogni porta, ogni finestra
di finissimi drappi e di tapeti,
ma più di belle e ben ornate donne
di ricche gemme e di superbe gonne.

21 Vedeasi celebrar dentr'alle porte,
in molti lochi, solazzevol balli;
il popul, per le vie, di miglior sorte [19]
maneggiar ben guarniti e bei cavalli:
facea più bel veder la ricca corte
de' signor, de' baroni e de' vasalli,
con ciò che d'India e d'eritree maremme [20]
di perle aver si può, d'oro e di gemme.

22 Venia Grifone e la sua compagnia
mirando e quinci e quindi il tutto ad agio,
quando fermolli un cavalliero in via,
e gli fece smontare a un suo palagio;
e per l'usanza e per sua cortesia
di nulla lasciò lor patir disagio.
Li fe' nel bagno entrar, poi con serena
fronte gli accolse a sontuosa cena.

23 E narrò lor come il re Norandino, [21]
re di Damasco e di tutta Soria,
fatto avea il paesano e 'l peregrino
ch'ordine avesse di cavalleria,

18 *lanfe*: profumate.
19 *sorte*: condizione.
20 *eritree maremme*: spiagge del mar Rosso.
21 *Norandino*: nome di origine araba (Nar-al-din, « luce della religione »); l'episodio sviluppa diversi accenni dell'*Innamorato*.

412

alla giostra invitar, ch'al matutino
del dì sequente in piazza si faria;
e che s'avean valor pari al sembiante,
potrian mostrarlo senza andar più inante.

24   Ancor che quivi non venne Grifone
a questo effetto, pur lo 'nvito tenne;
che qual volta se n'abbia occasione,
mostrar virtude mai non disconvenne.
Interrogollo poi de la cagione
di quella festa, e s'ella era solenne
usata ogn'anno, o pure impresa nuova
del re ch'i suoi veder volesse in pruova.

25   Rispose il cavallier: — La bella festa
s'ha da far sempre ad ogni quarta luna:
de l'altre che verran, la prima è questa:
ancora non se n'è fatta più alcuna.
Sarà in memoria che salvò la testa
il re in tal giorno da una gran fortuna,[22]
dopo che quattro mesi in doglie e'n pianti
sempre era stato, e con la morte inanti.

26   Ma per dirvi la cosa pienamente,
il nostro re, che Norandin s'appella,
molti e molt'anni ha avuto il core ardente
de la leggiadra e sopra ogn'altra bella
figlia del re di Cipro:[23] e finalmente
avutala per moglie, iva con quella,
con cavallieri e donne in compagnia;
e dritto avea il camin verso Soria.

27   Ma poi che fummo tratti a piene vele
lungi dal porto nel Carpazio [24] iniquo,
la tempesta saltò tanto crudele,
che sbigottì sin al padrone antiquo.

22 *fortuna*: pericolo.
23 *figlia... Cipro*: Lucina.
24 *Carpazio*: mare tra Candia e Rodi, così detto dall'isola di **Carpa-
thos** (Scarpanto).

Tre dì e tre notti andammo errando ne le
minacciose onde per camino obliquo.
Uscimo al fin nel lito stanchi e molli,
tra freschi rivi, ombrosi e verdi colli.

28   Piantare i padiglioni, e le cortine
fra gli arbori tirar facemo lieti.
S'apparechiano i fuochi e le cucine;
le mense d'altra parte in su tapeti.
Intanto il re cercando alle vicine
valli era andato e a' boschi più secreti,
se ritrovasse capre o daini o cervi;
e l'arco gli portar dietro duo servi.

29   Mentre aspettamo, in gran piacer sedendo,
che da cacciar ritorni il signor nostro,
vedemo l'Orco a noi venir correndo
lungo il lito del mar, terribil mostro.
Dio vi guardi, signor, che 'l viso orrendo
de l'Orco agli occhi mai vi sia dimostro:
meglio è per fama aver notizia d'esso,
ch'andargli, si che lo veggiate, appresso.

30   Non gli può comparir quanto sia lungo,[25]
sì smisuratamente è tutto grosso.
In luogo d'occhi, di color di fungo
sotto la fronte ha duo coccole [26] d'osso.
Verso noi vien (come vi dico) lungo
il lito, e par ch'un monticel sia mosso.
Mostra le zanne fuor, come fa il porco;
ha lungo il naso, il sen bavoso e sporco.

31   Correndo viene, e 'l muso a guisa porta
che 'l bracco suol, quando entra in su la traccia.
Tutti che lo veggiam, con faccia smorta
in fuga andamo ove il timor ne caccia.

25 *Non gli può... lungo*: non può apparire in tutta la sua altezza.
26 *coccole*: sporgenze d'osso a guisa di bacche.

Poco il veder lui cieco ne conforta,[27]
quando, fiutando sol, par che più faccia,
ch'altri non fa, ch'abbia odorato e lume:
e bisogno al fuggire eran le piume.

32 Corron chi qua chi là; ma poco lece
da lui fuggir, veloce più che 'l Noto.
Di quaranta persone, a pena diece
sopra il navilio si salvaro a nuoto.
Sotto il braccio un fastel d'alcuni fece,
né il grembio si lasciò né il seno voto;
un suo capace zaino empissene anco,
che gli pendea, come a pastor, dal fianco.

33 Portòci alla sua tana il mostro cieco,
cavata in lito al mar dentr'uno scoglio.
Di marmo così bianco è quello speco,
come esser soglia ancor non scritto foglio.
Quivi abitava una matrona seco,
di dolor piena in vista e di cordoglio;
ed avea in compagnia donne e donzelle
d'ogni età, d'ogni sorte, e brutte e belle.

34 Era presso alla grotta in ch'egli stava,
quasi alla cima del giogo superno,[28]
un'altra non minor di quella cava,
dove del gregge suo facea governo.
Tanto n'avea, che non si numerava;
e n'era egli il pastor l'estate e 'l verno.
Ai tempi suoi gli apriva e tenea chiuso,
per spasso che n'avea, più che per uso.

35 L'umana carne meglio gli sapeva:
e prima il fa veder ch'all'antro arrivi;
che tre de' nostri giovini ch'aveva,
tutti li mangia, anzi trangugia vivi.
Viene alla stalla, e un gran sasso ne leva:

27 *ne conforta*: ci consola.
28 *giogo superno*: roccia altissima.

ne caccia il gregge, e noi riserra quivi.
Con quel sen va dove il suol far satollo,
sonando una zampogna ch'avea in collo.

36   Il signor nostro intanto ritornato
       alla marina, il suo danno comprende;
       che truova gran silenzio in ogni lato,
       voti frascati,[29] padiglioni e tende.
       Né sa pensar chi sì l'abbia rubato;
       e pien di gran timore al lito scende,
       onde i nocchieri suoi vede in disparte
       sarpar lor ferri e in opra por le sarte.[30]

37   Tosto ch'essi lui veggiono sul lito,
       il palischermo[31] mandano a levarlo:
       ma non sì tosto ha Norandino udito
       de l'Orco che venuto era a rubarlo,
       che, senza più pensar, piglia partito,
       dovunque andato sia, di seguitarlo.
       Vedersi tor Lucina sì gli duole,
       ch'o racquistarla, o non più viver vuole.

38   Dove vede apparir lungo la sabbia
       la fresca orma, ne va con quella fretta
       con che lo spinge l'amorosa rabbia,
       fin che giunge alla tana ch'io v'ho detta;
       ove con tema la maggior che s'abbia
       a patir mai, l'Orco da noi s'aspetta:
       ad ogni suono di sentirlo parci,
       ch'affamato ritorni a divorarci.

39   Quivi Fortuna il re da tempo[32] guida,
       che senza l'Orco in casa era la moglie.
       Come ella 'l vede: — Fuggine! (gli grida)
       misero te, se l'Orco ti ci coglie!—

29 *frascati*: capanne di frasche.
30 *sarpar... sarte*: togliere le ancore e dar mano alle sartie, cordami
che reggono gli alberi.
31 *palischermo*: canotto.
32 *da tempo*: nel tempo.

— Coglia (disse) o non coglia, o salvi o uccida,
che miserrimo i' sia non mi si toglie.
Disir mi mena, e non error di via,
c'ho di morir presso alla moglie mia.—

40 Poi seguì, dimandandole novella
di quei che prese l'Orco in su la riva;
prima degli altri, di Lucina bella,
se l'avea morta, o la tenea captiva.[33]
La donna umanamente gli favella,
e lo conforta, che Lucina è viva,
e che non è alcun dubbio ch'ella muora;
che mai femina l'Orco non divora.

41 — Esser di ciò argumento ti poss'io,
e tutte queste donne che son meco:
né a me né a lor mai l'Orco è stato rio,
pur che non ci scostian da questo speco.
A chi cerca fuggir, pon grave fio;[34]
né pace mai puon ritrovar più seco:
o le sotterra vive, o l'incatena,
o fa star nude al sol sopra l'arena.

42 Quando oggi egli portò qui la tua gente,
le femine dai maschi non divise;
ma, sì come gli avea, confusamente
dentro a quella spelonca tutti mise.
Sentirà a naso il sesso differente.
Le donne non temer che sieno uccise:
gli uomini, siene certo; ed empieranne
di quattro, il giorno, o sei, l'avide canne.

43 Di levar lei di qui non ho consiglio
che dar ti possa; e contentar ti puoi
che ne la vita sua non è periglio:
starà qui al ben e al mal ch'avremo noi.
Ma vattene, per Dio, vattene, figlio,

33 *captiva*: prigioniera.
34 *fio*: pena.

che l'Orco non ti senta e non t'ingoi.
Tosto che giunge, d'ogn'intorno annasa,
e sente sin a un topo che sia in casa.—

44   Rispose il re, non si voler partire,
se non vedea la sua Lucina prima;
e che più tosto appresso a lei morire,
che viverne lontan, faceva stima.
Quando vede ella non potergli dire
cosa che 'l muova da la voglia prima,
per aiutarlo fa nuovo disegno,
e ponvi ogni sua industria, ogni suo ingegno.

45   Morte avea in casa, e d'ogni tempo appese,
con lor mariti, assai capre ed agnelle,
onde a sé ed alle sue facea le spese;[35]
e dal tetto pendea più d'una pelle.
La donna fe' che 'l re del grasso prese,
ch'avea un gran becco intorno alle budelle,
e che se n'unse dal capo alle piante,
fin che l'odor cacciò ch'egli ebbe inante.

46   E poi che 'l tristo puzzo aver le parve,
di che il fetido becco ognora sape,[36]
piglia l'irsuta pelle, e tutto entrarve
lo fe'; ch'ella è sì grande che lo cape.
Coperto sotto a così strane larve,[37]
facendol gir carpon, seco lo rape
là dove chiuso era d'un sasso grave
de la sua donna il bel viso soave.

47   Norandino ubidisce; ed alla buca
de la spelonca ad aspettar si mette,
acciò col gregge dentro si conduca;
e fin a sera disiando stette.
Ode la sera il suon de la sambuca,[38]

35 *onde... spese*: con cui nutriva sé e le sue donne.
36 *sape*: odora.
37 *larve*: maschera.
38 *sambuca*: zampogna.

con che 'nvita a lassar l'umide erbette,
e ritornar le pecore all'albergo
il fier pastor che lor venìa da tergo.

48   Pensate voi se gli tremava il core,
quando l'Orco sentì che ritornava,
e che 'l viso crudel pieno d'orrore
vide appressare all'uscio de la cava;
ma poté la pietà più che 'l timore:
s'ardea, vedete, o se fingendo amava.
Vien l'Orco inanzi, e leva il sasso, ed apre:
Norandino entra fra pecore e capre.

49   Entrato il gregge, l'Orco a noi descende;
ma prima sopra sé l'uscio si chiude.
Tutti ne va fiutando: al fin duo prende;
che vuol cenar de le lor carni crude.
Al rimembrar di quelle zanne orrende,
non posso far ch'ancor non trieme e sude.
Partito l'Orco, il re getta la gonna
ch'avea di becco, e abbraccia la sua donna.

50   Dove averne piacer deve e conforto,
vedendol quivi, ella n'ha affanno e noia:
lo vede giunto ov'ha da restar morto;
e non può far però ch'essa non muoia.
—' Con tutto 'l mal (diceagli) ch'io supporto,
signor, sentia non mediocre gioia,
che ritrovato non t'eri con nui
quando da l'Orco oggi qui tratta fui.

51   Che se ben il trovarmi ora in procinto
d'uscir di vita m'era acerbo e forte;
pur mi sarei, come è commune istinto,
dogliuta sol de la mia trista sorte:
ma ora, o prima o poi che tu sia estinto,
più mi dorrà la tua che la mia morte.—
E seguitò, mostrando assai più affanno
di quel di Norandin, che del suo danno.

52   — La speme (disse il re) mi fa venire,
c'ho di salvarti, e tutti questi teco:
e s'io nol posso far, meglio è morire,
che senza te, mio sol, viver poi cieco.
Come io ci venni, mi potrò partire;
e voi tutt'altri ne verrete meco,
se non avrete, come io non ho avuto,
schivo [39] a pigliare odor d'animal bruto. —

53   La fraude insegnò a noi, che contra il naso
de l'Orco insegnò a lui la moglie d'esso;
di vestirci le pelli, in ogni caso
ch'egli ne palpi ne l'uscir del fesso. [40]
Poi che di questo ognun fu persuaso;
quanti de l'un, quanti de l'altro sesso
ci ritroviamo, uccidian tanti becchi,
quelli che più fetean, ch'eran più vecchi.

54   Ci ungemo i corpi di quel grasso opimo
che ritroviamo all'intestina intorno,
e de l'orride pelli ci vestimo.
Intanto uscì da l'aureo albergo il giorno.
Alla spelonca, come apparve il primo
raggio del sol, fece il pastor ritorno;
e dando spirto alle sonore canne,
chiamò il suo gregge fuor de le capanne.

55   Tenea la mano al buco de la tana,
acciò col gregge non uscissin noi:
ci prendea al varco; e quando pelo o lana
sentia sul dosso, ne lasciava poi.
Uomini e donne uscimmo per sì strana
strada, coperti dagl'irsuti cuoi:
e l'Orco alcun di noi mai non ritenne,
fin che con gran timor Lucina venne.

56   Lucina, o fosse perch'ella non volle

39 *schivo*: schifo.
40 *fesso*: apertura.

ungersi come noi, che schivo n'ebbe;
o ch'avesse l'andar più lento e molle,
che l'imitata bestia non avrebbe;
o quando l'Orco la groppa toccolle,
gridasse per la tema che le accrebbe;
o che se le sciogliessero le chiome;
sentita fu, né ben so dirvi come.

57 Tutti eravam sì intenti al caso nostro,
che non avemmo gli occhi agli altrui fatti.
Io mi rivolsi al grido; e vidi il mostro
che già gl'irsuti spogli le avea tratti,
e fattola tornar nel cavo chiostro.[41]
Noi altri dentro a nostre gonne piatti [42]
col gregge andamo ove 'l pastor ci mena,
tra verdi colli in una piaggia amena.

58 Quivi attendiamo infin che steso all'ombra
d'un bosco opaco il nasuto Orco dorma.
Chi lungo il mar, chi verso 'l monte sgombra:[43]
sol Norandin non vuol seguir nostr'orma.
L'amor de la sua donna sì lo 'ngombra,
ch'alla grotta tornar vuol fra la torma,
né partirsene mai sin alla morte,
se non racquista la fedel consorte:

59 che quando dianzi avea all'uscir del chiuso
vedutala restar captiva sola,
fu per gittarsi, dal dolor confuso,
spontaneamente al vorace Orco in gola;
e si mosse, e gli corse infino al muso,
né fu lontano a gir sotto la mola: [44]
ma pur lo tenne in mandra la speranza
ch'avea di trarla ancor di quella stanza.[45]

41 *cavo chiostro*: caverna chiusa.
42 *piatti*: appiattati.
43 *sgombra*: fugge.
44 *mola*: macina (dei denti).
45 *stanza*: luogo.

60   La sera, quando alla spelonca mena
      il gregge l'Orco, e noi fuggiti sente,
      e c'ha da rimaner privo di cena,
      chiama Lucina d'ogni mal nocente,
      e la condanna a star sempre in catena
      allo scoperto in sul sasso eminente.
      Vedela il re per sua cagion patire,
      e si distrugge, e sol [46] non può morire.

61   Matina e sera l'infelice amante
      la può veder come s'affliga e piagna;
      che le va misto fra le capre avante,
      torni alla stalla o torni alla campagna.
      Ella con viso mesto e supplicante
      gli accenna che per Dio non vi rimagna,
      perché vi sta a gran rischio de la vita,
      né però [47] a lei può dare alcuna aita.

62   Così la moglie ancor de l'Orco priega
      il re che se ne vada, ma non giova;
      che d'andar mai senza Lucina niega,
      e sempre più costante si ritruova.
      In questa servitude, in che lo lega
      Pietate e Amor, stette con lunga pruova
      tanto, ch'a capitar venne a quel sasso
      il figlio d'Agricane [48] e 'l re Gradasso.

63   Dove con loro audacia tanto fenno,
      che liberaron la bella Lucina;
      ben che vi fu aventura più che senno:
      e la portar correndo alla marina;
      e al padre suo, che quivi era, la denno:
      e questo fu ne l'ora matutina,
      che Norandin con l'altro gregge stava
      a ruminar ne la montana cava.

46 *sol*: soltanto.
47 *però*: perciò.
48 *figlio d'Agricane*: Mandricardo.

64   Ma poi che 'l giorno aperta fu la sbarra,
e seppe il re la donna esser partita
(che la moglie de l'Orco gli lo narra),
e come a punto era la cosa gita;
grazie a Dio rende, e con voto n'inarra,[49]
ch'essendo fuor di tal miseria uscita,
faccia che giunga onde per arme possa,
per prieghi o per tesoro, esser riscossa.

65   Pien di letizia va con l'altra schiera
del simo[50] gregge, e viene ai verdi paschi;
e quivi aspetta fin ch'all'ombra nera
il mostro per dormir ne l'erba caschi.
Poi ne vien tutto il giorno e tutta sera;
e al fin sicur che l'Orco non lo'ntaschi,
sopra un navilio monta in Satalia;[51]
e son tre mesi ch'arrivò in Soria.

66   In Rodi, in Cipro, e per città e castella
e d'Africa e d'Egitto e di Turchia,
il re cercar fe' di Lucina bella;
né fin l'altr'ieri aver ne poté spia.
L'altr'ier n'ebbe dal suocero[52] novella,
che seco l'avea salva in Nicosia,
dopo che molti dì vento crudele
era stato contrario alle sue vele.

67   Per allegrezza de la buona nuova
prepara il nostro re la ricca festa;
e vuol ch'ad ogni quarta luna nuova,
una se n'abbia a far simile a questa:
che la memoria rifrescar gli giova
dei quattro mesi che 'n irsuta vesta
fu tra il gregge de l'Orco; e un giorno, quale
sarà dimane, uscì di tanto male.

49 *con voto n'inarra*: con preghiere implora.
50 *simo*: camuso.
51 *Satalia*: Atalia, in Asia minore.
52 *suocero*: Tibiano, re di Cipro, che stava nella sua capitale,
Nicosia.

68   Questo ch'io v'ho narrato, in parte vidi,
        in parte udi' da chi trovossi al tutto;
        dal re, vi dico, che calende ed idi [53]
        vi stette, fin che volse in riso il lutto:
        e se n'udite mai far altri gridi,
        direte a chi gli fa, che mal n'è istrutto. —
        Il gentiluomo in tal modo a Grifone
        de la festa narrò l'alta cagione.

69   Un gran pezzo di notte si dispensa
        dai cavallieri in tal ragionamento;
        e conchiudon ch'amore e pietà immensa
        mostrò quel re con grande esperimento.
        Andaron, poi che si levar da mensa,
        ove ebbon grato e buono alloggiamento.
        Nel seguente matin sereno e chiaro,
        al suon de l'allegrezze si destaro.

70   Vanno scorrendo timpani e trombette,
        e ragunando in piazza la cittade.
        Or, poi che de cavalli e de carrette
        e ribombar de gridi odon le strade,
        Grifon le lucide arme si rimette,
        che son di quelle che si trovan rade;
        che l'avea impenetrabili e incantate
        la Fata bianca di sua man temprate.

71   Quel d'Antiochia, [54] più d'ogn'altro vile,
        armossi seco, e compagnia gli tenne.
        Preparate avea lor l'oste [55] gentile
        nerbose lance, e salde e grosse antenne, [56]
        e del suo parentado non umìle
        compagnia tolta; e seco in piazza venne;

53 *calende ed idi*: molti mesi; le calende per i Latini erano il
primo giorno d'ogni mese; le idi il 13 o il 15, a seconda dei diversi
mesi.
54 *Quel d'Antiochia*: Martano.
55 *oste*: ospite.
56 *antenne*: grosse lance.

e scudieri a cavallo, e alcuni a piede,
a tal servigi attissimi, lor diede.

72 Giunsero in piazza, e trassonsi in disparte,
né pel campo curar far di sé mostra,
per veder meglio il bel popul di Marte,
ch'ad uno, o a dua, o a tre, veniano in giostra.
Chi con colori accompagnati ad arte
letizia o doglia alla sua donna mostra;
chi nel cimier, chi nel dipinto scudo
disegna Amor, se l'ha benigno o crudo.

73 Soriani [57] in quel tempo aveano usanza
d'armarsi a questa guisa di Ponente.
Forse ve gli inducea la vicinanza
che de' Franceschi [58] avean continuamente,
che quivi allor reggean la sacra stanza
dove in carne abitò Dio onnipotente;
ch'ora i superbi e miseri cristiani,
con biasmi lor, lasciano in man de' cani.

74 Dove abbassar dovrebbono la lancia
in augumento [59] de la santa fede,
tra lor si dan nel petto e ne la pancia
a destruzion del poco che si crede.
Voi, gente ispana, e voi, gente di Francia,
volgete altrove, e voi, Svizzeri, il piede,
e voi, Tedeschi, a far più degno acquisto;
che quanto qui cercate è già di Cristo.

75 Se Cristianissimi esser voi volete,
e voi altri Catolici nomati,
perché di Cristo gli uomini uccidete?
perché de' beni lor son dispogliati?
Perché Ierusalem non riavete,
che tolto è stato a voi da' rinegati?

57 *Soriani*: gli abitanti della Siria.
58 *Franceschi*: Francesi.
59 *augumento*: aumento.

Perché Costantinopoli e del mondo
la miglior parte occupa il Turco immondo?

76 Non hai tu, Spagna, l'Africa vicina,
che t'ha via più di questa Italia offesa?
E pur, per dar travaglio alla meschina,
lasci la prima tua sì bella impresa.
O d'ogni vizio fetida sentina,[60]
dormi, Italia imbriaca, e non ti pesa
ch'ora di questa gente, ora di quella
che già serva ti fu, sei fatta ancella?

77 Se 'l dubbio di morir ne le tue tane,
Svizzer, di fame, in Lombardia ti guida,
e tra noi cerchi o chi ti dia del pane,
o, per uscir d'inopia, chi t'uccida;
le richezze del Turco hai non lontane:
caccial d'Europa, o almen di Grecia snida;
così potrai o del digiuno trarti,
o cader con più merto in quelle parti.

78 Quel ch'a te dico, io dico al tuo vicino
tedesco ancor; là le richezze sono,
che vi portò da Roma Costantino:
portonne il meglio, e fe' del resto dono.
Pattolo ed Ermo [61] onde si tra' l'or fino,
Migdonia [62] e Lidia,[63] e quel paese buono [64]
per tante laudi in tante istorie noto,
non è, s'andar vi vuoi, troppo remoto.

79 Tu, gran Leone,[65] a cui premon le terga
de le chiavi del ciel le gravi some,

60 *sentina*: immondo ricettacolo.
61 *Pattolo... Ermo*: fiumi auriferi dell'Asia minore.
62 *Migdonia*: la Frigia, di cui fu re il ricchissimo Migdone.
63 *Lidia*: su cui regnò il leggendario Creso.
64 *paese buono*: forse la « terra promessa » degli Ebrei; oppure la
Persia.
65 *Leone*: papa Leone X.

non lasciar che nel sonno si sommerga
Italia, se la man l'hai ne le chiome.
Tu sei Pastore; e Dio t'ha quella verga
data a portare, e scelto il fiero nome,
perché tu ruggi, e che le braccia stenda,
sì che dai lupi il grege tuo difenda.

80 Ma d'un parlar ne l'altro, ove sono ito
si lungi, dal camin ch'io faceva ora?
Non lo credo però sì aver smarrito,
ch'io non lo sappia ritrovare ancora.
Io dicea ch'in Soria si tenea il rito
d'armarsi, che i Franceschi aveano allora:
sì che bella in Damasco era la piazza
di gente armata d'elmo e di corazza.

81 Le vaghe donne gettano dai palchi
sopra i giostranti fior vermigli e gialli,
mentre essi fanno a suon degli oricalchi [66]
levare a salti ed aggirar cavalli.
Ciascuno, o bene o mal ch'egli cavalchi,
vuol far quivi vedersi, e sprona e dàlli:[67]
di ch'altri ne riporta pregio e lode;
mentre altri a riso, e gridar dietro s'ode.

82 De la giostra era il prezzo un'armatura
che fu donata al re pochi dì inante,
che su la strada ritrovò a ventura,
ritornando d'Armenia, un mercatante.
Il re di nobilissima testura [68]
le sopraveste all'arme aggiunse, e tante
perle vi pose intorno e gemme ed oro,
che la fece valer molto tesoro.

83 Se conosciute il re quell'arme avesse,
care avute l'avria sopra ogni arnese;

66 *oricalchi*: trombe d'ottone.
67 *dàlli*: batte il cavallo.
68 *testura*: tessuto.

né in premio de la giostra l'avria messe,
come che liberal fosse e cortese.
Lungo saria chi raccontar volesse
chi l'avea sì sprezzate e vilipese,
che 'n mezzo de la strada le lasciasse,
preda chiunque o inanzi o indietro andasse.

84 Di questo ho da contarvi più di sotto:
or dirò di Grifon, ch'alla sua giunta [69]
un paio e più di lance trovò rotto,
menato più d'un taglio e d'una punta.
Dei più cari e più fidi al re fur otto
che quivi insieme avean lega congiunta;
gioveni; in arme pratichi ed industri,
tutti o signori o di famiglie illustri.

85 Quei rispondean ne la sbarrata piazza
per un dì, ad uno ad uno, a tutto 'l mondo,
prima con lancia, e poi con spada o mazza,
fin ch'al re di guardarli era giocondo;
e si foravan spesso la corazza:
per giuoco in somma qui facean, secondo
fan gli nimici capitali, eccetto
che potea il re partirli a suo diletto.

86 Quel d'Antiochia, un uom senza ragione,
che Martano il codardo nominosse,
come se de la forza di Grifone,
poi ch'era seco, participe fosse,
audace entrò nel marziale agone;
e poi da canto ad aspettar fermosse,
sin che finisce una battaglia fiera
che tra duo cavallier cominciata era.

87 Il signor di Seleucia,[70] di quell'uno,[71]
ch'a sostener l'impresa aveano tolto,

69 *giunta*: arrivo.
70 *Seleucia*: città della Siria, sul fiume Oronte.
71 *di quell'uno*: uno degli otto.

combattendo in quel tempo con Ombruno,
lo ferì d'una punta in mezzo 'l volto,
sì che l'uccise: e pietà n'ebbe ognuno,
perché buon cavallier lo tenean molto;
ed oltra la bontade, il più cortese
non era stato in tutto quel paese.

88 Veduto ciò, Martano ebbe paura
che parimente a sé non avvenisse;
e ritornando ne la sua natura,
a pensar cominciò come fugisse.
Grifon, che gli era appresso e n'avea cura,
lo spinse pur, poi ch'assai fece e disse,
contra un gentil guerrier che s'era mosso,
come si spinge il cane al lupo adosso;

89 che dieci passi gli va dietro o venti,
e poi si ferma, ed abbaiando guarda
come digrigni i minacciosi denti,
come negli occhi orribil fuoco gli arda.
Quivi ov'erano e principi presenti
e tanta gente nobile e gagliarda,
fuggì lo 'ncontro il timido Martano,
e torse 'l freno e 'l capo a destra mano.

90 Pur la colpa potea dar al cavallo,
chi di scusarlo avesse tolto il peso;
ma con la spada poi fe' sì gran fallo,
che non l'avria Demostene [72] difeso.
Di carta armato par, non di metallo;
sì teme da ogni colpo essere offeso.
Fuggesi al fine, e gli ordini disturba,
ridendo intorno a lui tutta la turba.

91 Il batter de le mani, il grido intorno
se gli levò del populazzo tutto.
Come lupo cacciato, fe' ritorno

72 *Demostene*: il grande oratore ateniese (384-322 a.C.).

Martano in molta fretta al suo ridutto.[73]
Resta Grifone; e gli par de lo scorno
del suo compagno esser macchiato e brutto:
esser vorrebbe stato in mezzo il foco,
più tosto che trovarsi in questo loco.

92 Arde nel core, e fuor nel viso avampa,
come sia tutta sua quella vergogna;
perché l'opere sue di quella stampa
vedere aspetta il populo ed agogna:
sì che rifulga chiara più che lampa
sua virtù, questa volta gli bisogna;
ch'un'oncia, un dito sol d'error che faccia,
per la mala impression parrà sei braccia.

93 Già la lancia avea tolta su la coscia
Grifon, ch'errare in arme era poco uso:
spinse il cavallo a tutta briglia, e poscia
ch'alquanto andato fu, la messe suso,[74]
e portò nel ferire estrema angoscia
al baron di Sidonia,[75] ch'andò guiso.
Ognun maravigliando in piè si leva;
che 'l contrario di ciò tutto attendeva.

94 Tornò Grifon con la medesma antenna,
che 'ntiera e ferma ricovrata [76] avea,
ed in tre pezzi la roppe alla penna [77]
de lo scudo al signor di Lodicea.[78]
Quel per cader tre volte e quattro accenna,
che tutto steso alla groppa giacea:
pur rilevato al fin la spada strinse,
voltò il cavallo, e vêr Grifon si spinse.

73 *ridutto*: ricovero.
74 *suso*: in resta.
75 *Sidonia*: Sidone, già città fenicia.
76 *ricovrata*: ricuperata.
77 *penna*: orlo superiore.
78 *Lodicea*: Laodicea. Avevano tal nome due città, l'una della Siria, l'altra della Frigia.

95 Grifon, che 'l vede in sella, e che non basta
sì fiero incontro perché a terra vada,
dice fra sé: — Quel che non poté l'asta,
in cinque colpi o 'n sei farà la spada. —
E su la tempia subito l'attasta [79]
d'un dritto tal, che par che dal ciel cada;
e un altro gli accompagna e un altro appresso,
tanto che l'ha stordito e in terra messo.

96 Quivi erano d'Apamia [80] duo germani,
soliti in giostra rimaner di sopra,
Tirse e Corimbo; ed ambo per le mani
del figlio d'Uliver cader sozzopra.
L'uno gli arcion lascia allo scontro vani; [81]
con l'altro messa fu la spada in opra.
Già per commun giudicio si tien certo
che di costui fia de la giostra il merto.

97 Ne la lizza era entrato Salinterno,
gran diodarro e maliscalco [82] regio.
e che di tutto 'l regno avea il governo,
e di sua mano era guerriero egregio.
Costui, sdegnoso ch'un guerriero esterno
debba portar di quella giostra il pregio,
piglia una lancia, e verso Grifon grida,
e molto minacciandolo lo sfida.

98 Ma quel con un lancion gli fa risposta,
ch'avea per lo miglior fra dieci eletto,
e per non far error, lo scudo apposta, [83]
e via lo passa e la corazza e 'l petto:
passa il ferro crudel tra costa e costa,
e fuor pel tergo un palmo esce di netto.

---

79 *attasta*: colpisce.
80 *Apamia*: Apamea. Avevano in antico tal nome due città, l'una della Siria, l'altra della Frigia.
81 *vani*: vuoti.
82 *diodarro e maliscalco*: prefetto di palazzo e sovrintendente alle scuderie.
83 *apposta*: prende di mira.

Il colpo, eccetto al re, fu a tutti caro;
ch'ognuno odiava Salinterno avaro.

99 Grifone, appresso a questi, in terra getta
duo di Damasco, Ermofilo e Carmondo.
La milizia del re dal primo è retta;
del mar grande almiraglio è quel secondo.
Lascia allo scontro l'un la sella in fretta:
adosso all'altro si riversa il pondo
del rio destrier, che sostener non puote
l'alto valor con che Grifon percuote.

100 Il signor di Seleucia ancor restava,
miglior guerrier di tutti gli altri sette;
e ben la sua possanza accompagnava
con destrier buono e con arme perfette.
Dove de l'elmo la vista si chiava,[84]
l'asta allo scontro l'uno e l'altro mette;
pur Grifon maggior colpo al pagan diede,
che lo fe' staffeggiar dal manco piede.

101 Gittaro i tronchi, e si tornaro adosso
pieni di molto ardir coi brandi nudi.
Fu il pagan prima da Grifon percosso
d'un colpo che spezzato avria gl'incudi.
Con quel fender si vide e ferro ed osso
d'un ch'eletto s'avea tra mille scudi;
e se non era doppio e fin l'arnese,
feria la coscia ove cadendo scese.

102 Ferì quel di Seleucia alla visera
Grifone a un tempo; e fu quel colpo tanto,
che l'avria aperta e rotta, se non era
fatta, come l'altr'arme, per incanto.
Gli è un perder tempo che 'l pagan più fera;
così son l'arme dure in ogni canto:
e 'n più parti Grifon già fessa e rotta
ha l'armatura a lui, né perde botta.

84 *la vista si chiava*: è inchiodata la visiera.

103 Ognun potea veder quanto di sotto
il signor di Seleucia era a Grifone;
e se partir non li fa il re di botto,
quel che sta peggio, la vita vi pone. [85]
Fe' Norandino alla sua guardia motto
ch'entrasse a distaccar l'aspra tenzone.
Quindi fu l'uno, e quindi l'altro tratto;
e fu lodato il re di sì buon atto.

104 Gli otto che dianzi avean col mondo impresa,
e non potuto durar poi contra uno,
avendo mal la parte lor difesa,
usciti eran del campo ad uno ad uno.
Gli altri ch'eran venuti a lor contesa,
quivi restar senza contrasto alcuno,
avendo lor Grifon, solo, interrotto
quel che tutti essi avean da far contra otto.

105 E durò quella festa così poco,
ch'in men d'un'ora il tutto fatto s'era:
ma Norandin, per far più lungo il giuoco
e per continuarlo infino a sera,
dal palco scese, e fe' sgombrare il loco;
e poi divise in due la grossa schiera,
indi, secondo il sangue e la lor prova,
gli andò accoppiando, e fe' una giostra nova.

106 Grifone intanto avea fatto ritorno
alla sua stanza pien d'ira e di rabbia
e più gli preme di Martan lo scorno
che non giova l'onor ch'esso vinto abbia.
Quivi, per tor l'obbrobrio ch'avea intorno,
Martano adopra le mendaci labbia:
e l'astuta e bugiarda meretrice,
come meglio sapea, gli era adiutrice.

107 O sì o no che 'l giovin gli credesse,
pur la scusa accettò, come discreto;

85 *vi pone*: vi lascia.

433

e pel suo meglio allora allora elesse
quindi levarsi tacito e secreto,
per tema che, se 'l populo vedesse
Martano comparir, non stesse cheto.
Così per una via nascosa e corta
usciro al camin lor fuor de la porta.

108 Grifone, o ch'egli o che 'l cavallo fosse
stanco, o gravasse il sonno pur le ciglia,
al primo albergo che trovar, fermosse,
che non erano andati oltre a dua miglia.
Si trasse l'elmo, e tutto disarmosse,
e trar fece a' cavalli e sella e briglia;
e poi serrossi in camera soletto,
e nudo per dormire entrò nel letto.

109 Non ebbe così tosto il capo basso,
che chiuse gli occhi, e fu dal sonno oppresso
così profundamente, che mai tasso
né ghiro mai s'addormentò quanto esso.
Martano intanto ed Orrigille a spasso
entraro in un giardin ch'era lì appresso;
ed un inganno ordir, che fu il più strano
che mai cadesse in sentimento umano.

110 Martano disegnò torre il destriero,
i panni e l'arme che Grifon s'ha tratte;
e andare inanzi al re pel cavalliero
che tante pruove avea giostrando fatte.
L'effetto ne seguì, fatto il pensiero:
tolle il destrier più candido che latte,
scudo e cimiero ed arme e sopraveste,
e tutte di Grifon l'insegne veste.

111 Con gli scudieri e con la donna, dove
era il popolo ancora, in piazza venne;
e giunse a tempo che finian le pruove
di girar spade e d'arrestare [86] antenne.

---

86 *arrestare*: mettere in resta.

Commanda il re che 'l cavallier si truove,
che per cimier avea le bianche penne,
bianche le vesti e bianco il corridore;
che l' nome non sapea del vincitore.

112 Colui ch'indosso il non suo cuoio aveva,
come l'asino già quel del leone,
chiamato, se n'andò, come attendeva,
a Norandino, in loco di Grifone.
Quel re cortese incontro se gli leva,
l'abbraccia e bacia, e allato se lo pone:
né gli basta onorarlo e dargli loda,
che vuol che 'l suo valor per tutto s'oda.

113 E fa gridarlo al suon degli oricalchi
vincitor de la giostra di quel giorno.
L'alta voce ne va per tutti i palchi,
che 'l nome indegno udir fa d'ogn'intorno.
Seco il re vuol ch'a par a par cavalchi,
quando al palazzo suo poi fa ritorno;
e di sua grazia tanto gli comparte,
che basteria, se fosse Ercole o Marte.

114 Bello ed ornato alloggiamento dielli
in corte, ed onorar fece con lui
Orrigille anco; e nobili donzelli
mandò con essa, e cavallieri sui.
Ma tempo è ch'anco di Grifon favelli,
il qual né dal compagno né d'altrui
temendo inganno, addormentato s'era,
né mai si risvegliò fin alla sera.

115 Poi che fu desto, e che de l'ora tarda
s'accorse, uscì di camera con fretta,
dove il falso cognato e la bugiarda
Orrigille lasciò con l'altra setta; [87]
e quando non gli truova, e che riguarda
non v'esser l'arme né i panni, sospetta;

87 *setta*: seguito.

435

ma il veder poi più sospettoso il fece
l'insegne del compagno in quella vece.

116 Sopravien l'oste, e di colui l'informa
che già gran pezzo, di bianch'arme adorno,
con la donna e col resto de la torma
avea ne la città fatto ritorno.
Truova Grifone a poco a poco l'orma [88]
ch'ascosa gli avea Amor fin a quel giorno;
e con suo gran dolor vede esser quello
adulter d'Orrigille, e non fratello.

117 Di sua sciocchezza indarno ora si duole,
ch'avendo il ver dal peregrino udito,
lasciato mutar s'abbia alle parole
di chi l'avea più volte già tradito.
Vendicar si potea, né seppe; or vuole
l'inimico punir, che gli è fuggito;
ed è costretto con troppo gran fallo
a tor di quel vil uom l'arme e 'l cavallo.

118 Eragli meglio andar senz'arme e nudo,
che porsi indosso la corazza indegna,
o ch'imbracciar l'abominato scudo,
o por su l'elmo la beffata insegna;
ma per seguir la meretrice e 'l drudo,
ragione in lui pari al disio non regna.
A tempo venne alla città, ch'ancora
il giorno avea quasi di vivo un'ora.

119 Presso alla porta ove Grifon venìa,
siede a sinistra un splendido castello,
che, più che forte e ch'a guerre atto sia,
di ricche stanze è accommodato e bello.
I re, i signori, i primi di Soria
con alte donne in un gentil drappello
celebravano quivi in loggia amena
la real sontuosa e lieta cena.

88 *l'orma*: l'indizio.

120   La bella loggia sopra 'l muro usciva
con l'alta rocca fuor de la cittade;
e lungo tratto di lontan scopriva
i larghi campi e le diverse strade.
Or che Grifon verso la porta arriva
con quell'arme d'obbrobrio e di viltade,
fu con non troppa aventurosa sorte
dal re veduto e da tutta la corte:

121   e riputato quel di ch'avea [89] insegna,
mosse le donne e i cavallieri a riso.
Il vil Martano, come quel che regna
in gran favor, dopo 'l re è 'l primo assiso,
e presso a lui la donna di sé degna;
dai quali Norandin con lieto viso
volse saper chi fosse quel codardo
che così avea al suo onor poco riguardo;

122   che dopo una sì trista e brutta pruova,
con tanta fronte [90] or gli tornava inante.
Dicea: — Questa mi par cosa assai nuova,
ch'essendo voi guerrier degno e prestante,
costui compagno abbiate, che non truova,
di viltà, pari in terra di Levante.
Il fate forse per mostrar maggiore,
per tal contrario, il vostro alto valore.

123   Ma ben vi giuro per gli eterni dei,
che se non fosse ch'io riguardo a vui,
la publica ignominia gli farei,
ch'io soglio fare agli altri pari a lui.
Perpetua ricordanza gli darei,
come ognor di viltà nimico fui.
Ma sappia, s'impunito se ne parte,
grado a voi che 'l menaste in questa parte.—

124   Colui che fu de tutti i vizi il vaso,

89 *quel di ch'*: quello di cui.
90 *fronte*: sfrontatezza.

rispose: — Alto signor, dir non sapria
chi sia costui; ch'io l'ho trovato a caso,
venendo d'Antiochia, in su la via.
Il suo sembiante m'avea persuaso
che fosse degno di mia compagnia;
ch'intesa non n'avea pruova né vista,
se non quella che fece oggi assai trista.

125 La qual mi spiacque sì, che restò poco,
che per punir l'estrema sua viltade,
non gli facessi allora allora un gioco,
che non toccasse più lance né spade:
ma ebbi, più ch'a lui, rispetto al loco,
e riverenza a vostra maestade.
Né per me voglio che gli sia guadagno
l'essermi stato un giorno o dua compagno:

126 di che contaminato anco esser parme;
e sopra il cor mi sarà eterno peso,
se, con vergogna del mestier de l'arme,
io lo vedrò da noi partire illeso:
e meglio che lasciarlo, satisfarme
potrete, se sarà d'un merlo impeso; [91]
e fia lodevol opra e signorile,
perch'el sia esempio e specchio ad ogni vile. —

127 Al detto suo Martano Orrigille have,
senza accennar, confermatrice presta.
— Non son (rispose il re) l'opre sì prave,
ch'al mio parer v'abbia d'andar la testa.
Voglio per pena del peccato grave,
che sol rinuovi al populo la festa. —
E tosto a un suo baron, che fe' venire,
impose quanto avesse ad esequire.

128 Quel baron molti armati seco tolse,
ed alla porta della terra scese;
e quivi con silenzio li raccolse,

91 *impeso*: appeso.

e la venuta di Grifone attese:
e ne l'entrar sì d'improviso il colse,
che fra i duo ponti a salvamento [92] il prese;
e lo ritenne con beffe e con scorno
in una oscura stanza insin al giorno.

129   Il Sole a pena avea il dorato crine
tolto di grembio alla nutrice antica,[93]
e cominciava da le piagge alpine
a cacciar l'ombre e far la cima aprica;
quando temendo il vil Martan ch'al fine
Grifone ardito la sua causa dica,[94]
e ritorni la colpa ond'era uscita,
tolse licenza, e fece indi partita,

130   trovando idonia [95] scusa al priego regio,
che non stia allo spettacolo ordinato.
Altri doni gli avea fatto, col pregio [96]
de la non sua vittoria, il signor grato;
e sopra tutto un amplo privilegio,[97]
dov'era d'altri onori al sommo ornato.
Lasciànlo andar; ch'io vi prometto certo,
che la mercede avrà secondo il merto.

131   Fu Grifon tratto a gran vergogna in piazza,
quando più si trovò piena di gente.
Gli avean levato l'elmo e la corazza,
e lasciato in farsetto assai vilmente;
e come il conducessero alla mazza,[98]
posto l'avean sopra un carro eminente,
che lento lento tiravan due vacche
da lunga fame attenuate e fiacche.

---

92 *a salvamento*: a man salva.
93 *nutrice antica*: Teti, dea del mare.
94 *dica*: difenda.
95 *idonia*: idonea.
96 *col pregio*: oltre al premio dell'armatura.
97 *privilegio*: diploma reale.
98 *mazza*: macello.

132   Venian d'intorno alla ignobil quadriga
      vecchie sfacciate e disoneste putte,
      di che n'era una ed or un'altra auriga,
      e con gran biasmo lo mordeano tutte.
      Lo poneano i fanciulli in maggior briga,
      che, oltre le parole infami e brutte,
      l'avrian coi sassi insino a morte offeso,
      se dai più saggi non era difeso.

133   L'arme che del suo male erano state
      cagion, che di lui fer non vero indicio,[99]
      da la coda del carro strascinate
      patian nel fango debito supplicio.
      Le ruote inanzi a un tribunal fermate
      gli fero udir de l'altrui maleficio
      la sua ignominia, che 'n sugli occhi detta
      gli fu, gridando un publico trombetta.[100]

134   Lo levar quindi, e lo mostrar per tutto
      dinanzi a templi, ad officine e a case,
      dove alcun nome scelerato e brutto,
      che non gli fosse detto, non rimase.
      Fuor de la terra all'ultimo condutto
      fu da la turba, che si persuase
      bandirlo e cacciare indi a suon di busse,
      non conoscendo ben ch'egli si fusse.

135   Si tosto a pena gli sferraro i piedi
      e liberargli l'una e l'altra mano,
      che tor lo scudo ed impugnar gli vedi
      la spada, che rigò gran pezzo il piano.
      Non ebbe contra sé lance né spiedi;
      che senz'arme venìa il populo insano.
      Ne l'altro canto diferisco il resto;
      che tempo è omai, Signor, di finir questo.

99 *indicio*: indicazione.
100 *trombetta*: banditore.

All'inizio del *canto diciottesimo* si stabilisce una rete di paragoni tra le capacità espressive del poeta e lo splendore delle gesta del suo signore, il cardinale Ippolito, tra esse e gli antichi esempi di cavalleria, il che vale a creare una prospettiva continua tra le avventure di un tempo lontano e la Ferrara estense, che in quel mondo cavalleresco affonda le sue radici, in virtù dell'opera del poeta intermediario: la quale è detta, tuttavia, di « rozzo stil duro » (1), per l'insoddisfazione dell'artista, che trova ancora nel proprio canto irrisolte asprezze rispetto alla musica che dentro di sé persegue. Si avvia intanto verso lo scioglimento la grande impresa di Rodomonte in Parigi: il suo slancio comincia a mostrare tempi d'arresto, e pure egli ha ancora scatti superbi, quasi di « immansueto tauro accaneggiato » (19), e mantiene, nel suo stesso ritrarsi, un ritmo di epica grandezza, mentre emerge in lui una terribile malinconia, più che di guerriero, di distruttore, che si vede strappare la propria preda. Egli si presenta sempre come un blocco compatto di passione e di azione, che non può provare umana pietà, e che, nella sua splendida ferocia di dominatore, svela ben definiti aspetti delle aspirazioni rinascimentali. Ma avrà proprio ora la rivelazione del tradimento di Doralice con Mandricardo, e dovrà invischiarsi in avventure simili, se pure di tanto maggiori conseguenze narrative, a quelle che avevano travolto Grifone nel suo amore per la lusingatrice Orrigille: le sue reazioni poi saranno ancora « bestiali », per un identificarsi quasi del guerriero con l'atteggiamento della belva inferocita.

In Oriente, intanto, la nuova giostra indetta da Norandino in onore di Grifone darà origine a singolari sviluppi avventurosi, con gli interventi di Astolfo, di Sansonetto e di Marfisa; quest'ultima, in particolare, darà le prime manifestazioni di quell'estro bizzarro e di quella strana follia fatta di impeti, di capricci, di accensioni, ed anche di generosità, che costituisce una delle più aderenti espressioni dello spirito dei « cavalieri eranti », in certo senso colto allo stato puro.

La narrazione ritorna presto alla battaglia di Parigi e alla terribile strage condotta da Rinaldo: si apre così un nuovo nucleo di avventure che va dalla storia di Dardinello-Cloridano-Medoro all'innamoramento di Angelica e che avvia verso il centro narrativo del poema. Occorre premettere che l'Ariosto tiene certo presente l'episodio virgiliano di Eurialo e Niso (*Aen.*, IX), ma operando notevoli mutamenti e trasposizioni: basti pensare che i due giovani non hanno più il compito di messaggeri, ma sono spinti all'impresa di traversare il campo nemico dall'amore per il morto Dardinello. Nell'Ariosto tutto l'episodio, sino all'innamoramento di Angelica, nasce come da una varia catena d'affetti: in tale senso, rappresenta uno dei nuclei di sentimenti meglio graduati e sviluppati nella fenomenologia del poema. Il racconto si caratterizza, inoltre, per il suo andamento piano, parlato, per il tema dell'umiltà della stirpe di Cloridano e di Medoro, che si unisce a quello di un'autentica religione della bellezza (« Occhi avea neri, e chioma crespa d'oro: / angel parea di quei del sommo coro », 166), a quello di un puro e dolce rammemorare e all'altro di un impeto generoso, venato di mestizia. Sono voci che trovano tutte il proprio centro di animazione negli affetti che modulano vivamente la parola (« Pensando come sempre mi fu umano », 168), e in un colore d'elegia racchiuso nel quieto volgere dei discorsi notturni. Con tali sentimenti, più avanti, si accorda la preghiera di Medoro alla Luna, affinché gli sveli coi suoi raggi il corpo di Dardinello, tra l'« orrida mistura » (183) di quelli dei caduti. Anche la Luna infatti si piega alla preghiera del giovane bellissimo, per una memoria quasi dei propri amori (« bella come fu allor ch'ella s'offerse, / e nuda in braccio a Endimion si diede », 185): siamo evidentemente nel raggio di una mitologia che risponde a sentimenti di incantevole naturalezza, e siamo anche in un'atmosfera ove l'ardore dell'amore e la fedeltà si fondono in una suprema offerta di tenerezza, preludendo alla passione dell'irraggiungibile Angelica per il gentile Medoro.

All'inizio del *canto diciannovesimo*, anche il nobile Zerbino avverte l'alone di fascino che emana dalla bellezza di Medoro, quando il poeta ferma l'improvviso mutarsi dell'animo del cavaliere e il nascere della sua umana perplessità di fronte agli occhi imploranti dell'umile fante saraceno: « Ma come gli occhi a quel bel volto mise, / gli ne venne pietade, e non l'uccise » (10). Presso Medoro ferito giunge poi Angelica; ed è un'Angelica, che, resa superba dal possesso dell'anello fatato, non cerca più la protezione di alcun cavaliere; ma è proprio in questo momento di supremo orgoglio e di solitudine della fanciulla che si attua la sua metamorfosi in donna, ed ella ritrova miracolosamente la tenerezza nel proprio cuore: « insolita pietade in mezzo al petto / si sentì entrar per disusate porte, / che le fe' il duro cor tenero e molle » (20): è questo un trovare in sé la pietà e la dolcezza, come rivela l'accoppiamento dei due aggettivi « tenero » e « molle », dei quali il secondo di così vasto e complesso uso nel linguaggio ariosteo, ma qui illuminato, come dal di dentro, proprio dal primo. Una delicatezza segreta e prima ignota, un rapimento dolcissimo, si nutrono già delle vaghe memorie che tale religione della bellezza e della pietà isola nel'animo come un sogno: « tanto se intenerì de la pietade / che n'ebbe, come in terra il vide prima » (26). Siamo ormai a un singolare sviluppo in senso amoroso e narrativo, dell'episodio virgiliano di Eurialo e Niso: quella giovinezza gentile, tenera e delicata, l'Ariosto l'ha sentita come tale da poter smuovere e commuovere la frigidità capricciosa e volubile di Angelica. Ora la donzella, che dinanzi ai cavalieri era parsa sempre incarnare l'illusione fuggente, ha incontrato quella che per lei significa l'illusione della sua vita e in essa si perde dolcemente: « Dunque, rotto ogni freno di vergogna, / la lingua ebbe non men che gli occhi arditi » (30).

Intanto la tempesta porta Marfisa e i suoi compagni di cavalleria alla mostruosa città delle Femmine omicide, un paesaggio e un mito dei mari d'Oriente che allude a una deformazione proprio di quella natura che nell'amore di Angelica ha trovato un'immagine splendente di tenerezza. Nella città delle Femmine, accanto agli esempi di una virilità esasperata nei suoi attributi, s'incontrano, più di frequente, le assidue testimonianze di un rovesciamento delle condizioni maschile e femminile: su tutti fa eccezione Marfisa, la quale, nella sua assoluta indipendenza, anche se potrebbe davvero essere una di quelle ardite Amazzoni, accetta di essere scelta come campione dei cavalieri, e si comporta come il simbolo di una forza inarrestabile e travolgente, quasi pari a quella di un proiettile d'artiglieria: « Ho veduto bombarde a quella guisa / le squadre aprir, che fe' lo stuol Marfisa » (83); ella sparge addirittura qua e là lacerti di membra, sì che alla fantasia ilare del poeta può sembrare conveniente, per rappresentare tale scena, richiamare le immagini degli ex voto.

Il *canto ventesimo* introduce il nuovo personaggio di Guidon Selvaggio che si unisce agli altri cavalieri, e narra della storia di Falanto e di Orontea, che sta alla base (nella situazione d'eccezione prodotta dalle conseguenze della guerra di Troia) della fondazione della città dalle leggi abnormi ed inumane, quasi simbolo di una deviazione dalla natura. È Astolfo quegli che, a questo punto, risolve ogni difficoltà dei cavalieri con il terribile suono del suo corno, che ben risponde alla truce fantasia delle Femmine omicide: il poeta dà vita a una grande scena di masse travolte dal terrore, mentre Astolfo, inconsapevole distruttore di miti, si aggira solo nella città deserta, poiché gli stessi superbi cavalieri si sono dati alla fuga. Giunti in Francia, Marfisa poi stringe grotteschi nodi ed impegni cavallereschi tra sé, la turpe Gabrina, Pinabello e la sua donna, e il gentile Zerbino, unendo bizzarramente e dissennatamente in un sol fascio le immagini della corruzione e del tradimento con quella umanissima del cavaliere di Scozia. Gabrina, per suo conto, vestita dei giovanili ornamenti della dama di Pinabello, sembra « una bertuccia » (120), così che per forza muove al riso: ella viene così a proporsi come un innaturale ed infame emblema, in cui risalta la contraddizione tra l'oscena vecchiezza e una vernice di giovinezza. Pare quasi di poter scorgere una ripresa del tema di Alcina, non più considerato nella prospettiva della vaghezza dell'illusione, ma in quella di una espressione violenta e deforme di un guasto interiore senza limiti.

Nel *canto ventunesimo* si possono misurare tutte le conseguenze dell'assurdo accoppiamento tra Zerbino e la vecchia dalle parvenze di Furia, che tende a trasformarlo in proprio zimbello, soprattutto col fornirgli inquietanti notizie su quella Issabella da lui amata, che è stata liberata da Orlando e di cui ella era stata guardiana nella caverna dei ladroni. Ma Zerbino, costretto a duellare, per secondare Gabrina, con Ermonide d'Olanda, da lui ascolterà la rivelazione della lussuria, della frode, degli assassinii della trista donna. Di essa è tracciata intiera la biografia delittuosa, in un romanzo « nero » che riunisce ogni forma della perversione femminile : sono pagine, che sembrano anticipare le tenebre e il sangue degli imitatori cinquecenteschi del teatro senecano.

Gabrina è veramente uno dei più maligni, e insieme insolitamente comici, « mostri » del *Furioso*, tale da trovare solo nella catena senza fine delle sue colpe quasi un'interna nemesi. L'impegno cavalleresco che stringe a lei l'umanissimo Zerbino assume perciò un significato amaramente simbolico.

1   Magnanimo Signore, ogni vostro atto
    ho sempre con ragion laudato e laudo:
    ben che col rozzo stil duro e mal atto
    gran parte de la gloria vi defraudo.
    Ma più de l'altre una virtù m'ha tratto,
    a cui col core e con la lingua applaudo;
    che s'ognun truova in voi ben grata udienza,
    non vi truova però facil credenza.

2   Spesso in difesa del biasmato assente
    indur vi sento una ed un'altra scusa,
    o riserbargli almen, fin che presente
    sua causa dica, l'altra orecchia chiusa;
    e sempre, prima che dannar la gente,
    vederla in faccia, e udir la ragion ch'usa;
    differir anco e giorni e mesi ed anni,
    prima che giudicar negli altrui danni.

3   Se Norandino il simil fatto avesse,
    fatto a Grifon non avria quel che fece.
    A voi utile e onor sempre successe:
    denigrò sua fama egli più che pece.
    Per lui sue genti a morte furon messe;
    che fe' Grifone in dieci tagli, e in diece
    punte che trasse pien d'ira e bizzarro,
    che trenta ne cascaro appresso al carro.

4   Van gli altri in rotta ove il timor li caccia,
    chi qua chi là, pei campi e per le strade;
    e chi d'entrar ne la città procaccia,
    e l'un su l'altro ne la porta cade.
    Grifon non fa parole e non minaccia;

447

ma lasciando lontana ogni pietade,
mena tra il vulgo inerte il ferro intorno,
e gran vendetta fa d'ogni suo scorno.

5   Di quei che primi giunsero alla porta,
che le piante a levarsi ebbeno pronte,
parte, al bisogno suo molto più accorta
che degli amici, alzò subito il ponte;
piangendo parte, o con la faccia smorta
fuggendo andò senza mai volger fronte,
e ne la terra per tutte le bande
levò grido e tumulto e rumor grande.

6   Grifon gagliardo duo ne piglia in quella
che 'l ponte si levò per lor sciagura.
Sparge de l'uno al campo le cervella;
che lo percuote ad una cote[1] dura:
prende l'altro nel petto, e l'arrandella
in mezzo alla città sopra le mura.
Scorse per l'ossa ai terrazzani il gelo,
quando vider colui venir dal cielo.

7   Fur molti che temer che 'l fier Grifone
sopra le mura avesse preso un salto.
Non vi sarebbe più confusione,
s'a Damasco il soldan desse l'assalto.
Un muover d'arme, un correr di persone,
e di talacimanni[2] un gridar d'alto,
e di tamburi un suon misto e di trombe
il mondo assorda, e 'l ciel par ne rimbombe.

8   Ma voglio a un'altra volta differire
a ricontar ciò che di questo avenne.
Del buon re Carlo mi convien seguire,
che contra Rodomonte in fretta venne,

---

1 *cote*: pietra.
2 *talacimanni*: quei sacerdoti mussulmani che dall'alto dei minareti
chiamano alla preghiera.

il qual le genti gli facea morire.
Io vi dissi ch'al re compagnia tenne
il gran Danese e Namo ed Oliviero
e Avino e Avolio e Otone e Berlingiero.

9   Otto scontri di lance, che da forza
di tali otto guerrier cacciati foro,
sostenne a un tempo la scagliosa scorza
di ch'avea armato il petto il crudo Moro.
Come legno si drizza, poi che l'orza
lenta [3] il nochier che crescer sente il Coro,[4]
così presto rizzossi Rodomonte
dai colpi che gittar doveano un monte.

10   Guido, Ranier,[5] Ricardo, Salamone,
Ganelon traditor, Turpin fedele,
Angioliero, Angiolino, Ughetto, Ivone,
Marco e Matteo dal pian di san Michele,
e gli otto di che dianzi fei menzione,
son tutti intorno al Saracin crudele,
Arimanno e Odoardo d'Inghilterra,
ch'entrati eran pur dianzi ne la terra.

11   Non così freme in su lo scoglio alpino
di ben fondata rocca alta parete,
quando il furor di borea o di garbino [6]
svelle dai monti il frassino e l'abete;
come freme d'orgoglio il Saracino,
di sdegno acceso e di sanguigna sete:
e com'a un tempo è il tuono e la saetta,
così l'ira de l'empio e la vendetta.

12   Mena alla testa a quel che gli è più presso,
che gli è il misero Ughetto di Dordona:
lo pone in terra insino ai denti fesso,

3 *lenta*: rallenta.
4 *Coro*: vento di ovest-nord-ovest (latino « Caurus »).
5 *Ranier*: Ranieri (forse della casa di Mongrana), qui per la prima
volta ricordato, come Ughetto di Dordona, Marco e Matteo.
6 *garbino*: vento di sud-ovest.

come che l'elmo era di tempra buona.
Percosso fu tutto in un tempo anch'esso
da molti colpi in tutta la persona;
ma non gli fan più ch'all'incude l'ago:
sì duro intorno ha lo scaglioso drago.

13 Furo tutti i ripar, fu la cittade
d'intorno intorno abandonata tutta;
che la gente alla piazza, dove accade [7]
maggior bisogno, Carlo avea ridutta.
Corre alla piazza da tutte le strade
la turba, a chi il fuggir sì poco frutta.
La persona del re sì i cori accende,
ch'ognun prend'arme, ognuno animo prende.

14 Come se dentro a ben rinchiusa gabbia
d'antiqua leonessa usata in guerra,
perch'averne piacere il popul abbia,
talvolta il tauro indomito si serra;
i leoncin che veggion per la sabbia
come altiero e mugliando animoso erra,
e veder sì gran corna non son usi,
stanno da parte timidi e confusi:

15 ma se la fiera madre a quel si lancia,
e ne l'orecchio attacca il crudel dente,
vogliono anch'essi insanguinar la guancia,
e vengono in soccorso arditamente;
chi morde al tauro il dosso e chi la pancia:
così contra il pagan fa quella gente.
Da tetti e da finestre e più d'appresso
sopra gli piove un nembo d'arme e spesso.

16 Dei cavallieri e de la fanteria
tanta è la calca, ch'a pena vi cape.
La turba che vi vien per ogni via,
v'abbonda ad or ad or spessa come ape;
che quando, disarmata e nuda, sia

7 *accade*: si manifesta.

più facile a tagliar che torsi o rape,
non la potria, legata a monte a monte,[8]
in venti giorni spenger Rodomonte.

17 Al pagan, che non sa come ne possa
venir a capo, omai quel gioco incresce.
Poco, per far di mille, o di più, rossa
la terra intorno, il populo discresce.[9]
Il fiato tuttavia più se gl'ingrossa,
sì che comprende al fin che, se non esce
or c'ha vigore e in tutto il corpo è sano,
vorrà da tempo uscir, che sarà invano.

18 Rivolge gli occhi orribili, e pon mente
che d'ogn'intorno sta chiusa l'uscita;
ma con ruina d'infinita gente
l'aprirà tosto, e la farà espedita.
Ecco, vibrando la spada tagliente,
che vien quel empio, ove il furor lo 'nvita,
ad assalire il nuovo stuol britanno,
che vi trasse Odoardo ed Arimanno.

19 Chi ha visto in piazza rompere steccato,
a cui la folta turba ondeggi intorno,
immansueto tauro accaneggiato,[10]
stimulato e percosso tutto 'l giorno;
che 'l popul se ne fugge ispaventato,
ed egli or questo or quel leva sul corno:
pensi che tale o più terribil fosse
il crudele African quando si mosse.

20 Quindici o venti ne tagliò a traverso,
altritanti lasciò del capo tronchi,
ciascun d'un colpo sol dritto o riverso;
che viti o salci par che poti e tronchi.
Tutto di sangue il fier pagano asperso,

8 *legata... a monte*: pigiata.
9 *discresce*: diminuisce.
10 *accaneggiato*: morso dai cani.

lasciando capi fessi e bracci monchi,
e spalle e gambe ed altre membra sparte,
ovunque il passo volga, al fin si parte.

21 De la piazza si vede in guisa torre,
che non si può notar ch'abbia paura;
ma tuttavolta col pensier discorre,[11]
dove sia per uscir via più sicura.
Capita al fin dove la Senna corre
sotto all'isola,[12] e va fuor de le mura.
La gente d'arme e il popul fatto audace
lo stringe e incalza, e gir nol lascia in pace.

22 Qual per le selve nomade o massile[13]
cacciata va la generosa belva,
ch'ancor fuggendo mostra il cor gentile,
e minacciosa e lenta si rinselva;
tal Rodomonte, in nessun atto vile,
da strana circondato e fiera selva
d'aste e di spade e di volanti dardi,
si tira al fiume a passi lunghi e tardi.

23 E sì tre volte e più l'ira il sospinse,
ch'essendone già fuor, vi tornò in mezzo,
ove di sangue la spada ritinse,
e più di cento ne levò di mezzo.
Ma la ragione al fin la rabbia vinse
di non far sì, ch'a Dio n'andasse il lezzo;[14]
e da la ripa, per miglior consiglio,
si gittò all'acqua, e uscì di gran periglio.

24 Con tutte l'arme andò per mezzo l'acque,
come s'intorno avesse tante galle.[15]
Africa, in te pare[16] a costui non nacque,

11 *tuttavolta... discorre*: continuamente cerca con la mente.
12 *isola*: è l'Ile-St.-Louis.
13 *nomade o massile*: della Numidia o della Massilia, in Africa.
14 *il lezzo*: dei cadaveri.
15 *galle*: galleggianti.
16 *pare*: pari.

ben che d'Anteo [17] ti vanti e d'Anniballe.
Poi che fu giunto a proda, gli dispiacque,
che si vide restar dopo le spalle
quella città ch'avea trascorsa tutta,
e non l'avea tutta arsa né distrutta.

25   E sì lo rode la superbia e l'ira,
        che, per tornarvi un'altra volta, guarda,
        e di profondo cor geme e sospira,
        né vuolne uscir, che non la spiani ed arda.
        Ma lungo il fiume, in questa furia, mira
        venir chi l'odio estingue e l'ira tarda.[18]
        Chi fosse io vi farò ben tosto udire;
        ma prima un'altra cosa v'ho da dire.

26   Io v'ho da dir de la Discordia altiera,
        a cui l'angel Michele avea commesso
        ch'a battaglia accendesse e a lite fiera
        quei che più forti avea Agramante appresso.
        Uscì de' frati la medesma sera,
        avendo altrui l'ufficio suo commesso:
        lasciò la Fraude a guerreggiare il loco,
        fin che tornasse, e a mantenervi il fuoco.

27   E le parve ch'andria con più possanza,
        se la Superbia ancor seco menasse;
        e perché stavan tutte in una stanza,
        non fu bisogno ch'a cercar l'andasse.
        La Superbia v'andò, ma non che sanza
        la sua vicaria il monaster lasciasse:
        per pochi dì che credea starne assente,
        lasciò l'Ipocrisia locotenente.

28   L'implacabil Discordia in compagnia
        de la Superbia si messe in camino,
        e ritrovò che la medesma via
        facea, per gire al campo saracino,

17 *Anteo*: il gigante libico.
18 *tarda*: rallenta.

453

l'afflitta e sconsolata Gelosia;
e venìa seco un nano piccolino,
il qual mandava Doralice bella
al re di Sarza a dar di sé novella.

29 Quando ella venne a Mandricardo in mano
(ch'io v'ho già raccontato e come e dove),
tacitamente avea commesso al nano,
che ne portasse a questo re le nuove.
Ella sperò che nol saprebbe invano,
ma che far si vedria mirabil pruove,
per riaverla con crudel vendetta
da quel ladron che gli l'avea intercetta.

30 La Gelosia quel nano avea trovato;
e la cagion del suo venir compresa,
a caminar se gli era messa allato,
parendo d'aver luogo a questa impresa.
Alla Discordia ritrovar fu grato
la Gelosia; ma più quando ebbe intesa
la cagion del venir, che le potea
molto valere in quel che far volea.

31 D'inimicar con Rodomonte il figlio
del re Agrican le pare aver suggetto: [19]
troverà a sdegnar gli altri altro consiglio;
a sdegnar questi duo questo è perfetto.
Col nano se ne vien dove l'artiglio
del fier pagano avea Parigi astretto;
e capitaro a punto in su la riva,
quando il crudel del fiume a nuoto usciva.

32 Tosto che riconobbe Rodomonte
costui de la sua donna esser messaggio,
estinse ogn'ira, e serenò la fronte,
e si sentì brillar dentro il coraggio.
Ogn'altra cosa aspetta che gli conte,
prima ch'alcuno abbia a lei fatto oltraggio.

19 *suggetto*: occasione.

Va contra il nano, e lieto gli domanda:
— Ch'è de la donna nostra? ove ti manda? —

33 Rispose il nano: — Né più tua né mia
donna dirò quella ch'è serva altrui.
Ieri scontrammo un cavallier per via,
che ne la tolse, e la menò con lui. —
A quello annunzio entrò la Gelosia,
fredda come aspe,[20] ed abbracciò costui.
Seguita il nano, e narragli in che guisa
un sol l'ha presa, e la sua gente uccisa.

34 L'acciaio allora la Discordia prese,
e la pietra focaia, e picchiò un poco,
e l'esca sotto la Superbia stese,
e fu attaccato in un momento il fuoco;
e sì di questo l'anima s'accese
del Saracin, che non trovava loco:
sospira e freme con sì orribil faccia,
che gli elementi e tutto il ciel minaccia.

35 Come la tigre, poi ch'invan discende
nel voto albergo, e per tutto s'aggira,
e i cari figli all'ultimo comprende
essergli tolti, avampa di tant'ira,
a tanta rabbia, a tal furor s'estende,
che né a monte né a rio né a notte mira;
né lunga via, né grandine raffrena
l'odio che dietro al predator la mena:

36 così furendo il Saracin bizzarro
si volge al nano, e dice: — Or là t'invia; —
e non aspetta né destrier né carro,
e non fa motto alla sua compagnia.
Va con più fretta che non va il ramarro,
quando il ciel arde, a traversar la via.
Destrier non ha, ma il primo tor disegna,
sia di chi vuol, ch'ad incontrar lo vegna.

20 *aspe*: aspide.

37   La Discordia ch'udì questo pensiero,
     guardò, ridendo, la Superbia, e disse
     che volea gire a trovare un destriero
     che gli apportasse altre contese e risse;
     e far volea sgombrar tutto il sentiero,
     ch'altro che quello in man non gli venisse:
     e già pensato avea dove trovarlo.
     Ma costei lascio, e torno a dir di Carlo.

38   Poi ch'al partir del Saracin si estinse
     Carlo d'intorno il periglioso fuoco,
     tutte le genti all'ordine ristrinse.
     Lascionne parte in qualche debol loco:
     adosso il resto ai Saracini spinse,
     per dar lor scacco, e guadagnarsi il giuoco;
     e gli mandò per ogni porta fuore,
     da San Germano infin a San Vittore.[21]

39   E commandò ch'a porta San Marcello,[22]
     dov'era gran spianata di campagna,
     aspettasse l'un l'altro, e in un drappello
     si ragunasse tutta la compagna.[23]
     Quindi animando ognuno a far macello
     tal, che sempre ricordo ne rimagna,
     ai lor ordini [24] andar fe' le bandiere,
     e di battaglia dar segno alle schiere.

40   Il re Agramante in questo mezzo in sella,
     mal grado dei cristian, rimesso s'era;
     e con l'inamorato [25] d'Isabella
     facea battaglia perigliosa e fiera:
     col re Sobrin Lurcanio si martella:
     Rinaldo incontra avea tutta una schiera;

21 *San Germano... San Vittore*: porte di Parigi; l'una a ovest, l'altra
a sud-est.
22 *San Marcello*: porta a sud.
23 *compagna*: compagnia.
24 *ordini*: schiere.
25 *inamorato*: Zerbino.

e con virtude e con fortuna molta
l'urta, l'apre, ruina e mette in volta.

41 Essendo la battaglia in questo stato,
l'imperatore assalse il retroguardo
dal canto ove Marsilio avea fermato
il fior di Spagna intorno al suo stendardo.
Con fanti in mezzo e cavallieri allato,
re Carlo spinse il suo popul gagliardo
con tal rumor di timpani e di trombe,
che tutto 'l mondo par che ne rimbombe.

42 Cominciavan le schiere a ritirarse
de' Saracini, e si sarebbon volte
tutte a fuggir, spezzate, rotte e sparse,
per mai più non potere esser raccolte;
ma 'l re Grandonio e Falsiron comparse,
che stati in maggior briga eran più volte,
e Balugante e Serpentin feroce,
e Ferraù che lor dicea a gran voce:

43 — Ah (dicea) valentuomini, ah compagni,
ah fratelli, tenete il luogo vostro.
I nimici faranno opra di ragni,[26]
se non manchiamo noi del dover nostro.
Guardate l'alto onor, gli ampli guadagni
che Fortuna, vincendo, oggi ci ha mostro:
guardate la vergogna e il danno estremo,
ch'essendo vinti, a patir sempre avremo. —

44 Tolto in quel tempo una gran lancia avea,
e contra Berlingier venne di botto,
che sopra Largaliffa[27] combattea,
e l'elmo ne la fronte gli avea rotto:
gittollo in terra, e con la spada rea
appresso a lui ne fe' cader forse otto.

26 *opra di ragni*: opera inutile.
27 *sopra Largaliffa*: contro Largaliffa.

Per ogni botta almanco, che disserra,
cader fa sempre un cavalliero in terra.

45 In altra parte ucciso avea Rinaldo
tanti pagan, ch'io non potrei contarli.
Dinanzi a lui non stava ordine saldo:
vedreste piazza in tutto 'l campo darli.
Non men Zerbin, non men Lurcanio è caldo:
per modo fan, ch'ognun sempre ne parli:
questo di punta avea Balastro ucciso,
e quello a Finadur l'elmo diviso.

46 L'esercito d'Alzerbe avea il primiero,
che poco inanzi aver solea Tardocco;
l'altro tenea sopra le squadre impero
di Zamor e di Saffi[28] e di Marocco.
— Non è tra gli Africani un cavalliero
che di lancia ferir sappia o di stocco? —
mi si potrebbe dir: ma passo passo
nessun di gloria degno a dietro lasso.

47 Del re de la Zumara non si scorda[29]
il nobil Dardinel figlio d'Almonte,
che con la lancia Uberto da Mirforda,
Claudio dal Bosco, Elio e Dulfin dal Monte,
e con la spada Anselmo da Stanforda,
e da Londra Raimondo e Pinamonte
getta per terra (ed erano pur forti),
dui storditi, un piagato, e quattro morti.

48 Ma con tutto 'l valor che di sé mostra,
non può tener sì ferma la sua gente,
sì ferma, ch'aspettar voglia la nostra
di numero minor, ma più valente.
Ha più ragion di spada e più di giostra
e d'ogni cosa a guerra appertinente.

---

28 *Zamor... Saffi*: città del Marocco.
29 *non si scorda*: non ci scordiamo.

Fugge la gente maura, di Zumara,
di Setta, di Marocco e di Canara.

49 Ma più degli altri fuggon quei d'Alzerbe,
a cui s'oppose il nobil giovinetto;
ed or con prieghi, or con parole acerbe
ripor lor cerca l'animo nel petto.
— S'Almonte meritò ch'in voi si serbe
di lui memoria, or ne vedrò l'effetto:
io vedrò (dicea lor) se me, suo figlio,
lasciar vorrete in così gran periglio.

50 State,[30] vi priego per mia verde etade,
in cui solete aver sì larga speme:
deh non vogliate andar per fil di spade,[31]
ch'in Africa non torni di noi seme.
Per tutto ne saran chiuse le strade,
se non andiam raccolti e stretti insieme:
troppo alto muro e troppo larga fossa
è il monte e il mar, pria che tornar si possa.

51 Molto è meglio morir qui, ch'ai supplici
darsi e alla discrezion di questi cani.
State saldi, per Dio, fedeli amici;
che tutti son gli altri rimedi vani.
Non han di noi più vita gli nimici;
più d'un'alma non han, più di due mani. —
Così dicendo, il giovinetto forte
al conte d'Otonlei diede la morte.

52 Il rimembrare Almonte così accese
l'esercito african che fuggia prima,
che le braccia e le mani in sue difese
meglio, che rivoltar le spalle, estima.
Guglielmo da Burnich era uno Inglese
maggior di tutti, e Dardinello il cima,[32]

30 *State*: fermatevi.
31 *andar... spade*: esser messi a fil di spada.
32 *il cima*: lo decapita.

e lo pareggia agli altri; e apresso taglia
il capo ad Aramon di Cornovaglia.

53 Morto cadea questo Aramone a valle;
e v'accorse il fratel per dargli aiuto:
ma Dardinel l'aperse per le spalle
fin giù dove lo stomaco è forcuto.
Poi forò il ventre a Bogio da Vergalle,
e lo mandò del debito assoluto:
avea promesso alla moglier fra sei
mesi, vivendo, di tornare a lei.

54 Vide non lungi Dardinel gagliardo
venir Lurcanio, ch'avea in terra messo
Dorchin, passato ne la gola, e Gardo
per mezzo il capo e insin ai denti fesso;
e ch'Alteo fuggir volse, ma fu tardo,
Alteo ch'amò quanto il suo core istesso;
che dietro alla collottola gli mise
il fier Lurcanio un colpo che l'uccise.

55 Piglia una lancia, e va per far vendetta,
dicendo al suo Macon [33] (s'udir lo puote),
che se morto Lurcanio in terra getta,
ne la moschea ne porrà l'arme vote.[34]
Poi traversando la campagna in fretta,
con tanta forza il fianco gli percuote,
che tutto il passa sin all'altra banda;
ed ai suoi, che lo spoglino, commanda.

56 Non è da domandarmi, se dolere
se ne dovesse Ariodante il frate;
se desiasse di sua man potere
por Dardinel fra l'anime dannate:
ma nol lascian le genti adito avere,
non men de le 'nfedel le battezzate.

33 *Macon*: Maometto.
34 *vote*: vuote; tolte al cavaliere.

Vorria pur vendicarsi, e con la spada
di qua di là spianando va la strada.

57 Urta, apre, caccia, atterra, taglia e fende
qualunque lo 'mpedisce o gli contrasta.
E Dardinel che quel disire intende,
a volerlo saziar già non sovrasta: [35]
ma la gran moltitudine contende
con questa ancora, e i suoi disegni guasta.
Se' Mori uccide l'un, l'altro non manco
gli Scotti uccide e il campo inglese e 'l franco.

58 Fortuna sempremai la via lor tolse,
che per tutto quel dì non s'accozzaro.
A più famosa man serbar l'un volse;
che l'uomo il suo destin fugge di raro.
Ecco Rinaldo a questa strada volse,
perch'alla vita d'un [36] non sia riparo:
ecco Rinaldo vien: Fortuna il guida
per dargli onor che Dardinello uccida.

59 Ma sia per questa volta detto assai
dei gloriosi fatti di Ponente.
Tempo è ch'io torni ove Grifon lasciai,
che tutto d'ira e di disdegno ardente
facea, con più timor ch'avesse mai,
tumultuar la sbigottita gente.
Re Norandino a quel rumor corso era
con più di mille armati in una schiera.

60 Re Norandin con la sua corte armata,
vedendo tutto 'l populo fuggire,
venne alla porta in battaglia ordinata,
e quella fece alla sua giunta [37] aprire.
Grifone intanto avendo già cacciata
da sé la turba sciocca e senza ardire,

35 *sovrasta*: indugia.
36 *d'un*: di Dardinello.
37 *giunta*: arrivo.

la sprezzata armatura in sua difesa
(qual la si fosse) avea di nuovo presa;

61   e presso a un tempio ben murato e forte,
che circondato era d'un'alta fossa,
in capo un ponticel si fece forte,
perché chiuderlo in mezzo alcun non possa.
Ecco, gridando e minacciando forte,
fuor de la porta esce una squadra grossa.
L'animoso Grifon non muta loco,
e fa sembiante che ne tema poco.

62   E poi ch'avicinar questo drappello
si vide, andò a trovarlo in su la strada;
e molta strage fattane e macello
(che menava a due man sempre la spada),
ricorso avea allo stretto ponticello,
e quindi li tenea non troppo a bada: [38]
di nuovo usciva e di nuovo tornava;
e sempre orribil segno vi lasciava.

63   Quando di dritto e quando di riverso
getta or pedoni or cavallieri in terra.
Il popul contra lui tutto converso
più e più sempre inaspera la guerra.
Teme Grifone al fin restar sommerso:
sì cresce il mar che d'ogn'intorno il serra;
e ne la spalla e ne la coscia manca
è già ferito, e pur la lena manca.

64   Ma la virtù, ch'ai suoi [39] spesso soccorre,
gli fa appo Norandin trovar perdono.
Il re, mentre al tumulto in dubbio corre,
vede che morti già tanti ne sono:
vede le piaghe che di man d'Ettorre [40]
pareano uscite: un testimonio buono,

38 *quindi... a bada*: da quel rifugio non li faceva attendere per troppo tempo.
39 *ai suoi*: ai valorosi.
40 *Ettorre*: l'eroe troiano dell'*Iliade*.

che dianzi esso avea fatto indegnamente
vergogna a un cavallier molto eccellente.

65 Poi, come gli è più presso, e vede in fronte
quel che la gente a morte gli ha condutta,
e fattosene avanti orribil monte,
e di quel sangue il fosso e l'acqua brutta;
gli è aviso di veder proprio sul ponte
Orazio [41] sol contra Toscana tutta:
e per suo onore, e perché gli ne 'ncrebbe,
ritrasse i suoi, né gran fatica v'ebbe.

66 Ed alzando la man nuda e senz'arme,
antico segno di tregua o di pace,
disse a Grifon:— Non so, se non chiamarme
d'avere il torto, e dir che mi dispiace:
ma il mio poco giudicio, e lo istigarme
altrui, cadere in tanto error mi face.
Quel che di fare io mi credea al più vile
guerrier del mondo, ho fatto al più gentile.

67 E se bene alla ingiuria ed a quell'onta
ch'oggi fatta ti fu per ignoranza,
l'onor che ti fai qui s'adegua e sconta,[42]
o (per più vero dir) supera e avanza;
la satisfazion ci serà pronta
a tutto mio sapere e mia possanza,
quando io conosca di poter far quella
per oro o per cittadi o per castella.

68 Chiedimi la metà di questo regno,
ch'io son per fartene oggi possessore;
che l'alta tua virtù non ti fa degno
di questo sol, ma ch'io ti doni il core:
e la tua mano in questo mezzo, pegno
di fé mi dona e di perpetuo amore. —

41 *Orazio*: Orazio Coclite, solo contro l'esercito etrusco di re **Porsenna**.
42 *sconta*: distrugge l'onta.

Così dicendo, da cavallo scese,
e vêr Grifon la destra mano stese.

69   Grifon, vedendo il re fatto benigno
     venirgli per gittar le braccia al collo,
     lasciò la spada e l'animo maligno,
     e sotto l'anche ed umile abbracciollo.
     Lo vide il re di due piaghe sanguigno,
     e tosto fe' venir chi medicollo;
     indi portar ne la cittade adagio,
     e riposar nel suo real palagio.

70   Dove, ferito, alquanti giorni, inante
     che si potesse armar, fece soggiorno.
     Ma lascio lui, ch'al suo frate Aquilante
     ed ad Astolfo in Palestina torno,
     che di Grifon, poi che lasciò le sante
     mura, cercare han fatto più d'un giorno
     in tutti i lochi in Solima [43] devoti,
     e in molti ancor da la città remoti.

71   Or né l'uno né l'altro è sì indovino,
     che di Grifon possa saper che sia:
     ma venne lor quel Greco peregrino,
     nel ragionare, a caso a darne spia,
     dicendo ch'Orrigille avea il camino
     verso Antiochia preso di Soria,
     d'un nuovo drudo, ch'era di quel loco,
     di subito arsa e d'improviso fuoco.

72   Dimandògli Aquilante, se di questo
     così notizia avea data a Grifone;
     e come l'affermò, s'avisò il resto,
     perché fosse partito, e la cagione.
     Ch'Orrigille ha seguito è manifesto
     in Antiochia con intenzione
     di levarla di man del suo rivale
     con gran vendetta e memorabil male.

43 *Solima*: Gerusalemme.

73 Non tolerò Aquilante che 'l fratello
solo e senz'esso a quell'impresa andasse;
e prese l'arme, e venne dietro a quello:
ma prima pregò il duca che tardasse
l'andata in Francia ed al paterno ostello,
fin ch'esso d'Antiochia ritornasse.
Scende al Zaffo [44] e s'imbarca, che gli pare
e più breve e miglior la via del mare.

74 Ebbe un ostro-silocco [45] allor possente
tanto nel mare, e sì per lui disposto,
che la terra del Surro [46] il dì seguente
vide e Saffetto,[47] un dopo l'altro tosto.
Passa Barutti [48] e il Zibeletto,[49] e sente
che da man manca gli è Cipro discosto.
A Tortosa [50] da Tripoli, e alla Lizza [51]
e al golfo di Laiazzo [52] il camin drizza.

75 Quindi a levante fe' il nocchier la fronte
del navilio voltar snello e veloce;
ed a sorger n'andò sopra l'Oronte,[53]
e colse il tempo,[54] e ne pigliò la foce.
Gittar fece Aquilante in terra il ponte,
e n'uscì armato sul destrier feroce;
e contra il fiume il camin dritto tenne,
tanto ch'in Antiochia se ne venne.

76 Di quel Martano ivi ebbe ad informarse;
ed udì ch'a Damasco se n'era ito

44 *Zaffo*: Jaffa.
45 *ostro-silocco*: austro-scirocco.
46 *Surro*: Sur (l'antica Tiro).
47 *Saffetto*: Sarafend.
48 *Barutti*: Beirut.
49 *Zibeletto*: forse Djebeil, tra Beirut e Tripoli di Siria.
50 *Tortosa*: ora, Tartus.
51 *Lizza*: ora, Ladikah (anticamente Laodicea).
52 *Laiazzo*: Alessandretta.
53 *sopra l'Oronte*: alle foci del fiume Oronte, che si getta in mare
nel golfo di Antiochia.
54 *il tempo*: il momento opportuno per la marea.

con Orrigille, ove una giostra farse
dovea solenne per reale invito.
Tanto d'andargli dietro il desir l'arse,
certo che 'l suo german l'abbia seguito,
che d'Antiochia anco quel dì si tolle;
ma già per mar più ritornar non volle.

77   Verso Lidia e Larissa il camin piega: [55]
resta più sopra Aleppe ricca e piena.
Dio, per mostrar ch'ancor di qua non niega
mercede al bene, ed al contrario pena,
Martano appresso a Mamuga una lega
ad incontrarsi in Aquilante mena.
Martano si facea con bella mostra
portare inanzi il pregio [56] de la giostra.

78   Pensò Aquilante al primo comparire,
che 'l vil Martano il suo fratello fosse;
che l'ingannaron l'arme, e quel vestire
candido più che nievi ancor non mosse:
e con quell'oh! che d'allegrezza dire
si suole, incominciò; ma poi cangiosse
tosto di faccia e di parlar, ch'appresso
s'avide meglio, che non era desso.

79   Dubitò che per fraude di colei
ch'era con lui, Grifon gli avesse ucciso;
e: — Dimmi (gli gridò) tu ch'esser déi
un ladro e un traditor, come n'hai viso,
onde hai quest'arme avute? onde ti sei
sul buon destrier del mio fratello assiso?
Dimmi se 'l mio fratello è morto o vivo;
come de l'arme e del destrier l'hai privo. —

80   Quando Orrigille udì l'irata voce,
a dietro il palafren per fuggir volse;

55 *Verso Lidia... piega*: si dirige verso la regione della Lidia, toccando le antiche città di Larissa e Mamuga e lasciando a nord la
ricca Aleppo.
56 *il pregio*: l'armatura.

ma di lei fu Aquilante più veloce,
e fecela fermar, volse o non volse.
Martano al minacciar tanto feroce
del cavallier, che sì improviso il colse,
pallido triema, come al vento fronda,
né sa quel che si faccia o che risponda.

81 Grida Aquilante, e fulminar non resta,
e la spada gli pon dritto alla strozza;
e giurando minaccia che la testa
ad Origille e a lui rimarrà mozza,
se tutto il fatto non gli manifesta.
Il mal giunto Martano alquanto ingozza,[57]
e tra sé volve se può sminuire
sua grave colpa, e poi comincia a dire:

82 — Sappi, signor, che mia sorella è questa,
nata di buona e virtuosa gente,
ben che tenuta in vita disonesta
l'abbia Grifone obbrobriosamente:
e tale infamia essendomi molesta,
né per forza sentendomi possente
di torla a sì grande uom, feci disegno
d'averla per astuzia e per ingegno.

83 Tenni modo con lei, ch'avea desire
di ritornare a più lodata vita,
ch'essendosi Grifon messo a dormire,
chetamente da lui fêsse partita.
Così fece ella; e perché egli a seguire
non n'abbia, ed a turbar la tela ordita,
noi lo lasciammo disarmato e a piedi;
e qua venuti siàn, come tu vedi. —

84 Poteasi dar di somma astuzia vanto,
che colui facilmente gli credea;
e, fuor che 'n torgli arme e destrier e quanto
tenesse di Grifon, non gli nocea;

57 *ingozza*: inghiottisce saliva.

se non volea pulir sua scusa tanto,
che la facesse di menzogna rea:
buona era ogn'altra parte, se non quella
che la femina a lui fosse sorella.

85 Avea Aquilante in Antiochia inteso
essergli concubina, da più genti;
onde gridando, di furore acceso:
— Falsissimo ladron, tu te ne menti! —
un pugno gli tirò di tanto peso,
che ne la gola gli cacciò duo denti:
e senza più contesa, ambe le braccia
gli volge dietro, e d'una fune allaccia;

86 e parimente fece ad Orrigille,
ben che in sua scusa ella dicesse assai.
Quindi li trasse per casali e ville,
né li lasciò fin a Damasco mai;
e de le miglia mille volte mille
tratti gli avrebbe con pene e con guai,
fin ch'avesse trovato il suo fratello,
per farne poi come piacesse a quello.

87 Fece Aquilante lor scudieri e some
seco tornare, ed in Damasco venne,
e trovò di Grifon celebre il nome
per tutta la città batter le penne:
piccoli e grandi, ognun sapea già come
egli era, che sì ben corse l'antenne,
ed a cui tolto fu con falsa mostra
dal compagno la gloria de la giostra.

88 Il popul tutto al vil Martano infesto,
l'uno all'altro additandolo, lo scuopre.
— Non è (dicean), non è il ribaldo questo,
che si fa laude con l'altrui buone opre?
e la virtù di chi non è ben desto,
con la sua infamia e col suo obbrobrio copre?
Non è l'ingrata femina costei,
la qual tradisce i buoni e aiuta i rei? —

89   Altri dicean: — Come stan bene insieme
        segnati ambi d'un marchio e d'una razza! —
        Chi li bestemmia, chi lor dietro freme,
        chi grida: — Impicca, abrucia, squarta, amazza! —
        La turba per veder s'urta, si preme,
        e corre inanzi alle strade, alla piazza.
        Venne la nuova al re, che mostrò segno
        d'averla cara più ch'un altro regno.

90   Senza molti scudier dietro o davante,
        come si ritrovò, si mosse in fretta,
        e venne ad incontrarsi in Aquilante,
        ch'avea del suo Grifon fatto vendetta;
        e quello onora con gentil sembiante,
        seco lo 'nvita, e seco lo ricetta;
        di suo consenso avendo fatto porre
        i duo prigioni in fondo d'una torre.

91   Andaro insieme ove del letto mosso
        Grifon non s'era, poi che fu ferito,
        che vedendo il fratel, divenne rosso;
        che ben stimò ch'avea il suo caso udito.
        E poi che motteggiando un poco adosso
        gli andò Aquilante, messero a partito
        di dare a quelli duo iusto martoro,
        venuti in man degli avversari loro.

92   Vuole Aquilante, vuole il re che mille
        strazi ne sieno fatti; ma Grifone
        (perché non osa dir sol d'Orrigille)
        all'uno e all'altro vuol che si perdone.
        Disse assai cose, e molto ben ordille;
        fugli risposto; or per conclusione
        Martano è disegnato [58] in mano al boia,
        ch'abbia a scoparlo,[59] e non però che moia.

93   Legar lo fanno, e non tra' fiori e l'erba,

58 *disegnato*: destinato.
59 *scoparlo*: fustigarlo con scope.

e per tutto scopar l'altra matina.
Orrigille captiva si riserba
fin che ritorni la bella Lucina,
al cui saggio parere, o lieve o acerba,
rimetton quei signor la disciplina.
Quivi stette Aquilante a ricrearsi
fin che 'l fratel fu sano e poté armarsi.

94 Re Norandin, che temperato e saggio
divenuto era dopo un tanto errore,
non potea non aver sempre il coraggio [60]
di penitenza pieno e di dolore,
d'aver fatto a colui danno ed oltraggio,
che degno di mercede era e d'onore:
sì che dì e notte avea il pensiero intento
par farlo rimaner di sé contento.

95 E statuì nel publico cospetto
de la città, di tanta ingiuria rea,
con quella maggior gloria ch'a perfetto
cavallier per un re dar si potea,
di rendergli quel premio ch'intercetto
con tanto inganno il traditor gli avea:
e perciò fe' bandir per quel paese,
che faria un'altra giostra indi ad un mese.

96 Di ch'apparecchio fa tanto solenne,
quanto a pompa real possibil sia:
onde la Fama con veloci penne
portò la nuova per tutta Soria;
ed in Fenicia e in Palestina venne,
e tanto, ch'ad Astolfo ne diè spia,
il qual col viceré [61] deliberosse
che quella giostra senza lor non fosse.

97 Per guerrier valoroso e di gran nome

60 *coraggio*: cuore.
61 *viceré*: Sansonetto.

la vera istoria Sansonetto vanta.
Gli diè battesmo Orlando, e Carlo (come
v'ho detto) a governar la Terra Santa.
Astolfo con costui levò le some,
per ritrovarsi ove la Fama canta,
sì che d'intorno n'ha piena ogni orecchia,
ch'in Damasco la giostra s'apparecchia.

98 Or cavalcando per quelle contrade
con non lunghi viaggi,[62] agiati e lenti,
per ritrovarsi freschi alla cittade
poi di Damasco il dì de' torniamenti,
scontraro in una croce di due strade
persona ch'al vestire e a' movimenti
avea sembianza d'uomo, e femin' era,
ne le battaglie a maraviglia fiera.

99 La vergine Marfisa[63] si nomava,
di tal valor, che con la spada in mano
fece più volte al gran signor di Brava
sudar la fronte e a quel di Montalbano;
e 'l dì e la notte armata sempre andava
di qua di là cercando in monte e in piano
con cavallieri erranti riscontrarsi,
ed immortale e gloriosa farsi.

100 Com'ella vide Astolfo e Sansonetto,
ch'appresso le venian con l'arme índosso,
prodi guerrier le parvero all'aspetto;
ch'erano ambeduo grandi e di buono osso:
e perché di provarsi avria diletto,
per isfidarli avea il destrier già mosso;
quando, affissando l'occhio più vicino,
conosciuto ebbe il duca paladino.

101 De la piacevolezza le sovenne

62 *viaggi*: tappe.
63 *Marfisa*: sorella gemella di Ruggiero, donna guerriera e regina
indiana: era una creazione del Boiardo.

del cavallier, quando al Catai [64] seco era:
e lo chiamò per nome, e non si tenne
la man nel guanto, e alzossi la visiera;
e con gran festa ad abbracciarlo venne,
come che sopra ogn'altra fosse altiera.
Non men da l'altra parte riverente
fu il paladino alla donna eccellente.

102 Tra lor si domandaron di lor via:
e poi ch'Astolfo, che prima rispose,
narrò come a Damasco se ne gìa,
dove le genti in arme valorose
avea invitato il re de la Soria
a dimostrar lor opre virtuose;
Marfisa, sempre a far gran pruove accesa,
— Voglio esser con voi (disse) a questa impresa. —

103 Sommamente ebbe Astolfo grata questa
compagna d'arme, e così Sansonetto.
Furo a Damasco il dì inanzi la festa,
e di fuora nel borgo ebbon ricetto:
e sin all'ora che dal sonno desta
l'Aurora il vecchiarel [65] già suo diletto,
quivi si riposar con maggior agio,
che se smontati fossero al palagio.

104 E poi che 'l nuovo sol lucido e chiaro
per tutto sparsi ebbe i fulgenti raggi,
la bella donna e i duo guerrier s'armaro,
mandato avendo alla città messaggi;
che, come tempo fu, lor rapportaro
che per veder spezzar frassini e faggi
re Norandino era venuto al loco
ch'avea costituito al fiero gioco.

105 Senza più indugio alla città ne vanno,

64 *quando al Catai*: all'assedio di Albracca.
65 *il vecchiarel*: Titone, il vecchio sposo dell'Aurora, che, per lui
amato quand'era giovane, aveva ottenuto l'immortalità, ma non l'e-
terna giovinezza.

e per la via maestra alla gran piazza,
dove aspettando il real segno stanno
quinci e quindi i guerrier di buona razza.
I premi che quel giorno si daranno
a chi vince, è uno stocco ed una mazza
guerniti riccamente, e un destrier, quale
sia convenevol dono a un signor tale.

106   Avendo Norandin fermo nel core
che, come il primo pregio, il secondo anco,
e d'ambedue le giostre il sommo onore
si debba guadagnar Grifone il bianco;
per dargli tutto quel ch'uom di valore
dovrebbe aver, né debbe far con manco,[66]
posto con l'arme in questo ultimo pregio
ha stocco e mazza e destrier molto egregio.

107   L'arme che ne la giostra fatta dianzi
si doveano a Grifon che 'l tutto vinse,
e che usurpate avea con tristi avanzi [67]
Martano che Grifone esser si finse,
quivi si fece il re pendere inanzi,
e il ben guernito stocco a quelle cinse,
e la mazza all'arcion del destrier messe,
perché Grifon l'un pregio e l'altro avesse.

108   Ma che sua intenzione avesse effetto
vietò quella magnanima guerriera,
che con Astolfo e col buon Sansonetto
in piazza nuovamente venuta era.
Costei, vedendo l'arme ch'io v'ho detto,
subito n'ebbe conoscenza vera:
però che già sue furo, e l'ebbe care
quanto si suol le cose ottime e rare;

109   ben che l'avea lasciate in su la strada
a quella volta che le fur d'impaccio,

66 *far con manco*: farne a meno.
67 *avanzi*: guadagni.

quando per riaver sua buona spada
correa dietro a Brunel [68] degno di laccio.
Questa istoria non credo che m'accada
altrimenti [69] narrar; però la taccio.
Da me vi basti intendere a che guisa
quivi trovasse l'arme sue Marfisa.

110   Intenderete ancor, che come l'ebbe
riconosciute a manifeste note,
per altro che sia al mondo, non le avrebbe
lasciate un dì di sua persona vote.
Se più tenere un modo o un altro debbe
per racquistarle, ella pensar non puote:
ma se gli accosta a un tratto, e la man stende,
e senz'altro rispetto se le prende;

111   e per la fretta ch'ella n'ebbe, avenne
ch'altre ne prese, altre mandonne in terra.
Il re, che troppo offeso se ne tenne,
con uno sguardo sol le mosse guerra;
che 'l popul, che l'ingiuria non sostenne,
per vendicarlo e lance e spade afferra,
non rammentando ciò ch'i giorni inanti
nocque il dar noia ai cavallieri erranti.

112   Né fra vermigli fiori, azzurri e gialli
vago fanciullo alla stagion novella,
né mai si ritrovò fra suoni e balli
più volentieri ornata donna e bella;
che fra strepito d'arme e di cavalli,
e fra punte di lance e di quadrella,[70]
dove si sparga sangue e si dia morte,
costei si truovi, oltre ogni creder forte.

113   Spinge il cavallo, e ne la turba sciocca
con l'asta bassa impetuosa fere;

---

68 *Brunel*: avventura narrata nell'*Innamorato*.
69 *altrimenti*: un'altra volta.
70 *quadrella*: frecce.

e chi nel collo e chi nel petto imbrocca,[71]
e fa con l'urto or questo or quel cadere:
poi con la spada uno ed un altro tocca,
e fa qual senza capo rimanere,
e qual rotto, e qual passato al fianco,
e qual del braccio privo o destro o manco.

114   L'ardito Astolfo e il forte Sansonetto,
ch'avean con lei vestita e piastra e maglia,
ben che non venner già per tal effetto,
pur, vedendo attaccata la battaglia,
abbassan la visiera de l'elmetto,
e poi la lancia per quella canaglia;
ed indi van con la tagliente spada
di qua di là facendosi far strada.

115   I cavallieri di nazion diverse,
ch'erano per giostrar quivi ridutti,
vedendo l'arme in tal furor converse,
e gli aspettati giuochi in gravi lutti
(che la cagion ch'avesse di dolerse
la plebe irata non sapeano tutti,
né ch'al re tanta ingiuria fosse fatta),
stavan con dubbia mente e stupefatta.

116   Di ch'altri[72] a favorir la turba venne,
che tardi poi non se ne fu a pentire;
altri, a cui la città più non attenne[73]
che gli stranieri, accorse a dipartire;
altri, più saggio, in man la briglia tenne,
mirando dove questo avesse a uscire.
Di quelli fu Grifone ed Aquilante,
che per vendicar l'arme andaro inante.

117   Essi, vedendo il re che di veneno
avea le luci[74] inebriate e rosse,

71 *imbrocca*: colpisce secondo che aveva mirato.
72 *Di ch'altri*: per la qual cosa alcuni.
73 *attenne*: importò.
74 *le luci*: gli occhi.

ed essendo da molti istrutti a pieno
de la cagion che la discordia mosse,
e parendo a Grifon che sua, non meno
che del re Norandin, l'ingiuria fosse;
s'avean le lance fatte dar con fretta,
e venian fulminando alla vendetta.

118   Astolfo d'altra parte Rabicano
venìa spronando a tutti gli altri inante,
con l'incantata lancia d'oro in mano,
ch'al fiero scontro abbatte ogni giostrante.
Ferì con essa e lasciò steso al piano
prima Grifone, e poi trovò Aquilante;
e de lo scudo toccò l'orlo a pena,
che lo gittò riverso in su l'arena.

119   I cavallier di pregio e di gran pruova
votan le selle inanzi a Sansonetto.
L'uscita de la piazza il popul truova:
il re n'arrabbia d'ira e di dispetto.
Con la prima corazza e con la nuova
Marfisa intanto, e l'uno e l'altro elmetto,
poi che si vide a tutti dare il tergo,
vincitrice venìa verso l'albergo.

120   Astolfo e Sansonetto non fur lenti
a seguitarla, e seco a ritornarsi
verso la porta (che tutte le genti
gli davan loco), ed al rastrel [75] fermarsi.
Aquilante e Grifon, troppo dolenti
di vedersi a uno incontro [76] riversarsi,
tenean per gran vergogna il capo chino,
né ardian venire inanzi a Norandino.

121   Presi e montati c'hanno i lor cavalli,
spronano dietro agli nimici in fretta.
Li segue il re con molti suoi vasalli,

75 *rastrel*: cancello.
76 *a uno incontro*: a un solo scontro.

tutti pronti o alla morte o alla vendetta.
La sciocca turba grida: — Dàlli dàlli —;
e sta lontana, e le novelle aspetta.
Grifone arriva ove volgean la fronte
i tre compagni, ed avean preso il ponte.

122 A prima giunta Astolfo raffigura,
ch'avea quelle medesime divise,
avea il cavallo, avea quella armatura
ch'ebbe dal dì ch'Orril fatale uccise.
Né miratol, né posto gli avea cura,
quando in piazza a giostrar seco si mise:
quivi il conobbe e salutollo; e poi
gli domandò de li compagni suoi;

123 e perché tratto avean quell'arme a terra,
portando al re sì poca riverenza.
Di suoi compagni il duca d'Inghilterra
diede a Grifon non falsa conoscenza:
de l'arme ch'attaccate avean la guerra,
disse che non n'avea troppa scienza; [77]
ma perché con Marfisa era venuto,
dar le volea con Sansonetto aiuto.

124 Quivi con Grifon stando il paladino,
viene Aquilante, e lo conosce tosto
che parlar col fratel l'ode vicino,
e il voler cangia, ch'era mal disposto.
Giungean molti di quei di Norandino,
ma troppo non ardian venire accosto;
e tanto più, vedendo i parlamenti,[78]
stavano cheti, e per udire intenti.

125 Alcun ch'intende quivi esser Marfisa,
che tiene al mondo il vanto in esser forte,
volta il cavallo, e Norandino avisa
che s'oggi non vuol perder la sua corte,

77 *scienza*: notizia.
78 *parlamenti*: colloqui.

proveggia,[79] prima che sia tutta uccisa,
di man trarla a Tesifone [80] e alla Morte;
perché Marfisa veramente è stata,
che l'armatura in piazza gli ha levata.

126   Come re Norandino ode quel nome
così temuto per tutto Levante,
che facea a molti anco arricciar le chiome,
ben che spesso da lor fosse distante,
è certo che ne debbia venir come
dice quel suo, se non provede inante;
però gli suoi, che già mutata l'ira
hanno in timore, a sé richiama e tira.

127   Da l'altra parte i figli d'Oliviero
con Sansonetto e col figliuol d'Otone,
supplicando a Marfisa, tanto fero,
che si diè fine alla crudel tenzone.
Marfisa, giunta al re, con viso altiero
disse: —Io non so, signor, con che ragione
vogli quest'arme dar, che tue non sono,
al vincitor de le tue giostre in dono.

128   Mie sono l'arme, e 'n mezzo de la via
che vien d'Armenia, un giorno le lasciai,
perché seguire a piè mi convenia
un rubator che m'avea offesa assai:
e la mia insegna testimon ne fia,
che qui si vede, se notizia n'hai. —
E la mostrò ne la corazza impressa,
ch'era in tre parti una corona fessa.

129   — Gli è ver (rispose il re) che mi fur date,
son pochi dì, da un mercatante armeno;
e se voi me l'avesse domandate,
l'avreste avute, o vostre o no che sièno;

79 *proveggia*: provveda.
80 *Tesifone*: una delle tre Furie infernali.

ch'avenga ch'a [81] Grifon già l'ho donate,
ho tanta fede in lui, che nondimeno,
acciò a voi darle avessi anche potuto,
volentieri il mio don m'avria renduto.

130 Non bisogna allegar, per farmi fede
che vostre sien, che tengan vostra insegna:
basti il dirmelo voi; che vi si crede
più ch'a qual altro testimonio vegna.
Che vostre sian vostr'arme si concede
alla virtù [82] di maggior premio degna.
Or ve l'abbiate, e più non si contenda;
e Grifon maggior premio da me prenda. —

131 Grifon che poco a cor avea quell'arme,
ma gran disio che 'l re si satisfaccia,
gli disse: — Assai potete compensarme,
se mi fate saper ch'io vi compiaccia.[83] —
Tra sé disse Marfisa: — Esser qui parme
l'onor mio in tutto:[84] — e con benigna faccia
volle a Grifon de l'arme esser cortese;
e finalmente in don da lui le prese.

132 Ne la città con pace e con amore
tornaro, ove le feste raddoppiarsi.
Poi la giostra si fe', di che l'onore
e 'l pregio Sansonetto fece darsi;
ch'Astolfo e i duo fratelli e la migliore
di lor, Marfisa, non volson provarsi,
cercando, com'amici e buon compagni,
che Sansonetto il pregio ne guadagni.

133 Stati che sono in gran piacere e in festa
con Norandino otto giornate o diece,
perché l'amor di Francia gli molesta,
che lasciar senza lor tanto non lece,

81 *avenga ch'a*: sebbene a.
82 *alla virtù*: in omaggio al valore.
83 *ch'io vi compiaccia*: che io vi posso fare cosa grata.
84 *l'onor... tutto*: il mio onore interamente soddisfatto.

tolgon licenza; e Marfisa, che questa
via disiava, compagnia lor fece.
Marfisa avuto avea lungo disire
al paragon dei paladin venire;

134 e far esperienza se l'effetto
si pareggiava a tanta nominanza.
Lascia un altro in suo loco Sansonetto,
che di Ierusalem regga la stanza.[85]
Or questi cinque in un drappello eletto,
che pochi pari al mondo han di possanza,
licenziati dal re Norandino,
vanno a Tripoli e al mar che v'è vicino.

135 E quivi una caracca[86] ritrovaro,
che per Ponente mercanzie raguna.
Per loro e pei cavalli s'accordaro
con un vecchio patron ch'era da Luna.[87]
Mostrava d'ogn'intorno il tempo chiaro,
ch'avrian per molti dì buona fortuna.
Sciolser dal lito, avendo aria serena,
e di buon vento ogni lor vela piena.

136 L'isola[88] sacra all'amorosa dea
diede lor sotto un'aria il primo porto,[89]
che non ch'a offender gli uomini sia rea,
ma stempra il ferro, e quivi è 'l viver corto.
Cagion n'è un stagno: e certo non dovea
Natura a Famagosta far quel torto
d'appressarvi Costanza[90] acre e maligna,
quando al resto di Cipro è sì benigna.

137 Il grave odor che la palude esala
non lascia al legno far troppo soggiorno.

85 *stanza*: regno.
86 *caracca*: nave da carico.
87 *Luna*: Luni, antica città toscana, alla foce della Magra.
88 *L'isola*: Cipro, sacra a Venere.
89 *sotto... porto*: il primo porto, Famagosta, in un'aria così cattiva.
90 *Costanza*: città che sorgeva presso uno stagno mefitico.

Quindi a un greco-levante [91] spiegò ogni ala,
volando da man destra a Cipro intorno,
e surse a Pafo,[92] e pose in terra scala;
e i naviganti uscir nel lito adorno,
chi per merce levar, chi per vedere
la terra d'amor piena e di piacere.

138   Dal mar sei miglia o sette, a poco a poco
si va salendo inverso il colle ameno.
Mirti e cedri e naranci [93] e lauri il loco,
e mille altri soavi arbori han pieno.
Serpillo e persa [94] e rose e gigli e croco [95]
spargon da l'odorifero terreno
tanta suavità, ch'in mar sentire
la fa ogni vento che da terra spire.

139   Da limpida fontana tutta quella
piaggia rigando va un ruscel fecondo.
Ben si può dir che sia di Vener bella
il luogo dilettevole e giocondo;
che v'è ogni donna affatto, ogni donzella
piacevol più ch'altrove sia nel mondo:
e fa la dea che tutte ardon d'amore,
giovani e vecchie, infino all'ultime ore.

140   Quivi odono il medesimo ch'udito
di Lucina e de l'Orco hanno in Soria,
e come di tornare ella a marito
facea nuovo apparecchio in Nicosia.
Quindi il padrone (essendosi espedito,
e spirando buon vento alla sua via)
l'ancore sarpa,[96] e fa girar la proda
verso ponente, ed ogni vela snoda.

91 *greco-levante*: vento di nord-est.
92 *surse a Pafo*: approdò a Pafo, altra città cipriota, ove era il tempio di Venere.
93 *naranci*: aranci.
94 *Serpillo... persa*: timo e maggiorana.
95 *croco*: zafferano.
96 *sarpa*: leva.

141   Al vento di maestro [97] alzò la nave
le vele all'orza,[98] ed allargossi in alto.[99]
Un ponente-libecchio,[100] che soave
parve a principio e fin che 'l sol stette alto,
e poi si fe' verso la sera grave,
le leva incontra il mar con fiero assalto,
con tanti tuoni e tanto ardor di lampi,
che par che 'l ciel si spezzi e tutto avampi.

142   Stendon le nubi un tenebroso velo
che né sole apparir lascia né stella.
Di sotto il mar, di sopra mugge il cielo,
il vento d'ogn'intorno, e la procella
che di pioggia oscurissima e di gelo
i naviganti miseri flagella:
e la notte più sempre si diffonde
sopra l'irate e formidabil onde.

143   I naviganti a dimostrare effetto
vanno de l'arte in che lodati sono:
chi discorre fischiando col fraschetto,[101]
e quanto han gli altri a far, mostra col suono;
chi l'ancore apparechia da rispetto,[102]
e chi al mainare[103] e chi alla scotta [104] è buono;
chi 'l timone, chi l'arbore assicura,
chi la coperta di sgombrare ha cura.

144   Crebbe il tempo crudel tutta la notte,
caliginosa e più scura ch'inferno.
Tien per l'alto il padrone, ove men rotte
crede l'onde trovar, dritto il governo;
e volta ad or ad or contra le botte

97 *maestro*: maestrale, vento di nord-ovest.
98 *alzò... all'orza*: alzò le vele, volgendo la prua verso la parte donde spirava il vento.
99 *allargossi in alto*: prese il largo.
100 *ponente-libecchio*: vento di ovest-sud-ovest.
101 *fraschetto*: fischietto.
102 *rispetto*: riserva.
103 *mainare*: ammainare.
104 *scotta*: corda per la manovra delle vele.

del mar la proda, e de l'orribil verno,
non senza speme mai che, come aggiorni,
cessi fortuna, o più placabil torni.

145 Non cessa e non si placa, e più furore
mostra nel giorno, se pur giorno è questo,
che si conosce al numerar de l'ore,
non che per lume già sia manifesto.
Or con minor speranza e più timore
si dà in poter del vento il padron mesto:
volta la poppa all'onde, e il mar crudele
scorrendo se ne va con umil vele.

146 Mentre Fortuna in mar questi travaglia,
non lascia anco posar quegli altri in terra,
che sono in Francia, ove s'uccide e taglia
coi Saracini il popul d'Inghilterra.
Quivi Rinaldo assale, apre e sbaraglia
le schiere avverse, e le bandiere atterra.
Dissi di lui, che 'l suo destrier Baiardo
mosso avea contra a Dardinel gagliardo.

147 Vide Rinaldo il segno del quartiero,
di che superbo era il figliuol d'Almonte;
e lo stimò gagliardo e buon guerriero,
che concorrer d'insegna ardia col conte.
Venne più appresso, e gli parea più vero;
ch'avea d'intorno uomini uccisi a monte.
— Meglio è (gridò) che prima io svella e spenga
questo mal germe, che maggior divenga. —

148 Dovunque il viso drizza il paladino,
levasi ognuno, e gli dà larga strada;
né men sgombra il fedel, che 'l Saracino,
si reverita è la famosa spada.
Rinaldo, fuor che Dardinel meschino,
non vede alcuno, e lui seguir non bada.[105]

105 *non bada*: non indugia.

Grida: — Fanciullo, gran briga ti diede
chi ti lasciò di questo scudo erede.

149 Vengo a te per provar, se tu m'attendi,
come ben guardi il quartier rosso e bianco;
che s'ora contra me non lo difendi,
difender contra Orlando il potrai manco. —
Rispose Dardinello: — Or chiaro apprendi
che s'io lo porto, il so difender anco;
e guadagnar più onor, che briga, posso
del paterno quartier candido e rosso.

150 Perché fanciullo io sia, non creder farme
però fuggire, o che 'l quartier ti dia:
la vita mi torrai, se mi toi l'arme;
ma spero in Dio ch'anzi il contrario fia.
Sia quel che vuol, non potrà alcun biasmarme
che mai traligni alla progenie mia. —
Così dicendo, con la spada in mano
assalse il cavallier da Montalbano.

151 Un timor freddo tutto 'l sangue oppresse,
che gli Africani aveano intorno al core,
come vider Rinaldo che si messe
con tanta rabbia incontra a quel signore,
con quanta andria un leon ch'al prato avesse
visto un torel ch'ancor non senta amore.
Il primo che ferì, fu 'l Saracino;
ma picchiò invan su l'elmo di Mambrino.

152 Rise Rinaldo, e disse: — Io vo' tu senta,
s'io so meglio di te trovar la vena. —
Sprona, e a un tempo al destrier la briglia allenta,
e d'una punta con tal forza mena,
d'una punta ch'al petto gli appresenta,
che gli la fa apparir dietro alla schena.
Quella trasse, al tornar, l'alma col sangue:
di sella il corpo uscì freddo ed esangue.

153 Come purpureo fior languendo muore,

che 'l vomere al passar tagliato lassa;
o come carco di superchio umore
il papaver ne l'orto il capo abbassa:
così, giù de la faccia ogni colore
cadendo, Dardinel di vita passa;
passa di vita, e fa passar con lui
l'ardire e la virtù de tutti i sui.

154 Qual soglion l'acque per umano ingegno
stare ingorgate alcuna volta e chiuse,
che quando lor vien poi rotto il sostegno,[106]
cascano, e van con gran rumor difuse;
tal gli African, ch'avean qualche ritegno
mentre virtù lor Dardinello infuse,
ne vanno or sparti in questa parte e in quella,
che l'han veduto uscir morto di sella.

155 Chi vuol fuggir, Rinaldo fuggir lassa,
ed attende a cacciar chi vuol star saldo.
Si cade ovunque Ariodante passa,
che molto va quel dì presso a Rinaldo.
Altri Lionetto, altri Zerbin fracassa,
a gara ognuno a far gran prove caldo.
Carlo fa il suo dover, lo fa Oliviero,
Turpino e Guido e Salamone e Ugiero.

156 I Mori fur quel giorno in gran periglio
che 'n Pagania non ne tornasse testa;
ma 'l saggio re di Spagna [107] dà di piglio,
e se ne va con quel che in man gli resta.
Restar in danno tien [108] miglior consiglio,
che tutti i denar perdere e la vesta:
meglio è ritrarsi e salvar qualche schiera,
che, stando, esser cagion che 'l tutto pèra.

157 Verso gli alloggiamenti i segni invia,

106 *sostegno*: argine.
107 *re di Spagna*: Marsilio.
108 *Restar... tien*: stima il rimanere in perdita.

ch'eron serrati d'argine e di fossa,
con Stordilan, col re d'Andologia,
col Portughese [109] in una squadra grossa.
Manda a pregar il re di Barbaria,[110]
che si cerchi ritrar meglio che possa;
e se quel giorno la persona e 'l loco
potrà salvar, non avrà fatto poco.

158   Quel re che si tenea spacciato al tutto,
né mai credea più riveder Biserta,[111]
che con viso sì orribile e sì brutto
unquanco non avea Fortuna esperta,
s'allegrò che Marsilio avea ridutto
parte del campo in sicurezza certa:
ed a ritrarsi cominciò, e a dar volta
alle bandiere, e fe' sonar raccolta.

159   Ma la più parte de la gente rotta
né tromba né tambur né segno ascolta:
tanta fu la viltà, tanta la dotta,[112]
ch'in Senna se ne vide affogar molta.
Il re Agramante vuol ridur la frotta:[113]
seco ha Sobrino, e van scorrendo in volta;
e con lor s'affatica ogni buon duca,
che nei ripari il campo si riduca.

160   Ma né il re, né Sobrin, né duca alcuno
con prieghi, con minacce, con affanno
ritrar può il terzo, non ch'io dica ognuno,
dove l'insegne mal seguite vanno.
Morti o fuggiti ne son dua, per uno
che ne rimane, e quel non senza danno:
ferito è chi di dietro e chi davanti;
ma travagliati e lassi tutti quanti.

109 *col re... Portughese*: con Madarasso, con Tesina.
110 *il re di Barbaria*: Agramante.
111 *Biserta*: capitale di Agramante.
112 *dotta*: paura.
113 *ridur la frotta*: ricondurre le schiere disordinate.

161 E con gran tema fin dentro alle porte
   dei forti alloggiamenti ebbon la caccia:
   ed era lor quel luogo anco mal forte,
   con ogni proveder che vi si faccia
   (che ben pigliar nel crin la buona sorte
   Carlo sapea, quando volgea la faccia),
   se non venia la notte tenebrosa,
   che staccò il fatto,[114] ed acquetò ogni cosa;

162 dal Creator accelerata forse,
   che de la sua fattura ebbe pietade.
   Ondeggiò il sangue per campagna, e corse
   come un gran fiume, e dilagò le strade.
   Ottantamila corpi numerorse,
   che fur quel dì messi per fil di spade.
   Villani e lupi uscir poi de le grotte
   a dispogliargli e a devorar la notte.

163 Carlo non torna più dentro alla terra,
   ma contra gli nimici fuor s'accampa,
   ed in assedio le lor tende serra,
   ed alti e spessi fuochi intorno avampa.
   Il pagan si provede, e cava terra,
   fossi e ripari e bastioni stampa; [115]
   va rivedendo, e tien le guardie deste,
   né tutta notte mai l'arme si sveste.

164 Tutta la notte per gli alloggiamenti
   dei malsicuri Saracini oppressi
   si versan pianti, gemiti e lamenti,
   ma quanto più si può, cheti e soppressi.
   Altri, perché gli amici hanno e i parenti
   lasciati morti, ed altri per se stessi,
   che son feriti, e con disagio stanno:
   ma più è la tema del futuro danno.

165 Duo Mori ivi fra gli altri si trovaro,

114 *staccò il fatto*: interruppe la lotta.
115 *stampa*: costruisce.

d'oscura stirpe nati in Tolomitta; [116]
de' quai l'istoria, per esempio raro
di vero amore, è degna esser descritta.
Cloridano e Medor si nominaro,
ch'alla fortuna prospera e alla afflitta
aveano sempre amato Dardinello,
ed or passato in Francia il mar con quello.

166 Cloridan, cacciator tutta sua vita,
di robusta persona era ed isnella:
Medoro avea la guancia colorita
e bianca e grata ne la età novella;
e fra la gente a quella impresa uscita
non era faccia più gioconda e bella:
occhi avea neri, e chioma crespa d'oro:
angel parea di quei del sommo coro.

167 Erano questi duo sopra i ripari
con molti altri a guardar [117] gli alloggiamenti,
quando la Notte fra distanze pari [118]
mirava il ciel con gli occhi sonnolenti.
Medoro quivi in tutti i suoi parlari
non può far che 'l signor suo non rammenti,
Dardinello d'Almonte, e che non piagna
che resti senza onor ne la campagna.

168 Volto al compagno, disse: — O Cloridano,
io non ti posso dir quanto m'incresca
del mio signor, che sia rimaso al piano,
per lupi e corbi, ohimé! troppo degna esca.
Pensando come sempre mi fu umano,
mi par che quando ancor questa anima esca
in onor di sua fama, io non compensi
né sciolga verso lui gli oblighi immensi.

169 Io voglio andar, perché non stia insepulto

116 *Tolomitta*: Tolmetta, in Cirenaica.
117 *guardar*: fare la guardia a.
118 *fra distanze pari*: a mezzo tra l'Oriente e l'Occidente.

in mezzo alla campagna, a ritrovarlo:
e forse Dio vorrà ch'io vada occulto
là dove tace il campo del re Carlo.
Tu rimarrai; che quando in ciel sia sculto
ch'io vi debba morir, potrai narrarlo:
che se Fortuna vieta sì bell'opra,
per fama almeno il mio buon cor si scuopra. —

170   Stupisce Cloridan, che tanto core,
       tanto amor, tanta fede abbia un fanciullo:
       e cerca assai, perché gli porta amore,
       di fargli quel pensiero irrito [119] e nullo;
       ma non gli val, perch'un sì gran dolore
       non riceve conforto né trastullo.
       Medoro era disposto o di morire,
       o ne la tomba il suo signor coprire.

171   Veduto che nol piega e che nol muove,
       Cloridan gli risponde: — E verrò anch'io,
       anch'io vuo' pormi a sì lodevol pruove,
       anch'io famosa morte amo e disio.
       Qual cosa sarà mai che più mi giove,
       s'io resto senza te, Medoro mio?
       Morir teco con l'arme è meglio molto,
       che poi di duol, s'avvien che mi sii tolto. —

172   Così disposti, messero in quel loco
       le successive guardie, e se ne vanno.
       Lascian fosse e steccati, e dopo poco
       tra' nostri son, che senza cura stanno.
       Il campo dorme, e tutto è spento il fuoco,
       perché dei Saracin poca tema hanno.
       Tra l'arme e' carriaggi stan roversi,[120]
       nel vin, nel sonno insino agli occhi immersi.

173   Fermossi alquanto Cloridano, e disse:
       — Non son mai da lasciar l'occasioni.

119 *irrito*: vano.
120 *roversi*: riversi.

Di questo stuol che 'l mio signor trafisse,
non debbo far, Medoro, occisioni?
Tu, perché sopra alcun non ci venisse,
gli occhi e l'orecchi in ogni parte poni;
ch'io m'offerisco farti con la spada
tra gli nimici spaziosa strada. —

174 Così disse egli, e tosto il parlar tenne,
ed entrò dove il dotto Alfeo dormia,
che l'anno inanzi in corte a Carlo venne,
medico e mago e pien d'astrologia:
ma poco a questa volta gli sovenne; [121]
anzi gli disse in tutto la bugia.
Predetto egli s'avea, che d'anni pieno
dovea morire alla sua moglie in seno:

175 ed or gli ha messo il cauto Saracino
la punta de la spada ne la gola.
Quattro altri uccide appresso all'indovino,
che non han tempo a dire una parola:
menzion dei nomi lor non fa Turpino,
e 'l lungo andar le lor notizie invola:
dopo essi Palidon da Moncalieri,
che sicuro dormia fra duo destrieri.

176 Poi se ne vien dove col capo giace
appoggiato al barile il miser Grillo:
avealo voto, e avea creduto in pace
godersi un sonno placido e tranquillo.
Troncògli il capo il Saracino audace:
esce col sangue il vin per uno spillo,
di che n'ha in corpo più d'una bigoncia;
e di ber sogna, e Cloridan lo sconcia.

177 E presso a Grillo, un Greco ed un Tedesco
spenge in dui colpi, Andropono e Conrado,
che de la notte avean goduto al fresco
gran parte, or con la tazza, ora col dado:

121 *sovenne*: giovò.

felici, se vegghiar sapeano a desco
fin che de l'Indo il sol passassi il guado.[122]
Ma non potria negli uomini il destino,
se del futuro ognun fosse indovino.

178   Come impasto [123] leone in stalla piena,
       che lunga fame abbia smacrato e asciutto,
       uccide, scanna, mangia, a strazio mena
       l'infermo gregge in sua balìa condutto;
       così il crudel pagan nel sonno svena
       la nostra gente, e fa macel per tutto.
       La spada di Medoro anco non ebe; [124]
       ma si sdegna ferir l'ignobil plebe.

179   Venuto era ove il duca di Labretto
       con una dama sua dormia abbracciato;
       e l'un con l'altro si tenea sì stretto,
       che non saria tra lor l'aere entrato.
       Medoro ad ambi taglia il capo netto.
       Oh felice morire! oh dolce fato!
       che come erano i corpi, ho così fede
       ch'andar l'alme abbracciate alla lor sede.

180   Malindo uccise e Ardalico il fratello,
       che del conte di Fiandra erano figli;
       e l'uno e l'altro cavallier novello
       fatto avea Carlo, e aggiunto all'arme i gigli,
       perché il giorno amendui d'ostil macello
       con gli stocchi tornar vide vermigli:
       e terre in Frisa avea promesso loro,
       e date avria; ma lo vietò Medoro.

181   Gl'insidiosi ferri eran vicini
       ai padiglioni che tiraro in volta
       al padiglion di Carlo i paladini,
       facendo ognun la guardia la sua volta;

122 *fin... guado*: finché il sole avesse passato a guado il fiume Indo,
cioè fino all'alba.
123 *impasto*: affamato.
124 *ebe*: è spuntata.

quando da l'empia strage i Saracini
trasson le spade, e diero a tempo volta;
ch'impossibil lor par, tra sì gran torma,
che non s'abbia a trovar un che non dorma.

182   E ben che possan gir di preda carchi,
salvin pur sé, che fanno assai guadagno.
Ove più creda aver sicuri i varchi
va Cloridano, e dietro ha il suo compagno.
Vengon nel campo, ove fra spade ed archi
e scudi e lance in un vermiglio stagno
giaccion poveri e ricchi, e re e vassalli,
e sozzopra con gli uomini i cavalli.

183   Quivi dei corpi l'orrida mistura,
che piena avea la gran campagna intorno,
potea far vaneggiar [125] la fedel cura
dei duo compagni insino al far del giorno,
se non traea fuor d'una nube oscura,
a' prieghi di Medor, la Luna il corno.
Medoro in ciel divotamente fisse
verso la Luna gli occhi, e così disse:

184   — O santa dea, che dagli antiqui nostri
debitamente sei detta triforme; [126]
ch'in cielo, in terra e ne l'inferno mostri
l'alta bellezza tua sotto più forme,
e ne le selve, di fere e di mostri
vai cacciatrice seguitando l'orme;
mostrami ove 'l mio re giaccia fra tanti,
che vivendo imitò tuoi studi [127] santi. —

185   La luna a quel pregar la nube aperse
(o fosse caso o pur la tanta fede),
bella come fu allor ch'ella s'offerse,

125 *far vaneggiar*: rendere vana.
126 *triforme*: Cinzia o Luna in cielo; Diana in terra; Ecate nell'inferno.
127 *studi*: le occupazioni della caccia.

e nuda in braccio a Endimion [128] si diede.
Con Parigi a quel lume si scoperse
l'un campo e l'altro; e 'l monte e 'l pian si vede:
si videro i duo colli di lontano,
Martire a destra, e Lerì [129] all'altra mano,

186 Rifulse lo splendor molto più chiaro
ove d'Almonte giacea morto il figlio.
Medoro andò, piangendo, al signor caro;
che conobbe il quartier bianco e vermiglio:
e tutto 'l viso gli bagnò d'amaro
pianto, che n'avea un rio sotto ogni ciglio,
in sì dolci atti, in sì dolci lamenti,
che potea ad ascoltar fermare i venti.

187 Ma con sommessa voce e a pena udita;
non che riguardi a non si far sentire,
perch'abbia alcun pensier de la sua vita,
più tosto l'odia, e ne vorrebbe uscire:
ma per timor che non gli sia impedita
l'opera pia che quivi il fe' venire.
Fu il morto re sugli omeri sospeso
di tramendui,[30] tra lor partendo il peso.

188 Vanno affrettando i passi quanto ponno,
sotto l'amata soma che gl'ingombra.
E già venìa chi de la luce è donno [131]
le stelle a tor del ciel, di terra l'ombra;
quando Zerbino, a cui del petto il sonno
l'alta virtude, ove è bisogno, sgombra,
cacciato avendo tutta notte i Mori,
al campo si traea nei primi albori.

189 E seco alquanti cavallieri avea,
che videro da lunge i dui compagni.
Ciascuno a quella parte si traea,

128 *Endimion*: giovinetto amato dalla Luna.
129 *Martire... Lerì*: a destra Montmartre, a sinistra Montléry.
130 *tramendui*: ambedue.
131 *donno*: signore.

sperandovi trovar prede e guadagni.
— Frate, bisogna (Cloridan dicea)
gittar la soma, e dare opra ai calcagni;
che sarebbe pensier non troppo accorto,
perder duo vivi per salvar un morto. —

190   E gittò il carco, perché si pensava
che 'l suo Medoro il simil far dovesse:
ma quel meschin, che 'l suo signor più amava,
sopra le spalle sue tutto lo resse.
L'altro con molta fretta se n'andava,
come l'amico a paro o dietro avesse:
se sapea di lasciarlo a quella sorte,
mille aspettate avria, non ch'una morte.

191   Quei cavallier, con animo disposto
che questi a render s'abbino a morire,
chi qua chi là si spargono, ed han tosto
preso ogni passo onde si possa uscire.
Da loro il capitan poco discosto,
più degli altri è sollicito a seguire;
ch'in tal guisa vedendoli temere,
certo è che sian de le nimiche schiere.

192   Era a quel tempo ivi una selva antica,
d'ombrose piante spessa e di virgulti,
che, come labirinto, entro s'intrica
di stretti calli e sol da bestie culti.
Speran d'averla i duo pagan sì amica,
ch'abbi a tenerli entro a' suoi rami occulti.
Ma chi del canto mio piglia diletto,
un'altra volta ad ascoltarlo aspetto.

1   Alcun non può saper da chi sia amato,
    quando felice in su la ruota siede:
    però c'ha i veri e i finti amici a lato,
    che mostran tutti una medesma fede.
    Se poi si cangia in tristo il lieto stato,
    volta la turba adulatrice il piede;
    e quel che di cor ama riman forte,
    ed ama il suo signor dopo la morte.

2   Se, come il viso, si mostrasse il core,
    tal ne la corte è grande e gli altri preme,
    e tal è in poca grazia al suo signore,
    che la lor sorte muteriano insieme.
    Questo umil diverria tosto il maggiore:
    staria quel grande infra le turbe estreme.
    Ma torniamo a Medor fedele e grato,
    che 'n vita e in morte ha il suo signore amato.

3   Cercando già nel più intricato calle
    il giovine infelice di salvarsi;
    ma il grave peso ch'avea su le spalle,
    gli facea uscir tutti i partiti scarsi.
    Non conosce il paese, e la via falle,[1]
    e torna fra le spine a invilupparsi.
    Lungi da lui tratto al sicuro s'era
    l'altro, ch'avea la spalla più leggiera.

4   Cloridan s'è ridutto ove non sente
    di chi segue lo strepito e il rumore:
    ma quando da Medor si vede assente,

1 *falle*: sbaglia.

gli pare aver lasciato a dietro il core.
— Deh, come fui (dicea) sì negligente,
deh, come fui sì di me stesso fuore,
che senza te, Medor, qui mi ritrassi,
né sappia quando o dove io ti lasciassi! —

5   Così dicendo, ne la torta via
de l'intricata selva si ricaccia;
ed onde era venuto si ravvia,
e torna di sua morte in su la traccia.
Ode i cavalli e i gridi tuttavia,
e la nimica voce che minaccia:
all'ultimo ode il suo Medoro, e vede
che tra molti a cavallo è solo a piede.

6   Cento a cavallo, e gli son tutti intorno:
Zerbin commanda e grida che sia preso.
L'infelice s'aggira com'un torno,[2]
e quanto può si tien da lor difeso,
or dietro quercia, or olmo, or faggio, or orno,
né si discosta mai dal caro peso.
L'ha riposato al fin su l'erba, quando
regger nol puote, e gli va intorno errando:

7   come orsa, che l'alpestre cacciatore
ne la pietrosa tana assalita abbia,
sta sopra i figli con incerto core,
e freme in suono di pietà e di rabbia:
ira la 'nvita e natural furore
a spiegar l'ugne e a insanguinar le labbia;
amor la 'ntenerisce, e la ritira
a riguardare ai figli in mezzo l'ira.

8   Cloridan, che non sa come l'aiuti,
e ch'esser vuole a morir seco ancora,
ma non ch'in morte prima il viver muti,
che via non truovi ove più d'un ne mora;
mette su l'arco un de' suoi strali acuti,

2 *torno:* tornio.

e nascoso con quel sì ben làvora,
che fora ad uno Scotto le cervella,
e senza vita il fa cader di sella.

9   Volgonsi tutti gli altri a quella banda
ond'era uscito il calamo [3] omicida.
Intanto un altro il Saracin ne manda,
perché 'l secondo a lato al primo uccida;
che mentre in fretta a questo e a quel domanda
chi tirato abbia l'arco, e forte grida,
lo strale arriva e gli passa la gola,
e gli taglia pel mezzo la parola.

10   Or Zerbin, ch'era il capitano loro,
non poté a questo aver più pazienza.
Con ira e con furor venne a Medoro,
dicendo: — Ne farai tu penitenza. —
Stese la mano in quella chioma d'oro,
e strascinollo a sé con violenza:
ma come gli occhi a quel bel volto mise,
gli ne venne pietade, e non l'uccise.

11   Il giovinetto si rivolse a' prieghi,
e disse: — Cavallier, per lo tuo Dio,
non esser sì crudel, che tu mi nieghi
ch'io sepelisca il corpo del re mio.
Non vo' ch'altra pietà per me ti pieghi,
né pensi che di vita abbi disio:
ho tanta di mia vita, e non più, cura,
quanta ch'al mio signor dia sepultura.

12   E se pur pascer vòi fiere ed augelli,
che 'n te il furor sia del teban Creonte,[4]
fa lor convito di miei membri, e quelli
sepelir lascia del figliuol d'Almonte. —
Così dicea Medor con modi belli,

3 *calamo*: freccia.
4 *Creonte*: tiranno di Tebe, che aveva ordinato che non si seppellissero i cadaveri dei nemici.

497

e con parole atte a voltare un monte;
e sì commosso già Zerbino avea,
che d'amor tutto e di pietade ardea.

13   In questo mezzo un cavallier villano,
avendo al suo signor poco rispetto,
ferì con una lancia sopra mano [5]
al supplicante il delicato petto.
Spiacque a Zerbin l'atto crudele e strano; [6]
tanto più, che del colpo il giovinetto
vide cader sì sbigottito e smorto,
che 'n tutto giudicò che fosse morto.

14   E se ne sdegnò in guisa e se ne dolse,
che disse: — Invendicato già non fia! —
e pien di mal talento si rivolse
al cavallier che fe' l'impresa ria:
ma quel prese vantaggio, e se gli tolse
dinanzi in un momento, e fuggì via.
Cloridan, che Medor vede per terra,
salta del bosco a discoperta guerra.

15   E getta l'arco, e tutto pien di rabbia
tra gli nimici il ferro intorno gira,
più per morir, che per pensier ch'egli abbia
di far vendetta che pareggi l'ira.
Del proprio sangue rosseggiar la sabbia
fra tante spade, e al fin venir si mira;
e tolto che si sente ogni potere,
si lascia a canto al suo Medor cadere.

16   Seguon gli Scotti ove la guida loro
per l'alta selva alto disdegno mena,
poi che lasciato ha l'uno e l'altro Moro,
l'un morto in tutto, e l'altro vivo a pena.
Giacque gran pezzo il giovine Medoro,
spicciando il sangue da sì larga vena,

---

5 *sopra mano*: con la mano alta sopra la spalla.
6 *strano*: barbaro.

che di sua vita al fin saria venuto,
se non sopravenia chi gli diè aiuto.

17 Gli sopravenne a caso una donzella,
avolta in pastorale ed umil veste,
ma di real presenza e in viso bella,
d'alte maniere e accortamente oneste.
Tanto è ch'io non ne dissi più novella,
ch'a pena riconoscer la dovreste:
questa, se non sapete, Angelica era,
del gran Can del Catai la figlia altiera.

18 Poi che 'l suo annello Angelica riebbe,
di che Brunel l'avea tenuta priva,
in tanto fasto, in tanto orgoglio crebbe,
ch'esser parea di tutto 'l mondo schiva.
Se ne va sola, e non si degnerebbe
compagno aver qual più famoso viva:
si sdegna a rimembrar che già suo amante
abbia Orlando nomato, o Sacripante.

19 E sopra ogn'altro error via più pentita
era del ben che già a Rinaldo volse,
troppo parendole essersi avilita,
ch'a riguardar sì basso gli occhi volse.
Tant'arroganza avendo Amor sentita,
più lungamente comportar non volse:
dove giacea Medor, si pose al varco,
e l'aspettò, posto lo strale all'arco.

20 Quando Angelica vide il giovinetto
languir ferito, assai vicino a morte,
che del suo re che giacea senza tetto,
più che del proprio mal si dolea forte;
insolita pietade in mezzo al petto
si sentì entrar per disuse porte,
che le fe' il duro cor tenero e molle,
e più, quando il suo caso egli narrolle.

21 E rivocando alla memoria l'arte

ch'in India imparò già di chirugia [7]
(che par che questo studio in quella parte
nobile e degno e di gran laude sia;
e senza molto rivoltar di carte,
che 'l patre ai figli ereditario il dia),
si dispose operar con succo d'erbe,
ch'a più matura vita lo riserbe.

22   E ricordossi che passando avea
veduta un'erba in una piaggia amena;
fosse dittamo, o fosse panacea,[8]
o non so qual, di tal effetto piena,
che stagna il sangue, e de la piaga rea
leva ogni spasmo e perigliosa pena.
La trovò non lontana, e quella colta,
dove lasciato avea Medor, diè volta.

23   Nel ritornar s'incontra in un pastore
ch'a cavallo pel bosco ne veniva,
cercando una iuvenca, che già fuore
duo dì di mandra e senza guardia giva.
Seco lo trasse ove perdea il vigore
Medor col sangue che del petto usciva;
e già n'avea di tanto il terren tinto,
ch'era omai presso a rimanere estinto.

24   Del palafreno Angelica giù scese,
e scendere il pastor seco fece anche.
Pestò con sassi l'erba, indi la prese,
e succo ne cavò fra le man bianche;
ne la piaga n'infuse, e ne distese
e pel petto e pel ventre e fin a l'anche:
e fu di tal virtù questo liquore,
che stagnò il sangue, e gli tornò il vigore;

25   e gli diè forza, che poté salire
sopra il cavallo che 'l pastor condusse.

---

7 *chirugia*: chirurgia, medicina.
8 *dittamo... panacea*: erbe medicamentose.

Non però volse indi Medor partire
prima ch'in terra il suo signor non fusse.
E Cloridan col re fe' sepelire;
e poi dove a lei piacque si ridusse.
Ed ella per pietà ne l'umil case
del cortese pastor seco rimase.

26 Né fin che nol tornasse in sanitade,
volea partir: così di lui fe' stima,
tanto se intenerì de la pietade
che n'ebbe, come in terra il vide prima.
Poi vistone i costumi e la beltade,
roder si sentì il cor d'ascosa lima;
roder si sentì il core, e a poco a poco
tutto infiammato d'amoroso fuoco.

27 Stava il pastore in assai buona e bella
stanza,[9] nel bosco infra duo monti piatta,[10]
con la moglie e coi figli; ed avea quella
tutta di nuovo e poco inanzi fatta.
Quivi a Medoro fu per la donzella
la piaga in breve a sanità ritratta:
ma in minor tempo si sentì maggiore
piaga di questa avere ella nel core.

28 Assai più larga piaga e più profonda
nel cor sentì da non veduto strale,
che da' begli occhi e da la testa bionda
di Medoro aventò l'Arcier c'ha l'ale.
Arder si sente, e sempre il fuoco abonda;
e più cura l'altrui che 'l proprio male:
di sé non cura, e non è ad altro intenta,
ch'a risanar chi lei fere e tormenta.

29 La sua piaga più s'apre e più incrudisce,
quanto più l'altra si ristringe e salda.
Il giovine si sana: ella languisce

9 *stanza*: dimora.
10 *piatta*: appiattata.

di nuova febbre, or agghiacciata, or calda.
Di giorno in giorno in lui beltà fiorisce:
la misera si strugge, come falda
strugger di nieve intempestiva [11] suole,
ch'in loco aprico abbia scoperta il sole.

30   Se di disio non vuol morir, bisogna
che senza indugio ella se stessa aiti:
e ben le par che di quel ch'essa agogna,
non sia tempo aspettar ch'altri la 'nviti.
Dunque, rotto ogni freno di vergogna,
la lingua ebbe non men che gli occhi arditi:
e di quel colpo domandò mercede,
che, forse non sapendo, esso le diede.

31   O conte Orlando, o re di Circassia,
vostra inclita virtù, dite, che giova?
Vostro alto onor dite in che prezzo sia,
o che mercé vostro servir ritruova.
Mostratemi una sola cortesia
che mai costei v'usasse, o vecchia o nuova,
per ricompensa e guidardone e merto
di quanto avete già per lei sofferto.

32   Oh se potessi ritornar mai vivo,
quanto ti parria duro, o re Agricane!
che già mostrò costei sì averti a schivo
con repulse crudeli ed inumane.
O Ferraù, o mille altri ch'io non scrivo,
ch'avete fatto mille pruove vane
per questa ingrata, quanto aspro vi fôra,
s'a costu' in braccio voi la vedesse [12] ora!

33   Angelica a Medor la prima rosa
coglier lasciò, non ancor tocca inante:
né persona fu mai sì aventurosa,
ch'in quel giardin potesse por le piante.

11 *intempestiva*: fuori stagione.
12 *vedesse*: vedeste.

Per adombrar, per onestar la cosa,
si celebrò con cerimonie sante
il matrimonio, ch'auspice ebbe Amore,
e pronuba la moglie del pastore.

34 Fersi le nozze sotto all'umil tetto
le più solenni che vi potean farsi;
e più d'un mese poi stero a diletto
i duo tranquilli amanti a ricrearsi.
Più lunge non vedea del giovinetto
la donna, né di lui potea saziarsi;
né, per mai sempre pendergli dal collo,
il suo disir sentia di lui satollo.

35 Se stava all'ombra o se del tetto usciva,
avea dì e notte il bel giovine a lato:
matino e sera or questa or quella riva
cercando andava, o qualche verde prato:
nel mezzo giorno un antro li copriva,
forse non men di quel commodo e grato,
ch'ebber, fuggendo l'acque,[13] Enea e Dido,
de' lor secreti testimonio fido.

36 Fra piacer tanti, ovunque un arbor dritto
vedesse ombrare o fonte o rivo puro,
v'avea spillo o coltel subito fitto;
così, se v'era alcun sasso men duro:
ed era fuori in mille luoghi scritto,
e così in casa in altritanti il muro,
Angelica e Medoro, in vari modi
legati insieme di diversi nodi.

37 Poi che le parve aver fatto soggiorno
quivi più ch'a bastanza, fe' disegno
di fare in India del Catai ritorno,
e Medor coronar del suo bel regno.
Portava al braccio un cerchio d'oro, adorno

13 *l'acque*: di un temporale (come è narrato in Virgilio, *Aen.*, **IV**, 160 sgg.).

di ricche gemme, in testimonio e segno
del ben che 'l conte Orlando le volea;
e portato gran tempo ve l'avea.

38   Quel donò già Morgana [14] a Ziliante,
nel tempo che nel lago ascoso il tenne;
ed esso, poi ch'al padre Monodante,
per opra e per virtù d'Orlando venne,
lo diede a Orlando: Orlando ch'era amante,
di porsi al braccio il cerchio d'or sostenne,
avendo disegnato di donarlo
alla regina sua di ch'io vi parlo.

39   Non per amor del paladino, quanto
perch'era ricco e d'artificio egregio,
caro avuto l'avea la donna tanto,
che più non si può aver cosa di pregio.
Se lo serbò ne l'Isola del pianto,
non so già dirvi con che privilegio,
là dove esposta al marin mostro nuda
fu da la gente inospitale e cruda.

40   Quivi non si trovando altra mercede
ch'al buon pastor ed alla moglie dessi,
che serviti gli avea con sì gran fede
dal dì che nel suo albergo si fur messi,
levò dal braccio il cerchio e gli lo diede,
e volse per suo amor che lo tenessi.
Indi saliron verso la montagna [15]
che divide la Francia da la Spagna.

41   Dentro a Valenza o dentro a Barcellona
per qualche giorno avea pensato porsi,
fin che accadesse alcuna nave buona
che per Levante apparecchiasse a sciorsi.

14 *Morgana*: la fata Morgana, come racconta l'*Innamorato*, aveva
rapito Ziliante, figlio di re Monodante, e lo teneva prigioniero per
incantamento sotto un lago.
15 *la montagna*: i Pirenei.

Videro il mar scoprir sotto a Girona [16]
ne lo smontar giù dei montani dorsi;
e costeggiando a man sinistra il lito,
a Barcellona andar pel camin trito.

42 Ma non vi giunser prima, ch'un uom pazzo
giacer trovaro in su l'estreme arene,
che, come porco, di loto e di guazzo [17]
tutto era brutto e volto e petto e schene.
Costui si scagliò lor come cagnazzo
ch'assalir forestier subito viene;
e diè lor noia, e fu per far lor scorno.
Ma di Marfisa a ricontarvi torno.

43 Di Marfisa, d'Astolfo, d'Aquilante,
di Grifone e degli altri io vi vuo' dire,
che travagliati, e con la morte inante,
mal si poteano incontra il mar schermire:
che sempre più superba e più arrogante
crescea fortuna le minacce e l'ire;
e già durato era tre dì lo sdegno,
né di placarsi ancor mostrava segno.

44 Castello e ballador [18] spezza e fracassa
l'onda nimica e 'l vento ognor più fiero:
se parte ritta il verno pur ne lassa,
la taglia e dona al mar tutta il nocchiero.
Chi sta col capo chino in una cassa
su la carta appuntando il suo sentiero
a lume di lanterna piccolina,
e chi col torchio giù ne la sentina.

45 Un sotto poppe, un altro sotto prora
si tiene inanzi l'oriuol da polve: [19]

16 *Girona*: città presso Barcellona.
17 *loto... guazzo*: fango e acqua.
18 *Castello... ballador*: il ballatoio, usato per la difesa, sporgeva intorno al castello, il quale, a sua volta, serviva come alloggio e magazzino.
19 *l'oriuol da polve*: la clessidra.

e torna a rivedere ogni mezz'ora
quanto è già corso, ed a che via si volve:
indi ciascun con la sua carta fuora
a mezza nave il suo parer risolve,
là dove a un tempo i marinari tutti
sono a consiglio dal padron ridutti.

46   Chi dice: — Sopra Limissò [20] venuti
siamo, per quel ch'io trovo, alle seccagne; [21] —
chi: — Di Tripoli appresso i sassi acuti,
dove il mar le più volte i legni fragne; [22] —
chi dice: —Siamo in Satalia perduti,
per cui più d'un nocchier sospira e piagne. —
Ciascun secondo il parer suo argomenta,
ma tutti ugual timor preme e sgomenta.

47   Il terzo giorno con maggior dispetto
gli assale il vento, e il mar più irato freme;
e l'un ne spezza e portane il trinchetto, [23]
e 'l timon l'altro, e chi lo volge [24] insieme.
Ben è di forte e di marmoreo petto
e più duro ch'acciar, ch'ora non teme.
Marfisa, che già fu tanto sicura,
non negò che quel giorno ebbe paura.

48   Al monte Sinaì fu peregrino,
a Gallizia promesso, a Cipro, a Roma,
al Sepolcro, alla Vergine d'Ettino, [25]
e se celebre luogo altro si noma.
Sul mare intanto, e spesso al ciel vicino
l'afflitto e conquassato legno toma, [26]

20 *Limissò*: Limissol, nell'isola di Cipro.
21 *seccagne*: secche.
22 *fragne*: infrange.
23 *trinchetto*: l'albero di prua.
24 *chi lo volge*: il timoniere.
25 *Al monte... Ettino*: furono promessi pellegrinaggi al monastero
di santa Caterina nel Sinai, al santuario di sant'Iacopo di Compo-
stella, al santuario di Nicosia, a Roma, al Santo Sepolcro di Gerusalemme, alla Vergine d'Ettino (forse un luogo del Friuli).
26 *toma*: precipita.

di cui per men travaglio avea il padrone
fatto l'arbor tagliar de l'artimone.[27]

49 E colli e casse e ciò che v'è di grave
gitta da prora e da poppe e da sponde;
e fa tutte sgombrar camere e giave,[28]
e dar le ricche merci all'avide onde.
Altri attende alle trombe,[29] e a tor di nave
l'acque importune, e il mar nel mar rifonde;
soccorre altri in sentina,[30] ovunque appare
legno da legno aver sdrucito il mare.

50 Stero in questo travaglio, in questa pena
ben quattro giorni, e non avean più schermo;
e n'avria avuto il mar vittoria piena,
poco più che 'l furor tenesse fermo:
ma diede speme lor d'aria serena
la disiata luce di santo Ermo,[31]
ch'in prua s'una cocchina[32] a por si venne;
che più non v'erano arbori né antenne.

51 Veduto fiammeggiar la bella face,
s'inginocchiaro tutti i naviganti,
e domandaro il mar tranquillo e pace
con umidi occhi e con voci tremanti.
La tempesta crudel, che pertinace
fu sin allora, non andò più inanti:
Maestro e Traversia [33] più non molesta,
e sol del mar tiràn Libecchio resta.

52 Questo resta sul mar tanto possente,

---

27 *l'arbor... de l'artimone*: l'albero cui è attaccata la vela d'artimone.
28 *giave*: magazzini.
29 *trombe*: pompe.
30 *sentina*: stiva.
31 *luce... Ermo*: le fiammelle di sant'Ermo, che, secondo i marinai, indicano il venir meno della tempesta.
32 *cocchina*: piccola vela di riserva.
33 *Traversia*: vento che spira dal largo contro la costa.

e da la negra bocca in modo esala,[34]
ed è con lui sì il rapido corrente[35]
de l'agitato mar ch'in fretta cala,
che porta il legno più velocemente,
che pelegrin falcon mai facesse ala,
con timor del nocchier ch'al fin del mondo
non lo trasporti, o rompa, o cacci al fondo.

53 Rimedio a questo il buon nocchier ritruova,
che commanda gittar per poppa spere,[36]
e caluma la gomona,[37] e fa pruova[38]
di duo terzi del corso ritenère.
Questo consiglio, e più l'augurio giova
di chi avea acceso in proda le lumière:[39]
questo il legno salvò che peria forse,
e fe' ch'in alto mar sicuro corse.

54 Nel golfo di Laiazzo[40] invêr Soria
sopra una gran città si trovò sorto,
e sì vicino al lito, che scopria
l'uno e l'altro castel che serra il porto.
Come il padron s'accorse de la via
che fatto avea, ritornò in viso smorto;
che né porto pigliar quivi volea,
né stare in alto, né fuggir potea.

55 Né potea stare in alto, né fuggire,
che gli arbori e l'antenne avea perdute:
eran tavole e travi pel ferire
del mar, sdrucite, macere e sbattute.
E 'l pigliar porto era un voler morire,
o perpetuo legarsi in servitute;

34 *da la negra... esala*: soffia dalla nera bocca (perché proveniente dall'Africa).
35 *il rapido corrente*: la corrente del mare, provocata da lui, è così veloce.
36 *spere*: galleggianti per rallentare la corsa della nave.
37 *caluma la gomona*: cala a poco a poco la gomena.
38 *fa pruova*: si sforza di.
39 *le lumiere*: le fiammelle di sant'Ermo.
40 *Laiazzo*: nel golfo di Alessandretta.

che riman serva ogni persona, o morta,
che quivi errore o ria fortuna porta.

56 E 'l stare in dubbio era con gran periglio
che non salisser genti de la terra
con legni armati, e al suo desson di piglio,
mal atto a star sul mar, non ch'a far guerra.
Mentre il padron non sa pigliar consiglio,
fu domandato da quel d'Inghilterra,
chi gli tenea sì l'animo suspeso,
e perché già non avea il porto preso.

57 Il padron narrò lui che quella riva
tutta tenean le femine omicide,
di quai l'antiqua legge ognun ch'arriva
in perpetuo tien servo, o che l'uccide;
e questa sorte solamente schiva
chi nel campo dieci uomini conquide,
e poi la notte può assaggiar nel letto
diece donzelle con carnal diletto.

58 E se la prima pruova gli vien fatta,
e non fornisca la seconda poi,
egli vien morto, e chi è con lui si tratta
da zappatore o da guardian di buoi.
Se di far l'uno e l'altro è persona atta,
impetra libertade a tutti i suoi;
a sé non già, c'ha da restar marito
di diece donne, elette a suo appetito.

59 Non poté udire Astolfo senza risa
de la vicina terra il rito strano.
Sopravien Sansonetto, e poi Marfisa,
indi Aquilante, e seco il suo germano.
Il padron parimente lor divisa
la causa che dal porto il tien lontano:
— Voglio (dicea) che inanzi il mar m'affoghi,
ch'io senta mai di servitude i gioghi. —

60 Del parer del padrone i marinari

e tutti gli altri naviganti furo;
ma Marfisa e' compagni eran contrari,
che, più che l'acque, il lito avean sicuro.
Via più il vedersi intorno irati i mari,
che centomila spade, era lor duro.
Parea lor questo e ciascun altro loco
dov'arme usar potean, da temer poco.

61   Bramavano i guerrier venire a proda,
ma con maggior baldanza il duca inglese;
che sa, come del corno il rumor s'oda,
sgombrar d'intorno si farà il paese.
Pigliare il porto l'una parte loda,
e l'altra il biasma, e sono alle contese;
ma la più forte in guisa il padron stringe,
ch'al porto, suo malgrado, il legno spinge.

62   Già, quando prima s'erano alla vista
de la città crudel sul mar scoperti,
veduto aveano una galea provista
di molta ciurma e di nochieri esperti
venire al dritto a ritrovar la trista
nave, confusa di consigli incerti;
che, l'alta prora alle sua poppe basse
legando, fuor de l'empio mar la trasse.

63   Entrar nel porto remorchiando, e a forza
di remi più che per favor di vele;
però che l'alternar di poggia e d'orza
avea levato il vento lor crudele.[41]
Intanto ripigliar la dura scorza [42]
i cavallieri e il brando lor fedele;
ed al padrone ed a ciascun che teme
non cessan dar con lor conforti speme.

41 *l'alternar... crudele*: la tempesta aveva tolto loro la possibilità
di usare il cavo che serve a tendere la vela dal lato di sottovento
(*poggia*) e l'altro che serve a tendere la vela dal lato di sopravvento
(*orza*).
42 *scorza*: armatura,

64 Fatto è 'l porto a sembianza d'una luna,
    e gira più di quattro miglia intorno:
    seicento passi è in bocca, ed in ciascuna
    parte una rocca ha nel finir del corno.
    Non teme alcuno assalto di fortuna,
    se non quando gli vien dal mezzogiorno.
    A guisa di teatro se gli stende
    la città a cerco, e verso il poggio ascende.

65 Non fu quivi sì tosto il legno sorto
    (già l'aviso era per tutta la terra),
    che fur seimila femine sul porto,
    con gli archi in mano, in abito di guerra;
    e per tor de la fuga ogni conforto,
    tra l'una rocca e l'altra il mar si serra:
    da navi e da catene fu rinchiuso,
    che tenean sempre istrutte a cotal uso.

66 Una che d'anni alla Cumea d'Apollo
    poté uguagliarsi e alla madre d'Ettorre,[43]
    fe' chiamare il padrone, e domandollo
    se si volean lasciar la vita torre,
    o se voleano pur al giogo il collo,
    secondo la costuma, sottoporre.
    Degli dua l'uno aveano a torre: o quivi
    tutti morire, o rimaner captivi.

67 — Gli è ver (dicea) che s'uom si ritrovasse
    tra voi così animoso e così forte,
    che contra dieci nostri uomini osasse
    prender battaglia, e desse lor la morte,
    e far con diece femine bastasse
    per una notte ufficio di consorte;
    egli si rimarria principe nostro,
    e gir voi ne potreste al camin vostro.

68 E sarà in vostro arbitrio il restar anco,
    vogliate o tutti o parte; ma con patto,

43 *alla Cumea... Ettorre*: alla Sibilla Cumana e a Ecuba.

che chi vorrà restare, e restar franco,
marito sia per diece femine atto.
Ma quando il guerrier vostro possa manco
dei dieci che gli fian nimici a un tratto,
o la seconda pruova non fornisca,
vogliàn voi siate schiavi, egli perisca. —

69 Dove la vecchia ritrovar timore
credea nei cavallier, trovò baldanza;
che ciascun si tenea tal feritore,
che fornir l'uno e l'altro avea speranza:
ed a Marfisa non mancava il core,
ben che mal atta alla seconda danza;
ma dove non l'aitasse la natura,
con la spada supplir stava sicura.

70 Al padron fu commessa la risposta,
prima conchiusa per commun consiglio:
ch'avean chi lor potria di sé a lor posta
ne la piazza e nel letto far periglio.
Levan l'offese,[44] ed il nocchier s'accosta,
getta la fune e le fa dar di piglio;
e fa acconciare il ponte, onde i guerrieri
escono armati, e tranno i lor destrieri.

71 E quindi van per mezzo la cittade,
e vi ritruovan le donzelle altiere,
succinte cavalcar per le contrade,
ed in piazza armeggiar come guerriere.
Né calciar[45] quivi spron, né cinger spade,
né cosa d'arme puoi gli uomini avere,
se non dieci alla volta, per rispetto
de l'antiqua costuma ch'io v'ho detto.

72 Tutti gli altri alla spola, all'aco, al fuso,
al pettine ed all'aspo[46] sono intenti,

44 *Levan l'offese*: depongono gli atteggiamenti ostili.
45 *calciar*: calzare.
46 *aspo*: strumento che serve ad avvolgere il filo in matassa.

con vesti feminil che vanno giuso
insin al piè, che gli fa molli e lenti.
Si tengono in catena alcuni ad uso
d'arar la terra o di guardar gli armenti.
Son pochi i maschi, e non son ben, per mille
femine, cento, fra cittadi e ville.

73 Volendo tôrre i cavallieri a sorte
chi di lor debba, per commune scampo
l'una decina in piazza porre a morte,
e poi l'altra ferir ne l'altro campo;
non disegnavan di Marfisa forte,
stimando che trovar dovesse inciampo
ne la seconda giostra de la sera,
ch'ad averne vittoria abil non era.

74 Ma con gli altri esser volse ella sortita:
or sopra lei la sorte in somma cade.
Ella dicea: — Prima v'ho a por la vita,
che v'abbiate a por voi la libertade;
ma questa spada (e lor la spada addita,
che cinta avea) vi do per securtade
ch'io vi sciorrò tutti gl'intrichi al modo
che fe' Alessandro il gordiano nodo.[47]

75 Non vuo' mai più che forestier si lagni
di questa terra, fin che 'l mondo dura. —
Così disse; e non potero i compagni
torle quel che le dava sua aventura.
Dunque, o ch'in tutto perda, o lor guadagni
la libertà, le lasciano la cura.
Ella di piastre già guernita e maglia,
s'appresentò nel campo alla battaglia.

76 Gira una piazza al sommo de la terra,
di gradi a seder atti intorno chiusa;

---

[47] *Alessandro... nodo*: Alessandro Magno tagliò con un colpo di
spada il nodo inestricabile che aveva fatto l'antico re di Frigia
Gordio.

che solamente a giostre, a simil guerra,
a cacce, a lotte, e non ad altro s'usa:
quattro porte ha di bronzo, onde si serra.
Quivi la moltitudine confusa
de l'armigere femine si trasse;
e poi fu detto a Marfisa ch'entrasse.

77   Entrò Marfisa s'un destrier leardo,[48]
tutto sparso di macchie e di rotelle,[49]
di piccol capo e d'animoso sguardo,
d'andar superbo e di fattezze belle.
Pel maggiore e più vago e più gagliardo,
di mille che n'avea con briglie e selle,
scelse in Damasco, e realmente ornollo,
ed a Marfisa Norandin donollo.

78   Da mezzogiorno e da la porta d'austro[50]
entrò Marfisa; e non vi stette guari,
ch'appropinquare e risonar pel claustro[51]
udì di trombe acuti suoni e chiari:
e vide poi di verso il freddo plaustro[52]
entrar nel campo i dieci suoi contrari.
Il primo cavallier ch'apparve inante,
di valer tutto il resto avea sembiante.

79   Quel venne in piazza sopra un gran destriero,
che, fuor ch'in fronte e nel piè dietro manco,
era, più che mai corbo, oscuro e nero:
nel piè e nel capo avea alcun pelo bianco.
Del color del cavallo il cavalliero
vestito, volea dir che, come manco[53]
del chiaro era l'oscuro, era altretanto
il riso in lui verso l'oscuro pianto.

48 *leardo*: grigio pomellato.
49 *rotelle*: macchie a forma di cerchietti.
50 *porta d'austro*: porta verso sud.
51 *claustro*: piazza d'arme.
52 *freddo plaustro*: il freddo carro dell'Orsa.
53 *manco*: privo.

80   Dato che fu de la battaglia il segno,
       nove guerrier l'aste chinaro a un tratto:
       ma quel dal nero ebbe il vantaggio a sdegno;
       si ritirò, né di giostrar fece atto.
       Vuol ch'alle leggi inanzi di quel regno,
       ch'alla sua cortesia, sia contrafatto.[54]
       Si tra' da parte e sta a veder le pruove
       ch'una sola asta farà contra a nove.

81   Il destrier, ch'avea andar trito [55] e soave,
       portò all'incontro la donzella in fretta,
       che nel corso arrestò lancia sì grave,
       che quattro uomini avriano a pena retta.
       L'avea pur dianzi al dismontar di nave
       per la più salda in molte antenne eletta.
       Il fier sembiante con ch'ella si mosse,
       mille facce imbiancò, mille cor scosse.

82   Aperse al primo che trovò sì il petto,
       che fôra assai che fosse stato nudo:
       gli passò la corazza e il soprapetto,
       ma prima un ben ferrato e grosso scudo.
       Dietro le spalle un braccio il ferro netto
       si vide uscir: tanto fu il colpo crudo.
       Quel fitto ne la lancia a dietro lassa,
       e sopra gli altri a tutta briglia passa.

83   E diede d'urto a chi venìa secondo,
       ed a chi terzo sì terribil botta,
       che rotto ne la schiena uscir del mondo
       fe' l'uno e l'altro, e de la sella a un'otta; [56]
       sì duro fu l'incontro e di tal pondo,
       sì stretta insieme ne venìa la frotta.
       Ho veduto bombarde a quella guisa
       le squadre aprir, che fe' lo stuol Marfisa.

84   Sopra di lei più lance rotte furo;

54 *sia contrafatto*: si contravvenga.
55 *trito*: a passi brevi.
56 *a un'otta*: a un'ora, a un tempo.

ma tanto a quelli colpi ella si mosse,
quanto nel giuoco de le cacce [57] un muro
si muova a' colpi de le palle grosse.
L'usbergo suo di tempra era sì duro,
che non gli potean contra le percosse;
e per incanto al fuoco de l'Inferno
cotto, e temprato all'acque fu d'Averno.

85   Al fin del campo il destrier tenne e volse,
     e fermò alquanto: e in fretta poi lo spinse
     incontra gli altri, e sbarragliolli e sciolse,
     e di lor sangue insin all'elsa tinse.
     All'uno il capo, all'altro il braccio tolse;
     e un altro in guisa con la spada cinse,
     che 'l petto in terra andò col capo ed ambe
     le braccia, e in sella il ventre era e le gambe.

86   Lo partì, dico, per dritta misura,
     de le coste e de l'anche alle confine,
     e lo fe' rimaner mezza figura,
     qual dinanzi all'imagini divine,
     poste d'argento, e più di cera pura [58]
     son da genti lontane e da vicine,
     ch'a ringraziarle e sciorre il voto vanno
     de le domande pie ch'ottenute hanno.

87   Ad uno che fuggia, dietro si mise,
     né fu a mezzo la piazza, che lo giunse;
     e 'l capo e 'l collo in modo gli divise,
     che medico mai più non lo raggiunse.
     In somma tutti un dopo l'altro uccise,
     o ferì sì ch'ogni vigor n'emunse; [59]
     e fu sicura che levar di terra
     mai più non si potrian per farle guerra.

88   Stato era il cavallier sempre in un canto,

57 *giuoco de le cacce*: probabilmente quella varietà del gioco del
pallone che è detta « palla al muro ».
58 *d'argento... pura*: le immagini degli ex voto.
59 *emunse*: tolse.

che la decina in piazza avea condutta;
però che contra un solo andar con tanto
vantaggio opra gli parve iniqua e brutta.
Or che per una man torsi da canto
vide sì tosto la compagna tutta,
per dimostrar che la tardanza fosse
cortesia stata e non timor, si mosse.

89   Con man fe' cenno di volere, inanti
        che facesse altro, alcuna cosa dire;
        e non pensando in sì viril sembianti
        che s'avesse una vergine a coprire,
        le disse; — Cavalliero, omai di tanti
        esser déi stanco, c'hai fatto morire;
        e s'io volessi, più di quel che sei,
        stancarti ancor, discortesia farei.

90   Che ti risposi in sino al giorno nuovo,
        e doman torni in campo, ti concedo.
        Non mi fia onor se teco oggi mi pruovo,
        che travagliato e lasso esser ti credo. —
        — Il travagliare in arme non m'è nuovo,
        né per sì poco alla fatica cedo
        (disse Marfisa); e spero ch'a tuo costo
        io ti farò di questo aveder tosto.

91   De la cortese offerta ti ringrazio,
        ma riposare ancor non mi bisogna;
        e ci avanza del giorno tanto spazio,
        ch'a porlo tutto in ozio è pur vergogna. —
        Rispose il cavallier: — Fuss'io sì sazio
        d'ogn'altra cosa che 'l mio core agogna,
        come t'ho in questo da saziar; ma vedi
        che non ti manchi il dì più che non credi. —

92   Così disse egli, e fe' portare in fretta
        due grosse lance, anzi due gravi antenne;
        ed a Marfisa dar ne fe' l'eletta:[60]

60 *l'eletta*: la scelta.

tolse l'altra per sé, ch'indietro venne.
Già sono in punto, ed altro non s'aspetta
ch'un alto suon che lor la giostra accenne.
Ecco la terra e l'aria e il mar rimbomba
nel mover loro al primo suon di tromba.

93 Trar fiato, bocca aprir, o battere occhi
non si vedea de' riguardanti alcuno:
tanto a mirare a chi la palma tocchi
dei duo campioni, intento era ciascuno.
Marfisa, acciò che de l'arcion trabocchi,
sì che mai non si levi, il guerrier bruno,
drizza la lancia; e il guerrier bruno forte
studia non men di por Marfisa a morte.

94 Le lance ambe di secco e suttil salce,
non di cerro sembrar grosso ed acerbo,
così n'andaro in tronchi fin al calce;[61]
e l'incontro ai destrier fu sì superbo,
che parimente parve da una falce
de le gambe esser lor tronco ogni nerbo.
Cadero ambi ugualmente; ma i campioni
fur presti a disbrigarsi dagli arcioni.

95 A mille cavallieri alla sua vita
al primo incontro avea la sella tolta
Marfisa, ed ella mai non n'era uscita;
e n'uscì, come udite, a questa volta.
Del caso strano non pur sbigottita,
ma quasi fu per rimanerne stolta.
Parve anco strano al cavallier dal nero,
che non solea cader già di leggiero.

96 Tocca avean nel cader la terra a pena,
che furo in piedi e rinovar l'assalto.
Tagli e punte a furor quivi si mena,
quivi ripara or scudo, or lama, or salto.
Vada la botta vota o vada piena,

61 *calce*: calcio.

l'aria ne stride e ne risuona in alto.
Quelli elmi, quelli usberghi, quelli scudi
mostrar ch'erano saldi più ch'incudi.

97 Se de l'aspra donzella il braccio è grave,
    né quel del cavallier nimico è lieve.
    Ben la misura ugual l'un da l'altro have:
    quanto a punto l'un dà, tanto riceve.
    Chi vol due fiere audaci anime brave,
    cercar più là di queste due non deve,
    né cercar più destrezza né più possa;
    che n'han tra lor quanto più aver si possa.

98 Le donne, che gran pezzo mirato hanno
    continuar tante percosse orrende,
    e che nei cavallier segno d'affanno
    e di stanchezza ancor non si comprende;
    dei duo miglior guerrier lode lor danno,
    che sien tra quanto il mar sua braccia estende.
    Par lor che, se non fosser più che forti,
    esser dovrian sol del travaglio morti.

99 Ragionando tra sé, dicea Marfisa:
    — Buon fu per me, che costui non si mosse;
    ch'andava a risco di restarne uccisa,
    se dianzi stato coi compagni fosse,
    quando io mi truovo a pena a questa guisa
    di potergli star contra alle percosse. —
    Così dice Marfisa; e tuttavolta
    non resta di menar la spada in volta.

100 — Buon fu per me (dicea quell'altro ancora),
    che riposar costui non ho lasciato.
    Difender me ne posso a fatica ora
    che de la prima pugna è travagliato.
    Se fin al nuovo dì facea dimora
    a ripigliar vigor, che saria stato?
    Ventura ebbi io, quanto più possa aversi,
    che non volesse tor quel ch'io gli offersi. —

101 La battaglia durò fin alla sera,
né chi avesse anco il meglio era palese;
né l'un né l'altro più senza lumiera
saputo avria come schivar l'offese.
Giunta la notte, all'inclita guerriera
fu primo a dir il cavallier cortese:
— Che faren, poi che con ugual fortuna
n'ha sopragiunti la notte importuna?

102 Meglio mi par che 'l viver tuo prolunghi
almeno insino a tanto che s'aggiorni.
Io non posso concederti che aggiunghi
fuor ch'una notte picciola ai tua giorni.
E di ciò che non gli abbi aver più lunghi,
la colpa sopra me non vuo' che torni:
torni pur sopra alla spietata legge
del sesso feminil che 'l loco regge.

103 Se di te duolmi e di quest' altri tuoi,
lo sa colui che nulla cosa ha oscura.
Con tuoi compagni star meco tu puoi:
con altri non avrai stanza sicura;
perché la turba, a cu' i mariti suoi
oggi uccisi hai, già contra te congiura.
Ciascun di questi a cui dato hai la morte,
era di diece femine consorte.

104 Del danno c'han da te ricevut'oggi,
disian novanta femine vendetta:
sì che se meco ad albergar non poggi,[62]
questa notte assalito esser t'aspetta. —
Disse Marfisa: — Accetto che m'alloggi,
con sicurtà che non sia men perfetta
in te la fede e la bontà del core,
che sia l'ardire e il corporal valore.

105 Ma che t'incresca che m'abbi ad uccidere,
ben ti può increscere anco del contrario.

62 *poggi*: sali.

Fin qui non credo che l'abbi da ridere,
perch'io sia men di te duro avversario.
O la pugna seguir vogli o dividere,
o farla all'uno o all'altro luminario,[63]
ad ogni cenno pronta tu m'avrai,
e come ed ogni volta che vorrai. —

106   Così fu differita la tenzone
fin che di Gange [64] uscisse il nuovo albore,
e si restò senza conclusione
chi d'essi duo guerrier fosse il migliore.
Ad Aquilante venne ed a Grifone
e così agli altri il liberal signore,
e li pregò che fin al nuovo giorno
piacesse lor di far seco soggiorno.

107   Tenner lo 'nvito senza alcun sospetto:
indi, a splendor de bianchi torchi [65] ardenti,
tutti saliro ov'era un real tetto,
distinto in molti adorni alloggiamenti.
Stupefatti al levarsi de l'elmetto,
mirandosi, restaro i combattenti;
che 'l cavallier, per quanto apparea fuora,
non eccedeva i diciotto anni ancora.

108   Si maraviglia la donzella, come
in arme tanto un giovinetto vaglia;
si maraviglia l'altro, ch'alle chiome
s'avede con chi avea fatto battaglia:
e si domandan l'un con l'altro il nome,
e tal debito tosto si ragguaglia.
Ma come si nomasse il giovinetto,
ne l'altro canto ad ascoltar v'aspetto.

---

63 *luminario*: astro.
64 *di Gange*: dall'Oriente.
65 *torchi*: torce.

1   Le donne antique hanno mirabil cose
fatto ne l'arme e ne le sacre muse;
e di lor opre belle e gloriose
gran lume in tutto il mondo si diffuse.
Arpalice e Camilla [1] son famose,
perché in battaglia erano esperte ed use;
Safo e Corinna,[2] perché furon dotte,
splendono illustri, e mai non veggon notte.

2   Le donne son venute in eccellenza
di ciascun'arte ove hanno posto cura;
e qualunque all'istorie abbia avvertenza,
ne sente ancor la fama non oscura.
Se 'l mondo n'è gran tempo stato senza,
non però sempre il mal influsso dura;
e forse ascosi han lor debiti onori
l'invidia o il non saper degli scrittori.

3   Ben mi par di veder ch'al secol nostro
tanta virtù fra belle donne emerga,
che può dare opra a carte ed ad inchiostro,
perché nei futuri anni si disperga,[3]
e perché, odiose lingue, il mal dir vostro
con vostra eterna infamia si sommerga:
e le lor lode appariranno in guisa,
che di gran lunga avanzeran Marfisa.

---

1 *Arpalice e Camilla*: la prima principessa della Tracia, la seconda
eroina dell'*Eneide*.
2 *Safo e Corinna*: la prima, Saffo, poetessa di Lesbo, la seconda poetessa di Tanagra, in Beozia.
3 *si disperga*: si diffonda.

4   Or pur tornando a lei, questa donzella
       al cavallier che l'usò cortesia,
       de l'esser suo non niega dar novella,
       quando esso a lei voglia contar chi sia.
       Sbrigossi tosto del suo debito ella:
       tanto il nome di lui saper disia.
       — Io son (disse) Marfisa: — e fu assai questo;
       che si sapea per tutto 'l mondo il resto.

5   L'altro comincia, poi che tocca a lui,
       con più proemio a darle di sé conto,
       dicendo: — Io credo che ciascun di vui
       abbia de la mia stirpe il nome in pronto;
       che non pur Francia e Spagna e i vicin sui,
       ma l'India, l'Etiopia e il freddo Ponto [4]
       han chiara cognizion di Chiaramonte,
       onde uscì il cavallier ch'uccise Almonte,[5]

6   e quel ch'a Chiariello e al re Mambrino
       diede la morte,[6] e il regno lor disfece.
       Di questo sangue, dove ne l'Eusino
       l'Istro [7] ne vien con otto corna o diece,
       al duca Amone, il qual già peregrino
       vi capitò, la madre mia mi fece:
       e l'anno è ormai ch'io la lasciai dolente,
       per gire in Francia a ritrovar mia gente.

7   Ma non potei finire il mio viaggio,
       che qua mi spinse un tempestoso Noto.
       Son dieci mesi o più che stanza v'aggio,
       che tutti i giorni e tutte l'ore noto.
       Nominato son io Guidon Selvaggio,
       di poca pruova ancora e poco noto.
       Uccisi qui Argilon da Melibea
       con dieci cavallier che seco avea.

4 *Ponto*: antico regno sul mar Nero.
5 *il cavallier... Almonte*: Orlando uccise Almonte in Aspromonte.
6 *quel... morte*: Rinaldo uccise il re pagano Mambrino d'Ulivante
e suo fratello, il gigante Chiariello.
7 *l'Istro*: il Danubio che sbocca nel mar Nero con molte foci.

8 Feci la pruova ancor de le donzelle:
così n'ho diece a' miei piaceri allato;
ed alla scelta mia son le più belle,
e son le più gentil di questo stato.
E queste reggo e tutte l'altre; ch'elle
di sé m'hanno governo e scettro dato:
così daranno a qualunque altro arrida
Fortuna sì, che la decina ancida. —

9 I cavallier domandano a Guidone,
com'ha sì pochi maschi il tenitoro; [8]
e s'alle moglie hanno suggezione,
come esse l'han negli altri lochi a loro.
Disse Guidon: — Più volte la cagione
udita n'ho da poi che qui dimoro;
e vi sarà, secondo ch'io l'ho udita,
da me, poi che v'aggrada, riferita.

10 Al tempo che tornar dopo anni venti
da Troia i Greci (che durò l'assedio
dieci, e dieci altri da contrari venti
furo agitati in mar con troppo tedio),
trovar che le lor donne agli tormenti
di tanta assenza avean preso rimedio:
tutte s'avean giovani amanti eletti,
per non si raffreddar sole nei letti.

11 Le case lor trovaro i Greci piene
de l'altrui figli; e per parer commune
perdonano alle mogli, che san bene
che tanto non potean viver digiune:
ma ai figli degli adulteri conviene
altrove procacciarsi altre fortune;
che tolerar non vogliono i mariti
che più alle spese lor sieno notriti.

12 Sono altri esposti, altri tenuti occulti
da le lor madri e sostenuti in vita.

8 *tenitoro*: territorio.

In varie squadre quei ch'erano adulti
feron, chi qua chi là, tutti partita.
Per altri l'arme son, per altri culti
gli studi e l'arti; altri la terra trita; [9]
serve altri in corte; altri è guardian di gregge,
come piace a colei che qua giù regge.

13   Partì fra gli altri un giovinetto, figlio
di Clitemnestra, la crudel regina,
di diciotto anni, fresco come un giglio,
o rosa colta allor di su la spina.
Questi, armato un suo legno, a dar di piglio
si pose e a depredar per la marina
in compagnia di cento giovinetti
del tempo suo, per tutta Grecia eletti.

14   I Cretesi, in quel tempo che cacciato
il crudo Idomeneo [10] del regno aveano,
e per assicurarsi il nuovo stato,
d'uomini e d'arme adunazion faceano;
fero con bon stipendio lor soldato
Falanto (così al giovine diceano),
e lui con tutti quei che seco avea,
poser per guardia alla città Dictea. [11]

15   Fra cento alme città ch'erano in Creta,
Dictea più ricca e più piacevol era,
di belle donne ed amorose lieta,
lieta di giochi da matino a sera:
e com'era ogni tempo consueta
d'accarezzar la gente forestiera,
fe' a costor sì, che molto non rimase
a fargli anco signor de le lor case.

9 *trita*: lavora.
10 *Idomeneo*: re di Creta, che avendo fatto voto, al ritorno da Troia,
durante una burrasca, di sacrificare il primo uomo che avesse incontrato in patria, non esitò a immolare il proprio figlio.
11 *Dictea*: che prendeva nome dal monte cretese Dicte, ove fu allevato Giove.

16 Eran gioveni tutti e belli affatto
    (che 'l fior di Grecia avea Falanto eletto):
    sì ch'alle belle donne, al primo tratto
    che v'apparir, trassero i cor del petto.
    Poi che non men che belli, ancora in fatto
    si dimostrar buoni e gagliardi al letto,
    si fero ad esse in pochi dì sì grati,
    che sopra ogn'altro ben n'erano amati.

17 Finita che d'accordo è poi la guerra
    per cui stato Falanto era condutto,
    e lo stipendio militar si serra,[12]
    sì che non v'hanno i giovoni più frutto,
    e per questo lasciar voglion la terra;
    fan le donne di Creta maggior lutto,
    e per ciò versan più dirotti pianti,
    che se i lor padri avesson morti avanti.

18 Da le lor donne i giovoni assai foro,
    ciascun per sé, di rimaner pregati:
    né volendo restare, esse con loro
    n'andar, lasciando e padri e figli e frati,
    di ricche gemme e di gran summa d'oro
    avendo i lor dimestici spogliati;
    che la pratica fu tanto secreta,
    che non sentì la fuga uomo di Creta.

19 Sì fu propizio il vento, sì fu l'ora
    commoda, che Falanto a fuggir colse,
    che molte miglia erano usciti fuora,
    quando del danno suo Creta si dolse.
    Poi questa spiaggia, inabitata allora,
    trascorsi per fortuna [13] li raccolse.
    Qui si posaro, e qui sicuri tutti
    meglio del furto lor videro i frutti.

20 Questa lor fu per dieci giorni stanza

12 *si serra*: cessa.
13 *trascorsi per fortuna*: tratti fuori di rotta da una tempesta.

di piaceri amorosi tutta piena.
Ma come spesso avvien, che l'abondanza
seco in cor giovenil fastidio mena,
tutti d'accordo fur di restar sanza
femine, e liberarsi di tal pena;
che non è soma da portar sì grave,
come aver donna, quando a noia s'have.

21 Essi che di guadagno e di rapine
eran bramosi, e di dispendio parchi,
vider ch'a pascer tante concubine,
d'altro che d'aste avean bisogno e d'archi:
sì che sole lasciar qui le meschine,
e se n'andar di lor ricchezze carchi
là dove in Puglia in ripa al mar poi sento
ch'edificar la terra di Tarento.[14]

22 Le donne, che si videro tradite
dai loro amanti in che più fede aveano,
restar per alcun dì sì sbigottite,
che statue immote in lito al mar pareano.
Visto poi che da gridi e da infinite
lacrime alcun profitto non traeano,
a pensar cominciaro e ad aver cura
come aiutarsi in tanta lor sciagura.

23 E proponendo in mezzo i lor pareri,
altre diceano: in Creta è da tornarsi;
e più tosto all'arbitrio de' severi
padri e d'offesi lor mariti darsi,
che nei deserti liti e boschi fieri,
di disagio e di fame consumarsi.
Altre dicean che lor saria più onesto
affogarsi nel mar, che mai far questo;

24 e che manco mal era meretrici
andar pel mondo, andar mendiche o schiave,
che se stesse offerire agli supplici

14 *Tarento*: Taranto.

di ch'eran degne l'opere lor prave.
Questi e simil partiti le infelici
si proponean, ciascun più duro e grave.
Tra loro al fine una Orontea levosse,
ch'origine traea dal re Minosse;

25 la più gioven de l'artre e la più bella
e la più accorta, e ch'avea meno errato:
amato avea Falanto, e a lui pulzella
datasi, e per lui il padre avea lasciato.
Costei mostrando in viso ed in favella
il magnanimo cor d'ira infiammato,
redarguendo di tutte altre il detto,
suo parer disse, e fe' seguirne effetto.

26 Di questa terra a lei non parve torsi,
che conobbe feconda e d'aria sana,
e di limpidi fiumi aver discorsi,[15]
di selve opaca, e la più parte piana;
con porti e foci, ove dal mar ricorsi[16]
per ria fortuna avea la gente estrana,
ch'or d'Africa portava, ora d'Egitto
cose diverse e necessarie al vitto.

27 Qui parve a lei fermarsi, e far vendetta
del viril sesso che le avea sì offese:
vuol ch'ogni nave, che da venti astretta
a pigliar venga porto in suo paese,
a sacco, a sangue, a fuoco al fin si metta;
né de la vita a un sol si sia cortese.
Così fu detto e così fu concluso,
e fu fatta la legge e messa in uso.

28 Come turbar l'aria sentiano, armate
le femine correan su la marina,
da l'implacabile Orontea guidate,
che diè lor legge e si fe' lor regina:

15 *discorsi*: corsi.
16 *ricorsi*: rifugi.

e de le navi ai liti lor cacciate
faceano incendi orribili e rapina,
uom non lasciando vivo, che novella
dar ne potesse o in questa parte o in quella.

29 Così solinghe vissero qualch'anno
aspre nimiche del sesso virile:
ma conobbero poi, che 'l proprio danno
procaccierian, se non mutavan stile;
che se di lor propagine [17] non fanno,
sarà lor legge in breve irrita e vile,
e mancherà con l'infecondo regno,
dove di farla eterna era il disegno.

30 Sì che, temprando il suo rigore un poco
scelsero, in spazio di quattro anni interi,
di quanti capitaro in questo loco
dieci belli e gagliardi cavallieri,
che per durar ne l'amoroso gioco
contr'esse cento fosser buon guerrieri.
Esse in tutto eran cento; e statuito
ad ogni lor decina fu un marito.

31 Prima ne fur decapitati molti
che riusciro al paragon mal forti.
Or questi dieci a buona pruova tolti,
del letto e del governo ebbon consorti;
facendo lor giurar che, se più colti [18]
altri uomini verriano in questi porti,
essi sarian che, spenta ogni pietade,
li porriano ugualmente a fil di spade.

32 Ad ingrossare, [19] ed a figliar appresso
le donne, indi a temere incominciaro
che tanti nascerian del viril sesso,
che contra lor non avrian poi riparo;

17 *propagine*: discendenza.
18 *colti*: presi.
19 *ingrossare*: ingravidare.

e al fine in man degli uomini rimesso
saria il governo ch'elle avean sì caro:
sì ch'ordinar, mentre eran gli anni imbelli,
far sì, che mai non fosson lor ribelli.

33 Acciò il sesso viril non le soggioghi,
uno ogni madre vuol la legge orrenda,
che tenga seco; gli altri, o li suffoghi,[20]
o fuor del regno li permuti o venda.
Ne mandano per questo in vari luoghi:
e a chi gli porta dicono che prenda
femine, se a baratto aver ne puote;
se non, non torni almen con le man vote.

34 Né uno ancora alleverian, se senza
potesson fare, e mantenere il gregge.
Questa è quanta pietà, quanta clemenza
più ai suoi ch'agli altri usa l'iniqua legge:
gli altri condannan con ugual sentenza;
e solamente in questo si corregge,
che non vuol che, secondo il primiero uso,
le femine gli uccidano in confuso.

35 Se dieci o venti o più persone a un tratto
vi fosser giunte, in carcere eran messe:
e d'una al giorno, e non di più, era tratto
il capo a sorte, che perir dovesse
nel tempio orrendo ch'Orontea avea fatto,
dove un altare alla Vendetta eresse;
e dato all'un de' dieci il crudo ufficio
per sorte era di farne sacrificio.

36 Dopo molt'anni alle ripe omicide
a dar venne di capo un giovinetto,
la cui stirpe scendea dal buono Alcide,[21]
di gran valor ne l'arme, Elbanio detto.
Qui preso fu, ch'a pena se n'avide,

20 *suffoghi*: soffochi.
21 *buono Alcide*: Ercole.

come quel che venìa senza sospetto;
e con gran guardia in stretta parte chiuso,
con gli altri era serbato al crudel uso.

37 Di viso era costui bello e giocondo,
e di maniere e di costumi ornato,
e di parlar sì dolce e sì facondo,
ch'un aspe [22] volentier l'avria ascoltato:
sì che, come di cosa rara al mondo,
de l'esser suo fu tosto rapportato
ad Alessandra figlia d'Orontea,
che di molt'anni grave anco vivea.

38 Orontea vivea ancora; e già mancate
tutt'eran l'altre ch'abitar qui prima:
e diece tante e più n'erano nate,
e in forza eran cresciute e in maggior stima;
né tra diece fucine che serrate
stavan pur spesso, avean più d'una lima; [23]
e dieci cavallieri anco avean cura
di dare a chi venìa fiera aventura.

39 Alessandra, bramosa di vedere
il giovinetto ch'avea tante lode,
da la sua matre in singular piacere
impetra sì, ch'Elbanio vede ed ode;
e quando vuol partirne, rimanere
si sente il core ove è chi'l punge e rode:
legar si sente e non sa far contesa,
e al fin dal suo prigion si trova presa.

40 Elbanio disse a lei: — Se di pietade
s'avesse, donna, qui notizia ancora,
come se n'ha per tutt'altre contrade,
dovunque il vago sol luce e colora;
io vi osarei, per vostr'alma beltade
ch'ogn'animo gentil di sé inamora,

22 *aspe*: aspide.
23 *fucine... lima*: detto così con evidente allusione erotica.

chiedervi in don la vita mia, che poi
saria ognor presto a spenderla per voi.

41 Or quando fuor d'ogni ragion qui sono
privi d'umanitade i cori umani,
non vi domanderò la vita in dono,
che i prieghi miei so ben che sarian vani;
ma che da cavalliero, o tristo o buono
ch'io sia, possi morir con l'arme in mani,
e non come dannato per giudicio,
o come animal bruto in sacrificio. —

42 Alessandra gentil, ch'umidi avea,
per la pietà del giovinetto, i rai,
rispose: — Ancor che più crudele e rea
sia questa terra, ch'altra fosse mai;
non concedo però che qui Medea [24]
ogni femina sia, come tu fai:
e quando ogn'altra così fosse ancora,
me sola di tant'altre io vo' trar fuora.

43 E se ben per adietro io fossi stata
empia e crudel, come qui sono tante,
dir posso che suggetto ove mostrata
per me fosse pietà, non ebbi avante.
Ma ben sarei di tigre più arrabbiata,
e più duro avre' il cor che di diamante,
se non m'avesse tolto ogni durezza
tua beltà, tuo valor, tua gentilezza.

44 Così non fosse la legge più forte,
che contra i peregrini è statuita,
come io non schiverei con la mia morte
di ricomprar la tua più degna vita.
Ma non è grado qui di sì gran sorte,
che ti potesse dar libera aita;

24 *Medea*: che, abbandonata da Giasone, per trarne vendetta, uccise i figli.

e quel che chiedi ancor, ben che sia poco,
difficile ottener fia in questo loco.

45 Pur io vedrò di far che tu l'ottenga,
ch'abbi inanzi al morir questo contento;
ma mi dubito ben che te n'avenga,
tenendo il morir lungo, più tormento. —
Suggiunse Elbanio: — Quando incontra io venga
a dieci armato, di tal cor mi sento,
che la vita ho speranza di salvarme,
e uccider lor, se tutti fosser arme. —

46 Alessandra a quel detto non rispose
se non un gran sospiro, e dipartisse,
e portò nel partir mille amorose
punte nel cor, mai non sanabil, fisse.
Venne alla madre, e voluntà le pose
di non lasciar che 'l cavallier morisse,
quando si dimostrasse così forte,
che, solo, avesse posto i dieci a morte.

47 La regina Orontea fece raccorre
il suo consiglio, e disse: — A noi conviene
sempre il miglior che ritroviamo, porre
a guardar nostri porti e nostre arene;
e per saper chi ben lasciar, chi torre,
prova è sempre da far quando gli avviene;
per non patir con nostro danno a torto,
che regni il vile, e chi ha valor sia morto.

48 A me par, se a voi par, che statuito
sia, ch'ogni cavallier per lo avvenire,
che fortuna abbia tratto al nostro lito,
prima ch'al tempio si faccia morire,
possa egli sol, se gli piace il partito,
incontra i dieci alla battaglia uscire;
e se di tutti vincerli è possente,
guardi egli il porto, e seco abbia altra gente.

49 Parlo così, perché abbian qui un prigione

che par che vincer dieci s'offerisca.
Quando, sol, vaglia tante altre persone,
dignissimo è, per Dio, che s'esaudisca.
Così in contrario avrà punizione,
quando vaneggi e temerario ardisca. —
Orontea fine al suo parlar qui pose,
a cui de le più antique una rispose:

50 — La principal cagion ch'a far disegno
sul comercio degli uomini ci mosse,
non fu perch'a difender questo regno
del loro aiuto alcun bisogno fosse;
che per far questo abbiamo ardire e ingegno
da noi medesme, e a sufficienza posse:
così senza sapessimo far anco,
che non venisse il propagarci a manco!

51 Ma poi che senza lor questo non lece,
tolti abbiàn, ma non tanti, in compagnia,
che mai ne sia più d'uno incontra diece,
sì ch'aver di noi possa signoria.
Per conciper di lor questo si fece,
non che di lor difesa uopo ci sia.
La lor prodezza sol ne vaglia in questo,
e sieno ignavi e inutili nel resto.

52 Tra noi tenere un uom che sia sì forte,
contrario è in tutto al principal disegno.
Se può un solo a dieci uomini dar morte,
quante donne farà stare egli al segno?
Se i dieci nostri fosser di tal sorte,
il primo dì n'avrebbon tolto il regno.
Non è la via di dominar, se vuoi
por l'arme in mano a chi può più di noi.

53 Pon mente ancor, che quando così aiti
Fortuna questo tuo, che i dieci uccida,
di cento donne che de' lor mariti
rimarran prive, sentirai le grida.
Se vuol campar, proponga altri partiti,

ch'esser di dieci giovani omicida.
Pur, se per far con cento donne è buono
quel che dieci fariano, abbi perdono. —

54 Fu d'Artemia crudel questo il parere
(così avea nome), e non mancò per lei
di far nel tempio Elbanio rimanere
scannato inanzi agli spietati dèi.
Ma la madre Orontea che compiacere
volse alla figlia, replicò a colei
altre ed altre ragioni, e modo tenne
che nel senato il suo parer s'ottenne.

55 L'aver Elbanio di bellezza il vanto
sopra ogni cavallier che fosse al mondo,
fu nei cor de le giovani di tanto,
ch'erano in quel consiglio, e di tal pondo,
che 'l parer de le vecchie andò da canto,
che con Artemia volean far secondo
l'ordine antiquo; né lontan fu molto
ad esser per favore Elbanio assolto.

56 Di perdonargli in somma fu concluso,
ma poi che la decina avesse spento,
e che ne l'altro assalto fosse ad uso
di diece donne buono, e non di cento.
Di carcer l'altro giorno fu dischiuso;
e avuto arme e cavallo a suo talento,
contra dieci guerrier, solo, si mise,
e l'uno appresso all'altro in piazza uccise.

57 Fu la notte seguente a prova messo
contra diece donzelle ignudo e solo,
dove ebbe all'ardir suo sì buon successo,
che fece il saggio di tutto lo stuolo.
E questo gli acquistò tal grazia appresso
ad Orontea, che l'ebbe per figliuolo;
e gli diede Alessandra e l'altre nove
con ch'avea fatto le notturne prove.

58 E lo lasciò con Alessandra bella,
    che poi diè nome a questa terra, erede,
    con patto, ch'a servare egli abbia quella
    legge, ed ogn'altro che da lui succede:
    che ciascun che già mai sua fiera stella
    farà qui por lo sventurato piede,
    elegger possa, o in sacrificio darsi,
    o con dieci guerrier, solo, provarsi.

59 E se gli avvien che 'l dì gli uomini uccida,
    la notte con le femine si provi;
    e quando in questo ancor tanto gli arrida
    la sorte sua, che vincitor si trovi,
    sia del femineo stuol principe e guida,
    e la decina a scelta sua rinovi,
    con la qual regni, fin ch'un altro arrivi,
    che sia più forte, e lui di vita privi.

60 Appresso a duamila anni il costume empio
    si è mantenuto, e si mantiene ancora;
    e sono pochi giorni che nel tempio
    uno infelice peregrin non mora.
    Se contra dieci alcun chiede, ad esempio
    d'Elbanio, armarsi (che ve n'è talora),
    spesso la vita al primo assalto lassa;
    né di mille uno all'altra prova passa.

61 Pur ci passano alcuni, ma sì rari,
    che su le dita annoverar si ponno.
    Uno di questi fu Argilon: ma guari
    con la decina sua non fu qui donno;[25]
    che cacciandomi qui venti contrari,
    gli occhi gli chiusi in sempiterno sonno.
    Così fossi io con lui morto quel giorno,
    prima che viver servo in tanto scorno.

62 Che piaceri amorosi e riso e gioco,
    che suole amar ciascun de la mia etade,

25 *guari... donno*: non fu a lungo qui signore con la sua decina.

le purpure e le gemme e l'aver loco
inanzi agli altri ne la sua cittade,
potuto hanno, per Dio, mai giovar poco
all'uom che privo sia di libertade:
e 'l non poter mai più di qui levarmi,
servitù grave e intolerabil parmi.

63   Il vedermi lograr [26] dei miglior anni
il più bel fiore in sì vile opra e molle,
tiemmi il cor sempre in stimulo e in affanni,
ed ogni gusto di piacer mi tolle.
La fama del mio sangue spiega i vanni
per tutto 'l mondo, e fin al ciel s'estolle;
che forse buona parte anch'io n'avrei,
s'esser potessi coi fratelli miei.

64   Parmi ch'ingiuria il mio destin mi faccia,
avendomi a sì vil servigio eletto;
come chi ne l'armento il destrier caccia,
il qual d'occhi o di piedi abbia difetto,
o per altro accidente che dispiaccia,
sia fatto all'arme e a miglior uso inetto:
né sperando io, se non per morte, uscire
di sì vil servitù, bramo morire. —

65   Guidon qui fine alle parole pose,
e maledì quel giorno per isdegno,
il qual dei cavallieri e de le spose
gli diè vittoria in acquistar quel regno.
Astolfo stette a udire, e si nascose
tanto, che si fe' certo a più d'un segno,
che, come detto avea, questo Guidone
era figliol del suo parente Amone.

66   Poi gli rispose: — Io sono il duca inglese,
il tuo cugino Astolfo; — ed abbracciollo,
e con atto amorevole e cortese,
non senza sparger lagrime, baciollo.

26 *lograr*: consumare.

— Caro parente mio, non più palese
tua madre ti potea por segno al collo;
ch'a farne fede che tu sei de' nostri,
basta il valor che con la spada mostri. —

67 Guidon, ch'altrove avria fatto gran festa
d'aver trovato un sì stretto parente,
quivi l'accolse con la faccia mesta,
perché fu di vedervilo dolente.
Se vive, sa ch'Astolfo schiavo resta,
né il termine è più là che 'l dì seguente;
se fia libero Astolfo, ne more esso:
sì che 'l ben d'uno è il mal de l'altro espresso.

68 Gli duol che gli altri cavallieri ancora
abbia, vincendo, a far sempre captivi;
né più, quando esso in quel contrasto mora,
potrà giovar che servitù lor schivi:
che se d'un fango ben gli porta fuora,[27]
e poi s'inciampi come all'altro arrivi,
avrà lui senza pro vinto Marfisa;
ch'essi pur ne fien schiavi, ed ella uccisa.

69 Da l'altro canto avea l'acerba etade,
la cortesia e il valor del giovinetto
d'amore intenerito e di pietade
tanto a Marfisa ed ai compagni il petto,
che, con morte di lui lor libertade
esser dovendo, avean quasi a dispetto:
e se Marfisa non può far con manco
ch'uccider lui, vuol essa morir anco.

70 Ella disse a Guidon: — Vientene insieme
con noi, ch'a viva forza usciren quinci. —
— Deh (rispose Guidon) lascia ogni speme
di mai più uscirne, o perdi meco o vinci. —
Ella suggiunse: — Il mio cor mai non teme
di non dar fine a cosa che cominci;

27 *se... fuora*: se Marfisa li trarrà fuori dalla prima difficoltà.

né trovar so la più sicura strada
di quella ove mi sia guida la spada.

71 Tal ne la piazza ho il tuo valor provato,
che, s'io son teco, ardisco ad ogn'impresa.
Quando la turba intorno allo steccato
sarà domani in sul teatro ascesa,
io vo' che l'uccidian per ogni lato,
o vada in fuga o cerchi far difesa,
e ch'agli lupi e agli avoltoi del loco
lasciamo i corpi, e la cittade al fuoco. —

72 Suggiunse a lei Guidon: — Tu m'avrai pronto
a seguitarti ed a morirti a canto,
ma vivi rimaner non facciàn conto;
bastar ne può di vendicarci alquanto:
che spesso diecimila in piazza conto
del popul feminile, ed altretanto
resta a guardare e porto e rocca e mura,
né alcuna via d'uscir trovo sicura. —

73 Disse Marfisa: — E molto più sieno elle
degli uomini che Serse [28] ebbe già intorno,
e sieno più de l'anime ribelle [29]
ch'uscir del ciel con lor perpetuo scorno;
se tu sei meco, o almen non sie con quelle,
tutte le voglio uccidere in un giorno. —
Guidon suggiunse: — Io non ci so via alcuna
ch'a valer n'abbia, se non val quest'una.

74 Ne può sola salvar, se ne succede,
quest'una ch'io dirò, ch'or mi soviene.
Fuor ch'alle donne, uscir non si concede,
né metter piede in su le salse arene:
e per questo commettermi alla fede
d'una de le mie donne mi conviene,

28 *Serse*: re di Persia che attaccò la Grecia con un immenso esercito.
29 *anime ribelle*: gli angeli ribelli di Lucifero.

del cui perfetto amor fatta ho sovente
più pruova ancor, ch'io non farò al presente.

75   Non men di me tormi costei disia
di servitù, pur che ne venga meco,
che così spera, senza compagnia
de le rivali sue, ch'io viva seco.
Ella nel porto o fuste o saettia [30]
farà ordinar, mentre è ancor l'aer cieco, [31]
che i marinai vostri troveranno
acconcia a navigar, come vi vanno.

76   Dietro a me tutti in un drappel ristretti,
cavallieri, mercanti e galeotti,
ch'ad albergarvi sotto a questi tetti
meco, vostra mercé, sète ridotti,
avrete a farvi amplo sentier coi petti,
se del nostro camin siamo interrotti:
così spero, aiutandoci le spade,
ch'io vi trarrò de la crudel cittade. —

77   — Tu fa come ti par (disse Marfisa),
ch'io son per me d'uscir di qui sicura.
Più facil fia che di mia mano uccisa
la gente sia, che è dentro a queste mura,
che mi veggi fuggire, o in altra guisa
alcun possa notar ch'abbi paura.
Vo' uscir di giorno, e sol per forza d'arme;
che per ogn'altro modo obbrobrio parme.

78   S'io ci fossi per donna conosciuta,
so ch'avrei da le donne onore e pregio;
e volentieri io ci sarei tenuta
e tra le prime forse del collegio: [32]
ma con costoro essendoci venuta,
non ci vo' d'essi aver più privilegio.

30 *fuste o saettia*: imbarcazioni leggere e veloci.
31 *cieco*: tenebroso.
32 *collegio*: comunità.

Troppo error fôra ch'io mi stessi o andassi
libera, e gli altri in servitù lasciassi. —

79 Queste parole ed altre seguitando,
    mostrò Marfisa che 'l rispetto solo
    ch'avea al periglio de' compagni (quando
    potria loro il suo ardir tornare in duolo),
    la tenea che con alto e memorando
    segno d'ardir non assalia lo stuolo:
    e per questo a Guidon lascia la cura
    d'usar la via che più gli par sicura.

80 Guidon la notte con Aleria parla
    (così avea nome la più fida moglie),
    né bisogno gli fu molto pregarla,
    che la trovò disposta alle sue voglie.
    Ella tolse una nave e fece armarla,
    e v'arrecò le sue più ricche spoglie,
    fingendo di volere al nuovo albore
    con le compagne uscire in corso [33] fuore.

81 Ella avea fatto nel palazzo inanti
    spade e lance arrecar, corazze e scudi,
    onde armar si potessero i mercanti
    e i galeotti ch'eran mezzo nudi.
    Altri dormiro, ed altri ster vegghianti,
    compartendo tra lor gli ozi e gli studi; [34]
    spesso guardando, e pur con l'arme indosso,
    se l'oriente ancor si facea rosso.

82 Dal duro volto de la terra il sole
    non tollea ancora il velo oscuro ed atro;
    a pena avea la licaonia prole [35]
    per li solchi del ciel volto l'aratro:
    quando il femineo stuol, che veder vuole
    il fin de la battaglia, empì il teatro,

33 *in corso*: a far guerra di corsa.
34 *studi*: occupazioni.
35 *la licaonia prole*: la figlia di Licaone è Callisto, che fu sedotta
da Giove e mutata nella costellazione dell'Orsa.

come ape del suo claustro [36] empie la soglia,
che mutar regno al nuovo tempo voglia.

83   Di trombe, di tambur, di suon de corni
il popul risonar fa cielo e terra,
così citando [37] il suo signor, che torni
a terminar la cominciata guerra.
Aquilante e Grifon stavano adorni
de le lor arme, e il duca d'Inghilterra,
Guidon, Marfisa, Sansonetto e tutti
gli altri, chi a piedi e chi a cavallo istrutti. [38]

84   Per scender dal palazzo al mare e al porto,
la piazza traversar si convenia,
né v'era altro camin lungo né corto:
così Guidon disse alla compagnia.
E poi che di ben far molto conforto
lor diede, entrò senza rumore in via;
e ne la piazza, dove il popul era,
s'appresentò con più di cento in schiera.

85   Molto affrettando i suoi compagni, andava
Guidone all'altra porta per uscire:
ma la gran moltitudine che stava
intorno armata, e sempre atta a ferire,
pensò, come lo vide che menava
seco quegli altri, che volea fuggire;
e tutta a un tratto agli archi suoi ricorse,
e parte, onde s'uscia, venne ad opporse.

86   Guidone e gli altri cavallier gagliardi,
e sopra tutti lor Marfisa forte,
al menar de le man non furon tardi,
e molto fer per isforzar le porte:
ma tanta e tanta copia era dei dardi
che, con ferite dei compagni e morte,

36 *claustro*: alveare.
37 *citando*: chiamando.
38 *istrutti*: pronti.

pioveano lor di sopra e d'ogn'intorno,
ch'al fin temean d'averne danno e scorno.

87   D'ogni guerrier l'usbergo era perfetto;
     che se non era, avean più da temere.
     Fu morto il destrier sotto a Sansonetto;
     quel di Marfisa v'ebbe a rimanere.
     Astolfo tra sé disse: — Ora, ch'aspetto
     che mai mi possa il corno più valere?
     Io vo' veder, poi che non giova spada,
     s'io so col corno assicurar la strada. —

88   Come aiutar ne le fortune estreme
     sempre si suol, si pone il corno a bocca.
     Par che la terra e tutto 'l mondo trieme,
     quando l'orribil suon ne l'aria scocca.
     Sì nel cor de la gente il timor preme,
     che per disio di fuga si trabocca
     giù del teatro sbigottita e smorta,
     non che lasci [39] la guardia de la porta.

89   Come talor si getta e si periglia
     e da finestra e da sublime loco
     l'esterrefatta subito famiglia,
     che vede appresso e d'ogn'intorno il fuoco,
     che mentre le tenea gravi le ciglia
     il pigro sonno, crebbe a poco a poco:
     così messa la vita in abandono,
     ognun fuggia lo spaventoso suono.

90   Di qua di là, di su di giù smarrita
     surge la turba, e di fuggir procaccia.
     Son più di mille a un tempo ad ogni uscita:
     cascano a monti, e l'una l'altra impaccia.
     In tanta calca perde altra la vita;
     da palchi e da finestre altra si schiaccia:
     più d'un braccio si rompe e d'una testa,
     di ch'altra morta, altra storpiata resta.

39 *non che lasci*: oltre a lasciare.

91   Il pianto e 'l grido insino al ciel saliva,
      d'alta ruina misto e di fraccasso.
      Affretta, ovunque il suon del corno arriva,
      la turba spaventata in fuga il passo.
      Se udite dir che d'ardimento priva
      la vil plebe si mostri e di cor basso,
      non vi maravigliate, che natura
      è de la lepre aver sempre paura.

92   Ma che direte del già tanto fiero
      cor di Marfisa e di Guidon Selvaggio?
      dei dua giovini figli d'Oliviero,
      che già tanto onoraro il lor lignaggio?
      Già centomila avean stimato un zero;
      e in fuga or se ne van senza coraggio,
      come conigli, o timidi colombi
      a cui vicino alto rumor rimbombi.

93   Così noceva ai suoi come agli strani [40]
      la forza che nel corno era incantata.
      Sansonetto, Guidone e i duo germani
      fuggon dietro a Marfisa spaventata;
      né fuggendo ponno ir tanto lontani,
      che lor non sia l'orecchia anco intronata.
      Scorre Astolfo la terra in ogni lato,
      dando via sempre al corno maggior fiato.

94   Chi scese al mare, e chi poggiò su al monte,
      e chi tra i boschi ad occultar si venne:
      alcuna, senza mai volger la fronte,
      fuggir per dieci dì non si ritenne:
      uscì in tal punto alcuna fuor del ponte,
      ch'in vita sua mai più non vi rivenne.
      Sgombraro in modo e piazze e templi e case,
      che quasi vota la città rimase.

95   Marfisa e 'l bon Guidone e i duo fratelli
      e Sansonetto, pallidi e tremanti,

40 *agli strani*: ai forestieri.

fuggiano inverso il mare, e dietro a quelli
fuggian i marinari e i mercatanti;
ove Aleria trovar, che, fra i castelli,
loro avea un legno apparecchiato inanti.
Quindi, poi ch'in gran fretta li raccolse,
diè i remi all'acqua ed ogni vela sciolse.

96 Dentro e d'intorno il duca la cittade
avea scorsa dai colli insino all'onde;
fatto avea vote rimaner le strade:
ognun lo fugge, ognun se gli nasconde.
Molte trovate fur, che per viltade
s'eran gittate in parti oscure e immonde;
e molte, non sappiendo ove s'andare,
messesi a nuoto ed affogate in mare.

97 Per trovare i compagni il duca viene,
che si credea di riveder sul molo.
Si volge intorno, e le deserte arene
guarda per tutto, e non v'appare un solo.
Leva più gli occhi, e in alto a vele piene
da sé lontani andar li vede a volo:
sì che gli convien fare altro disegno
al suo camin, poi che partito è il legno.

98 Lasciamolo andar pur — né vi rincresca
che tanta strada far debba soletto
per terra d'infedeli e barbaresca,
dove mai non si va senza sospetto:
non è periglio alcuno, onde non esca
con quel suo cornò, e n'ha mostrato effetto; —
e dei compagni suoi pigliamo cura,
ch'al mar fuggian tremando di paura.

99 A piena vela si cacciaron lunge
da la crudele e sanguinosa spiaggia:
e poi che di gran lunga non li giunge
l'orribil suon ch'a spaventar più gli aggia,
insolita vergogna sì gli punge,
che, com'un fuoco, a tutti il viso raggia.

L'un non ardisce a mirar l'altro, e stassi
tristo, senza parlar, con gli occhi bassi.

100   Passa il nocchiero, al suo viaggio intento,
e Cipro e Rodi, e giù per l'onda egea
da sé vede fuggire isole cento
col periglioso capo di Malea;[41]
e con propizio ed immutabil vento
asconder vede la greca Morea;
volta Sicilia, e per lo mar Tirreno
costeggia de l'Italia il lito ameno:

101   e sopra Luna [42] ultimamente sorse,
dove lasciato avea la sua famiglia.
Dio ringraziando che 'l pelago corse
senza più danno, il noto lito piglia.
Quindi un nochier trovar per Francia sciorse,[43]
il qual di venir seco li consiglia:
e nel suo legno ancor quel dì montaro,
ed a Marsilia in breve si trovaro.

102   Quivi non era Bradamante allora,
ch'aver solea governo del paese;
che se vi fosse, a far seco dimora
gli avria sforzati con parlar cortese.
Sceser nel lito, e la medesima ora
dai quattro cavallier congedo prese
Marfisa, e da la donna del Selvaggio;
e pigliò alla ventura il suo viaggio,

103   dicendo che lodevole non era
ch'andasser tanti cavallieri insieme:
che gli storni e i colombi vanno in schiera,
i daini e i cervi e ogn'animal che teme;
ma l'audace falcon, l'aquila altiera,
che ne l'aiuto altrui non metton speme.

41 *Malea*: promontorio del Peloponneso.
42 *Luna*: Luni, in Lunigiana, da cui proveniva il capitano.
43 *sciorse*: che salpava verso.

orsi, tigri, leon, soli ne vanno;
che di più forza alcun timor non hanno.

104 Nessun degli altri fu di quel pensiero;
sì ch'a lei sola toccò a far partita.
Per mezzo i boschi e per strano sentiero
dunque ella se n'andò sola e romita.
Grifone il bianco ed Aquilante il nero
pigliar con gli altri duo la via più trita,
e giunsero a un castello il dì seguente,
dove albergati fur cortesemente.

105 Cortesemente dico in apparenza,
ma tosto vi sentir contrario effetto;
che 'l signor del castel, benivolenza
fingendo e cortesia, lor dè ricetto:
e poi la notte, che sicuri senza
timor dormian, gli fe' pigliar nel letto;
né prima li lasciò, che d'osservare
una costuma ria li fe' giurare.

106 Ma vo' seguir la bellicosa donna,
prima, Signor, che di costor più dica.
Passò Druenza,[44] il Rodano e la Sonna,[45]
e venne a piè d'una montagna aprica.
Quivi lungo un torrente, in negra gonna
vide venire una femina antica,
che stanca e lassa era di lunga via,
ma via più afflitta di malenconia.

107 Questa è la vecchia che solea servire
ai malandrin nel cavernoso monte,
là dove alta giustizia fe' venire
e dar lor morte il paladino conte.
La vecchia, che timore ha di morire
per le cagion che poi vi saran conte,[46]

44 *Druenza*: la Durance, affluente del Rodano.
45 *Sonna*: la Saône, altro affluente del Rodano.
46 *conte*: raccontate.

già molti dì va per via oscura e fosca,
fuggendo ritrovar chi la conosca.

108   Quivi d'estrano [47] cavallier sembianza
l'ebbe Marfisa all'abito e all'arnese;
e perciò non fuggì, com'avea usanza
fuggir dagli altri ch'eran del paese;
anzi con sicurezza e con baldanza
si fermò al guado, e di lontan l'attese:
al guado del torrente, ove trovolla,
la vecchia le uscì incontra e salutolla.

109   Poi la pregò che seco oltr'a quell'acque
ne l'altra ripa in groppa la portasse.
Marfisa che gentil fu da che nacque,
di là dal fiumicel seco la trasse;
e portarla anch'un pezzo non le spiacque,
fin ch'a miglior camin la ritornasse,
fuor d'un gran fango; e al fin di quel sentiero
si videro all'incontro un cavalliero.

110   Il cavallier su ben guernita sella,
di lucide arme e di bei panni ornato,
verso il fiume venìa da una donzella
e da un solo scudiero accompagnato.
La donna ch'avea seco era assai bella,
ma d'altiero sembiante e poco grato,
tutta d'orgoglio e di fastidio piena,
del cavallier ben degna che la mena.

111   Pinabello, un de' conti maganzesi,
era quel cavallier ch'ella avea seco;
quel medesmo che dianzi a pochi mesi
Bradamante gittò nel cavo speco.
Quei sospir, quei singulti così accesi,
quel pianto che lo fe' già quasi cieco,
tutto fu per costei ch'or seco avea,
che 'l negromante allor gli ritenea.

47 *estrano*: straniero.

112   Ma poi che fu levato di sul colle
       l'incantato castel del vecchio Atlante,
       e che poté ciascuno ire ove volle,
       per opra e per virtù di Bradamante;
       costei, ch'agli disii facile e molle
       di Pinabel sempre era stata inante,
       si tornò a lui, ed in sua compagnia
       da un castello ad un altro or se ne gìa.

113   E sì come vezzosa era e mal usa,
       quando vide la vecchia di Marfisa,
       non si poté tenere a bocca chiusa
       di non la motteggiar con beffe e risa.
       Marfisa altiera, appresso a cui non s'usa
       sentirsi oltraggio in qualsivoglia guisa,
       rispose d'ira accesa alla donzella,
       che di lei quella vecchia era più bella;

114   e ch'al suo cavallier volea provallo,
       con patto di poi torre a lei la gonna
       e il palafren ch'avea, se da cavallo
       gittava il cavallier di ch'era donna.
       Pinabel che faria, tacendo, fallo,
       di risponder con l'arme non assonna: [48]
       piglia lo scudo e l'asta, e il destrier gira,
       poi vien Marfisa a ritrovar con ira.

115   Marfisa incontra una gran lancia afferra,
       e ne la vista a Pinabel l'arresta, [49]
       e sì stordito lo riversa in terra,
       che tarda un'ora a rilevar la testa.
       Marfisa vincitrice de la guerra,
       fe' trarre a quella giovane la vesta,
       ed ogn'altro ornamento le fe' porre,
       e ne fe' il tutto alla sua vecchia torre: [50]

48 *assonna*: indugia.
49 *ne la vista... arresta*: la mette in resta mirando alla visiera di
Pinabello.
50 *torre*: prendere.

116 e di quel giovenile abito volse
     che si vestisse e se n'ornasse tutta;
     e fe' che 'l palafreno anco si tolse,
     che la giovane avea quivi condutta.
     Indi al preso camin con lei si volse,
     che quant'era più ornata, era più brutta.
     Tre giorni se n'andar per lunga strada,
     senza far cosa onde a parlar m'accada.

117 Il quarto giorno un cavallier trovaro,
     che venìa in fretta galoppando solo.
     Se di saper chi sia forse v'è caro,
     dicovi ch'è Zerbin, di re figliuolo,
     di virtù esempio e di bellezza raro,
     che se stesso rodea d'ira e di duolo
     di non aver potuto far vendetta
     d'un che gli avea gran cortesia interdetta.

118 Zerbino indarno per la selva corse
     dietro a quel suo che gli avea fatto oltraggio;
     ma sì a tempo colui seppe via torse,
     sì seppe nel fuggir prender vantaggio,
     sì il bosco e sì una nebbia lo soccorse,
     ch'avea offuscato il matutino raggio,
     che di man di Zerbin si levò netto,
     fin che l'ira e il furor gli uscì del petto.

119 Non poté, ancor che Zerbin fosse irato,
     tener, vedendo quella vecchia, il riso;
     che gli parea dal giovenile ornato
     troppo diverso il brutto antiquo viso;
     ed a Marfisa, che le venìa a lato,
     disse: — Guerrier, tu sei pien d'ogni aviso,
     che damigella di tal sorte guidi,
     che non temi trovar chi te la invidi.

120 Avea la donna (se la crespa buccia [51]

---

[51] *buccia*: pelle.

può darne indicio) più de la Sibilla,[52]
e parea, così ornata, una bertuccia,
quando per muover riso alcun vestilla;
ed or più brutta par, che si coruccia,
e che dagli occhi l'ira le sfavilla:
ch'a donna non si fa maggior dispetto,
che quando o vecchia o brutta le vien detto.

121 Mostrò turbarse l'inclita donzella,
per prenderne piacer, come si prese;
e rispose a Zerbin: — Mia donna è bella,
per Dio, via più che tu non sei cortese;
come ch'io creda che la tua favella
da quel che sente l'animo non scese:
tu fingi non conoscer sua beltade,
per escusar la tua somma viltade.

122 E chi saria quel cavallier, che questa
sì giovane e sì bella ritrovasse
senza più compagnia ne la foresta,
e che di farla sua non si provasse? —
— Sì ben (disse Zerbin) teco s'assesta,[53]
che saria mal ch'alcun te la levasse;
ed io per me non son così indiscreto,
che te ne privi mai; stanne pur lieto.

123 S'in altro contò aver vuoi a far meco,
di quel ch'io vaglio son per farti mostra;
ma per costei non mi tener sì cieco,
che solamente far voglia una giostra.
O brutta o bella sia, restisi teco:
non vo' partir tanta amicizia vostra.
Ben vi sète accoppiati: io giurerei,
com'ella è bella, tu gagliardo sei. —

124 Suggiunse a lui Marfisa: — Al tuo dispetto

52 *Sibilla*: la Sibilla Cumana che si dice fosse vissuta per mille anni.
53 *s'assesta*: si conviene.

di levarmi costei provar convienti.
Non vo' patir ch'un sì leggiadro aspetto
abbi veduto, e guadagnar nol tenti. —
Rispose a lei Zerbin — Non so a ch'effetto
l'uom si metta a periglio e si tormenti,
per riportarne una vittoria, poi,
che giovi al vinto, e al vincitore annoi. —

125 — Se non ti par questo partito buono,
te ne do un altro, e ricusar nol dei
(disse a Zerbin Marfisa): che s'io sono
vinto da te, m'abbia a restar costei;
ma s'io te vinco, a forza te la dono.
Dunque provian chi de' star senza lei:
se perdi, converrà che tu le faccia
compagnia sempre, ovunque andar le piaccia. —

126 — E così sia, — Zerbin rispose; e volse
a pigliar campo subito il cavallo.
Si levò su le staffe e si raccolse
fermo in arcione, e per non dare in fallo,
lo scudo in mezzo alla donzella colse;
ma parve urtasse un monte di metallo:
ed ella in guisa a lui toccò l'elmetto,
che stordito il mandò di sella netto.

127 Troppo spiacque a Zerbin l'esser caduto,
ch'in altro scontro mai più non gli avvenne,
e n'avea mille e mille egli abbattuto;
ed a perpetuo scorno se lo tenne.
Stette per lungo spazio in terra muto;
e più gli dolse poi che gli sovenne
ch'avea promesso e che gli convenia
aver la brutta vecchia in compagnia.

128 Tornando a lui la vincitrice in sella,
disse ridendo: — Questa t'appresento;
e quanto più la veggio e grata e bella,
tanto, ch'ella sia tua, più mi contento.
Or tu in mio loco sei campion di quella;

ma la tua fé non se ne porti il vento,
che per sua guida e scorta tu non vada
(come hai promesso) ovunque andar l'aggrada. —

129   Senza aspettar risposta urta il destriero
per la foresta, e subito s'imbosca.
Zerbin, che la stimava un cavalliero,
dice alla vecchia: — Fa ch'io lo conosca. —
Ed ella non gli tiene ascoso il vero,
onde sa che lo 'ncende e che l'attosca: [54]
— Il colpo fu di man d'una donzella,
che t'ha fatto votar (disse) la sella.

130   Per suo valor costei debitamente
usurpa a' cavallieri e scudo e lancia;
e venuta è pur dianzi d'Oriente
per assaggiare i paladin di Francia. —
Zerbin di questo tal vergogna sente,
che non pur tinge di rossor la guancia,
ma restò poco di non farsi rosso
seco ogni pezzo d'arme ch'avea indosso.

131   Monta a cavallo, e se stesso rampogna
che non seppe tener strette le cosce.
Tra sé la vecchia ne sorride, e agogna
di stimularlo e di più dargli angosce.
Gli ricorda ch'andar seco bisogna:
e Zerbin, ch'ubligato si conosce,
l'orecchie abbassa, come vinto e stanco
destrier c'ha in bocca il fren, gli sproni al fianco.

132   E sospirando: — Ohimè, Fortuna fella
(dicea), che cambio è questo che tu fai?
Colei che fu sopra le belle bella,
ch'esser meco dovea, levata m'hai.
Ti par ch'in luogo ed in ristor [55] di quella
si debba por costei ch'ora mi dai?

54 *attosca*: avvelena.
55 *ristor*: compenso.

Stare in danno del tutto era men male,
che fare un cambio tanto diseguale.

133 Colei che di bellezze e di virtuti
unqua non ebbe e non avrà mai pare,
sommersa e rotta tra gli scogli acuti
hai data ai pesci ed agli augei del mare;
e costei che dovria già aver pasciuti
sotterra i vermi, hai tolta a perservare [56]
dieci o venti anni più che non devevi,
per dar più peso agli mie' affanni grevi. —

134 Zerbin così parlava; né men tristo
in parole e in sembianti esser parea
di questo nuovo suo sì odioso acquisto,
che de la donna che perduta avea.
La vecchia, ancor che non avesse visto
mai più Zerbin, per quel ch'ora dicea,
s'avvide esser colui di che notizia
le diede già Issabella di Galizia.

135 Se 'l vi ricorda quel ch'avete udito,
costei da la spelonca ne veniva,
dove Issabella, che d'amor ferito
Zerbino avea, fu molti dì captiva.
Più volte ella le avea già riferito
come lasciasse la paterna riva,
e come rotta in mar da la procella,
si salvasse alla spiaggia di Rocella. [57]

136 E sì spesso dipinto di Zerbino
le avea il bel viso e le fattezze conte, [58]
ch'ora udendol parlare, e più vicino
gli occhi alzandogli meglio ne la fronte,
vide esser quel per cui sempre meschino [59]
fu d'Issabella il cor nel cavo monte;

56 *perservare*: mantenere in vita.
57 *Rocella*: la Rochelle.
58 *conte*: nobili.
59 *meschino*: afflitto.

che di non veder lui più si lagnava,
che d'esser fatta ai malandrini schiava.

137 La vecchia, dando alle parole udienza,
che con sdegno e con duol Zerbino versa,
s'avede ben ch'egli ha falsa credenza
che sia Issabella in mar rotta e sommersa:
e ben ch'ella del certo abbia scienza,
per non lo rallegrar, pur la perversa
quel che far lieto lo potria, gli tace,
e sol gli dice quel che gli dispiace.

138 — Odi tu (gli disse ella), tu che sei
cotanto altier, che sì mi scherni e sprezzi,
se sapessi che nuova ho di costei
che morta piangi, mi faresti vezzi:
ma più tosto che dirtelo, torrei
che mi strozzassi o fêssi in mille pezzi;
dove, s'eri vêr me più mansueto,
forse aperto t'avrei questo secreto. —

139 Come il mastin che con furor s'aventa
adosso al ladro, ad achetarsi è presto,
che quello o pane o cacio gli appresenta,
o che fa incanto appropriato a questo;
così tosto Zerbino umil diventa,
e vien bramoso di sapere il resto,
che la vecchia gli accenna che di quella,
che morta piange, gli sa dir novella.

140 E volto a lei con più piacevol faccia,
la supplica, la prega, la scongiura
per gli uomini, per Dio, che non gli taccia
quanto ne sappia, o buona o ria ventura.
— Cosa non udirai che pro ti faccia
(disse la vecchia pertinace e dura):
non è Issabella, come credi, morta;
ma viva sì, ch'a' morti invidia porta.

141 È capitata in questi pochi giorni

che non n'udisti, in man di più di venti;
sì che, qualora anco in man tua ritorni,
ve' se sperar di corre il fior convienti. —
Ah vecchia maladetta, come adorni
la tua menzogna! e tu sai pur se menti.
Se ben in man de venti ell'era stata,
non l'avea alcun però mai violata.

142   Dove l'avea veduta domandolle
Zerbino, e quando, ma nulla n'invola; [60]
che la vecchia ostinata più non volle
a quel c'ha detto aggiungere parola.
Prima Zerbin le fece un parlar molle,
poi minacciolle di tagliar la gola:
ma tutto è invan ciò che minaccia e prega;
che non può far parlar la brutta strega.

143   Lasciò la lingua all'ultimo in riposo
Zerbin, poi che 'l parlar gli giovò poco;
per quel ch'udito avea, tanto geloso,
che non trovava il cor nel petto loco;
d'Issabella trovar sì disioso,
che saria per vederla ito nel fuoco:
ma non poteva andar più che volesse
colei, poi ch'a Marfisa lo promesse.

144   E quindi per solingo e strano calle,
dove a lei piacque, fu Zerbin condotto;
né per o poggiar [61] monte o scender valle,
mai si guardaro in faccia o si fer motto.
Ma poi ch'al mezzodì volse le spalle
il vago sol, fu il lor silenzio rotto
da un cavallier che nel cammin scontraro.
Quel che seguì, ne l'altro canto è chiaro.

60 *n'invola*: strappa da lei.
61 *poggiar*: salire.

1   Né fune intorto crederò che stringa
     soma così, né così legno chiodo,
     come la fé ch'una bella alma cinga
     del suo tenace indissolubil nodo.
     Né dagli antiqui par che si dipinga
     la santa Fé vestita in altro modo,
     che d'un vel bianco che la cuopra tutta:
     ch'un sol punto, un sol neo la può far brutta.

2   La fede unqua non debbe esser corrotta,
     o data a un solo, o data insieme a mille;
     e così in una selva, in una grotta,
     lontan da le cittadi e da le ville,
     come dinanzi a tribunali, in frotta
     di testimon, di scritti e di postille,
     senza giurare o segno altro più espresso,
     basti una volta che s'abbia promesso.

3   Quella servò, come servar si debbe
     in ogni impresa, il cavallier Zerbino:
     e quivi dimostrò che conto n'ebbe,
     quando si tolse dal proprio camino
     per andar con costei, la qual gl'increbbe,
     come s'avesse il morbo sì vicino,
     o pur la morte istessa; ma potea,
     più che 'l disio, quel che promesso avea.

4   Dissi di lui, che di vederla sotto
     la sua condotta[1] tanto al cor gli preme,
     che n'arrabbia di duol, né le fa motto,

---

[1] *condotta*: protezione.

e vanno muti e taciturni insieme:
dissi che poi fu quel silenzio rotto,
ch'al mondo il sol mostrò le ruote estreme,[2]
da un cavalliero aventuroso errante,
ch'in mezzo del camin lor si fe' inante.

5 La vecchia che conobbe il cavalliero,
   ch'era nomato Ermonide d'Olanda,
   che per insegna ha ne lo scudo nero
   attraversata una vermiglia banda,
   posto l'orgoglio e quel sembiante altiero,
   umilmente a Zerbin si raccomanda,
   e gli ricorda quel ch'esso promise
   alla guerriera ch'in sua man la mise.

6 Perché di lei nimico e di sua gente
   era il guerrier che contra lor venìa:
   ucciso ad essa avea il padre innocente,
   e un fratello che solo al mondo avia;
   e tuttavolta far del rimanente,
   come degli altri, il traditor disia.
   — Fin ch'alla guardia tua, donna, mi senti
   (dicea Zerbin), non vo' che tu paventi. —

7 Come più presso il cavallier si specchia
   in quella faccia che sì in odio gli era:
   — O di combatter meco t'apparecchia
   (gridò con voce minacciosa e fiera),
   o lascia la difesa de la vecchia,
   che di mia man secondo il merto pera.
   Se combatti per lei, rimarrai morto;
   che così avviene a chi s'appiglia al torto. —

8 Zerbin cortesemente a lui risponde
   che gli è desir di bassa e mala sorte,
   ed a cavalleria non corrisponde
   che cerchi dare ad una donna morte:

2 *al mondo... estreme*: il sole mostrò le ruote posteriori del suo
carro, al tramonto.

se pur combatter vuol, non si nasconde;
ma che prima consideri ch'importe
ch'un cavallier, com'era egli, gentile,
voglia por man nel sangue feminile,

9   Queste gli disse e più parole invano;
    e fu bisogno al fin venire a' fatti.
    Poi che preso a bastanza ebbon del piano,
    tornarsi incontra a tutta briglia ratti.
    Non van sì presti i razzi fuor di mano,
    ch'al tempo son de le allegrezze tratti,
    come andaron veloci i duo destrieri
    ad incontrare insieme i cavallieri.

10 Ermonide d'Olanda segnò basso,
    che per passare il destro fianco attese: [3]
    ma la sua debol lancia andò in fracasso,
    e poco il cavallier di Scozia offese.
    Non fu già l'altro colpo vano e casso: [4]
    roppe lo scudo, e sì la spalla prese,
    che la forò da l'uno all'altro lato,
    e riversar fe' Ermonide sul prato.

11 Zerbin che si pensò d'averlo ucciso,
    di pietà vinto, scese in terra presto,
    e levò l'elmo da lo smorto viso;
    e quel guerrier, come dal sonno desto,
    senza parlar guardò Zerbino fiso;
    e poi gli disse: — Non m'è già molesto
    ch'io sia da te abbattuto, ch'ai sembianti
    mostri esser fior de' cavallier erranti;

12 ma ben mi duol che questo per cagione
    d'una femina perfida m'avviene,
    a cui non so come tu sia campione,
    che troppo al tuo valor si disconviene.
    E quando tu sapessi la cagione

---

3 *per passare... attese*: mirò a trapassare.
4 *casso*: senza conseguenze.

ch'a vendicarmi di costei mi mene,
avresti, ognor che rimembrassi, affanno
d'aver, per campar lei, fatto a me danno.

13   E se spirto a bastanza avrò nel petto
      ch'io il possa dir (ma del contrario temo),
      io ti farò veder ch'in ogni effetto
      scelerata è costei più ch'in estremo.
      Io ebbi già un fratel che giovinetto
      d'Olanda si partì, donde noi semo,
      e si fece d'Eraclio [5] cavalliero,
      ch'allor tenea de' Greci il sommo impero.

14   Quivi divenne intrinseco e fratello
      d'un cortese baron di quella corte,
      che nei confin di Servia [6] avea un castello
      di sito ameno e di muraglia forte.
      Nomossi Argeo colui di ch'io favello,
      di questa iniqua femina consorte,
      la quale egli amò sì, che passò il segno
      ch'a un uom si convenia, come lui, degno.

15   Ma costei, più volubile che foglia
      quando l'autunno è più priva d'umore,
      che l' freddo vento gli arbori ne spoglia
      e le soffia dinanzi al suo furore;
      verso il marito cangiò tosto voglia,
      che fisso qualche tempo ebbe nel core;
      e volse ogni pensiero, ogni disio
      d'acquistar per amante il fratel mio.

16   Ma né sì saldo all'impeto marino
      l'Acrocerauno [7] d'infamato nome,
      né sta sì duro incontra borea il pino
      che rinovato ha più di cento chiome,

---

5 *Eraclio*: imperatore di Costantinopoli (610-641), ma in epoca ben
anteriore a quella di Carlo Magno.
6 *Servia*: Serbia.
7 *Acrocerauno*: promontorio dell'Epiro, pericoloso per i naviganti.

che quanto appar fuor de lo scoglio⁸ alpino,
tanto sotterra ha le radici; come
il mio fratello a' prieghi di costei,
nido de tutti i vizi infandi e rei.

17 Or, come avviene a un cavallier ardito,
che cerca briga e la ritrova spesso,
fu in una impresa il mio fratel ferito,
molto al castel del suo compagno appresso,
dove venir senza aspettare invito
solea, fosse o non fosse Argeo con esso;
e dentro a quel per riposar fermosse
tanto che del suo mal libero fosse.

18 Mentre egli quivi si giacea, convenne
ch'in certa sua bisogna andasse Argeo.
Tosto questa sfacciata a tentar venne
il mio fratello, ed a sua usanza feo;
ma quel fedel non oltre più sostenne
avere ai fianchi un stimulo sì reo:
elesse, per servar sua fede a pieno,
di molti mal quel che gli parve meno.

19 Tra molti mal gli parve eleger questo:
lasciar d'Argeo l'intrinsichezza antiqua;
lungi andar sì, che non sia manifesto
mai più il suo nome alla femina iniqua.
Ben che duro gli fosse, era più onesto
che satisfare a quella voglia obliqua,
o ch'accusar la moglie al suo signore,
da cui fu amata a par del proprio core.

20 E de le sue ferite ancora infermo
l'arme si veste, e del castel si parte;
e con animo va costante e fermo
di non mai più tornare in quella parte.
Ma che gli val? ch'ogni difesa e schermo
gli disipa Fortuna con nuova arte;

8 *scoglio*: roccia.

ecco il marito che ritorna intanto,
e trova la moglier che fa gran pianto,

21   e scapigliata e con la faccia rossa;
e le domanda di che sia turbata.
Prima ch'ella a rispondere sia mossa,
pregar si lascia più d'una fiata,
pensando tuttavia come si possa
vendicar di colui che l'ha lasciata:
e ben convenne al suo mobile ingegno
cangiar l'amore in subitano sdegno.

22   — Deh (disse al fine), a che l'error nascondo
c'ho commesso, signor, ne la tua assenza?
che quando ancora io 'l celi a tutto 'l mondo,
celar nol posso alla mia coscienza.
L'alma che sente il suo peccato immondo,
pate dentro da sé tal penitenza,
ch'avanza ogn'altro corporal martire
che dar mi possa alcun del mio fallire;

23   quando fallir sia quel che si fa a forza:
ma sia quel che si vuol, tu sappil'anco;
poi con la spada da la immonda scorza [9]
scioglie lo spirto imaculato e bianco,
e le mie luci eternamente ammorza; [10]
che dopo tanto vituperio, almanco
tenerle basse ognor non mi bisogni,
e di ciascun ch'io vegga, io mi vergogni.

24   Il tuo compagno ha l'onor mio distrutto:
questo corpo per forza ha violato;
e perché teme ch'io ti narri il tutto,
or si parte il villan senza commiato. —
In odio con quel dir gli ebbe ridutto
colui che più d'ogn'altro gli fu grato.

9 *scorza*: corpo.
10 *ammorza*: spegni.

Argeo lo crede, ed altro non aspetta;
ma piglia l'arme e corre a far vendetta.

25 E come quel ch'avea il paese noto,
lo giunse che non fu troppo lontano;
che 'l mio fratello, debole ed egroto,[11]
senza sospetto se ne gìa pian piano:
e brevemente, in un loco remoto
pose, per vendicarsene, in lui mano.
Non trova il fratel mio scusa che vaglia;
ch'in somma Argeo con lui vuol la battaglia.

26 Era l'un sano e pien di nuovo sdegno,
infermo l'altro, ed all'usanza amico:[12]
sì ch'ebbe il fratel mio poco ritegno
contra il compagno fattogli nimico.
Dunque Filandro di tal sorte indegno
(de l'infelice giovene ti dico:
così avea nome), non sofrendo il peso
di sì fiera battaglia, restò preso.

27 — Non piaccia a Dio che mi conduca a tale
il mio giusto furore e il tuo demerto
(gli disse Argeo), che mai sia omicidiale[13]
di te ch'amava; e me tu amavi certo,
ben che nel fin me l'hai mostrato male;
pur voglio a tutto il mondo fare aperto
che, come fui nel tempo de l'amore,
così ne l'odio son di te migliore.

28 Per altro modo punirò il tuo fallo,
che le mie man più nel tuo sangue porre. —
Così dicendo, fece sul cavallo
di verdi rami una bara[14] comporre,
e quasi morto in quella riportallo
dentro al castello in una chiusa torre,

11 *egroto*: ammalato.
12 *all'usanza*: secondo il consueto.
13 *omicidiale*: uccisore.
14 *bara*: barella.

dove in perpetuo per punizione
candannò l'innocente a star prigione.

29 Non però ch'altra cosa avesse manco,
che la libertà prima del partire;
perché nel resto, come sciolto e franco
vi comandava e si facea ubidire.
Ma non essendo ancor l'animo stanco
di questa ria del suo pensier fornire, [15]
quasi ogni giorno alla prigion veniva;
ch'avea le chiavi, e a suo piacer l'apriva:

30 e movea sempre al mio fratello assalti,
e con maggiore audacia che di prima.
— Questa tua fedeltà (dicea) che valti,
poi che perfidia per tutto si stima?
Oh che trionfi gloriosi ed alti!
oh che superbe spoglie e preda opima!
oh che merito al fin te ne risulta,
se, come a traditore, ognun t'insulta!

31 Quanto utilmente, quanto con tuo onore
m'avresti dato quel che da te volli!
Di questo sì ostinato tuo rigore
la gran mercé che tu guadagni, or tolli:
in prigion sei, né crederne uscir fuore,
se la durezza tua prima non molli:
Ma quando mi compiacci, io farò trama
di racquistarti e libertade e fama. —

32 — No, no (disse Filandro) aver mai spene
che non sia, come suol, mia vera fede,
se ben contra ogni debito mi avviene
ch'io ne riporti sì dura mercede,
e di me creda il mondo men che bene:
basta che inanti a quel che 'l tutto vede
e mi può ristorar di grazia eterna,
chiara la mia innocenza si discerna.

15 *del suo pensier fornire*: di portare a termine il suo pensiero.

33   Se non basta ch'Argeo mi tenga preso,
      tolgami ancor questa noiosa vita.
      Forse non mi fia il premio in ciel conteso
      de la buona opra, qui poco gradita.
      Forse egli, che da me si chiama offeso,
      quando sarà quest'anima partita,
      s'avedrà poi d'avermi fatto torto,
      e piangerà il fedel compagno morto. —

34   Così più volte la sfacciata donna
      tenta Filandro, e torna senza frutto.
      Ma il cieco suo desir, che non assonna
      del scelerato amor traer costrutto,
      cercando va più dentro ch'alla gonna [16]
      suoi vizi antiqui, e ne discorre [17] il tutto.
      Mille pensier fa d'uno in altro modo,
      prima che fermi in alcun d'essi il chiodo.

35   Stette sei mesi che non messe piede,
      come prima facea, ne la prigione;
      di che il miser Filandro e spera e crede
      che costei più non gli abbia affezione.
      Ecco Fortuna, al mal propizia, diede
      a questa scelerata occasione
      di metter fin con memorabil male
      al suo cieco appetito irrazionale.

36   Antiqua nimicizia avea il marito
      con un baron detto Morando il bello,
      che, non v'essendo Argeo, spesso era ardito
      di correr solo, e sin dentro al castello;
      ma s'Argeo v'era, non tenea lo 'nvito,
      né s'accostava a dieci miglia a quello.
      Or, per poterlo indur che ci venisse,
      d'ire in Ierusalem per voto disse.

37   Disse d'andare; e partesi ch'ognuno

---

16 *cercando... gonna*: va cercando nel profondo dell'animo.
17 *discorre*: esamina.

lo vede, e fa di ciò sparger le grida:
né il suo pensier, fuor che la moglie, alcuno
puote saper; che sol di lei si fida.
Torna poi nel castello all'aer bruno,
né mai, se non la notte, ivi s'annida;
e con mutate insegne al nuovo albore,
senza vederlo alcun, sempre esce fuore.

38 Se ne va in questa e in quella parte errando,
e volteggiando al suo castello intorno,
pur per veder se credulo Morando
volesse far, come solea, ritorno.
Stava il dì tutto alla foresta; e quando
ne la marina vedea ascoso il giorno,
venìa al castello, e per nascose porte
lo togliea dentro l'infedel consorte.

39 Crede ciascun, fuor che l'iniqua moglie,
che molte miglia Argeo lontan si trove.
Dunque il tempo oportuno ella si toglie:
al fratel mio va con malizie nuove.
Ha di lagrime a tutte le sue voglie [18]
un nembo che dagli occhi al sen le piove.
— Dove potrò (dicea) trovare aiuto,
che in tutto l'onor mio non sia perduto?

40 E col mio quel del mio marito insieme,
il qual se fosse qui, non temerei.
Tu conosci Morando, e sai se teme,
quando Argeo non ci sente, omini e dei.
Questi or pregando, or minacciando, estreme
prove fa tuttavia, né alcun de' miei
lascia che non contamini,[19] per trarmi
a' suoi desii, né so s'io potrò aitarmi.

41 Or c'ha inteso il partir del mio consorte,
e ch'al ritorno non sarà sì presto,

18 *a tutte.... voglie*: quando vuole.
19 *contamini*: corrompa.

ha avuto ardir d'entrar ne la mia corte
senza altra scusa e senz'altro pretesto;
che se ci fosse il mio signor per sorte,
non sol non avria audacia di far questo,
ma non si terria ancor, per Dio, sicuro
d'appressarsi a tre miglia a questo muro.

42   E quel che già per messi ha ricercato,
oggi me l'ha richiesto a fronte a fronte,
e con tai modi, che gran dubbio è stato
de lo avvenirmi disonore ed onte,
e se non che parlar dolce gli ho usato,
e finto le mie voglie alle sue pronte,
saria a forza, di quel suto [20] rapace,
che spera aver per mie parole in pace.

43   Promesso gli ho, non già per osservargli
(che fatto per timor, nullo è il contratto);
ma la mia intenzion fu per vietargli
quel che per forza avrebbe allora fatto.
Il caso è qui: tu sol pòi rimediargli;
del mio onor altrimenti sarà tratto,
e di quel del mio Argeo, che già m'hai detto
aver o tanto, o più che 'l proprio, a petto.

44   E se questo mi nieghi, io dirò dunque
ch'in te non sia la fé di che ti vanti;
ma che fu sol per crudeltà, qualunque
volta hai sprezzati i miei supplici pianti;
non per rispetto alcun d'Argeo, quantunque
m'hai questo scudo ognora opposto inanti.
Saria stato tra noi la cosa occulta;
ma di qui aperta infamia mi risulta. —

45   — Non si convien (disse Filandro) tale
prologo a me, per Argeo mio disposto.
Narrami pur quel che tu vuoi, che quale
sempre fui, di sempre essere ho proposto;

20 *suto*: stato.

e ben ch'a torto io ne riporti male,
a lui non ho questo peccato imposto.[21]
Per lui son pronto andare anco alla morte,
e siami contra il mondo e la mia sorte. —

46   Rispose l'empia: — Io voglio che tu spenga
colui che 'l nostro disonor procura.
Non temer ch'alcun mal di ciò t'avenga;
ch'io te ne mostrerò la via sicura.
Debbe egli a me tornar come rivenga
su l'ora terza[22] la notte più scura;
e fatto un segno de ch'io l'ho avvertito,
io l'ho a tor dentro, che non sia sentito.

47   A te non graverà prima aspettarme
ne la camera mia dove non luca,[23]
tanto che dispogliar gli faccia l'arme,
e quasi nudo in man te lo conduca. —
Così la moglie conducesse parme
il suo marito alla tremenda buca;[24]
se per dritto costei moglie s'appella,
più che furia infernal crudele e fella.

48   Poi che la notte scelerata venne,
fuor trasse il mio fratel con l'arme in mano;
e ne l'oscura camera lo tenne,
fin che tornasse il miser castellano.
Come ordine era dato, il tutto avvenne;
che 'l consiglio del mal va raro invano.
Così Filandro il buon Argeo percosse,
che si pensò che quel Morando fosse.

49   Con esso un colpo[25] il capo fesse e il collo;
ch'elmo non v'era, e non vi fu riparo.

21 *imposto*: attribuito.
22 *ora terza*: la terza ora dopo il tramonto.
23 *non luca*: al buio.
24 *buca*: agguato.
25 *Con esso un colpo*: con un solo colpo.

Pervenne Argeo, senza pur dare un crollo,
de la misera vita al fine amaro:
e tal l'uccise, che mai non pensollo,
né mai l'avria creduto: oh caso raro!
che cercando giovar, fece all'amico
quel di che peggio non si fa al nimico.

50 Poscia ch'Argeo non conosciuto giacque,
rende a Gabrina il mio fratel la spada.
Gabrina è il nome di costei, che nacque
sol per tradire ognun che in man le cada.
Ella, che 'l ver fin a quell'ora tacque,
vuol che Filandro a riveder ne vada
col lume in mano il morto ond'egli è reo:
e gli dimostra il suo compagno Argeo.

51 E gli minaccia poi, se non consente
all'amoroso suo lungo desire,
di palesare a tutta quella gente
quel ch'egli ha fatto, e nol può contradire;
e lo farà vituperosamente
come assassino e traditor morire:
e gli ricorda che sprezzar la fama
non de', se ben la vita sì poco ama.

52 Pien di paura e di dolor rimase
Filandro, poi che del suo error s'accorse.
Quasi il primo furor gli persuase
d'uccider questa, e stette un pezzo in forse:
e se non che ne le nimiche case
si ritrovò (che la ragion soccorse),
non si trovando avere altr'arme in mano,
coi denti la stracciava a brano a brano.

53 Come ne l'alto mar legno talora,
che da duo venti sia percosso e vinto,
ch'ora uno inanzi l'ha mandato, ed ora
un altro al primo termine respinto,
e l'han girato da poppa e da prora,
dal più possente al fin resta sospinto;

così Filandro, tra molte contese
de' duo pensieri, al manco rio s'apprese.

54   Ragion gli dimostrò il pericol grande,
     oltre al morir, del fine infame e sozzo,
     se l'omicidio nel castel si spande;
     e del pensare il termine gli è mozzo.[26]
     Voglia o non voglia, al fin convien che mande
     l'amarissimo calice nel gozzo.
     Pur finalmente ne l'afflitto core
     più de l'ostinazion poté il timore.

55   Il timor del supplicio infame e brutto
     prometter fece con mille scongiuri,
     che faria di Gabrina il voler tutto,
     se di quel luogo se partian sicuri.
     Così per forza colse l'empia il frutto
     del suo desire, e poi lasciar quei muri.
     Così Filandro a noi fece ritorno,
     di sé lasciando in Grecia infamia e scorno.

56   E portò nel cor fisso il suo compagno
     che così scioccamente ucciso avea,
     per far con sua gran noia empio guadagno
     d'una Progne crudel, d'una Medea.[27]
     E se la fede e il giuramento, magno
     e duro freno, non lo ritenea,
     come al sicuro fu, morta l'avrebbe;
     ma, quanto più si puote, in odio l'ebbe.

57   Non fu da indi in qua rider mai visto:
     tutte le sue parole erano meste,
     sempre sospir gli uscian dal petto tristo,
     ed era divenuto un nuovo Oreste,[28]
     poi che la madre uccise e il sacro Egisto,

26 *del pensare... mozzo*: gli è troncato a mezzo ogni ragionamento.
27 *Progne... Medea*: donne crudeli che uccisero i propri figli.
28 *Oreste*: che, per vendicare l'uccisione del padre Agamennone, ammazzò la madre Clitennestra col suo sacrilego amante Egisto, ma fu perseguitato dalle Furie vendicatrici, ossia dai rimorsi.

e che l'ultrice Furie ebbe moleste.
E senza mai cessar, tanto l'afflisse
questo dolor, ch'infermo al letto il fisse.

58 Or questa meretrice, che si pensa
quanto a quest'altro suo poco sia grata,
muta la fiamma già d'amore intensa
in odio, in ira ardente ed arrabbiata;
né meno è contra al mio fratello accensa,
che fosse contra Argeo la scelerata:
e dispone tra sé levar dal mondo,
come il primo marito, anco il secondo.

59 Un medico trovò d'inganni pieno,
sufficiente ed atto a simil uopo,
che sapea meglio uccider di veneno,
che risanar gl'infermi di silopo; [29]
e gli promesse, inanzi più che meno
di quel che domandò, donargli, dopo
ch'avesse con mortifero liquore
levatole dagli occhi il suo signore.

60 Già in mia presenza e d'altre più persone
venìa col tosco [30] in mano il vecchio ingiusto,
dicendo ch'era buona pozione
da ritornare il mio fratel robusto.
Ma Gabrina con nuova intenzione,
pria che l'infermo ne turbasse il gusto,
per torsi il consapevole d'appresso,
o per non dargli quel ch'avea promesso,

61 la man gli prese, quando a punto dava
la tazza dove il tosco era celato,
dicendo: — Ingiustamente è se 'l ti grava [31]
ch'io tema per costui c'ho tanto amato.

29 *silopo*: sciroppo.
30 *tosco*: veleno.
31 *se 'l ti grava*: se ti spiace.

Voglio esser certa che bevanda prava
tu non gli dia, né succo avelenato;
e per questo mi par che 'l beveraggio
non gli abbi a dar, se non ne fai tu il saggio. —

62 Come pensi, signor, che rimanesse
il miser vecchio conturbato allora?
La brevità del tempo sì l'oppresse,
che pensar non poté che meglio fôra;
pur, per non dar maggior sospetto, elesse
il calice gustar senza dimora:
e l'infermo, seguendo una tal fede,
tutto il resto pigliò, che si gli diede.

63 Come sparvier che nel piede grifagno
tenga la starna e sia per trarne pasto,
dal can che si tenea fido compagno,
ingordamente è sopragiunto e guasto;
così il medico intento al rio guadagno,
donde sperava aiuto ebbe contrasto.
Odi di summa audacia esempio raro!
e così avvenga a ciascun altro avaro.

64 Fornito questo, il vecchio s'era messo,
per ritornare alla sua stanza, in via,
ed usar qualche medicina appresso,
che lo salvasse da la peste ria;
ma da Gabrina non gli fu concesso,
dicendo non voler ch'andasse pria
che 'l succo ne lo stomaco digesto
il suo valor facesse manifesto.

65 Pregar non val, né far di premio offerta,
che lo voglia lasciar quindi partire.
Il disperato, poi che vede certa
la morte sua, né la poter fuggire,
ai circostanti fa la cosa aperta;
né la seppe costei troppo coprire.
E così quel che fece agli altri spesso,
quel buon medico al fin fece a se stesso:

66   e sequitò con l'alma quella ch'era
     già de mio frate caminata inanzi.
     Noi circostanti, che la cosa vera
     del vecchio udimmo, che fe' pochi avanzi,[32]
     pigliammo questa abominevol fera,
     più crudel di qualunque in selva stanzi; [33]
     e la serrammo in tenebroso loco,
     per condannarla al meritato foco. —

67   Questo Ermonide disse, e più voleva
     seguir, com'ella di prigion lèvossi;
     ma il dolor de la piaga sì l'aggreva,
     che pallido ne l'erba riversossi.
     Intanto duo scudier, che seco aveva,
     fatto una bara avean di rami grossi:
     Ermonide si fece in quella porre;
     ch'indi altrimente non si potea torre.

68   Zerbin col cavallier fece sua scusa,
     che gl'increscea d'averli fatto offesa;
     ma, come pur tra cavallieri s'usa,
     colei che venìa seco avea difesa:
     ch'altrimente sua fé saria confusa;
     perché, quando in sua guardia l'avea presa,
     promesse a sua possanza di salvarla
     contra ognun che venisse a disturbarla.

69   E s'in altro potea gratificargli,
     prontissimo offeriase alla sua voglia.
     Rispose il cavallier, che ricordargli
     sol vuol, che da Gabrina si discioglia
     prima ch'ella abbia cosa a machinargli,
     di ch'esso indarno poi si penta e doglia.
     Gabrina tenne sempre gli occhi bassi,
     perché non ben risposta al vero dassi.

70   Con la vecchia Zerbin quindi partisse

32 *avanzi*: guadagni.
33 *stanzi*: dimori.

al già promesso debito viaggio;
e tra sé tutto il dì la maledisse,
che far gli fece a quel barone oltraggio.
Ed or che pel gran mal che gli ne disse
chi lo sapea, di lei fu istrutto e saggio,
se prima l'avea a noia e a dispiacere,
or l'odia sì che non la può vedere.

71 Ella che di Zerbin sa l'odio a pieno,
né in mala voluntà vuole esser vinta,
un'oncia a lui non ne riporta meno:
la tien di quarta, e la rifà di quinta.[34]
Nel cor era gonfiata di veneno,
e nel viso altrimente era dipinta.
Dunque ne la concordia ch'io vi dico,
tenean lor via per mezzo il bosco antico.

72 Ecco, volgendo il sol verso la sera,
udiron gridi e strepiti e percosse,
che facean segno di battaglia fiera
che, quanto era il rumor, vicina fosse.
Zerbino, per veder la cosa ch'era,
verso il rumore in gran fretta si mosse:
non fu Gabrina lenta a seguitarlo.
Di quel ch'avvenne, all'altro canto io parlo.

34 *la tien... quinta:* para di quarta e risponde di quinta; cioè, secondo il linguaggio della scherma, ricambia con precisione i suoi
colpi.

Finito di stampare il 16 ottobre 1996
dalle Industrie per le Arti Grafiche Garzanti-Verga s.r.l.
Cernusco s/N (MI)